N

시그니슨

에스펜 산맥

수니바

던네스 강

차키르

브레이빅

사마라

뉴홀

앵카

졸라(클라프스베인)

스톤워터 강

에스펜 산맥

말렉 만

불모지

포로미엘

페이비스

크로블라

코딘

1

오닉스 스톰

Cover design by Bree Archer and Elizabeth Turner Stokes
Endpaper map art by Melanie Korte
Interior art by Elizabeth Turner Stokes

Cover Stock
Peratek/shutterstock 2104350071
Peratek/Shutterstock 1222288777
Romolo Tavani/Shutterstock 2044496135
VRVIRUS//Shutterstock 1877723197
Peratek/Shutterstock 1404633521
Dmitr1ch/GettyImages 938345942
stopkin/shutterstock_1824628628

ONYX STORM

1

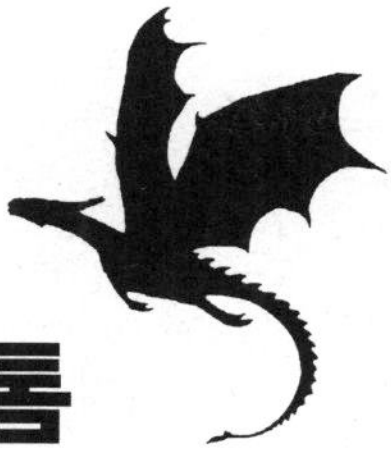

오닉스 스톰

ONYX STORM

레베카 야로스 지음
이수현 옮김

북폴리오

대세에 휩쓸리지 않는 사람들아,

금지된 글을 읽다가 걸리는 사람들아,

한 번도 초대받거나, 무리에 속하거나,

대변인을 얻은 적이 없다고 느끼는 사람들아,

가죽옷을 입어라. 드래곤에 오르자.

바스지아스 군사학교 지도
BWC
BASGIATH WAR COLLEGE
비행장
건틀릿
들판
라이더 분과
안마당
드래곤 로툰다
학예동
1학년
기숙사
강당
난간다리
힐러 분과
종탑
행정동
서기 분과
(지하)
소른게일 장군
집무실
보병 분과

다음에 실린 문서는 바스지아스 군사학교 서기 분과의 큐레이터 제시니아 닐워트가 나바르어에서 현대어로 충실히 옮긴 내용이다. 모든 사건은 실제로 일어난 일이며, 전사자들의 용기를 기리기 위해 이름도 그대로 옮겼다. 그들의 영혼이 말렉에게 맡겨졌기를.

이름	계약자	고유 능력 (공개된 경우)
바이올렛 소른게일	 테른&앤다나	번개 지배
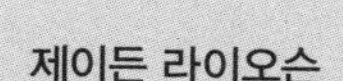 제이든 라이오슨	스게일	그림자 지배, 의도 읽기

제4비행단 불꽃전대 2대대

이름	계약자	고유 능력 (공개된 경우)
이모젠 카둘로	글레인	기억 삭제
퀸 홀리스	크루스	영체 투사
리애넌 마티아스	페이그	회수
소여 헨릭	슬리시그	금속 지배
리독 갬린	에오트롬 	얼음 지배
슬론 메이리	소트 	흡수
아릭 그레이캐슬 (캠 타우리)	몰빅 	

애벌린, 베일러, 링크스–미발현 1학년 라이더

이름	계약자	고유 능력 (공개된 경우)
캐트리오나 코델라	키라레 	감정 조종
메런 지나	다쟈레 	

브레이건, 네브, 트레이거, 카이–그리폰 플라이어

세상의 지도자들

현명왕 타우리–나바르의 왕

홀든 타우리–나바르 제1왕위계승자

마라야 여왕–포로미엘의 왕

테카루스 자작–포로미엘 제1왕위계승자

PART ONE

PROLOGUE

바스지아스와 보호막을 지키는 데 막대한 대가를 치렀고, 소른게일 장군의 목숨도 희생해야 했습니다. 전략을 바꿔야 합니다. 일시적이라 해도 포로미엘과 동맹을 맺는 것이 왕국에 이익입니다.

_ 오거스틴 멜그렌 장군이 타우리 왕에게 보낸 서한

저 사람이 대체 어딜 가는 거지? 분과 지하 터널로 서둘러 따라갔지만, 밤은 그림자 그 자체였고, 제이든은 어둠 속에 매끄럽게 녹아들었다. 우리의 드래곤들을 연결하는 결속이 대략의 방향을 알려주지 않았다면, 그리고 한 번씩 마법 불빛이 사라지지 않았다면 제이든이 내 앞 어딘가에 있다고 생각하지 못했을 것이다.

차디찬 두려움에 사로잡히니 걸음이 점점 불안해진다. 오늘 저녁, 바스지아스를 무너뜨릴 뻔했던 전투가 끝나고 소여의 부상이 어느 정도인지 소식을 기다리는 동안 제이든은 보디와 개릭을 거느린 채 내내 고개를 숙이고 있었다. 그런데 지금은 뭘 하려는 건지 짐작조차 할 수가 없다. 누구라도 그 눈의 홍채를 감싼 희미한 붉은 원을 발견한다면 체포는 물론이고, 처형당할 가능성도 높다. 내가 읽은 자료들에 따르면 그 붉은 원은 지금 단계에서 서서히 사라질 테지만, 그전까지는…. 대체 무슨 일이 그렇게 중요해서 그런 모습을 들킬 위험마저 감수하는 거지?

논리적인 단 하나의 답을 떠올리자 등줄기에 오한이 흘렀다. 양말 바람으로 복도를 걷자니 차가운 돌바닥의 한기가 스며들었다. 달칵, 하고 방문이 닫히는 소리에 선잠에서 깨어난 터라 부츠나 갑옷을 챙길 시간이 없었다.

"둘 다 대답 안 할 거야." 앤다나가 말했고, 내가 지붕 다리 문을 당겨 여는 순간 반대쪽 문이 닫히는 모습이 보였다. 제이든? *"스게일은 아직도… 격분해 있고, 테른에게선 분노와 슬픔의 냄새가 나."*

나도 아직 제대로 생각할 엄두가 안 나니 이해는 가지만, 불편하기는 했다.

"퀴르나 크라드에게 물어볼까…?"

"아니야, 앤다나. 그들은 자야지." 아침이 오면 보나 마나 바스지아스에 남아 있는 베닌을 찾아 순찰에 나서야 할 테니 말이다. 갈수록 불안정해지는 걸음으로 추운 다리 위를 건너다가 창밖 풍경이 보이자 정신이 번쩍 들었다. 아까는 벼락이 치고 비가 내릴 정도로 따뜻했는데, 지금은 바스지아스 본관과 우리 분과를 가르는 협곡을 다 가릴 정도로 눈이 쏟아지고 있었다. 가슴이 조였고, 아플 정도로 부은 눈에서 또 끝도 없는 눈물이 쏟아지려고 했다.

"한 시간 전쯤부터 내렸어." 앤다나가 부드럽게 말했다.

기온이 꾸준히 떨어진 게 언제부터냐 하면… 그건 생각하지 말자. 나는 떨리는 숨을 뱉고, 감당할 수 없는 모든 것을 머릿속의 깔끔하고 튼튼한 상자에 구겨 넣어 깊숙이 처박았다.

엄마를 구하기엔 너무 늦었지만, 제이든이 죽게 내버려둘 순 없다.

"슬퍼해도 돼." 나는 앤다나가 일깨우는 말을 들으며 힐러 분과로 가는 문을 열고 혼잡한 복도에 들어섰다. 온갖 색깔의 제복을 입은 부상자

들이 경사진 터널 양쪽에 줄지어 있고, 힐러들이 병동 문을 들락거렸다.

"상실을 겪을 때마다 허우적거린다면, 슬퍼하는 데만 시간을 다 쓰고 말 거야." 지난 18개월간 잘 배운 교훈이다. 술에 취한 게 확실한 보병 생도들 옆을 지나친 나는 흐릿한 어둠의 기운을 찾으면서 의무실의 연장이 되어버린 복도를 가로질렀다. 이 구역은 아무 피해를 입지 않았는데도 유황과 재 냄새가 풍겼다.

"너희 어머니가 오래오래 기억되기를! 바스지아스의 불꽃, 소른게일 장군님을 위하여!" 3학년 생도 누군가가 외쳤고, 나는 뱃속이 꼬이는 기분으로 대꾸 없이 걸음을 재촉했다.

모퉁이를 돌자 오른쪽 벽을 뒤덮은 어둠이 보이면서 잠시 심장이 철렁하더니, 구금실로 내려가는 계단이 나타났다. 휘청거리는 위병 두 명이 계단 양쪽에 서 있고, 그림자는 계단을 미끄러져 내려갔다.

젠장. 보통은 내 예상대로일 때를 좋아하지만 이번에는 내가 틀렸으면 좋았을걸. 머릿속으로 제이든에게 손을 뻗었지만, 그곳에는 차갑게 식은 두꺼운 칠흑의 벽밖에 없다.

저 위병들 사이를 지나가야 하는데. 미라라면 어떻게 했을까?

"미라라면 벌써 그 녀석을 베어버리고 잘한 결정이라고 자신했겠지." 앤다나가 대꾸했다. *"너희 언니는 일단 행동부터 하고 질문은 나중에 하는 라이더잖아."*

"도움이 안 되는걸." 겨우 넘긴 얼마 안 되는 저녁식사가 올라오려고 했다. 앤다나의 말대로였다. 제이든이 땅에서 마력을 채널링했다는 사실을 미라가 안다면, 상황에 상관없이 죽여버릴 것이다. 하지만 자신 있는 태도? 그건 나쁘지 않은 생각이다. 나는 내 안의 오만함을 한도까지 그러모으고, 모자란 부분은 꾸며내기까지 해서 어깨를 펴고 턱을 들어 올린 자세로 위병들에게 걸어갔다. 부디 내 몸이 비틀거리지 않아야 할

텐데. "죄수를 접견해야겠는데요."

둘이 눈짓을 교환하더니, 왼쪽에 선 키 큰 위병이 헛기침을 했다. "멜그렌 장군님이 아무도 이 계단을 내려가지 못하게 하라고 명했다."

"말해봐요." 나는 고개를 기울이고 팔짱을 꼈다. 내 단검들을 모조리 가져온 척, 아니 최소한 부츠라도 신은 척하려고 했다. "당신 어머니의 죽음에 책임이 있는 놈이 계단 바로 아래에 있다면, 당신은 어떻게 하겠어요?"

키 작은 쪽이 아래를 내려다보자, 귀 뒤의 상처가 드러났다.

"명령은…." 키 큰 위병이 느슨하게 땋은 내 머리끝을 흘긋거리면서 입을 열었다.

"그놈은 잠긴 문 안에 있어요." 나는 그 말을 끊었다. "열쇠를 달라는 것도 아니고, 5분만 다른 데를 봐달라는 거예요." 그러고는 위병의 피에 얼룩진 벨트에 매달린 열쇠고리를 날카롭게 눈짓했다. "당신 어머니가 목숨을 바쳐서 왕국 전체의 방어체계를 지켜냈다면, 나도 당신에게 그 정도는 해줬을 거예요."

키 큰 위병의 얼굴이 창백해졌다.

"거버슨." 작은 쪽이 속삭였다. "재가 그 번개 능력자야."

거버슨은 끙 소리를 내더니 늘어뜨린 손을 쥐었다 폈다. "10분이다. 네 어머니를 위해 5분, 너를 위해 5분. 우리도 오늘 우리를 구한 게 누군지는 알아." 그는 고갯짓으로 계단을 가리켰다.

하지만 그는 모른다. 제이든이 세이지를… 놈들의 장군을 죽이기 위해 무슨 희생을 치렀는지는 아무도 알지 못한다.

"고마워요." 나는 무릎을 후들거리며 계단을 내려갔다. 내 평정심을 날카롭게 갉아대는 젖은 흙냄새는 무시하려 애썼다. *"제이든이 여길 내려가다니 믿을 수가 없네."*

"아마 정보를 구하려는 거겠지." 앤다나가 말했다. *"스스로의 정체를 알고 싶은 마음은 비난할 수가 없어."* 그 목소리에 깃든 갈망에는 복합적으로 놀랄 수밖에 없었다.

"그 사람은 영혼 없는 베닌이 아니야. 여전히 제이든이지. 나의 제이든." 딱 잘라 말한 나는 내가 확신하는 단 한 가지를 꽉 붙든 채로 소리 없이 계단을 내려갔다.

"땅에서 채널링하면 어떻게 되는지 알잖아." 앤다나가 경고했다.

안다고? 그래, 안다. 받아들였냐고? 절대 아니다. *"제이든이 스스로를 완전히 잃었다면 오늘 밤에 내 마력을 빨아들일 기회가 수없이 많았어. 특히 내가 자고 있을 때 그랬겠지. 그런데 제이든은 오히려 우리의 안전을 지키려고 정체가 노출되는 걸 감수하면서 몇 시간이나 내 옆에 앉아 있었어. 딱 한 번 땅에서 채널링했을 뿐이야. 분명히 영혼에… 금이 간 정도는 고칠 수 있을 거야."* 내가 받아들일 수 있는 건 이 정도가 최대치였다. *"테른이 무슨 생각을 하는지는 알아. 그리고 둘 모두와 싸운다는 건 생각만 해도 진 빠지는 일이니까, 제발, 제발. 내 편이 되어줘."*

앤다나와 나 사이를 연결하는 끈이 반짝였다. *"알았어."*

"정말?" 나는 계단에 멈춰 서서 벽을 짚고 몸을 지탱했다.

"나도 제이든만큼이나 미지의 존재인데, 넌 날 믿잖아." 앤다나가 말했다. *"네가 치러야 할 싸움에 나까지 얹진 않을게."*

아, 신들이시여. 고맙습니다. 앤다나의 말이 뼛속까지 스며들었고, 나는 안도감에 고개를 숙였다. 듣고 나서야 그 말이 얼마나 나에게 간절했는지 알 수 있었다. *"고마워. 그리고 너야 얼마든지 네 출신에 대해 알 권리가 있고, 난 네 정체에 대해 아무 의혹도 없어."* 나는 발밑을 조심하면서 남은 계단을 내려가기 시작했다. *"네 가족을 찾겠다는 결정은 네 몫이고, 멜그렌이 어쩔지 걱정이 되긴 하지만…."*

"전투 중에 내가 베닌을 새까맣게 태웠지." 앤다나가 끼어들더니, 단어가 겹쳐 들릴 정도로 급하게 말을 쏟아냈다.

"그랬… 지." 나는 구금실로 이어지는 나선계단을 내려가면서 이마에 주름을 잡았다. 앤다나의 모습이나 비늘 색깔이 변하는 방식에 너무 놀란 나머지, 타버린 베닌에 대해서는 생각해보지도 못했다. 내가 아는 한, 우리는 베닌에게 불을 붙인 적이 없다. 테른도 말한 적이 없다.

"밤새 그 문제를 생각해봤거든. 내가 색깔을 바꿀 때는 마법이 다르게 느껴져. 그 순간에 내가 쓴 마력이 베닌을 바꿔놓아서 불이 붙을 만큼 약화시켰을지도 몰라." 앤다나는 발음이 또렷해질 정도로 속도를 늦추긴 했어도 여전히 빠르게 말했다.

"그건… 모든 걸 바꿔놓을 수도 있어." 아래에서 명확하지 않은 목소리가 들리기에 걸음을 빨리했다. *"나중에 자세히 조사해보긴 해야겠다."* 그렇다고 앤다나가 우리의 최신 무기일 수도 있다고 외쳐대서 위험에 빠뜨릴 생각은 없다. 특히나 이미 우리가 포로미엘과 동맹을 맺을 거라는 소문이 돌고 있는 지금은 아니다. 사령부가 앤다나를 위험에 빠뜨리는 것보다 더 나쁜 일이 뭐가 있냐고? 대륙의 지도자들이 똑같은 짓을 하려는 거지.

"원하는 만큼 발버둥쳐도 상관없지만, 걔 핏줄에 흐르는 마력은 말이지." 마지막 몇 굽이에 다가가자 잭의 조롱하는 목소리가 또렷해졌다. "높으신 분들이 걜 원하는 덴 이유가 있어. 형제답게 충고 하나 해줄까? 우리한테 협조하고, 같이 잘 상대는 따로 찾아. 네 악명 높은 통제력이 걔 앞에서 살짝 흔들리기만 해도…."

"절대 그럴 일 없어." 제이든이 얼음장 같은 목소리로 응수했다.

심장이 두 배로 빨리 뛰었고, 나는 계단 마지막 굽이를 내려가지 않고 그들이 보이지 않는 곳에 멈춰 섰다. 잭은 나에 대해 말하고 있었다.

"아무리 너라도 어디부터 빼앗기는지를 좌우할 순 없어, 라이오슨."
잭이 웃어댔다. "하지만 개인적인 경험을 말해주자면, 통제력은 빨리 사라져. 너만 봐도 그렇잖아. 막 원천에서 힘을 공급했는데도 벌써 치료법이 간절해져서 여기에 내려왔지. 네 통제력은 사라질 것이고, 그 후엔… 네가 쏙 빠진 은발은 몸과 함께 회색이 될 테고, 네 눈에 박힌 그 약하디약한 입문자의 고리 표식은 며칠 뒤 사라지는 게 아니라 영원해질 거라고만 해두자."

"그런 일은 일어나지 않아." 제이든이 씹어뱉듯이 말했다.

"네가 직접 걜 갖다 바칠 수도 있어." 쇠사슬 소리. "아니면 날 내보내주고 우리가 같이할 수도 있지. 혹시 또 알아? 그분들은 네가 아심이 되어 걔에 대해 깡그리 잊을 때까지 목줄에 매어두려고 걜 살려둘지도 몰라."

"닥쳐."

나는 주먹을 말아쥐었다. 잭이 제이든이 한 짓을 알아. 저 녀석이 심문을 받자마자 말해버리면 제이든이 체포될 거야. 머릿속이 빙빙 도는 사이에 그 둘은 몇 미터 아래에서 언쟁하기 시작했는데, 내 생각에 빠져서 잘 들리지 않았다. 신들이시여, 이렇게 제이든을 잃을 수도 있다니….

그럴 순 없어. 그렇게는 안 돼. 난 그를 잃을 마음이 없고, 제이든이 스스로를 잃는 것도 용납 못 해.

두려움이 솟아오르려고 했지만, 나는 스멀스멀 퍼지거나 자랄 틈을 주지 않고 그 공포를 없애버렸다. 내 마력보다 더 강력한 힘이 하나 있다면, 그건 바로 단단한 정신력으로 무장한 나의 단호한 의지다.

제이든은 내 거야. 내 심장, 내 영혼, 내 전부라고. 제이든이 나를 구하기 위해 땅에서 채널링을 했으니, 난 그를 구할 방법을 찾을 때까지 세상을 다 뒤질 거야. 대륙의 모든 책을 뒤져보기 위해 테카루스와 거래해야 한다고 해도, 베닌을 모조리 잡아서 한 놈씩 심문해야 한다 해도, 반드시 치료법을 찾아내겠어.

"우린 치료법을 찾을 거야." 앤다나가 다짐했다. *"우선은 가까운 곳부터 털어보겠지만, 만약 내가 정말로 비늘 색을 바꿀 때 무심코 베닌을 바꿔놓은 거라면, 그렇다면 내 동족이 그 방법에 숙달될 길을 알 거야. 제이든을 바꿀 방법. 치료할 방법을."*

앤다나의 가능성과 그에 대한 대가를 생각하자 숨이 가빠졌다. *"그 생각이 맞아도 너를 이용할 순…."*

"난 내 가족을 찾고 싶어. 우리 둘 다 내 동족을 찾으려면 너희 사령부가 내 정체에 대해 알 수밖에 없다는 걸 알지. 그러니 우리 목적에 맞게, 우리 방식대로 그렇게 하자." 앤다나의 말투가 날카로워졌다. *"치료법을 찾기 위해 생각할 수 있는 길은 다 가보는 거야."*

그 말이 옳았다. *"그 길을 모조리 탐색하려면 법을 몇 개나 어겨야 할 수도 있어."*

"드래곤은 인간의 법에 구애받지 않아." 앤다나가 받아치는 말투가 꼭 테른 같았다. *"그리고 너는 나의 계약자이자 테른의 라이더니까, 너도 인간의 법에 따를 필요 없어."*

"반항적인 청소년이라니까." 나는 대여섯 가지 계획을 짜면서 중얼거렸다. 그중에 반은 성공할 수도 있다. 그리고 아무리 테른과 앤다나의 라이더라 해도 처형당할 수 있는 범죄도 있다…. 나만이 아니라, 내가 믿고 끌어들이는 사람들도 마찬가지다. 나는 나에 한해서 그런 위험을 감수하기로 하고, 고개를 끄덕였다.

"넌 다시 비밀을 품어야 할 거야." 앤다나가 경고했다.

"제이든을 보호할 비밀이지." 지금은 잭을 죽이지 않으면서 이 대화를 발설하지 못하게 막는 일부터 해야 한다. 죄수를 죽였다가 뒤따를 수사를 감당할 순 없다.

"정말 퀴르나 크라드에게 묻지 않아도 되겠어?"

"안 돼." 나는 계단을 내려가기 시작했다. 보디와 개릭 말고도 제이든을 최우선으로 할 사람, 믿을 만한 사람은 딱 한 명뿐이었다. 진실을 알아도 되는 사람. *"글레인에게 이모젠이 필요하다고 전해줘."*

01

~~난 오늘 죽지 않을 거야.~~

난 그를 구할 거야.

_ 브레넌의 일기에 바이올렛 소렌게일이 또다시 덧붙임

2주 후.

1월의 비행은 코덱스로 금지해야 마땅하다. 바스지아스 근처 산맥 위에 몰아치는 눈보라를 뚫고 날자니 울부짖는 폭풍과 고글에 자욱하게 끼는 안개 때문에 보이는 게 없다. 나는 최악의 구간을 거의 통과했기를 빌면서 장갑 낀 손으로 안장 폼멜을 꽉 잡았다.

"*오늘 죽는 건 곤란한데요.*" 나는 테른과 앤다나와 연결된 정신 통로로 말했다. "*혹시 오늘 오후에 있을 세나리움에서 날 멀리 떨어뜨려 놓으려고 일부러 이러는 건 아니죠?*" 국왕자문회의에서 초대인 척하는 소환 명령이 오기를 일주일도 넘게 기다렸지만, 군사학교에서 전례 없는 평화회담이 4일째 이어지고 있음을 감안하면 늦어지는 것도 이해가 갔다. 포로미엘은 조건이 맞춰지지 않으면 7일째에 떠나겠다는 뜻을 공공연히 표했고, 상황이 좋아 보이진 않았다. 내가 도착했을 때는 합의하는 분위기이길 빌 뿐이다.

"약속 장소에 가고 싶거든 이번엔 떨어지지 말아라." 테른이 대꾸했다.

"지난번에는 떨어진 게 아니에요." 나는 반박했다. *"소여를 도우려고 뛰어내린 거고…."*

"다시 생각나게 하지 마라."

"계속 날 순찰에서 뺄 순 없어." 베일에서 따뜻하게 보호받고 있을 앤다나가 끼어들었다.

"안전하지 않아." 테른이 백 번째로 앤다나를 일깨웠다. *"날씨는 그렇다 치더라도, 우린 놀자고 비행 나온 게 아니라 베닌을 추적하고 있다."*

"넌 이 눈보라에 날면 안 돼." 나도 맞장구를 치면서 리독이나 에오트롬이 보이는지 살폈지만, 하얀 벽뿐이었다. 가슴이 답답했다. 이런 눈보라 속에서 수십 미터 아래에 있는 베닌은 고사하고, 지형이나 대대원인들 보이겠는가. 지난 2주 동안은 전례 없이 혹독한 폭풍이 군사학교를 연이어 강타했는데, 엄마가 없으니….

순간 슬픔이 가슴에 발톱처럼 박혔다. 나는 급히 얼굴을 올려 광대뼈를 때리는 눈발을 맞으며 뭐든 다른 것에 집중하려고 했다. 그래야 계속 숨 쉬고, 계속 움직일 수 있다. 애도는 나중에 하자. 언제나 나중이지만.

"짧은 순찰일 뿐이잖아." 앤다나의 징징거리는 소리 덕분에 감정에서 빠져나올 수 있었다. *"나도 연습이 필요해. 동족을 찾으러 나설 때 어떤 날씨를 만날지 누가 알아?"*

그 짧은 순찰은 치명적일 때가 여러 번 있었고, 나는 앤다나의 화염이 특별하다는 가설을 시험하고 싶지 않았다. 보호막 안에서 힘이 제한된다 해도 베닌은 치명적인 전사들이다. 전투 후에도 베닌들은 달아나지 않고 기습해서 사망자 명단에 여러 명의 이름을 더했다. 제1비행단, 제3비행단, 그리고 우리 제4비행단 발톱전대도 인명 손실을 겪었다.

“그렇다면 비행 중에 마력을 골고루 퍼뜨려서 신체 말단까지 온기를 유지하는 연습을 하거라. 네 날개는 이런 얼음의 무게를 견디지 못해.” 테른이 떨어지는 눈덩이에 대고 그르렁거렸다.

“네 날개는 이런 얼음의 무게를 견디지 못해.” 앤다나가 대놓고 테른을 흉내 냈다. *“그런데 테른의 날개는 그 자아도취를 용케 견디네.”*

“어른들은 일하게 두고 가서 양이나 찾으렴.” 몸 아래에서 테른의 근육이 익숙한 패턴으로 움직였고, 나는 급강하에 대비해 안장이 허용하는 데까지 몸을 숙였다.

테른이 날개를 확 접고 폭풍을 가르며 곤두박질치자 내장이 목구멍까지 튀어 오르는 느낌이었다. 바람이 겨울 비행용 후드를 찢을 듯했고, 안장의 가죽 끈이 얼어붙은 허벅지를 파고들자 나는 지날 신에게 우리 바로 아래에 산봉우리가 없기만을 기도했다.

테른이 수평비행으로 전환한 후 속이 진정되자, 고글을 이마 위로 올리고 재빨리 눈을 깜박여 앞을 제대로 보았다. 고도가 뚝 떨어지면서 폭풍이 잦아들었고, 시야가 한결 나아진 덕분에 비행장 바로 위의 바위 능선을 알아볼 수 있었다.

“문제없어 보이네요.” 얼음 탄환처럼 느껴지는 눈송이와 바람의 맹공에 눈물이 핑 돌았다. 나는 스웨이드 장갑 끝으로 고글을 닦아서 다시 얼굴에 썼다.

“동의한다. 페이그와 크루스에게도 같은 보고를 들으면 오늘 순찰은 끝내자.” 테른이 그르렁거렸다.

“사흘 연속으로 적과 마주치지 않은 게 나쁜 일인 것처럼 말하네요.” 어쩌면 정말로 우리가 베닌을 다 잡아 죽였는지도 모른다. 교수들이 나머지 지역을 청소하는 동안, 생도들은 바스지아스 주변에서 베닌 서른 한 놈을 죽였다. 하지만 베닌 하나가 우리 중에 있다고 누군가 의심했다

면 서른둘이 되었겠지. 그 사람이 서른한 놈 중에 열일곱을 죽였다 하더라도.

"너무 조용한 게 마음이 편하지 않아…." 바로 위에서 날카로운 바람 소리가 들리자 테른이 고개를 젖혔다. 나도 따라서 고개를 들었다.

아, 안 돼.

바람이 아니라 날개였다.

에오트롬의 발톱이 시야를 가득 메웠고, 놀라서 심장이 멎는 것 같았다. 에오트롬이 우리 바로 위로 하강했다.

"테른!" 내가 소리치기 전에 테른은 이미 왼쪽으로 몸을 기울이며 비행경로에서 벗어나고 있었다.

세상이 빙글빙글 돌고, 속이 뒤집히면서 하늘과 땅이 두 번이나 자리를 바꾼 후에 테른이 요란한 소리를 내며 날개를 펼쳤다. 그 움직임 때문에 날개 위쪽에 두껍게 덮여 있던 얼음층이 깨어지며 얼음덩이가 우수수 떨어졌다.

내가 떨리는 숨을 깊이 들이마시는 사이에 테른은 전력을 다해 날갯짓을 하더니, 순식간에 수십 미터 고도를 회복해서 리독과 계약한 브라운 소드테일을 향해 똑바로 날아갔다.

테른의 분노가 내 몸에 넘치면서 폐 속까지 후끈 달아올랐다. 나는 차단벽을 올려서 우리의 결속을 통해 밀려드는 감정을 조금이나마 약화시켰다.

"하지 마요!" 테른이 에오트롬 왼쪽으로 올라가는 것을 보고 허공에 대고 외쳤지만, 늘 그렇듯이 테른은 하고 싶은 대로 했다. 에오트롬의 머리통에서 고작 몇 센티미터도 떨어지지 않은 곳에서 딱 소리 나게 이를 부딪쳤다. "사고였잖아요!" 보통은 소통하는 드래곤들 사이에 일어나지 않는 사고지만.

테른이 경고를 되풀이하자, 상대적으로 몸집이 작은 에오트롬은 꽥 소리를 내더니 항복의 뜻으로 목을 드러냈다.

리독이 눈보라 사이로 내 쪽을 보고 두 손을 들어 올렸는데, 내가 사과의 뜻으로 어깨를 으쓱이는 모습을 봤는지는 잘 모르겠다. 에오트롬이 멀어지더니 남쪽 비행장을 향해 날아갔다.

페이그와 리는 귀환한 모양이었다.

"꼭 그래야만 했어요?" 차단벽을 내리자 테른과 앤다나와의 연결은 완전히 돌아왔지만, 제이든에게 이어지는 경로는 여전히 막힌 채 예전의 메아리처럼 흐릿하게 어른거리기만 했다. 연결을 잃으니 짜증이 나지만, 그는 아직 그 통로를 열 만큼 스스로를 믿지 못한다.

"그래." 테른은 한마디로 답이 충분하다는 듯이 선언했다.

"테른은 에오트롬의 두 배는 큰 데다가, 누가 봐도 사고였다고요." 우리는 빠르게 비행장으로 내려갔다. 협곡에 쌓인 눈은 2학년과 3학년의 끊임없는 순찰 비행 때문에 다져져서 진흙길이 되어 있었다.

"부주의했던 데다가, 스물두 살짜리 드래곤이 자기 라이더와 말다툼하고 있다는 이유만으로 다른 드래곤과의 연결을 차단하면 안 되지." 테른이 우르릉거리며 분노를 진정시키는 사이에 에오트롬은 리의 그린 대거테일, 페이그 옆에 착륙했다.

테른의 발톱이 에오트롬 왼쪽의 얼어붙은 땅을 때렸고, 갑작스러운 착륙에 내 온몸의 뼈가 얻어맞은 종처럼 진동했다. 척추를 따라 통증이 내달리고, 허리가 제일 날카로운 타격을 받아냈다. 나는 코로 호흡하면서 최악의 아픔을 흘려보낸 후에 나머지를 받아들이고 넘어갔다. *"흠, 우아한 착륙이었네요."* 나는 아무렇지 않은 척하며 고글을 이마로 올렸다.

"다음엔 네가 날아보든가." 테른은 젖은 사냥개처럼 몸을 털었고, 비늘에서 얼음과 눈이 튀는 바람에 급히 두 손으로 얼굴을 가려야 했다.

테른이 잠잠해진 걸 확인한 후 안장의 가죽 끈을 잡아당기는데, 전투 후에 꿰맨 삐뚤빼뚤한 바느질 자국에 버클이 걸려서 바늘땀 하나가 터졌다. *"젠장. 제이든이 고치게 놔뒀으면 이런 일은 안 일어날 텐데요."* 나는 안장에서 몸을 빼내고, 추위에 곱아든 관절의 통증을 무시하면서 내 손바닥처럼 잘 아는 스파이크와 비늘 사이의 얼음 밭을 걸었다.

"애초에 어둠 녀석이 자른 것도 아니잖느냐." 테른이 대꾸했다.

"그렇게 부르지 좀 마요." 나는 균형을 잡기 위해 두 팔을 뻗고 내 관절을 욕하면서 테른의 어깨까지 갔다. 이 기온에 안장에서 한 시간을 보냈더니 무릎이 문제가 아니라 고관절이 제대로 움직이는 게 다행이었다.

"진실을 회피하지 말아라." 내가 얼음을 피해서 내려갈 준비를 하는 동안에도 테른은 또렷하게 저주를 읊었다. *"그놈의 영혼은 이제 자기 것이 아니야."*

"과장이 좀 심하네요." 이 언쟁을 또 벌이고 싶진 않았다. *"눈도 정상으로 돌아왔고…."*

"그런 종류의 힘은 중독성이 있다. 너도 알 텐데. 모른다면 밤에 자는 척하지도 않을 테니." 테른이 뱀처럼 목을 꼬더니 금빛 눈으로 나를 노려보았다.

"자고 있거든요." 완전히 거짓말은 아니지만, 이젠 확실히 화제를 바꿀 때가 되었다. *"나한테 교훈이라도 주려고 안장을 직접 수리하게 한 거예요?"* 새로 쌓인 눈더미에 안착할 때까지 미끄러져 내려가는 동안 테른의 비늘에 걸릴 때마다 엉덩이가 아팠다. *"아니면 이제 제이든에게 내 장비를 못 맡기겠어요?"*

"그래." 테른은 고개를 쭉 들어 올리더니, 날개에 불길을 내뿜어서 남아 있던 얼음을 녹였다. 나는 차가운 몸에 고통스럽게까지 느껴지는 그 열기를 외면했다.

"테른…." 나는 애써 말을 고르다가 그를 올려다보았다. "이번 회의 전에 테른이 어떤 입장인지 알아야겠어요. 엠피리언이 승인하든 안 하든, 테른이 없으면 난 아무것도 할 수 없어요."

"그건 네가 구제할 길 없는 놈을 치료한다는 명목으로 죽음을 자초하려고 짠 수많은 계획들을 내가 지지하냐는 뜻이겠지?" 그는 다시 한번 내 쪽으로 고개를 틀었다.

앤다나와의 연결이 팽팽하게 긴장했다.

"그 사람은 그런…." 나는 구제할 길 없다는 말에 대해 반박하려다 말았다. 나머지는 맞는 말이었으니까. "그런 셈이죠."

테른은 가슴속 깊이 그르렁거렸다. "난 준비운동으로 날개를 데우지 않고는 무거운 녀석을 데리고 장거리 비행을 하지 않는다. 그걸로 질문에 답이 되지 않으냐?"

앤다나 이야기였다. 나는 안도감에 빠르게 날숨을 뱉었다. "고마워요."

테른의 콧구멍에서 수증기가 구름처럼 뿜어나왔다. "하지만 내가 너와 내 짝, 그리고 앤다나를 지지한다고 해서 그걸 그놈에 대한 믿음으로 착각하지는 말거라." 테른은 대화를 끝내자는 신호로 고개를 들어 올렸다.

"알았어요." 나는 그쯤하고 리와 퀸이 기다리는 길로 터벅터벅 걸어갔다. 오른쪽에 보이는 리독도 테른 옆을 크게 돌아서 그리로 향했다. 감각이 거의 없는 장갑 속의 손가락으로 겨울 비행용 후드에 달린 단추 세 개를 더듬어 풀자 모피를 덧댄 천이 코와 입에서 떨어졌다. "다들 아무 일 없었어?"

리와 퀸은 추워 보였지만, 고맙게도 다친 곳은 없었다.

"여전히… 놀랍도록 일상적이야. 걱정할 만한 건 보지 못했어. 와이번 소각장에도 여전히 재와 뼈만 있고." 리는 후드 안쪽에 붙은 눈덩이를 떼어내고는, 어깨 길이로 땋은 검은색 머리 위로 다시 후드를 뒤집어썼다.

"우린 마지막 10분 동안 아무것도 못 봤어. 땅땅." 리독이 장갑 낀 손을 머리카락에 밀어 넣자 녹지 않은 눈송이들이 갈색 빵으로 후두둑 떨어졌다.

"너는 얼음 능력자기나 하지." 나는 짜증스럽게도 눈송이 하나 붙지 않은 리독의 얼굴을 가리켰다.

퀸은 금빛 곱슬머리를 잽싸게 말아 올렸다. "능력을 쓰면 몸을 데우는 데도 도움이 돼."

"내가 뭘 때릴지 보이지도 않는데, 그럴 수야 없지." 전투 중에 도관을 잃어버렸으니 더 그랬다. 나는 리독을 흘긋 보았다. 그 뒤에서 꼬리전대의 드래곤들이 순찰 비행을 위해 이륙하고 있었다. "그런데 에오트롬하고는 왜 싸우고 있던 거야?"

"그건 미안하게 됐어." 리독이 움찔하며 목소리를 낮췄다. "에오트롬은 집에 가고 싶어 해. 아레티아 말이야. 거기서부터 일곱 번째 용종 수색을 개시해도 된다는 거지."

리가 고개를 끄덕이고, 퀸은 입술을 굳게 다물었다.

"그래, 이해해." 나도 동의한다. 그런 드래곤이 많았다. 우리는 이곳에서 딱히 환영받는 존재가 아니었다. 나바르 라이더와 아레티아 라이더 사이의 화합은 전투가 끝나고 몇 시간 만에 허물어졌다. "하지만 포로미엘 민간인들을 구할 동맹을 맺으려면 우리가 여기 남아 있어야 해. 당분간만이라도."

굳이 말할 것도 없이, 제이든은 우리가 여기 남아야 한다고 주장했다.

"그놈이 남은 건 나바르 보호막이 너를 그놈에게서 지키기 때문이지." 내가 그 말을 무시하자 테른은 다시 한번 불길을 뿜어서 왼쪽 날개를 데우더니, 몸을 웅크렸다가 다른 드래곤들과 함께 하늘로 날아올랐다.

훈련장과 분과를 가르는 능선 아래 터널을 통과해보니 안마당은 거의 비어 있었다. 앞에 보이는 기숙사도, 건물들 사이를 연결하는 중앙 로톤다도, 다른 모든 건물도 눈으로 뒤덮여 있었다. 왼쪽 앞의 학예동 남쪽 끝만이 예외였는데, 그곳의 제일 높은 망루에서는 말렉의 불이 망자들의 소지품을 집어삼키고 있기 때문이었다.

죽음의 신은 어머니의 일기장을 간직했다는 이유로 나를 저주할지도 모르지만, 어차피 말렉을 만나게 된다면 나도 해주고 싶은 말이 한둘이 아니었다.

"보고." 왼쪽 연단에서 아우라 바인헤븐이 명령했다. 같이 선 사람은 뚱한 얼굴에 다부진 몸의 이완 페이버였는데, 나바르에 남은 얼마 안 되는 제4비행단 소속이자 새 단장이었다.

"아, 잘됐네. 다들 돌아왔구나." 팔짱을 낀 채 넓은 어깨에 눈을 맞고 있는 이완의 목소리에서 비아냥이 뚝뚝 떨어졌다. "얼마나 걱정했는지."

"저 멍청이는 우리가 떠날 땐 겨우 대대장이었는데." 리독이 중얼거렸다.

"오늘 아침엔 아무것도 없었어." 리애넌이 대답하자 아우라는 고개를 끄덕였지만, 굳이 무슨 말을 하지는 않았다. "전선 소식은?"

뱃속이 꼬였다. 정보가 없는 게 고통스러웠다.

"탈영병 떼거리와 공유할 정보는 없어." 아우라가 대답했다.

아, 저걸 그냥.

"너희를 구해준 탈영병 떼거리지!" 퀸이 가운데 손가락을 들어 보였고, 우리는 눈 덮인 자갈 바닥을 밟으면서 계속 걸어갔다. 퀸은 우리에게만 들릴 만큼 작은 목소리로 말을 이었다. "나바르 라이더, 아레티아 라이더…. 이런 식으로는 뭘 제대로 할 수가 없어. 저것들이 우리를 받아들이지 않는다면 플라이어들은 가망이 없잖아."

나도 같은 마음으로 고개를 끄덕였다. 그 문제에 대해서는 미라가 노력하고 있다. 미라가 알아낸 바를 사령부가 안다거나, 그 정보를 이용하도록 허락한다는 건 아니다. 설령 그게 양국 협상에 도움이 된다 해도 말이지. 거만한 멍청이들.

"드베라 교수와 케이오리 교수가 곧 돌아올 거야. 왕족들이 우리가 떠난 죄를 사면하는 조약에 서명하는 대로 두 분이 지휘 체계를 정리하겠지." 리는 앞쪽 로톤다에서 이모젠이 걸어나오자 고개를 삐딱하게 기울였다. 돌계단을 내려오느라 이모젠의 분홍색 머리가 광대뼈 위로 흘러내렸다. "어이, 카둘로. 순찰 빼먹었어."

"태비스 소위님이 다른 일을 배정했어." 이모젠은 우리 쪽으로 오면서 한 호흡도 망설이지 않고 설명했다. 시선은 나에게 날아왔다. "소른게일, 얘기 좀 해야겠는데."

나는 고개를 끄덕였다. 이모젠은 제이든 임무를 맡고 있었다.

"내일은 출석하도록 해." 리는 다른 두 사람과 함께 이모젠을 지나치더니, 계단을 반쯤 올라가서 두 사람을 먼저 들여보낸 뒤 어깨 너머를 보았다. "잠깐만. 미라가 오늘 돌아오던가?"

"내일이야." 불안감이 내 목에 작고 예쁜 끈을 감아 잡아당기는 느낌이었다. 계획을 세우는 것과 그 계획을 수행하는 건 전혀 다른 문제였다. 특히나 그 결과가 내가 사랑하는 사람들을… 다시 한번 배신자로 만들 수 있을 때는 말이다.

"생각할 수 있는 길은 다 가보는 거야." 앤다나가 나를 일깨웠다.

"생각할 수 있는 길은 전부 다 가봐야지." 나도 주문처럼 그 말을 되풀이하고 어깨를 폈다.

"잘됐네." 리의 얼굴에 천천히 미소가 번졌다. "네 볼일이 끝났을 때 우린 병동에 있을 거야." 리는 남은 계단을 걸어올라 로톤다로 향했다.

"2학년들에게 미라가 뭘 하는지 말했어?" 이모젠이 날카롭게 추궁하는 투로 속삭였다.

“라이더에게만.” 나는 똑같이 작은 소리로 대꾸했다. “우리가 잡히면 반역이지만, 플라이어들이 잡히면….”

“전쟁이지.” 이모젠이 내 말을 대신 맺었다.

“리독, 너 지금 이 문을 얼려 놓은 거야?” 리가 계단 끝에서 온 힘을 실어 로톤다 문을 잡아당기며 외치다가 포기하고는 왼쪽 문으로 들어갔다. “당장 돌아와서 고쳐놔!”

“그래. 저 녀석들에게 말하다니 탁월한 선택이었네.” 이모젠은 리독이 로톤다 안에서 미친 사람처럼 웃는 소리를 들으며 콧잔등을 문질렀다. “너희 넷은 보통 골칫거리들이 아니야. 우리가 처형당하지 않고 이 일에서 빠져나오면 기적일 거다.”

“선배는 연루될 필요 없어.” 나는 18개월 전이었다면 꿈도 꾸지 못했을 태도로 이모젠을 노려보았다. “선배가 돕든 말든 난 할 거야.”

“기분이 상했나 봐?” 이모젠이 입꼬리를 올렸다. “긴장 풀어. 미라가 방법을 알아낸다면야 당연히 나도 참여하지.”

“미라는 실패하는 법을 모르지.”

“그건 나도 알겠어.” 우리 얼굴에 눈보라가 불어오면서 이모젠의 눈빛이 굳어졌다. “하지만 부디 네 무시무시한 4인조 친구들에게 우리가 이 짓을 왜 하는지 모조리 털어놓진 않았길 바란다.”

“당연히 안 했지.” 나는 장갑을 주머니에 밀어 넣었다. “제이든은 선배에게 그걸 알려주는 짐을 지웠다는 이유로 아직도 나에게 화가 나 있어.”

“그렇다면 은폐할 일을 만드는 멍청한 짓거리를 그만해야지.” 이모젠은 추위에 두 손을 비비면서 나를 따라 계단을 올랐다. “이봐, 실은 개릭, 보디와 이야기해봤는데….”

“나 빼고 셋이?” 등이 뻣뻣해졌다.

"너에 대한 이야기였어." 이모젠은 미안해하는 기색도 없이 말했다.

"더 좋네." 나는 문에 손을 뻗었다.

"우린 네가 잠자리 문제를 다시 생각해야 한다고 봐."

문고리를 잡은 손에 힘이 들어갔고, 문짝으로 이모젠의 얼굴을 때려줄까 싶었다. "다들 뭐라고 생각하든 알 게 뭐야. 난 제이든에게서 도망치지 않아. 제이든은 통제력을 잃은 순간조차도 날 해친 적이 없어. 절대로 안 그럴 거야."

"나도 네가 그렇게 말할 거라고는 했어. 하지만 그 둘이 그래도 물어보라고 했다는 게 놀랍진 않겠지. 라이오슨은 아니라도 너만큼은 아직 예측할 수 있다는 걸 확인하니 좋네."

"오늘 아침에 제이든은 어땠어?" 텅 빈 로톤다 안으로 들어가자 열기가 얼굴을 덮쳤고, 나는 후드를 젖혔다. 수업도, 점호도, 최소한의 질서도 없다 보니 학예동은 버려져 있지만, 공용공간과 강당 안은 다음 순찰에서도 살아남기를 바라며 누구에게라도 좌절감을 풀고 싶어 하는 불안하고 걱정 가득한 생도들로 북적였다. 다들 전투 브리핑을 듣고 싶어 죽을 지경이었다.

"언제나처럼 뚱하고 고집스러워." 이모젠은 기숙사로 건너가는 길에 대답하다가, 우리를 노려보는 제1비행단 2학년들 옆을 지나칠 때는 입을 다물었다. 캐롤라인 애쉬튼이 있는 걸 보니 진실 감별사들에게 결백하다는 판정을 받은 모양이었다. 다행히도 힐러 분과로 이어지는 내리막길은 텅 비어 있었다. "우리 계획을 라이오슨에게 말할 생각이야?"

"우리가 앤다나의 동족을 찾으러 가게 될 거라는 건 제이든도 알아. 나머지에 대해서는? 알고 싶어 하지 않아." 나는 다가오는 제3비행단 소속 아레티아 라이더 한 쌍에게 목례했다. 터널에 도착한 후였지만, 우리는 그들이 듣지 못할 때까지 기다렸다가 대화를 재개했다. "자기가 의도치 않게 정보를 흘릴까 봐 걱정하더라. 웃기는 소리지만, 제이든을 존중하려고 해."

"라이오슨이 네가 또 다른 반란을 이끌고 있다는 사실을 알게 되는 순간이 기대된다." 이모젠은 힐러 분과로 이어지는 지붕 다리를 건너면서 히죽거렸다.

"반란이 아니야. 내가… 이끄는 것도 아니고." 제이든, 데인, 리, 이런 사람들이 리더지. 부대를 고무하고 명령하는 사람들. 난 그저 제이든을 구하기 위해 무슨 짓이든 하고 있을 뿐이다.

"앤다나의 동족을 찾는 임무도?" 이모젠이 힐러 분과 문을 열어젖혔고, 나도 따라 들어갔다.

"그건 다르지. 난 리더가 아니라, 리더를 뽑는 사람일 뿐이야. 그것도 희망사항이고." 어수선한 터널 저편, 주로 보병의 파란 제복 차림으로 조용히 자고 있는 환자들 너머를 보다가 그 사이를 움직이는 후드 차림의 서기들을 보았다. 그들은 아직도 전투 사상자를 집계하는 중이었다. "같은 소리처럼 들리지만 아니거든."

"그렇겠지." 비아냥거리는 답이었다. "어쨌든 전할 말은 했으니 이 대화는 끝이야. 미라가 돌아오면 알려줘." 이모젠은 학교 본관 쪽으로 걸어갔다. "소여에게도 안부 전해주고, 오후 시간 잘 보내라!"

"고마워." 나는 이모젠의 등 뒤에 외치고 병동으로 돌아섰다. 문 안으로 들어서자 약초와 금속 냄새가 폐부를 때렸다. 나는 오른쪽에 보이는 트레이거에게 손을 흔들었다. 그는 치유 훈련을 받은 플라이어들과 함께 최선을 다해 돕고 있었다.

환자의 침대 옆에 선 트레이거는 마주 고개를 끄덕이더니, 바늘과 실에 손을 뻗었다.

나는 부상자들이 줄줄이 누운 커튼 친 침대 구역을 종종대며 들락거리는 힐러들을 막지 않도록, 제일 가까운 모퉁이로 빠르게 걸어갔다. 마지막 침대 가림막에 다가가자 리독의 웃음소리가 들렸다. 구석에 버려진 겨울 비행 재킷 무더기와 하늘색 커튼을 묶어놓은 소여의 침대를 비좁게 에워싼 2학년 대대원들이 보였다.

"과장 좀 작작해." 리애넌이 소여의 머리 근처에 놓인 나무 의자에서 리독을 향해 손가락을 흔들었다. 리독은 침대 위, 소여의 무릎 아래가 있어야 했던 바로 그 자리에 앉아 있었다. "난 그저 이렇게 말했을 뿐이야. 그건 우리 대대의 테이블이고 너희는…."

"그 비겁한 궁둥이를 일으켜서 원래 소속인 제1비행단 구역으로 돌아가라고 했지." 리독이 다시 웃어대면서 말을 가로챘다.

"정말로 그러진 않았겠지." 소여의 입꼬리가 비틀려 올라갔지만, 그건 진짜 웃음과는 거리가 멀었다.

"정말로 그랬어." 메런 옆으로 바닥에 쭉 뻗은 캣의 다리를 밟지 않으려고 조심하면서 그 비좁은 공간에 들어선 나는 비행 재킷 단추를 풀어서 재킷 더미 위에 던졌다.

"라이더들은 별걸 다 가지고 화를 낸단 말이야." 캣이 한쪽 눈썹을 치켜올리면서 마컴의 역사 교과서를 휙휙 넘겼다. "우리에겐 테이블 자리보다 훨씬 큰 문제들이 있어."

"사실이야." 메런이 짙은 갈색 머리카락을 네 가닥으로 땋으면서 고개를 끄덕였다.

"순찰은 어땠어?" 소여가 누구의 도움도 받지 않고 더 꼿꼿한 자세로 앉았다.

"잠잠해." 리독이 대답했다. "놈들을 다 잡았는지도 모르겠어."

"아니면 놈들이 도망쳤겠지." 생각에 잠긴 소여의 눈빛이 흐려졌다. "너희는 곧 그놈들을 추적하게 되겠구나."

"졸업하기 전까진 아니지." 리가 다리를 꼬았다. "생도들을 국경 너머로 보내진 않잖아."

"물론 바이올렛은 빼고 말이지. 바이올렛은 우리가 이 전쟁에서 이길 수 있도록 일곱 번째 용종을 찾아 떠날 테니까." 리독이 얄밉게 웃으며 내 쪽을 보았다. "걱정하지 마. 바이는 내가 지킬게."

리독이 놀리는 건지, 진지한 건지 알 수 없었다.

캣이 코웃음을 치더니 교과서를 또 한 장 넘겼다. "위에서 널 보내줄 것 같아? 분명히 장교들만 보낼걸."

"절대 안 되지." 리독이 고개를 저었다. "바이의 드래곤이고, 바이의 규칙이야. 맞지?"

모두가 내 쪽을 돌아보았다. "위에서 우리에게 임무를 맡긴다고 치고, 내가 믿고 같이 갈 사람들 목록을 제출하긴 할 거야." 목록을 어찌나 여러 번 고쳤던지, 내가 최종 목록을 제대로 가지고 왔는지도 헷갈릴 지경이었다.

"우리 대대를 데려가야지. 우린 팀으로 일할 때 가장 훌륭해." 소여는 그렇게 말하다가 자조했다. "내가 헛소리를 했네. 우리가 아니라 너희가 팀으로 훌륭하지. 난 계단도 겨우 오르는 몸이고." 그는 침대 옆에 놓인 목발을 고갯짓으로 가리켰다.

"넌 여전히 우리 팀이야. 물 마셔." 협탁에 손을 뻗은 리가 제시니아의 글씨가 적힌 듯한 쪽지를 지나쳐서 주석 잔을 잡았다.

"물을 마신다고 내 다리가 다시 자라진 않아." 소여가 받아들자 금속 손잡이가 쉭 소리를 내며 그의 손에 맞는 모양으로 변했다. 소여는 나를 올려다보았다. "너는 어머니를 잃었는데 이런 소리나 하다니, 형편없는 건 알지만…."

"아픔은 경쟁이 아니야." 나는 친구에게 단언했다. "언제나 모두에게 돌아갈 몫이 있지."

소여는 한숨을 쉬었다. "챈들러 대령님이 찾아왔었어."

속이 텅 비는 기분이었다. "은퇴한 라이더들의 지휘관?"

소여가 고개를 끄덕였다.

"뭐?" 리독이 팔짱을 끼며 발끈했다. "2학년 생도는 은퇴하지 않아. 죽긴 하지만, 은퇴는 아니지."

"그건 알아." 소여가 대답했다. "난 그저…."

순간 날카로운 비명이 병동에 메아리쳤다. 무릎이 다 후들거리는 소리였다. 통증보다 훨씬 나쁜 뭔가… 끔찍한 공포에서 나온 소리. 그 후에 따라온 정적에 뼛속까지 한기가 스몄고, 상황을 이해하자 목덜미 털이 쭈뼛 일어섰다. 나는 단검 두 개를 빼 들고 위협을 마주하려 몸을 돌렸다.

"뭐였어?" 리독이 소여의 침대에서 내려왔고, 나머지도 즉각 움직였다. 나는 커튼 밖으로 나가서 열려 있는 병동 문 쪽으로 몸을 회전시켰다.

"죽었어!" 파란색 제복을 입은 생도 하나가 비틀거리며 뛰어들더니 손을 짚고 엎어졌다. "다 죽었어!"

그의 목 옆에 찍힌 회색 손자국을 못 알아볼 순 없었다.

베닌이다.

심장이 멈출 것 같았다. 우리가 순찰에서 놈들을 찾지 못한 건… 그들이 이미 내부에 있기 때문이었다.

02

가장 희귀한 고유 능력, 그러니까 한 세대나 한 세기에 한 번 나타나는 능력이 동시에 발현된 예는 두 번밖에 기록되지 않았고, 둘 다 역사상 아주 위태로운 시기였다. 그러나 가장 강력한 여섯이 동시에 대륙을 걸어다닌 때는 단 한 번뿐이었다. 엄청난 장관이었을 테지만, 그런 일이 다시 일어나는 모습을 살아서 보고 싶지는 않다.

_ 달턴 시스네로스 소령, 《고유 능력 연구》

"*놈들이 안에 있다!*" 테른이 고함을 질렀다.

"*거기까진 이미 알아냈어요.*" 나는 단검 두 자루를 허벅지에 차고 있던 합금 단검으로 바꾼 다음, 한 자루는 소여에게 건넸다. "아무도 오늘 죽지 않아."

소여는 손잡이 쪽으로 단검을 받아 쥐면서 고개를 끄덕였다.

"메런, 소여 지켜." 리애넌이 지시했다. "캣, 누구든 도울 수 있는 사람을 도와줘. 가자!"

"그러니까 난 그냥… 여기 있으라고?" 뒤에서 소여가 외치더니, 우리가 줄줄이 늘어선 병동 침상들 사이를 달려가 버리자 작은 소리로 욕을 했다.

먼저 문에 도착해보니 위니프레드가 울부짖는 보병 생도의 어깨를 잡고 있었다. "바이올렛, 나가지 말…." 그녀가 입을 열었다.

"문 잠그세요!" 나는 달려 나가면서 외쳤다.

"문으로 놈들을 막을 수 있겠어?" 리독이 터널에 진입하면서 이의를 제기했고, 우리 셋 다 앞에 보이는 광경에 미끄러지듯 멈춰 섰다.

복도로 흘러넘친 침대마다 담요가 다 젖혀져서, 바싹 마른 시신들이 보였다. 속이 철렁했다. 어떻게 이런 일이, 이렇게 빨리 벌어졌지?

"젠장." 오른쪽에 선 리독이 단검을 하나 더 뽑는 사이, 뒤쪽 병동 문에서는 라이더 두 명이 달려 나왔다. 제2비행단 소속이었다.

제이든에게 마음을 뻗어봤지만, 차단벽을 뚫을 수가 없었다.

답답하지만, 괜찮아. 나 혼자서도 얼마든지 싸울 수 있고, 옆에 리독과 리도 있어.

"네겐 도관이 없다." 테른이 나를 일깨웠다. 아직 도관 없이는 번개를 정확하게 내리칠 수 없었다. 실내에서는 더욱 무리고.

"어차피 번개보다는 단검을 훨씬 잘 던졌는걸요. 보호석을 지키는 라이더들에게 경고하세요."

"이미 했다."

"너희는 다리를 확인해!" 리애넌이 명령하자 제2비행단의 두 사람은 라이더 분과 방향으로 달려갔다.

"놈들을 죽이고 나면 시체를 밖으로 가지고 나와. 재미 삼아 구워보게." 앤다나가 제안했다.

"지금은 안 돼." 나는 호흡을 가라앉히고 집중했다.

"정신 바짝 차려." 리애넌은 목소리만큼이나 흔들림 없는 손으로 합금 단검을 뽑더니 내 왼쪽으로 이동했다. "가자."

우리는 한 몸처럼 조용하고 빠르게 복도를 걸었다. 나는 앞만 보았고,

리와 리독이 왼쪽과 오른쪽을 살폈다. 두 사람이 말이 없다는 사실만으로 알 수 있었다. 생존자는 없다.

구부러진 터널을 걸어가다가 마지막 간이침대를 지나친 순간, 앞쪽 계단에서 서기 한 명이 튀어나오더니 로브 자락을 휘날리면서 전속력으로 우리를 향해 달려왔다.

나는 손에 쥔 단검을 뒤집어 칼끝을 잡았다. 심장이 두 배로 빨리 뛰기 시작했다.

"놈들은 어디 있지?" 리가 그 서기에게 물었다.

그 순간 서기의 후드가 뒤로 넘어가면서 붉은 테를 두른 눈과 관자놀이에 거미집처럼 돋아난 혈관이 드러났다. 어떻게 봐도 생도는 아니군. 그놈이 로브 속으로 손을 뻗어 장검 손잡이를 쥐었을 때 나는 이미 손목을 털었다. 단검은 정확히 그놈의 가슴 왼쪽에 박혔고, 놈은 충격에 눈을 부릅뜬 채로 볼품없이 터널 바닥에 무너졌다. 그리고 심장이 한 번 뛰는 사이에 몸이 쭈글쭈글해졌다.

"젠장. 가끔은 네가 단검을 얼마나 잘 던지는지 깜박한다니까." 리는 주위를 살피면서 속삭였다. 우리는 다시 전진했다.

"너 어떻게 알았어?" 리독이 똑같이 작은 소리로 묻더니 잽싸게 껍데기만 남은 몸을 걷어차서 뒤집고 내 단검을 회수했다.

"진짜 서기라면 아카이브 방향으로 뛰었을 거야." 나는 단검을 받아 들고 칼자루를 쥐었다. "고마워." 마력으로 인한 합금의 진동이 약해지긴 했지만 아직 사라지진 않았으니 한 번 더 죽일 수 있을 것이다. 이모젠과 병동으로 가던 길에 서기를 얼마나 많이 봤는데, 어떻게 보고도 몰랐지? "저런 수법으로 우리 몰래 배를 채운 거였어. 서기처럼 입고 있었던 거야."

터널 반대편에서 크림색 로브 두 명이 다가왔다. 마법 불빛이 두 사람의 1학년 표식을 비췄고, 나는 다시 단검을 던질 준비를 했다.

"후드 벗어." 리가 지시했다.

둘 다 화들짝 놀랐다. 오른쪽에 선 생도가 재빨리 후드를 젖히긴 했지만, 왼쪽 생도는 커다란 푸른 눈으로 내 발치의 시체를 쳐다보며 손을 살짝 떨었다. "혹시 저게…." 생도가 속삭였고, 옆에 있던 친구는 비틀거리는 친구를 감싸안았다.

"맞아." 나는 둘 다 눈 주위에 핏줄이 두드러지지 않는다는 사실을 확인하고 단검을 내렸다. "아카이브로 가서 다른 사람들에게 경고해."

두 여성은 돌아서서 달려갔다.

"위, 아니면 아래?" 리독이 계단 앞에 서서 물었다.

아래쪽에서 누군가가 소리를 질렀다.

"아래." 리와 내가 동시에 대답했다.

"끝내주네." 리독이 목을 돌렸다. "막 에너지를 섭취한 베닌 몇 놈이 기다리는지 모르는 고문실을 향해 내려가다니. 아주 좋아." 앞장선 리독은 단검을 왼손으로 바꿔 쥐고 오른손은 얼음 능력을 쓸 태세로 들어 올렸고, 리애넌은 내 뒤로 바짝 붙었다.

우리는 벽에 등을 붙인 채로 빠르게 계단을 내려갔고, 나는 바스지아스를 돌계단으로 만든 에란 노리스에게 감사의 마음을 날렸다. 나무 계단이었다면 삐걱거릴 수도 있고, 불탈 수도 있지 않은가.

"과거 말고 현재에 집중하거라." 테른이 잔소리했다.

아래에서 금속성이 울렸는데, 검날끼리 부딪치는 소리부터 강철이 돌을 긁는 듣기 싫은 소리까지 다양했다. 하지만 내가 마력을 일으키면서 걸음을 재촉한 건 고통스러운 신음 소리와 뒤섞여 울려 퍼지는 미치광이 같은 웃음소리 때문이었다. 마력이 솟구쳐서 피부가 지글거렸다.

"제어해!" 테른이 명령했다.

"*조용히 좀 해요.*" 나는 상황을 일깨우며 차단벽을 쳐서 테른을 막았다. 물론 테른은 마음먹으면 밀고 들어올 수 있겠지만.

"먹잇감은 그만 가지고 놀고, 이 문 좀 열게 거들어!" 누군가가 아래에서 명령했다. 그 문을 열고 싶어 한다면 확실히 우리 편은 아니었다. 잭을 구하러 온 거다.

"발로우에게 위병이 몇 명 붙었지?" 리독이 속삭였다. 계단 굽이만 돌면 아래에서 기다리는 놈들에게 우리가 보일 터였다.

"두 명…." 리애넌의 답변은 작지만 고통스러운 비명 소리에 덮여버렸다.

"한 명이라고 생각해." 나는 오른손으로 단검을 던지려고 준비하며 대답했다.

구금실에 붙은 대기실이 시야에 들어왔고, 내 시선은 너무나 익숙한 공간을 훑으며 재빨리 상황을 살폈다. 서기의 로브를 입은 남자 베닌 두 명이 꿈쩍 않는 잭의 구금실 문을 잡아당겼고, 손잡이에 루비가 박힌 장검을 든 여자 베닌은 두꺼운 테이블에 두 손이 단검으로 고정되어 있던 소위의 목을 그었으며, 네 번째 베닌은 그림자 가장자리에 서 있었다.

그 네 번째가 우리 쪽으로 시선을 홱 돌리자 길게 땋은 은발이 후드에서 빠져나와 흔들렸고, 소름 끼치는 붉은 눈이 나를 보더니 살짝 커졌다. 이마에는 희미해져가는 문신이 보였다. 피가 얼어붙는 기분인데 그 여자가 기분 나쁜 웃음을 지으며 관자놀이의 붉은 핏줄을 일그러뜨리더니… 사라졌다.

나는 갑작스레 불어온 바람이 느슨해진 머리카락을 흩날리자 눈만 껌벅이다가 그 여자가 있던 빈자리를 노려보았다. 적어도 나는 그 여자가 거기 있었다고 생각했다. 이젠 내가 헛것을 보나?

리가 뒤에서 숨을 들이켰고, 나도 붙잡힌 위병에게 주의를 돌렸다. 라이더 위병의 상처에서 흐른 피가 테이블에 넘쳐흘렀고, 왼쪽에 있는 시신 두 구를 발견하고는 목이 타는 느낌에 침을 꿀꺽 삼켰다. 한 명은 크림색, 한 명은 검은색 옷이었다.

보석 박힌 장검을 들고 테이블 앞에 서 있던 베닌이 우리 쪽으로 몸을 홱 돌리자, 짧은 금발이 광대뼈 위로 찰랑이며 관자놀이에 불거진 붉은 핏줄이 보였다.

이 베닌도 사라질까 봐 재빨리 손목을 털었다.

"라이더들…." 베닌의 경고는 내 단검이 목 한중간에 박히면서 끊어졌다.

리독이 문 앞에 선 두 놈에게 달려들었지만, 그들은 공격을 준비하고 있었다. 한 놈이 장검을 내리쳤고, 리독이 두꺼운 얼음 띠로 막아냈다.

나는 마지막 두 계단을 뛰어내리면서 남은 단검을 또 한 놈에게 던졌는데, 검은 머리의 베닌은 빠르게 움직이면서 공격을 피했다. 단검은 그대로 그놈 뒤쪽의 돌벽에 부딪쳐 튕겨 나왔다. 나는 테이블 위에서 피 흘리고 있는 라이더를 향해 달려가고 있었는데 말이다.

젠장!

리가 죽은 베닌의 시체를 뛰어넘어서 리독에게로 향했고, 나는 맞히지 못한 베닌을 노려보면서 계속 달려갔다.

놈이 팔을 휘두르자 뭔가가 내 쪽으로 날아오는데….

"숙여, 바이!" 뾰족한 못 같은 것이 내 얼굴을 향해 날아오는데, 리독이 손바닥을 아래로 해서 손을 뻗자 다리 밑으로 한기가 휘몰아쳤다.

나는 무릎을 꿇고 얇은 얼음 위를 미끄러졌고, 못이 잔뜩 박힌 곤봉은 공기를 찢으면서 내 머리 위를 아슬아슬하게 지나쳤다.

"은발은 안 돼!" 장검을 든 베닌이 큰 소리로 외쳤고, 나는 피에 덮인 돌바닥에서 비틀거리며 일어섰다. "저 여자애는 필요하다고!"

설마 제이든을 제어하기 위해서? 집어치워. 난 다시는 제이든을 괴롭히는 무기로 이용당하지 않을 거야.

“이젠 내 거다!” 그 소리에 왼쪽을 돌아보자, 리가 베닌에게 잡아챈 곤봉을 휘두르면서 내가 테이블 위에서 경련하는 라이더에게 달려갈 틈을 만들어줬다.

“버텨요.” 지혈을 하려고 목에 손을 뻗으면서 말했지만, 라이더가 가슴을 떨며 마지막 숨을 내뱉고 축 늘어지는 바람에 손을 멈췄다. 그는 죽었다. 가슴이 조여왔지만, 지체 없이 단검을 두 개 더 뽑아 들고 친구들 쪽으로 몸을 돌렸다.

검은 머리 베닌의 움직임이 흐릿하게 보였다. 그는 몸을 숙여 리애넌이 휘두르는 곤봉을 피하고는 쭉 거기 있었던 것처럼 순식간에 내 앞에 나타났다. 빠르다. 놈들은 빌어먹게 빨라.

놈이 구역질 나게 신나 보이는 붉은 눈으로 나를 관찰했고, 심장이 덜컹 내려앉은 나는 놈의 목에 단검을 휘둘렀다. 마력이 혈관에 흘러넘치면서 피부가 달아오르고 팔의 털이 죄다 곤두섰다.

“아하, 번개 능력자로군. 넌 하늘에서 멀리 떨어져 있고, 우리 둘 다 그 단검으로는 날 못 죽인다는 걸 알지.” 놈이 조롱하며 관자놀이의 핏줄이 맥동하는데, 리가 합금 단검으로 공격할 태세를 갖추고 그 뒤로 살금살금 다가왔다.

방 가장자리에서 그림자가 흔들리는 것을 본 나는 입꼬리를 올렸다.
“내가 죽일 필요도 없겠는걸.”

아주 잠깐 베닌의 눈동자가 흔들리더니, 사방에서 그림자가 폭발하면서 모든 빛을 집어삼켰다. 빛 한 점 없는 그 끝없는 암흑의 바다를 나는 집으로 인식했다. 어둠의 띠가 내 허리를 감아 뒤로 잡아당기더니 부드럽게 내 뺨을 쓸었다. 덕분에 마구 뛰던 심장이 차분해지고 마력도 가라앉았다.

요란한 비명이 울리다가 쿵 소리가 연이어 났고, 나는 목숨을 위협하던 존재가 전부 없어졌다는 사실을 조금도 의심하지 않았다.

곧이어 그림자가 물러나면서 가슴에 합금 단검이 박힌 채로 쪼그라든 베닌의 시체들이 드러났다.

제이든이 중앙에서 성큼성큼 내 쪽으로 걸어오는 걸 보고 단검을 내렸다. 어깨 위로 등에 늘 메고 다니는 두 자루의 장검 손잡이가 보였고, 두꺼운 겨울 비행복 차림이었는데, 소위 계급장 말고는 아무 표시도 없었다. 가죽에 잘게 묻은 물방울을 보니 눈밭에 있었음을 알 수 있었다.

소위. 그러니까 발로우를 지키던 두 라이더와 같은 계급이다.

제이든 뒤쪽으로 계단 밑에 서 있는 개릭과도 같은 계급이고, 바스지아스를 지키기 위해 임시 주둔한 다른 장교 대부분도 같은 계급이다.

심장이 덜컹거렸다. 나는 혹시라도 다친 데가 있을까 싶어 길고 탄탄한 제이든의 몸을 훑어보았다. 금빛 반점이 뿌려진 오닉스 같은 눈이 나와 마주쳤고, 내 호흡은 그가 아무 데도 다치지 않고, 눈동자에 붉은 기운이 하나도 없다는 사실을 알아차린 후에야 안정됐다. 제이든도 엄밀히 따지면 베닌 입문자지만, 우리가 방금 싸운 자들과는 전혀 달랐다.

신들이시여, 전 이 남자를 사랑해요.

"말해봐, 바이올런스." 나를 내려다보는 그의 각진 턱에 근육이 불거지고, 수염 자국이 남은 황갈색 피부가 물결쳤다. "왜 언제나 너야?"

한 시간 후, 우리는 라이더 분과의 생도대장인 팬첵 대령에게 보고를 마치고 해산 명령을 받아 밖으로 나왔다.

"팬첵은 놈들이 보호석을 공격한 게 아니라 발로우를 구하러 갔다는 사실에 당황하지도 않는 것 같군." 개릭은 짧게 자른 검은 머리를 손으로 헤집으면서 제이든과 나보다 앞서서 학예동 계단을 내려갔다.

"첫 시도가 아니었을지도 몰라." 리가 어깨 너머로 개릭을 돌아보았다. "우리가 매일 브리핑을 받는 것도 아니잖아."

우린 여기에서 안전하지 않다. 원래 안전했던 적도 없지만.

"팬첵이 지휘관들에게 알리겠지?" 3층을 지날 때쯤에 리독이 물었다.

"멜그렌은 알지. 저 아래엔 우리 둘밖에 없었어." 제이든이 개릭의 제복 소매 바깥으로 보이는 반역의 낙인을 눈짓으로 가리켰다.

"소른게일이 떠나기 전에 쳐놓은 보호막에 감사할 뿐이야." 개릭은 굳이 내가 아니라 우리 언니 얘기라고 부연하지도 않았다. "발로우는 누가 그 문을 열기 전에는 바깥에서 벌어지는 일을 듣지도 보지도 못하니까 그놈이 새로운 정보를 모을 일은 없잖아. 그놈이 감옥 안에서 흡수한 돌들의 모양새를 보면 일주일 안에는 죽을 것 같은데."

제이든이 긴장하는 것을 느끼고 마음을 뻗었지만, 그의 차단벽은 이 요새의 벽보다 더 두꺼웠다.

"언제나 나인 건 아니야." 2층을 향해 넓은 나선계단을 계속 내려가면서 나는 제이든의 손등에 손을 스치며 속삭였다.

제이든은 코웃음을 치더니, 손깍지를 낀 내 손등을 조각 같이 완벽한 입가로 가져갔다. "언제나 맞아." 그는 똑같이 조용하게 대꾸하고는, 강조하듯이 내 손등에 입을 맞췄다.

내 피부에 그의 입술이 닿을 때면 언제나 그랬듯 맥박이 빨라졌는데, 지난 몇 주 동안은 많이 겪지 못한 일이었다.

"선배, 그 어둠 속에서 좀 멋있긴 했는데…." 리독이 손가락을 들었다. "내가 완전히 압도하고 있었거든."

"아니었어." 제이든은 엄지손가락으로 내 손등을 쓸었고, 개릭은 어깨를 흔들며 소리 없이 웃었다. 우리는 정문으로 이어지는 마지막 층계에 들어섰다.

"압도하기 직전이었거든." 리독이 손가락을 흔들면서 반박했다.

"아니었어." 제이든이 단언했다.

"그걸 선배가 어떻게 알아?"

개릭과 제이든이 짜증 그 자체인 눈빛을 주고받는 모습을 보며 나는 웃음을 눌렀다.

개릭이 말했다. "넌 방 이쪽에, 네 칼은 방 저쪽에 있었으니까."

"음, 그 문제는 내가 해결하는 중이었어." 리독이 리와 함께 1층에 내려서면서 어깨를 으쓱였다.

제이든이 멈춰 서더니 내 손을 잡아당기며 말없이 옆에 남으라고 요청했고, 나는 그 뜻에 따랐다.

"우린 다른 사람들을 확인해야겠어." 리가 나를 올려다보았다. "넌 대연회장으로 가지?"

고개를 끄덕이는데, 뱃속이 뒤엉키는 기분이었다.

"넌 준비됐어. 잘할 수 있어." 리는 미소를 비치며 말했다. "거기까지 데려다줄까?"

"아니야. 가서 대대원들 확인해." 리에게 답변하는 사이에 개릭이 우리보다 한 계단 아래에서 멈춰 섰다. "나중에 찾아갈게."

"기다리고 있을게." 리독이 어깨 너머로 다짐하면서 리와 함께 왼쪽으로 향하더니 모퉁이를 돌아서 사라졌다.

"아무 문제없지?" 개릭이 우리 쪽을 돌아보며 제이든의 눈을 살폈다.

"우리끼리 5분만 있게 해주면 그럴 거다." 제이든이 대답했다.

개릭은 걱정스럽게 이마를 찌푸리면서 내 쪽을 흘긋 보다가, 내가 고개를 끄덕이자 얼른 표정을 폈다.

"맙소사. 넌 밤에도 바이에게 날 맡기잖아, 안 그래?" 제이든은 눈매를 좁히고 가장 친한 친구를 노려보았다.

"네가 감시받아야 하는 이유가 나인 것처럼 굴지 마." 개릭이 마주 쏘아붙였다.

계단에 그림자가 일렁였다.

"괜찮아." 나는 제이든의 커다란 손을 깍지 낀 채로 황급히 개릭을 안심시켰다. "난 괜찮아. 제이든도 괜찮아. 다 괜찮아."

개릭은 우리를 번갈아 보다가 몸을 돌려서 계단을 내려갔다. "근처에 있을게." 그는 경고하더니 모퉁이를 돌아서 대련장으로 향했다.

"망할." 제이든은 내게서 손을 풀더니 벽에 등을 기댔다. 등에 멘 장검이 돌에 부딪치는 소리가 났다. 그가 창문틀에 머리를 기대자 재킷 앞섶이 벌어졌다. "혼자 있을 시간이 없어지니까 내가 나만의 시간을 얼마나 좋아하는지 알았어." 목울대가 움직이고 옆에 늘어뜨린 두 손이 주먹을 쥐었다.

"미안해." 나는 우리 사이의 거리를 좁히려 그의 두 발 사이로 들어가서 그의 목선에 손을 올렸다. 마법으로 새겨진 인장 바로 위에.

"그러지 마. 개릭에겐 날 너하고 둘만 남겨두지 않으려고 걱정할 이유가 넘치도록 있으니까." 그는 내 손을 포개어 잡고 고개를 내리더니, 아무리 봐도 부족할 만큼 사랑하는 두 눈을 천천히 떴다.

"난 당신을 믿어." 붉은 기운은 흔적도 안 보여.

"믿지 말아야 해." 그는 내 허리를 안고 가까이 끌어당겼다. 접촉하자마자 피부에 열기가 피어오르고 좋은 의미로 속이 뒤집혔다. "개릭과 보디가 우리 침대 발치에서 자지 않는 건 어디까지나 그랬다간 내가 죽여버릴 걸 알아서야. 지금도 그럴 수 있고."

우리가 그 침대에서 잠자는 것 외에 다른 일을 하는 건 아니지만 말이다. 나는 제이든을 믿을지 몰라도 그는 결코 스스로를 믿지 않았다. 어떤 형태로든 통제력을 잃는 상황에 들어갈 정도로는 믿지 않았다.

"투명한 정보 공유를 위해서, 그 둘이 나보고 잠자리를 다시 생각해보라고 권했다는 말을 해둬야겠네." 나는 그의 따뜻한 가슴팍에 손바닥을 댔다.

제이든의 눈동자가 커지더니, 내 허리를 안은 팔에 힘이 들어갔다. "그래야 할지도."

"그럴 일 없어. 이미 이모젠에게 꺼지라고 했어."

그의 입가에 희미한 미소가 스쳤다. "분명 그랬겠지."

"당신이 치료되면 두 사람도 그만둘 거야." 내 시선은 깎은 듯한 그의 턱선을 훑고 광대뼈를 따라 올라가서 이마에 흘러내린 검은 머리카락으로 향했다. 그는 여전히 그다. 여전히 내 남자다.

내 손가락에 닿은 그의 근육이 긴장했다. "세나리움을 만날 준비는 됐어?"

"응." 나는 고개를 끄덕였다. "그리고 화제 바꾸지 마. 난 당신을 치료할 방법을 찾을 거야." 나는 의지란 의지는 전부 그러모아서 말했다. 그리고 그를 보며 눈썹을 치켜올렸다. "날 들여보내줘." 그건 요청이 아니었다. 놀랍게도 제이든은 차단벽을 내렸고, 우리 사이에 어른거리는 검은 빛깔의 통로가 단단해졌다. "오늘 *당신의 고유 능력을 썼잖아. 보호막 안에서."*

그는 손을 내려 나를 두 팔로 끌어안으며 고개를 끄덕였다. *"스게일에게서 채널링했어."*

나는 그와 닿아 있는 느낌을 음미하면서도, 키스까지 밀어붙이진 않았다. *"스게일이 우리가 곤란에 빠졌다고 말해준 거야?"*

제이든은 시선을 돌리고 고개를 저었다. *"스게일은 여전히 나에게 말하지 않아. 비행 시간에도 어색해."*

그의 목소리에 깃든 무거운 슬픔 때문에 가슴이 쪼개질 것 같았다. *"정말 안타까워."* 나는 그의 등으로 두 손을 내리고, 그의 심장박동을 듣기 위해 고개를 옆으로 돌린 채로 끌어안았다. *"스게일은 돌아올 거야."*

"기대하진 말아라." 테른이 우리 둘만 잇는 정신 통로로 그르렁거렸고, 나는 대놓고 그 말을 무시했다.

제이든이 내 머리 위로 턱을 내렸다. *"스게일은 내가… 온전하지 않다는 걸 알아. 감지하고 있어."*

나는 소스라쳐서 뒤로 물러나 그의 얼굴을 두 손으로 감쌌다. "당신은 온전해." 그리고 속삭였다. *"당신이 그 힘에 접촉하려고 어떤 대가를 치렀는지는 몰라도, 그 일은 당신을 바꾸지 않았고…."*

"바뀌었어." 그는 내 품을 벗어나 한 계단을 내려가며 대꾸했다.

그렇지 않다는 사실을 증명할 방법은 하나밖에 없었다. "여전히 날 사랑해?" 나는 그 질문을 무기처럼 휘둘렀다.

그는 나에게 시선을 홱 돌렸다. "무슨 질문이 그래?"

"여전히, 날, 사랑해?" 나는 또박또박 물으면서 그의 영역 안으로 몸을 기울였다. 그저 내가 그에게 위협을 느끼지 않는다는 사실을 증명하기 위해서였다.

그는 내 목덜미를 감싸더니 얼굴 앞으로 끌어당겼다. 키스해도 좋을 만큼 가까웠다. *"내가 메이븐 계급까지 올라가 베닌 군대를 이끌고서 우리가 아끼는 모든 사람을 상대로 싸운다 해도, 내 몸의 정맥 전체가 붉은색으로 도드라지는 꼴을 보면서 대륙의 모든 마력을 채널링하게 된다 해도, 여전히 널 사랑할 거야. 내가 무슨 짓을 했어도 그 사실이 바뀌진 않아. 뭘 해도 바뀔 수 있을 것 같지 않고."*

"봤지? 당신은 여전히 날 사랑해." 내 시선이 그의 입술로 내려갔다. "여전히 날 사랑하면서도 끔찍한 짓을 저지를 수 있다고 말하는 건 당신

특유의 전희나 다름없지."

그의 눈동자가 어두워지더니, 본인의 고집을 제외하면 우리의 입술을 갈라놓을 게 없는 위치까지 나를 끌어당겼다. "이러면 죽도록 무서워해야지, 바이올렛."

"안 무서워." 나는 발꿈치를 들고 그의 입술에 내 입술을 가볍게 눌렀다. "당신에 대해서라면 그 무엇도 무섭지 않아. 난 도망치지 않을 거야, 제이든."

"망할." 그는 손을 내리고 한 걸음 물러서면서 다시 우리 사이를 벌렸다. *"차단벽을 올리고 있었던 바람에, 계단을 반쯤 내려갈 때까지도 네가 구금실에 있다는 사실을 몰랐어."*

"뭐?" 나는 눈을 깜박였다. "그러면 어떻게 알고 도우러 온 거야?"

침묵이 이어졌고, 그 뜻을 이해한 순간 오싹해지며 자세를 바꾸느라 허리가 아팠다.

"놈들을 감지했어." 그는 마침내 대답했다. *"놈들이 나를 감지하는 것과 같은 방식으로."*

마음이 철렁 내려앉았고, 나는 벽에 팔을 뻗어 거칠거칠한 돌에 손바닥을 대고 균형을 잡았다. "그건 불가능해."

"가능해." 그는 나를 보면서 천천히 고개를 끄덕였다. *"그래서 내가 변했다는 걸 아는 거고, 그래서 개릭과 내가 이번 주에만 놈들을 열 마리 넘게 해치울 수 있었던 거야. 난 놈들의 부름을 느낄 수 있어. 내 발밑에서 비할 데 없는 마력으로 고동치는 원천을 느낄 수 있는 것과 마찬가지야… 나도 그놈들 중 하나니까."* 그는 눈을 가늘게 떴다. "이젠 좀 무서워?"

03

가끔 난 바이올렛이 걱정돼. 그 애는 당신의 예리한 분별력, 기민한 머리, 변치 않는 마음, 그리고 날 닮은 엄청난 고집까지 갖췄어. 바이올렛이 마침내, 정말로 누군가에게 마음을 준다면 당신이 물려준 모든 장점들도 소용없이 사랑 앞에서 어떤 논리도 통하지 않을까 두려워. 그리고 바이올렛이 처음 사귀었던 두 명이 앞으로 일어날 일을 암시한다면… 신께서 그 애를 도우시길. 여보, 난 우리 딸이 남자 취향이 형편없지 않나 걱정이야.

_ 릴리스 소른게일 장군의 부치지 않은 편지

제이든이 놈들을 감지할 수 있다.

벽의 돌 틈을 짚은 손에 힘이 들어가면서 손톱이 살짝 꺾였다. 머리가 핑핑 돌면서 죽기 살기로 벽을 잡은 탓이었다. 하지만 제이든이 놈들을 감지할 수 있다고 해서 그의 영혼 일부를 포기했다는 뜻은 아니지. 안 그래? 그의 영혼은 그의 눈 속에 있어. 나를 지켜보며, 내가 그를 거부하기를, 아니 더 나아가 레손 전투 이후처럼 내가 그를 밀어내기를 기다리고 있어.

내 생각보다는 심각할지 모르지만, 그래도 그는 온전해. 여전히 제이든이야. 단지… 감각이 강화되었을 뿐이야.

나는 내려앉은 마음을 수습하고 그의 시선을 맞받았다. "당신이 무섭냐고?" 나는 고개를 내저었다. "절대 아니야."

"무서워하게 될 거야." 그는 내 얼굴 구석구석을 기억에 새겨야 한다는 듯 바라보며 속삭였다.

"5분 다 됐다." 개릭이 계단 밑에서 말했다. "그리고 바이올렛은 회의에 가야 해."

제일 친한 친구를 노려보면서 나에게서 몸을 떼어내는 제이든의 표정이 어딘가 위험해졌다.

"우리가 너보고 다른 방에서 자야 한다고 생각한다는 것도 들었구나?" 개릭이 싸움에 대비하는 사람처럼 목을 돌렸다.

"그랬지." 제이든은 계단을 내려갔고, 나도 뒤따랐다. "그리고 나도 바이올렛이 이모젠에게 했던 말을 똑같이 하겠어. 꺼져."

"알아들었어." 개릭은 애원하는 듯한 눈빛으로 나를 보았고, 나는 마주 웃어 보였다. 우리는 학예동을 나서서 놀랍도록 텅 빈 로톤다에 진입해 두 개의 드래곤 기둥 사이를 가로질렀다. "그래도 너는 논리적일 줄 알았어, 바이올렛."

"내가? 증거도 없이 감정에 따라 행동하고 있는 건 선배들이야. 내가 제이든을 믿기로 결정한 건 순전히 지금까지 우리의 과거사가 증명한 게 있기 때문이고."

"걱정해주는 건 고맙지만…." 제이든이 살얼음이 낀 목소리로 천천히 말했다. "한 번만 더 바이올렛의 침대에 누가 들어갈지 결정하려고 했다간, 우리 사이에 문제가 생길 거다."

개릭은 절친한 친구를 보고 고개를 저으면서도 그 화제를 접었다. 우리는 병동 근처의 혼란스러운 청소 현장을 지나쳐서 학교 본관으로 향했다.

내일은 보병 분과의 사망자 명단이 괴로울 만큼 길겠구나.

"왕국에서 가장 지위가 높은 귀족들을 만나러 가기 직전치고는 상당히 침착해 보인다, 소른게일." 개릭은 행정동에 두껍게 깔린 붉은 카펫을 밟으면서 말했다.

복도는 색색의 튜닉 차림으로 회담 재개를 기다리는 사람들로 꽉 차 있었는데, 정체를 알려주는 신호라고는 문장을 수놓은 대각선의 장식 띠뿐이었다. 우리 학교의 예복과 비슷했다. 사람들이 우리 쪽을 돌아보자 금세 지역 문장을 알아볼 수 있었고, 브레이빅도 찾을 수 있었다.

"나야 이런 일이 생길 줄 알고 있었고, 계획도 세웠으니까. 2주일이면 가능한 모든 시나리오를 생각하고 또 생각할 만큼 많은 시간이지." 내가 대꾸하는 사이에 모여 있는 사람들이 천천히 복도 양쪽으로 갈라졌는데, 아무래도 제이든 효과 같았다. 그 사람들이 빤히 쳐다보는 것도 당연하기는 했다. 제이든이 좀 멋있어야지. 사람들이 뒷걸음질 치는 것도 뭐라고 할 수 없었다. 제이든은 무시무시하게 강력할 뿐 아니라, 나바르의 드래곤 떼를 반으로 가르고 포로미엘에 무기를 공급한 사람으로도 알려져 있었다.

제이든에게 꽂히는, 아니 우리 세 사람에게 꽂히는 시선이 모두 호의적이지는 않다고 말해둬야겠지.

"정말로 이러고 싶은 거 확실해?" 대연회장의 거대한 문으로 다가가면서 제이든이 물었다.

"앤다나가 원하는 일이야." 칼디르 문장을 수놓은 위병 한 명이 홀 안으로 미끄러져 들어갔다. 우리의 도착을 알리려는 게 분명했다. *"그게 우리가 원하는 거고. 당신은 여전히 같이 갈 생각이야?"* 나는 그를 흘긋 보았다. *"보호막 너머까지도?"*

마법 보호막은 우리를 그에게서 지켜줄 뿐만 아니라, 그를 자기 자신에게서 지켜주고 있었다.

제이든은 턱에 힘을 넣으며 확언했다. *"보호막 너머까지도."* 우리는 파란색 보병 제복 차림의 위병 한 명이 무표정한 얼굴로 지키고 있는 문 앞에 도착했다.

"내가 올 줄 알고 있을 텐데요?" 나는 위병에게 물었다.

"기다렸다가 안내와 함께 들어가라, 소른게일 생도." 위병은 내 쪽을 쳐다보지도 않고 대꾸했다.

상냥하기도 해라.

"이 만남에 대해 다시 생각하고 싶어지는걸." 제이든 너머에 서 있던 개릭이 복도에 가득한 중무장 인원들을 훑어보며 말했다. "바이올렛은 세나리움 앞에 홀로 나서라는 초대를 받았고, 우리는 아직 드래곤 상당수를 데리고 바스지아스를 떠난 일에 대해 사면받지 못했어. 브레넌이 아레티아를 대표해서 협상 자리에 앉아 있을진 모르지만, 우린 그 협의회에 자리가 없고. 저 안에서 바이올렛에게 무슨 일이 일어날지도 몰라."

"그 점은 이미 생각했어." 나는 개릭을 안심시켰다. "테른 아니면 앤다나 때문에라도 날 살려둬야 할 테니 괜찮을 거야."

"저 안에는 티렌더를 대표하는 르웰른이 있고, 바이올렛은 손짓 한 번으로 여기 전체를 불태울 수 있어." 제이든이 팔짱을 끼고 위병을 노려보면서 말했다. "난 바이올렛보다 저 사람들의 안전이 더 걱정되는데."

오른쪽 문이 열리더니, 들어갔던 위병이 나왔다.

멜그렌 장군이 문 앞에 나타나서 유리알 같은 눈을 가늘게 뜨고 매부리코를 들어 나를 내려다보자 속이 뒤틀렸다. "소른게일 생도, 세나리움은 자네를 맞이할 준비가 됐다." 그의 시선이 개릭에게 날아갔다가, 제이든에게 꽂혔다. "혼자 들어오도록."

"난 여기 있을 거야." 제이든의 말투가 위협적으로 변했다. "바닥에서

3센티미터 위에 떠 있는 이 나무문에 막힌 채로 말이지."

"교묘하게도 구네." 나는 올라가려는 입꼬리를 눌러야 했다.

멜그렌은 나에게 안으로 들어가라는 몸짓을 하면서도 제이든에게서 눈을 떼지 않았다.

"내가 그럴 일은 절대 없어." 나는 들어가면서 머릿속으로 제이든의 목소리를 들었다. *"너에게 스스로를 지킬 능력이 있다고 굳게 믿지만, 말만 해. 저 문의 경첩을 잡아 뜯을게."*

"낭만적이기도 해라." 나는 익숙한 방 안의 가구가 새롭게 배치된 것을 빠르게 알아차렸다. 거대한 방 안에 긴 테이블을 놓고, 의자를 수십 개 가져다 놓은 것은 보나 마나 협상을 위해서리라. 나에게 제일 가까운 쪽 끝에는 호사스럽게 수놓은 튜닉이나 드레스 차림의 귀족 여섯 명이 앉았는데, 나바르의 여섯 지역을 대표하는 이들이었다. 어머니 덕분에 모두 아는 사이였건만, 무리 중앙으로 다가가서 의자 등받이에 두 손을 올리는 나에게 지친 미소라도 보여준 사람은 제일 먼 왼쪽에 앉은 한 명뿐이었다.

르웰른이었다.

"마지막으로 추가할 내용 있어?" 나는 멜그렌이 테이블 주위를 돌아서 모레인 공작의 오른쪽에 앉는 모습을 지켜보며 앤다나에게 물었다.

"떠오르는 건 없어." 앤다나가 대답했다.

그러면 이제 시작이다.

"빨리 끝내지." 오른쪽에서 모레인 공작이 높은 목소리로 쏘아붙이듯 말했다. 그녀가 한숨을 내쉬자 커다란 루비가 쇄골 위를 움직였다. "우리에겐 협상을 살려낼 시간이 사흘 남았고, 낭비할 시간이 전혀 없어."

"저도 전적으로 동의…."

"우리는 멜그렌 장군에게 보고를 받았고, 국왕 폐하와 의논했네." 정확히 내 맞은편에 앉아 있던 칼디르 공작이 짧은 금빛 수염을 쓸면서 내 말을 끊었다. "지금 이 시간부로 자네는…." 그는 멜그렌을 흘긋 보았다. "장군이 그걸 뭐라고 불렀더라?"

"특수부대입니다." 멜그렌은 소름 끼치도록 움직임 없이 앉은 채로 나를 관찰하며 말했다.

"특수부대에 배속될 걸세." 공작이 그 말을 되풀이했다. "우리 군의 숫자를 늘리고 기왕이면 베닌을 죽일 식견을 제공하는 것을 목표로, 일곱 번째 드래곤 종을 찾아서 데려오는 임무를 수행할 부대지."

나는 제복 주머니에 손을 넣어 잘 접힌 양피지 두 장을 꺼냈다. 그리고 첫 번째 양피지를 내밀었다. "저희가 참여한다는 조건으로, 여기 앤다나의 요구사항입니다."

엘숨 공작이 검은 눈썹을 치켜올렸고, 루세라스 공작은 움찔했다.

"자네는 요구사항을 내놓을 입장이 아니야." 모레인 공작이 꾸짖었다. "우리가 자네의 어머니에게 감사한 건 사실이지만, 자네는 여전히 탈영병이다."

"이 학교를 구하고, 우리 보호막을 구하고, 우리 왕국을 구했으며, 당장 몇 시간 전에도 학교 벽 안에 있던 베닌을 몇이나 잡은 탈영병이죠. 그 모든 일을 나바르의 지휘 체계에 들어가지 않고 해냈고요." 나는 고개를 살짝 기울였다. "그러니 저를 어디에 배속하기는 힘들 텐데요. 여러분은 아무도 아레티아 부대를 지휘하지 않으니까요. 그리고 이건 제 요구사항이 아닙니다. 앤다나의 요구사항이죠."

"우리 드래곤들의 귀환 문제는 아직 협상 중이다." 멜그렌은 르웰른을 쳐다보았다. "이번 임무 배정은 드래곤 부대가 바스지아스에 남을 거라는 전제하에, 선의로 이뤄지는 겁니다. 르웰른 공작께선 비밀리에 수년 동안 아레티아를 대변했지요. 그건 이 협의회가 아직 다루지 않은 별개

사안이지만, 아무튼 그러하니 공작에게 저 요구사항을 읽을 용의가 있지 않나 싶군요."

이 비난에 앉아 있던 귀족 대부분이 불편하게 엉덩이를 들썩였다.

르웰른이 손을 내밀었고, 나는 접힌 종이를 그에게 넘겼다. 1단계 완료. 그는 내용을 읽으면서 주름진 입꼬리를 슬며시 올렸다. "요구사항 몇 가지는 상당히… 독특하군."

"앤다나도 독특하니까요." 나는 대답하면서 2단계로 넘어갔다. "저는 라이더 여섯 명을 데리고 갈…."

"자네는 아무도 데려가지 않는다." 멜그렌이 말을 끊었다. "자네는 우리에게 자네의 드래곤이 필요하기 때문에 참여를 허락받은 2학년 생도에 지나지 않아. 적진에서의 경험을 높이 사서, 그레디 대위가 특수부대를 이끌기로 결정했다."

속이 철렁했다. "라이더 생존 수업 교수님이요?" 안 돼, 안 돼. 이러면 곤란하다. 나는 미라의 이름이 맨 위에 들어간 목록을 움켜쥐었다.

"바로 그 사람이지." 멜그렌이 고개를 끄덕였다. "이미 통보해두었으니, 일단 우리가 포로미엘과 동맹을 맺고 요구조건을 갖추고 나면 그레디 대위가 자네에게 연락할 것이다. 같이 갈 부대도 대위가 구성할 테고."

그레디가 사람을 고른다고. 속에서 마력이 솟구쳐서 피가 끓었다. "최소한 라이오슨 소위는 포함되겠지요? 맞습니까?"

귀족들이 일제히 멜그렌을 쳐다보았다.

"라이오슨이 들어갈지도 그레디의 재량이지." 멜그렌은 꿈쩍도 하지 않고 나를 마주 보았다.

"테른과 스게일은 떨어질 수 없습니다." 내가 반박했다.

"그렇다면 라이오슨도 그레디가 고르는 인원에 들어가겠군." 멜그렌은 나무토막만큼도 감정을 싣지 않고 말했다. 엄마가 저놈을 싫어한 것도 당연해. "하지만 다시 말하거니와, 그건 대위의 재량이다."

대위의 재량이라. 피가 웅웅거렸다. "동행하는 부대원을 결정하는 것도 앤다나의 요구사항 중에 있습니다." 그동안 생각한 모든 시나리오에서, 내가 머릿속으로 낸 카드는 언제나 앤다나의 협력이라는 카드였다.

"그렇다면 그 조건은 맞추지 못하겠군." 멜그렌은 무릎 앞에서 두 손을 맞잡았다. "이건 현장 학습이 아니라 협상 불가능한 군사 작전이다."

"가지 말아야겠군." 테른이 말했다.

"가야 해!" 앤다나가 목소리를 높였다.

손에 쥔 양피지가 구겨졌다. *"앤다나 말대로예요. 우린 가야 해요."* 무엇보다도 앤다나는 가족을 만나야 마땅하다. 하지만 그게 아니라도, 그들이 베닌을 타도하거나 제이든을 치료할 방법을 알 가능성이 조금이라도 있다면, 우리에겐 선택의 여지가 없다. *"생각할 수 있는 길은 다 가보기로 했죠."* 그러니까 양보하는 수밖에 없다.

"이 문제는 정리된 건가요?" 칼디르 공작이 물었다.

절대 아니지.

"그렇습니다." 멜그렌이 말했다.

"앤다나의 다른 요구사항을 다 맞춰줄 때만 받아들이겠습니다." 나는 꼿꼿이 턱을 들어 올렸다. "앤다나와 테른 둘 다 얼마든지 바스지아스를 떠날 의향이 있다는 사실은 알려드린 것 같군요."

멜그렌의 콧구멍이 커졌고, 나는 승리의 환성을 참았다. "다른 요청사항은 승인하는 방향으로 생각하겠네."

"그렇다면 정리됐군요." 칼디르 공작이 선언했다. "잘됐군요. 이 문제에 발전이 있었으니 협상을 원활하게 하는 데 도움이 되겠어요."

"플라이어들이 분과에 들어오게만 해주셔도 도움이 될 텐데요." 나는 좌절감에 홧홧해진 가슴으로 말을 얹었다.

"스스로를 지킬 마법도 쓰지 못하는 상태로 말인가?" 멜그렌이 코웃음을 쳤다. "라이더들에게 산 채로 잡아먹힐걸."

"그 추가 병력을 우리에게 남겨두겠다는 것이 포로미엘이 우리와 맞서는 문제 중에 하나 아니었습니까?" 모레인 공작이 묻자 멜그렌이 고개를 끄덕였다.

걔들은 병력이 아니야. 보호막의 보호가 필요한 생도들이라고.

공작이 목을 긁었다. "생각해보겠네. 플라이어들이 분과 내에서 잘 지낸다면 협상을 원활하게 하는 데 큰 도움이 되겠지."

내 말이 바로 그거야.

"가봐도 좋다, 생도." 멜그렌이 명령했다.

"내가 데려다주지." 르웰른이 의자를 밀고 일어서면서 말했다.

나는 구겨진 종이를 주머니에 밀어 넣고, 박살이 난 기대를 주워 모으려고 애쓰면서 자갈 바닥을 가로질러 문으로 향했다. 그레디가 고른 부대원들을 믿을 수 있을까.

"이 문제는 내가 애써보마." 르웰른이 앤다나의 요구사항이 적힌 종이를 들어 올리며 조용히 말했다. "그리고 말인데…." 그는 튜닉에 손을 넣어 손바닥만 한 편지를 한 통 꺼냈다. "자네에게 이걸 전해주라는 부탁을 받았네."

"감사합니다." 나는 편지를 받으면서 반사적으로 대답했다.

르웰른은 문을 두 번 두드렸고, 나는 위병이 가리키는 대로 왼쪽 문을 통과해서 나갔다.

복도로 나가면서 편지를 펴자, 테카루스가 흘려 쓴 글씨가 보였다.

3일 안에 우리가 약속한 바를 지켜줘야겠네.

젠장. 그건 선택하고 말고의 문제가 아니다. 눈을 들자 우리 대대원 전원이 기다리고 있었다. 검은색과 갈색의 벽이 다채로운 튜닉과 드레스들의 바다를 막고 선 모양새였다.

"어떻게 됐어?" 이모젠이 물었다.

"잠시 시간을 줘." 리가 잔소리했다.

나는 등 뒤에서 문이 닫히는 가운데 대대원을 쭉 쓸어 보고는, 나에게 다가오는 제이든과 눈을 마주쳤다. "계획은 개판 났어."

그러니 지금 손에 쥔 일만은 실패할 수 없다.

창문으로 아침 햇살이 쏟아져 들어왔고, 나는 여덟 번째 종소리에 눈을 껌벅이며 천천히 깨어났다. 창틀에는 눈이 쌓였지만, 그 너머로 보이는 하늘은 동짓날 이후 처음으로 새파랬다.

맙소사, 그냥 잔 게 아니라 곯아떨어졌네. 간밤에 이모젠과 체육관에 들러서 그랬는지, 왜 그레디가 앤다나 임무를 이끌기에 최악의 선택지인지를 두고 리와 타라와 함께 분통을 터뜨린 후에 느낀 허탈감 때문이었는지, 신들에게 감사하게도 오늘은 한 번도 깨지 않고 잤다. 분명히 씩씩대면서 소여의 병문안을 갔을 때 제시니아가 던져준, 레손 무역 협정 이전에 나바르가 수입한 물건들에 관한 책을 들고 침대에 올랐다가 잠들었을 것이다. 베개에서 고개를 들어보니 협탁에 놓인 책이 보였다. 제이든의 단검이 책갈피 역할을 하고 있었다.

제이든의 배려에 슬며시 입꼬리가 올라갔다. 제이든이 브레넌, 르웰른과 매일 하는 회의를 끝내고 돌아왔을 때는 내가 이미 잠들어 있었나 보다. 어제 오후에는 제이든과 리암을 위탁 양육한 린델 공작도 같이 만났을 것이다.

이 시간이라면 제이든이 완전히 깨어 있겠지 생각하고 따뜻한 담요

안에서 몸을 돌렸는데, 그 사람이 한 팔로 베개를 안고 생긴 지 얼마 안 된 분홍색 흉터가 보이는 반대쪽 팔은 우리 사이의 담요에 놓아둔 채 잠들어 있었다. 심장이 조였고, 몇 분 동안은 멍하니 바라볼 수밖에 없었다.

신들이시여, 왜 이렇게 아름답죠.

그의 잠든 얼굴은 부드러웠고, 늘 턱과 어깨에 들어가 있던 긴장감이 빠져나간 효과가 놀라웠다. 라이더로서의 의무와 아레티아에 대한 책임 사이에서 끊임없이 갈등하며 헤쳐 나가느라 힘든 일주일이었을 것이다. 그것도 그의 책임을 알아주지도 않는 곳에서 말이다. 나는 제이든을 만지고 싶은 충동을 억눌렀다. 전투 이후로 제이든도 끔찍하게 못 잤는데, 몇 분만이라도 더 잘 수 있다면 그 시간을 누려야 마땅했다.

나는 최대한 소리 내지 않고 느리게 침대 가장자리로 이동해서 일어나 앉았다. 발이 바닥 위에 달랑거렸다. 간밤에 목욕을 하자마자 땋는 바람에 아직 머리카락이 축축했다. 추운 바깥으로 나가기 전에 마르기를 빌면서 머리카락을 풀어 빠르고 조용히 빗질을 했다. 빗을 협탁에 내려놓고 나무늘보라도 자랑스러워할 만한 속도로 스트레칭을 하고….

그림자 띠가 내 허리를 휘감더니, 머리카락이 몸과 함께 옆으로 스르륵 넘어갔고, 제이든이 입술을 벌린 채로 내 목과 어깨가 이어지는 곳에 키스했다.

아, 그거야.

그의 혀가 움직이고 이가 스치자마자 척추를 따라 열기가 솟아올랐고, 나는 신음하며 고개를 기울여 그의 어깨에 기댔다. 자기만 가진 지도처럼 내 몸을 잘 아는 그는 곧바로 내 목 옆의 아주 민감한 지점으로 이동했고, 나는 허리를 휘면서 그의 머리카락에 손가락을 얽었다. 젠장, 몇 초 만에 나를 땅바닥에서 하늘 높이까지 날려버리는 방법을 정확히 안다니까.

"내 거야." 그는 내 피부에 대고 그르렁거리더니, 내 잠옷 단을 허벅지까지 걷어올렸다.

"내 거야." 나는 그의 머리카락을 움켜쥔 손에 힘을 주며 맞받아쳤다.

내 목에 대고 웃는 낮은 목소리에 취하는데, 그의 손이 허벅지 위로 넘어오더니 내 엉덩이를 쥐고 끌어당겼다.

그의 머리카락 사이에서 내 손가락이 빠져나오더니, 방이 빙글 돌면서 내 등이 침대 한가운데를 때렸다. 제이든이 시야를 가득 채웠다. 헐렁한 잠옷 바지만 입은 채로 짓궂은 미소를 띠고는 위로 올라와 내 다리 사이에 단단한 허벅지를 끼우는 제이든. "네 거 맞아." 그는 약속하듯이 말했고, 그 강렬한 눈빛을 보자 숨이 턱 막혔다.

신들이시여, 제이든이 날 저런 눈으로 보면 가슴이 조각날 것만 같아.

"당신을 너무 사랑해서 심장이 아플 지경이야." 나는 그의 따뜻한 맨가슴 위로 두 손을 움직여, 손끝으로 심장 위에 남은 흉터를 건드릴 듯 말 듯 하다가 단단한 복근으로 내려뜨렸다.

그는 잇새로 날카로운 숨을 들이켰다. "잘됐네. 나도 딱 그렇게 널 사랑하니까." 그의 허벅지가 내 다리 사이로 격렬한 마찰을 일으키자 제이든이 내 머릿속을 점령했다. 어떻게 하면 그에게 더 가까이 다가갈지밖에 생각나지 않았다.

그의 두 손이 내 몸의 모든 곡선을 어루만졌고, 그의 입은 내 목선을 구석구석 애무했다. 욕망이 불길처럼 혈관을 내달리며 모든 신경 말단에 불을 붙이다가, 그가 잠옷 너머로 내 가슴 끝을 스치자 눈부시게 타올랐다.

나는 흐느끼며 그의 목덜미에 자연히 손가락을 얽었다. 세상에, 난 이 남자가 필요해.

"그 소리도 내가 아주 좋아하지." 그의 목소리가 머릿속에 울리는 가

운데, 그의 손은 내 잠옷 속으로 미끄러져 들어가더니 속옷 끄트머리를 만지작거렸다. 녹아버릴 것 같았다. *"네가 절정에 이르기 직전에 내는 소리 다음으로 좋아."*

그의 손마디가 우리 사이를 가르는 짜증 나는 천 너머로 내 몸을 쓸었고, 그의 입이 내 반대쪽 가슴으로 이동하는 사이에 나는 엉덩이를 들썩였다. 우리 둘 사이에 왜 이렇게 천이 많지.

그는 내 속옷이라는 장벽 아래로 손을 넣으면서 고개를 들고 나를 보았다. 그리고 다음 순간, 놀리듯이 애무하면서 손을 움직이더니, 마침내, 신들에게 감사하게도 정확히 나에게 필요한 압력을 선사했다.

"제이든." 마력이 내 안을 휩쓸며 모든 뼈와 혈관과 피부 구석구석을 내달리고, 나는 신음하며 베개 위에서 몸부림쳤다.

"마음이 바뀌었어." 그는 내 안으로 손가락을 밀어 넣었다. *"내가 제일 좋아하는 소리는 지금 이거야."* 깊이 들어온 손가락은 살짝 구부러지며 딱 필요한 정도로 움직였다.

숨이 가빠졌고, 제이든이 입꼬리를 올려 능글맞게 웃는 가운데 내벽이 그의 재주 넘치는 손가락 주위로 수축했다. 웅웅거리는 마력이 내 안에 단단히 똬리를 틀었고, 내 두 손은 그의 어깨를 붙잡고 반역의 낙인을 꽉 눌렀다.

"내가 어떻게 했으면 좋겠어, 바이올렛?" 그가 이마에 주름을 잡으면서 민감한 부분을 쓸기 시작했고, 내 안에 모인 에너지가 진동했다. *"이렇게 널 눕힌 채로 위에서? 네가 엉덩이를 들고 엎드리게 해서 뒤로? 내가 더 세게 밀어넣을 수 있게 벽에 대고? 네가 속도를 통제할 수 있게 두 다리를 쫙 벌리고? 말만 해."*

통제? 제이든과 함께할 때 통제 같은 건 환상에 불과하다. 그의 손길이 닿는 순간부터 나는 그가 원하는 대로 끌려갈 뿐이다.

"전부 다." 나는 세상에서 가장 달콤한 불에 타고 있었고, 제이든의 말이 그 불길에 부채질을 했다. 어떤 식으로 들어오든 상관없다. 오직 지금. 바로. 당장이어야 할 뿐.

제이든의 동공이 확 커졌다. "느낄 수 있어. 널 느낄 수 있어." 그는 잠시 더 나를 응시하다가 머리를 내려 내 입술 바로 위를 맴돌더니, 더 빨리 움직였다. 이대로 가면 내가 산산이 부서지는 길밖에 없었다. "부드럽고 뜨겁고 욕 나오게 완벽해."

그리고 난 제이든의 전부를 원했다. 손가락만이 아니라. 내 허벅지에 닿는 그의 것이 얼마나 단단해졌는지 느낄 수 있었고, 그가 내 안에서, 나와 함께, 완전히 흐트러져서 거칠고 엉망으로 움직여야만 했다. 다만 그 말을 할 수는 없었다. 제이든이 이렇게 나를 몰아가고 있을 때는 말을 할 수가 없었다.

호흡이 점점 가빠지는 가운데 우리를 연결하는 반짝이는 오닉스빛 끈을 붙잡고 내 순수하고 극심한 욕구를 쏟아부었다.

"바이올렛." 제이든이 입술을 짓이기듯 신음하더니, 마치 스스로를 억제하는 것처럼 턱에 힘이 들어가면서 미간에 주름이 잡혔다.

제이든은 왜 이렇게 맞서 싸우는 걸까? 왜 우리 관계에 맞서지? 나는 그의 것이지만, 그 역시 내 것이다. 우리가 함께할 때 얼마나 좋은지 기억나지 않나? 나는 우리 사이의 연결선을 꽉 붙잡은 채로 등 뒤에서 삐걱대던 옷장의 기억, 제이든이 단단하고 깊게 내 안을 두드리던 그 굉장한 느낌, 우리 둘 다 서로에게 정신을 놓고 똑같이 달아오른 공기를 들이마시며 오직 다음 절정을 위해서만 매달렸던 순간을 떠올렸다.

내 안의 마력에 불이 붙었다. 내 피부를 달구며 놓아버리지 않으면 내 전부를 태워버리겠다고 위협하기 시작했다. 신들이시여, 제이든의 그림자가 내 온몸을 감싸고 부드럽게 쓸어내리면 얼마나 좋을까. 나를 뒤덮은 그림자로 온몸을 동시에 애무하면서 들어온다면….

제이든이 나에게 이마를 붙이더니 덜덜 떨었다. 이마에는 땀이 맺혀 있었다. *"젠장, 사랑해."*

절박함을 가득 담은 그 거친 목소리를 듣자, 쾌감이 한계를 돌파했다. 절정을 꽉 붙들어보려 했지만 마력이 폭발했고, 내가 산산이 부서지는 동안 왼쪽에서 빛이 번쩍였다. 심장이 덜컹거리고, 파도처럼 밀려오는 쾌감이 나를 빠뜨렸다가 수면 위로 끌어올리기를 반복하는 사이에 그림자가 쇄도했다.

나무가 타는 냄새가 나더니, 제이든이 두 손으로 내 위의 침대 머리판을 때렸다. 고통으로 일그러진 그의 얼굴을 보자 순식간에 제정신이 돌아왔다. 그는 견딜 수 없는 고통에 시달리는 모습이었다.

"제이든?" 나는 속삭이며 그에게 손을 뻗었다.

"하지 마." 반은 명령이었고, 온전히 애원이었다.

두 손을 가슴께에 떨어뜨리고 우리 사이의 연결을 더듬어보니, 연결이 희미해진 데다가 차갑고 단단한 오닉스 벽에 막혀 있었다. "무슨 일이야?"

"나에게 거리를 둬." 그는 씹어뱉듯이 말했다.

"알았어." 나는 그의 몸 아래에서 빠져나와서 서둘러 침대를 벗어났다. 그러자 협탁에 새까맣게 그을고 갈라진 부분이 눈에 띄었다. 뭐, 숲에 불을 지르는 것보다는 낫지. "이 정도 거리면 될까?"

"섬 왕국이라 해도 충분히 멀다는 생각은 안 들걸." 그는 호흡을 가라앉히면서 중얼거렸다.

무슨 소리야? "뭐라고?" 내가 혼란에 빠져서 바라보는 동안 그는 통제력을 되찾더니, 다시 한 번 확신하듯 고개를 끄덕였다.

"내가 잊어버렸어." 그는 천천히 침대 머리판을 놓고, 무릎을 꿇고 앉아서 허벅지를 잡았다가 두 손을 옆으로 늘어뜨렸다. "깨어났다가 네가 거기 앉아 있는 걸 봤지. 그때는 너에게 손을 뻗는 게 세상에서 제일 자연스러운 일 같았는데, 이제 난 자연스러운 존재가 아니야. 젠장. 정말 미안해, 바이올렛."

아. "나도 잊었어." 그의 입술이 닿는 순간에 잊어버렸지. "사과할 것 없어. 그리고 당신이 자연스럽지 않은 존재라는 말은 하지 마…." 잠깐만. 나는 저도 모르게 미소 지었다. 이건 완벽하게 해결 가능한 문제였다. "사실 난 당신이 방금 그러길 잘했다고 생각해." 내가 침대 쪽으로 한 걸음을 내딛자, 그가 내 쪽으로 고개를 홱 돌렸다. "나쁜 일은 아무것도 없었어, 제이든. 당신이 방금 내 몸 구석구석을 만지고 내 안에도 들어왔지만, 난 더할 나위 없이 멀쩡해. 2초만 주면 내가 다시 침대 위로 기어갈게. 그러고 나면 당신도 아주 좋아질 거야."

제이든이 눈을 꽉 감더니 침대 머리판을 가리켰다. "좋지 않아."

눈을 가늘게 뜨고 짙은 색의 나무판을 보다가 몸을 살짝 내밀고 나서야 희미하게 색깔이 변한 자국 두 개를 알아볼 수 있었다. 제이든의 엄지손가락이 있던 자리가 원래 색깔보다 아주 약간 옅었다. 나는 철렁 내려앉는 심장을 받아내려는 듯 손으로 배를 감쌌다.

방금 제이든이 채널링한 건가?

04

라이더 생도에게 다른 분과처럼 여름과 겨울 휴가가 주어지지 않는 데는 두 가지 이유가 있다. 첫째, 민간인들은 마을 위를 편하게 돌아다니는 드래곤들에게 호의적인 반응을 보이지 않는다. 둘째, 전쟁을 위해 호랑이를 키우려면 우리를 잠궈야 한다. 서로를 공격하거나… 주인을 공격하지 않도록.

_ 티스파니 캘시아 대령, 《발톱을 가는 법: 어느 교수의 지침서》

나는 두 개의 희미한 자국을 보고 고개를 저었다.

"별것 아니야. 거의 보이지도 않는걸." 그리고 이 거리에서 볼 때 제이든의 눈동자는 똑같았다. 방금 무슨 짓을 했든 간에, 전투 중에 일어난 일과는 전혀 달랐다.

"그야 내가 멈췄기 때문이지." 그는 침대 반대편으로 내려가더니, 뒷걸음질 쳐서 내 책상에 허벅지를 댔다. "네 마력이 솟구친 순간에 바로 느꼈고, 왜 너에게 손대지 않겠다고 다짐했는지 기억이 났어. 그리고 생각했지. 그래도 널 지킬 수만 있다면 그걸로 충분하다고. 하지만 자칫하면 정말로…." 그는 손마디가 하얗게 되도록 책상 가장자리를 붙잡은 채로 나에게 시선을 돌렸다. "네 옆에서 통제력을 잃을 순 없어. 아주 조금도 안 돼." 그는 침대 머리판을 흘끗 보았다. "저래선 안 돼. 절대로."

가슴이 아팠고, 쿵쾅거리는 심장을 가라앉히려고 심호흡을 했다. 방금 제이든이 정말로 베닌처럼 채널링했다면…. "내가 그쪽으로 가도 될까? 당신을 건드리진 않을게."

그는 고개를 끄덕였다. "지금은 괜찮아. 단단히 통제하고 있어."

나는 맨발로 차가운 바닥을 걸어서 제이든 바로 앞에 섰고, 그의 눈동자에 붉은 기운이 전혀 없는 것을 보고 안도의 숨을 내쉬었다. "붉지 않아."

그의 어깨가 아래로 처졌다. "다행이군. 내가 꽤 빨리 막긴 했고, 뭔가를 가져온 느낌도 없었어. 하지만 했다는 건 분명해."

"사포로만 문질러도 저것보다 티가 나." 나는 상상이 아니라는 걸 확인하기 위해 침대 머리판을 다시 보았다. "겨우 보일락 말락 하는데, 그것도 뭔가 있다는 걸 알고 봐야 그래."

"무심코, 무차별로 저지른 짓이야. 그게 너였다면?" 그는 내 머리카락을 귀 뒤로 넘기더니, 무거운 한숨을 쉬었다. "결코 나 자신을 용서하지 못할 거야."

가슴이 더 아파지기만 했다. "또 시무룩해져서 나에게서 멀어지려고? 미리 경고해두는데, 난 그런 일을 용납할 생각 없어."

"아니야." 그는 입꼬리를 올렸다. "그저 그동안 내가 통제력을 유지하지 못할 것 같은 일은 피한 게 옳았다고 생각할 뿐이야. 그래야만 네가 안전해. 네가 달아났으면 싶기도 하지만, 널 포기하기엔 내가 너무 이기적이거든."

나는 천천히 고개를 끄덕였다. 그게 확실히 제이든의 한계선이라면 맞설 생각은 없다.

"그리고 그냥 알아두라고 하는 말인데, 네 기억은 정말 미치도록 화끈했어. 모든 순간이 좋았지." 그는 침을 삼키더니, 방금 내린 결정을 벌써 후회하는 것처럼 책상 가장자리를 다시 붙들었다.

나는 이마를 찌푸렸다. "내가 어떻게 한 건지도 잘 모르겠어. 그렇게 생각을 공유하는 게 인턴식 능력일까? 아니면 결속 때문일까? 우린 예전에도 그런 적이 있잖아."

그는 한쪽 입꼬리를 올리며 손에 힘을 풀었다. "짐작도 못 하겠군. 너 말고는 누구와도 그런 걸 시도해본 적이 없거든." 제이든이 제대로 웃자 내 호흡도 조금 편해졌다. "처음 그랬을 때는 전략실이었는데, 머릿속에서 네 생각을 지울 수가 없었지. 그러다가 네가 전날 밤에 학교 전체에 불을 지를 뻔했던 순간을 되살리려고 애쓰면서 나에게 정신을 뻗어왔고, 난 그냥 기억을 풀어놓았어. 널 도우려는 마음도 있긴 했지만, 그보다는 나만 그 지옥에 빠져 있을 순 없어서였달까." 그는 죄책감도 없이 사실을 인정했다. "이제 옷 갈아입자. 아침식사도 건너뛰고 잔 것 같아."

우리는 방금 일어난 일을 생각하면 꽤 평범하게 일과를 준비했다. 나는 재빨리 무릎에 붕대를 감고, 천이 풀리지 않게 슬개골 위아래로 단단히 말아 넣고 나서 드레싱을 마쳤다. 내가 속옷 위로 드래곤 비늘 갑옷을 걸치자 제이든이 끈을 매줬는데, 벗겨낼 때 못지않게 효율적인 움직임이었다. 그래도 벗길 때보다는 시간이 오래 걸렸지만 말이다. "어제 늦게까지 밖에 있었지?" 나는 제이든이 끈을 묶는 동안 물었다. "린델 공작이 온 것과 관련 있어?"

"맞아." 제이든이 부드럽게 끈을 당기자 내 어깨가 펴졌다.

"당신이 여기에서 자서 다행이네." 내 말에 그의 손가락이 멈칫했다. "티렌더 최고위 가문 셋이 다 여기 있는데, 그중에 둘은 오직 티렌더 지방에만 충성한다고 알려져 있고, 세 번째는 의심스럽잖아." 나는 어깨 너머로 그를 보았다. "당신과 리암이 라이더 분과에 들어오도록 훈련시킨 게 린델 아니었어?"

제이든은 고개를 끄덕였다. "그랬지만 르웰른도 거들었지."

나는 눈썹을 치켜올렸다. "분명 멜그렌의 마음속에 싹 지우고 새로 시작할 수도 있다는 생각이 스쳤을 거야. 이 안은 혼란투성이고 문제를 알아차릴 만한 지위를 가진 사람은 거의 없어." 나는 마지막 말을 눈빛으로만 전달했다. 조심해.

그는 다시 고개를 끄덕이더니 마저 코르셋 갑옷을 묶었고, 나는 앞으로 고개를 돌렸다. "티렌더 귀족들을 전멸시키려고 날 죽일 필요는 없어. 공식적으로 난 협상장에 아무 자리도 없는 소위에 불과한데, 네 오빠 말에 따르면 아레티아를 대표해야 하지. 다 됐다." 그는 코르셋 끈을 다 묶더니, 내 귀 뒤에 키스해서 정신이 번쩍 들게 하고는 문 옆의 무기 선반으로 걸어갔다.

"고마워. 당신은 그러고 싶어?" 나는 제복 상의를 걸치고 단추를 채우면서 물었다.

"협상장에 앉는 것?" 그는 등 뒤에 검집을 매면서 되물었다.

"아레티아를 대표하는 것. 전부 다." 나는 평소처럼 머리를 땋아 올리면서 책상 쪽으로 걸어갔고, 제이든은 해석할 수 없는 표정으로 나를 보았다. "당신은 일이 돌아가는 방식에 만족한다고 했지만, 누가… 당신에게 묻기나 했는지 모르겠어."

제이든은 이마에 주름을 잡았다. "아레티아를 운영하는 건 평의회야. 난 그저 그 저택을 소유하고 있을 뿐이고, 아마 그래서 다행이겠지. 나는… 베닌이니까 말이야. 전장에서는 뛰어나지만, 훌륭한 통치자의 자질은 아니야."

나는 온 힘을 다해서 움찔하지 않도록 버틴 후에 머리를 계속 땋았다.

"어쨌든, 우린 드래곤들이 머물 협상 조건을 생각해내려고 노력 중이고, 르웰른은 하다못해 타우리에게서 내 아버지의 검이라도 돌려받을 수 있으리라 생각하는 것 같지만, 다 엉킨 느낌이야. 우리가 여기 남지 않으면 포로미엘이 떠날 거야. 나바르가 바스지아스에 있는 플라이어들을 지키지 못한다면, 역시 포로미엘이 떠날 거야. 누구라도 누군가를 살해한다면, 그건 여기서 많이 일어나는 일이지만…."

"포로미엘이 떠나겠지." 나는 땋은 머리를 고정시키기 위해 책상에 놓인 핀을 집으면서 제이든이 '우리'라고 표현했다는 점에 주의를 기울였다. 내가 앞으로 48시간 동안 그 문젯거리 중에 하나를 적극적으로 해결할 거라는 말이 튀어나올 뻔했지만, 제이든은 알고 싶어 하지 않는 데다가 몇 분 전에 통제력을 잃었다는 사실도 도움이 되지 않을 터였다.

"바로 그거야. 그리고 어젯밤에는 3학년 플라이어 두 명이 대강당 근처에서 제1비행단과 싸워서 모두가 피투성이가 됐지." 제이든은 허벅지 칼집들에 단검을 꽂기 시작했다. "타우리가 민간인들을 받아줄 생각이 없다면, 포로미엘은 우리 기지를 공격하지 않겠다고 약속해봤자 얻을 게 하나도 없어. 보상이라곤 무기 공급과 플라이어들을 지키는 것뿐이야."

"둘 다 아레티아하고만 동맹을 맺어도 얻을 수 있는 보상이고 말이지." 내가 말하는 사이에 제이든은 내 단검들을 챙겨서 내 허벅지에 붙은 칼집들, 그리고 제복 옆구리를 따라 꿰매 넣은 칼집들에 하나씩 꽂았다.

"이젠 누가 분리주의자처럼 말하고 있지?" 제이든이 입술을 휘었다. "우리에게 안정적인 보호막이 있다면 그럴지도 모르지. 하지만 우린 아레티아의 보호막이 불안정해지고 있다는 걸 알고 있고, 설령 그렇지 않다 해도 지난번 티렌더가 독립하려고 했을 때는…." 그는 뭔가를 듣는 사람처럼 고개를 옆으로 기울이더니, 폭풍처럼 돌진해서 문을 열어젖혔다. "장난해? 우리 둘 다 아직 씻지도 않았어."

아, 나 빼고 모든 사람을 대할 때 나오는 냉혹한 모습이네. 나는 웃고 싶은 충동을 누르지 않았다. 나는 제이든의 부드러운 면을 보는 사람이

나뿐이라는 사실을 좋아했다. "누군데?" 의자 등받이에 걸쳐둔 비행 재킷을 잡으면서 물었다.

"그 방에 내 여동생과 함께 있으면서 나보고 장난하냐고 묻는 거냐?" 브레넌이 마주 쏘아붙였다. "보통은 나도 네가 내 동생 침대에서 잔다는 사실을 이해하려 하고 있고, 너희 둘이 내 면전에서 엉켜 있을 때는 다른 곳을 보는 편이지만 말이다. 30분 후에 회의인데 그 전에 너와 할 얘기가 있어."

"안녕, 브레넌 오빠." 나는 비행 재킷에 팔을 밀어 넣으면서 외쳤다.

"안녕, 바이올렛."

"난 순찰이 있어." 제이든이 말했다.

"사실이야." 브레넌 뒤쪽 어딘가에서 개릭이 말했다.

"도대체 문밖에 몇이나 있는 거야?" 나는 제이든의 팔 아래로 고개를 내밀었다가 눈썹을 치켜들고 말았다. 복도가 꽉 차 있었다. 브레넌, 개릭, 르웰른, 보디, 그리고 이모젠까지 기다리는 중이었다. 협상의 나날 때문에 르웰른과 브레넌 둘 다 지친 상태였다. 브레넌은 눈 밑이 시커멨고, 너무 피곤해서인지 너무 바빠서인지는 몰라도 면도를 못한 르웰른의 각진 턱에는 희끗희끗한 수염이 무성했다. "누가 죽기라도 했어요? 왜 아무도 노크를 안 했죠?"

"저 녀석이 뾰족하게 굴어서 말이지." 개릭이 고갯짓으로 가리킨 이모젠은 내 오른쪽 벽에 기대서 있었다.

"바이는 잠이 절실하다고." 이모젠은 개릭을 보고 고개를 옆으로 기울였다. "그 상쾌한 얼굴을 보니까 너는 어젯밤에 니나 슈렌소어의 침대에서 많이 잔 것 같네. 니나는 실망했겠지만."

"저런." 보디가 터지는 웃음을 억눌렀다.

개릭의 얼굴에 천천히 미소가 번지더니, 왼쪽 뺨에 보조개가 파였다.

"조심해, 이모젠. 질투하는 것처럼 들려."

"누가 플라이어 따위를 질투하겠어?" 이모젠은 빠르게 죽여주겠다는 듯이 날카롭게 그를 노려보았다.

"자, 자." 브레넌은 콧잔등을 문질렀고, 르웰른은 고개를 내저으며 문 앞에서 멀어졌다. "이봐, 우린 라이오슨이 필요할 뿐이야."

"정말이지, 정신들 좀 차려라, 얘들아. 우린 전쟁 중이란다." 미라가 짧은 복도 끝에서 말했다. 뺨은 붉었고 아직 고글 자국이 선명했다.

나는 보자마자 활짝 웃고 말았다. "왔구나!" 아마리 여신이여, 감사합니다.

이제 우리에겐 48시간과 한 번의 기회가 있다.

"넌 아무리 빨라도 오늘 밤은 되어야 돌아올 줄 알았는데." 브레넌이 불그스름한 눈썹을 치켜올렸다.

"테인이 기운 넘쳤어." 유리라도 자를 것처럼 굳은 미소였지만, 그래도 미라는 노력하고 있었다. 브레넌이 살아 있다는 사실을 알고 나서 용서하기까지 몇 달이 걸렸다. 어머니를 잃었다는 사실을 극복하기까지 얼마나 걸릴지 누가 알겠는가. 언니가 보기에는 브레넌 책임인데. "뉴스와 편지 몇 통을 가져왔지."

그게 정확히 무슨 뉴스인지 들을 수 있게 당장 모두를 내보내야 했다.

"고맙다." 브레넌이 미라에게 말하더니 제이든을 돌아보았다. "이 일이 순찰보다 중요해."

제이든이 손끝으로 내 허리를 훑으면서 복도로 걸어나가더니, 브레넌을 따라 르웰른이 기다리는 중앙 복도로 향했다. 개릭이 바로 따라붙었다.

"내가 알아야 할 일이 있을까?" 보디는 미라가 어깨에 멘 가방을 내리는 모습을 보면서 미간에 주름이 두 개나 파이도록 찌푸린 얼굴로 물었다.

“문제없어.” 브레넌이 보디에게 장담하고, 네 사람은 모퉁이를 돌아서 사라졌다.

“필요한 사람이 되니 좋네.” 보디가 중얼거리더니 미라의 도착으로 완성된 우리 쪽 작전회의에 다가섰다. “순찰은 우리가 맡아야 할 것 같다, 이모젠.”

“알아냈어?” 나는 1초도 더 기다리지 못하고 미라에게 물었다.

“우선, 펠릭스가 선물을 보냈어.” 미라는 웃으면서 가방에서 도관을 하나 꺼내 나에게 건넸다.

“신들이시여, 감사합니다!” 나는 금속 띠를 두른 유리 구체를 손에 쥐면서 안도의 한숨을 내쉬었다. 그 물건은 내 고유 능력에 대한 통제력 비슷한 것을 제공했다.

“그리고 이것도 있지.” 미라가 가방에서 룬 문자가 새겨진 연습용 나무 원판을 꺼내자 가슴속에 살짝 타오르던 희망의 불씨가 확 커졌다. “트리사는 천재야.”

나는 입을 딱 벌렸다. 그 원반에는 세 가지 룬이 담금질되어 있는데, 중간에는 공중 부양의 룬이 들어갔고, 서로 겹쳐 있는 두 개는 방음 룬과 보온 룬 같았다. 가장 바깥쪽의 보온 룬에는 새로운 성장을 뜻하는 작은 초록색 새싹이 걸쳐져 있었다. “어떻게 한 거야?” 목소리가 커지는 것을 막을 수가 없었다.

“펑 터져서 날아갈 뻔하긴 했지.” 미라가 입꼬리를 당겨 올렸다. “우린 룬을 파괴하지 않으면서 룬이 담금질된 물질을 바꿨어. 정말로 형태를 바꾸는 데 성공한 거야. 알고 보니 카일린이 농사꾼이더라.”

“그 독선가가 식물 능력자라고?” 나는 속삭였다.

“속삭일 필요 없어, 바이.” 미라가 씩 웃었다. “보온 룬은 꺼졌어도 방음막은 활성화된 상태거든. 거의 복도 끝까지 효과가 있을 거야."

"확실해?" 내가 물었다.

"확실해. 만져보면 서늘하고, 또…." 미라가 공중 부양 룬 중앙에 금화 하나를 올려놓자, 금화가 떠올랐다. 룬 하나를 무효화하는 것만 해도 엄청나다. 그런데 다른 룬에 영향을 주지 않으면서 하나의 룬만 끈다고? 믿을 수 없을 지경이다. "우린 해냈어. 위험이 없진 않지만, 할 수 있어."

심장이 쿵쿵 뛰기 시작했다. "우리가 협상을 살릴 수 있어." 플라이어들은 여기 남을 테고, 나도 48시간 안에 테카루스와의 합의를 지킬 수 있다.

"위에서 동의한다면 그렇지." 이모젠이 천천히 말했다. "너도 알다시피 그 사람들은 동의하지 않을 것이고."

"누가 온다." 보디가 턱짓으로 복도 쪽을 가리키며 말했다. 브레넌이 천천히 걸어오는데, 생각에 푹 빠진 사람처럼 바닥만 보고 있었다. "우린 출발할게."

"아직은 아무에게도 말하지 마." 미라가 발치에 놓아둔 가방에 서둘러 원반을 쑤셔 넣었다. "우린 세나리움에 옳은 일을 할 기회를 줘야 해. 그리고 아는 사람이 적을수록 반역으로 처형당할 사람도 적어져."

보디와 이모젠 둘 다 고개를 끄덕였고, 나는 그 둘이 멀어지는 모습을 보며 눈을 껌벅였다. "저기, 선배가 필요한 건 뭐였는데? 왜 날 기다린 거야?" 이모젠에게 물었다.

보디는 두 손을 주머니에 밀어 넣고 계속 걸어갔고, 이모젠은 옆을 스쳐 지나가는 브레넌을 곁눈질했다. "그냥 네가… 잠을 좀 자는지 확인하고 싶었을 뿐이야." 이모젠은 그렇게 말하면서 모퉁이를 돌아 사라졌다.

보디. 개릭. 이모젠. 속이 답답해졌다. 세 사람은 제이든이 날 죽이진 않았는지 확인하려고 온 거였다.

"꼴이 엉망이네." 미라가 눈앞에 다가온 브레넌에게 말했다.

"기분도 엉망이야." 브레넌은 한 손으로 얼굴을 문질렀다. "포로미엘의 정치는 우리와 전혀 달라. 난 몇 분 안에 돌아가서 시그니슨 사람들에게 떠나지 말라고 애걸해야 해. 양쪽 다 타협하려고 하질 않아."

"베닌에게 죽고 싶지 않다면 빨리 배울 법도 한데." 미라가 말하면서 고개를 기울이는 모습이 꼭 어머니 같아서 목이 메었다.

"너라면 그렇게 생각하겠지." 브레넌은 고개를 내저었다. "모두가 동의할 수 있는 조건이라고는 오늘 플라이어들이 소속 대대 1학년 라이더들과 함께 우리 분과를 둘러보아도 좋다는 것뿐이야. 그 녀석들은 그리 위협적이지 않은가 보지. 그리고 너에게 특수부대를 딸려보내는 것도 동의했지." 브레넌이 나를 보고 말했다.

"바이올렛이 어딜 가는데?" 미라가 내 옆으로 붙으면서 날카롭게 물었다.

"우린 남아 있는 앤다나의 동족을 찾으러 가." 브레넌 대신에 내가 대답했다.

"뭘 한다고?" 미라의 눈이 말도 안 되게 커졌다.

"앤다나가 그러고 싶어 해. 언니가 떠나기 전에 말했어야 하는데, 그때까지는 엠피리언에서 허락하지 않았어." 언니의 충격받은 표정을 보니 죄책감에 목이 막혔다. "앤다나는 어떻게든 갈 거였어. 그나마 이런 식으로 협상하면 앤다나가 몇 가지 요구할 수 있지."

"이런 일이 일어나게 그냥 뒀어?" 언니가 브레넌을 노려보았다.

"미라 언니…." 내가 입을 열었다.

"조용히 해라, 생도. 장교들이 대화하는 중이다." 미라가 쏘아붙였다.

심한데.

"우리에게 필요한 일이기도 하지만, 마라야 왕은 일곱 번째 용종이 베닌을 물리칠 방법을 알지도 모른다는 희망을 품고 있어. 앤다나의 알이 몇 살이었는지 생각하면 말이 되긴 하지." 브레넌의 사고 과정도 우리가 생각한 것과 크게 다르지 않았다. "미라, 포로미엘을 협상장에 붙들어두는 건 그 희망뿐이고, 우린 아직 플라이어들의 안전과 아레티아 생도들이 여기 남는 안을 두고 나바르와 상의하는 중이야. 너도 알다시피, 제대로 작동하는 보호막 안에 말이지. 이건 보기보다 복잡한 문제야."

미라는 발끈했다. "간단한 질문이야. 그자들에게 우리 동생을 적이 지배하는 데다가 와이번이 우글거리는 영역으로 보내서 헛고생을 시키려면 너를 죽이고 가라고 했어, 안 했어?"

"그보다는 우리가 정말로 그들을 찾아내면 어떻게 될지를 더 걱정해야 할 텐데." 테른이 우르릉거렸다. *"우리 종족의 한 혈통이 숨기로 결정했다면, 우리를 환영하지 않을 거다."*

"그건 모르는 일이야." 앤다나의 반박에서 상처받은 것이 느껴졌다.

"달리 추측한다면 순진한 거지." 테른의 말투가 날카로워졌고, 앤다나는 우리 사이의 정신 통로를 쾅 닫아버렸다. *"앤다나는 마음의 대비를 해야 해."* 테른이 말했다. *"너도 마찬가지다. 이 임무로 우리가 죽을 가능성은 차고 넘친다."*

아니면 우리 모두를 구하겠지. 못 말리는 비관주의자 같으니라고.

"브레넌은 안 된다고 할 수 없었어." 도관을 쥔 손에 힘이 들어갔다. "아레티아엔 보호석에 불을 뿜어줄 앤다나 동족이 꼭 필요해."

미라가 내 쪽으로 얼굴을 홱 돌렸다가, 두려움에 커졌던 눈에 재빨리 힘을 주고 오빠를 다시 노려보았다. "그래서 보호막의 상태를 확인하라고 날 보낸 거였어? 우리 동생을 도박 칩으로 이용하기 전에 시간이 얼마나 있는지 알아보려고?"

"그게 아니야." 브레넌이 이를 갈았다. "난 바이올렛이 하고 싶어 하는 일을 지지하려는 거야."

"어림없는 소리. 우리에겐 6개월이 있어, 브레넌!" 미라는 가방에 손을 넣어 편지를 한 뭉치 꺼내더니 브레넌의 가슴팍에 들이밀었다. 아니, 아이서레이라고 적힌 이름표를 정통으로 후려쳤다. "보호막이 약해지는 속도를 감안할 때, 운이 좋으면 완전히 무너질 때까지 6개월이 남았어. 설령 바이올렛이 그들을 찾아낸다고 해도, 겨우 찾았을 쯤엔 아레티아는 없어졌을 거야. 넌 헛된 일에 바이올렛의 목숨을 걸고 있어."

속이 철렁했다. 고작 6개월? 보호막이 꺼질 때까지 1, 2년은 남아 있을 거라고 생각했는데. 시간표가 복잡해졌지만, 제이든이 고향을 두 번 잃는 건 안 될 말이었다.

"6개월이라고." 머릿속으로 계산하는 것처럼 브레넌의 시선이 리독의 방문과 리의 방문 사이를 오갔다.

"안 돼. 이건 라이더들이 돌아오지 못하는 유형의 임무야." 미라가 낯선 사람 보듯이 오빠를 뜯어보며 뒤로 물러섰다.

그것 참 마음 편해지는 말이네.

"이건 우리 셋보다 중요한 일이야. 포로미엘에선 민간인 수만 명이 공격받고 있어." 브레넌은 편지 뭉치를 앞주머니에 밀어 넣고 한숨을 쉬었다. "물론 나도 바이올렛을 위험에 빠뜨리고 싶진 않아. 그리고 내가 같이 가는 건 이미 거절당했어."

"다른 방법을 찾아." 미라는 고개를 내저었다. "바이올렛의 목숨을 낯선 자들의 목숨과 맞바꿀 순 없어."

"꼭 엄마처럼 말하는구나." 브레넌의 입에서 무의식적으로 흘러나온 말에 언니와 내가 헛숨을 들이켜자 오빠도 바로 얼굴을 찡그렸다. "젠장." 오빠가 고개를 숙였다.

"감히 네가 어머니를 입에 올려? 심지어 다른 성을 쓰는 주제에?" 미라는 가방에서 룬을 새긴 원반을 꺼내 오빠에게 집어던졌다. 원반은 정통으로 오빠의 가슴을 때렸고, 오빠는 허둥지둥 원반을 받아냈다. "내가 이번 주에 한 짓을 보시죠, 아이서레이 중령님. 엄마라면 이런 짓을 찬성하지 않았을걸."

젠장. 원래는 오빠에게 침착하고 차분하게 알릴 계획이었는데.

브레넌은 이마를 찌푸리고 원반을 관찰했다. "이해가 안 가는데."

"우리가 바스지아스의 플라이어들을 안전하게 지킬 방법을 찾았어." 미라가 말했다.

나는 원반을 바라보던 오빠가 그 의미를 깨닫는 순간을 목격했다. 오빠의 얼굴에서 핏기가 빠져나가고, 입에서 힘이 풀렸다. "네가…."

"그래. 넌 거울을 찾아보는 게 좋겠다." 미라가 말을 끊고 브레넌의 주의를 끌었다. "대의를 위해 우리 가족을 희생하는 거야말로 정확히 엄마가 꺼낼 만한 무기거든." 미라는 더 말하지 않고 걸어가버렸다.

나는 오빠의 어깨를 두드렸다. "세나리움에 가져가."

"세나리움은 절대로 동의하지 않을 거다."

"오빠나 나나 이게 동맹을 성공시킬 유일한 방법인 줄 알잖아."

브레넌은 고개를 끄덕였다. "바로 그래서 걱정인 거야."

05

드래곤 라이더들은 잔인함으로 뽑히고, 잔인하도록 훈련받고, 심지어 잔인하도록 태어났다는 점을 결코 잊지 말라. 라이더에게 자비를 기대하는 것은 실수다. 그런 게 가능할 리가 없다.

__ 일라이자 조벤 대령, 《드래곤 물리치기 전술 가이드》(제1장)

몇 시간 후, 나는 오늘이 평생 제일 길고 힘든 하루라고 확신했다. 강당은 4분의 1도 차지 않았고 소식을 기다리기엔 완벽한 장소였으므로, 소여가 낮잠을 자고 1학년들이 플라이어들과 같이 분과를 돌아보는 동안 우리 셋은 강당에서 기다렸다. 나바르 라이더가 괜히 시비를 걸 때에 대비해 벽을 등지고 앉은 채로 브레넌과 미라가 소식을 가져오기를 기다렸다.

제이든도 돌아오질 않았다.

또 다른 베닌이 학교를 어슬렁거릴지도 모른다고 생각하면 끔찍하지만, 그래도 베닌이 있다면 제이든이 감지하겠지. 그렇게 생각하면 이상하게 마음이 놓였다.

"잭의 감옥 옆에 있던 베닌은 은발이었어." 나는 단검을 사과에 꽂고 끊어지지 않게 껍질을 쭉 벗겨내며 중얼거렸다. "이상하지 않아?"

"누구나 결국에는 머리가 하얗게 돼. 어제 공격에서 그게 제일 덜 이상한 점일걸. 우릴 반역죄로 기소할지는 얼마나 기다려야 아는 거야?" 리독이 두꺼운 참나무 테이블을 손가락으로 두드렸다. "무섭도록 조직적인 베닌 무리가 발로우 놈을 탈옥시키려고 하기 전에 그냥 플랜 B로 가자."

"플랜 A가 A인 데엔 이유가 있어. 인내심을 가져." 리독 오른쪽에 앉은 리가 잔소리를 했다. 리는 내가 제이든에게 받은 티렌더 매듭 책을 훑어보고 있었다. 처음에는 나도 그게 룬을 공부하는 데 도움이 된다는 사실을 모르고 받았지. "아레티아 조약이 단순히 몇 시간 안에 적힐 리야 있겠어?"

"그 첫 단계는 13일간의 협상이었지." 나는 1학년 한 명이 아치문 안으로 뛰어 들어오는 모습을 보면서 사과 깎기를 마무리했고, 그 여윈 남자가 제1비행단 녀석들이 꽉 찬 테이블로 바쁘게 달려가는 모습을 보며 칼을 내려놓았다. 그 녀석은 곧바로 군침 도는 소문을 퍼뜨리는 듯했다. "1학년들 견학은 언제 끝나지?"

제1비행단이 접한 소문은 뭔지 몰라도 빠르게 퍼졌다. 중앙에 놓인 테이블에서부터 생도들이 고개를 돌리고 재빠르게 움직이는데, 파도치듯이 번져나가는 모습이 볼 만했다.

"모르겠는데." 리가 책장을 넘기면서 말했다. "그저 평화롭게 유대감을 쌓길 빌 뿐이야. 아무래도 애벌린과 베일러, 카이가 삼각관계 같거든. 보통은 나도 그런 문제에 스트레스 받지 않고, 에이토스도 작년에 우리가 누구와 자든 신경 안 썼는데…."

"전혀 아니잖아." 리독이 콧방귀를 끼고 나에게 어깨를 부딪쳤다.

데인이 혹시 들었을까 봐 옆 테이블을 슬쩍 보았지만, 3학년 한 무리와의 대화에 몰두해 있었다. 이모젠과 퀸도 거기 있었다.

"하지만 걔들은…." 리는 얼굴을 찡그렸다. "계속 싸워댄단 말이야. 그건 이 적대적인 환경에 플라이어들을 통합시키는 데도 도움이 안 되고, 걔네들끼리의 대인관계도 망치고 있어."

리독의 손가락이 멈췄다. 내가 주시하고 있던 제1비행단 녀석들의 이상 행동을 알아차린 거다. 소식이 입에서 입으로 퍼지면서 라이더들이 서둘러 강당을 나갔다. "저거 보여?"

나는 고개를 끄덕이며 단검을 칼집에 꽂았다. "리."

리가 책을 덮고 고개를 들었다.

"그 녀석들이 이길까?" 제3비행단의 갈색머리가 건너편 테이블에 주석 잔을 탕 소리 나게 내려놓으면서 신나서 물었다.

"어림도 없어. 피바다가 될걸." 그 옆에 있던 남자가 대꾸하더니, 나와 눈이 마주치자 재빨리 시선을 피하고는 마시던 술을 버려두고 비행 재킷을 잡으며 일어섰다.

"뭔가 일이 벌어지고 있어." 주위를 재빨리 훑어보자 소름이 돋았다. 강당에 남은 건 아레티아 라이더뿐이었다.

우리 셋이 일어서는데, 다부진 몸집의 생도 하나가 쏜살같이 문 안으로 달려 들어오더니 내가 1학년 휘장과 노리스라는 이름표를 알아보자마자 후드를 젖히고 익숙한 얼굴을 드러냈다.

"베일러?" 우리 대대원의 공포에 질린 갈색 눈과 걱정으로 주름진 짙은 갈색의 이마를 보자 상황을 알 것 같아서 견갑골 사이로 오한이 흘렀다.

"다들 여기 있어!" 베일러가 어깨 너머로 외치자 그 뒤로 슬론이 뛰어들었다.

나는 재킷을 움켜쥐고 달려가, 강당 한가운데서 1학년들을 만났다. "무슨 일이야?"

"어떻게든 해줘." 슬론은 나를 지나쳐서 리애넌을 보았다. 슬론은 내 어머니에게서 생명력을 흡수한 이후부터 내 눈을 제대로 보지 못했다.

"제1비행단이 꼬리전대의 플라이어 한 명을 안마당에서 붙잡고서는 도전을 강요하고 있어."

내장이 바닥으로 떨어지는 기분이었다. 플라이어가 한 방울이라도 피를 흘리면, 평화회담이 끝장날 수도 있다.

"바인헤븐이 칼을 겨누고 우기는 중이야." 베일러가 으르렁거렸다.

비행단장이 이런 일을 지휘한다고? 온 세상의 욕이란 욕은 다 끌어와도 모자랐다. 코덱스 4조 4항… 우리에겐 다른 비행단장이 필요하다.

"가자." 리애넌이 지시하자 다들 문으로 달려갔다. 리독이 스쳐 지나가는 사이에 나는 3학년들을 돌아보았다.

"데인!" 내가 외치자 데인이 고개를 홱 돌리더니, 친숙한 갈색 눈이 곧바로 나를 찾았다. "네가 필요해." 나는 데인의 답을 기다리지 않고 재킷에 팔을 밀어 넣으며 대대원들을 따라갔다.

데인은 공용 구역 끝까지 가기 전에 우리를 따라잡았고, 나머지 아레티아 라이더들도 멀리 떨어져 있지 않았다.

우리는 로톤다 문을 부수듯이 열고 안마당으로 나갔고, 나는 모여든 사람들을 훑어보며 상황을 쟀다. 연단 앞에 모인 군중은 뚜렷하게 나뉘어 있었다. 나바르 라이더들은 대부분 왼쪽에 섰고, 그중에 적어도 절반은 역겹도록 재수 없게 히죽거리고 있었다. 캐롤라인 애쉬튼은 멀리 보이는 계단 근처에서 내기를 하고 있는 것 같았다. 나머지는 성난 아레티아 라이더와 플라이어들을 막고 있었는데, 다투는 사람들 뒤에는….

심장이 목까지 뛰어오르는 기분이었다.

아우라 바인헤븐이 생도들 한가운데 서서, 평소에는 위팔에 묶어놓는 단검 한 자루를 겁에 질린 1학년 플라이어의 갈색 목에 대고 있었다.

그리고 교수진은 한 명도 보이지 않았다.

"각자 소속 대대원을 찾아서 무슨 수를 쓰든 흥분을 가라앉혀." 데인이 어깨 너머로 지시하는 가운데 우리는 계단을 달려 내려갔다.

"우리가 그런 기술을 배우기나 했으면 말이지." 리독이 중얼거렸다.

"우리 대대는 앞쪽에 있어. 날 따라와." 베일러가 군중을 아무렇지도 않게 밀어내고 움직였다. 우리는 그 뒤를 편하게 따라가기만 하면 됐다. 눈은 그쳤는데, 해가 산맥 너머로 넘어가면서 살을 에는 추위가 눈보라를 대신하고 있었다.

"걜 놔줘!" 우리가 군중 앞쪽에 도착하자 캣의 목소리가 쩌렁쩌렁하게 울렸고, 베일러가 옆으로 비켜서자 메런이 캣의 허리를 잡고 아우라를 지키는 나바르 라이더들에게 덤비지 못하게 말리고 있는 모습이 보였다.

"그러면 네가 도전을 받아들이든지. 이 녀석은 안 할 테니 말이야." 제2비행단의 3학년 한 명이 캣의 배 가까이에 칼끝을 겨누고 있었다.

"얼마든지!" 캣이 외쳤다.

이런 젠장, 여긴 불똥 하나만 떨어지면 불바다가 될 불쏘시개 밭이었다.

나는 단검을 하나 뽑아 들고, 상식에 붙들리기 전에 움직여서 캣 앞에 섰다. 그리고 그 3학년을 향해 턱을 들어 올렸다. "우린 동료 생도를 이렇게 대하지 않아."

"저것들은 생도가 아니야!" 그 여자는 코웃음을 쳤다.

"저 친구들이 전투 중에 네 여동생을 병동으로 실어 나를 때는 그런 불평 안 하더니?" 이모젠이 내 어깨를 스치며 비집고 들어와서 나를 뒤로 밀고 장검을 뽑았다. "그리고 검을 들 거면, 같은 학년 상대로 해라, 카베."

반대쪽에서 퀸이 내 옆으로 나서더니, 우리의 3학년 플라이어인 네브를 뒤로 밀고 양날 도끼머리를 바닥에 내려놓으며 키가 두 배는 될 것 같은 제1비행단 남자를 상대할 태세를 갖췄다. "내가 1학년 때 네 엉덩이를 걷어차줬지. 다시 해줄 수 있어, 헤들리."

나는 그 기회를 잡아서 몸을 빙글 돌리고는 캣의 쇄골에 팔뚝을 대고 안전한 대대원들 사이로 밀어붙였다.

"난 싸울 거야!" 캣이 빽 소리를 질렀다.

"넌 못 해." 나는 빈손으로 캣의 팔을 잡았다. "캣, 너는 안 돼. 네가 쓰러지면…."

"그러면 넌 라이벌을 잃어서 참 슬프겠지. 안 그래?" 캣은 나를 보고 검은 눈을 가늘게 떴다. "아니면 내가 이겨서 다시 한번 내가 더 어울리는 상대라는 걸 증명할까 봐 겁이라도 나는…."

"아, 닥쳐." 나는 캣을 붙잡고 흔들지 않으려 의지력을 동원해야 했다. "넌 보호막 안에서 능력을 쓰지 못하니까, 내 감정을 조종하려는 시도는 관둬. 여기에 승자 따윈 없어. 네가 피를 흘리면 우리에겐 동맹을 맺을 가능성이 사라져. 그리고 난 제2비행단의 개자식에게 대대원을 잃을 생각이 없어. 반대로 네가 이겨서 라이더에게 상처를 입힌다면, 넌 저 녀석들이 두려워하는 바를 모조리 확인해주는 셈이야."

캣의 표정이 풀어지더니, 잠시나마 자기 언니와 똑같은 얼굴이 됐다. "저것들은 절대로 우릴 받아들이지 않을 거야."

"쟤들이 그럴 필요도 없어." 나는 확언했다. "우리가 이미 받아들였잖아."

"도전! 도전! 도전!" 왼쪽에서 합창이 울리더니 순식간에 나머지 나바르 라이더 사이로 번져나갔다.

젠장, 군중심리란.

"이 겁쟁이는 선임 비행단장의 도전을 받아들이지 않을 거다!" 단순 마법을 사용해서 목소리를 키운 아우라가 모두에게 들리도록 외쳤다. "하지만 난 자비로우니 다른 도전자를 받아들이겠다. 너희들의 대전사를 고르거나, 아니면 이놈이 죽는 꼴을 지켜봐."

"이건 코덱스 위반이야!" 데인이 앞쪽에 있던 제3비행단 소속의 나바르 생도 한 명을 밀어내고 나섰다. "도전 시합은 오직 격투 담당 교수가 있을 때만 가능하다."

"네가 무슨 권한으로 반대하는데, 에이토스?" 아우라가 으르렁거렸다.

군중이 조용해졌지만, 모두가 그 둘의 대화를 보려고 몸을 돌리자 그 정적이 시끄러운 합창보다 더 위험하게 느껴졌다.

"여기 가만히 있어." 나는 캣에게 명령한 후에 이모젠과 퀸 사이를 비집고 나갔다.

"코덱스 4조 4항." 데인이 손바닥이 보이게 두 손을 들어 올리고 아우라에게 다가갔다. "비행단장의 권한과 의무는…."

"2조 1항." 아우라가 플라이어의 목에 단검을 긁으면서 외쳤다. "분과 지휘 체계 바깥의 라이더들은 생도들의 문제에 끼어들 수 없다. 넌 이제 우리 지휘 체계에 속하지 않아."

나바르 라이더들 사이에 동의하는 소리가 퍼졌고, 긴장감이 끓는 솥의 물거품처럼 치솟아 올랐다. 제대로 끓어오르기 직전이었다. 라이더 분과는 우리가 서로의 피를 보는 걸 너무나 편하게 여기도록 만들어놓았다.

단검을 쥔 손에 힘을 주는데, 시야 가장자리로 색색깔이 보였다. 그리폰들과 드래곤들이 안마당의 두꺼운 돌벽에 내려앉고 있었다.

멋져라. 지금 딱 필요한 증원이네. 화염과 발톱이라니.

"여기 있어요?" 드래곤들 사이에 검은색은 보이지 않았지만, 연단 뒤에 있는 캐스는 보였다.

"네가 위험한가?" 테른이 물었고, 앤다나는 존재가 느껴지긴 했지만 침묵했다.

"그렇진 않지만…."

"그렇다면 네가 해결할 수 있다고 믿는다."

"플라이어를 해치면 이 동맹이 위태로워질 거다." 데인이 주장했고, 나는 격려하듯 고개를 끄덕였다.

"우리가 그 동맹을 원한다고 누가 그래?" 아우라는 칼날을 플라이어의 턱 밑으로 가져갔고, 플라이어는 움찔했지만 움직이지는 않았다. "저 녀석들은 난간다리를 건너지 않았어. 저 녀석들은 건틀릿을 오르지 않았어. 저 녀석들은 심지어 도전도 받아들이지 않아. 우린 겁쟁이들을 참아주지 않는다고!"

나바르 라이더들이 환호했고, 나는 그 기회를 이용해서 우리 앞을 지키고 섰던 두 명 사이로 뛰어들었다. 리독이 잽싸게 내 왼쪽에 붙었고, 놀랍게도 내 오른쪽에는 아릭이 따라붙었다. 아릭은 1학년이지만 제이든만큼 키가 컸고, 녀석이 위협적으로 노려보자 퀸과 이모젠의 무기를 등 뒤에 둔 카베와 헤들리도 조용해졌다.

"내가 받아들이겠어!" 1학년 플라이어인 카이가 외치면서 오른쪽 줄을 헤치고 나왔고, 모두가 그쪽을 돌아보는 사이에 리와 베일러가 재빨리 카이를 뒤로 잡아끌었다.

앞쪽에서 뼈가 으스러지는 소리가 울리기에 시선을 홱 돌려보니, 데인이 꼬리전대의 플라이어를 우리 쪽으로 밀었다. 아우라는 칼을 떨어뜨린 채 손가락으로 코를 부여잡고, 손가락 사이로 피를 흘리면서 비틀비틀 물러서고 있었다.

"그만 끝내!" 데인의 고함 소리가 돌벽에 울려 퍼졌다.

"우린 탈영병이 하는 말 안 들어!" 아우라가 눈발에 피를 뱉고 허리를 폈다. "넌 이제 제4비행단장이 아니다, 에이토스. 넌 여기에서 아무것도 아니야."

데인은 턱을 들어 그 모욕을 받아들였고, 나는 테른의 마력으로 통하는 문을 살짝 열고 혈관으로 쏟아져 들어오는 열기를 반기며 추위에 굳은 근육과 맨손을 데웠다.

"제4비행단!" 이완 페이버가 계단 근처에서 앞으로 나섰다. "너희들의 선임 비행단장을 지킬 준비를 해라!"

"조졌군." 아릭이 장검을 뽑으며 중얼거리고, 리독 역시 왼쪽에서 검을 뽑아 들었다.

시야 가장자리로 여기저기에서 무기가 올라가는 모습이 보였지만, 나는 아우라에게서 시선을 떼지 않고 단검을 고쳐 잡았다. 내가 데인에 대해 아주 복잡한 감정을 품고 있을지는 몰라도, 아마리의 하늘 아래에서 아우라가 내 제일 오래된 친구를 해치게 놓아둘 생각은 추호도 없었다. 아레티아 라이더 누구든 마찬가지였다.

"우린 에이토스의 명령을 듣거든." 리독이 장검으로 페이버 쪽을 겨누며 외쳤다. "그리고 너희보다 우리 숫자가 많아."

"제4비행단만 그렇지!" 제1비행단장이 된 아이리스 드루가 선언하며 페이버 옆으로 움직였다. "제1비행단은 꿋꿋하다! 나바르에 충성하고!"

왼쪽에서 환호가 일어났다.

"잭 발로우를 내놓은 비행단이 그렇게 자랑해도 되나 모르겠네!" 리독이 맞받아쳤다.

"리독!" 리가 쇳소리를 냈다.

"더는 안 할게." 데인까지 노려보자 리독이 약속했다.

"정말이지 지금이야말로 교수들이 필요해." 아릭이 소리 죽여 말했다.

"에이토스에게 도전해!" 왼쪽에서 누군가가 외치자, 새로운 두려움이 내 심장을 움켜쥐었다. 이 안마당에는 우리 모두에게 명령할 권위를 지닌 사람이 하나도 없었다. 오만한 살인 기계가 가득한 분과보다 더 위험한 게 있다면 바로 지도자가 없는 분과고, 데인이 도전을 받아들였다가 혹시라도 진다면 포로미엘과의 동맹이 문제가 아닐 터였다. 우리가 서로를 갈가리 찢을 테니.

지금이야말로 제이든이 그 망할 차단벽을 내리기 딱 좋은 순간인데.

"어둠 녀석도 자기가 부숴놓은 걸 다시 통합할 순 없다."

"자꾸 어둠이라고 부르지 말아요."

"너희는 발로우를 두고 우릴 탓하지만, 떠난 건 너희야!" 아우라는 불을 지배하는 고유 능력 패치를 드러내며 우리 쪽 대형을 가리키고는, 데인에게 조용히 접근했다.

데인은 단검을 뽑더니 눈밭에 떨구고, 비무장 상태로 아우라를 마주했다. "널 상대로 칼을 들진 않겠다, 바인헤븐."

"그것도… 선택이긴 하지." 아릭이 조용히 말했다. "말로 이길 생각인가?"

나는 마력이 내 안에서 진동하는 가운데, 단검 손잡이를 잡은 손가락을 하나씩 풀면서 손을 움직일 준비를 갖췄다.

"그래, 우린 떠났지." 데인이 두 손으로 주먹을 쥐며 말을 이었다. "하지만 우린 돌아오기도 했어."

아우라는 자기 어깨에 손을 뻗었다. 거기 꽂혀 있던 단검을 사용하다가 떨어트린 사실을 잊은 모양이었다. 그러나 허리춤에 달고 있는 장검을 뽑지는 않았다. "놈들이 공격한 건 어디까지나 우리가 전력을 다 갖추지 못했다는 사실을 알아서라는 생각은 안 떠오르던? 애초에 너희가 탈영하는 바람에 보호막이 무너질 뻔했다는 생각은?"

아야.

"우린 진실을 선택했어." 데인은 목에 핏대가 서게 소리쳤다. "우린 무력한 사람들을 지키는 쪽을 선택했고…."

"너희는 드래곤들을 갈라놓는 걸 선택했어! 분과를 분열시켰지!" 아우라는 장갑을 낀 손가락으로 데인의 가슴을 겨누면서 맞받아쳤다. 그녀가 한 발자국씩 느리게 데인에게 다가가자 내 심장은 더 빨리 뛰었다. "그러더니 이번에는 우리가 몇 세기 동안 싸웠던 적을 데리고 돌아왔지. 습격으로 내 사촌을 죽인 바로 그 적을! 그러면서 저것들을 환영하라고? 이 왕국을 부수는 훈련을 받은 놈들을?"

나바르 라이더들이 웅성웅성 동의했다.

"우리 단장이 지겠는데." 아릭이 속삭였다. "데인도 훌륭하지만, 라이오슨이 아니야."

제이든은 제4비행단만 이끈 게 아니라 분과 전체의 존경과 두려움을 이끌어낸 라이더였다. 나는 이를 악물었다. 하지만 제이든은 이제 생도가 아니고, 라이더 분과는 외부인의 말에 반응하지 않을 것이다.

'자기가 부숴놓은 걸 다시 통합할 순 없다.'

"제이든은 이 상황을 바로잡을 수 없어." 나는 혼잣말처럼 중얼거렸다. 젠장, 테른 말이 옳을 때가 싫다.

그나마 테른은 자비롭게 입을 다물고 있었다.

"우리에겐 플라이어들이 필요해!" 데인은 물러서지 않았다.

"너희에게 필요하겠지!" 아우라는 날선 목소리로 외치며 데인에게 한 걸음 더 다가섰다. "우린 바스지아스를 구하기 위해 싸웠다! 확고부동하게 방어했다! 한 번도 흔들리지 않았지!" 아우라가 정치가처럼 분과를 돌아보자 다시 한번 환호성이 울려 퍼졌다.

"데인은 군중의 마음을 살 수 없어. 아우라는 정말로 도전할 거야." 아릭이 관전하는 드래곤과 그리폰 쪽을 보며 경고했고, 나는 퍼뜩 아릭이 누구인지 기억해냈다.

"혹시 너도 대중 연설 좋아해?" 나는 열기 때문에 비행 재킷 맨 윗단추를 풀면서 아릭에게 물었다. "너희 집안의 재능이잖아."

"특권을 버리고 죽을 자리에 기어들어온 덕분에 내 정체가 탄로 나는 건가?" 아릭은 건조한 투로 대꾸했다.

'아니'라는 뜻이겠지.

"어떻게 할래? 저쪽에서 제일 강한 라이더와 우리 쪽에서 제일 강한 라이더의 대결?" 아우라는 피 묻은 손으로 가슴을 두드렸다. "이렇게 하자, 비행단장. 날 쓰러뜨리면, 너희 플라이어들은 살아서 아침을 보는 거야. 그 정도도 하지 못한다면, 우리가 이 안마당을 피로 물들이겠어."

찬성하는 나바르 라이더들의 함성에 이가 다 흔들릴 지경이었다.

"제일 강한 건 데인이 아니야." 앤다나가 지적했다.

"데인은 맨손 격투로 아우라를 잡을 수 있어." 데인이 비행단장이 된 건 아버지의 후광 때문만이 아니고, 도전에서는 마법을 쓸 수 없다. 그러나 아우라가 단검이나 장검에 손을 뻗지 않고 장갑 손가락을 당기는 모습을 보자 속이 조여들었다. 아우라가 맨손을 드러내야 할 이유는 하나뿐이다.

화염 능력자는 고유 능력 대결에서 기억 능력자를 압도하지.

아우라가 데인 앞의 다져진 눈밭을 가리켰다. "이걸 매트 대신으로 하지. 우리의 격투 선생이라면 뭐라고 할까?" 아우라는 군중을 향해 물었다.

"시작!" 제1비행단 전원이 외쳤다.

"난 너와 싸울 생각 없어, 아우라!" 데인이 외쳤다.

"난 너와 싸울 거다!" 아우라가 장갑을 흔들었고, 나는 단검을 뒤집어서 칼끝을 잡았다. "아니면 정말로 겁쟁이가 되어버린 거냐? 낙인이 찍혀야 할 반란군만 늘어난 거야?"

낙인이라는 말에 나는 격분해서 눈을 가늘게 떴다.

"제일 강한 건 데인이 아니야!" 앤다나가 다시 말했고, 이번에는 나도 알아들었다.

제일 강한 라이더는 나다.

아우라가 장갑을 마저 벗고 손을 펼쳤다. 나는 그 손바닥에서 화염이 피어오르기 직전에 단검을 던졌다.

강철 칼끝이 나무로 만든 연단 지지대에 아우라의 장갑을 꽂았다.

아우라가 숨을 들이켰고, 불길은 데인을 건드리기 전에 죽어버렸다. 아우라는 사라진 장갑 쪽으로 고개를 돌렸다가 나를 홱 돌아보았다. 가늘게 뜬 눈. "소른게일."

"바이올렛, 하지 마." 데인이 항의했다.

"반란군은 너무… 진부한데. 우리는 '혁명군'이라고 부르는 편이야." 나는 아우라에게 통지하면서 그녀 쪽으로 신중하게 걸어갔다. 손가락 끝에서 지글거리는 마력이 반가웠다. "그리고 능력을 쓸 거라면 네 상대는 나야."

06

결코 라이더에게 등을 보이지 말라.

_ 아펜드라 소령, 《라이더 분과 지침》(무허가 판본)

“네가 감히….” 아우라가 반대쪽 장갑을 벗어 던지면서 완전히 내 쪽으로 몸을 돌렸다.

“내가 감히 그래.” 나는 손바닥을 하늘로 들어 올렸다. 마력의 파도를 풀자 팔에 열기가 흘렀고, 나는 그 힘을 그대로 위로 쏘아 보냈다.

하늘을 가른 번개가 우리 머리 위에 눈부시게 번쩍이며 구름 속으로 퍼져나갔다. 곧바로 따라온 커다란 천둥소리가 석조건물을 뒤흔들었다.

모두가 조용해졌고, 아우라는 잠시 입을 벌리고 있다가 두 손을 내렸다.

“데인은 너무 고결하다 보니 도전에서 고유 능력을 휘두르지 않지만, 내 도덕관념은… 좀 더 유연하거든.” 나는 단검을 하나 더 뽑아서 흔들었다. “한 번만 더 데인에게 손을 올려봐. 이번 단검은 네 손바닥을 뚫을 테니까. 네가 살아 있는 건 데인 덕분이야. 너희 모두가 살아 있는 것도 그렇지!" 마력이 준비 태세로 웅웅거리면서 내 안을 울렸고, 나는 왼손을 비행 재킷 주머니에 넣어 도관을 꺼냈다.

"바이올렛." 오른쪽에서 리애넌이 조용히 경고했다.

"쉿. 바이가 폭발할 때가 더 재미있단 말이야." 리독이 소곤거렸다.

나는 몸을 살짝 돌려 아우라를 계속 지켜보면서 단순 마법으로 나바르 라이더 모두에게 들리도록 목소리를 키웠다. 그들은 상황이 걷잡을 수 없이 위험해졌음을 깨닫고 가까이 모여들고 있었다. "너희가 공격에서 살아남은 건 나바르가 너희에게 숨긴 정보를 우리가 알아냈기 때문이야. 우리가 그 지식을 훔쳤지. 그리고 번역했고. 우리가 너희를 구했어." 내 팔을 따라 온기가 흘러내리면서 도관이 진동하기 시작했다. "그리고 맞아, 우린 너희가 앞으로 다가올 일에서 살아남으려면 모두가 이 동맹이 필요하다는 사실을 알아야 마땅하다고 생각해."

"우리더러 저것들을 믿으라는 거야?" 캐롤라인이 외쳤다.

아우라는 내 손에 쥔 도관을 보면서 한 걸음 물러섰다.

"믿어야지." 나는 마력이 다시 몸속에 모이면서 열기가 피부를 달구는 가운데 말했다. "하지만 더 중요한 건, 너희에겐 믿을 능력이 있다는 거야. 플라이어들은 몇 달 동안 우리 편에서 싸웠어. 우리는 모두를 구할 수 있는 단 하나의 자원을 나누기 싫어서 몇 세기 동안이나 포로미엘 국민들에게 죽음을 선고했는데도 그랬지. 서로를 좋아할 필요는 없지만, 서로를 믿기는 해야 해. 그리고 우리도 계속 이럴 수는 없어. 비행단을 강하게 만들기 위해서라는 명목으로, 분과 안에서 불필요한 사상자가 나오는 걸 받아들일 순 없어. 이 전쟁엔 한 사람이라도 더 필요해."

"우리 전쟁이 아니야!" 아우라가 이의를 제기했다. "정말로 저자들을 무장시키기 위해 우리 보호막을 약화시키고, 우리 국민들을 위험에 빠뜨려야 한다고 믿어? 나바르보다 포로미엘을 선택하겠다고?"

"우린 둘 다 선택할 수 있어." 나는 능력을 쓸 수 있게 단검을 제자리에 꽂고 손을 비웠다.

이완 페이버가 지나치게 가까이 오자 아릭이 장검을 들어 올렸다.

"우리 이전의 라이더들이 무고한 사람들을 지키지 못한 건, 그저 그 사람들이 우리 국경선 바깥에 있다는 이유 때문이었어." 나는 계속해서 말했다. "그들은 거짓말을 하고 숨겼지. 겁쟁이는 그 사람들이었어! 하지만 우린 그럴 필요가 없어. 우리는 같이 맞서 싸우기를 선택할 수 있어. 바로 지금도 사령부는 안에 틀어박혀서 평화 조약을 성사시키려 하고 있어."

나는 우리가 3개월 전에 아레티아로 날아갔을 때 여기 남았던 라이더들을 훑어보았다. "하지만 잘 되고 있진 않지. 우리 이전의 모든 세대가 실패했던 것과 똑같이 실패하고 있어. 그리고 우리마저 똑같이 실패한다면…." 나는 할 말을 찾지 못하고 고개를 내저었다. "너희는 저 바깥에 뭐가 있는지 봤어. 이 동맹이 지금 여기에서 우리 세대와 함께 시작하지 못한다면… 우린 이 대륙의 마지막 드래곤 라이더와 그리폰 플라이어가 될 거야." 목덜미에 땀이 맺혔고, 마력을 준비 태세로 붙들어두려니 초 단위로 체온이 올라갔다. "자, 어쩔래?"

무겁고 탁한 침묵이 내려앉고, 아무도 움직이지 않았다.

"수업을 쉬게 해주면 이런 짓을 하는 거냐?"

드베라의 목소리에 모두가 로톤다 쪽을 돌아보았다. 드베라 교수 양쪽에 에메테리오와 케이오리 교수가 있었다. 셋 다 목욕과 휴식이 간절해 보이는 몰골이었다.

고맙습니다, 던이시여. 테른의 마력으로 이어지는 아카이브 문을 닫아 걸자 손에서 수증기가 피어오르다가 도관이 어두워졌다.

"소른게일 말이 맞다." 드베라가 외쳤다. "앞으로 몇 달 안에 우리 모두가 말렉을 만날 가능성이 충분히 있지만, 너희는 서로 싸우다가 죽을 지, 함께 공통의 적을 맞서 싸우다가 죽을지 결정해야 해." 그녀가 몸을 살짝 뒤로 젖혔다. "어서 선택해라. 우린 기다리마."

"지금 죽으나 나중에 죽으나, 차이가 뭡니까?" 제2비행단의 누군가가 물었다.

"지금 죽으면, 서기들이 아침에 너희 이름을 호명하겠지." 에메테리오 교수가 어깨를 으쓱였다. "공통의 적과 싸우기를 선택한다면, 살아서 졸업할 가능성도 있다. 개인적으로는…." 그는 수염을 긁었다. "난 우리 승산이 마음에 든다. 지난 역사에서 그림자 능력자와 번개 능력자가 나란히 싸웠을 때는 몇백 년 동안 베닌을 불모지로 돌려보내는 데 성공했지. 우린 다시 그렇게 할 방법을 알아낼 거다."

나는 도관을 더듬거리다가 떨어뜨릴 뻔했다. 그림자와 번개 능력자가 동시에 존재하는 게 대전 이후 제이든과 내가 처음이라고?

생도들이 내 쪽으로 고개를 돌렸고, 모두가 무기를 내렸다.

"너희 드래곤들… 그리고 그리폰들이 자랑스러워하겠군." 드베라가 고개를 끄덕였다. "휴가는 끝이다. 24시간 안에 교수들이 돌아올 거다. 그리고 나라면 에메테리오가 재미 삼아 너희에게 건틀릿 경주를 시키기 전에 하룻밤 푹 자두는 데 집중하겠다. 귀족들을 기다리는 건 이제 끝이야. 조약이 성사되든 말든 간에 전투 브리핑은 오전 9시 정각에 시작한다." 드베라는 우리 쪽을 날카롭게 쳐다보았다. "어떤 색깔의 가죽옷을 입든 상관없이, 모든 생도에게 해당하는 말이다. 여기에서 뭘 하고 있다고 생각했는지는 모르겠지만, 그만 해산이다."

세 교수는 흩어지는 생도들을 지나쳐서 우리 쪽으로 걸어왔고, 날개 달린 분들은 하늘로 날아올랐다. 여전히 생도들은 나바르와 아레티아로 나뉘어 있었지만, 그래도 서로를 죽이려 들지는 않았다.

우리 대대는 나바르 생도들이 사라질 때까지 플라이어들이 연단을 등지게 세워두었다가, 후미를 맡고 움직였다.

"가끔은 나도 알겠어." 캣이 후드를 뒤집어쓰고 내 앞을 걸으면서 말했다. "왜 제이든이 널 선택했는지 말이야. 좋은 연설이었어. 꾸물거리다 나서긴 했지만."

"별말씀을." 캣의 등에 대고 중얼거리는데 입가에 아주 작은 미소가 떠올랐다.

"내가 평범한 수업 날을 갈망하게 될 줄이야." 리독이 나에게 어깨동무를 하고 걸었다. "그리운 난간다리 시간이라도 좋을 것 같아."

제이든이 르웰른과 브레넌, 미라와 함께 로톤다 계단 한쪽을 내려오는 모습을 보자 심장이 철렁했다. 분명히 소식이 있을 것이다.

"반 친구들이 서로를 죽이려 드는 건 새삼스러운 일도 아니지." 슬론이 말하면서 지나가는데, 브레넌의 얼굴에 떠오른 긴장된 표정을 보자 나는 걸음이 느려졌다.

좋은 소식은 아닌가 보다.

"정말로 거기 서서 이 모든 일을 지켜보기만 한 거예요?" 교수들이 다가오자 리가 물었다.

"그랬지." 드베라가 비행 고글을 벗더니, 가죽 끈을 머리 뒤로 쭉 늘렸다. "언젠가는 벌어질 일이었고, 최소한 여긴 통제된 환경이니까." 드베라는 리를 지나치며 어깨 너머로 말을 맺었다.

"참 보호받는 기분이었어." 리독이 가슴에 손을 올렸다. "보살핌마저 받는 기분이더라. 안 그래, 바이올렛?"

"바이올렛의 양육 환경을 그대로 묘사한 것 같군." 데인이 아릭과 함께 우리 뒤로 다가서며 말했다. 나머지는 다른 대대원들과 함께 안으로 향했고, 데인은 나를 보며 말했다. "끼어들어줘서 고마워. 잠깐이지만 아우리가 날 구워버리는 줄 알았어."

"내가 필요하다고 하자마자 주저 없이 나와줘서 고마워." 우리의 눈이 마주쳤다. 잠깐이지만 내가 1학년이었을 때 데인이 오늘 같은 믿음을 보여줬더라면 모든 일이 얼마나 달라졌을까 생각할 수밖에 없었다. 그래도 내가 제이든에게 느끼는 감정을 바꿀 정도는 아니었겠지만.

"그건 언제나 그럴 거야." 데인은 미소의 흔적 같은 것을 보이고는 기숙사 쪽으로 방향을 틀었다.

시선을 돌렸더니 우리를 지켜보고 있던 제이든이 흉터 진 눈썹을 올리면서 데인을 획 보았다가 다시 나를 보았다.

나는 눈을 가늘게 떴다. 설마… 아니, 설마 질투하는 건 아니겠지?

리가 리독과 아릭을 보고 고갯짓을 했다. "바이올렛, 우린 나중에 따라갈게."

"아릭, 너하고도 할 얘기가 있어." 브레넌이 말했다. 지난 몇 시간 사이에 5년은 늙은 얼굴이었다. 그리고 브레넌이 미라와 멀찍이 선 모습을 보니 마음이 내려앉았다.

리독이 내 어깨에서 팔을 내리며 툴툴거렸다. "이건 아니지. 왜 아릭이 남아야 하는데? 1학년이잖아."

"나한테 질질 끌려갈래?" 리가 손가락을 하나 세우면서 경고하자 리독은 한숨을 내쉬며 받아들였다. 둘이 가고 나니 로톤다 계단에는 우리 여섯만 남았다.

"안으로 들어가서 얘기하자." 계단을 내려간 브레넌이 대각선으로 가로질러 학예동으로 향하는 모습에 놀랄 수밖에 없었다.

나는 제이든 옆에 붙어 따라가면서 그의 심각한 얼굴을 살폈다. "별문제 없는 거야?" 제이든의 차단벽이 굳건히 닫혀 있는 것을 느끼면서 조용히 물었다. "당신은 괜찮고?"

"좋은 연설이었어." 그는 내 손을 잡고 손가락을 얽었다.

"아우라는 데인을 죽이려고 했어." 내 목소리가 더 작아졌다. "걔들은 정말로 우릴 미워해."

"그렇다고 우리가 여기 있다는 사실이 달라지진 않지. 특히 우리 드래곤 부대가 머물 조건을 협상한 지금은." 제이든은 내 손을 놓더니, 브레넌이 지나가고 나서 닫히려는 문을 붙잡고 내가 통과하도록 잡았다.

"그건 잘된 일이지?" 나는 텅 빈 대련실로 들어가면서 제이든을 보았다. "그리고 내 질문에 대답 안 했어."

"너희 오빠와 먼저 이야기해." 그는 브레넌이 기다리고 선 첫 번째 매트 줄 앞에 멈춰 서며 팔짱을 꼈다. 다른 사람들도 따라와서 느슨한 원을 그리고 섰다.

예감이 좋지 않았다. 맞은편에 선 손위 라이더들의 심각한 표정을 보고 있으려니 뱃속에 불안이 공격 태세의 뱀처럼 똬리를 틀었다.

아릭이 내 왼쪽에서 주머니에 두 손을 넣고 말했다. "어디 맞혀볼까. 홀든이 협상을 복잡하게 만들었어?"

나는 말 그대로 새파래졌다.

"자네 형이 확실히 도움이 되진 않았지." 르웰른이 턱 아래에 짧게 자란 수염을 긁으며 말했다.

"홀든이 왔어?" 나는 겨우 물었다.

"오늘 아침에 서부 경비대 1개 중대와 함께 말을 타고 왔지." 아릭이 다 안다는 얼굴로 보기에 나도 마주 쏘아보았다.

"끝내주네." 홀든의 성깔머리는 협상 테이블에서 가장 없는 게 좋은 요소였다.

미라는 제이든과 나를 골똘히 보면서도 입은 열지 않았다.

"그나저나, 자네의 비밀은 아직 지켜지고 있네." 르웰른이 아릭에게 말했다. "아버님을 고통에서 건져 올리는 것도 좋겠지만 말이야. 개인 호위병 절반을 풀어서 자네를 찾고 계셔."

"호위병들이 얼마나 일을 잘하는지 알 만하군요. 안 그런가요?" 아릭은 얼굴을 찡그리며 이죽거렸다. "그래서, 소식이 있는 겁니까? 아니면 그냥 바이올렛의 연설을 들으려고 모인 겁니까?" 아릭이 한 사람, 한 사람에게 주의를 돌리는 모습을 보니 교육받은 대로 아주 작은 표정 변화까지 기억해 두는 게 분명했다. 아릭은 언제나 형제 중에서 가장 관찰력이 좋았다. "바이올렛이 상당히 감동적이었죠."

"우리도 들었어." 브레넌은 나에게 얼핏 뿌듯한 미소를 던졌다. "보기도 했고."

"바이는 훌륭한 정치가가 될 겁니다." 아릭이 말을 이었다. "아니면 장군일까요? 확실히 귀족급이죠."

"그 연설로? 적어도 공작은 되어야지." 제이든이 자세를 바꾸면서 팔꿈치로 내 어깨를 스쳤다.

나는 고개를 저었다. "고맙지만 사양할게요. 전부. 난 정치를 좋아하지 않고, 세나리움을 다루는 데도 소질이 없어요." 주위를 둘러보았다. "좋아요, 누군가는 말을 시작해야죠."

"라이오슨 소위?" 문간에서 전령용 장식 띠를 맨 라이더가 외쳤다.

"바로 돌아올게." 제이든은 내 허리를 슬쩍 건드리면서 소환에 응했다.

"오늘 협상장에서 네 임무에 대한 이야기가 나왔어. 포로미엘이 기간을 연장해주길 바라는 마음에서였지." 브레넌이 말했다. "그리고 준비된 참여자들을 생각하면…."

불안의 뱀이 제대로, 거세게 나를 물어뜯었다.

"홀든이군요." 아릭이 추측하더니 에메랄드빛 눈을 살짝 가늘게 뜨고 브레넌을 보았다. "홀든 형이 바이와 같이 가는 거예요. 맞죠?"

입이 떡 벌어졌다가, 브레넌의 눈빛에 사과하는 의도가 가득한 것을 보고 딱 다물어졌다. "말도 안 돼." 나는 고개를 저었다. "진심은 아니겠지." 생각도 하기 싫었다.

"그자들은 진심이야." 아릭이 내 쪽을 보지도 않고 말했다. "포로미엘은 소른게일을 두말없이 받아들일 텐데, 나바르를 대변할 수 있는 왕족이 필요하다는 건… 그자들은 네가 섬 왕국이나 북쪽으로 갈 거라고 생각하는 거야." 아릭은 손위 라이더들을 살피며 고개를 기울였다. "대충 맞나요?"

토할 것 같았다.

"왜 속이 안 좋아?" 앤다나가 물었다.

"홀든 때문인가?" 테른이 천천히 말하는데, 존재하지도 않는 눈썹을 올리는 장면이 눈앞에 그려질 지경이었다.

"그 녀석이 바이를 불편하게 만들면 죽여버리자." 앤다나가 제안했다. *"문제 해결이지."*

"자네가 정말로 그중에 제일 현명한 자식이 맞군?" 르웰른이 냉소적인 웃음을 터뜨렸다. "자네가 첫째였다면 우리 왕국에 득이 됐을 텐데, 왕자 전하."

"아릭입니다." 그는 팔짱을 끼며 호칭을 정정했다. "그래서 나까지 부른 건가요? 홀든이 위험한 임무에 따라나서고 싶어 하니까, 내가 정체를 밝힐지 보려고요? 아직 예비용이 있다는 사실에 모두가 안심하게?"

"그럴지도 모르지." 공작은 아릭을 보고 미소 지었다.

"훌륭한 시도였지만, 내가 여기 있는 건 오직 우리 대대를 위해서입니다. 차라리 우리 가족 사업을 무너뜨리고 말지, 합류는 안 해요." 아릭이 신랄하게 말했다.

"공작님의 왕자는 협조하고 싶어 하지 않네요." 미라가 르웰른을 보고 한쪽 눈썹을 올렸다. "자, 바이올렛에게 나머지를 말해요. 아니면 내가 할까요?"

그 말을 듣자 생각이 났다. "앤다나의 요구사항들은요?"

"그렇지." 르웰른이 말하는 사이에 제이든이 돌아왔다. 여전히 심각한 얼굴이었지만, 손에는 돌돌 만 양피지를 하나 든 채로 내 옆에 다시 섰다. 공작은 주머니에서 앤다나의 요구사항 목록을 꺼냈다. "2번이 그레디 대위 손에 달렸다는 점은 이미 알겠지. 하지만 3번은 관철했네. 세나리움은 아레티아로 날아갔던 모든 라이더를 환영한다는 데 동의했어. 그들의 반역과 선동행위는 이제 협상이 끝난 아레티아와의 합의에 따라 전면 사면을 받을 거야." 그는 제이든을 흘긋 보았다. "문제의 합의는 서기들이 작성을 끝내면 아침에 바로 서명을 받을 것이고. 개인적으로는 바이올렛 자네가 어제 떠나겠다고 위협해서 세나리움이 겁먹었다고 생각하네. 잘했어. 4번, 앤다나는 어떤 검사도 받지 않을 것이고…."

"그건 어차피 안 될 일이었으니까 그렇겠지." 앤다나가 끼어들며 말했다.

"5번, 앤다나는 원할 때면 언제든 왕의 숲에서 사냥해도 좋네."

"그건 그냥 재미 삼아 넣은 건데."

"플라이어들은 건너뛰었네요." 나는 등을 펴고 오빠를 보았다. "플라이어들을 안전하게 지키고, 우리 대대를 현 상태로 유지한다는 조건이 첫 번째였는데." 나는 눈을 가늘게 떴다. 우리에겐 이틀밖에 남지 않았다. 그리고 우린 해결책도 줬어.

브레넌이 입술을 꾹 무는 모습을 보자 속이 뒤집혔다.

"그 문제는 포로미엘의 테이블까지 가지도 못했네." 르웰른은 앤다나의 목록을 접어 황록색 튜닉 앞주머니에 넣었다. "자네 언니가 용감하게 맞섰지만, 세나리움의 투표 결과는 6대 1이었지. 결국 나바르 국경선의 안전은 약화시킬 수 없다는 결론이 났어."

미라가 팔짱을 꼈다.

앤다나와의 연결을 따라 따끔거리는 열기가 밀려들었고, 나는 주먹을 쥐고 손바닥에 손톱을 박았다. "동맹은 어떻게 되고요?" 그게 없으면, 테카루스와의 약속도 끝장이다.

"실패했네." 르웰른은 사망자 명단을 읽는 것처럼 무감정하게 말했다.

"플라이어들이 여기에서 안전하지 않기 때문이지." 나는 오빠를 보고 씹어뱉듯이 말했다.

"이런 조약은 시간이 걸리는데, 우린 포로미엘의 왕이 제시한 이틀의 시한 안에 이 문제를 해결하지 못하기 때문이야." 브레넌은 엄지손가락으로 턱을 문질렀다. "플라이어 생도들은 아레티아에서 안전할 거다. 보호막이 있는 동안에는. 그리고 아마 마라야 왕이 나중에 귀족들을 다시 협상 테이블로 데려올 거야." 브레넌은 어깨를 축 늘어뜨리며 약속했다. "정치는 복잡해."

헛소리. 어떻게 우리 귀족들은 포로미엘과 동맹을 맺지 않고 그들이 떠나게 둘 수가 있지? 우리에게 플라이어들을 보호할 방법이 있다는 걸 알면서도?

"우리에겐 아직 방법이 있어." 앤다나가 일깨웠다.

그래. 플랜 B, 반역이지. 다른 길이 없어진 것 같다.

"그렇게 말하니…." 나는 어깨에서 힘을 빼고 두 손을 평화롭게 늘어뜨렸다. "내일부터 평소처럼 바스지아스 일과로 돌아가고, 나는 우리 임무를 준비해야 할 것 같네. 아니면 팀 구성원만큼이나 이 조사도 내 마음대로 안 되는 건가?"

미라가 눈매를 좁혔다. 제이든이 아니라 미라가 인턴식 같았다.

"넌 왕실 도서관을 포함한 모든 자원을 이용할 수 있어." 브레넌이 약속했다.

"그거 잘됐네. 책이야말로 바이를 안전하게 지킬 테니 말이야." 미라는 브레넌에게 얼음장 같은 눈빛을 쏘았다.

올바른 책이라면 그럴 거야.

"흠. 아주 재미있는 시간이었어요." 아릭은 나에게 고개를 끄덕이고는 더 말하지 않고 자리를 떴다.

"저 친구도 생각을 바꿀 거야." 르웰른은 한숨을 내쉬더니, 눈물마저 흘릴 기세로 뿌듯하게 웃으면서 제이든을 돌아보았다. "자네가 획득한 바를 즐기게, 제이든. 동맹이 지연된 건 불행한 일이지만, 우리가 이겼어. 자네 아버지도 자랑스러워할 거야."

"그건 아주 의심스러운데요." 날카로운 말투였다.

뭐야? 마음을 뻗었지만, 그의 차단벽은 그 어느 때보다도 견고했다. 제이든이 아버지의 검을 돌려받은 건가? 그런데 왜 기뻐하지 않지?

"좋은 소식을 전하도록 두 사람만 남겨둘게. 동맹을 성공시키지 못해서 정말 미안하다." 브레넌은 나에게 사과의 뜻이 담긴 어색한 미소를 던지더니, 르웰른과 미라를 데리고 나갔다.

나는 미라의 등 뒤로 문이 닫힐 때까지 기다렸다가 제이든을 돌아보았다. "뭘 획득했는데?"

제이든의 근육이 한 올도 빠지지 않고 긴장하는 느낌이었다. 더 긴장할 수 있다면 말이다. "내가 획득한 게 아니야. 달라고 하지도 않았어. 내가 제일…." 그는 고개를 젓더니 돌돌 말린 명령서를 앞주머니에 밀어 넣었다. "르웰른과 린델이 드래곤 부대를 여기에 남게 하려면 대가를 치르라고 요구했고, 세나리움이 항복했지. 우리 숫자를 잃는 게 그렇게 무서웠다는 뜻이야. 그래서 놈들이 그걸 돌려주겠다고 동의했는데, 그러지 말았으면 좋았을 거야. 지금은 아니야. 내가 이런… 상태일 때는." 그는 붉은 기운이 전혀 없는 자기 눈을 가리켰지만, 내 눈에는 제이든밖에 보이지 않았다. "내 아버지도 자랑스러워하지 않았을 거야. 몸서리쳤겠지." 모든 말이 뚝뚝 끊겼다.

"그 말은 안 믿어." 그를 자랑스러워하고 사랑하지 않기란 불가능하다.

"넌 내 아버지를 몰랐잖아. 이 세상에서 아버지가 나보다 더 사랑하는 게 딱 하나 있었어." 제이든이 시선을 돌렸고, 나는 검을 돌려받았나 했던 생각을 재고했다.

"왕이 뭘 준 거야?" 칼 한 자루 가지고 이렇게 걱정할 리가 없다.

"지난 한 시간 동안 벗어날 방법을 생각해보려고 했어. 왕은 린델과 르웰른 둘 다 아레티아를 숨기는 데 협조했다는 사실을 공인했어. 두 사람이 오늘 아침에 예상한 대로였고, 그러니 그 둘은 선택지가 아니었지. 그리고 난 이 합의를 거부할 수 없어. 거부했다간 모두가 뭔가 잘못됐다는 걸 알게 될 테니까." 제이든의 고통스러운 눈빛을 마주하자 심장이 조였다. "내가 생각할 수 있는 유일한 해결책은 너야. 내가… 나를 나로 만드는 나머지 요소를 잃게 되면 네가 제일 먼저 알아차리겠지." 그는 천천히 바람에 흩날린 내 머리카락을 귀 뒤로 넘겼다.

"당신은 안 그럴 거야." 내가 우리 두 사람 몫만큼 그를 믿었다.

"난 잃게 될 거야. 오늘 아침 일이 결국 시간과 이유 문제일 뿐이라는 사실을 알려줬지." 제이든이 확신을 품고 고개를 끄덕이는 모습을 보자 속이 뒤틀렸다. "불공평한 일이고, 네가 나중에 이 일로 날 미워할지도 모르지만, 그래도 한 가지 약속해줘야겠어." 그의 따뜻한 손이 내 목덜미를 잡고, 그의 눈이 내 눈을 들여다보았다. "내가 너무 가버리면 네가 경고를 울리겠다고, 네가 그걸 지켜주겠다고 맹세해. 나를 상대로라도 지키겠다고."

"뭘…." 내가 물어보려는데 체육관 문이 열렸다. 어깨 너머를 돌아보니 개릭이 양피지 두루마리를 흔들고 있었다.

“르웰른 백작님에게 여기 있을 거라고 들었어. 군사 명령은 귀족이라 해도 선택적으로 적용되지 않아, 라이오슨. 우린 가야 해.”

“약속해줘.” 제이든은 엄지손가락으로 내 귀 아래를 문지르며, 절친한 친구를 싹 무시하고 말했다.

“떠나는 거야?” 나는 그래서 전령이 찾아왔다는 사실을 깨닫고 제이든을 다시 돌아보았다. “지금?”

그는 몸을 앞으로 기울이며 나머지 세상을 막아섰다. “약속해줘, 바이올렛. 제발.”

제이든이 너무 멀리 가는 일은 없을 것이고, 결코 영혼을 잃지도 않을 것이다. 그래서 나는 고개를 끄덕였다. “약속해.”

제이든이 잠시 눈을 감았다. 다시 떴을 때는 그 눈동자 깊은 곳에 노골적인 안도감이 빛나고 있었다. “고마워.”

“내 말 들리는 거 알거든.” 개릭이 목소리를 높였다. “가자.”

“사랑해.” 제이든은 빠르고 강렬하게 키스했고, 그 키스는 내가 진짜라는 사실을 실감하기도 전에 끝났다.

“나도 사랑해.” 나는 물러나는 제이든의 손을 잡았다. “왕이 뭘 줬는지 말해.”

그는 깊이 숨을 들이마셨다. “내 직함과 세나리움의 자리를 돌려줬어.”

이런 젠장. 입이 벌어졌다.

“아레티아만이 아니야… 왕이 나에게 티렌더를 줬어.” 제이든도 믿기지 않는다는 듯이 느리게 말했다.

그리고 제이든은 그걸 원하지 않아. 가슴이 조여들었다. “제이든….”

“기다리지 말고 자.” 그는 내 손목 안쪽에 입 맞추더니 개릭을 향해 성큼성큼 걸어갔다. “합의서에 서명하기 위해 오전 8시까지는 돌아올 거야." 그리고 어깨 너머로 외쳤다. "내가 없는 동안 말썽을 멀리하도록 해봐."

"조심해." 그는 이제 티렌더의 공작이었다. 이건 지금 내가 그에게 느끼는 감정보다 훨씬 큰 문제였다. 거대한 지역 전체가 제이든에게 의지하다니.

나는 치료법을 찾아야만 한다. 그러자면 오늘 밤에 동맹을 살려야 한다…. 아침이면 반역자가 되는 한이 있어도.

07

자기 사람들을 지키려는 브랙스틴을 도왔다는 이유로 내가 군사 재판을 받아야 한다면, 기꺼이 그 재판을 받겠다. 드래곤과 그리폰으로부터 채널링하는 사람은 누구나 보호막 안에서 잘 지내야 마땅하고, 이제 나머지 중 하나가 돌아온다면 아레티아가 그 피난처가 될 것이다.

— 모레인의 리라가 쓴 일기장(제시니아 닐워트 생도 번역)

"나도 탐험대에 들어가고 싶어." 힐러 분과로 이어지는 지붕 다리를 건너는데 옆에서 리독이 속삭였다. 내 심장은 우리가 지금 하려는 일을 생각하면 기이할 만큼 안정적으로 뛰었다.

"마지막으로 말하는데, 탐험대 같은 건 없어." 리가 낮게 말했다. 앞서 가는 이모젠이 문을 열며 낸 녹슨 돌쩌귀 소리가 자정을 알리는 종소리에 묻혔다. "바이올렛과 함께 앤다나의 동족을 찾으러 가는 아주 소규모의, 아주 전문적인 집단이 있을 뿐이야."

"그게 탐험대 같은데? 라이오슨이 승격했으니까 그레디를 움직일 수 있을 거 아냐." 리독은 빠뜨렸을까 봐 걱정이라는 듯이 몸 오른쪽에 꽂아 놓은 단검 칼집을 쭉 훑어 확인했다. 우리에게 저 단검이 필요할 일은 없었으면 좋겠는데. "다들 어떻게 생각해?"

"너 때문에 우리가 다 잡혀 죽기 전에 네가 입을 닥쳐야 한다는 생각?" 이모젠이 마법 불빛이 켜진 터널 안으로 들어가면서 어깨 너머로 말했다.

리독은 힐러 분과로 넘어가면서 눈을 굴리며 내 쪽을 보았다. "여전히 탐험대 같다니까."

"나에게 발언권이 있다면 데려갈게." 나는 모두가 터널에 들어선 후 문을 당겨 닫았다.

터널 안은 비어 있었다. 어제의 베닌 공격 이후로 침대는 모조리 치웠다. 어제가 아니라 10년 전 일 같았지만 말이다. 우리는 마법 불빛 사이로 어두운 곳을 찾아서, 딱 병동 문에서 보이지 않을 벽에 몸을 기댔다.

"이제 기다린다." 리가 팔짱을 끼고 손가락을 두드리며 중얼거렸다.

오래지 않아 반대쪽에서 보디와 퀸이 다가오는 모습이 보였다. 그 뒤에 메런도 따라왔는데, 얼굴에 베개 자국이 선명했다.

"준비됐어?" 보디가 우리 앞에 오더니 목소리를 낮춘 채로 나에게 물었다. "정말로 이러고 싶어?"

"마음이 바뀌진 않았어." 나는 턱을 들어 올리며 확언했다. "무슨 일이 있어도 할 거야."

보디는 고개를 끄덕이더니 우리들을 훑어보았다. "다들 맡은 임무는 아는 건가?"

"난 몰라." 메런이 다들 정신 나갔냐는 눈으로 우리를 보면서 속삭였다. "이거 무슨 신입 신고식 같은 거야?"

"너는 모르는 게 좋아. 우리에게 네가 필요해질 때까지는." 나는 왼쪽 주머니에서 자주색 발레리안 뿌리를 농축해 만든 팅크 약물병을 꺼냈다. "네 안전을 위해서도, 몰랐다는 대답을 그럴싸하게 하기 위해서도, 그냥 우릴 믿어. 일단은 이모젠과 같이 여기 있고."

메런은 결정하려는 것처럼 우리를 하나하나 보더니 고개를 끄덕였다.

"그럼 가자." 보디가 병동 쪽을 가리켰고, 내가 앞장섰다.

신들이시여. 내가 빠뜨린 게 없었으면 좋겠다. 하나라도 잘못되면 우린 끝장이야.

우리 다섯은 병동 문으로 다가갔고, 내가 가볍게 네 번 문을 두드렸다. 제발 여기 있어라.

"어떻게 아는 사이라고 했지?" 보디가 속삭였다.

"작년 지상 항법 시간에 내가 걔 목숨을 구해줬어." 대답하던 나는 오른쪽 문이 조용히 열리자 숨을 멈췄다.

다이어가 고개를 쑥 내밀더니, 갈색 눈가에 주름을 잡으며 미소 지었다. "네가 부탁한 대로 다 했어. 들어와." 다이어가 문을 잡고 있는 동안 모두가 최대한 조용히 안으로 들어갔다.

"급하게 부탁했는데 추가 당번도 맡고, 우릴 도와줘서 고마워." 나는 그에게 약병을 건넸다. "혹시 필요할 경우에 대비해서 더 가져왔어. 우리가 다시 데려다 놓을 때까지 다른 힐러들은 잠들어 있어야 해."

"알았어." 다이어가 약병을 받았다. "하지만 중환자실에서 누가 나오면 내가 할 수 있는 일이 없다는 건 알지?"

"그 정도 위험은 감수해야지." 우리는 문 앞에서 망을 보게 다이어를 남겨두고 조용히 소여가 누운 자리로 향했다. 우리가 잠든 부상자들 옆을 지날 때마다 마법 불빛이 여러 겹의 그림자를 드리웠다.

소여는 똑바로 앉아 있었지만, 우리가 환하게 불이 밝혀진 가림막 안으로 들어가자 한마디도 하지 않고 눈썹만 치켜들더니 펜과 종이를 협탁에 내려놓았다.

보디가 커튼을 닫고 파란 에너지선을 쏘아서 우리 모두를 커다란 거품 안에 넣었다. "방음막 켰다. 학교를 가로지를 기력은 있어?" 보디가 소여에게 물었다.

“오늘 이미 재활 삼아서 한 번 나갔다 왔어. 정당한 이유라면 할 수 있지.” 소여가 고개를 끄덕였다. “이것 때문에 다이어가 깨어 있으라고 한 건가?”

“우리가 의논했던 그 계획을 도와줬으면 해.” 나는 소여의 침대 머리맡 의자에 앉았다. “미라가 방법을 하나 찾았어. 파괴하지 않으면서 룬을 담금질한 물질 자체를 바꾸는 거야.”

소여는 침대 머리판에 몸을 기댔다. “그렇다면 망했네. 역사상 돌이나 흙을 지배하는 고유 능력자는 한 명도 생각나지 않는걸.”

“말이 돌이지, 대부분 철로 만들어진 게 확실해.” 나는 천천히 말했다.

소여는 입을 쩍 벌리고 몇 초 동안 말을 잇지 못했다. “안 돼.” 그는 고개를 젓더니 리를 쳐다보았다. “다른 사람을 찾아. 우리 직급에만 금속 능력자가 열 명이 넘어.” 그는 검은 셔츠 위로 팔짱을 꼈다.

“여기엔 없어.” 리독이 침대 반대편으로 가더니 서랍장 안을 뒤졌다. “모두 국경선에 배치됐지. 지금 우리에게 있는 거의 모든 라이더와 함께 말이야.”

“그러면 그 사람들을 기다려.” 소여가 맞섰다. “나는… 난 그런 일을 할 만한 상태가 아니야.”

“해야 해.” 리가 침대 발치에 앉았다.

“심지어 슬리시그는….” 소여는 헝클어진 갈색 머리를 쥐어뜯었다. “내가 할 수 있을지 모르겠어.”

“넌 할 수 있어.” 나는 눈썹을 치켜올리며 보란 듯이 협탁에 놓인 머그잔을 보았다. 금속 잔에 소여의 손자국이 찍혀 있었다.

“난 네가 이 일에 끼울 만한 라이더가 아니야, 바이. 이젠 내가 라이더이긴 한지도 잘 모르겠어. 다른 사람을 기다려.”

"기다려봐야 의미 없어." 리 옆에서 보디가 말했다.

소여의 어깨가 처졌다. "사령부가 찬성하지 않는구나."

나는 고개를 끄덕였다. "오늘 밤에 하지 않으면 협상은 끝이야. 플라이어들은 내일 호위를 받으며 아레티아로 가게 될 거야."

"우리 대대를 찢어놓을 거라고?" 소여의 시선이 나에게서 보디에게로, 다시 리에게로 날아갔다. 누구라도 자기가 한 말을 부정하길 바라는 듯했다.

"네가 손을 쓴다면 그렇게 되지 않겠지." 리독이 침대 위에 소여의 제복을 던졌다. "난 널 형제처럼 사랑하고, 네가 다리를 잃은 것도 알겠고, 네가 느끼는 감정도 존중하는데, 그래도 넌 우리 대대원이야. 넌 여전히 라이더고, 검은 제복을 입는 데 따라오는 온갖 혜택과 짜증 나는 면도 그대로야. 그러니까 내 마음속의 모든 사랑을 담아 얘기하는데 제복이나 처입어라. 우리에게 네가 필요하니까."

소여는 제복을 집어 들더니 금속 능력자를 의미하는 패치를 엄지손가락으로 문지르다가, 강철대대 패치로 손을 내렸다. 소여가 마침내 고개를 끄덕일 때까지의 긴 몇 초 동안 내 심장은 뛰지도 않는 것 같았다. "누가 목발 좀 건네줘."

몇 분 후, 우리는 소여를 포함해 다섯 명이 되어 병동을 걸어나갔다.

"퀸은 어디 있어?" 메런이 벽에서 등을 떼며 물었다.

"아무도 소여가 사라진 줄 모르게 하는 중이지." 보디가 대답했다.

"제대로 갖춰 입은 모습을 보니 좋네." 이모젠이 소여에게 말했다. "먼 길인 데다가 일부러 힘들게 만든 계단도 두 군데나 있으니까, 도움이 필요하면 말만 해."

소여는 빈 바짓단을 무릎에서 묶어주는 리독을 내려다보았다.

"알았어." 그는 조용한 결심을 담아서 대답했다. "가자."

우리는 나선계단을 올라 본관으로 간 다음, 복도를 지나서 북서쪽 망루로 향했다. 중간에 파란색 제복을 입은 순찰병과 마주칠 뻔했다가 힐러 강의실로 숨어서 피했고, 그다음에 마주칠 뻔한 진홍색 튜닉들은 그쪽에서 모퉁이를 돌 때 계단통에 숨어서 피했다.

"오늘따라 붐비네." 소여는 벽에 등을 대고 가쁜 숨을 몰아쉬며 말했다. 이마에 구슬땀이 맺혔고, 혈색이 조금 창백했다.

"괜찮아?" 나는 목표에 3분 거리로 접근하자 소여에게 물었다.

그리고 소여가 고개를 끄덕이자 계속 움직였다.

"대륙의 모든 귀족이 체류하고 있어." 메런이 말했다. "나 말고 라이오슨과 같이 왔어야지. 그림자의 도움을 받을 수 있었을 텐데."

"그 사람은 우리가 지금 뭘 하는지 몰라." 나는 이모젠이 몇 계단 앞서 내려가는 사이에 대답했다. 그리고 테른에게 물었다. *"혹시 제이든이 나타날 가능성이 있어요?"*

"그 둘은 감지 범위 바깥에 있다." 테른이 대답했다. *"오늘 밤은 문제가 되지 않을 거다."*

"위병들을 쓰러뜨리게 60초만 있다가 내려와." 이모젠이 첫 번째 굽이를 조용히 돌아 사라지면서 지시했다.

"이젠 나도 알아도 돼?" 메런이 물었다.

"아니." 보디와 리독이 동시에 대답했다.

"엠피리언은 이 일에 대해 어떻게 생각해요?" 나는 허벅지를 손가락으로 두드리며 시간을 헤아렸다.

"아레티아 드래곤들은 전적으로 너를 지지한다. 나머지가 어떻게 생각하는지는 아침에 알아봐야지."

그러니까 우린 사전 허락이 아니라 사후 용서를 비는 거군. 알겠어.

우리는 다시 계단을 내려가기 시작했다. 보디와 내가 맨 앞이었다. "제이든이 화낼 거야." 나는 다른 친구들이 듣지 못하게 속삭였다.

"그러니까 우리가 성공하면 제이든에게는 네가 말해야지." 보디가 얼굴을 구기며 말했다. "너는 안 죽일 거 아냐."

우리는 소여가 따라올 수 있게 보조를 맞추면서 나선계단을 빙글빙글 내려갔고, 계단을 내려갈 때마다 내 가슴은 답답해졌다. 오늘 밤에는 위병이 둘뿐일 테니 이모젠에게 어려울 게 전혀 없었지만, 직접 보기 전까지는 불안이 가시지 않았다. 다행히도 이모젠은 밑바닥에서 팔짱을 끼고 우리를 기다리고 있었다.

"작은 문제가 하나 있어." 이모젠은 입매를 긴장시키면서 비켜섰다. "다른 사람은 몰라도 이 사람은 쓰러뜨려도 될지 잘 모르겠더라고."

미라가 방 한가운데로 걸어나오더니 고개를 기울이고 나를 보았다. 으스스할 정도로 우리 어머니와 비슷했다. 위장이 바닥으로 떨어지는 느낌이었다. "젠장."

"젠장맞을 일이지." 미라는 허리춤에 두 손을 올렸다. "위병들을 보내고 그 자리를 대신했을 때는 내가 과잉 반응을 한다고 생각했는데 말이야."

"어떻게 알았어?" 나는 미라가 보호석이 있는 방 입구를 막고 있다는 사실에 주목하면서 터널 가운데로 걸어가서 마주했다.

"그야 난 널 아니까." 언니는 사람을 위축시키는 눈빛으로 나를 보더니, 내 어깨 너머로 시선을 옮겼다. "병상에서 저 라이더를 끌고 나온 거야?"

"제가 얼마나 아픈지는 저만 알 수 있죠." 소여가 맞받아쳤다.

"그래." 미라는 다시 나에게 관심을 돌렸다. "이러지 말아야 했어."

나는 턱을 들어 올렸다. "날 막을 거야?"

언니의 눈이 살짝 가늘어졌다. "막으면 막히긴 하고?"

"아니." 나는 고개를 저었다. "언니도 우리가 플라이어들이 라이더들과 같이 교육받게 하겠다고 약속했을 때 그 자리에 있었지. 나바르가 우릴 원한다면, 우리 모두를 받아들여야 해."

"그리고 넌 약속을 지키기 위해 우리 어머니가 목숨을 바쳐서 힘을 불어넣은 보호막을 위험에 빠뜨리기까지 할 작정이고?" 언니가 눈썹을 치켜올렸다.

"이게 가능하다고 말해준 사람은 언니야." 나는 그 질문을 피해서 대답했고, 다른 친구들이 내 옆으로 와서 섰다.

"그건 내가 감당할 문제지." 미라 언니는 모두를 쳐다보았다. "다들 우리가 실패하면 보호막이 무너질 수도 있다는 건 아는 거냐? 그리고 성공한다면 우리가 반역죄로 기소당해서 드래곤의 불로 처형당할 가능성이 높다는 것도?"

"*그런 일은 없다.*" 머릿속에서 테른이 낮게 그르렁거리며 장담했다.

"미안한데, 뭐라고?" 메런이 오른쪽에서 모두를 쳐다보았다.

"진정해." 이모젠이 팔꿈치로 메런을 찔렀다. "넌 마법을 쓰기만 하면 돼. 나머지는 해당 없어."

"우리도 위험부담은 알아." 나는 미라에게 말했다. "보호막이 무너진다면 아레티아로 대규모 이주가 일어날 테고, 난 정말로 분초를 다투면서 앤다나의 동족을 찾아야겠지. 하지만 그렇게 되진 않을 거야. 언니가 해답을 찾았고, 언니는 절대로 틀리지 않으니까. 그러니 다시 물어볼게. 날 막을 거야?"

미라는 한숨을 내쉬며 두 팔을 늘어뜨렸다. "아니. 어차피 넌 다시 시도할 테고, 어디까지나 다음번에는 내가 여기에서 도울 수 없을지도 모르기 때문이야. 우리 둘 다 있어야 성공할 가능성이 제일 높지." 미라는 발뒤꿈치를 축으로 획 돌더니 보호석이 있는 방 안으로 사라졌다.

보디가 망을 보고, 나머지 여섯 명은 좁은 통로로 들어갔다. 메런과 내가 소여의 목발을 들고, 리애넌과 리독이 양쪽에서 소여를 부축하고 옆걸음으로 움직였다.

나는 우리 왕국의 보호석이 놓인 거대한 방에 들어가고 나서야 미라가 '우리'라고 했던 게 무슨 의미인지 제대로 이해했다.

"이 작은 모험을 보니 네가 라이오슨과 너무 오래 어울리긴 한 것 같다." 거대한 철기둥과 으스스한 검은 불길 앞에 미라와 나란히 서서 기다리던 브레넌이 말했다.

이 일은 이제 가족 업무가 된 모양이다. 입꼬리가 저절로 올라갔다. "제이든과 같이 혁명군을 이끄는 건 오빠잖아. 오빠한테서 전염된 걸지도 모르지." 자기보호를 위해서라도 나는 그 방 안의 다른 모든 것을 무시하고, 내 형제만 보았다.

"지금 생각하면 네가 서기 분과에 가는 건 낭비였을 수도 있겠어." 브레넌은 싱긋 웃더니, 순식간에 웃음을 지우고 진지해졌다. "소여 헨릭, 너는 미라와 같이 움직여라. 네가 끝까지 변환을 해내도록 도와줄 거다. 플라이어…."

"메런 지나입니다." 메런이 호칭을 바로잡았다.

"좋아. 지나, 너는 뭐든 좋으니 가장 편하게 쓸 수 있는 단순 마법을 써볼 준비를 해라. 너희 셋은…." 브레넌은 리와 리독, 나를 가리켰다. "아무것도 만지지 마."

"오빠는?" 내가 물었다.

"내가 여기 있는 건 모든 게 엉망이 될 때를 대비해서야." 오빠는 보호석을 흘긋 돌아보았다. "내가 보호석을 처음 복원하는 것도 아니니까."

나는 소여에게 목발을 건네줬고, 우리는 모두 한 줄로 길게 앉아서 초조하게 기다리는 과정에 돌입했다. 몇 주 전과 마찬가지로 지금도 이 전쟁의 미래가 이 방에서 결정될 상황이었다. 보호석을 보지 않으려고 눈을 감았지만, 그래봤자 석실의 냄새나 내가 지르던 비명의 기억까지는 막을 수 없었다.

'곧 그이를 볼 수 있겠구나.' 어머니의 목소리가 쏟아져 들어오며 슬픔을 느끼지 않으려 겹겹이 쳐놓은 방어벽을 부수고, 녹슨 톱니 칼날처럼 내 심장에 박혀 들어왔다. '잘 살거라.'

"바이?" 리애넌이 내 어깨를 감싸안았다.

"막을 수가 없었어." 나는 왼쪽에서 소여가 두 손을 들어 올리는 모습을 눈물 고인 눈으로 지켜보며 속삭였다. "바로 거기에 있는데도 막을 수가 없었어."

"너희 어머니 말이야?" 리가 조용히 물었다.

나는 고개를 끄덕였다.

"정말, 정말 유감이야, 바이올렛." 리는 내 어깨에 머리를 기대며 조용히 말했다.

"어머니가 보고 싶은 건지, 아니면 우리가 마침내… 어떤 관계를 가질 수도 있었다는 사실이 그리운 건지 잘 모르겠어." 나는 뚝뚝 끊기는 말로 조용히 인정했다. "너와 너희 엄마 같은 관계는 아니라도, 뭔가."

"둘 다 느낄 수도 있어." 리가 내 손을 힘주어 잡자 마음이 조금 가벼워졌다. 나바르의 보호석을 아레티아 보호석의 부글거리는 외피와 구별짓는 맨 윗줄 룬에 얼룩이 생겼다. 우리 방법이 통하고 있었다.

우리 둘 다 오른쪽으로 고개를 돌려 메린을 보았고, 메린은 손바닥에 올려놓은 작은 돌멩이를 내려다보다가 고개를 저었다.

그건 실망스럽네.

"다음 것으로 넘어가." 미라가 지시했다.

"방금 우리가 어떤 보호 요소를 빼버린 건지 궁금하긴 한데." 리독이 중얼거리는 가운데, 우리 왼쪽에 앉은 소여는 다시 한번 두 손을 들어 올렸다.

소여의 팔이 후들거리기 시작했고, 나는 계속 리의 손을 꽉 쥐고 있었다. "우리가 소여를 너무 몰아붙였는지도 몰라." 리에게 속삭였다.

돌에 새겨진 다음 줄이 불룩 튀어나오더니, 무시무시하게도 쩍 갈라지면서 액체 금속이 흘러내렸다. 젠장.

"갬린!" 브레넌이 외치자 리독이 두 손을 뻗어 보호석을 향해 얼음 구체를 던졌다. 얼음은 쉭 소리를 내면서 돌에 접촉했고, 리독은 수증기가 폭발하듯 솟구치다가 지글거리며 사그라들 때까지 그 얼음을 붙잡고 있었다.

"썩 좋은 생각이 아니었는지도…." 리독이 입을 열었다.

"다들, 이걸 봐." 메런이 말했다.

어찌나 빨리 고개를 돌렸는지 방이 회전하는 느낌이 날 정도였다. 메런의 손 위에서 돌멩이가 빙글빙글 돌고 있었다. 숨이 확 터졌다가, 안도의 웃음으로 변했다.

"미라?" 브레넌이 물었다.

미라 언니는 이미 두 손을 펼쳐 들고 보호석으로 걸어가고 있었다. "아직 온전해. 실험해볼 대상이 하나뿐이니 발로우가 여전히 억제되고 있는지 확인해야겠지만, 베닌을 상대로 한 보호는 제대로 작동하고 있다고 99퍼센트 확신해."

"우리가 해냈어!" 리독이 펄쩍 뛰어 일어나더니 허공에 주먹을 내질렀다. "좋았어, 소여! 꺼져라, 세나리움! 플라이어들도 능력을 쓸 수 있다고! 소속 대대와 함께 여기 남을 거야!"

나는 어린아이처럼 웃었다. 여덟 시간 뒤면 아레티아 드래곤 부대를 여기 머물게 하는 협정이 체결될 것이고, 우린 온전하게 남을 것이다.

"이젠 어쩌지?" 메런이 돌멩이를 잡았다.

"이젠 반역죄로 재판 받아야지." 소여가 헐떡이면서 간신히 말했다. 하지만 눈을 마주치고 보니 나처럼 히죽거리는 얼굴이었다.

"아니, 안 받을 거야." 나는 더 활짝 웃었다. "메런, 내가 하는 말을 아주 잘 들어야 해."

다음 날 아침, 내 심장은 미친 듯이 뛰고 있었다. 우리가 자리를 찾아 앉는 동안 전투 브리핑실은 흥분과 전율, 노골적인 공포가 뒤섞여 웅성거리는 상태였다. 리와 리독은 내 오른쪽 자리를 차지했고, 왼쪽으로는 메런과 트레이거 사이에 캣이 앉을 자리를 남겨둔 상태였다.

"잘 지켜." 리는 카이와 다른 1학년 생도를 데리고 방 아래쪽으로 내려가는 아릭에게 지시했다.

아릭은 고개를 끄덕였다. 그러고 보니 슬론과 애벌린이 앞장서고 베일러와 링크스가 뒤를 맡아서 사방에서 카이를 보호하고 있었다.

"공책도 없이 이 수업을 받아보긴 처음인데." 내가 앞에 놓인 책상의 먼지를 터는 사이에 캣이 우리 줄로 내려왔다.

"분명 우리 소지품을 보내줄 거야." 리가 말했다. "내 희망사항이긴 한데 말이야. 라이오슨이 드래곤 부대를 아레티아로 돌려보내라는 바람을 들어주지 않았다는 소식을 의회가 어떻게 받아들이냐에 달렸겠지?"

"제이든은 의회가 뭘 바라든 들어줄 필요가 없어." 캣이 메런 옆자리에 앉더니 땋은 머리를 어깨 너머로 넘겼다. "제이든은 그저 아레티아의 계승자가 아니야. 오늘 아침 8시를 기해서 티렌더의 공작이 됐다고. 삼촌에게 들었지."

아마리여, 감사합니다. 협정에 서명했구나. 나는 허리에 부담이 덜 가는 자세를 찾으며 빠르게 뛰는 심장을 가라앉히기 위해 깊은 숨을 들이

마셨다.

"괜찮아?" 리가 나바르 쪽 제4비행단 한 무리가 우리 앞에 앉는 모습에 눈매를 좁히면서 물었다.

"괜찮아." 나는 목을 돌려 풀었다. "어젯밤에 충분히 자지 못한 대가를 치르는 중이야."

"…네가 내 펜을 가져갔으니까 그렇지!" 우리 앞에 있던 2학년이 분통을 터뜨리면서 옆에 앉은 여자애 자리로 몸을 던졌다. "언제나 그러잖아. 이젠 나도 질렸어!" 그는 펜을 낚아채서 다시 자리에 앉았다.

나는 캣의 의기양양한 얼굴을 쏘아보았다. "하지 마."

"뭘? 난 그저 시험해본 거야." 캣이 능글맞게 웃었다. "우리보고 아무한테도 말하면 안 된다고 했지, 놀면 안 된다고는 안 했잖아."

메런이 코웃음을 쳤고, 나도 웃음이 나오긴 했다. 캣이 내 감정을 건드리는 것도 아니고, 나바르 녀석들은 그래도 싸지 않은가.

"전투 브리핑 시간에 온 것을 환영한다." 드베라가 우리 왼쪽으로 계단을 내려가면서 선언하자 방 안이 조용해졌다. "내가 없는 동안에는 마컴 대령님에게 수업을 받았다고 들었는데, 그건 오늘로 끝이다." 드베라는 바닥에 있는 무대에 도착해서 테이블에 몸을 기댔다. "플라이어 동료들과는 하루밖에 함께하지 못하겠지만, 그렇다 해도 우리는…."

"드베라 교수님!" 적갈색 머리의 플라이어, 키안드라 교수가 계단을 뛰다시피 내려가서 드베라에게 뭔가를 전달하는 동안 우리 대대는 재빨리 눈짓을 주고받았다.

"멋지군요." 드베라가 활짝 웃으며 말했다. "모르는 사람들에게 말해두지만 이쪽은 키안드라 교수고, 나와 함께 전투 브리핑 시간을 이끌 것이다. 귀족들이 다시 활발한 동맹 협상으로 돌아갔다는 소식이니 말이지."

좋아하는 이들의 함성이 나바르 생도들의 툴툴거림을 뒤덮었다.

"삼촌에게 언제 말한 거야?" 나는 캣에게 물었다.

"네가 부탁한 대로, 20분쯤 전에." 캣이 대답했다. "삼촌은 일 처리가 빠르거든."

그렇다면 앞으로 몇 분밖에 없다. 나는 손가락으로 책상을 두드리며 부정확한 나바르 지도를 올려다보았다. 모든 것이 달라지기 직전이었다.

"그 점을 염두에 두고…." 드베라가 목소리를 높이자 생도들이 조용해졌다. "조직 체계에 대해 논해보자. 쉽게 상황을 정리하기 위해서 너희는 쭉 소속되어 있던 대대에 남는다. 지난가을에 다른 선택을 한 생도들과 같은 대대에서 복무하기가 어색하다면, 얼마든지 말렉에게 불만을 제기해도 좋다."

"그건 불공평합니다!" 뒤쪽에서 3학년 한 명이 외쳤다. "플라이어들도 더해진 데다가, 제3비행단과 제4비행단이 상대적으로 크잖습니까. 모의전투에서 유리하단 말입니다."

"그래." 드베라가 고개를 옆으로 기울였다. "극복해라. 우린 이제 게임을 하지 않는다. 너희를 진짜 전쟁에 대비시킬 거다."

"저 녀석들은 2주 전에 무슨 일이 벌어졌는지 잊은 걸까?" 리독이 속삭였다.

"아침에 뭘 먹었는지도 까먹었을지 몰라." 리가 대꾸했다.

"제1비행단과 제2비행단도 시그니슨에서 나머지 플라이어 생도들이 도착하면 비슷한 규모가 될 거다." 드베라가 말을 이었다. "그때는 기쁜 마음으로 맞이하도록."

"말도 안 돼." 우리 앞에 앉은 남자가 의자에 깊이 가라앉았다.

"다음 사안. 현재 비행단장이 너무 많다." 드베라가 말을 이었고, 나는 어깨 너머로 데인을 돌아보았다. 그는 3학년들과 함께 몇 줄 뒤에 앉아 있다가 몸을 뻣뻣하게 굳혔다. "지휘부는 비행단의… 인원수에 맞춰 조정해야 한다는 결론이 났다." 드베라가 눈썹을 치켜올렸다. "그러므로 아이리스 드루, 너는 제1비행단 단장직을 유지한다. 아우라 바인헤븐은 제2비행단장직을 유지, 제3비행단은 라이엘 스털링, 그리고 제4비행단은 데인 에이토스가 이끈다."

신들이시여, 고맙습니다.

박수갈채와 승복할 수 없다는 외침이 함께 터져 나왔다.

"이 문제는 논의사항이 아니다!" 마법으로 증폭시킨 드베라의 목소리는 책상을 뒤흔들 정도였다. 방 안이 조용해지자 드베라가 말을 이었다. "누구의 지휘하인지 모르겠거나, 스스로가 아직 지휘관에 해당하는지 잘 모르겠다면, 오늘 오후 공용 공간에 생도 지휘부 전체 목록을 게시할 것이다."

드베라의 말이 끝나자마자 브리핑실 문이 확 열리더니, 돌이 깨지는 소리가 날 정도로 세게 벽을 때렸다. 모두가 또 한 번의 소동을 보기 위해 고개를 돌렸다.

"바이올렛 소른게일!" 문 앞에서 에이토스 대령이 붉으락푸르락한 얼굴로 외치더니 눈을 가늘게 뜨고 브리핑실 안을 훑어보았다.

"여기요." 나는 갑자기 밀려오는 현기증에 맞서기 위해 의자 가장자리에 두 손을 짚고 일어섰다. 에이토스 대령 뒤로 라이더 네 명이 따라 들어왔다.

"바이." 리애넌이 속삭였다.

"다들 한마디도 하지 마." 나는 작게 대꾸했다. "난 괜찮을 거야."

"너를 나바르 왕국에 대한 반역죄 혐의로 체포한다!"

아닐 수도 있고.

08

많은 이들이 다른 신보다 헤데온에게 충실하라고 설교하고, 특히 칼디르 지방에서 더 그렇다. 그러나 내가 보기에는 지날의 인기가 보편적이다. 지혜는 모두가 원하지만, 행운은 꼭 필요하기에.

__ 로릴리 소령, 《신들을 달래는 방법》(제2판)

반역죄로 체포되는 것 자체는 충격이 아니었지만, 에이토스 대령은 그 혐의를 불시의 일격처럼 전달했다.

"아버지?" 데인이 벌떡 일어섰다.

에이토스 대령은 데인 쪽으로 고개를 돌리더니, 입매를 일그러뜨리며 비웃었다. "나에겐 아들이 없다."

나는 숨을 헉 들이켰고, 데인은 상처받은 표정을 순식간에 지우고 얼굴을 바로잡더니 어깨를 폈다. "소른게일 생도의 비행단장으로서…."

"요청은 기각이다." 에이토스가 말을 끊었다.

"우리가 그냥 앉아 있을 순 없어." 리독이 조용히 주장했다.

"그럴 수 있고, 그래야 해." 나는 통로 쪽으로 나가서 데인을 올려다보았다. "난 괜찮아."

"괜찮은 것과는 거리가 멀지!" 에이토스가 으르렁댔다.

발아래 세상이 흔들거렸고, 나는 수면 부족을 저주하면서 에이토스와 그 옆에 네 명의 장교들이 있는 곳까지 계단을 올랐다. 여성 소위 한 명이 문 쪽을 가리켰고, 나는 고개를 높이 들고 에이토스 옆을 지나치면서 그의 계급이 장군으로 올랐다는 사실을 보고도 용케 토하지 않을 수 있었다.

에이토스는 복도에서 나와 보조를 맞춰 걸었다. "그런 짓을 하다니, 넌 죽은 목숨이나 다름없다."

"세나리움에게만 말하겠습니다."

"다들 모여 있으니 잘됐군. 재판이 빠르게 이뤄지겠어." 에이토스는 조용히 라이더 분과를 통과하여 학교 본관에 들어선 후, 구름같이 모인 위병들과 다른 분과 생도들을 지나쳐서 대연회장에 들어섰다. 그가 먼저 안에 들어가면서 외쳤다. "반역자를 데려왔습니다!"

에이토스가 옆으로 비켜서자 협상 재개를 준비해둔 긴 테이블이 보였다. 왼쪽에는 다시 세나리움 구성원들이 앉아 있었는데, 모두가 오늘 아침을 위해 신경 쓴 옷차림이 눈부셨다. 라이더의 검은 옷을 입은 딱 한 명만 빼고 말이다.

제이든이 테이블 끝자리에서 고개를 돌리며 흉터 진 눈썹을 들어 올리자 그림자가 내 머릿속을 스쳤다. *"말썽 피우지 말라고 했을 텐데?"*

"약속한 적은 없잖아." 나는 제이든의 시선을 맞받으면서, 눈 아래가 시커멓게 그늘진 것을 알아차렸다. *"피곤해보여."*

"모든 남자가 연인에게 듣고 싶어 하는 말이군." 그는 테이블을 손가락으로 두드리면서 자기 앞에 놓인 천 조각으로 내 주의를 끌었다. 번개 능력자를 의미하는 내 패치였다. *"네가 뭘 하는지 모르는 상태는 이제 끝내야겠어."*

"좋은 결정이네."

"정말로 보호막을 가지고 장난을 친 거야?"

"언젠가 누가 그랬는데, 올바른 방법이 유일한 방법은 아니라더라." 1학년 때 제이든에게 들었던 말을 써먹자 그의 입매가 굳었다.

"보다시피, 네가 보호석 앞에 있었다는 증거는 확보했다." 에이토스가 테이블로 다가가며 선언하더니, 제이든을 흘긋 보았다. "세나리움에 빠른 판결을 요청합니다. 제일 최근에 들어온 인물이 반역자와 가깝다는 점 때문에 재판을 기피한다면 또 모르지만요."

"입 다물고 있지 못하겠거든 나가시오, 에이토스." 칼디르 공작이 의자에 등을 기대더니 짧은 금빛 수염을 쓸었다. "당신은 여기에 어떤 권한도 없소."

옆에 선 에이토스가 몸을 굳히더니, 나 혼자만 세나리움을 마주하게 두고 다른 라이더들과 함께 뒤로 물러났다.

"계획이 있어, 바이올런스?" 제이든이 물었다. 그의 턱 근육에는 힘이 들어갔지만, 방 안의 그림자들은 가만히 있었다. *"이 패치를 깔끔하게 뜯어낸 걸 보면 그럴 것 같은데."*

"혹시 플라이어들이 마법을 쓸 수 있게 된 것 이상으로 보호막이 손상되었다는 보고가 있습니까?" 칼디르 공작이 물었다.

"우리 드래곤 부대가 여기 남는다는 합의서에 서명했어?" 나는 확인하기 위해 제이든에게 물었다.

"베닌을 상대로는 멀쩡합니다." 제이든의 손가락은 움찔하지도 않았다. *"그랬으니 내가 여기 앉아 있겠지."*

"그렇다면 나에게 완벽한 계획이 있어."

"그걸 어떻게 압니까?" 모레인 공작이 의자에서 돌아앉았다.

"무너졌다면 내가 알았을 테니까." 그 대답은 나에게 하는 것이었다. "베닌이 몰려드는 일도 없었고, 발로우는 감옥에 갇혀 있습니다. 보호막

은 버티고 있습니다." 그는 고개를 옆으로 기울이고, 우리가 대련하기 위해 매트 위로 올라갈 때 보여주던 기대 어린 눈빛을 던졌다. *"네 쇼를 보고 싶어 죽겠어."*

"재판과 처형이라는 야단법석을 치르지 않도록 제가 모두를 구해드리죠." 나는 어젯밤에 제복에서 뜯어낸 패치를 가리켰다. "저건 제 패치입니다. 제가 보호석을 고쳐 쓰는 일을 지휘한 사람 맞습니다. 제가 플라이어들이 마법을 쓸 수 있게 된 이유고, 여러분이 이제 시원스럽게 동맹 협상을 성공시킬 수 있게 만든 사람입니다. 감사 인사는 사양하죠."

내 자백에 여섯 쌍의 눈썹이 치켜올라갔고, 죽도록 섹시한 웃음이 하나 덧붙었다. *"교묘한 말 같은 건 집어치우기로 했나 보군."*

"말장난할 시간도 없고, 일이 틀어졌을 때 다른 사람에게 유죄를 선고할 증거도 없어."

"나는…." 모레인 공작이 동료들을 쳐다보느라 고개를 움직이자 거대한 루비 귀고리가 턱선에 부딪쳤다. "우리가 뭘 할 수 있습니까?"

"아무것도요." 제이든은 방 안에 나만 있다는 듯이 바라보며 대꾸했다. "소른게일 생도, 그리고 누군지 몰라도 함께한 이들은 어젯밤에 범죄를 저질렀고, 오늘 아침을 기해 여러분과 우리 왕이 저들의 사면장에 서명했습니다."

나는 고개를 끄덕였다.

"눈부시게 영리하고 무모한 여자라니까." 제이든의 시선에 열기가 깃들었고, 나는 미소를 눌렀다.

"그렇다면 우리가 할 수 있는 일이 없단 말입니까?" 엘숨 공작이 몸을 앞으로 기울이며 긴 갈색 머리채로 테이블을 쓸었다. "저 생도가 우리의 방어책을 바꿔놓았는데, 아무렇지 않게 수업으로 돌아간다고요?"

"그런 것 같군요." 칼디르 공작이 천천히 고개를 끄덕였다.

"저 젊은 여성이 상당한 재주를 부린 것 같군요." 새로운 목소리였다.

나는 오른쪽에 시선을 던졌다가, 대연회장 북쪽 입구에 서 있는 여성을 제대로 보았다. 그 여자가 걸어오자 복잡하게 세공된 은빛 흉갑이 아침 햇살을 받아 반짝였고, 미소를 짓고 있어 검은 눈동자 부근의 연갈색 피부에 주름이 잡혔다. 진홍색 반바지를 입고 허리에 숏소드를 찼으며 풍성한 곱슬머리에는 반짝거리는 티아라를 얹었는데, 그 섬세한 장식이 무장한 모습과 놀라운 대조를 이뤘다. 마라야 왕이었다.

"폐하." 나는 아버지에게 배운 예법대로 고개를 숙였다.

"소른게일 생도." 고개를 들어보니 왕이 몇 발자국 앞에 있었다. "대륙 유일의 번개 능력자에 대해 많이 들었는데, 그간 들은 찬사가 과장이 아니라는 사실을 알게 되어 기쁘군." 그녀는 세나리움을 곁눈질했다. "소른게일 생도는 근무에 복귀해도 될 것 같군요. 곧 우리의 협상을 이어가려고 여러분의 왕이 도착할 테니 말이오."

"저희가 소른게일 생도에게 할 수 있는 일은 없습니다." 제이든은 내 패치를 주머니에 넣었고, 다른 이들도 천천히 동의했다. 그중 네 명은 눈동자에 적지 않은 분노를 담고 있었다.

"잘됐군." 마라야 왕은 세나리움에 미소를 던지더니, 나를 옆으로 잡아끌며 목소리를 낮췄다. "테카루스 자작이 그대와의 거래에 대해 말하더군. 정녕 나의 플라이어들을 여기에 두기 위해 국왕의 분노를 감수하고 그대 왕국의 방어를 위험에 빠뜨린 건가?"

"네." 속이 꽉 막히는 것 같았다. "옳은 일이었습니다."

"그 대가로 요청한 게 자작의 서재에 대한 무제한 접근권뿐이고?" 왕은 나를 찬찬히 뜯어보았지만, 나는 그 시선을 버텨냈다.

"그게 대륙을 위한 최선의 길이고, 몇백 년 전에 우리가 베닌을 물리친 방법을 찾을 수 있는 가장 큰 희망이기도 합니다."

그리고 배닌을 치료하는 방법에 대해서도.

"설마 나 때문에 한 일은 아니겠지." 제이든의 의자가 돌바닥을 긁는 소리를 냈다.

"우린 서로에게 거짓말하지 않기로 한 것 같은데."

"넌 스스로를 위험에 빠뜨렸고…." 제이든의 말투가 엄해졌다.

"난 조금도 후회하지 않아." 내가 그를 치료하기 위해 할 수 있는 모든 걸 하리라는 점을 제이든이 빨리 깨달아야 이 일이 우리 둘 모두에게 더 쉬워질 것이다.

"매혹적이군." 왕의 미소가 따뜻해졌다. "하지만 자작이 아니라 내 서고가 최고야. 여름 별장에는 수천, 수만 권의 책이 있으니 얼마든지 봐도 좋다. 집사에게 전체 목록을 보내라고 일러두지. 하지만 미리 경고하는데, 우린 아직까지 그런 역사 기록을 발견한 적이 없어."

"감사드립니다." 희망에 가슴이 부풀었다. 내가 찾지 못한다 해도 제시니아가 찾아내겠지.

마라야 왕은 고개를 한 번 끄덕이더니, 테이블로 향하면서 효과적으로 나에게 떠날 기회를 줬다.

나는 타우리 왕이나 홀든이 나타나기 전에 얼른 나섰다.

"우리 논의는 끝나지 않았어." 서둘러 복도로 뛰어나가면서 리와 리독을 넘어뜨릴 뻔했는데, 제이든의 경고가 들렸다.

"하지만 당장은 끝이지." 나는 등 뒤에서 문이 쾅 소리 나게 닫히는 가운데 균형을 잡았다. "여기서 뭐 하는 거야?" 우리 대대의 2학년 전원이 위병들을 뚫고 와 있는 것 같았다.

"놈들이 너를 학교 뒤로 끌고 가서 잿더미로 만들어버릴까 봐 걱정했다고나 할까." 리독이 목 옆에 보이는 드래곤 문신을 문질렀다.

"난 멀쩡해. 그리고 우리가 오늘 아침 이전에 한 일은 모두 사면받았어. 다들 전투 브리핑을 건너뛴 거야?"

"브리핑할 내용도 별로 없었어. 국경선에서 정보가 찔끔찔끔 들어오고 있어서 말이지. 위에서 알고 있는 활발한 전투 지역 하나는…." 리가 멈칫하더니 눈을 크게 떴다. "바이."

"넌 대가를 치르게 될 거다!" 어느새 복도로 나온 에이토스가 왼쪽에서 포효했고, 나는 몸을 돌려 두꺼운 붉은 카펫을 밟고 돌진하는 그와 내 친구들 사이를 막아섰다. 분노가 빠르고 강하게 솟구치며 피부에 마력이 밀려들었다.

"당신에게는 아닐걸요." 브레넌이 내 바로 앞에 선 위병들 사이를 뚫고 들어오며 고개를 흔들었다.

"네가." 에이토스가 주춤했다. "이 오랜 시간 동안…."

"나예요." 브레넌이 고개를 끄덕였고, 나는 오빠 옆에 붙었다.

"당신은 졌어." 나는 허벅지에 찬 단검 손잡이를 손가락으로 쓸면서 한때는 본보기로 삼았던 남자를 노려보았다. "당신은 애더빈에서 우리를 죽이려고 했고, 가을에는 암살자들을 보냈고, 심지어 바리쉬를 보내 공격하기도 했지만, 그래도 난 여기 서 있어. 당신이 진 거야. 우린 사면받았고, 모두 여기에 있어."

"하지만 국왕께서 바스지아스 사령관으로 임명한 건 나니까…." 그는 주위의 붐비는 복도를 가리켰다. "실제로 진 건 너일지도 모르겠구나, 소른게일 생도."

심장이 펄쩍 뛰고 시야 가장자리가 캄캄해지면서 다리에 힘이 풀렸다. 안 돼. 저 작자만 아니면 누구라도 좋은데. 누구라도. 내가 고개를 젓는데 브레넌이 내 제복 뒤쪽을 잡고 부축했다.

"당신은 내 어머니의 자리에 걸맞지 않아." 브레넌이 날카롭게 말했다.

"하지만 이제 내 자리다." 에이토스는 자신만만하게 허리를 폈다. "세나리움은 사면 결정에 따를지 몰라도, 내가 장담하는데 넌 우리가 제대로 이해하지도 못하는 보호석에 장난을 치고, 우리 왕국을 위험에 빠뜨린 죄를 모면하지 못할 것이다."

"하지만 난 여기 있어." 분노가 빠르게 충격을 대신하며, 나는 조용히 대꾸했다. "당신의 위협은 위협일 뿐이야. 난 이제 탈곡에서 살아남을지, 능력을 쓸 수는 있을지 불안해하던 겁먹은 1학년이 아니야." 나는 에이토스 쪽으로 한 걸음을 내디뎠다. "내 드래곤 하나는 대륙에서 가장 강하고, 또 하나는 대륙에서 가장 희귀하지. 작년에도 몰랐고, 심지어 몇 달 전에도 몰랐지만 지금은 알아. 당신은 날 죽일 수 없어."

데인과 너무나 닮은 얼굴이 험악하게 일그러졌다.

"당신은 내 고유 능력은 물론이고 내 드래곤 중에 어느 하나도 잃을 여력이 없어. 그리고 라이오슨의 고유 능력을 잃을 수 없는 건 말렉만큼이나 확실하지. 아, 이제는 티렌더 공작이라고 불러야 할까?" 나는 두 팔을 펼쳤다가 천천히 내렸다. "얼마든지 해보세요. 하지만 우리 둘 다 당신의 손이 닿지 않는 존재라는 걸 알죠, 장군님."

"얼마든지 해보라고?" 그는 거친 호흡으로 어깨를 들썩이며 브레넌을 보았다가, 그 뒤를 보았다. "너를 무릎 꿇리려면 어딜 때려야 하는지는 정확히 알고 있지. 네 형제들은 내 지휘하에 없을지 모르지만, 네 친구들은 내 권한이거든."

속이 내려앉았다.

"너희 2학년들은 서로에게 꽤 충성스러워 보이는구나." 그는 다시 나에게 시선을 옮겼다. "지금부터 네가 명령에 불복하거나 규칙을 어길 때마다 네 친구들이 대가를 치를 거다." 그는 고개를 비딱하게 기울이면서 내 뒤를 보았다. "전쟁을 두고 장난을 치고 싶나? 그렇다면 전선에서 복무하는 것도 개의치 않겠군." 그는 리를 흘긋 보았다. "대대장, 자네 지휘하의 2학년 전원은 내일 아침부터 이틀간 사마라 기지에서 근무할 것을 명한다." 그는 잔인한 미소를 그리면서 다시 나에게 말했다. "그곳의 싸움은… 상당히 격렬하다만, 네 고유 능력이면 대대원들을 살릴 수 있겠지. 이틀이면 네 드래곤이 짝을 그리워하기 전에 돌아올 테고."

"내일 아침?" 입이 벌어졌다. "하지만 그리폰에게는 최소 18시간 비행인 데다가, 휴식도 필요한데요." 다 합하면 20시간은 걸릴 테고, 도착했을 때는 녹초가 되어 있을 것이다.

"그렇다면 어서 가보는 게 좋겠군. 전원 무사히… 돌아오길 바란다."

09

전쟁 상황에 생도들을 현역으로 복무시키는 것은 오직 바스지아스 군사학교 사령관의 권한이다.

_《드래곤 라이더 코덱스》 8조 1항

22시간 후, 우리 여섯 명은 사마라 기지 안마당에서 데그렌시 중령에게 도착을 보고했다. 눈은 시뻘겋게 충혈됐고 뼛속 깊이 누적된 피로에 몸이 흔들거렸다. 우리만 녹초가 된 건 아니었다. 중령도 최악이었다. 뺨은 움푹 꺼졌고, 목 옆에 피가 말라붙어 있었다.

제이든이 주둔해 있던 가을 내내 찾아왔던 곳이니 이 요새가 친숙하게 느껴져야 할 텐데, 주위 풍경을 봐서는 기지를 알아볼 수 없을 지경이었다. 서쪽 벽은 드래곤이 뚫고 들어온 것처럼 4분의 1 가까이 무너졌고, 남은 벽 앞에 줄줄이 누운 부상자들 사이를 힐러들이 옷에 피를 묻힌 채 돌아다녔다.

"드래곤이 아니라, 와이번이었어." 앤다나가 내 생각을 바로잡았다.

날아오는 동안 몇 개의 들판 너머에서 와이번의 타버린 사체 위를 지나쳤다.

"좀 쉬도록 해봐." 앤다나에게 답했다.

"여기까지 오는 길에 잔 건 나밖에 없는걸." 앤다나가 맞섰다. *"그리고 이거 가려워."*

"고정장비는 입고 있어. 우리가 얼마나 빨리 떠나야 할지 알 수 없단 말이야."

"내 가족을 찾으러 갈 때는 이걸 입지 않을 거야." 앤다나가 툴툴거렸다.

"그렇다면 더 멀리 날거라." 테른이 그르렁거렸다. *"자려고 하는 거 안 보이냐."*

데그렌시 중령은 리가 전달한 명령서를 마저 읽더니, 종이 너머로 우리를 보았다. "정말로 바스지아스를 에이토스에게 맡겼다고?"

"네, 그렇습니다." 리는 어깨를 곧게 펴고 있었는데, 나머지 우리들에게는 무리였다.

캣과 메런은 허리케인을 뚫고 온 것 같은 몰골이었고, 트레이거는 연신 하품을 해댔다. 리독도 마찬가지였다. 그리고 안장에서 밤을 샌 나는 리독에게 기대야 겨우 똑바로 설 수 있었다. 온몸의 근육이 아팠고, 엉덩이는 비명을 질렀으며, 심장이 뛸 때마다 머리가 욱신거렸다.

"그리고 코덱스 8조를 인용해서 나한테 생도들을 보냈다고?" 데그렌시는 우리를 훑어보고 특히 플라이어들을 길게 쳐다보았다.

"네, 그렇습니다." 리가 고개를 끄덕였다.

"끝내주는군. 흠, 그쪽 정보는 낡았다." 데그렌시는 명령서를 손 안에서 구겼다. "싸움은 어제 끝났고, 그렇지 않더라도 난 생도들을 전투에 내보낼 생각이 없다." 그는 요새에 뻥 뚫린 구멍을 가리켰다. "제일 큰 와이번이 뚫고 들어왔을 때 보호막이 돌아오긴 했지만, 어차피 방위선이 무너진 후에는 놈들이 마법 없이도 기지 안으로 들어올 수 있었지. 그놈들을 제거하느라 우리의 마력 공급 창고를 잃을 뻔했다. 놈들을 국경선 너머로 내쫓는 데는 성공했지만, 전선은 바로 언덕 너머다." 그의 시선이 플라이어들 쪽으로 향했다. "보호막 너머의 피해는 훨씬 더 크다."

"언제나 그렇죠." 캣이 중얼거렸다.

"뉴홀도 영향을 받았나요?" 메런의 얼굴에 긴장감이 가득했다. "스톤워터 강가에 있는 작은 마을인데…."

"나도 뉴홀이 어디 있는지는 안다." 데그렌시가 말을 끊는 모습을 보니 우리와의 대화를 끝낼 태세였다. "오늘 아침의 보고에 따르면 뉴홀은 버티고 있다."

메런의 어깨가 축 처졌고, 캣은 친구에게 팔을 둘렀다.

"포로미엘 민간인들은 어떻습니까? 귀국이…." 트레이거는 묻다가 멈칫했다. "아니, 우리가 피난민을 받아들였나요?"

데그렌시는 천천히 고개를 저었다. "협상에 변화가 있기 전까지는 아무도 안에 들이지 말라는 엄명을 받았다. 하지만 국경선을 넘어가서 어제 와이번 떼가 떠날 때까지 자네 측과 같이 싸웠지."

"감사드립니다." 캣이 말했다. "누구나 같은 일을 하진 않았을 겁니다."

데그렌시는 고개를 끄덕였다. "분명히 말해두지만, 다른 사람들이 우호적이기를 기대하지는 말아라. 특히 라이더들은 무리다. 잠재적인 동맹이 썩 인기를 끌고 있진 않다." 데그렌시 중령은 나에게 주의를 돌렸다. "너희 어머니 소식에는 우리 모두 애통했다. 그분은 정말 뛰어난 지휘관이었어."

"고맙습니다. 어머니도 그 점에 자부심을 가지셨죠." 나는 괜히 손을 움직여 배낭끈을 바로잡았다.

그가 고개를 끄덕였다. "부탁인데 자네 드래곤들은 보이지 않는 곳에 있었으면 좋겠군. 둘 다 강력한 무기지만, 큰 과녁이기도 해. 적이 집단 공격으로 둘을 우리 군에서 떨어뜨릴 기회로 삼을 수도 있다. 그리고 보호막을 유지하려면 무기고에서 단검을 더 꺼낼 여력이 없어. 테른이 이미 눈에 띄었다면 우리가 할 수 있는 일이 별로 없겠지만, 가능성을 키우는 일은 피하도록 하지."

"네, 알겠습니다."

"내가 동의하는 건 어디까지나 네 안전을 위해서다." 테른이 중얼거리더니 인간에 대한 욕 같은 말을 덧붙였다.

"중령님!" 넝마가 된 가죽옷을 입은 라이더가 정문에서 외쳤다. "중령님이 필요합니다!"

데그렌시는 그 라이더에게 고개를 끄덕인 뒤, 우리를 다시 보았다. "난 너희가 무슨 짓을 해서 에이토스의 화를 돋웠든 별로 관심이 없다. 전쟁에서 싸우기만도 너무 바빠서 생도들을 가르칠 여력도 없지." 그는 주위의 폐허를 가리켰다. "그러니까 어디든 잘 만한 곳을 찾아서 자라. 휴식을 취해. 그런 다음엔 어디든 쓸모 있는 곳에서 일을 거들어라." 우리 옆을 떠나서 정문으로 향할 때 보니 중령은 조금이지만 확실히 다리를 절고 있었다.

우리를 지나치는 병사와 라이더들은 의문 어린 시선을 던졌고, 그중에 몇몇은 노골적인 적개심이 담겨 있었다.

"여기 라이더들 대부분이 기꺼이 우리 등에 칼을 꽂을 거라는 걸 알면서 어떻게 자라는 거야?" 메런이 물었다.

"돌아가면서 망을 볼 수도 있지." 트레이거가 밝은 갈색 머리에서 깃털을 집어내며 제안했다. "난 좀 자고 나면 힐러들을 도울 거야."

"저쪽에서 받아들인다면 말이지." 캣은 검은색 전투복을 입은 대위 하나가 안마당 저편에서 우리를 노려보는 모습을 보며 팔짱을 꼈다. "저놈들은 감사의 의미로 네 등에 칼을 꽂을지도 몰라."

"바이올렛?" 리가 내 쪽을 보았다. "네가 이 기지를 제일 잘 알잖아."

내 시선은 남서쪽 망루로 향했고, 지친 미소가 내 입꼬리를 잡아당겼다. 수백 킬로미터를 떨어져 있어도 제이든은 여전히 나를 돌보고 있었다. 스스로는 알지 못하겠지만. "우리가 안전하게 쉴 곳을 알아."

찾을 수가 없어. 침대 발치에 놓인 나무 궤짝에서 이 물건, 저 물건을 꺼낼수록 당황과 공포가 쌓인다. 시간이 갈수록 절박함이 더해진다.

여기 있어야 하는데.

옆얼굴을 태우는 열기와 함께 내 방 창문을 뚫고 푸른 화염이 터지는 바람에 몸이 팽개쳐진다. 날아간 몸이 전신 거울에 부딪치면서 유리 조각이 우수수 쏟아져서 정수리를 찌른다. 엎드려서 궤짝으로 기어가는 사이에도 커튼에는 불이 붙고, 뒤쪽 복도에서는 비명이 울린다.

공황에 빠져서 근육이 굳어진다. 시간이 없는데, 그렇다고 그걸 두고 갈 순 없다. 내게 남은 건 그것뿐이야. 몸은 움직이라는 단순한 명령을 계속 거부한다. 이마에 땀이 맺히고, 불길은 내 침대까지 옮겨붙는다.

"뭐 하는 거야?" 겨우 궤짝에 이르렀을 때 뒤에서 누가 외쳤지만, 돌아볼 시간이 없다. 그걸 찾기 전에는 안 된다. 베개, 여벌 담요, 아버지가 보내줬던 책들… 다 던져버린다. 공양물처럼 불 속에 다 던져버리고, 바닥을 모를 궤짝 안을 파고든다.

"가야 해!" 캣이 내 옆에 무릎을 꿇는다. "놈들이 이미 복도를 점령했어. 어서 날아가야 해!"

"그걸 찾을 수가 없어!" 소리를 지르려고 하지만, 목소리가 거의 나오지 않는다. 왜 소리를 지를 수가 없지? 잔혹함에 대한 격분, 다가오는 파멸에 대한 끝없는 불안 때문에? "먼저 가! 따라갈게."

"널 두고는 못 가!" 캣이 내 어깨를 잡는데, 얼굴 절반은 숯검정이고 다갈색 눈동자에는 공포의 눈물이 고여 있다. "나보고 그러라고 하지 마. 난 못 하니까."

"넌 살아야 해." 나는 팔을 뿌리치고 궤짝 안을 뒤진다. "그 사람도 널 선택할 거야. 분명히 그럴 거야. 넌 티렌더의 장래 여주인이고, 백성들에겐 네가 필요해."

캣은 왕관을 잃지 않았어. 자기 것을 손에 넣으려고 싸우겠지.

"나에겐 네가 필요해!" 포효하는 열기가 우리의 등을 덮치자 캣은 숨을 들이켜고 나를 감싼다. 나무가 쪼개지고 갈라지는 소리가 나더니, 열기가 변하면서 사방에서 우리를 향해 다가온다.

"그냥 또 하나의…." 손가락이 드디어 작은 그림을 움켜쥔다. 그림에 담긴 우리 가족의 장난스러운 금갈색 눈동자와 부드러운 미소를 보고, 가슴팍에 끌어안는다. "찾았어!"

캣이 나를 일으켜 문 쪽으로 끌고 가는데, 침대 가로대가 무너지면서 둘 다 화들짝 놀란다. 불똥이 날려 내 손을 태우고, 그림은 손에서 미끄러져 바닥에 떨어지면서 불이 붙고 만다.

"안 돼!" 비명을 지르는 나를 캣이 뒤로 잡아끌고, 불길이 초상화를 먹어 치운다. 이제 그건 단순히 그림이 아니다…. 내 부모, 내 가족이다. 가족이 불타고 있다.

"그만!" 구해달라는 가족의 비명과 눈물에도 끌려가는 내 목구멍에서는 말이 제대로 나오지 않는다. "안 돼! 안 돼!"

나는 벌떡 일어나 앉아서 숨을 몰아쉬었다. 그러고는 빠르게 눈을 깜박여서 악몽의 잔재를 떨어냈다. 목덜미에서 땀이 흘러내렸다.

창문으로 늦은 오후 햇살이 흘러들어와 제이든의 침실이었던 방을 밝혔다. 제이든과 나만 통과할 수 있도록 보호막을 쳐놓은 방 말이다. 나는 쿵쾅거리는 심장으로 잠든 대대원들의 얼굴을 훑어보았다. 다행히 제이든은 이 방에도 바스지아스에 있는 내 방과 똑같은 보호막을 쳐놓았기에, 내가 대대원들을 한 명씩 안으로 들일 수 있었다.

트레이거는 가방을 베개 삼아 문 앞에서 잤고, 리독은 1미터쯤 떨어진 곳에서 단검을 손끝에 둔 채 자고 있었다.

"바이?" 리가 일어나 앉아서 눈을 비비며 속삭였다. "괜찮아?"

나는 메린과 캣이 방 한가운데 급조한 잠자리에 등을 맞대고 옹송그려 누운 모습을 보며 고개를 끄덕였다. 다 있었다. 불이 나지도 않았다. 임박한 위험도 없었다. 소여가 보고 싶긴 하지만, 또 소여가 위험한 상황이 아니라서 기쁘기도 했다. 그런 꿈을 꾸다니, 평온하게 잠들기엔 전선이 너무 가까웠나 보다. "그냥 악몽이야."

"아." 리는 자리에 다시 누웠고, 나는 땀에 젖은 채 제이든의 베개에 쓰러졌다. "바스지아스? 나도 가끔 꿔."

"그런 것 같아." 제이든이 여기에서 잔 지 몇 달이나 지났지만, 리 쪽으로 고개를 돌리려니 베개에서 그의 민트향이 살짝 나는 것 같았다. 나는 작은 소리로 말했다. "하지만 캣이 있었고, 내가 우리 가족 초상화를 찾으려고 했는데, 뭔가 이상했어. 그러다가 초상화가 불탔고…." 나는 한숨을 내쉬었다. "우리 어머니가 진짜 불타올랐다는 점을 생각하면 말은 되지."

리가 얼굴을 찡그렸다. "유감이야."

나는 꿈을 떠올리며 살짝 코웃음을 쳤다. "그리고 내가 캣에게 넌 꼭 살아야 한다고, 네가 티렌더의 장래 여주인이라고 했지 뭐야."

리가 눈을 크게 뜨더니, 손으로 입을 틀어막고 웃었다. "그거 진짜 악몽이네."

"그러게." 미소가 사그라들었다. "네가 악몽을 꿀 때는 뭐가 나와?"

리는 머리를 덮은 검은 비단 조각을 매만졌다. "보통은 네가 소여를 구하지 못하고, 난 판단을 잘못하는 바람에 빠르게 소여에게 가지 못하고…."

"너희 둘, 별로 조용하지 않거든." 리독이 중얼거렸다. "몇 시야?"

"일어날 때가 됐지." 리가 대답했다.

나머지 대대원들이 꿈틀거렸고, 우리는 차례로 욕실을 쓴 다음에 뭐든 도울 태세로 복도에 나갔다. 제이든의 방문을 닫는데 소령 계급장을 단 여성과 대위 계급장을 단 남성이 우리 쪽으로 다가왔다. 걸음걸이나 눈빛이나 지칠 대로 지친 상태였다.

"메이즈가 그러는데 한 시간도 안 남았다는군." 소령이 손에 붕대를 감으면서 말하더니, 눈을 가린 짧은 금발을 걷어냈다. "느닷없이 튀어나왔어."

메이즈, 분명히 아는 이름인데.

"그라임의 짝이다." 테른이 일깨워줬다.

맞아. 둘이 반려가 된 지 수십 년이 지나서 테른과 스게일보다 먼 거리까지 소통할 수 있지.

"우린 너무 얇게 퍼져 있어요." 뺨에 꿰맨 자국이 있는 대위가 고개를 저었다. "그쪽이 영리하다면 이미 뉴홀을 대피시켰을 겁니다."

우리는 두 사람이 지나갈 수 있게 벽에 붙었다.

음, 메런만 빼고. 메런은 두 사람 앞을 가로막았다. "죄송하지만, 뉴홀이라고 하셨습니까?"

"그래." 대위는 쓴 것이라도 먹은 듯한 얼굴로 대답했다.

"뉴홀을 왜 대피시키죠?" 메런이 이마에 주름을 잡고 서둘러 물었다.

두 장교는 알겠다는 표정으로 서로를 보았고, 우리들은 벽에서 몸을 떼어냈다. 캣은 잽싸게 트레이거 뒤를 지나서 메런 옆으로 갔다. "그 지역은 공격받고 있어. 베닌이 그렇게 작은 마을을 겨냥하다니 이상한 일이지만, 척후병들이 연기를 봤다고 보고했다."

메런이 숨을 들이켰고, 캣은 친구에게 팔짱을 꼈다.

"거기 아는 사람들이 있나?" 소령의 말투가 부드러워졌고, 눈에는 연민이 어렸다.

메런은 입술을 꾹 깨물고 고개를 끄덕였다.

"얘네 가족이 그리로 달아났어요." 캣이 대답했다. "여기에서 30분도 안 걸리는데, 우리 군이 그리로 날아가나요?"

"우리?" 대위는 우리를 차례차례 보다가 내 머리카락을 잠시 보더니 캣에게 대답했다. "우린 잠도 자지 못한 채 부족한 숫자로 부대를 운영하고 있고, 이번 주에만 라이더 한 명을 잃었다. 우리 드래곤 절반은 북쪽을 순찰하고 있고 나머지 절반은 소진되기 직전이니, 가혹하게 들릴지 모르지만…." 그는 소령에게 내가 해석할 수 없는 눈빛을 던졌다. "그 마을은 부대에 사상자가 더 나올 위험을 무릅쓰기엔 너무 작아."

숨을 쉴 수가 없었다.

"그러면 그냥 죽게 내버려둡니까?" 트레이거의 목소리가 커졌다. "왜죠? 포로미엘 사람이라서요?"

"포로미엘 사람이라서는 아니다. 우리가 도울 수 없기 때문이지." 소령의 말이 점점 무뚝뚝해졌다. "우리 모두가 번개를 휘두르진 못하거든." 그녀는 나를 흘긋 보았다. "우리가 큰 마을을, 도시를, 인구가 더 많은 곳을 구하고 싶다면 불운한 전쟁에서 마을 몇 개는 잃는다는 것도 알아야지. 너희가 3학년에 전략이라는 개념을 이해하지 못한다면, 졸업한 뒤 빠르게 배우게 될 거다." 두 사람은 메런과 캣 옆을 돌아서 무거운 걸음으로 멀어졌다.

"재들이 졸업할 때까지 우리가 살아 있을진 모르겠지만 말이죠…." 대위의 목소리가 멀게 들렸다.

"우리 가족이 거기 있어." 메런이 일그러진 얼굴로 속삭였다. "왜 우리 부모님은 졸라가 무너졌을 때 남쪽으로 가지 않은 거지? 코딘에서는 안전했을 텐데. 아니면 드레이터스로 돌아갈 수도 있었을 텐데."

"진정해." 캣이 메런의 팔을 문질렀다. "분명히 빠져나오실 거야."

메런은 격하게 고개를 흔들었다. "이미 돌아가셨다면?"

속이 뒤틀리는 기분으로 리를 쳐다보았다. "테른과 내가 대대와 따로 움직인다면 30분도 안 걸려서 날아갈 수 있어."

"우리가 전투를 본 적이 없는 것도 아니야." 캣이 덧붙였다. "우린 클리프스베인에서 싸워서 빠져나왔어."

리가 몸을 굳혔다. "에이토스가 8조를 적용했으니 법적으로는 괜찮을지 몰라도, 우리가 모르는 게 너무 많아." 리는 혼자 중얼거렸다. "베닌의 숫자는? 와이번의 수는? 하지만 민간인들이…."

"이봐, 우리가 싸워야만 싸움이 되는 거잖아." 리독이 플라이어들을 보았다. "임무 범위를 좁히자. 우린 메런의 가족을 빼낸다. 최대한 많은 민간인을 구하고 빠져나온다."

"뭘 상대할지도 모르면서 그냥 갈 수는…." 리가 반론하는데 캣이 말을 끊었다.

"우린 바스지아스를 지켰어."

리가 입을 다물었다.

미라와 브레넌이 위험에 빠졌다면 나는 갔을 것이다. 특히 조금 전의 악몽이 생생하게 남아 있으니 더 그랬다. 하지만 내가 아니라 리가 대대장인 이유가 있었다.

"투표하자." 내가 제안했다. "나도 알겠어. 우리에게 교전 지역으로 들어가라고 명령하는 건 재앙일 수도 있고, 심지어 우린 생도에 불과해. 그러니 투표하자고. 레손에서도 그렇게 했어."

그때 리암과 솔레일이 돌아오지 못했다는 이야기는 아무도 하지 않았다.

리는 고개를 끄덕였다. "찬성하는 사람은…." 모두의 손이 올라갔다. 리도 포함이었다. 그녀는 한숨을 내쉬었다. "데그렌시 중령님이 우리보고 알아서 도우라고 했지. 쓸모 있는 일을 하러 가자."

10

날씨는 전투의 강력한 평형추로, 상황에 따라 교전국 모두에게 똑같이 불리하거나 유리하다. 날씨를 우리에게 유리하게 장악할 능력자가 없다면, 우리는 날씨에 휘둘리기만 할 것이다.

_ 콘스턴스 카라 소령, 《용병술: 현대 공중 전투 지침》

40분 후, 테른과 내가 눈 덮인 능선 사이로 수백 미터를 급강하하여 스톤워터 강을 품은 따뜻한 계곡으로 내려가는 사이에 해가 사라졌다. 이 무렵이면 언제나 해가 정말 빨리 졌다. 혈관에 마력이 진동하며 심장이 뛸 때마다 차올랐다가 가라앉기를 반복했다. 보호막 너머에서는 마법이 얼마나 제멋대로인지 거의 잊고 있었다. 테른의 마력은 무한한 것 같았고, 내가 건너본 적도 없는 대양보다 더 깊었으며, 우리 위에 펼쳐진 광활한 하늘보다 더 넓었다.

"메이즈가 우리가 떠나는 모습을 봤다." 테른이 날개를 접으면서 경고했다. 테른이 곤두박질치며 현기증 나는 속도로 지형을 따라 날자 나는 위가 튀어 오르는 기분이었다. *"메이즈가 즉시 돌아오라는 명령을 전달하고 있구나."*

"무시할 수 있어요?" 우리는 다른 드래곤들보다 5분은 너끈히 앞섰

고, 그리폰들보다는 10분을 앞서 있었다. 그리폰들 사이에는 제발 남아 있으라는 내 부탁을 듣지 않은 앤다나도 있었다.

"난 메이즈의 지시를 받지 않는다." 테른은 강 위를 수평으로 날았고, 탁월한 순풍 덕분에 속도를 유지할 수 있었다. 날개가 어찌나 물 가까운 곳을 때리는지, 물굽이 주위로 곡선을 그릴 때는 물보라가 나에게까지 튈 것 같았다. 몇 달 후면 이 강은 봄에 녹아내린 얼음물로 불어나, 급격한 고도 때문에 안 그래도 예측이 안 되는 이 지역 날씨와 합쳐져서 대륙에서 가장 위험한 강이 될 것이다.

앞쪽에서 연기가 뭉게뭉게 피어오르며, 머리 위 먹구름에 합세하는 동시에 아래 마을을 억눌렀다. 아드레날린과 공포가 밀려들며 심장이 펄쩍 뛰었다. *"앞이에요."*

"그래, 나도 눈이 있다. 5분 남았다." 테른이 물에 깎인 계곡의 병목 지점을 통과하기 위해 오른쪽으로 몸을 기울였고, 나는 안장 끈 덕분에 제자리를 유지하면서 몸무게만 한쪽으로 쏠렸다.

일단 병목 지점을 통과한 후에 나는 장갑을 벗어서 오른쪽 앞주머니에 밀어 넣고, 생명의 흔적이 있는지 급류 양쪽을 살폈다. *"속도 좀 늦춰 줘요. 저게 사람인지 나무인지 못 알아보겠어요."*

"빨리 가자더니, 정작 그렇게 해주니 불평하기는." 말은 그랬지만 테른은 풍경이 고원지대로 바뀌는 가운데 속도를 늦췄다.

"그 사람들이 택할 만한 합리적인 길은 여기밖에…." 나는 강 남쪽 둑에서 우리 방향으로 올라오는 민간인들을 발견했다. *"저기예요!"*

"페이그에게 전달했다. 계획대로 그리폰들과 앤다나는 저기에 먼저 멈출 거다." 테른은 그렇게 말하더니 다시 속도를 올렸다. *"1분이다. 준비해라. 기압이 떨어지고 있다. 우린 폭풍을 향해 날고 있어."*

과연, 도관을 잃어버리지 않기 위해 가죽 끈에 손목을 밀어 넣는데 귀가 먹먹해졌다. 나는 재빨리 비행용 후드 단추를 풀고, 따스한 바람에 후드가 뒤로 날려서 앞이 잘 보이는 상태로 연기와 화염에 휩싸인 계곡으로 날아갔다. 서쪽 벽에 난 문으로 민간인들이 달아났고, 밀려드는 매캐한 연기 냄새가 테른이 날개를 칠 때마다 독해졌다.

연기 기둥에서 어떤 형체가 튀어나왔고….

"와이번!" 나는 왼손에 도관을 쥐고, 테른의 마력으로 통하는 문을 열어젖혀서 졸졸 흐르던 물이 콸콸 쏟아지게 만들었다. 마력이 나를 감싸면서 화염이 혈관을 달리고 남은 불이 내 뼈를 태우는 가운데 도관이 넘치는 힘을 흡수하여 빛났다.

"네가 휘두를 마력 이상으로 채널링하지 말아라!" 테른이 경고하는 사이, 와이번은 우리를 향해 똑바로 날아왔다. 회색의 가죽 날개에 구멍이 벌집처럼 나 있었다.

"난 괜찮아요." 내가 첫 방에 맞히지 못한다면 저놈의 악취 나는 이빨이 테른에게 닿겠지. 나는 바람에 맞서서 똑바로 앉고, 복부에 힘을 주어 흔들림 없는 몸으로 오른손을 들어 올린 다음, 와이번을 겨냥해서 딱 소리 나게 마력을 풀었다.

번개가 치면서 머리 위 하늘을 잠시 밝히더니 하늘을 찢고 날아가서 와이번의 가슴을 때렸다. 와이번은 비명을 지르며 떨어졌고, 테른이 그놈의 머리 바로 위를 지나친 덕분에 살점이 타는 냄새까지 맡을 수 있었다.

한시름 놓을 겨를도 없이 와이번 두 마리가 연기를 뚫고 튀어나왔다.

우린 수적으로 열세였고, 테른이 더 크기는 하지만 놈들이 더 빨랐다.

"고지로." 테른은 먼저 경고하고는 오른쪽으로 몸을 기울여 마을을 뒤에 두고 하늘로 올라갔다.

나는 안장 끈이 허용하는 한도까지 몸을 돌리고 손을 들어 올리면서 내 안에 모이는 에너지의 불타는 느낌을 환영했지만…. *"놈들이 벌써 왔*

어요!"

테른을 위험에 빠뜨리지 않고 공격하기엔 너무 가까웠다.

둘 중에서 큰 쪽 와이번이 거대한 입을 열어 피 묻은 이빨을 드러내더니, 폭발적인 속도로 날아오면서 혀를 말았다. *"테른!"*

테른이 날개를 비스듬히 내리면서 바람을 받았고, 내 몸은 갑작스레 속도가 줄어드는 반동에 앞으로 쏠렸다. 그리고 테른이 육중한 꼬리를 휘둘렀다. 와이번은 턱 아래 절반을 잃은 채 피를 흩뿌리며 오른쪽으로 빙글빙글 떨어졌다.

완전히 몸을 돌릴 수는 없었지만 나는 아직 우리 뒤를 쫓고 있는 와이번을 최대한 겨냥해서 마력을 풀었고… 빗나갔다.

"젠장." 안장에 손을 뻗었지만….

"그 벨트를 풀었다간, 널 강 위에 떨궈버리고 네가 믿는 그 변변찮은 신들이 알아서 하라고 놔둘 거다." 테른이 경고하더니 몸을 왼쪽으로 기울여서 완벽한 시야를 제공했다.

나는 다시 번개를 치면서 손동작으로 방향을 안내했고, 이번에는 제대로 맞혀서 와이번의 머리통을 목에서 분리시켰다. *"맞혔어요!"*

좋았어.

하지만 방금 세 마리의 와이번이 정찰용이 아니라면 근처에 놈들을 만든 자가 있을 것이고, 불타는 마을을 보아서는 확실히 그랬다. 나는 몸을 기울여서 아래쪽에 집중했다. 이렇게 높은 곳에서 보니 마을의 경계선이 뚜렷했다. 절반은 마력을 다 빨려서 색채를 잃었고, 마을 중앙에는 펄럭이는 자주색 로브 차림의 인물이 은빛 머리를 바람에 휘날리며 서 있었다.

그 여자야. 잭의 감옥에서 보았던 베닌. 도관을 쥔 손에 힘이 들어갔다.

그 여자는 우리 쪽을 보더니, 손을 들어 올리고 마치 손짓하듯 손가락을 까닥였다. 속이 메스껍고 답답해졌다. *"아무래도… 저게 우리가 올 줄 알았나 본데요."*

이건 함정이야.

그리고 우리는 함정에 정통으로 날아들었다. 그걸 깨달으니 심장이 내려앉았지만, 그렇다 해도 메런의 가족이 위험하다는 사실이 달라지진 않았다.

"위!" 테른의 외침에 위를 올려다보니 소용돌이치는 폭풍 속에서 와이번 두 마리가 나타났다.

손을 올렸지만, 시간이 없었다. 놈들은 이미 가까이 다가왔다.

테른이 꼬리를 앞쪽 아래 방향으로 때리면서 내가 한 번도 경험한 적 없는 방식으로 몸을 돌렸고, 나는 위장이 목에 처박히는 느낌으로 고꾸라졌다. 땅이 하늘의 자리를 대신하며, 허벅지를 꽉 조인 안장 끈이 거꾸로 떨어지는 나를 붙들었다. 심장이 귓가에서 두 번 뛸 동안의 찰나였다.

뚝 소리를 내며 뼈가 부서지는 소리가 나고, 테른이 목이 부러진 와이번의 시체를 끌고 오른쪽으로 몸을 기울이다가 수평이 되자 놓아버렸다. 나는 위장을 제자리에 억지로 돌려놓고 우리를 향해 돌진하는 또 한 마리에게 번개를 때릴 준비를 했다.

와이번이 테른의 어깨에서 얼마 떨어지지 않은 곳에서 이빨을 딱 부딪쳤고, 덕분에 내 수명이 2년은 날아갔다. 나는 팔을 뻗어….

"하지 말아라!" 테른의 지시가 끝나자마자 내 시야를 가로막으며 나타난 에오트롬이 와이번의 머리통을 물어뜯고 스쳐 지나갔다.

야수처럼 울부짖는 바람 소리가 모든 소리를 먹어 치웠고, 테른은 급격히 몸을 기울이며 단숨에 방향을 돌렸다. 그 급격한 기동을 몸으로 흡수하느라 내 얼굴은 흉하게 일그러졌고, 방향을 돌려 전투로 돌아가는 동안 의식을 잃지 않으려고 애써야 했다.

에오트롬의 꼬리가 굽이쳐 올라가더니 독을 품은 가시가 와이번의 배를 찔렀다. 나는 눈을 껌벅였다. 전갈 꼬리라고?

에오트롬이 아니네.

"크라드다." 테른이 설명하는 사이에 와이번은 그 드래곤의 발톱에서 떨어졌다.

"개릭이 대체 여기서 뭘…."

"회오리바람이다!" 테른이 경고하기가 무섭게 내 폐에서 공기가 다 빠져나갈 정도로 거센 바람벽이 들이닥치더니 우리를 바람의 소용돌이 속으로 끌고 들어갔다.

우리는 헝겊 인형처럼 팽개쳐졌고, 폭풍의 포효가 내 모든 뼈마디를 진동시켰다. 테른이 날카로운 소리를 내며 날개를 접었고, 나는 공포에 굳은 근육으로 폼멜을 꽉 잡고 고개를 숙였다. 온갖 잔해들이 날아다녔고, 우리는 무게라곤 나가지 않는 존재처럼 빙글빙글 돌고 있었다.

말렉이시여, 전 아직 당신을 만날 준비가 안 됐는데요.

"바이올렛!" 앤다나가 외쳤다.

"안 된다!" 거의 수직으로 돌면서 테른이 외쳤다.

"물러나!" 나는 빽 소리를 질렀고, 원심력을 받아 바깥쪽으로 내던져지자 두려움이 염산처럼 뼛속을 태웠다. 앤다나가 여기 휘말려선 안 돼. 우리를 죽이고 앤다나의 목숨까지 빼앗을 가능성이 컸다.

우리는 발사된 돌처럼 폭풍에서 내던져져서 허공을 뚫고 뒤쪽으로 날아갔다. 산비탈 쪽 같았다. 테른이 폭발하듯 날개를 펼치면서 속력을 유성이 떨어지는 비현실적인 수준에서 그나마 치명적인 수준으로 늦췄는데, 너무 갑작스러운 움직임에 내 머리가 홱 젖혀지고 귀가 울렸다. 테른이 내 갈비뼈까지 뒤흔드는 포효와 함께 날개를 완전히 접고 몸을 비틀려고 애썼다.

테른의 옆구리가 먼저 부딪쳤다. 그 충돌에 나는 기절할 뻔했고, 주위에서는 쩍쩍 소리를 내면서 바윗돌들이 떨어져 나갔다. 뭔가가 내 무릎을 때리더니 테른의 날개가 내 위로 펼쳐진 직후에 두 번째 충돌음이 들렸다.

연결이 끊어졌다.

아… 안 돼.

"테른!" 목구멍에서 비명이 터져나왔다. 공포심에 모든 근육이 경직했고, 오직 한 가지 생각밖에 나지 않았다. 테른이 죽을 순 없어.

우리는 볼품도 없고 힘도 없이 산비탈을 미끄러져 내려갔다. 시야가 막혀 있으니 비늘이 돌을 긁는 소리만 들리고, 장애물에 부딪쳤다가 계속 떨어질 때의 진동만 느껴졌다.

"테른!" 나는 다시 시도했다. 정신으로 테른을 붙잡아보려고 했지만… 아무것도 없었다.

"바이올렛, 테른을 느낄 수가 없어!" 앤다나가 외쳤다.

"물러나!" 나는 그 말만 반복했다. 우리는 떨어지고 떨어지고 또 떨어졌다. 우리 아래에 절벽이 있는 건가?

폭풍에 대한 테른의 경고에 주의를 기울였어야 했는데. 테른은 괜찮을까? 혹시나….

"그런 생각하지 마!" 앤다나가 울부짖었다.

같이 곤두박질치는 동안에도 내 심장은 스타카토로 울려댔고, 나는 폼멜에서 손을 떼어 테른의 비늘에 손바닥을 댔다. 숨 쉬는 것을 느낄 순 없지만, 그렇다고 숨을 안 쉰다는 건 아닐 거야. 테른은 괜찮을 거야. 괜찮지 않다면 내가 느끼겠지. 안 그래? 공포가 목을 틀어막으려 했다. 테른이 이렇게 끝날 순 없어. 우리가 이렇게 끝날 수는.

리암은 데이가 숨을 멈추고 나서 몇 분밖에 살지 못했지만, 미리 알긴 알았잖아.

"넌 꼭 살아야 해." 나는 다급하게 앤다나에게 간청했다. *"넌 너희 종족의 유일한 드래곤이야. 넌 살아야 해. 우리에게 무슨 일이 일어나더라도."*

맙소사, 제이든은.

"내 곁에 있어줘." 앤다나가 갈라진 목소리로 애원했다. *"둘 다 내 곁에 있어야 해."*

우리는 길고 긴 1초 동안 자유낙하했다. 위장이 솟구치는 느낌 속에서 나는 마지막 숨을 준비했다.

땅이 다시 한번 거칠게 우리를 끌어안았고, 이번에는 우리도 서서히 멈췄다. 테른의 날개가 열렸고, 나는 땅바닥 위에 90도 각도로 매달려서 흙먼지 가득한 공기를 들이마셨다. 테른이 옆으로 쓰러져 있었다.

이 각도에서는 테른의 머리를 볼 수가 없었기에, 나는 차단벽을 모조리 내리고 온 힘으로 테른에게 마음을 뻗었다. 우리의 마음이 연결되어야 할 곳에는 반짝이는 실 같은 것만 있었지만, 그것만으로도 나는 희망에 넘쳤다. 뒤에서 뭔가 굉음이 나는데도 그 생각에만 몰두했다. 반짝인다는 건 테른이 죽지 않았다는 거야. 내 심장이 뛴다는 건 테른이….

테른의 가슴이 크게 흔들리더니 깊고 안정적인 패턴으로 숨을 쉬기 시작했다.

신들이시여, 고맙습니다.

"테른이 숨을 쉬어." 나는 앤다나에게 말했다.

"소른게일!" 내 쪽으로 뛰어오는 발소리가 들렸다.

"여기야!" 안장 벨트와 씨름하면서 자세를 유지하느라 복근에 엄청나게 힘을 주어야 했다.

3미터쯤 아래에 가슴을 들썩이면서 나타난 개릭은 후드가 뒤로 넘어가고, 오른쪽 머리털 언저리에서 피가 떨어지는 몰골이었다. "살아 있구나." 개릭이 무릎에 두 손을 얹고 몸을 앞으로 숙이는데, 숨을 고르는 건지 토하려는 건지 알 수가 없었다. "고맙습니다, 던이시여. 테른은?" 그는 다시 고개를 들고 나를 잽싸게 살피더니 얼굴이 창백해졌다.

"기절했… 왜 그래?" 내가 물었다.

"네 무릎이 엉망진창이야."

다리를 내려다보자 목구멍으로 비명이 솟구치고, 마치 내가 얼마나 엉망이 됐는지 볼 수 있기만 기다린 것처럼 통증이 들이닥쳤다. 오른쪽 무릎은 비행복이 찢겨나갔고, 슬개골이 원래 있어야 할 자리에 없다는 사실을 깨닫자 입에 침이 고이면서 쓴물이 빠르게 올라왔다. 타는 듯한 통증이 심장박동에 맞춰서 파도쳤다.

"부러진 건가?" 개릭이 물었다.

나는 몇 초를 들여서 내가 감당할 수 있는 상자 안에 통증을 밀어넣는 데 집중한 후, 애써 발가락을 하나씩 움직여보았다. "그냥, 탈구, 같아. 고칠, 수가 없어." 숨을 쉴 때마다 구역질이 밀려왔다. "이 각도에서는."

개릭이 고개를 끄덕였다. "떨어져. 그러면 내가 받을게. 땅바닥에서 해결하자."

"크라드는?" 나는 단단한 벨트를 붙잡으며 물었다. 내 몸무게 때문에 망할 놈의 버클이 꽉 다물린 상태였다.

"천천히 의식이 돌아오고 있어." 개릭이 어깨 너머를 돌아보았다. "고집스럽게도 몸을 돌려서 배로 충격을 받아냈지. 내 목숨은 구했지만, 반쯤 떨어지다가 튀어나온 바위에 부딪쳐서 의식을 잃었어."

테른도 그랬을 것이다. 내가 들은 두 번째 충돌음이 테른의 머리가 부딪치는 소리였겠지.

젠장. 그 은발의 베닌이 여기 어딘가에 있는데, 두 드래곤 모두 우리 말고는 무방비한 상태나 다름없었다. 다른 친구들이 도착할 때까지는 그

렜다. "날 떨어뜨렸다간 얼굴을 걷어찰 거야." 나는 아픔 속에서 이를 악물었다. 난 오늘 죽지 않아. 그리고 테른도 안 죽어.

"솔직해지자. 그 무릎으로는 아무도 걷어차지 못할걸." 개릭이 두 팔을 들어 올렸고, 나는 그 자리에 제이든이 서 있었으면 좋겠다는 더없이 비합리적인 갈망에 사로잡혔다. "어서, 바이올렛. 날 믿어."

나는 몸을 들어 올리고, 폼멜을 밀면서 몸무게를 덜어낸 다음, 버클에서 가죽 끈을 빼내고 돌덩이처럼 떨어졌다. 개릭이 나를 받는 순간에 참고 있던 비명이 터져 나왔다. 충돌 때문에 쏟아져 나온 시뻘건 통증이 세상을 뒤덮었다.

"내가 끼울까?" 개릭은 최대한 조심스럽게 나를 받쳐 안고 물었다.

내가 고개를 끄덕이자 개릭은 재빨리 나를 세우고, 똑바로 설 수 있게 내 허리를 감싼 채로 무릎을 꿇었다. 등에 멘 장검의 두 자루의 칼집이 손바닥만 한 우박돌을 끌면서 울퉁불퉁한 바닥을 긁었다.

"천천히 뻗어봐." 개릭은 헤이즐색 눈동자를 내 무릎에 고정시킨 채로 지시했다. 나는 고개를 돌리고, 다시 비명을 지르지 않으려고 재킷 옷깃을 꽉 물면서 다리를 폈다. "기분이 좋진 않을 거야. 미안해." 그는 사과하면서 내 슬개골을 제자리에 밀어 넣었다.

"미안해하지 마." 나는 겨우 숨을 헐떡였다. 통증이 그 즉시 내가 어느 정도 제대로 생각할 수 있는 수준으로 줄어들었다. "붕대가 배낭에 있어." 테른의 고른 숨소리를 듣다 보니 진정이 되긴 했지만, 왼쪽에는 테른의 검은 비늘만 보이고 오른쪽에는 화강암 덩어리만 보였다. 우리는 산비탈에 낀 상태였다.

개릭이 붕대를 찾은 다음, 내가 관절을 안정시키려고 최선을 다하는 동안 흔들리지 않게 잡아줬다. 시험 삼아 몸무게를 실어보니 통증이 피어올랐지만, 테른에게 일어날 수 있는 일에 비하면 별것 아니었기에 나는 붕대를 꽉 묶고 멀쩡하다고 생각하기로 했다. 힐러나 브레넌을 만날 때까지는 버틸 것이다. 하지만 그러려면 우선 살아서 여길 벗어나야 했다.

"잘하는데." 개릭은 몸을 약간 숙이더니 내 등에 한 팔을 걸었고, 나는 그의 어깨에 팔을 둘렀다.

"연습 많이 했거든." 우리는 날개를 밟지 않도록 조심하면서 테른의 등 옆으로 움직였다. 겨우 그의 꼬리에서 벗어나보니 회오리바람이 동쪽으로 가고 있었다.

"레손에서 입은 흉터 바로 위에 피가 나."

"잘됐네. 내 완벽한 얼굴의 반대쪽에는 상처 입히기 싫거든." 개릭이 농담했다. "내 걱정은 마. 몇 바늘 꿰매면 그만이야."

"친구들이 가까워졌어." 앤다나가 말했다. *"그쪽은 크라드가 너랑 같이 있는 줄 몰라. 나도 말 안했어."*

크라드가 드래곤들과 연결을 차단했다고?

"메런의 가족부터 찾으러 가라고 해. 너는 대체 일이 어떻게 돌아가는지 알게 될 때까지 그 자리에 가만히 있고."

확실히 툴툴거리는 느낌이 돌아오는 가운데, 나는 개릭의 도움을 받아서 휘청이며 걸어가서 테른과 크라드 사이에 섰다. 크라드는 턱에서 비늘이 몇 개 떨어져나간 듯한 모양새였다.

"친구들이 오고 있어." 나는 개릭에게 말했다. "그리고 그 베닌은 분명히 우리가 온다는 사실을 알고 있었어."

"그거… 멋지군." 개릭이 얼굴을 찡그렸다. "내가 거지같은 경우를 꽤 당해보긴 했는데, 그런 회오리바람은 처음이야." 개릭은 지평선을 훑으면서 말했다. 우리는 마을에서 남쪽으로 1.5킬로미터는 떨어져 있었다.

"나도야." 마을 위로 꾸준히 연기가 올라왔다. 테른의 마력에 마음을 뻗었지만, 예상한 대로 그동안 기대온 뜨거운 아카이브는 털털거리는 어둠이었다. "선배는 여기에서 뭘 하고 있었는지 말해볼래?"

"왔군." 개릭이 긴장하더니 마을 서쪽 끝을 쳐다보았다. 달빛 속에 페이그와 에오트롬이 날고 있었다. 키라레, 다쟈레, 그리고 트레이거의 그리폰인 실라가 바싹 뒤따랐는데, 모두가 각자의 라이더와 플라이어를 태우고 있었다. "메런의 가족, 맞지? 사파 소령이 전해줬어."

"그건 내가 여기 있는 이유고. 선배는 제이든과 있어야지." 개릭이 이미 아는 사실을 확인할 필요는 없었다. "8시간 떨어진 곳에."

"그래. 뭐, 제이든은 네가 위험 속으로 돌진했다는 말을 듣자마자… 비합리적이 되어서 말이야." 개릭의 턱 근육이 몇 번 불거졌다. 나는 그가 똑바로 설 수 있게 어깨에서 팔을 내리고, 오른쪽 무릎에 가해지는 압력을 최대한 덜기 위해 무게중심을 옮겼다. "제이든의 그런 모습은 처음 봤어."

개릭이 걱정스러운 눈으로 나를 보며 말을 이었다. "정말이야. 그 녀석이 여기 보호막 너머에 나오면 무슨 짓을 할지 생각도 하고 싶지 않아. 벽에서 돌을 뜯어내려는 줄 알았다고. 그 녀석은 언제나 통제력을 자랑스러워하고, 또 그만큼 큰 힘을 휘두르니 그래야 하는데…. 바이올렛 네가 국경을 넘는다는 말을 듣고는 바로 통제력을 잃었어. 녀석은… 원래의 그 녀석이 아니야."

가슴이 꽉 조였다. 몇 달 전에 내가 형제들과 코딘으로 날아갔을 때 제이든은 짜증을 내고 화를 내기도 했지만, 통제력을 잃는 것과는 거리가 멀었다. "에이토스가 우리를 여기로 보내서…." 개릭의 말을 이해하면서 하던 말이 사그라들었다. "내가 국경을 넘고 있다는 걸 알았다고? 메이즈구나." 나는 마지막 말을 속삭이면서 개릭의 옆얼굴을 올려다보았다. "선배는 어떻게 여기에 온 거야?"

"그건 중요하지 않아." 그는 왼손으로 장검을 뽑았다.

"메이즈는 40분 전쯤에 우리가 떠나는 걸 봤을 텐데, 선배는 이미 여기에 와 있었어. 선배는 바람 능력자지만, 시속 160킬로미터의 순풍으로 크라드를 밀 순 없어. 그러니까 여기엔 어떻게 온 거야?" 목소리와 함께 분노도 솟아오르더니, 천둥소리와 동시에 번개가 6미터쯤 앞을 때려서 땅바닥을 새카맣게 태웠다.

나는 화들짝 놀랐다가, 갑자기 움직이는 바람에 무릎이 아파서 얼굴을 찡그렸다.

"젠장, 소른게일. 그럴 필요까지는…." 개릭이 입을 열었다.

"내가 한 게 아니야." 나는 고개를 저었다.

"내가 했지."

고개를 오른쪽으로 홱 돌렸더니, 은발의 베닌이 자주색 로브를 바람에 휘날리면서 우리 쪽으로 걸어왔다. 그 여자는 테른의 뒷발을 몇 미터 거리에서 지나치면서도 그쪽은 쳐다보지도 않았다. 으스스한 붉은 눈은 오직 나를 보고 있었다. 나만을.

잠깐만. 저 여자가 뭘 했다고? 번개를 쳐?

얼굴에서 핏기가 빠져나갔고, 나는 앤다나의 마력을 끌어와서 차단벽을 올렸다.

던이시여, 저 여자가 번개를 휘둘렀어. 하지만 베닌은 고유 능력이 없을 텐데…. 하물며 내 고유 능력이라니.

두려움 때문에 심장이 땅바닥에 처박힌 상태였지만, 손은 빠르게 움직였다. 나는 단검 두 자루를 뽑아서 그 여자의 가슴에 날렸다.

그녀가 손을 왼쪽에서 오른쪽으로 흔들자 단검이 중간에 뚝 떨어졌다. "그게 나한테 고마워하는 방식이야?"

젠장. 메런이 준 그 작은 쇠뇌를 가져왔어야 했는데.

"네게 정확히 뭘 고마워하라는 거지?" 개릭이 장검을 들더니 내 옆으로 이동했고, 나는 다시 한번 테른의 마력에 마음을 뺏었지만 흐릿한 진동밖에 찾지 못했다.

"지금 두 번째 고유 능력을 발현해도 나쁘지 않을 텐데." 나는 다가오는 베닌을 보며 앤다나에게 말했다. 심장이 요란하게 뛰었다. 베닌이 땅에 손바닥을 대기만 하면 우리 넷은 순식간에 말라죽을 것이다.

"네가 내 마력을 어떻게 사용할지 내가 제어할 수 있을 것 같아?" 앤다나가 반문했다.

두 번째 고유 능력. 개릭 쪽으로 시선이 날아갔지만, 베닌이 느긋하게 우리 쪽으로 걸어오고 있으니 힐긋 보는 정도밖에 할 수 없었다.

"물론 너희를 죽이지 않은 것 말이지." 베닌이 고개를 옆으로 기울이더니 대놓고 나를 아래위로 품평하는 눈으로 보고 나서 3미터쯤 떨어진 곳에 멈춰 섰다. 이마에 새겨진 색바랜 문신 밑으로 두 눈 옆에 불거진 새빨간 핏줄을 보니 가장무도회의 가면이 떠올랐는데, 홍채를 둘러싼 붉은 빛이 잭의 열 배는 더 밝았다. 아마도 세이지급… 어쩌면 메이븐일지도 모른다. 그리고 영혼을 잃어버렸음을 나타내는 징후만 아니라면 놀라울 정도로 아름다웠다. 광대뼈가 높고 입술은 도톰했는데, 피부는 소름 끼치게 창백했다. "널 보호막에서 꾀어내기가 너무 쉬워서 실망했다는 말은 해둬야겠구나." 그녀는 쯧쯧 혀를 찼다. "그 여자애의 가족이 나를 향해 무기를 들어 올려서 유감이야. 안 그랬으면 살 수도 있었을 텐데." 그녀는 개릭에게 경고의 눈빛을 던졌지만, 개릭은 장검을 내리지 않았다.

'그 여자애의 가족….' 나는 주먹을 움켜쥐었다.

"네가 메린의 가족을 죽였어?" 그 여자 쪽으로 두 발자국을 옮기자 부츠에 돌조각과 얼음이 밟히는 소리가 났다. "나를 꾀어내려고?" 분노로 속이 꼬였다.

"부모만이야." 그 여자는 눈을 굴렸다. "남자애들은 선의의 표시로 남겨뒀지. 하지만 넌 내 와이번에 대해 같은 말을 할 수 없겠지?"

"선의?" 나는 고함을 질렀다. 메런이 비탄에 빠질 것이다.

"바이올렛." 개릭은 경고하면서도 내 걸음을 따라왔다.

"말투 조심하렴, 번개 능력자." 베닌이 손목을 털자 내 모든 악몽을 구역질나게 재현하며 개릭이 허공에 떠올랐다. 장검은 땅바닥에 떨어졌고, 개릭은 목을 할퀴어댔다.

"난 너에게 호기심이 있어. 그 모든 마력을 생각하면 원한다고까지도 인정하겠어. 효과적인 목줄이 되기도 할 거고 말이야. 하지만 저놈은?" 그녀가 고개를 저었고, 개릭은 발버둥을 치기 시작했다.

목줄. 잭이 나에게 했던 말과 똑같다. 제이든에 대해 아는 거다.

"개릭을 놔줘!" 나는 단검을 하나 더 뽑아 들고 모든 두려움을 밀어냈다. 내 눈앞에서 개릭이 당하는 꼴은 못 봐. "이게 널 죽이진 않을지 몰라도, 아프긴 지옥같이 아플걸."

"무기를 비교하진 말자." 그녀는 가볍고 투명한 자주색 로브 벨트에 차고 있던 단검에 손을 뻗더니, 딱 초록색 끝이 보일 만큼만 뽑았다. 숨이 멎는 것 같았다. "그런 적개심을 품고 시작하기엔 우리의 길이 너무 얽혀 있어. 알아. 네가 질문 하나만 대답한다면, '걷는 자'를 땅으로 돌려보낼게. 그만하면 우리 관계를 정중하게 시작하는 것 같지 않아, 바이올렛?"

"물어봐." 앤다나가 경계 상태로 우리 사이의 연결을 맴도는 느낌이 났다. 부디 우리 근처는 아니어야 할 텐데. *"친구들에게 경고해."*

"가고 있어." 좌절감 때문에 앤다나의 말이 날카로워졌다.

"넌 그자의 친구 목숨을 정보보다 소중하게 여기는군. 흥미로운데." 그녀는 단검을 다시 칼집에 꽂았다. "그나저나, 내 이름은 티오파니야. 내 이름 정도는 너도 아는 게 옳겠지. 난 너에 대해 모르는 게 없으니 말이야, 바이올렛 소른게일."

끝내주네. "잭 때문에?" 논리적인 설명은 그뿐이었다.

어깨를 으쓱이며 내 질문을 일축하는 모습을 보니 모레인 공작이 생각났다. "드래곤 하나와 계약하는 건… 선망의 대상이지. 네게 주어진 그 많은 마력만 봐도 말이야." 그녀는 입매를 팽팽하게 당겼다. "하지만 둘은 들어본 적도 없어. 넌 대륙 최고로 운 좋은 여자가 아닐까? 아니면 운 좋은 건 나일지도 모르겠군. 네 모닝스타테일이 이렇게 가까이 있으니 말이야."

"그게 네 질문이야?" 개릭의 발버둥이 점점 필사적이 되어가는 모습을 보니 손톱이 손바닥을 파고들었다.

"그건 그냥 관찰에 의한 의견이었고." 그 여자의 시선이 개릭 쪽으로 움직였다. "선의를 보이는 차원에서." 그녀가 손을 뒤집자 개릭이 내 옆에 떨어져서 씨근거리는 숨을 몰아쉬었다. "이제 말해봐. 어느 쪽이 널 먼저 선택했지? 너에게 하늘의 힘을 선사한 놈? 아니면 이리드?"

11

드래곤과 그리폰, 그리고 그들의 인간 사이에 이뤄진 계약이 새롭게 발전한 것에 다들 희망을 품고 흥분해 있지만, 나는 누가 마법의 균형이라는 본질에 대해 생각하길 멈춘 걸까 궁금하다. 우리가 휘두르려는 힘이 클수록 그에 맞서는 힘도 동등하게 커질 위험이 있지 않을까?

— 클리프스베인 요새 사령관 니랄리 일란이 바스지아스 포로수용소 부사령관 리라 마이켈에게 보낸 서한

"이리드라니?" 나는 눈을 깜박이며 무표정을 유지하려고 죽도록 애를 썼다.

"그래, 네 무지개 드래곤 말이야." 티오파니가 하늘을 살피다가 우리 뒤쪽을 찾는 사이에 개릭은 비틀거리며 일어나서 검을 쥐었다. "믿지 않는 자들도 있지만, 난 너희 군사학교에서 크림색 로브를 입은 학자들이 일곱 번째 종에 대해 소곤거리는 걸 듣자마자 알았지. 그렇게 서둘러 떠나야 했던 게 안타까워. 수백 년 동안 아무도 보지 못했는데, 난 정말… 그 드래곤을 보고 싶었거든." 그녀는 진홍색 눈으로 나를 마주 보며 위협하듯이 말했다.

앤다나. 공포가 등을 타고 올라오면서 머리가 어지러웠다.

"이리드." 앤다나가 속삭였다. *"맞아. 이제 기억 나. 우리 종족을 그렇게 불렀어. 난 이리드 스콜피언테일이야."*

"보호막으로 날아가!" 나는 머릿속으로 소리쳤다. *"저 여자는 나를 잡으려고 온 게 아니야. 널 원하는 거지."*

"난 널 버리지 않을 거야." 앤다나가 포효했다.

"대륙의 모두를 위해서 넌 살아 있어야 해. 제발 날아가." 내 손가락이 손목에 달린 도관을 스쳤지만, 테른의 마력 없이는 쓸모가 없었다. 시간을 끌어야 했다. 앤다나가 달아날 시간을 벌어야 했다. "그 드래곤은 네 손이 닿지 않는 곳에 있어."

"흐음." 티오파니는 내 얼굴을 찬찬히 보았다. "실망스럽지만, 사냥감을 첫 시도에 잡는다면 그것도 재미없겠지. 넌 정말로 그 드래곤이 어떤 존재인지 모르는구나. 안 그래?" 베닌의 입술이 휘어지면서 기쁜 미소를 짓자 속이 울렁거렸다. "네가 어떤 보물을 얻었는지를 말이야. 가끔은 필멸자의 기억이 얼마나 짧을 수 있는지 잊어버린단 말이지."

필멸자라니. 그러면 그 반대는 뭔데? 불멸? 저 여잔 대체 얼마나 나이가 많은 거지?

그녀는 마을 쪽으로 움직였고 개릭과 나는 거울상처럼 움직여서 테른과 여자 사이를 막았다. "그림자 능력자가 우리에게 오면…."

"그런 일은 없어." 나는 날카롭게 말을 끊었다. 날개 소리가 허공을 채우기 시작한 가운데, 웅웅거리는 마력이 조금씩 내 안으로 흘러들었다.

테른이 깨어나고 있다. 하지만 우리에게 오고 있는 게 뭔지는 몰라도, 무척 빠르게 다가왔다.

"올 거야." 그 여자는 제이든과 똑같이 화를 돋우는 투로 말했다. 그 대사에 느낌표라도 찍듯, 번개가 치면서 머리 위 구름에 가지를 뻗었다.

손을 들어 올릴 필요조차 없다니. 젠장, 난 모든 면에서 이 여자에게 상대가 되지 않았다.

"그리고 그놈과 함께 올 때면 넌 오늘 내가 널 살려줬다는 사실을 기억하고, 버윈이 아닌 나를 네 스승으로 선택할 거야." 그녀는 두 팔을 활짝 벌린 채 천천히 한 걸음, 또 한 걸음 물러섰다.

베닌은 영혼과 함께 정신도 놓아버리나 보다. 하지만 그녀의 비위를 맞춰주면 앤다나가 달아날 시간을 벌 수 있을 것이다. "내가 왜?"

마력이 확 쏟아져 들어오면서 내 뼈를 달궜고, 나는 그 힘을 모아 감았다.

"일단 버윈은 보통 이하고, 넌 그놈에게 사슬로 매여서 지시를 거부할 힘도 없게 될 거라는 사실 말고?" 그녀는 역겹다는 듯이 코웃음 쳤다가 표정을 바로잡았다. "난 네가 드래곤을 둘 다 갖고 있게 해주면서, 세상에서 제일 원하는 걸 줄 거야." 그녀의 시선이 내 손에 쥔 도관에 꽂히는데, 공기가 흔들리기 시작했다. 친구들이 온 게 분명했다. "통제와 지식."

테른이 목을 회전시키면서 티오파니 쪽으로 머리를 확 뻗었지만, 그 순간 와이번 한 마리가 발톱으로 티오파니를 잡아 올리는 바람에 간발 차이로 그녀를 놓쳤다. 와이번은 회색 날개를 빠르고 거세게 쳐서 바람을 일으키며 자기 창조자를 전장 멀리 싣고 갔다.

"맙소사, 우리가 정말로 살아 있군." 개릭이 장검을 내리면서 말했다. "저 여자가 우릴 죽이지 않고 떠났어."

"괜찮아요?" 나는 갈라지는 목소리로 테른에게 물었다.

"죽진 않았다." 테른은 돌투성이 흙에 발톱을 깊이 묻으면서 일어섰다.

안도감에 눈이 따끔거리고, 시야가 흔들렸다.

"나 때문에 수분 낭비하지 말아라." 테른이 잔소리를 했다. *"나를 쓰러뜨리려면 날씨만 가지고는 안 되지."* 그의 금빛 눈이 내 무릎을 보았다. *"너에게도 같은 말을 할 수 있다면 좋겠다만."*

"그래요. 멀쩡하네요." 나는 중얼거리고 나서 개릭을 돌아보았다. 그는 내 단검을 줍고 있었다. "선배가 그럴 필요는 없는데."

"넌 걸을 만한 상태가 아니잖아." 그는 두 번째 단검을 집으면서 나를 일깨웠다.

"선배는?" 나는 커지는 날개 소리를 들으며 빠르게 물었다. "그 여자가 선배를 걷는 자라고 불렀어."

개릭은 몇 분 만에 천 리 길을 여행했고, 내가 읽은 지식 중에서 그런 방법은 단 하나밖에 없었다. 하지만 몇 세기 동안 아무도 한 적 없는 일이었다.

개릭이 손등으로 관자놀이를 훔치자 피가 묻어 나왔다. "그래. 그리고 그 여자는 널 목줄이라고 불렀지." 개릭이 제이든의 절친인 것도 당연했다. 둘 다 질문을 피하는 데 아주 뛰어났다.

"선배도 두 번째 고유 능력이 있는 거지?" 그리고 제이든과 마찬가지로 가장 강한 능력은 숨기고 있다.

"그건 너도 마찬가지지." 개릭은 나에게 단검을 돌려주면서 휘청거렸다. "아니면 앞으로 그렇게 될 거고."

"고마워." 나는 개릭과 눈을 마주친 채로 단검을 칼집에 넣고, 그가 숨기고 있는 능력의 중요성을 파고들었다. "누군가가 마지막으로 공간이동 능력을 썼던 때는…."

"내가 그랬다곤 안 했다." 개릭은 내 말을 끊더니, 브라운 스콜피언테일인 크라드가 느릿느릿 일어서는 모습을 보면서 미소를 보였다. "잠시 무섭긴 했어요." 그는 코웃음을 치며 크라드에게 말했다. "그래요, 나도 거기에 얼마나 많은 에너지가 드는지 알아요. 장담하는데 내가 훨씬 덜 다쳤거든요."

"선배는 가야 해." 몸짓으로 크라드를 가리키는데, 아드레날린이 떨어지면서 무릎이 욱신거렸다. "다들 선배를 볼 정도로 가까워지기 전에, 지금. 크라드가 다른 드래곤을 차단한 건 아니까, 앞으로 몇 초 사이에만 떠난다면 선배의 비밀은 지켜질 거야."

개릭은 갈등하는 게 분명한 눈으로 나를 보며 주저했다. "널 안장에 앉히면…."

"탄로 날 위험까지 무릅쓰고 날 도와주러 와준 건 고맙지만, 이제 가." 나는 눈썹을 치켜올렸다. "대대원들이 날 도와줄 거야."

개릭은 뭔가에 귀를 기울이는 것처럼 고개를 옆으로 기울이더니, 고개를 끄덕였다. "바스지아스로 바로 돌아갈 거지?"

나는 고개를 끄덕였다. "뛰어."

개릭은 잠시 더 망설이다가 크라드를 향해 달리기 시작했다. 그는 우리 대대원들이 다가오는 동안 어둠 속에서 날아올라 보이지 않는 곳으로 사라졌다.

"테른은 알고 있었어요?" 나는 물었다.

"우린 라이더에 대해 떠들고 다니지 않는다."

좋은 지적이었다. 드래곤들이 그랬다면, 제이든은 지금쯤 죽은 목숨이겠지.

"이건 말도 안 돼요." 20시간 후, 나는 테른이 비행장으로 내려가지 않고 곧장 본과 안마당에 내려서자 말했다.

"네가 비행장에서부터 절뚝거리며 돌아올 수 있다는 생각도 마찬가지다." 테른이 진흙탕에 내려앉자 생도 십여 명이 비명을 지르며 기숙사로 도망쳤다. 그나마 눈은 그친 후였다.

"바이올렛!" 브레넌이 달아나는 생도들을 지나쳐서 뛰어오는데, 걱정으로 이마가 찌그러져 있었다.

"진짜로 우리 오빠한테 말한 거예요?" 나는 테른이 날 볼 수 없다는 사실을 잘 알면서도 그를 노려보았다.

"당연히 아니지." 테른이 콧방귀를 뀌자 수증기가 기숙사 창문들을 뒤덮었다.

"내가 마브에게 말했어." 앤다나가 테른 오른쪽에 내려앉으면서 선언했다. 비늘은 테른과 똑같은 검은색이었다.

"난 멀쩡해!" 나는 브레넌을 향해 외치고는 벨트를 풀다가 꿰맨 자국이 또 걸리자 욕을 하고 말았다. 입술을 꽉 깨물어야 안장에서 벗어날 때 비명을 지르지 않을 수 있었다. *"라이더에 대해 떠들지 않는다더니."*

앤다나는 코웃음을 쳤고, 나는 앤다나에게 엉덩이로 기어서 테른의 등 위를 이동하는 치욕적인 모습을 보여야 했다.

겨우 등을 넘고 나자 테른이 어깨를 숙였고, 나는 미끄러져 내려갈 수 있게 오른쪽 다리를 들다가 날카로운 아픔에 터져 나오는 숨소리를 막지 못했다. "가서 목발을 가져오는 게 어때? 그러면 내가…."

"네가 이리로 내려오는 게 어떨까." 브레넌을 볼 줄 알았던 자리에 제이든이 서 있었다. 심장이 펄쩍 뛰었다. 1학년 때는 저 강렬한 눈빛이 불안했는데, 지금은 나를 올려다보는 모습이 보기 좋은걸. 제이든이 한 팔을 들어 올리자 테른 아래 드리운 그림자가 빠르게 솟구쳐서 단단해지더니 내 허리를 휘감았다. "이러는 게 더 나을 거야." 제이든은 나를 보고 손가락을 까닥였다. "그리고 어떤 부상자에게나 똑같이 했을 거다."

"그건 아닐 것 같은데." 나는 테른의 다리를 타고 미끄러져 내려갔고, 그림자가 마지막 순간에 나를 옆으로 들어 올려서 기다리던 제이든의 품에 안겼다. "이런." 나는 그의 이마에 흘러내린 검은 머리카락을 걷어내고 그의 목에 팔을 감으며 가슴팍에 기댔다. 다리를 구부리는 자세에 항의하는 무릎의 욱신거림은 무시했다. "그 그림자로 또 뭘 하실 수 있나요, 라이오슨 소위님?"

제이든은 이를 악물고 앞만 보면서 테른에게서 멀어지더니, 기숙사 문을 잡고 있는 브레넌 옆을 지나쳤다.

"공용 공간이 제일 가까워." 브레넌이 재빨리 제이든을 따라잡으면서 말했다.

브레넌을 따라 공용 공간으로 올라가는 내내 제이든의 온몸은 뻣뻣하게 굳어 있었다. 어깨 너머로 돌아보니 마치 발자국처럼 제이든에게서 소용돌이치는 그림자가 파도 같은 형태로 뿜어져 나오는데, 정신을 뻗어 보니 차단되어 있었다.

"화났구나." 나는 앞서가는 브레넌이 생도들에게 공지 게시판 오른쪽에 있는 회의실에서 나오라고 명령하는 모습을 보며 속삭였다.

"화가 났다는 말로는 지금 내 감정이 제대로 전해지지 않아." 제이든은 문을 통과해 창문 없는 회의실로 들어가면서 대꾸했다. 방 안에 놓인 길고 거친 테이블에 있던 의자 여섯 개를 그림자들이 밀어서 치웠고, 제이든은 부드럽게 나를 테이블에 내려놓은 다음 물러나서 벽에 등을 기댔다.

"당신도 같은 상황이었으면 똑같이 했을 거야." 나는 브레넌이 문을 열어놓은 채로 내 무릎을 보러 오는 동안 손바닥에 몸무게를 실으면서 맞섰다. "당신이…."

제이든이 손가락을 하나 들어 올렸다. "아직. 안 돼."

내가 눈매를 좁히고 그를 노려보는 사이에 브레넌은 단검으로 붕대를 잘랐다.

"오빠는 집으로 간 줄 알았는데?"

"동맹에 필요한 세세한 일을 돕고 있어." 오빠는 검푸른 색깔이 된 내 무릎을 보고 얼굴을 찡그렸다. "내가 아직 여기 있어서 다행이지. 안장에

20시간을 앉아 있었던 것도 네 무릎에 도움이 되진 않았어, 바이."

"사마라에서 내리려고 했을 때도 안 좋았어." 브레넌이 관절을 찔렀고, 나는 얼굴을 찌푸렸다.

"아린민트를 좀 가져왔어. 그걸 우유에 담가서 쓰면 심층 치유를 가속할 수 있을 거야." 브레넌이 고개를 끄덕였다. "네가 중독됐을 때도 도움이 됐지."

"아린민트를 아레티아 밖으로 가지고 나왔어?" 제이든이 오빠를 노려보았다.

"공작 앞에서, 법을, 어기다니." 오빠를 놀리려고 했지만, 통증 때문에 말이 뚝뚝 끊어져서 실패했다. 젠장, 아프잖아. 붕대를 풀었더니 다리가 두 배로 욱신거렸다.

"난 아린민트 사용법을 잘 아니까. 그리고 네가 너희 지방을 대변하다가 협상장에서 뛰쳐나간 걸 그 사람들이 썩 좋게 받아들이지 않는다는 건 알지?" 브레넌은 내 무릎 관절 위로 두 손을 펼치고는 어깨 너머로 제이든을 보았다. "넌 단순히 라이더가 아니니 돌아가서…." 브레넌은 제이든이 무시무시하게 노려보자 눈을 껌벅였다. "그래, 됐다. 네 처지가 되고 싶진 않구나." 오빠는 나에게 작게 말하더니 눈을 감았다.

"바이 잘못이 아니야!" 개릭이 외치면서 달려들어 오다가 테이블 바로 앞에 겨우 멈췄다.

"오." 제이든의 반응이었다.

"포로미엘로 넘어간 건 확실히 선택이라고 봐야지." 개릭이 비행 재킷을 벗어서 제일 가까운 의자에 던졌다. "하지만 그 미친 회오리바람은? 지역 특유의 위험이었어. 베닌이…."

"넌 이미 바이올렛을 변호했어. 두 번이나." 제이든은 지루해하는 듯한 투로 말하면서 팔짱을 꼈다.

"날 제이든에게서 보호해줄 필요는 없어." 열기가 무릎을 감싸는 가운데, 나는 개릭을 보고 고개를 저은 다음 제이든 쪽을 흘긋 보았다. "내 결정은 내 거야."

"아주 잘 알고 있어." 제이든은 눈을 감고 고개를 젖혀 벽에 기댔다.

"바이올렛이 여기 있어!" 문가에서 리애넌이 외쳤다.

2학년 대대원들이 우르르 쏟아져 들어왔는데, 메런에게 착 달라붙은 남동생 둘도 함께였다.

"너희 둘은 앉아." 메런이 동생들에게 부드럽게 말했고, 트레이거가 테이블 건너편에서 의자 두 개를 빼냈다. 일곱 살짜리 쌍둥이 남자애들은 누나와 같은 황토색 피부에 검은색 머리였는데, 꿀 같은 갈색 눈동자가 슬픔에 잠겨 있었다. 그 눈빛 때문에 두 아이가 그토록 친숙하게 느껴졌나 보다. 아이들은 여기까지 날아오는 동안 쉴 때도 말이 없었다. 메런은 두 아이 앞에 쪼그려 앉았다. "우리가 다 해결할 거야. 약속할게."

"앉아." 트레이거는 의자를 하나 더 꺼내면서 캣에게 말했다.

"난 괜찮아." 캣은 휘청거리면서 목덜미를 문질렀다.

"힘겹게 서 있잖아." 그는 의자를 가리켰다. "앉아."

"알았어." 캣은 그르렁거리면서도 의자에 쓰러지다시피 앉았다. "메런, 너도 마찬가지야."

우리 모두 녹초였다.

"명령에 불복한 건가?" 에이토스 장군이 방 안으로 뛰어들더니, 브레넌과 제이든을 발견하고는 흠칫했다.

무릎의 열기가 점차 강해졌고, 브레넌이 늘어난 인대와 부어오른 조직을 복원하면서 서서히 통증이 줄어들었다.

"저희는 알아서 쓸모 있는 일을 하라는 명령을 받았고, 그렇게 했습니다." 리애넌이 에이토스와 나머지 대대원 사이에 끼어들었다. "장군님."

경칭인데도 좋은 말 같지 않게 들렸다. "저희가 일찍 돌아온 건 데그렌시 중령님이 승인했습니다. 기지에는 복원 능력자가 없는데다가 이미 부상자가 넘쳤기 때문입니다. 보시다시피 소른게일 생도가 부상을 입었으니 만족하실 테죠. 저희는 장군님이 내린 벌을 완수했습니다."

"그리고 저희는 다시 그럴 겁니다." 리독이 의자를 뒤로 밀어내더니 발을 테이블에 올렸다. "다시, 또 다시요."

에이토스의 얼굴이 붉어졌다. "뭐라고 했나, 생도?"

"저희가 다시 그럴 거라고 했습니다." 나는 턱을 치켜올리면서도 그림자들이 돌바닥 위를 기어 에이토스 쪽으로 가는 모습에 주목했다. "저희는 한 대대로서 결정을 내립니다. 장군님이 저희에게 내리고 싶어 하는 벌은 뭐든 함께 받을 겁니다. 다만 민간인이 죽어가고 있는데 모른 척하는 일은 못 합니다. 그 민간인이 어디 소속이든지요. 그리고 물어보시기 전에 대답하자면, 모든 드래곤과 그리폰이 동의한 바입니다."

에이토스의 눈에 증오가 넘실거렸지만, 그는 재빨리 시선을 돌려 브레넌을 쳐다보았다. "자네는 여기 있을 권리가 없다, 아이서레이 중령. 이건 분과 문제야."

"소른게일입니다." 브레넌이 눈도 뜨지 않고 대답했다. "그리고 바스지아스 행동수칙 2조 4항이 복원 능력자들은 학교 내 모든 구역에 들어갈 수 있다고 보장하기도 합니다만. 설령 그렇지 않다 해도 저는 장군 휘하에 있지 않습니다."

오빠의 제복에 새로 달아놓은 이름표를 보자 목이 꽉 메었다.

"그러면 저들은 누가 책임지지?" 에이토스가 쌍둥이를 가리켰다. "타우리 왕은 국경을 여는 걸 거부하셨다."

아직도? 나는 입을 쩍 벌리지 않고 겨우 정신을 수습했다. 어떻게 그 조건이 협상에 들어가지 않은 거지?

에이토스는 자기가 이겼다는 사실을 안 것처럼 입꼬리를 올렸다. "저들은 집으로 돌려보내야 한다. 즉시."

제이든에게 시선을 돌렸더니, 벌써 나를 보고 있었다. 내가 눈썹을 올리자 그는 한숨을 내쉬더니 에이토스에게 고개를 돌렸다.

"오늘 오후에 이번 협상 회기를 마무리하는 대로 소른게일 중령이 기꺼이 아이들을 집으로 데려갈 겁니다." 제이든의 말에 메런이 숨을 들이켰다. "티렌더로요. 이제 저 아이들은 티렌더 시민인 것 같군요."

"언제부터?" 에이토스의 몸이 뻣뻣하게 굳었고, 브레넌이 두 손을 들어 올리자 내 무릎의 열기가 사라졌다.

"내가 그렇게 말한 후부터죠." 제이든이 차가운 권위를 두르고 대답했다.

"아, 그렇군." 에이토스 얼굴이 지금보다 더 시뻘게지다간 곧 터질지도 모르겠다. "그리고 오늘 오후에 협상이 마무리되는 대로 자네와 태비스 소위는 명령대로 동부 비행단에 합류한다. 임관을 받은 장교들은 분과 내에서 환영받지 못할 뿐 아니라, 생도들과 친하게 지내는 것을 장려하지도 않는다는 사실을 말하지 않아도 명심하길 바라네. 내 감독하에서는 지난가을 같은 관대한 처사를 누릴 수 없어."

안 돼. 심장이 내려앉았다. 제이든은 아레티아에서 그랬던 것처럼 마음대로 오갈 수 없을 테고, 그렇다면 우리는 헤어져 지내야 한다. 그리고 국경에서는 보호막을 넘어가야 할 일이 차고 넘치는데, 그러면 제이든이 제한없이 마력에 접근할 수 있다.

"스게일이 동의할까 모르겠군요." 제이든은 앞을 가로막는 적을 얼마나 죄책감 없이 죽일 수 있는지 일깨워주고 싶다는 말투로 경고했다.

"자네의 드래곤은 언제나 베일에 와도 좋다. 그저 자네가 분과에 들어오는 것만 환영하지 않을 뿐이다." 에이토스는 개럭에게 관심을 돌렸다.

"자네와 라이오슨 소위는 명령대로 내일 오후까지 동부 비행단으로 떠난다."

"멜그렌 장군님의 명령대로죠." 개릭은 살짝 고개를 끄덕이면서 대답했다. "저희는 그분의 지휘하에 있는 것 같으니 말입니다. 아니, 적어도 저는 그렇죠." 그러면서 제이든을 돌아보았다. "여기 공작 전하에 대해서는 잘 모르겠군요. 세나리움이 검은 제복을 입은 게 수백 년 만이라서요. 하지만 공작님이 티렌더군의 총책임자라는 건 분명합니다."

제이든은 대꾸조차 하지 않았다.

"자네들이 내 학교에서 나가기만 한다면 누구 휘하든 알 바 아니다." 에이토스가 옷깃을 바로잡았다. "나머지 너희들의 수업은 내일 재개된다." 그는 나와 눈을 마주치더니 구역질이 나게 잔인한 눈빛을 빛냈다. "내 소지품이 사령관 거처로 옮겨지는 중이니 이만 가봐야겠군. 개인 집무실에서 보는 풍경이 멋지다는 말은 꼭 해둬야겠어."

그 발언은 의도대로의 효과를 낳았다. 에이토스가 우리 엄마, 아빠가 쓰던 공간에 산다고 생각하자 가슴이 구겨지려고 했다.

브레넌이 몸을 꼿꼿이 세우자, 에이토스는 미소를 지으며 뒷걸음질쳐서 공용 공간에서 사라졌다.

"진짜 싫은 놈이야." 리독이 몸을 기울여서 들려 있던 의자 앞다리를 바닥에 내려놓으며 말했다. "어떻게 데인은 저런 야비한 새끼를 아버지로 두고도 절반이나 정상으로 자랐지?"

"말조심해." 메런이 쉿 소리를 냈지만, 아이들은 졸고 있어서 듣지 못했을 것 같다.

"우리 아버지 영향도 받았거든." 브레넌이 리독에게 대답했다.

"계속은 아니었지만." 내가 중얼거렸다.

"바이는 복원된 건가?" 제이든이 나에게 시선을 맞추며 물었다.

"됐어." 나는 히죽 웃고는, 거의 고통 없이 무릎을 구부려 보였다.

"통증은 없어?" 브레넌이 손등으로 이마의 땀을 닦으며 물었다.

"평소보다 더한 통증은 없어." 나는 다시 한번 관절을 구부려보았다. "고마워."

"나가." 제이든은 시선을 돌리지도 않고 명령했지만, 나는 그게 나에게 한 말이 아니라는 사실을 아주 잘 알아들었다.

모두가 순간 정지했다.

"다시 말하지." 제이든이 천천히 말했다. "모두 당장 나가. 그리고 문 닫아."

"행운을 빈다, 바이올렛." 리독이 리에게 밀려 나가면서 어깨 너머로 외쳤다. 메런과 캣이 쌍둥이를 안고 나갔고, 순식간에 문이 닫히는 철컥 소리가 들렸다.

"진심으로 나에게 화가 난 건 아니겠지." 내가 입을 여는데 제이든이 벽에서 떨어지며 허리케인처럼 다가왔다. "당신은 한 번도 내게 자율권을 주길 꺼린 적이 없고…." 그는 내게 손을 뻗더니 두 손으로 내 허리를 잡고는 테이블 가장자리로 당겨서 자기를 마주 보게 했다. "그리고 이제 와서 그런다고 해도 참아주지 않을 거야. 뭐 하는 거야?"

그는 내 목덜미를 잡더니 거세게 입술을 부딪쳐왔다.

12

널 깨워서 인사하지 않고 갔다고 화낼지도 모르겠다. 하지만 그건 어디까지나 내가 떠날 수 있을지, 더는 스스로를 온전히 믿을 수가 없기 때문이야.

_ 티렌더 16대 공작 제이든 라이오슨 소위가
바이올렛 소렌게일 생도에게 보낸 편지

아, 아아. 입술을 벌리자 그가 내 세상을 집어삼켰다.

그는 깊고 격렬한 키스로 기회는 오직 이번뿐이라는 듯이 내 입안을 점령했다. 그 절박한 기색과 그의 이가 내 아랫입술을 긁는 느낌에 두 손이 저절로 그의 머리카락으로 올라갔다. 나는 검은 머리카락에 손가락을 밀어 넣고 죽어라 붙잡은 채, 내가 느끼는 모든 감정을 그 키스에 쏟아부었다.

아랫배에서 열기와 욕구가 충돌하더니, 그의 혀가 능숙하게 움직일 때마다 단단히 똬리를 틀었다. 바스지아스 전투 직전에 키스한 이후로 이런 적이 없었다. 신들이시여, 난 정말 그 입맞춤이 그리웠다. 키스는 침대에서만큼 관능적이었고, 그의 품에 안겨 잠에서 깨어날 때만큼이나 친밀했다.

심장이 쿵쾅거리는 가운데 나는 무릎 사이를 벌렸다. 그 공간으로 제이든이 들어와서 더 깊이 키스하니 몸이 후끈 달아올랐다. 그러나 우리는 그보다 더 원했다. 그의 손가락이 내 땋은 머리 아래쪽을 파고들더니, 내 고개를 옆으로 기울이고 완벽한 각도를 찾아서 내가 아무 생각도 할 수 없도록 흐느끼게 만들었다.

"바이올렛." 그가 내 입술에 대고 신음하자 몸이 다 흐물흐물해지는 느낌이었다.

비행 재킷을 벗어서 테이블에 툭 소리 나게 떨궜지만, 나를 산 채로 태워버릴 것 같은 강렬한 열기가 식지는 않았다. 오직 제이든만이 그럴 수 있으니까. 그는 내 엉덩이에 손바닥을 붙이고 허리선을 쓸어올리면서 입으로는 내 아랫입술을 빨았다. 순수한 욕망이 춤추듯이 등뼈를 타고 오르자 그저 몸을 떨며 신음해야 했다.

제이든의 제복 상의에 손을 뻗어 손가락으로 어루만지다가 부드러운 리넨 속셔츠를 바지에서 잡아당겨 빼냈다. 단단하고 울퉁불퉁한 복근 위에 덮인 따뜻하고 부드러운 피부에 두 손이 닿았고, 나는 가죽바지 속으로 사라지는 옆구리를 따라 쓸어내렸다.

제이든이 잇새로 숨을 들이켜더니, 빈틈없는 키스로 내 머릿속에서 모든 생각을 몰아내고, 오직 그만이 일으킬 수 있는 지극한 광희에 나를 가두고 더 깊이 밀어 넣었다. 우리는 엉망진창으로 뒤엉킨 혀과 더듬는 손이 되었다.

그의 입이 내 턱을 훑더니 민감한 목선으로 내려갔다. 나를 녹이는 지점을 정확히 겨냥하며 내가 완전히 녹아내리도록 길게 애무하는 통에 나는 숨을 몰아쉴 수밖에 없었다.

"당신…." 더 접근하기 쉽도록 머리를 돌리자 제이든이 내 목을 점령했다. 불길이 혈관을 타고 달렸고, 2연타로 마력이 따라오자 상식 따위는 대륙을 떠나버렸다. "제이든, 당신이 필요해."

여기에서. 회의실 테이블에서. 망할 공용 공간 벽에 대고. 당장 제이든을 가질 수만 있다면 여기가 어디든, 누가 보든 상관없다. 제이든이 사냥감이라면, 나도 사냥감이다. 그는 목 안쪽으로 낮게 그르렁거리는 소리를 내더니 입을 떼어냈다.

"아니, 나에게 네가 필요하지." 그는 나와 얼굴을 마주했다. 그 눈 깊은 곳에는 이름을 댈 수도 없을 만큼 많은 감정이 명멸했다.

"당신은 날 가졌어." 나는 속삭이며 그의 목선, 반역의 낙인 위로 손을 올렸다. 손가락 아래 느껴지는 맥박이 나와 똑같이 빠르고 거세게 뛰었다.

"한 시간 동안은 정말 그런지 알 수가 없었어." 그는 내 목덜미로 손가락을 미끄러뜨리더니, 귀중한 두 걸음을 물러섰다. 몇 킬로미터는 떨어진 느낌이었다. 그 자리에 서늘한 공기가 밀려 들어오며 달아오른 내 뺨을 식혔다. "스게일은 나에게 말조차 하지 않았어. 크라드가 개릭에게 말했지." 그는 고개를 저었다. "난 화가 난 게 아니야, 바이올렛. 겁에 질린 거지."

그의 고통스러운 표정을 본 나는 침을 꿀꺽 삼키고, 몸을 앞으로 기울여 테이블 가장자리를 잡았다. "당신도 같은 선택을 했을 거야. 우리가 예전에 했던 것과 마찬가지지. 그리고 난 괜찮아."

"그건 나도 알아!" 제이든의 목소리가 커졌고, 그림자가 펄쩍 뛰다 못해 달아났다.

흠, 이건 다른데.

제이든은 손으로 얼굴을 쓸어내리고 심호흡을 했다. "그건 나도 알아." 이번에는 좀 더 부드러운 말투였다. "하지만 네가 저 바깥, 보호막 너머에서 베닌의 공격을 마주하고 있다고 생각하니 전에는 한 번도 느낀 적 없는 감정이 깨어났어. 분노보다 뜨겁고, 공포보다 날카롭고, 무력

감보다 깊이 파고들었지. 전부 다 너에게 갈 수 없기 때문이었어."

입술이 벌어지고, 가슴이 무지근하게 아팠다. 제이든이 이런 일을 겪고 있다는 게 너무 싫었다.

"그 순간에 너에게 갈 수만 있다면 뭐든, 누구든 죽였을 거야. 어떤 예외도 없이. 네 옆에 내려서게만 해준다면 내 발밑에 존재하는 모든 힘을 채널링했을 거야."

"당신은 절대로 민간인을 죽이지 않을 거야." 나는 백 퍼센트 확신을 담아서 맞받아쳤다.

그는 또 한 걸음을 물러섰다. "내가 거기, 보호막 너머에 있었다면 너를 지키기 위해 대지의 핵까지 전부 쥐어짜고도 남았을 거야."

"제이든…." 다른 말은 아무것도 나오지 않았다.

"네가 알아서 할 수 있다는 건 잘 알아." 그는 고개를 끄덕이고 다시 물러섰다. "그리고 논리적으로는 네 선택을 존중해. 메런의 가족을 구하겠다는 네 결정이 자랑스러워. 하지만." 그는 손가락으로 머리 옆을 두드렸다. "여기와…." 곧이어 심장 위를 두드렸다. "여기 사이에서 뭔가가 망가졌고…. 난 그걸 통제할 수가 없어. 너는 앤다나의 동족을 찾으라는 명령을 받았고, 나는 전선으로 가라는 명령을 받았어. 여기엔 내가 널 만져도 된다는 믿음조차 없어."

"방금 만졌잖아." 내 손가락이 나무테이블의 거친 표면을 긁었다. 침대 머리판에 남았던 손가락 자국을 떠올린 나는 그에게 다가가고 싶다는 이기적인 욕망과 싸우면서 자세를 바꿨다. 제이든은 자기가 무너지고 있다고 느낄지 모르지만, 그는 방금 완벽한 통제력을 보여줬다.

"넌 그걸로 충분해?" 열기 띤 시선이 내 몸 위를 배회했다. "한 번의 키스. 손은 대지 말고. 옷은 다 입은 채로. 나에게 그걸 원해?"

이게 도대체 무슨 유도신문이람. 그것도 내 몸이 아직 그를 원하면서 진동하고 있을 때.

하지만 모든 본능이 조심스럽게 발을 디디라고 말했다. "난 뭐든 당신이 줄 수 있는 것만을 원해, 제이든."

"아니야." 제이든은 흉터 진 눈썹을 치켜들며 천천히 내 쪽으로 걸어왔다. "내가 네 몸을 내 몸처럼 잘 안다는 걸 잊었구나, 바이." 그의 엄지손가락이 내 입술에 닿을락 말락 허공에서 멈췄다. "네 입술은 부어올랐고, 얼굴은 달아올랐고, 두 눈동자는…." 그는 혀로 아랫입술을 핥았다. "몽롱해져서 초록색에 가까워졌어. 맥박은 빠르게 뛰고, 자세를 바꾸는 모습을 보니 지금 당장 그 바지를 벗긴다면 완벽하게 날 받아들일 준비가 되어 있겠지."

나는 흐느끼는 소리를 삼켰다. 설령 조금 전까진 그렇지 않았다 해도, 지금은 그의 말대로 되었을 것이 확실했다.

"키스로는 부족하지. 우린 늘 그랬어." 제이든의 손가락이 내 뒷목을 잡고 끌어당겨, 내 얼굴을 자기 쪽으로 기울였다. "너도 나와 같은 방식을 원해. 완전히. 완벽하게. 우리 사이에 아무것도 없이 피부를 맞대고. 마음도, 머리도, 몸도 모조리 갖고 싶어 해." 그의 입술이 다시 한 번 스치자 호흡이 흐트러졌다. "너에게 몰입하고 싶은데 그럴 수가 없어. 넌 이 세상에서 내 통제력을 파괴할 힘을 가진 단 한 사람이고, 동시에 내가 결코 통제력을 잃어서는 안 될 단 한 사람이야." 그는 고개를 들었다. "그런데도 난 이러고 있지. 너에게서 1미터의 거리조차 두지 못하고."

"우린 방법을 알아낼 거야." 나는 뛰는 심장을 가라앉히려 애쓰면서 다짐했다. "우린 언제나 방법을 찾아내잖아. 내가 치료법을 찾는 동안에 당신은 통제력을 유지할 방법을 익힐 거야."

"그래서 우리가 키스에서 선을 그어야 한다면?" 제이든의 시선이 내 입술로 내려왔다.

"그렇다면 그래야지. 치료할 방법을 찾을 때까지 당신을 내 침대에 끌어들이지 못한다면, 그거야말로 동기부여가 되지 않겠어?"

그는 내 머리를 놓고 똑바로 섰다. "넌 정말로 할 수 있다고 생각하는구나."

"그래." 나는 고개를 끄덕였다. "난 당신을 잃지 않을 거야. 설령 당신 자신에게라 해도 안 돼."

그는 몸을 기울여 내 이마에 입 맞추고는 조용히 말했다. "난 전선에 머물 수 없어. 내가 대륙에서 가장 강력한 라이더 중 하나일진 모르지만, 보호막 바깥으로 나가면 가장 위험한 라이더이기도 해."

"알아." 바깥에서 잘못 돌아갈 수 있는 모든 일과 방금 나에게 잘 풀린 일이 동시에 머리속에 떠오르자 등뼈가 뻣뻣해졌다. "강력하다고 하니까 말인데…."

제이든은 턱을 내리고 다시 내 눈을 보았다. "뭔데?"

"개릭은 공간 이동 능력자지?" 나는 에둘러 묻지 않았다.

우리 사이에 잠시 침묵이 흘렀지만, 제이든의 눈에서 사실을 확인했다. "내가 말하지 않아서 화난 건가?"

나는 고개를 저었다. "당신 친구의 비밀까지 나에게 말해줘야 하는 건 아니야." 이마에 주름이 저절로 잡혔다. "하지만 20시간을 비행하다 보니 생각할 시간이 좀 있었거든. 당신. 개릭." 나는 고개를 옆으로 기울였다. "그리고 한 번은 리암이…."

"얼음을 쓰는 걸 봤겠지." 제이든은 엄지손가락으로 내 턱을 쓸면서 대꾸했다.

나는 고개를 끄덕였다. "이 낙인에 두 번째 고유 능력이 따라오는 경우가 얼마나 많은 거야?" 자연스레 그의 목선을 쓸었다.

"케이오리 교수에게 정확한 기록이 있을 리는 없을 만큼 많으면서, 누가 나보고 왜 고유 능력이 하나밖에 없냐고 묻지는 않을 정도지." 제이든이 대답했다. "드래곤 쪽에서 우리를 찾아왔어. 정확히 뭘 하는지 알고 한 일이고."

"당신들에게 생존할 기회를 더 주기 위해서야?" 나는 손을 내려 그의 심장 위에 두었다.

"감상을 더하자면 그렇지. 그보다는 자기들만의 군대를 만든 셈이지만." 제이든은 한쪽 입꼬리를 올렸다. "고유 능력이 많다면 힘도 더 강하다는 뜻이니까."

"맞아." 나는 아직 사마라 이야기가 남았다는 생각에 심호흡을 했다. "리애넌이 제출한 사마라 보고서에선 몇 가지가 빠졌어. 잘못된 정보를 제공하고 싶지도 않고, 우리가 무슨 소리를 하는지 모르고 지껄이는 것처럼 보이기도 싫었거든. 개릭이 뭐라고 했어?"

"베닌이 널 가지고 놀다가 놓아줬다는 사실 말고?" 그는 눈을 가늘게 떴다. "보고서에 적힌 내용보다 더 말한 것도 없어. 덕분에 열 좀 받았지. 개릭이 완전히 솔직하지 않다는 건 알 수 있었으니까. 개릭은 나에게 거짓말하지 못해. 그래서, 뭐가 빠진 거야?"

"내가 지금 사랑하는 연인과 대화하는 거야? 아니면 티렌더 공작과 말하는 거야? 어느 쪽이든 간에 이건 정말 난처한 이야기일 수 있어." 목이 벌겋게 달아올랐다. 허위 경보를 울린다면 내 꼴이 우스울 텐데.

"둘 다야." 제이든이 대꾸했다. "너에게는 둘이 다른 사람이고 싶지 않아. 남들이야 상관없지만 너만은 안 돼. 너는 내 모든 면을 견뎌야 하고, 내 모든 면이 너의 비밀을 지킬 수 있어. 난 티렌더를 지키기 위해 너를 이용하는 게 아니라, 너를 지키기 위해 티렌더를 이용할 거야."

"내가 기꺼이 당신 고향을 지키겠다는 말은 이미 했을 텐데." 나는 그의 제복을 구겨 쥐었다. "그 여자가 번개를 휘둘렀어." 내가 속삭이자 제이든의 이마에 주름이 파였다. “제이든, 우리가 틀린 것 같아. 베닌은 단순 마법만 쓸 수 있는 게 아니야. 어쩌면… 베닌에게도 고유 능력이 있을지도 몰라.”

“난 네 말을 믿어.” 그는 눈썹 하나 까딱하지 않았다. “또 뭘 빼놓고 보고했어?”

그다음 일주일 동안, 교수들은 바스지아스를 원래의 일상으로 되돌려놓았다. 마치 전쟁 중이 아닌 것 같았다. 물리학, RSC, 수학, 마법학까지 모든 수업이 재개되었다. 추가적으로 그레디 교수는 탐험대를 조직하고 노선을 연구하느라 RSC 수업에는 새 교수가 임용되었다.

아, 아직 남은 수업이 있다. 역사학. 아무래도 역사 수업을 시작하려면 시그니슨 생도들의 도착을 기다려야 하는 모양이었다.

3학년들이 내륙 기지들에서 반쯤 지내지만 않으면 우리는 마치 학교를 떠난 적이 없다고 느껴질 정도였다. 플라이어들이 합류했다는 사실은 제외하고 말이다. 시그니슨 플라이어들이 도착하면 기숙사가 거의 다 찰 텐데, 그 생각을 하니 지난 100년간 얼마나 많은 드래곤이 계약을 그만둔 건지 알 수 있었다.

“이게 어젯밤에 트라이펠츠로 왔어.” 힐러 분과로 가는 다리에서 만난 이모젠은 하품을 참으면서 나에게 밀봉한 편지봉투 하나를 건넸다. 내륙 기지에서 밤을 새웠으니 그러는 것도 당연했다.

창밖에 동이 틀 무렵이지만, 마법 불빛만으로도 봉투에 적힌 이모젠의 이름을 알아보기엔 충분했다. “이건 나에게 온 게 아닌 것 같은데.” 나는 발신인 이름을 읽으며 눈썹을 치켜올렸다. “특히나 개릭이 보낸 거라면….”

“그래, 개릭이 나한테 퍽이나 편지를 쓰겠다.” 이모젠은 눈을 굴리며 어깨를 쭉 늘리더니 터널로 들어가는 문을 열었다. "편지에 네 이름이 적혀 있으면 에이토스가 읽어볼 게 뻔하잖아."

서둘러 봉투를 열었다. 제이든의 글씨가 보이자마자 떠오른 미소는 편지를 읽으면서 빠르게 사그라들었다.

V에게

우린 어젯밤에 퍼반에서 싸웠어. 민간인 공격 때문에 불려갔지. 조금 더 쉬겠다고 귀환을 미룬 걸 깊이 후회하면서 말이야. 나는 소진되기 직전까지 갔지만, 우리가 구해낸 생명들엔 그만한 가치가 있었고, 개릭은 힐러들에게 내가 다른 공지가 있기 전까지 거처에서 회복할 거라고 알렸어. 그리고 세나리움이 긴급회의를 소집할 때를 대비해서 르웰른이 대역을 맡고 있어. 보호막 너머는 우리가 생각했던 것보다 나쁘지만, 장래에 또 소진되는 사태를 막을 해결책을 하나 생각하고 있어. 내 착각일까? 아니면 정말로 내 베개에서 네 향기가 나는 걸까?

-너의 X로부터

터널을 걸어가는 동안 두려움에 목이 메어 걸음이 점점 느려졌고, 나는 심문실로 통하는 계단 위에 멈춰 서서 제복 안주머니에 편지를 밀어 넣었다. "제이든이 미끄러졌어."

이모젠이 긴장했다. "그렇게 말해?"

나는 고개를 저었다. "하지만 난 알아. 그렇지 않고서는 소진될 뻔했다가 회복한다는 이유로 방에 스스로를 가둘 이유가 없어. 눈동자가 원래 색깔로 돌아올 때까지 기다리는 거야."

"망했네." 이모젠이 계단을 내려가기 시작했고, 나도 뒤따랐다. "제이든을 국경에서 빼내야 해."

"알아. 그리고 난 치료법을 찾아야 하지."

"정말 이런 식으로 착수하고 싶어?" 이모젠은 다시 하품을 눌렀다.

"가능한 방법은 다 탐색해야지." 나는 모든 단검이 제자리에 있는지 확인하려고 칼집을 쭉 훑고, 약병도 확인했다. "우리에게 직접적인 정보원은 그 녀석뿐이야. 선배야말로 괜찮겠어? 너무 피곤하다고 해도 이해해." 사령부는 3학년들을 녹초가 되도록 굴리고 있었다.

"이런 일이야 자면서도 할 수 있지." 이모젠은 비행 재킷 단추를 풀었다. "그레디는 아직 못 만났어?"

"다음 주에 볼 거야." 나는 한숨을 쉬었다. "나한테 만남을 하사하시기 전에 열심히 조사 중이래. 하지만 부대 초안은 어제 받았는데, 내가 아는 라이더라고는 망할 아우라 바인헤븐뿐이야. 그 여자가 내 또래에서 제일 믿을 수 있고, 분과에서 가장 강력한 화염 능력자라서래."

"네가 이번 달에 걜 죽일 뻔했다는 건 모르는 거야?" 이모젠은 양쪽 눈썹을 들어 올렸다.

"신경 안 쓰는 것 같아. 그리고 어디에서 시작할지도 모르는 게 분명해. 그것도 그레디가 자기 드래곤을 시켜서 앤다나를 심문하려고 했기 때문에 아는 거야. 앤다나가 알 속에서 보낸 첫 백 년의 기억을 모조리 적은 내 보고서를 읽었으면서 말이야. 늦게 부화한 드래곤들 대부분이 그렇듯이 기억하는 게 없긴 했지만."

"그래서 그 드래곤은 어떻게 됐어?" 이모젠이 이마를 구겼다.

"테른이 그 드래곤의 목 비늘을 열 개 넘게 뜯어냈고, 앤다나는 꼬리에 이빨 자국을 남겼지."

"다음번엔 네가 쓸 새로운 갑옷을 만들 만큼 모을 거야." 앤다나가 장담했다.

"그레디의 드래곤에게서? 고맙지만 사양할게." 나는 대꾸했다.

이모젠이 슬쩍 미소 지었다. "그 정도는 당해도 싸지." 그러나 미소는 곧 사라졌다. "특수부대에 경험이 있는 라이더가 필요하다는 건 동의하지만, 그따위 판단력이라면 믿기 힘드네."

우리가 마지막 굽이를 돌자 카드게임을 하고 있던 에머리와 히튼이 고개를 들었다. "이번엔 소른게일을 데려온 거야?" 에머리가 눈썹을 치켜들며 물었다.

"보시다시피." 이모젠이 대꾸했다.

나는 돌바닥을 걸으면서 피투성이가 된 테이블을 외면했다.

"왜 넌 우리가 보초를 설 때만 찾아온다는 기분이 들까?" 히튼이 테이블에 카드를 내려놓았다. "그리고, 내가 이겼어."

에머리는 히튼이 내려놓은 카드 패를 보고 한숨을 쉬었다. "넌 비정상적으로 카드 운이 좋아."

"지날 신이 함께하시거든." 히튼이 씩 웃더니 새빨간 화염 색으로 물들인 머리를 긁적였다. "둘 다 들어갈 거야?" 두 사람 다 우리의 무기를 쳐다보았다. "지금 속도면 24시간밖에 못 버티겠지만, 그래도 무슨 짓을 할 수 있을지 몰라."

"내가 알아서 할게." 나는 팔뚝에 묶어놓은 약병을 두드렸다.

"그건 의심하지 않아. 놀론과 마컴이 매일 심문하러 오는 게 보통 7시니까, 빨리 해. 그리고 나라면 큰 기대는 안 하겠어. 그놈은 말이 없거든." 히튼이 감옥 문을 열더니 비켜섰다. "방문객이야."

먼저 문 안으로 걸어 들어간 내가 갑자기 멈춰 서는 바람에 뒤에서 이모젠이 욕을 했다.

잭은 몰골이 형편없는 정도가 아니라 죽은 것 같았다. 내가 몇 달 전에 고문으로 죽을 뻔한 그 돌바닥에 쭉 뻗어 있었는데, 손목과 발목에 찬 두꺼운 쇠고랑으로 침상 뒷벽에 구속되어 있었다. 침상은 제이든이 날려버린 후에 다시 만든 모양이었다. 잭의 금빛 머리카락은 떡이 져서 축 늘어졌고, 창백한 피부는 뼈에 달라붙다시피 해서 인간이라기보다는 시체 같았다.

어차피 이젠 인간이 아닐지도 모르지.

그렇다면 제이든은 뭐가 되지?

나는 숨을 깊이 들이마시고 미라가 쳐놓은 보호막을 뚫고 들어갔다. 마법 저항 때문에 목덜미가 찌릿했고, 잭은 붉은 테를 두른 눈동자를 내 쪽으로 들어 올렸다. 홍채 한가운데는 여전히 빙하 같은 푸른색이었지만, 가장자리는 흐릿하게 붉어져 있었다.

"잭."

이모젠이 뒤따라 들어오더니 감옥 문을 닫았다. 우리는 안에 갇혔다. 즐겁지는 않지만, 히튼과 에머리에게 우리가 주고받는 말을 들려줄 순 없었다.

나는 코로 숨을 들이마시고 입으로 내뱉으면서 이곳이 바리쉬가 며칠 동안이나 내 뼈를 산산조각 냈던 방이라는 사실을 잊으려 애썼다. 그러나 축축한 흙냄새와 묵은 피 냄새 때문에 이를 악물 수밖에 없었다.

"소른게일, 네가 대체 뭘 원해서 찾아왔을까?" 잭은 바닥에서 뺨을 들어 올리지도 않은 채 갈라진 입술 사이로 쉰소리를 내뱉었다.

이모젠은 문에 등을 기댔고, 나는 잭 앞에 쪼그려 앉았다. 잭이 사슬의 한계를 시험할 때에 대비해서 손이 닿지 않을 거리는 유지했다. "교환하러 왔지."

"온갖 심문과 복원을 당하고도 버텼는데, 너한테 꺾일 것 같아?" 잭의 눈에 증오가 번득였다.

"아니." 나는 잭이 이미 몇 번이나 제이든에게 꺾였다는 사실을 말해주진 않았다. "하지만 네가 살고 싶어 한다고는 생각하지." 나는 주머니에 손을 넣어 도관에 든 작은 합금 메달을 꺼냈다. 반짝이는 무거운 금속이 손바닥에 닿는 감촉은 뜨겁고 매끈했다. 보란 듯이 잭 앞으로 내밀자 희미하게 웅웅거렸다. "여기엔 네가 일주일은 살아남게 해줄 마력이 충전되어 있어."

잭은 굶주린 눈으로 그 금속에 시선을 꽂았다. "하지만 완전히 충족할 만큼은 아니군."

"허튼 생각 하지 마. 난 네 탈출을 도우려는 게 아니야." 나는 바닥에 다리를 접고 앉았다. "하지만 몇 가지 질문에 답하면 이걸 줄게."

"그러느니 차라리 말렉을 만나겠다고 한다면?" 잭이 도발했다.

"너희 종족이 말렉을 만날 수나 있어?" 맞받아친 나는 합금 메달을 잭의 손이 닿기 직전쯤에 놓고, 대답이 돌아오지 않자 팔에 묶어놓았던 유리병을 하나 꺼냈다.

"그걸 알아볼 시간이 하루 남긴 했지만, 혹시 내가 네 고통을 끝내주길 바란다면 그것도 준비해왔어." 메달 옆에 병을 내려놓자 유리가 돌과 부딪치는 소리가 울렸다.

"그건…." 잭은 유리병을 노려보았다.

"분말로 빻은 오렌지 껍질이야. 단순하지만, 네 경우엔 효과적이지. 네 몸이 얼마나 바닥 가까이 갔는지 생각하면 더 그렇고. 네 행동의 결과로 내 어머니가 돌아가셨다는 점을 감안하면 자비롭기도 해. 하지만 너에게 단검을 남겨줄 만큼 자비롭지는 못해서."

잭은 입꼬리를 올려 비웃으면서 바닥에서 몸을 밀어내 앙상하고 뼈만 남은 섬뜩한 모습으로 앉았다. 쇠사슬이 돌에 부딪치는 소리가 났고, 나는 사슬의 한계를 제대로 짐작했다는 사실에 안도했다. 우리 사이에는 1미터 정도의 거리가 있었지만, 잭은 그 절반밖에 오지 못했다. "넌 언제나 지나치게 자비로웠지. 너무 마음이 약하고."

"맞아." 나는 어깨를 으쓱였다. "난 고통받는 짐승을 마주하면 언제나 괴로워했지. 자, 너와 달리 나는 가야 할 곳이 있으니까 어서 골라."

잭의 시선이 합금으로 향했다. "질문 몇 개?"

"네가 얼마나 오래 살고 싶으냐에 달렸지." 나는 합금 메달을 잭 쪽으로 살짝 밀었다. "오늘은 네 개." 그중 하나는 이미 답을 알고 있는데, 잭이 헛소리를 하진 않는지 확인하기 위해서였다.

"그리고 난 네가 그걸 줄 거라고 그냥 믿으라고?" 잭은 이모젠 쪽을 보았다.

"나보다는 재랑 얘기하는 게 훨씬 좋을걸, 재수 없는 새끼야. 난 기꺼이 여기 앉아서 네가 죽는 꼴을 지켜볼 거야." 이모젠이 대꾸했다.

"첫 번째 질문." 나는 시작했다. "너희는 서로를 감지할 수 있어?"

잭은 합금을 노려보더니 침을 삼켰다. "그래, 신참일 때 우리는 스스로를 숨기는 데 썩 능숙하지 못해. 그래야 고참이 우리를 발견하고 키운다고 들었어. 보통은 세이지가 키우지만 드물게 메이븐이 관심을 보이는 경우도 있지." 잭의 입꼬리가 올라갔다. "입문자와 아심들은 서로를 추적할 수 있지만, 세이지와 메이븐으로 대연회장을 가득 채우더라도 난 못 알아볼 거야. 너도 마찬가지고." 잭의 눈이 반짝이고, 눈가에 붉은 핏줄이 맥동했다. "그 말을 들으니 몇 년 동안 여기에서 채널링한 게 누군지 궁금해지지 않아? 누가 정보와 힘을 교환하고 지냈을지?"

심장이 목구멍까지 뛰어오르는 기분이었다. "너희는 채널링하려면 가르침을 받아야 하나? 아니면 혼자 힘으로 사악해질 수 있는 거야?" 이제 우리 사이에 베닌이 있을지도 모른다는 두려움에 사로잡힌 티를 내진 않았다. 잭에게 그런 만족감을 주고 싶지 않았다.

"네가 정말로 알고 싶은 걸 물어봐." 잭의 목에서 쉿소리가 났고, 나는 손도 대지 않은 아침식사 쟁반에서 건드리지 않은 물잔을 건네고 싶은 본능을 무시했다. "내가 바뀌었을 때, 어떻게 바뀌었는지 묻고 싶은 거잖아. 왜 입문자만 피를 흘리는지 물어보라고."

나는 그 정보를 흡수하고 바로 넘어갔다.

"너희는 가르침을 받아야만 하냐고." 나는 되풀이해서 물었다. 제이든은 혼자 힘으로 했지만, 난간다리를 건널 배짱이 없는 모든 보병 생도들도 그럴 위험이 있는지 알아야 했다.

잭은 밭은 숨을 내쉬더니 합금에 주의를 돌렸다. "이미 마법의 흐름을 경험했다면 그럴 필요가 없어. 한 번도 마법을 휘둘러본 적이 없는 사람이라면 설명을 들어야겠지만, 드래곤 라이더나 그리폰 플라이어라면?" 그는 고개를 저었다. "원천은 그 자리에 있어. 우린 그저 원천을 보겠다고 마음먹기만 하면 돼. 문지기들을 우회해서 정당한 우리 것을 갖겠다고 선택하면 된다고." 잭이 손을 들어 올렸지만, 쇠사슬 때문에 짧게 들 수밖에 없었다. "마력은 그놈들이 적합하다고 생각하는 상대만이 아니라 마력을 휘두를 만큼 강한 사람이라면 누구나 접근이 가능해야 해. 너야 날 악당으로 보겠지만, 넌 드래곤 둘과 계약했지."

나는 대놓고 그 모욕을 무시했다. "그자들의 계획을 알아?"

잭은 코웃음을 쳤다. "1학년이 비행단을 지휘하는 거 봤어? 우린 너희 생각만큼 멍청하지 않아. 정보엔 인가범위가 있어. 질문 낭비하는 꼴이란. 하나 남았어."

"마지막 질문이야." 나는 합금을 돌 가장자리까지 밀었다. "원천에서 채널링하고 나면 스스로를 어떻게 치료하지?"

"치료?" 잭은 정신 나간 사람 보듯이 나를 보았다. "내가 병에 걸린 것처럼 말하는군. 오히려 난 정말로 자유가 됐는데 말이야." 그는 몸을 떨었다. "음, 부분적인 자유긴 하지. 우린 제한 없이 마력에 접근하는 대가로 자율성의 일부를 지불해. 너는 그게 영혼의 상실이라고 여길지 모르지만, 우린 양심의 부담을 지지도 않고 감정적인 애착으로 약해지지도 않아. 우린 웬 짐승의 변덕이 아니라 스스로의 능력, 스스로의 재능에 따라 발전해. 치료법 같은 건 없어. 마력은 협상을 하지 않고, 우린 치료를 원하지 않으니까."

잭이 내 질문을 철저히 경멸한다는 사실이 배를 때리는 타격 같았고, 폐에서 숨이 다 빠져나가는 기분이었다. 제이든도 어느 시점에는 치료를 원하지 않게 될까? "난 합의를 지키는 사람이야." 겨우 그렇게 말하고 합금 메달을 잭 쪽으로 던졌다.

잭은 놀라울 정도로 빠르게 합금을 잡아채더니, 주먹을 꽉 쥐고 눈을 감았다. "그렇지." 잭은 속삭였고, 나는 놈의 뺨에 살이 오르고 색이 돌아오는 모습을 홀린 듯 지켜보았다. 갈라진 입술이 멀쩡해지고, 셔츠 안에도 좀 더 실체가 생겼다. 잭은 눈을 번쩍 뜨더니 눈 옆의 핏줄을 두근거리면서 합금을 다시 나에게 던졌다.

나는 합금을 잡으면서 그 안이 텅 비었다는 사실을 알았고, 메달을 주머니에 넣고 오렌지 껍질은 팔에 다시 끼우고 일어섰다.

"또 와." 잭은 무릎을 세우고 앉으면서 말했다.

"일주일쯤 후에." 나는 고개를 까딱이면서 대답했다. 이모젠이 옆으로 다가왔다. 우리의 시간은 끝났지만, 아직 한 가지 의문이 남았다. "그런데 왜 나야? 다른 사람들도 같은 보상을 내밀었을 텐데, 왜 내 질문에는 대답하고 다른 질문에는 대답하지 않지?"

잭은 눈을 가늘게 떴다. "놈들이 널 여기 가두고 뼈를 부러뜨렸을 때, 구해달라고 라이오슨의 이름을 부르며 울부짖었어?"

"뭐라고?" 얼굴에서 핏기가 싹 빠져나갔다. 놈은 나에게 괜히 물어본 게 아니었다.

잭이 몸을 앞으로 기울였다. "놈들이 널 의자에 묶고 네 피가 돌 사이에 난 홈을 메우면서 수챗구멍으로 흘러가는 꼴을 지켜봤을 때 말이야.
라이오슨에게 구해달라고 외쳤어? 바닥에 누워 있으면 분명히 느낄 수
있어서 묻는 거야. 네 모든 고통이 자장가처럼 들려오거든."

나는 움찔했다.

"그렇지." 잭의 미소가 오싹해지며 역겨운 흥분을 드러냈다. "바로 그래서 네 질문에 답하기로 한 거야. 우리 둘 다 내가 여전히 널 해칠 수 있고, 칼을 들어 올릴 필요도 없이 그렇다는 걸 안다는 만족감 때문에."

나는 악몽 속에 계속 떠오르는 냄새를 들이마시며 감옥 안을 둘러보았다. 이 모든 게 환각이고, 난 아직 그 의자에 묶여 있다는 깨달음이 찾아올 것만 같았다. 리암을 다시 볼 것 같기도 했지만, 실제로 보이는 것이라곤 말라버린 회색 돌뿐이었다.

"정말로 내가 고통을 느꼈던 방이 여기 하나뿐이라고 생각해? 통증은 나에게 새롭지 않아, 잭. 통증은 평생을 함께한 친구거든. 그러니 걔가 너한테 노래하든 말든 상관없어. 솔직히 말하면 네가 새로 장식한 덕분에 같은 방처럼 보이지도 않네. 내 취향에는 좀 단조로운 방이야." 나는 옆으로 걸음을 옮겼다. "이모젠, 난 갈 준비 됐어."

"그러면 네가 사랑하는 서기에게 내가 일러바치는 건 어떻게 막을래? 네가 적에게 먹이를 줬다는 사실을 말이야." 잭이 활짝 웃었다.

"기억을 못하면 무슨 말을 하기도 어렵지." 이모젠이 잭 옆으로 훅 다가가자, 그 미소는 바로 사라졌다.

4분 후, 계단통으로 나오니 리애넌, 리독, 소여가 터널에서 우리를 기다리고 있었다.

"맙소사, 너희 넷은 뭐든 혼자서는 못하는 거야?" 이모젠이 중얼댔다.

13

세 번의 시험에 떨어졌으므로, 1월 15일을 기해 제시니아 닐워트는 명인의 길에서 면직하고 그에 따라오는 모든 책임과 신성한 특권을 잃는다. 그레디 교수의 권한 남용에 이의는 있으나, 요청에 응하여 제시니아 닐워트를 그레디 휘하로 이동시킨다.

— 서기 분과 생도대장 루이스 마컴 대령의 공식 보고

"뭐가?" 리애넌은 어깨를 으쓱이고 벽에서 등을 뗐다. "바이올렛이 심문하는 동안에는 따라 들어가지 않았잖아. 우린 각자의 영역을 존중한다고."

"각자의 영역이 있긴 해?" 이모젠이 세 사람에게 시선을 던졌다. "너희가 바이올렛과 같이 간다면, 난 아카이브까지 가는 황홀한 모험에서 빠질게. 점호 때 보자." 이모젠은 리에게 경례하는 시늉을 한 뒤 우리 분과가 있는 왼쪽으로 향했다.

"잭의 말을 요약하면, 우리가 베닌에게 둘러싸였어도 절대 모를 거래." 나는 세 친구에게 말했다.

"끝내주게 마음이 편해지는군." 소여가 대꾸했다.

"좋아 보이는데…." 나는 목발을 짚고 선 소여의 뺨에 혈색이 도는 것을 알아차렸다. "머리를 새로 잘랐어? 면도도 하고?"

"일찍 일어나서 방문 준비를 한 것 같지?" 리독이 놀리는 가운데 우리는 소여를 가운데에 두고 터널을 내려갔다.

"닥쳐." 소여가 고개를 저었다. "내가 일찍 일어난 건 기분 나쁜 나무 조각을 다리에 맞춰보기 위해서였어. 목각사가 올 수 있는 시간이 그때밖에 없었거든. 아무래도 내가 직접 의족을 만들어야 할까 봐."

"그래야지. 그리고 어느 서기를 만난다는 기대로 그 시간을 참을 만했다는 데 한 표 던진다." 오른쪽에서 걷던 리가 미소 지었다.

"우리가 지금껏 너와 타라의 관계에 대해 뭐라고 한 적 있어? 아니면 라이오슨과 소른게일이 결혼한 지 오래된 부부처럼 싸운다고 뭐라고 하길 해?" 소여는 우리 쪽을 노려본 다음에 리독도 노려보았지만, 마법 불빛 아래에서도 소여가 얼굴을 붉혔다는 사실은 숨겨지지 않았다. "리독은 무슨 망할 개구리처럼 이 침대 저 침대를 뛰어다니는데, 왜 나한테만 그래."

우리는 몇 걸음을 옮기다가 참지 못하고 웃음을 터뜨렸다.

"개구리라고?" 리독이 소여 왼쪽에서 히죽거렸다. "그게 최선이야? 개구리?"

"타라와 내 이야기는 진부해." 리가 어깨를 으쓱였다. "지휘부가 우리 둘에게 가혹하거든. 시간이 있을 때는 같이 지내지만, 그렇다고 다른 사람을 만나지 않는 것도 아니지." 리는 내 쪽을 곁눈질했다. "하지만 소여 말이 맞아. 너랑 라이오슨은 결혼한 지 50년쯤 됐는데 둘 다 설거지하기 싫어하는 부부처럼 다투긴 해."

"그건 사실이 아니야." 내가 항의하는데 소여가 고개를 끄덕였다.

"나도 동의." 리독이 말했다. "그것도 언제나 똑같은 싸움이지." 리독은 가슴팍에 손을 올렸다. "비밀을 만들지 않으면 당신을 믿겠어!" 그러고는 손을 내리고 험상궂은 얼굴을 했다. "네가 매력을 느낀 건 내 비밀스러운 성격일 텐데, 그리고 왜 5분도 얌전하게 있질 못하는 거야?"

리는 너무 웃어서 사레들릴 뻔했다.

나는 리독을 노려보았다. "계속 지껄여봐. 그러면 내가 개구리 같은 짓도 못하게 단검을 꽂아줄 테니까."

"내가 우리 중에 유일한 싱글이고, 그걸 매 순간 즐기고 있다는 이유만으로 미워하진 말라고." 모퉁이를 돌자 아카이브로 들어가는 거대한 둥근 문이 보였다.

"사령부에선 분명 네가 라이오슨과 사귄다는 사실을 몰래 좋아하고 있을걸." 소여는 오른쪽 목발 손잡이를 고쳐 잡으면서 나에게 말했다. "라이더의 자식은 보통 더 강한 라이더가 되는데, 너희 둘의 힘이면? 멜그렌은 아마 네가 임관되자마자 어디든 두 사람이 원하는 신전으로 모셔다 줄 거야."

"로이알이 날 들여보내줄까 모르겠다." 나는 중얼거렸다. "마지막으로 로이알 신전에 발을 들인 게 언제인지 기억도 안 나." 사랑의 여신에게 기도하기를 멈춘 지 몇 년이었다. 지혜의 남신 헤데온도 순전히 앙심을 품고 멀리했고. 사랑과 지혜는 내가 필요로 할 때 나타난 적이 없었다.

"장군이 그때까지 기다리기나 할까 모르겠네." 리가 눈썹을 치켜올렸다. "라이오슨은 이미 졸업했잖아."

"우린 그런 의논을 한 적이 없어." 나는 고개를 저었다. "장래에 결혼할 생각이 없는 건 아니지만, 난 졸업까지 살아남는 데 더 집중하고 싶어. 넌 어때?"

"언젠가는 하겠지." 리가 중얼거렸다. "아무튼 멜그렌이 네 자식이 21년 뒤에 전투 예지 능력을 얻을 거라는 희망을 품고 전투 브리핑 시간에 널 끌어내서 직접 결혼식을 주관하지 않은 것만도 행운이야." 리가 내게 어깨를 부딪쳐왔다.

"멜그렌이 그렇게 근시안이라니 안타까운 일이지." 리독의 말을 끝으로 우리는 문을 지키고 앉은 1학년 서기 옆을 지나쳤다.

양피지와 잉크 냄새가 고향처럼 나를 반겼다. 나는 금방이라도 아버지가 걸어 나올 것 같아서 거대한 도서관 오른쪽에 줄지어 쌓인 책더미를 응시했다.

"닐워트 생도를 만나러 왔는데요." 리가 크림색 로브를 입지 않은 사람은 넘어갈 수 없는 투명한 선에 해당하는 입구 테이블의 1학년 서기에게 말했다.

그 생도가 서둘러 들어가는 사이에 리독은 소여를 위해 의자를 하나 빼주었고, 소여는 내가 이 분과에 들어올 준비를 하느라 몇 년을 보냈던 바로 그 자리에 앉았다.

"괜찮아?" 리가 조용히 물었다.

나는 조용히 고개를 끄덕이고는 잠시 미소를 보였다. "그냥 머릿속이 복잡했어."

"긴장 풀어, 바이올렛." 리독이 소여 옆에 앉았다. "이 세상의 명운이 네가 이리드를 찾는지 여부에 달린 것도 아니잖아." 리독은 목덜미를 문질렀다. "이리드라면 무지개를 뜻하는 이리데슨트의 준말일까?"

"맞아." 우리 셋이 동시에 대답했다.

"젠장. 소여 놀리기나 다시 해야겠다." 리독이 의자에 등을 기대는데, 제시니아가 가죽 장정본을 한아름 품에 안고 우리 쪽으로 걸어왔다.

3학년 한 명이 앞을 가로막자 제시니아는 피해서 걸었다. 책장을 몇 줄 더 지나자 2학년 한 명이 또 그랬다.

"여긴 라이더 분과보다 더 지독해." 소여는 목발을 테이블에 기대어 놓으면서 손마디가 하얗게 되도록 힘을 줬다.

"정말 그래." 나는 테이블 첫 줄에 앉은 3학년 한 명이 대놓고 노려보는데도 고개를 높이 들고 걷는 제시니아를 자랑스럽게 바라보며 맞장구쳤다. 정작 그놈은 내가 째려보는 것을 알고는 움찔했다.

"그레디에게 탐험대에 넣어달라고 신청했어." 제시니아가 도착했기 때문에 리독은 소리 내어 말하면서 동시에 수어를 했다. "그레디가 받아들일까?" 그는 제시니아를 보고 눈썹을 들어 올렸다.

제시니아는 테이블에 책 여섯 권을 내려놓고 두 손으로 대답했다. "바이올렛에게 얼음 능력자가 필요할까?"

"그럴 수도 있지." 리독은 능숙하게 입과 손으로 함께 말했다. "다 네 조사 내용에 달렸어."

"정말 부담 없네." 제시니아는 수어로 말하면서 눈을 굴렸지만, 소여를 보는 순간 눈빛이 부드러워졌다. "이 아래까지 걸어올 필요는 없었는데."

제시니아의 말을 리독이 통역했다. "자기가 너한테 갔을 거래."

"내가. 여기. 싶었어." 소여가 천천히 손을 움직였다.

리애넌과 나는 마주 보고 히죽거렸다. 소여는 빨리 배우고 있었다.

제시니아의 이마에, 정확히 크림색 후드 바로 밑에 걱정이 담긴 주름이 두 줄 생겼다. 그렇지만 그녀는 바로 고개를 끄덕이고 나를 보았다. "쓸모 있을 만한 책을 여섯 권 가져왔어." 제시니아가 수어로 말하자, 리독이 조용히 소여에게 통역했다.

"내가 시체를 묻어야 할까?" 나는 손을 빠르게 움직여서 물었다. "재수 없게 구는 서기 몇 명쯤은 앤다나가 기꺼이 구워줄 텐데."

"기쁘게." 앤다나가 명랑하게 외쳤다.

"안 된다." 테른이 꾸짖었다. *"앤다나를 부추기지 말아라."*

제시니아는 일과를 시작하러 모이는 생도들을 흘긋 돌아보고 수어로 말했다. "피는 충분히 봤어. 그리고 탈영에 대한 처벌은 내가 감당할 수 있어."

“처벌이라고?” 속이 뒤집혔다.

“놈들이 밀어….” 소여가 수어로 말하다가 ‘내쫓다’가 아니라 ‘밀어낸다’는 뜻의 손짓을 하고는 손을 내렸다. “젠장.” 그는 천장을 보며 욕을 했다. “리독?”

“내가 도와줄게.” 리독이 말하면서 손짓했다. “그리고 나중을 위한 너희의 섹스 계획 같은 건 잡지 않겠다고 약속할게.”

제시니아가 눈을 크게 떴다.

“신들이시여, 우리를 도우소서.” 리가 중얼거리더니 재빨리 손짓했다. “리독!”

“손해 보는 건 재들이지.” 리독이 입과 손으로 말했다.

“생각해보니까….” 나는 입을 다문 채 수어로만 제시니아에게 말했다. “이 테이블에는 우리 둘만 있는 거나 다름없어.”

제시니아는 입술을 깨물며 웃음을 눌렀다.

“내가 하려던 말은….” 소여는 통역하는 리독을 쏘아보며 말했다. “놈들이 제시니아를 명인 프로그램에서 내쫓았다는 거야. 실패할 게 뻔한 말도 안 되는 시험을 만들어서.”

속이 철렁 내려앉았다. 제시니아가 아레티아를 선택했다는 이유로 마컴이 벌할 줄은 알았지만, 제일 똑똑한 서기 생도를 내쫓을 거라고는 상상도 못했다. 그것도 그 생도가 절실히 필요한 진로에서 말이다.

제시니아는 소여에게 시선을 돌렸고, 내 최악의 적이라 해도 그런 눈빛을 받는다면 안타까울 지경이었다. “그 정보는 네가 공유해도 되는 게 아니었어.” 제시니아가 수어로 말했고, 리독이 말로 반복했다.

“그 말은 나도 이해했어.” 소여가 중얼거렸다. “네가 새로 받은 명령을 생각하면 이 친구들도 알아야 해.”

“난 동의하지 않아.” 제시니아는 대놓고 시선을 돌렸다가, 나를 쳐다보았다. "내 걱정은 하지 마. 밖에 나가서 베닌과 싸우는 것도 아닌걸." '베닌'은 철자를 하나씩 표시해야 했다.

"정말 미안해." 나는 속삭이면서 손짓으로 말했다.

"그러지 마." 제시니아는 고개를 저었다. "난 그 사람들이 날 믿고 맡길 수 있다고 생각하는 단 하나의 임무에 배정됐어. 네 조사를 돕는 일. 뭐, 공식적으로는 그레디 휘하지만, 실제로는 너지."

그렇게 제시니아의 지식 범위를 좁혀 놓았다고? 목구멍을 바위처럼 틀어막으려 드는 분노를 삼키느라 내 모든 품위를 동원해야 했다. "네가 그 일을 맡길 바라진 않았어."

제시니아는 나를 향해 얼굴을 찌푸렸다. "그만 좀 해. 난 최소 400년 동안 아무도 읽은 적 없는 귀중한 왕실 서고에 혼자 있어. 괴로울 리가 없잖아." 그녀는 눈을 굴리며 미소 지었다.

"이리드에 대한 언급은 찾았어?" 리독이 물었다.

제시니아가 눈을 한 번 깜박이더니 리독을 보면서 수어를 했다. 그 표정을 알아본 나는 잠깐이지만 리독을 애도했다. "그럼. 내가 뽑은 두 번째 책에 있었지."

"정말?" 리독의 얼굴이 환해졌다.

"물론이야." 제시니아는 완벽한 무표정을 유지했다. "마지막 이리드 알이 부화해서 라이더이자 서기로 타고난 생도와 계약을 하면, 그 생도는 두 가지 고유 능력을 받게 될 거라고 써 있었어."

"세상에나!" 리독이 신나서 손을 움직였다. "예언이 있단 말이야?" 리독이 재빨리 나를 돌아보았다. "바이올렛, 너…."

나는 코를 찡그리면서 얼른 고개를 저었다.

리독은 한숨을 쉬더니 제시니아를 보고 손을 움직였다. "농담한 거구나? 예언 같은 건 없는 거야."

"아, 정말 못 말린다니까." 소여가 속삭였다.

제시니아가 테이블 위로 리독을 향해 살짝 몸을 내밀었다. "예언 같은 건 당연히 없지." 제시니아는 매서운 눈으로 리독을 보면서 퉁명스럽게 손을 움직였고, 이번에는 소여에게 통역하는 역할을 리애넌이 맡았다. "아직 조사 중이야. 리라의 일기 번역도 겨우 끝냈고, 이젠 600년 치 개인 기록을 읽어야 해. 정말로 내가 왕실 서고에 들어간 지 일주일도 안 돼서 바로 답을 찾았을 거라 생각해? 그랬다면 내가 네가 아니라 바이올렛에게 곧바로 갔겠지?"

나는 불편한 마음으로 발끝을 들어 올렸다.

"희망은 품을 수 있잖아." 리독이 입과 손으로 말했다. "그런데 너 화났을 때는 좀 무섭다."

"난 신전에서 그날그날 내려온 신탁을 전하는 사제가 아니거든. 난 교육을 아주 잘 받은 서기야. 날 서기답게 대우하면 화낼 일이 없겠지." 제시니아는 그렇게 대꾸하고 내 쪽으로 몸을 돌렸다. "자, 네가 읽어보라고 이렇게 여섯 권을 챙겼어. 이 책들은 대부분 드베렐리 섬 남쪽 끝을 다루는데, 우리가 마지막으로 소통했던 섬이라서야. 네가 거기서부터 시작하면 될 것 같지만, 경고해두는데 그레디는 북쪽에 있는 에메랄드 해 탐사에 대한 책들을 요청했어."

제시미아는 책더미를 테이블 위로 밀고는 다시 손을 들어 말을 이었다. "솔직히 금고 안에 든 책들을 보고 경악했어. 마라야 왕이 목록을 보내줘서 다행이야. 우리에게 없는 게…." 제시니아는 고개를 옆으로 기울였다. "아니, 우리에게 뭐가 없는지도 난 몰라. 어제는 카다오 장군의 일기를 읽었는데, 두 번째 크로블라 반란을 지원한 외부 섬이 있었을지 모른다고 적은 다음 부분이 통째로 뜯겨나갔더라." 그녀는 격분해서 팔을 내렸다. "우리한테 없는 내용은 나도 조사할 수가 없어."

"두 번째 크로블라 반란을 섬 왕국이 지원했다고?" 나는 제대로 알아들었는지 확인하려고 느릿느릿 입과 손으로 말했다. "하지만 그건 400년 전이잖아? 그리고 병사를 보낸 건 코딘이라고 생각했지. 206년쯤에 그들이 포로미엘 편을 든 후 우린 대부분의 섬 왕국과 연락을 끊었고, 그 결과로 이후 몇백 년 동안 그쪽에선 우리가 보낸 특사를 모두 죽였어. 그런데 카다오 장군이 그걸 어떻게 알았지?"

"내 말이." 제시니아가 수어로 말했다. "그 답을 알 수 있을지 모르는 서기라면, 난 하나밖에 생각할 수 없어." 그러면서 그녀는 나를 보고 눈썹을 치켜올렸다.

아, 나는 눈을 깜박이면서 그 정보를 빠르게 소화했는데, 피할 수 없는 결론에 도달하자 욕이 나왔다.

"그게 너야?" 리가 손을 움직이면서 동시에 물었다. "어, 설마 마컴이야?"

나는 고개를 저었다. "우리 아버지야. 그리고 아버지의 모든 연구와 미출간 저서는 이제 접근하기가 아주 어려워." 어깨가 처졌다. 엄마가 돌아가신 후에 그 거처에서 엄마의 일기를 빼내는 데만 몰두한 나머지, 아빠가 숨겨놓은 기록들에 대해서는 완전히 잊고 있었다.

"접근하기 어렵다는 게 아릭과 한밤의 임무가 필요했을 때처럼이야?" 소여가 묻고, 리독이 통역했다.

"데인이 아버지를 배신하게 만들어야 할 만큼 힘들어." 거의 가능성이 없는 소리였다.

"분과 전체를 앞에 두고 데인과 의절했으니 힘들지도 않을 것 같은데." 리애넌은 눈썹을 들어 올리면서 말했다.

"그리고 데인이 아버지를 처음 배신하는 것도 아니잖아." 소여가 덧붙였다.

나는 고개를 저었다. "데인은 아버지가 아니라 나바르를 떠난 거지. 그리고 내가 다르다고 하면 다른 거야." 나는 책더미를 보다가 다시 제시니아를 마주 보았다. "이 책들도, 지금 하는 작업도 고마워. 여기에서부터 시작할게."

3일 후, 전투 브리핑 시간에 데인 문제를 생각하고 있는데 드베라가 손목을 털더니 벽에 내가 지금까지 본 중에 제일 큰 대륙 지도가 펼쳐졌다. 소름 끼치는 광경이었다.

"어제 아레티아에서 우리 물건들과 같이 전해줬나 봐." 캣이 내 왼쪽에서 말했다.

"지도에 붉은색이 너무 많아서 편안하게 볼 수가 없다." 리는 펜으로 공책을 두드리면서 논평했다.

그 저주받을 빨간색은 불모지에서 나와서 스톤워터 강을 따라 올라가다가 사마라 직전에 멈추더니 보호막의 선을 따라 퍼졌다. 적은 제일 약한 곳을 찾고 있는 것만 같았다. 하지만 사마라는 아직 버티고 있다. 제이든은 안전하다. 적어도 당장은. 제이든이 떠난 지 열흘이 넘었다. 테른은 한계에 이르렀고, 나도 마찬가지였다. 저 밖에 나가 있는 모든 시간 동안 제이든의 영혼과 정신이 위험하다. 제이든이 장담했던 그 해결책을 어서 내놓지 않으면, 우리가 제이든을 국경에서 빼낼 방법을 찾아야 한다.

브레이빅은 대부분이 붉은 깃발 투성이였고, 특히 던네스 강가가 심했지만, 시그니슨은 최근에 공격받지 않았다…. 그리고 생도들도 아직 보내지 않았다.

브레이빅의 중심 도시인 졸라는 몇 달 전에 함락됐지만, 그 지역 북쪽에서는 포로미엘 왕국의 수도인 수니바가 아직 버티고 있었다. 마라야 왕의 여름 별장과 서재가 어디에 있는지 궁금할 수밖에 없었다. 그리고 그곳은 잘 지켜지고 있기를 바랄 수밖에.

"코딘은 아직 안전해." 나는 캣에게 속삭였다.

"이 속도면 그게 얼마나 갈까?" 캣이 입술을 오므렸지만, 나는 그 태도를 개인적인 감정으로 받아들이지 않았다. 우리 언니는 아레티아에 주둔하고 있고, 캣의 언니는 보호막 너머에 있었다.

"다들 보다시피." 드베라가 입을 열자 방 안이 조용해졌다. "보호막을 따라 지원을 더한 계획적 공세가 이뤄지고 있고, 그 중심은 사마라 기지다. 우리는 그 이유가 사마라가 여기, 부화지로 이어지는 직선 경로이기 때문이라고 본다."

나는 눈썹을 치켜올렸다. 우리에게 답을 주다니 드베라답지 않았다.

"지금까지 베닌에 대한 우리의 지식은 어느 정도… 방해를 받았다." 드베라가 인정했다.

"많이 돌려 말씀하시네." 리독이 작게 중얼거렸다.

"분명히 지난 몇 주 동안 정보가 없어서 좌절한 사람도 있겠지. 의자 밑에 손을 넣어보면 우리가 왜 미뤘는지 알게 될 것이다."

다른 생도들과 마찬가지로 나도 허리를 굽혀 의자 밑에 놓인 두꺼운 캔버스로 싸인 장정본을 찾아 꺼냈다. 너무 급하게 일어나 앉는 바람에 현기증이 났다. 눈을 몇 번 깜박인 다음에 빈 책등을 보고 목차를 폈다. "레라 도렐 대위의《베닌 격파 안내서》,《베닌 개요서》 등등. 이것 봐, 선집을 만들어줬네."

"넌 이 책들을 다 읽어보지 않았어?" 리가 책을 훑어보면서 물었다.

"마지막에 있는《어둠 능력자들과 어둠의 시절》만 빼고. 나머지는 테카루스가 아레티아로 보내줬어."

"개요서는 내 사촌인 드레이크가 썼어." 캣이 우쭐거렸다.

"그래, 알아들었어, 캣. 너 잘났다고." 리독이 리를 흘긋 보았다. "소여에게 갖다줄 책이 필요해."

리는 고개를 끄덕였다. "혼자 뒤처지게 둘 순 없지. 그랬다간 돌아오기로 결정했을 때 따라잡느라 아등바등할 거야."

"여기서 외다리 라이더는 못 본 것 같은데." 캣은 베닌 선집을 공책 밑에 넣었다. "넘겨짚기 전에 본인이 원하는지 물어봐야 하지 않겠어?"

일리는 있는 말이었기에 나는 먼저 한 말로 캣을 물어뜯지 않았다.

"서기 생도들이 지난 몇 주 동안 지칠 줄 모르고 일해서 너희가 한 권씩 받을 수 있을 만큼 찍어냈다." 드베라는 테이블에 다시 기대어 앉았다. "물론 플라이어들에게는 이 책에 담긴 내용이 새롭지 않을 테니, 새로운 역사 수업의 첫 시험은 모두가 멋지게 합격하리라 기대한다." 그녀는 몸짓으로 키안드라 교수를 가리켰다. "이 수업은 키안드라 교수님이 가르치실 것이고, 빠르고 편리한 수업을 위해 이 방에서 화요일과 목요일마다 이뤄질 것이다. 우리의 룬 전문가들은 여기로 오기를 거부했으므로, 너희는 2주마다 교대로 아레티아에 가서 룬 집중 수업을 듣게 된다. 비행장과 룬 수업 날짜가 더해진 새 일정은 각자의 전대장에게 확인하도록."

교실 전체에 툴툴거리는 소리가 가득 찼다. 뒤쪽에 있을 3학년들마저 그랬다. 어깨 너머를 돌아보니 맨 윗줄에 데인이 있었다. 데인이 워낙 자주 떠나 있다 보니, 아직까지도 아빠의 연구 자료를 찾게 도와달라고 부탁할 기회가 없었다.

"불평하지 말아라." 드베라가 손가락을 들면서 경고했다. "우린 딱 세 가지 수업만 더했을 뿐이고, 이 수업들이 너희 목숨을 구할 거다."

"수업을 세 개나 더 받으라고?" 리독이 신음했고, 방 여기저기에서 같은 감상이 울려 퍼졌다. "탐험대 조사에 더해서?" 그는 내 쪽을 보고 소곤거렸다. "난 아직 첫 번째 드베렐리 책도 반밖에 못 읽었단 말이야."

리독이 적극적으로 덤벼드는 모습을 보니, 같이 갈 가능성은 전혀 없는 줄 알면서도 입꼬리가 올라갔다.

"진심이다. 징징이들은 검은 옷을 입을 자격이 없다." 드베라 교수가 날카롭게 말했다. "그 책을 읽고 살아남든지, 읽지 않고 죽든지 해라." 그녀는 한숨을 내쉬더니 어깨를 펴고 교실 안을 둘러보았다. "하지만 안타깝게도 인쇄 도중에 아주 중요한 정보가 하나 생겼는데, 그 책에는 들어가지 못했다는 사실을 알려야겠구나. 고위급 베닌은 고유 능력을 쓸 수 있고, 지금도 쓰고 있다는 것이 세 곳의 정보원을 통해 확인되었다. 우리는 세이지와 메이븐이 그렇다고 본다."

뒤이어 내려앉은 정적은 바깥에 내리는 눈보다 두꺼웠고, 그 사실을 알고 있던 우리 몇을 뺀 모든 생도가 완전히 얼어붙었다. 그걸 확인하는 데 열흘이 걸렸다고?

"안다." 드베라는 평소답지 않은 부드러운 태도로 말했다. "충격이지. 이 정보를 소화할 시간을 잠시 주마."

우리 앞줄에서 고개를 떨구는 생도가 한둘이 아니었다. 마치 이미 졌다는 통고라도 받은 듯한 모습이었다. 그걸 비난할 수도 없는 게, 우리 대부분은 단순 마법을 쓰는 플라이어들과 싸우는 방법만 배웠다.

"이 정도 시간을 줬으면 됐겠지." 드베라가 일어섰다. "새로운 전투 국면에 들어선 것을 환영한다. 이제 우리는 하늘에서 숫자로도 밀릴 뿐 아니라, 땅에서는 기술 면에서 동등한 맞수와 싸워야 한다. 너희는 친구들이나 대대원들과 같은 능력을 지닌 베닌을 마주할 수도 있고, 이제부터 그 점을 예상해야 한다." 그녀는 내 쪽을 흘긋 보았다. "자신과 같은 경우도 있겠지."

다시 한 번 웅성임이 일었고, 드베라 교수는 손을 들어 모두를 조용히 시켰다.

“그 점을 염두에 두고, 격투 시합은 에메테리오 교수님의 감시하에 고유 능력까지 포함하도록 바뀔 것이다. 실제 전투에 더 잘 대비하기 위해서다.” 걱정 속에 주고받는 말들이 점점 많아지는 가운데, 드베라가 목소리를 키웠다. “하지만 생도들이 시합할 때 죽는 일은 더 이상 받아들일 수 없다. 매트 위에서 사적인 원한을 갚던 나날은 끝났다. 너희 모두가 졸업까지 살아남아야 한다.”

“소른게일이 상대면 그게 쉽겠어요?” 캐롤라인 애쉬튼이 외쳤다.

일리 있는 지적이다. 나에겐 시합용 매트 위에서 쓸 능력이 없다.

“너희를 늑대들에게 그냥 던지려는 건 아니다.” 드베라가 대답했다. “너희가 추가로 받아야 할 세 번째 수업은 고유 능력 대 고유 능력 전투에 대비하기 위한 실습이다. 너희에게 모든 고유 능력 유형을 경험시키기 위해 교수들이 돌아가면서 맡을 것이고, 첫걸음으로 동부 비행단에서 가장 강력한 라이더를 일시적으로 임대해줬다.”

목이 콱 막히는 느낌에 심장이 쿵쾅거렸다.

“말이 나온 차에….” 드베라는 방 뒤쪽에 있는 문을 가리켰고, 나는 잠시 어질할 정도로 빠르게 고개를 돌렸다. “막 도착했군.”

케이오리 교수 옆에 제이든이 서서 팔짱을 끼고 문틀에 가볍게 몸을 기대고 있었다. 그는 나와 눈이 마주치자 아주 살짝이지만 확실하게 입술을 비딱하게 기울였다.

나는 곧바로 미소를 지었다. 신들이시여, 고맙습니다. 제이든이 교수가 되는 걸로 보호막 안에 머물 방법을 찾았구나….

교수.

이런 젠장. 바스지아스 행동수칙 8조 1항.

내 낙담한 표정을 본 제이든이 고개를 옆으로 기울이더니, 그림자가 차단벽을 쓸었다.

"뭐가 문제야?" 내가 정신 통로를 열자 제이든이 물었다.

"다들 교수진에 새로 합류한 장교를 환영하기 바란다. 라이오슨 교수다." 드베라가 선언했다.

갈비뼈에 힘이 들어갔다. 그렇게라도 팽팽하게 잡아두지 않으면 심장이 터질 것 같았다. *"우리 관계가 방금 끝난 것 같아."*

14

플라이어들이 단순 마법만 쓴다고는 하지만, 북부 비행단에서의 방대한 경험을 바탕으로 말하면 그들은 정신 마법과 맨손 격투 양쪽에서 무서운 적수다. 조심해라, 젊은 라이더들이여. 가능하면 그들을 상대할 때는 드래곤에서 내리지 말라.

__ 라이론 팬첵 중위, 《전술학, 개인적인 회고록》(2부)

“*절대 아니야.*” 제이든이 케이오리를 따라가면서 대꾸했지만, 나는 주위의 아우성 때문에 귀가 살짝 먹먹했다. 드베라가 우리의 수업 일정 변경을 검토하고, ‘고유 능력 대련’이라는 제이든의 새로운 수업에서 어떻게 조를 나눌지 말하면서 일어난 소동이었다.

우리는 몇 분 후에 해산했다.

난 괜찮아. 이건 좋은 일이야. 나중에 생각하자. 당장은 바로 앞에 놓인 목표에 집중해야지. 마침 그 목표는 내가 대대원들과 함께 전투 브리핑실을 빠져나갔을 때 벌써 복도를 중간까지 걸어가고 있었다.

“기뻐 보이지가 않네.” 리가 나를 곁눈질하면서 말했다. “왜 그래? 이젠 둘이 자주 보게 됐는데.”

“그야 그렇지.” 나는 마지못해 고개를 끄덕였다. “수업이 있을 때마다 보겠지.” 까치발을 들었지만, 그래도 복도 가득한 생도 너머로 데인을 보기에는 내 키가 너무 작았다. "데인을 따라잡아야 해."

"데인? 제이든이 나타났는데 데인 이야기를 한다고?" 리가 내 이마에 손등을 댔다. "혹시 열나는 거 아냐?"

"솔직히 말하면, 그런 발표를 듣고 지금 당장은 제이든을 어떻게 봐야 할지 모르겠어." 나는 캣이 듣지 못하게 조용히 말했다. 세상에, 캣이 얼마나 고소해할까. "그리고 데인을 며칠이나 못 봤거든. 물어볼 게 있는데…." 나는 말을 끝맺지 않고 눈썹만 움직였다.

"그랬지." 리는 3학년 강의실 두 개를 지나치면서 고개를 끄덕이더니 앞쪽을 보았다. "데인은 케이오리 방문 앞에서 보디와 얘기하고 있어. 라이오슨과 뭐가 문젠지 말해줄 거야?"

"고마워. 행동수칙 8조 1항이 문제야." 나는 생도들의 강물 속을 헤치면서 걸음을 빨리했다.

"저런. 비행 전술 수업에 늦진 마!" 리가 뒤에서 외쳤다.

다행히도 내가 깊은 아치형의 케이오리 교수실 문 앞까지 간 다음, 누굴 방해하거나 누구에게도 밟히지 않으려고 생도들의 흐름에서 벗어나길 기다릴 때까지 데인은 움직이지 않고 제자리에 있었다.

데인은 내 쪽을 얼핏 보았다가 다시 쳐다보더니 닫힌 문에 기대어 있던 몸을 떼어내고 내가 설 자리를 만들었다. "바이?"

"방해해서 미안하지만, 네가 며칠이나 내륙 기지에 있었잖아. 할 얘기가 있어." 나는 아픈 어깨를 누르는 가방끈을 조절했다. 이모젠은 이번 주 근력운동 시간에 전혀 사정을 봐주지 않았고, 나 혼자 고유 능력을 연습하는 시간도 팔에 부담을 안겼다.

"방해한 거 없어." 데인이 나를 안심시켰다. "우린 그저 비행장 일정 문제를 논의하고 있었거든."

보디가 우리를 번갈아 보았다. "둘만 해야 할 대화야?"

"선배는 괜찮아." 나는 고개를 끄덕였다.

"아." 보디가 자기 자리를 가리켰기에, 나는 그 자리에 가서 서고 보디는 생도들의 흐름에 등을 돌렸다. "이러면 조금 조용해지겠지."

"무슨 일이야?" 데인이 목소리를 낮춰 물었다.

나는 남아 있는 불안감을 밀어냈다. 이게 유일한 기회일 수도 있다. "네 도움이 필요한데, 많은 걸 요구한다는 건 아니까… 그냥 말하고 너에게 결정할 시간을 주려고 해." 보디의 등 뒤로 복도가 서서히 비어지고 있었다.

"불길한 소리네." 데인이 내 눈 속을 살폈다. "말썽에 휘말린 거야?"

"아니." 나는 고개를 저었다. "아버지가 돌아가시기 전에 거처에 남겨 둔 물건이 필요해. 태워야 했던 물건이거나 그런 건 아니야."

"연구 자료?" 데인은 누그러든 표정으로 추측했다.

나는 고개를 끄덕였다. "그 자료는… 숨겨져 있고, 바스지아스 사령관의 거처는 오직 혈연이나 혼인 관계자만 들어갈 수 있게 보호막을 쳐놓았는데, 이제 나는 그 혈연이 아니야."

"그렇지." 데인의 목울대가 움직였다. "우리 아버지에게 직접 요청하는 게 나을걸. 난 지금 아버지가 썩 좋아하는 인물이 아니야." 그는 눈을 깜박여서 잽싸게 그 눈에 스쳐 지나간 아픔을 감췄다. "지금 몇 층만 내려가면 팬책과 같이 계실걸."

"너희 아버지가 나에게 그 자료를 주지 않을까 봐 그래." 나는 천천히 말했다. "작년에 너희 아버지가 그 자료를 원한다고 말하기도 해서 직접 챙기거나 아니면 정보를 검열할까 봐 불안해. 마컴이 검열할 수도 있고."

데인이 팔짱을 꼈다. "그러니까 그 자료를 훔치게 도와달라는 거군."

"그래." 거짓말을 해봐야 소용없었다.

"아버지가 나를 혈연으로 여기기는 하는지 잘…." 데인이 말하는데 뒤에서 문이 열렸다.

“흠, 오래 걸리진 않았구나.” 케이오리 교수가 웃음을 터뜨리며 말하더니 어깨 너머를 보았다. “나를 보겠다고 와 있는 건 아닌 것 같군.” 그는 다시 우리를 보고 말했다. “빨리하거라, 생도들. 라이오슨은 10분 후에 회의에 참석한다. 자, 그럼 비켜주겠나?”

우리가 비켜서자 케이오리는 빈 복도로 향했다.

“라이오슨 교수님.” 제이든이 문에 나타났을 때 데인의 목소리에 존경심은 별로 담겨 있지 않았다.

나는 맥박이 빨라지는 기분으로 그의 모습을 탐닉했다. 도톰한 입술, 황홀한 눈동자. 붉은색은 흔적도 보이지 않았다.

“바이올렛.” 사촌 동생과 데인을 무시하고 나를 부르는 제이든의 목소리가 벨벳처럼 내 피부 위로 미끄러졌다. “따로 얘기 좀 할까?”

“좋은 생각이 아닌데.” 나는 천천히 고개를 저었다.

“나한테 더 나쁜 생각도 있거든.” 그는 두 손을 들어 올렸다.

“당신은 이제 교수야.” 나는 그에게 손을 뻗지 않으려고 가방끈을 꽉 잡았다. “난 생도고.”

“그런데?” 제이든이 나를 노려봤다.

“이런 젠장.” 데인이 조용히 말했다. “행동수칙 8조 1항.”

“잠깐만. 둘이 헤어졌어?” 보디의 목소리가 커졌다.

“맞아.” 내가 대답했다.

“아니.” 제이든도 동시에 말하면서 사촌을 노려보더니, 나에게 시선을 홱 돌리면서 되풀이했다. “아니야.”

“그게… 소위님이 우리의 새로운 교수님이라면 행동수칙이 적용됩니다. 적어도 그 자리를 지키는 동안에는요.” 데인이 말했다. “그걸 뒤집을 코덱스 조항도 없습니다.”

“너한테 안 물어봤다, 에이토스.” 제이든이 경고했다.

“내 탓 하지 말아요. 내가 행동수칙을 만든 것도 아닌데.” 데인은 두 손을 들어 올리고는 복도로 물러섰다. “그 자리를 받아들인 것도 내가 아니고.”

제이든이 몸을 굳혔다.

“음, 난 수업이 있으니까 이 문제 해결에 행운을 빌어.” 보디가 서둘러 데인을 따라갔다.

제이든은 1초도 기다리지 않고 내 가방 오른쪽 끈을 붙잡고 케이오리의 방 안으로 끌어당겼다. 제시간에 수업 들어가기는 글렀군.

그는 나를 놓아주고 문을 닫았다.

“개릭은 같이 안 온 거야?” 시간 끌기는 나태한 전술이지만, 앞에 놓인 의자 두 개를 피해 케이오리의 책상 쪽으로 물러났다. 내가 쓸 수 있는 방법은 그것뿐이었다. 케이오리의 방은 교수실 중에서도 큰 편이었고, 아치 창문 두 개와 아무렇게나 쌓은 책더미가 빈틈없이 공간을 채운 붙박이 책장이 있었다.

“내가 통제력을 잃었을 때 개릭이 위험할 정도로 가까이 있었다는 점을 감안하면, 보모 계획은 우리 희망처럼 효과적이지 않다는 결론을 내렸지.” 제이든은 문 왼쪽 벽에 몸을 기대고, 최초의 여섯 드래곤을 그려 넣은 액자에 어깨를 댔다.

일곱이 아니야.

“이젠 당신이 여기 있으니까 또 그럴 일은 없어.” 나는 두 손을 책상에 대고 뛰어올라 앉았다. “난 당신을 치료하기 위해 할 수 있는 일은 뭐든 한다고 맹세했어. 그걸 위해서라면 설령 앞으로 우리가 함께할 수 없다 해도….”

“거기까지만 해.” 제이든이 내 쪽으로 걸음을 디딜 때마다 심장이 점점 빠르게 뛰었다. "넌 이미 최고로 치명적인 생도니까 내가 널 불공정하게 채점할까 걱정할 필요는 없어. 이런다고 바뀌는 건 없어."

"우린 코덱스를 기준으로 살고…." 나는 다시 시도했다.

"나는 너를 기준으로 살아. 언제 내가 코덱스나 행동수칙에 신경이나 썼나?" 그는 내 얼굴을 감싸 쥐더니 몸을 기울여 이마를 맞댔다. "나는 네 거고, 너는 내 거야. 이 세상에나 다음 세상에나 그걸 바꿀 법이나 규칙 따윈 없어."

잠시 눈을 감았지만, 그런다고 이 남자에게 더 깊이 빠져드는 것을 막을 순 없었다. "그러면 어떻게 해?"

"케이오리는 우리가 면제받을 수 있다고 생각해. 조금 후에 팬첵에게 물어봐야지." 그의 엄지손가락이 내 뺨을 쓸었고, 나는 작은 희망에 매달려서 슬그머니 눈을 떴다. 그래, 그렇게 잘 될지도 모르지.

"어쨌든 당신은 여기에 있어야 해. 국경에 간 지 일주일밖에 안 됐는데…." 그런데 무슨 일이 일어났는지 봐. 둘 다 생각을 입 밖에 꺼낼 필요는 없었다.

"알아." 그는 고개를 들었다. "최악은 전투 중에 원천에 마음을 뺏거나 힘을 가져왔다는 기억조차 나지 않는다는 거야. 그냥 거기 있었어. 스게일이 아니었다면…." 그는 가슴이 들썩이도록 깊이 숨을 들이마셨다. "스게일이 처음으로 나에게 말을 걸었지. 정확히는 고함을 쳤다고 해야겠지만, 그 소리를 듣고서 바로 끊었는데 이미 일은 벌어진 후였어. 내가 널 실망시켰어."

"아니야." 나는 그의 손목을 잡았다. "우리가 방법을 알아낼 거야. 그리고 팬첵이 면제에 동의한다면, 당신에게 알려줘야 할 몇 가지가 있어."

그는 고개를 끄덕였다. "네 방에서 만나서…."

문이 열렸고, 나는 손을 내렸지만 제이든은 꿈쩍도 하지 않았다.

"아, 라이오슨 교수." 에이토스 장군이 문 앞에서 말했다. "케이오리에게 여기 있을지도 모른다고 들었네. 자네가 팬첵 대령 앞에서 망신당하는 일이 없도록, 자네가 어쩔 수 없이 행동수칙 면제를 요청하는 어색한 상황은 내가 처리하자고 생각했네."

속이 내려앉았다. 멜그렌의 고유 능력이 없어도 이 싸움이 우리에게 유리할 리 없다는 건 알 수 있었다.

"에이토스 장군님." 제이든은 천천히 내 빰을 어루만지면서 손을 내리더니, 몸을 돌려 사령관을 마주했다. "저희는 예전부터 사귄 관계이며, 이 자리는 일시적이라는 데 근거하여 공식적으로 8조 1항 면제를 요청합니다."

"거부한다." 에이토스는 1초도 할애하지 않고 대꾸했다. "난 자네보다 이 자리에 어울리는 라이더들이 있다고 생각하는데도 멜그렌의 명령에 복종해서 교수직을 줬어. 하지만 착각하지 말아라, 라이오슨. 난 자넬 여기 두기 싫다. 사면이 됐건 아니건, 작위가 있건 없건, 난 자네가 겨우 몇 달 전에 부생도대장을 냉혹하게 살해하고 이 학교를 둘로 찢어놓았다는 사실을 용서하지 않아. 소른게일 생도에 대한 자네의 애착은 자네를 내 학교에서 쫓아낼 완벽한 구실이 되어줄 테고, 자네가 행동수칙을 어긴다면 기쁜 마음으로 쫓아낼 거다. 군대는 멜그렌 장군 것일지 몰라도 여긴 내 학교야. 이해했나, 교수?"

신들이시여, 저 새끼가 정말 밉습니다.

"당신이 재수 없다는 것? 완벽하게." 제이든은 손가락을 들어 올렸다. "그리고 장군을 모욕하는 건 행동수칙 위반이 아닙니다. 확인해봤죠."

에이토스는 시뻘게진 얼굴로 내 쪽을 노려보았다. "작별 인사는 끝이다. 수업에 가라, 생도."

"변하는 건 없어. 그저 우리가 제일 잘하는 걸 할 뿐이야." 제이든이 말

했다.

"분과 드래곤 절반을 훔쳐서 아레티아로 튀는 것?" 나는 분노 때문에 마력이 지글거리는 상태로 책상에서 내려섰다.

"아니야, 똑똑이 씨. 몰래 사귀는 거지. 일단은."

"일단은." 내가 동의하는 사이에 에이토스가 내가 빠져나갈 수 있을 정도만 문 앞에서 비켜섰다. 나는 복도에 나간 뒤 어깨 너머로 말했다. "누굴 미워할지 알라고 말해두는데요. 바리쉬를 죽인 건 제이든이 아니에요. 내가 죽였어요."

에이토스가 몸을 굳히고 눈을 부릅뜨는데, 데인이 복도 맞은편의 어두운 아치에서 걸어 나왔다.

"가자, 바이올렛. 수업까지 데려다줄게." 데인은 전장에서 자기 드래곤을 버리고 죽으려 하는 남자를 보는 듯한 눈으로 아버지를 보았다.

우리는 계단까지 조용히 걸었다.

"그 책임을 너만 질 순 없어. 네가 결정타를 입히긴 했지만, 바리쉬를 죽인 건 나야." 데인은 3층으로 내려가면서 조용히 말했다. "그렇게 말할 수도 있었잖아. 그러면 면제받을 수도 있었을 거야."

"그게 너에게 무슨 도움이 되는데?"

"아, 아버지 문제라면 날 도울 길은 없어." 그는 비참한 웃음을 터뜨렸다. "우리 아버지도… 전반적으로 구제 불능인 건 확실하고."

"데인." 나는 속삭였다. 데인이 작년에 내가 어머니에게 느꼈던 감정과 똑같은 마음처럼 보여서 싫었다.

"아버지는 다음 주말에 칼디르에 있을 거야." 데인은 결정을 내린 것처럼 고개를 끄덕였다. "그때 너희 아버지 연구 자료를 빼내자."

정말이지 조금도 승리감이 들지 않았다.

다음 월요일, 나는 행정동 2층에서 어머니가 작전실이라고 불렀던 방을 가득 채운 12인용 테이블에 머리를 들이받을까 생각하고 있었다. 그레디 대위와 벌써 이름도 까먹은 중위가 두 개의 창문 사이에 걸린 대륙 지도를 앞에 두고 어디를 수색하면 좋을지 다투는 소리에 귀를 기울이느니 차라리 그게 더 내 머리를 잘 쓰는 일 같았다.

그 지도에서 제일 마음에 드는 부분이라면? 남쪽과 동쪽에 있는 섬 왕국들을 표현한답시고 손으로 그려 넣은 모양 없는 얼룩들이었다. 나는 이 말 같지 않은 회의에 들어온 지 3분 만에 우리가 뭘 하는지 아는 사람이 아무도 없다는 결론에 도달했다.

테이블 왼쪽 끝에서는 제시니아가 눈을 두 번 굴렸다. 그녀는 책더미를 옆에 두고 깃펜과 양피지를 들고 앉아서 회의 내용과 공식적으로 임무에 선택된 구성원들 명단을 적고 있었다.

"제발 거의 다 왔다고 말해줘." 그림자 빛깔의 연결선이 강해지면서 거리가 가깝다는 사실을 알리자 제이든에게 말했다.

"계단을 오르는 중이야." 제이든이 대꾸했다.

"북쪽이 확실한 답이야." 그레디는 회의 시작부터 다른 모두가 그랬듯이 수어를 병행하여 말하더니, 평소처럼 깔끔하게 다듬지 못한 턱수염을 긁었다.

"그래, 무조건 미지의 영역에 뛰어들어야 하고말고." 내 오른쪽에 앉은 애나 윈샤이어 대위가 비아냥거리는 투로 중얼거렸다. 그녀는 딸기색 금발에 기민한 갈색 눈이 특징으로, 양쪽 어깨에 톱니 칼을 묶어놓은 수다스러운 보병 대위였다. 그러나 제복을 수놓은 수많은 무공 훈장을 제외하면 왜 이 특수부대에 뽑혔는지 알 수가 없었다.

사실은 아무도 이해가 가지 않았다. 맞은편에 앉은 라이더 중에 적어도 세 명은 나와 방금 처음 만났고, 아는 사람이라곤 아우라뿐이었다. 그

마저도 오른쪽으로 최대한 멀리 떨어져서 지도 가까이에 앉았다. 홀든이 여기 없는데다가 명단에도 없다는 사실은 다행이었다. 결국 왕실 대표는 보내지 않기로 했는지도 모르겠다.

그레디는 여전히 언쟁하고 있었다. "북쪽이…."

왼쪽에서 문이 벌컥 열리더니 제이든이 들어왔다.

모두가 그쪽으로 고개를 돌렸지만, 내가 제일 빨랐다. 지난 나흘이 영원처럼 느껴졌다. 그와 가까이 있으면서도 예전처럼 접근할 수는 없어서 미치도록 답답했다. 제이든이 차단벽을 내리고 있을 때면 끊임없이 그가 어디 있는지 의식했고, 차단벽을 올렸을 때조차도 혹시 그림자에 뭐가 더 있지 않을까 싶어서 모서리마다 돌아보곤 했다.

제이든이 교수 거처에서 자게 되니 몰래 만나기란 그냥 힘든 게 아니라 불가능한 일이었다. 그리고 내가 가는 곳마다 지켜보는 나바르 라이더가 있었다.

도서관? 이완 페이버가 가까이에서 지켜보았다.

기숙사? 아우라가 늦은 밤의 복도 순찰에 갑자기 관심을 두었다.

소여를 만나러 가면? 캐롤라인 애쉬튼과 그 졸개들이 따라붙었다.

"이건 비공개 회의야." 이름을 잊은 중위가 분개하여 갈라진 턱을 내밀며 말했다.

"날 초대하지 않은 무례는 용서하죠." 제이든은 내 왼쪽 의자에 털썩 앉으며 대꾸했다.

나는 웃음을 깨물었다. 그는 스스로가 변했다 생각할지 모르지만, 방금 한 말은 어느 모로 보나 제이든이었다.

"우린 분리주의자를 받아들이지…." 중위는 수어로도 격하게 손을 움직이면서 언쟁하려고 했다.

"이미 여기 있는데요." 나는 달콤하게 웃으며 그 말을 끊었다.

제시니아가 로브에 턱을 묻는 모습을 보니 웃음을 누르고 있는 게 분명했다.

"말다툼으로 시간을 낭비할 수도 있고, 아니면 테른이 스게일 없이 어디로도 가지 못한다는 사실을 인정하고 계속 논의할 수도 있겠죠." 제이든이 말했다.

펜이 양피지를 긁는 소리가 나면서 제시니아가 잽싸게 받아 적었다. 그 입가에는 분명히 비딱한 웃음이 걸려 있었다.

그레디 대위의 턱에 힘이 들어갔지만, 짜증을 겉으로 드러내는 신호가 그것뿐이라는 점은 존중해 마땅했다. 어깨에 계급장을 단 사람이라면 누구나 이 상황을 예측해야 했지만, 우리 부대가 얼마나 비논리적으로 구성되었는지를 감안하면 그레디가 어떻게 이 문제를 다룰지 궁금했다. "좋아." 그는 결국 인정했다. "닐워트 생도, 명단에 라이오슨의 이름을 더해라." 그는 테이블을 훑어보았다. "여기 있는 모두는 내가 믿기 때문에 이 임무에 선택되었다. 아직 소개하지 않았다면 자기소개를 하도록." 그는 사람들에게 지시하고 몸을 돌려 지도를 보았다.

"헨슨 대위다." 그레디 오른쪽에서 검은 머리를 단단히 틀어 올린 여성이 고개를 끄덕이며 말했다. "바람 능력자다."

"퓨 중위." 다음 남자는 연푸른색의 눈을 가늘게 떴다. "멀리 보기."

"폴리 중위." 아, 그 이름이었군. "식물 능력."

"바인헤븐 생도." 아우라가 턱을 들어 올렸다. "화염 능력자입니다."

"윈샤이어 대위." 애나가 미소 지었다. "보병 연락책이다."

"라이오슨 소위." 제이든이 대답했다. *"저 작자가 제일 흔한 고유 능력 목록을 뽑아 들고 이름을 무작위로 고른 것 같은데."*

"그리고 플라이어나 아레티아 라이더는 한 명도 없어." 나는 펜을 만지작거렸다. *"그다지 동맹 정신에 맞진 않지."*

"어째서 방어 능력자는 없습니까?" 제이든이 물었다. "우린 보호막 바깥으로 나가게 될 텐데요. 드래곤 한 무리가 엠피리언도 모르게 나바르 안에 숨어 있다고 생각한다면 또 모르지만 말입니다."

"넌 소굴 하나를 숨길 수 있었잖나." 폴리가 받아쳤다.

"엠피리언이 6년 동안이나 그걸 알지 못했다고 생각한다니, 중위님과 드래곤이 뭘 우선하는지 알 만하군요." 제이든이 어깨를 으쓱였다.

"그만." 그레디가 명령했다. "그리고 타이너리 장군에게 방어 능력자를 요청해놓았다. 답을 기다리고 있을 뿐이다."

제이든이 아주 잠깐 눈썹을 꿈틀거렸다. 그것만으로도 나는 그가 사람들의 의도를 읽고 있음을 알 수 있었다. "그냥 저에게 물어볼 수도 있었을 텐데요. 미라 소렌게일은 보호막 너머에서도 능력을 발휘할 수 있음이 증명된 유일한 라이더이고, 아레티아에 주둔해 있습니다."

나는 펜을 꽉 쥐었다. 미라는 내가 이 임무에 맨 처음으로 고른 인물이었다… 나한테 물었다면 말이다.

"거긴 남부 비행단이고 타이너리 장군 휘하에 있지." 퓨가 제이든을 노려보았다.

"티렌더는 예외입니다." 제이든이 담담하게 대꾸했다. "티렌더는 제2차 아레티아 합의에 따라 지배 가문에 속해 있죠." 그는 고개를 비딱하게 기울였다. "흠, 실제로는 율리시스와 카일린이 지휘하지만, 그 둘은 제 휘하죠."

몇 사람이 입을 딱 벌리고 몇 사람은 이를 악무는 가운데, 들리는 소리라고는 펜이 양피지를 긁는 소리뿐이었다.

나는 의자에 등을 기대고 앉아서 미소를 눌렀다. *"아무렇지도 않게 권력을 자랑하는 모습이 꽤 섹시한걸."*

"그러지 마." 그는 경고했다. *"가까스로 손을 가만히 두고 있다고. 내*

가 네 방에 숨어 들어갈까 하는 생각을 얼마나 자주 하는지 안다면…."

맥박이 빨라졌다.

"앞으로 계속 이럴 건가, 라이오슨 소위?" 그레디가 목이 벌게져서 물었다. "군사 문제에 작위를 끌고 들어온다고? 귀족들이 검은 옷을 입지 않는 데는 이유가 있다."

"대위님 생각보단 자주 일어나는 일인데." 나는 조심스럽게 내 친구만 볼 수 있게 손짓하며 중얼거렸다.

제시니아가 펜을 들더니, 내 비아냥을 기록하진 않았지만 확실히 웃음을 참느라 애쓰는 얼굴을 했다.

"문제를 어떻게 다루는지에 달렸죠." 그건 위협이었다. 제이든의 손짓이 날카로워졌고 목소리는 위험할 정도로 차분해졌다. 맞은편에 앉은 장교들이 불편하게 앉은 자세를 바꾸고, 내 시선이 제이든 쪽으로 날아갈 정도였다.

목덜미 털이 곤두섰다. 뭔가… 차가운 빛이 제이든의 눈에 번득였다가, 눈을 한 번 깜박이자 사라졌다. 이것 봐라.

"자네와 난 문제가 있겠군." 그레디 대위가 경고했다.

"아마도요." 제이든이 고개를 끄덕였다.

그레디는 턱까지 벌게져서 심호흡을 했다. "아까 말했듯이, 우리에겐 일곱 번째 드래곤을 찾을 시간이 6개월 주어졌다. 세나리움은 가능성이 있는 장소를 수색할 때마다 돌아와서 보고하고 정보를 제공하라고 명령했고…."

"*끝내주는 시간 낭비로군.*" 제이든이 말했다.

"…그러므로 첫 번째 수색 장소는 쉽게 날아갈 거리로 선택해야 한다." 그레디가 말을 이었다.

"*기다려 봐. 갈수록 가관이야.*" 나는 펜을 집어 들고 집게손가락과 엄지 사이에 끼워 돌렸다. *"당신의 손이 그리워."*

"마찬가지야." 그는 지도에 시선을 고정했지만, 테이블 아래에서 그림자 띠 하나가 내 다리를 휘감더니 허벅지로 올라왔다. *"네 입술도 그리워. 그게 내게 허용된 전부라서 더 그래."*

그렇게 스스로를 제한하지 않아도 된다는 말이 튀어나올 뻔했지만, 지난번에 대지에서 마력을 더 끌어왔으니 제이든은 자기 통제력에 자신 있는 상태가 아닐 터였다.

"그래서 나는 북쪽 해안선에서 시작하기로 했다." 그레디 대위가 말을 맺었다.

제이든의 눈썹이 천장을 뚫을 듯이 올라갔다.

"갈수록 가관이라니까."

헨슨 대위가 손가락으로 테이블을 두드렸다. "왜지?"

그레디는 헛기침을 했다. "해안선에서 작전을 수행하면 마법에 접근할 수 있어. 더해서 에메랄드 해는 거의 탐사가 되지 않았고…."

"그거야 선원들이 먼바다에서 돌아오지 못해서지." 헨슨이 쏘아붙이더니 내 쪽을 보았다. "자네 드래곤은 어디를 수색하고 싶어 하지?"

"소른게일 생도는 책임자가 아닙니다." 아우라가 끼어들었다.

"선배가 여기 있는 건 오직 내가 안 죽였기 때문이야. 내 비행단장을 잡으려고 했는데도 말이지." 나는 아우라에게 대꾸했다. *"이건 실수야. 이 회의실에서 내가 믿는 사람은 당신과 제시니아뿐인데, 제시니아는 우리가 돌아온 후에 임무 보고서를 작성하는 사람이지 수색에 나서는 사람이 아니라고."*

"동감이야." 그림자가 벽 아래쪽에 출렁였다. *"미라가 들어오면 균형이 조금 잡히겠지만, 그걸로는 충분치 않아."*

"마지막으로 우리와 연락을 주고받았다고 알려진 섬 왕국은 드베렐리였습니다." 나는 어색한 정적을 깨며 말했다. "제가 읽은 내용에 따르면 그 무역 섬은 물건만 거래하는 게 아니에요. 혹시 그곳에 정보가 있다면, 적정 가격에 살 수 있을 겁니다. 우린 북쪽만이 아니라 가능한 모든 길을 찾아봐야 합니다."

제시니아가 희미하게 고개를 끄덕이면서 내 제안을 기록했다.

맞은편에 앉은 모두가 한꺼번에 말하기 시작했다.

"그리로 갔다간 놈들이 우릴 죽일 거야."

"부대를 나누면 힘이 약해져요."

"그놈들은 모두가 드래곤을 미워합니다."

"그 섬들에 드래곤이 있었다면, 누군가는 자랑을 했겠지."

"아니면 공격에 이용했거나." 나는 머릿속으로 중얼거렸다.

"뭘 아는 거야?" 제이든이 물어보는데, 그림자 띠가 내 허벅지 안쪽을 쓸었다.

젠장, 제이든이 저러면 생각하기가 힘들어. *"카다오 장군의 일기에서 제2차 크로블라 반란에 대한 기록이 뜯겨나갔는데, 제시니아는 장교 한 명이 섬 왕국 하나가 얽혀 있었다는 단서를 흘렸다고 생각해. 우리가 섬 왕국들과 교류를 끊은 지 수백 년 후에 말이야. 에이토스가 작년에 그 문제를 다룬 우리 아버지의 연구에 대해 물어봤고…."*

"페더테일 말이지." 제이든의 턱에 힘이 들어갔다. *"비행장에 가다가 마주쳤을 때 그놈이 그런 말을 했던 기억이 희미하게 나."*

"바로 그거야. 드래곤과 섬 왕국들에 대한 언급이 함께 있었다는 건 우리가 남쪽을 봐야 한다는 얘기야." 나는 고함을 지르며 날아가듯 손을 움직여대는 다른 사람들을 지켜보았다. 아우라가 특히 날카로운 소리를 냈는데, 생도치고는 꽤나 대담한 모습이었다. *"아버지의 연구 내용은 잘 모르지만, 돌아가시기 6개월 전쯤에 갑자기 비밀스러워졌던 건 기억이*

나. 아버지가 그 자료를 에이토스나 마컴에게 남기고 싶었다면 아카이브에 있는 사무실에 남겼겠지."

"그런데 사실은?" 그는 사방에서 고함 소리가 커지는 중에도 내 쪽을 보고 있었다.

"부모님 거처에 있어…." 나는 얼굴을 찌푸렸다. *"지금은 에이토스의 거처지. 걱정 마, 데인이 자료를 찾게 도와준다고 했어."*

제이든이 뚜둑, 소리가 나게 목을 꺾었다. *"걱정 마와 데인은 같은 문장에 들어가면 안 되지."*

"조용!" 그레디가 시뻘게진 얼굴로 외쳤다. "앞서 말한 이유를 제외하더라도, 드베렐리는 알현에 지나치게 큰 대가를 요구한다. 남쪽은 선택지가 아니야." 그는 나에게 말하더니, 헨슨 대위를 돌아보았다. "그리고 에메랄드 해에 대해서 말하자면, 선원들이 돌아오지 않는 이유가 드래곤일 수도 있다. 다른 통보가 있기 전까지는 다음 달에 북쪽으로 날아간다고 생각하도록. 보급물자를 준비해. 이번 회의는 여기까지다."

젠장. 내 온몸이 남쪽으로 날아가라고 말하는데.

"뒤에 남아." 제이든이 말했다. *"30초 만이라도 같이 있고 싶어."*

"물론이지." 포옹이라도 하면 정말 좋겠다.

다들 밖으로 나가고, 제시니아가 나갈 때까지도 제이든과 나는 자리에 머물렀다. 그러나 아우라 바인헤븐이 보모처럼 문 앞에 기다리고 서서 소지품을 챙기는 나를 향해 눈썹을 들썩였다.

"뭔데, 아우라?" 나는 가방을 닫으며 물었다.

"너를 분과까지 데려가려고 기다리는 것뿐이야." 아우라는 보란 듯이 제이든을 가리켰다. "네가 말썽에 휘말리거나, 에이토스 장군님에게 보고해야 할 일을 저지르면 곤란하거든. 그레디가 날 너의 동료로 선택했으니 말이야."

그보다는 재수 없는 감시자 같은데. "팬첵이 아니고?"

그녀는 고개를 저었다. "에이토스가 비행단장들에게 행동수칙을 철저히 따라야 한다고 못을 박았어." 그녀는 눈을 가늘게 떴다. "당연히 우린 그 명령을 지휘 체계에 따라 모두에게 전달했지. 알고 보니 두 사람의 인생을 최대한 비참하게 만들고 싶어 하는 사람이 많더라."

"멋져라." 억지로 웃어 보이며 뭐라도 보고할 거리를 주지 않기 위해 눈조차 돌리지 않고 제이든 옆을 지나치는데, 허벅지에 감겨 있던 그림자가 스르륵 풀렸다.

"시간이 생길 거야." 제이든이 다짐했다.

"당신은 여기에서 안전해. 중요한 건 그것뿐이야."

적어도 북쪽으로 가기 전까지는 말이다.

15

무시무시한 전투용 고유 능력이 있다 해도 라이더는 언제든 무너질 수 있다. 보호막이 없거나, 집단을 상대할 경우다. 절대 적에게 포위당하지 말아라.

__ 개리온 사보이 소령, 《포로미엘의 그리폰, 전투 연구》

금요일, 우리 대대가 보병 분과의 야외경기장 돌계단을 내려갈 차례가 왔을 때는 제이든을 다시 본 지 나흘이 지난 후였고, 제이든이 자주 차단벽을 올리고 있다 보니 편지를 주고받는 게 나을 지경이었다.

보병 분과 서쪽으로, 북쪽 능선을 파내어 만든 반원형의 경기장은 교실이라기보다는 격투장 같았다. 천 명이 넘는 보병 생도를 모두 수용할 수 있는 규모였지만, 오늘 오후에는 마법으로 보온되는 이 공간 안에 우리 대대와 제1비행단 소속 캐롤라인 애쉬튼의 대대뿐이었다.

그리고 경기장의 평평한 바닥 한가운데는 압도적으로 아름다운 남자가 얼굴 구석구석에 짜증을 새기고 서 있었다. 나는 언제나 제복 차림의 제이든이 좋았지만, 딱 붙는 대련복을 입고 등에 장검 두 자루를 교차로 맨 모습을 보자 곧바로 이게 개인 교습이면 얼마나 좋을까 싶어졌다.

"놀라워." 내 앞에서 슬론이 말했다. "가장자리에는 눈이 쌓였는데, 이

안은 여름 같네."

"날씨 보호막?" 링크스가 짧게 자른 검은 머리에서 녹고 있는 눈을 털어내며 추측했다.

"내 생각엔 그보다 뭔가 좀 더 있어." 걷는 동안 마법이 끈적끈적한 토피 사탕처럼 끌어당기는 느낌으로 보아, 여기에 들어오지 못하는 건 분명 날씨만이 아니었다.

겨울용 비행 재킷을 벗으면서 계단을 반쯤 내려가는데 그림자가 내 차단벽을 쓸었다. 나는 딱 제이든을 들여보낼 만큼만 차단벽을 내렸다.

"보고 싶었어." 그는 나를 집어삼킬 듯한 눈으로 쳐다보았지만, 재빨리 시선을 돌리는 것도 잘 해냈다.

"마찬가지야." 나는 전통적인 대련복만 남기고, 재킷은 대대원들과 마찬가지로 좌석 첫 줄에 놓았다. *"그동안 여기 숨어 있었던 거야?"*

"고유 능력 대련 첫 수업에 온 것을 환영한다. 나는 여기를 '구덩이'라고 부르는 편이다." 그는 우리가 계단 아래까지 내려가자 선언했다. 바닥에는 다양한 색조의 자갈이 아치 패턴으로 깔렸는데, 1.5미터쯤 바닥이 보이다가 매트에 덮였다. "고유 능력을 쓸 수 있는 사람은 돌바닥에 발을 붙이고, 대련 상대가 아니면 매트에 발을 들이지 말아라. 이건 아무리 강조해도 지나치지 않아. 그리고 고유 능력을 쓰지 못하는 사람은 첫 줄에 앉아라."

제이든이 우리 뒤에 있는 계단 관람석을 가리키자 생도들이 자기 자리를 찾아 부산스럽게 움직였다. *"숨어 있었다는 게 네 언니가 자랑스러워할 정도로 복잡한 보호막을 세우느라 바빴다는 뜻이라면, 맞아. 그렇다고 네가 접근하기 쉬운 상태도 아니었잖아. 보디에게 들으니 넌 앤다나를 의자 삼아서 책을 읽거나 산에 올라가서 혼자 번개를 휘두르고 있던데."*

하루에 한 시간, 그게 나 자신과의 약속이었다. 아무리 추워도, 아무리 피곤해도, 나는 테른과 함께 능선에 올라가서 팔이 흐물거리는 느낌이 들 때까지 더 간결하고 더 정확한 타격을 연습했다.

"도서관에서 보내는 시간도 많아." 나는 어깨를 돌리고 리독과 리애넌 사이에 자리 잡았다. 도관 끈은 허리 왼쪽 고리에 단단히 끼워놓고, 매트에서는 두 줄 뒤로 물러난 거리를 유지했다. *"탐험대는 북쪽으로 갈지 몰라도, 난 드베렐리에 대해 찾을 수 있는 내용은 전부 다 읽고 있어. 그래도 한참 부족해."* 그리고 마라야 왕과 테카루스가 보내준 베닌에 관한 책들도 읽어야 했다. 어디에도 베닌 치료법에 대한 단서나, 앤다나처럼 베닌을 태워버리는 드래곤에 대한 언급은 없었지만 말이다. 오히려 제이든과 밤 시간을 보내지 못하게 되어 다행인지도 모르겠다. 그랬다면 지금처럼 책 속을 헤집고 다니진 못하겠지.

"자, 너희 스스로를 가려내기가 이렇게 어려우면 안 되지." 제이든의 시선이 내 쪽으로 날아왔다. *"탐험대라고?"*

"리독이 지은 별명이야." 내가 어깨를 으쓱이는 사이에 3학년들 오른쪽으로 또 다른 대대가 들어오더니, 둥글게 굽은 호선마냥 3학년을 중앙에 두고 거울처럼 우리를 마주 보고 섰다. *"에이토스가 곧 칼디르로 떠날 거라, 우리 부모님의… 아니, 에이토스의 거처에 침입할 준비도 했어."* 나는 정정하면서 얼굴을 찌푸렸다.

"내 도움이 필요해?" 제이든이 우리 줄을 훑어보는데, 강점과 약점을 가늠하는 게 분명했다.

"아니. 하지만 상황이 변하면 알려줄게." 나는 왼쪽 무릎을 구부려서 붕대를 확인했다. 브레넌이 아무리 자주 복원시켜줘도 그쪽 무릎 관절은 멀쩡한 상태를 오래 유지하지 못했다. *"혹시 이번 주말에 샨타라에 몰래 빠져나올 수 있을까? 우리가 소여를 끌고 나갈 건데."*

"즐거운 시간 보내길 빌지만, 술집 안에서 널 지켜보는 건 고문일 것 같군." 제이든의 턱에 힘이 들어갔다. *"우린 내가 사마라에 주둔했을 때 더 많은 시간을 함께했던 것 같아."*

"그렇긴 하지만, 당신은 여기서 안전하지." 나는 바닥에 남은 사람들을 살폈다. 리애넌의 오른쪽으로는 3학년 플라이어인 브레이건과 네브가 이모젠, 퀸과 함께 서 있고, 리독 왼쪽으로는 트레이거, 캣, 메런, 베일러, 애벌린, 슬론, 카이가 있었다. 아릭과 링크스는 뒤에 앉아 있었는데, 제1비행단 1학년 네 명이 모두 앉아 있다는 사실을 깨닫자 허를 찔린 기분이었다. 드래곤들이 채널링 문제에서 느긋하게 굴긴 하지.

"안전이 과대평가 됐다는 기분이 들려고 해." 그는 제1비행단 쪽을 보았다. "너희끼리 수다는 다 떨었나?"

"저희는 그저 졸업한 지 1년도 안 된 선배가 가르치는 게 최선인지 잘 모르겠다고 했을 뿐입니다." 로런 야실이 팔짱을 끼며 말했다. 밝은 자주색 머리카락의 이 건방진 3학년은 자기 비행단에서는 이름난 격투 선수였다.

"아, 저런." 리애넌이 속삭였다.

내 입꼬리도 올라갔다. 저 녀석들은 제이든에게 혼쭐이 나도 싸다.

"네가 지금 날 쓰러뜨려서 그 걱정을 해소할 수 있나 보자." 제이든이 손가락을 구부렸다. "넌 금속 능력자였지?"

그 말에 심장이 찌릿했다. "소여도 여기 있어야 하는데." 나는 리에게 속삭였다.

"그래. 뭐, 아무리 설득해도 실패였어." 리의 입매에 힘이 들어갔다.

젠장. "넌 최선을 다하고 있어. 난 그런 뜻이 아니라…."

리의 어깨가 처졌다. "알아."

"금속 능력자죠." 로런이 고개를 끄덕였다. "그러니까 이 칼들은 아주 날카롭죠." 그는 허리에 차고 있던 장검과 단검을 뽑으면서 매트 위로 걸어 올라갔다.

"그거 잘됐군." 제이든은 박수를 두 번 쳤지만 두 발은 매트에 벌리고 선 채였다. "그게 도움이 되길 빈다."

로런이 장검을 들어 올리더니 제이든 왼쪽으로 원을 그리며 움직였다. "무기를 뽑을 겁니까?"

"두고 보면 알겠지." 제이든은 로런의 움직임을 시선으로 따라가면서 어깨를 으쓱였다. "우리 둘 다를 위해서라도 망설이지 말고 시작해."

로런이 돌격했고, 나는 갈비뼈가 폐를 꽉 죄는 기분이었다.

제이든은 움직이지 않았다.

로런은 제이든과 1미터 거리까지 달려가더니 장검을 찔러 넣었다.

제이든이 가슴 바로 앞까지 칼날이 오도록 두는 바람에 나는 숨이 가빠졌는데, 다음 순간 그는 옆으로 비켜서서 왼손 주먹으로 로런의 손목 위를 때렸다. 로런이 소리를 지르면서 장검을 떨어트리더니, 칼이 매트에 떨어지기도 전에 다시 제이든을 향해 몸을 회전시키며 단검을 든 왼팔을 크게 휘둘러 제이든의 경정맥을 그으려고 했다. 제이든은 로런의 팔뚝을 잡고 빙글 돌더니, 그대로 팔을 로런의 등 뒤로 잡아당겨서 팔꿈치를 위로 꺾었다. 결국 로런은 고통스러운 비명을 질렀다. 제이든은 로런의 손에서 단검을 빼내 앞으로 탁 밀면서 로런을 풀어줬다.

"하여간 대담한 건 알아줘야 해." 리독이 고개를 저으며 중얼거렸다. "1초만 더 기다렸으면…."

하지만 그러지 않았지. 제이든은 로런의 의도를 정확히 알았으니까.

내 얼굴에 천천히 미소가 번졌다. *"난 당신이 매트 위에 있는 모습이 좋더라."*

"알아." 제이든이 목을 돌렸다. *"몇 번은 그걸 나한테 유리하게 이용하*

기도 했지."

물론 그랬겠지.

로런은 비틀거렸지만, 곧바로 몸을 돌려 다시 제이든을 마주한 건 칭찬할 만했다.

제이든이 단검을 가볍게 던지자 로런의 발 사이 매트에 박혔다. "넌 돌격에 지나치게 에너지를 많이 쏟는다. 예리한 기술이 아니라 완력을 쓰는 건 1학년이나 쓰는 전술이지." 그는 고개를 비딱하게 기울이고 지루함마저 느껴지는 시선으로 로런을 뜯어보았다. "이제 내가 땀 한 방울 흘리거나 무기를 드는 일 없이 네 엉덩이를 걷어찰 능력이 있다는 건 증명했으니, 고유 능력을 쓰는 진짜 수업을 시작해볼까?" 제이든은 손바닥을 위로 해서 수평으로 들어 올렸다.

로런은 침을 꿀꺽 삼키더니 제이든에게서 시선을 떼지 않은 채로 무기를 회수했다.

"시작." 제이든이 명령했다.

로런이 선 자세를 바꾸는데, 다시 제이든 주위로 원을 그리는 두 눈에 공포심이 확연히 드러났다. 경악스럽게도, 내가 사랑하는 남자는 로런이 등 뒤로 살금살금 돌아도 그쪽은 쳐다보지도 않았다. 상대의 움직임을 따라가는 대신 내 쪽을 보면서 눈을 찡긋했다. 그것도 로런이 뒤에서 공격하는 순간, 장검이 모양을 바꿔 길어지고 있는데 말이다.

정확히 말하면, 제이든은 로런이 자기 목에서 얼마 떨어지지 않은 곳까지 칼을 올리도록 꿈쩍 않고 나만 보고 있었다. 그러다가 제이든이 왼쪽 아래를 흘긋 보았다. 장검의 그림자가 오후 햇빛을 받아 제이든의 부츠 너머까지 뻗고 있었다. 그는 손가락을 하나 들어 올렸다.

그림자가 로런에게 되돌아가더니 순식간에 그의 목과 팔을 휘감았다.

제이든이 옆으로 비켜서자 로런은 제이든이 서 있던 자리에 무릎을 꿇었다. 장검도 떨어뜨렸다. 로런은 목을 조이는 그림자를 붙잡느라 칼을 버렸다. 로런의 얼굴이 붉으락푸르락 달아오르고, 다른 대대원들이 불안하게 들썩이기 시작하자 겨우 제이든이 손을 내렸다.

그림자는 제자리로 돌아갔고, 로런은 컥컥거렸다.

"네 남자친구에게 완전 반한 것 같기도 하고, 죽도록 무섭기도 한데." 리독이 조용히 말했다. "지금은 어느 쪽인지 잘 모르겠다."

"둘 다지." 캣이 왼쪽에서 대꾸했다. "장담하는데, 둘 다 가능해."

"너는 둘 다 안 되지." 트레이거가 중얼거렸다.

리독은 내 쪽을 흘긋 보고 눈을 뒤집었다.

나는 웃음을 깨물었다. "난 제이든이 무섭지 않아." 제이든과 시선이 마주치자 맥박이 빨라졌다. "그리고 남자친구 아니야."

리는 코웃음을 쳤고, 리독은 비꼬듯이 양쪽 엄지손가락을 올렸다.

"동의해." 제이든이 말했다. *"그건 우리 관계를 가리키기엔 너무 가벼운 표현이지."* 제이든의 시선이 아직도 매트에 쓰러져서 숨을 몰아쉬고 있던 로런에게 떨어졌다. "일어나라."

로런이 비틀비틀 일어나더니 목에 생긴 자줏빛 멍 자국을 쓸었다.

"난 몸에 두 자루의 장검과 네 자루의 단검을 매고 있다." 제이든이 그에게 말했다. "그런데 칼에 열을 가할 생각은 안 했나? 비튼다거나? 어떤 식으로든 내 칼을 조종할 생각은?"

"난 내 장검으로…." 로런이 입을 열었다.

"어리석은 선택이었다. 대대로 돌아가라." 제이든이 퇴장하라고 하자 로런은 무기를 주운 다음 물러났다. "다들 수업을 편안하고 쾌적하게 만들어준 날씨 보호막에 대해서는 바로 눈치 채지만, 매트가 있는 공간을 나바르에서 가장 뛰어난 보호막 능력자들이 엮었다는 사실은 모르는 것 같군."

제이든이 두 손을 펼치자 그의 발치에서 그림자가 달아나더니, 검은 구름처럼 사방으로 팽창하며 우리 쪽으로 날아오다가 보이지 않는 벽에 부딪쳐 위로 올라갔다. 그림자는 무서운 속도로 물러나며 매트 밖에 있는 우리 앞을 몇 초 만에 깨끗이 비웠다.

"몇 가지 예외만 빼고…." 그 대목에서 그는 내 쪽을 보았다. "너희가 행사하는 힘은 매트 위에서만 오갈 것이고, 너희들의 고유 능력이 이 구덩이 밖으로 나가거나 캠퍼스를 위험에 빠뜨릴 일은 없다. 그러니 내가 망설이지 말라고 할 때는 진심이다. 베닌도 망설이지 않을 테니까. 다음?"

그는 한 명, 한 명씩 거의 모두를 걷어찼다.

다음에는 화염 능력자가 나섰는데, 제이든이 화염을 피하며 손목을 한 번 털자 그 여자의 그림자가 자기 무릎을 쳐서 넘어뜨렸다.

퀸이 나서서 스스로를 둘로 쪼갰는데, 그림자가 발을 잡아당겨 쓰러졌을 때 보니 그쪽이 진짜였고 투사체는 사라져버렸다.

리애넌은 손에 쥔 칼을 그림자 한 줄기에 빼앗겨서 자기 목에 칼을 댄 신세가 되었다.

캐롤라인은 두 손을 들기가 무섭게 제이든이 날려 보낸 그림자에 쓰러지고는 매트 위로 대굴대굴 굴러서 돌바닥까지 밀려났다.

네브는 단검을 양손에 쥐고 매트에 올라서더니, 단순 마법을 이용해서 단검을 띄웠다.

"그건 재미있군." 제이든은 단검이 달려들자 씩 웃더니, 그림자로 잡아챈 다음 단검 끝을 돌려서 네브의 쇄골 위를 때리려 했다. 네브가 항복의 의미로 두 손을 올리자 그림자는 단검을 떨구고 내려갔다.

"대충 알겠나?" 제이든은 네브가 단검을 집어 들고 물러서자 물었다. "내가 검을 뽑을 필요가 없는 건 나 자신이 무기이기 때문이다. 내가 칼도 똑같이 잘 다루는 건 재미있어서고."

"아니죠." 로런이 아직도 쉿소리가 나는 목소리로 말했다. "선배가 매트에서 모두를 쓰러뜨리는 건 작년과 다를 게 없습니다."

"정확하다." 제이든이 흉터 진 쪽 눈썹을 들어 올렸다. "지금 이 순간까지 대련하거나 도전할 때의 우선순위는 무슨 수를 써서라도 상대를 쓰러뜨리는 것이었다. 그래서 우리는 따로 훈련하고, 유리한 방법을 찾았지." 그 대목에서 제이든의 한쪽 입꼬리가 슬쩍 올라갔다. "*상대를 중독시킨다거나.*"

그는 주머니에 두 손을 밀어 넣은 채 말을 이었다. "그리고 그동안 매트 위에서 그 유리함을 유지하기 위해 각자의 책략을 비밀로 했다. 지금 너희의 선생인 내가 작년의 생도로서, 심지어는 비행단장으로서 여기에 섰던 나와 다른 점은, 너희에게 내 책략을 알려주려고 한다는 점이다. 나는 너희가 배우기를 바란다. 나에게서만이 아니라 서로에게서도. 나는 너희의 고유 능력이 지닌 약점을 노출시킬 것이다. 그래야 너희가 같은 고유 능력을 가진 베닌과 마주했을 때 쓰러뜨릴 방법을 찾을 수 있기 때문이다. 너희에게는 각자 배울 점이 있고, 내가 여기 있는 건 그걸 배우는 동안 너희를 안전하게 지키기 위해서다."

"그러면 고유 능력을 행사하지 못하는 생도들은요?" 캐롤라인이 물었다. "걔들은 연습 모형입니까?"

캣이 코웃음을 쳤다. "우리가 힘이 없을 것 같아?" 그녀는 캐롤라인을 무섭게 노려보았다. "나한테 물 폭탄을 날릴 수도 있겠지만, 내가 먼저 네 머릿속에 들어가서 네 감정을 엉망으로 만들 거야."

"그런 짓을 잘하긴 해." 나는 몸무게 대부분을 오른쪽 다리에 실으면서 인정했다.

"너희는 정신 마법 또한 치명적일 수 있다는 점을 알게 될 것이다." 제이든이 수긍했다. "아직 차단벽을 세우는 방법을 익히지 못했다면, 플라이어나 기밀 패치를 단 상대와 맞서기 전에 카 교수에게 배우기를 추천한다." 그는 기밀 패치 대목에서 이모젠을 흘긋 보았다.

"그리고 우리에게 교수님을 쓰러뜨릴 방법을 가르쳐준다는 건가요?" 우리 뒤에서 아릭이 물었다.

제이든은 한쪽 입꼬리를 천천히 올렸다. "가르칠 순 있지만, 언젠가 날 쓰러뜨릴 능력이 있는 사람은 단 한 명뿐이고, 그게 너는 아니다, 그레이캐슬."

여러 명이 내 쪽을 쳐다보는 바람에 빰이 달아올랐다.

"그나마 관중이 없을 때 마저 할까. 다음 주에는 보병들이 앉아 있을 거다. 그래야 보병들도 전장에서 조금이나마 버틸 기회가 있을 테니." 제이든은 대열을 훑어보았다. "갬린, 네가 다음이다."

리독은 자기가 만든 고드름 우리에 갇힌 꼴이 되었다.

슬론은 능력을 쓸 시도조차 못한 채 그림자에 의해 등 뒤로 손이 묶여서 후퇴했다. 나는 슬론의 반역자 낙인을 보면서 그녀도 두 번째 고유 능력을 숨기고 있지 않을까 생각했다.

캣과 메런도 마찬가지로 제이든에게 가까이 가보지도 못하고 매트에서 떨어져 비틀거리며 돌아왔는데, 실패했다는 사실에 잠시라도 충격을 받은 사람은 캣뿐이었다.

"언젠가는 너도 저 녀석을 극복하겠지?" 캣이 돌아와서 제자리에 서자 트레이거가 중얼거렸다. "널 원하는 사람도 많은데, 원하지도 않는 사람을 쫓아다니는 건 시간 낭비야."

캣이 그쪽을 날카롭게 쏘아보았고, 나는 눈썹을 들어 올렸다.

힘내라, 트레이거.

그러나 다음 순간, 제이든이 나를 호명하며 눈썹을 올렸다. "예외는 없다, 소른게일."

“이거야말로 내가 기다린 장면이지.” 캐롤라인 애쉬튼이 어린아이처럼 방방 뛰었다.

“부탁이 있는데요.” 나는 허리에 차고 있던 도관의 가죽끈을 풀고, 구체가 편안하게 손바닥에 들어오도록 손목에 걸면서 말했다. 그런 다음에 매트 위로 세 걸음을 옮겨서 테른의 마력 수문을 열며 씩 웃었다. “내 손에 다치지 마세요.”

16

이에 따라, 계약을 맺은 드래곤이나 그리폰은 샨타라 마을 반경 1.5킬로미터 이내에 착륙하거나 사냥하지 않을 것을 강하게 권고한다. 급격하게 수요가 늘어난 지금, 우리 양치기들의 노력을 뒷받침하기 위해서다.

— 퍼시벌 피츠기븐스가 기록한 샨타라 마을 공고문

"오만한데?" 제이든의 얼굴에 미소가 스쳤다가 내가 반응하기도 전에 순식간에 사라졌다. "네가 어둠 속에서 어떻게 하는지 볼까."

그림자가 순식간에 햇빛 한 조각까지 집어삼키면서 매트를 채웠고, 나는 어느 방향을 봐도 완벽한 어둠 속에 갇혔다. 그 도전, 받아들이지.

"이 수법은 비열한데." 나는 도관을 어깨 위까지만 들어 올리고 왼손에서 흔들림 없는 마력 줄기를 풀어냈다. 유리 구체가 타닥 소리를 내며 번개의 잔가지를 붙잡았고, 중심에 들어 있는 합금이 충전되면서 내 주위를 밝혔다.

"이미 네가 우위잖아." 제이든이 대꾸하는데, 그림자 한 가닥이 내 뺨을 어루만졌다. 그러나 도관 근처에서는 그림자도 형태를 취하지 않았다. *"난 그저 경기장을 공평하게 만들 뿐이야."*

앞으로 걸어가자 제이든의 모습이 언뜻 보였다가 다시 어둠 속으로 사라졌다.

"*때려.*" 제이든이 지시했다.

"*그러다가 정말로 당신을 때리면? 내 생각은 달라.*" 왼팔에 열이 올랐고, 나는 마력의 흐름을 힘겹게 지탱하느라 이를 갈았다. 졸졸 흐르게 하는 것보다 때리는 게 훨씬 쉽다.

"*우리의 연결을 이용해서 날 추적해.*" 그의 입술이 내 목덜미를 스치자 번개 같은 깨달음이 등뼈를 타고 내려갔지만, 몸을 돌렸을 때는 제이든이 이미 사라지고 없었다.

"*그건 부정행위야.*" 나는 왼쪽으로 걷다가 앞으로 걷다가 다시 몸을 돌렸고, 완전히 방향 감각을 잃었다.

"*네가 쓸 수 있는 모든 도구를 쓰는 것뿐이야.*" 그가 지적했다. "*어서, 바이올런스. 별명에 걸맞게 해봐. 네가 번개를 치지 않으려고 한 덕분에 난 벌써 열두 번은 널 죽일 수 있었어.*"

"*그리고 난 가상이 아닌 실제 번개 한 번에 당신을 죽일 수 있어.*" 감각을 열었지만, 몸이 계속 마력을 채널링하는 동안 우리 사이의 정신 통로에 집중하기란 불가능했다. 젠장. 어차피 이 어둠을 뚫고 볼 수 있는 것도 아니잖아. 나는 팔을 내려 손끝으로 흘리던 마력을 끊었다. 그러자 그림자가 몰려와서 달아오른 내 피부를 식혔다.

나는 우리의 연결에 집중했고 가까스로 느낄 수 있는 미묘한 오른쪽의 끌림을 따라갔다.

"*잘했어.*" 제이든이 말을 하자 연결이 강해졌고, 나는 방향을 살짝 바꿔 그 연결을 따라갔다. "*난 그림자를 드리우는 물체라면 무엇이든 이용해서 능력을 쓸 수 있지만, 가장 강력한 가닥은 언제나 내 그림자라는 걸 아무도 몰라. 그걸 가려내고 차이를 느낄 수 있다면 내가 어둠 속 어디에 있든지 추적할 수 있을 거야.*"

"정말로 내가 그걸 배워야 해?" 손으로 그림자를 쓸어 보았지만, 다 똑같이 느껴졌다.

"우리를 위해서 넌 그 차이를 배워야 해." 연결감이 나를 감싸는 것과 동시에 뒤에서 제이든이 나를 끌어안더니, 좀 더 짙은 그림자가 내 턱을 비스듬히 들어 올렸다. *"오직 너만이."*

그의 입술이 어둠 속에서 내 입술을 찾더니, 길고 느리게 키스했다. 마치 세상에 우리밖에 없는 것처럼. 우리에게 주어진 시간은 무한하고, 내가 다음에 내뱉는 한숨 소리를 듣는 것보다 중요한 일은 없다는 듯이. 그건 철저하고도 뇌쇄적인 키스였고, 서로를 갈구하는 마음만 더 키웠다. 그의 완벽한 혀가 움직일 때마다 맥박이 점점 빨라졌다.

"때려." 제이든이 손가락을 내 배로 미끄러뜨려 허리띠 안으로 넣으면서 요구했다. *"아니면 내가 너만 부드럽게 대한다고 생각할지 몰라."* 그는 내 아랫입술을 깨물었다.

"내가 당신에게 원하는 건 부드러움이 아닌데." 솟구쳐 오른 마력이 끈질기게 내 안을 흘렀고, 나는 원형 경기장 하늘을 향해 손바닥을 펴고 오른손을 들어 올렸다.

내가 번개를 때리기 직전에 제이든이 내 뒤에서 사라졌다.

번득이는 빛이 경기장을 밝히고, 번개가 위쪽으로 뻗어나가며 보호막을 뚫고 더 높은 구름까지 올라갔다. 다른 생도들이 한꺼번에 숨을 들이켜는 소리가 들리더니, 어둠이 다시 내려앉았다.

"넌 정말 놀라워." 그는 이미 그림자가 되어 말했다.

"왜 나만이야?" 나는 그를 찾으려고 끝없이 몸을 돌리며 물었다.

"너는 날 찾을 수 있어야 해." 그림자가 피부에 몰려들었다가 한 호흡도 쉬기 전에 물러섰다. 그림자는 사라졌고, 나는 비틀거리면서 매트 앞쪽을 밟고 선 채로 경기장 계단을 올라가는 제이든의 등을 노려보고 있

었다. "수업은 끝이다. 다음 수업은 제대로 준비해오길 바란다." 그가 어깨 너머로 말했다.

"왜 나만이냐고." 제이든이 아무 탈 없이 멀어지고 있으니, 다른 생도들이 비틀거리는 나를 보며 상처를 찾고 싶어 할 게 뻔했다. 나는 그에게 시선을 고정한 채 물었다. *"제이든!"*

그는 멈칫하는 일도 없이 계속 계단을 올라갔다. *"날 죽일 능력이 있는 건 너밖에 없으니까."*

"그때 바이올렛이 짜잔!" 다음 날 오후, 리독은 샨타라에 있는 술집 '여섯 발톱'의 구석 자리에서 술잔을 휘두르며 말했다. "번개를 때려서 교수에게 겁을 줬지. 교수는 바이올렛이 어둠 속에서 비틀거리며 돌아다니게 내버려두고 거기서 꽁무니를 뺐다, 이 말씀이야."

소여가 웃음을 터뜨렸다. 진짜 웃음이었고, 난 그게 에일을 두 잔째 마신 덕이든 아마리 신이 직접 끌어낸 웃음이든 상관없이 마음이 놓였다. 잠시 동안은 소여를 되찾은 느낌이었다. 우리 모두가… 원래 모습으로 돌아온 느낌.

술집 문이 열리더니 눈보라가 밀려들다가, 누군가가 바람에 맞서서 간신히 문을 닫았다. 술집은 토요일의 탈출구를 찾는 마을 사람들과 생도들로 북적였다. 아까는 데인이 바에서 2학년 힐러를 상대로 운을 시험했고, 리독은 우리가 플라이어들을 위해 맡아둔 의자 세 개를 빼돌리려는 사람들 때문에 세 번이나 싸웠다. 그것도 각기 다른 사람들이었다.

우리도 점심을 먹은 후에 신전 몇 군데에 들르긴 했지만, 플라이어들은 몇 시간째 기도를 드리고 있었다. 곧 있다가는 분과로 돌아가는 마지막 마차를 놓칠 판이다.

"라이오슨이 내 단검으로 내 목을 겨눴어." 리가 아직도 믿기지 않는다는 듯이 고개를 저으며 말했다. "강하다는 건 언제나 알았지만, 그 정도일 줄은…." 말끝이 흐려졌다.

"자리에서 움직이지도 않은 채 방 안의 모두를 죽일 수 있을 줄은 몰랐다고?" 내가 라벤더 레모네이드를 한 모금 마시면서 말을 이었다.

그리고 그는 내가 자기를 죽일 방법을 알아야 한다고 생각하지.

원래 달콤한 음료인데 목 넘김이 쓰다.

제이든이 국경에서 미끄러졌을지는 몰라도, 아예 넘어간 건 아니야. 실수 한 번으로 영혼을 잃지는 않아.

"바로 그거야." 리는 고개를 끄덕였다. "넌 그걸 쭉 알고 있었어?"

"응." 나는 잔을 내려놓았다. "음, 1학년 때 제이든이 내 방을 부수고 들어와서 오렌과 그 패거리를 죽였을 때부터는 확실히 알았지."

"무슨 얘기하고 있어?" 캣이 우리 테이블에 잔을 내려놓고 맞은편에 앉으면서 물었다. 캣은 눈 덮인 재킷에서 어깨를 빼냈고, 메런과 트레이거도 재킷을 벗었다.

"어… 모두를 없애버릴 수 있는 라이오슨의 능력." 리독이 메런의 자리에 놓아두었던 코트를 집어 들며 대답했고, 소여는 목발을 옮겨서 등 뒤쪽 벽에 기댔다.

"아." 메런이 캣 옆에 앉아서 친구를 보았다. "그건… 좀 새롭지?"

캣은 자기 잔을 들여다보았다. "예전에는 그 정도로 강하진 않았어. 우리가…." 그녀는 하려던 말을 끊고 술을 마셨다.

"우리의 고유 능력은 성장할 수 있어." 나는 어색한 정적을 메우려고 말했다. "우린 평생 고유 능력을 갈고닦으면서 한계를 알아내려고 해. 3학년은 1학년보다 훨씬 강력하지. 대령이라면 소위를 마법으로 가지고 놀 수 있는 것처럼 말이야."

"그런데 넌 제이든이 무섭지 않다며." 캣이 테이블 너머로 나를 응시했다. "어제 네가 그랬지. 제이든이 무섭지 않다고."

"제이든 때문에 무섭긴 해도, 제이든이 무서웠던 적은 없어. 탈곡 이후로는." 나는 머그잔 윗부분을 손가락으로 문질렀다.

"두 사람 목숨이 연결되어 있으니까 그렇겠지." 캣은 이해해보려는 것처럼 고개를 기울였다.

"제이든은 절대로 날 해치지 않으니까." 나는 다시 한 모금을 마셨다. "제이든에겐 내가 죽는 꼴을 보고 싶을 이유가 많았지만, 날 죽이는 대신 매트 위에서 치명타를 날리는 방법을 가르쳐줬어. 그것도 탈곡보다 한참 전 일이야."

"고유 능력 이야기가 나온 김에 말인데, 슬슬 걱정이 들어." 리가 얼른 화제를 바꿨다. "슬론은 흡수 능력자야. 애벌린은 지난주에 화염을 쓰기 시작했고, 베일러는 멀리 보는 눈을 발현했어."

리암과 비슷한 능력.

"그런데 링크스와 아릭은 아직 발현을 안 했고, 시간이 가고 있어." 리가 말을 맺었다.

"시한 안에 발현을 안 하면 어떻게 되는데?" 트레이거가 물었다.

"마력이 몸 안에 쌓여서… 터진다고 할 수 있지." 리독이 두 손으로 폭탄이 터지는 시늉을 했다. "하지만 아직 1월 말이야. 위험해지기까지는 몇 달 남았어. 바이가 언제 발현했지? 5월이었나?" 리독이 물었다.

나는 성채 기단벽에서 제이든이 처음 키스했던 때를 떠올리며 눈을 껌벅였다. "응, 근데 사실은 12월이었어. 미처 깨닫지 못했을 뿐이야."

"위안이 안 되는걸." 리가 머그잔 위로 얼굴을 찌푸렸다. "링크스나 아릭이 터지는 건 정말 곤란해."

가슴이 조였다.

"다음 집합 시간에는 그 둘 옆에 서지 말라고 일깨워줘." 캣이 말끝을 길게 늘였다.

“그래도 둘 중 한 명이 인틴식으로 발현하는 것보다는 낫지.” 리독이 중얼거렸다. “걔네를 처형하는 게 상상이나 돼?”

“아니.” 리는 날카롭게 대꾸하고 몸서리를 쳤다. “난 못 해. 너희들도 못 할걸.” 리는 메런을 슬쩍 보았다. “그래서, 신전은 어땠어?”

“우리의 공물은 받아들여졌어.” 메런이 편하게 웃으며 대답했다. “아마리 신께서 아레티아의 내 동생들을 굽어보시리라 믿어. 그 아이들을 받아주다니… 너희 가족에게 정말 고마워, 리.”

“농담해?” 리는 손을 내저었다. “우리 어머니는 아이들을 정말 좋아하고, 아버지는 남자애 둘이 집 여기저기를 뛰어다닌다는 생각만으로도 신이 나셨어. 하지만 우리 가족과 별개로 너와 동생들이 여기에서 같이 지낼 수 없어서 정말 안타깝다.”

메런은 시선을 떨궜다. “나도 그렇지만 바스지아스가 아이들을 키우기에 좋은 곳은 아니잖아.”

캣이 친구의 어깨를 쓰다듬었다.

“너희는 말렉 신전과 던 신전이 다른 곳보다 불균형하게 크더라.” 트레이거가 의자에 등을 기대며 말했다. “물론 아마리는 빼고 말이지만.”

“지역 차이지.” 소여가 의자 팔걸이를 잡고 자세를 바꾸며 대답했다. 나무와 금속으로 만든 의족을 낀 모습이 전보다 편안해 보였지만, 아직까지 그 문제를 말할 생각은 없는 것 같기에 우리도 밀어붙이지 않았다. “바스지아스에 가까우니 대부분 전쟁과 죽음을 생각하지 않겠어?”

“그렇지.” 리독이 맞장구쳤다.

“서기들은 헤데온에게 지혜를 빌지 않아?” 트레이거가 나에게 물었다. 그가 에일 잔에 손도 대지 않고 있던 덕분에 캣이 음흉한 미소를 지으며 손을 뻗어 술을 훔쳐갔다.

"지식과 지혜는 같은 게 아니야." 나는 대답했다. "서기들은 직접 획득해야 하는 것을 신에게 부탁하지 않도록 주의하지."

"그러면 너도 서기 분과에 들어가려고 공부했을 때 헤데온을 찾지 않은 건가?" 트레이거는 취한 생도들이 등 뒤로 비집고 지나가려고 하자 의자를 당기고는, 자기 술을 훔쳐간 캣을 곁눈질했다. 그러나 그 입술은 비스듬한 호선을 그렸다.

"우리 어머니는 신전에 다니는 사람이 아니었어. 전쟁의 신 던을 특히 좋아했을 것 같은데 이상하지. 그리고 난 기도할 시간이 나면 아마리 신전에서 보내는 쪽을 더 좋아했어." 나는 거의 빈 잔을 내려다보았다. "그러다가 아버지가 돌아가신 후에는 말렉 신전을 자주 찾았지만, 아마 기도하기보다는 고함을 질러댔을 거야."

"난 지날 신이 좋아." 리독이 뒤이어 말했다. "운이 따르면 어떤 상황이든 헤쳐 나갈 수 있지."

"그리고 저기 비행단장이 온 걸 보니 우리 운이 다했나 본데." 리가 재빨리 내 쪽을 보면서 말했다.

플라이어들이 어깨 너머를 돌아보았고, 데인이 생도 한 무리가 지나가기를 기다렸다가 우리 테이블 쪽으로 걸어오자 모두 조용해졌다.

"바이." 데인의 눈빛은 여전히 생기 없이 고통스러워 보였고, 나는 그 고통을 없애줄 수 없다는 게 싫었다.

"데인?" 나는 머그잔을 꽉 잡았다. 이렇게 텅 빈 껍데기 같은 모습일 바에는 차라리 다시 재수 없는 놈이 되거나, 밉살스럽게 자기 확신에 찬 데인이 나을 정도였다.

"얘기 좀 할 수 있을까?" 데인은 테이블에 둘러앉은 사람들을 훑어보았다. "둘이서?"

"좋아." 레모네이드를 남기고 테이블에서 일어난 나는 데인을 따라,

술집 개인실들로 이어지는 어둡고 텅 빈 복도로 들어갔다. 데인이 몸을 돌려 나를 마주하자 배에 힘이 들어갔다.

"며칠 동안 아버지 거처의 보안을 살펴봤는데, 다른 사람을 몰래 데리고 들어갈 방법이 없어." 데인은 비행 재킷 주머니에 손을 넣었다.

심장이 내려앉는 기분이었다. "날 도와주지 않을 거구나."

"난 널 돕겠다고 했고, 도울 거야." 데인은 입매를 긴장시켰다. "다만 내가 직접 그 연구 자료를 찾을 수 있도록 날 믿고 맡겨줘야 해. 기왕이면 내일 밤이 좋겠어. 아버지는 떠나고 없을 테니까."

젠장. 데인은 그 자료를 아버지에게 넘기기만 하면 총애를 되찾을 수 있을 것이다. 그런 일이 없도록 내가 같이 가야 한다. 우리 사이에 있었던 일들로 공기가 무거워지는 느낌이었다. 좋은 일도, 나쁜 일도.

"결정은 네가 해." 데인은 희미하게 어깨를 으쓱이며 말했다. "날 믿거나, 말거나."

"그런 게 아니야." 나는 서둘러 말했다. 이건 잘못될 수 있는 경우의 수가 너무 많았다. "혹시라도 네가 그 자료를 가진 채로 잡히거나, 아니면 끊임없이 제이든과 나를 따라다니는 생도들이 네가 뭔가를 비밀리에 넘겨주는 모습을 보기라도 하면…."

"방법은 이미 생각해뒀어." 데인은 모욕적이라는 듯이 말을 끊었다. "네 선택은?"

나는 1초 만에 이 계획의 장단점을 저울질하고 한숨을 쉬었다. "서재에 있는 우리 아버지 책상 아래에 비밀 칸이 있어. 걸쇠는 어머니 책상의 가운데 서랍 제일 안쪽에 있고."

데인은 고개를 끄덕였다. "월요일 아침이면 자료를 받게 될 거야."

좋든 싫든, 내 운명은 데인 에이토스의 손에 달렸다.

17

내 가장 밝은 빛, 널 미리 준비시키려고는 했지만 네가 받아야 할 수업의 절반밖에 해줄 시간이 없구나. 절반의 역사, 절반의 진실밖에 가르치지 못했는데 이젠 시간이 없어. 나는 브레넌이 난간다리를 걷는 모습을 본 날에 그 아이를 저버렸고, 미라가 그 길을 따라가는 것을 막지 못했을 때 그 아이도 저버린 셈이지만, 내 죽음이 너마저 저버릴까 두렵구나. 네 어머니와 나는 아무도 믿지 않으니 너도 아무도 믿어선 안 된다.

_ 애셔 소른게일 중령이 바이올렛 소른게일에게 남긴 편지

"타디어스 네이션." 다음 날 아침, 피츠기븐스 대위가 연단에서 이름을 읽었다. 사망자 명단을 쥔 대위의 목소리가 눈이 다져진 안뜰에 선 라이더들 위로 울려 퍼졌다. "나디아 액셀. 카레사 톰니."

전날 복무 중에 사망한 모든 사람의 이름을 읊으려니 예전의 분과 사망자 명단보다 오래 걸렸지만, 이 변화는 환영이었다. 목숨을 잃은 사람들을 기리는 게 옳다고 느꼈다. 또한 그 이름들을 듣고 있으면, 드베라 교수는 학교 안에서 서로를 죽이는 일을 금지했지만, 밖에는 우리가 학교를 떠나기만을 기다리는 적이 있다는 사실이 되살아났다.

내가 자기한테 올 거라고 생각하는 적이 존재한다는 사실도.

"멜리나 찰스턴." 피츠기븐스는 돌풍이 명단을 뒤흔드는 가운데 계속 읽어나갔고, 나는 코끝과 귀가 얼얼해졌다. "그리고 루퍼드 샤나."

나는 눈을 껌벅였다.

"제3비행단?" 리독의 고개가 왼쪽으로 돌아갔고, 앞줄에 선 퀸과 이모젠도 그랬다.

"어제 기동훈련 중에 드래곤 등에서 떨어졌어." 아릭이 뒤에서 말했다. "3비행단 꼬리전대에게 들었는데, 심한 눈보라 속이라 하임이 제대로 보고 잡을 수가 없었대."

사고라니. 어쩐지 더 지독하게 느껴졌다.

"이들의 영혼을 말렉에게 맡기노라." 피츠기븐스 대위가 말했고, 몇 가지 발표가 이어진 후 해산이었다.

모두 기숙사로 향하는데, 문 앞쪽에서 슬론이 내 팔꿈치를 잡았다.

"선배한테 줄 게 있어." 슬론은 바닥만 보면서 말했다. "따라올래?"

"물론이지." 나한테 말을 거는 것만 해도 어디인가.

슬론은 나를 데리고 로톤다를 통과해서 공용 구역으로 올라가더니, 오른쪽에 있는 작은 분과 도서관으로 들어갔다. 이른 아침이라 비어 있는데, 내가 마지막 테이블 앞에서 기다리는 사이에 슬론이 맨 앞에 놓인 키 큰 책장 뒤로 몸을 숨겼다.

"날 쳐다봐도 돼." 나는 비행 재킷 단추를 풀었다. "우리 어머니의 선택이었어. 네가 한 게 아니야."

"그렇지도 않아. 난 그분의 마력을 느꼈어. 거부할 수도 있었어. 심지어 멈출 수도 있었고." 슬론은 책이 실린 도서관 카트를 통로 밖으로 밀더니, 내 바로 앞까지 가져왔다. "하지만 난 보호막을 치고 싶었고, 살고 싶었어. 그래서 그대로 됐지." 마지막 말은 속삭임에 가까웠다.

"당연한 감정이야." 특히나 내 어머니가 슬론의 어머니를 처형했다는 점을 생각하면 더 그렇지. "그리고 난 화나지 않았…."

"내가 아카이브 당번이라는 거 알고 있었어?" 슬론이 내 말을 끊고 카트 맨 아래로 몸을 굽혔다. "선배가 아카이브 당번이었을 땐 리암이 언제나 같이 갔으니까, 꽤 어울리는 일이라고 생각했어."

"마음에 들어?" 나는 목이 메어 간신히 물었다.

"흠, 오늘 아침에는 그 덕분에 제시니아를 볼 수 있었지." 슬론은 커다란 검은색 천가방을 꺼내며 일어섰다.

"고마워." 나는 가방이 유난히 무겁다는 사실을 의식하면서 어깨에 둘러멨다.

슬론은 고개를 끄덕이더니, 겨우 나와 눈을 마주쳤다. "맹세코 그건 복수가 아니었어. 내가 막지 않아서 미안해."

그건 제시니아에 대한 이야기가 아니었기에, 두꺼운 가방끈을 쥔 두 손에 힘이 들어갔다. "네가 막지 않아서 다행이지. 보호석에 마력을 충전하려면 누군가의 목숨이 필요했어. 내가 성공했다면 제이든, 테른, 스게일, 나까지 다 죽었을 거야. 세상에는 브레넌이 필요하고, 아릭은… 대체 불가능하고, 슬론 너는 어떤 보호막과도 맞바꿀 수 없지. 우리 어머니는 해야만 하는 선택을 한 거야. 네가 도구로 쓰였을 뿐이고, 어머니는 스스로 목숨을 내놓았어."

슬론은 떨리는 숨을 쉬었다. "어쨌든 제시니아가 그러는데 두 권은 자기가 고른 거고, 나머지는 오늘 아침에 사령부에서 전달한 책이래."

데인이구나. 얼굴에 미소가 번졌다. 데인이 해냈을 뿐만 아니라, 누구도 우리를 의심하지 않을 방법으로 전달한 거다. 나는 가방을 더 꽉 잡았다. 이게 내 아버지의 마지막 작업일 수도 있다. "고마워."

"북쪽으로 향한다는 소문이 돌던데." 슬론이 팔짱을 꼈다.

"안타깝게도 그 소문이 사실일지 모르겠다." 나는 얼굴을 찡그렸다.

슬론은 얼굴을 찌푸렸다. "북쪽이 얼마나 추운지 생각하면 이상한 수색 장소 같아. 테른은 모르겠지만, 소트는 추위를 싫어하거든."

나는 고개를 끄덕였다. "소트는 레드 드래곤이니 이해가 가. 많은 레드 드래곤 조상들이 살던 부화지는 던네스 강가의 석회암 절벽을 따라 존재했거든. 내 직감에는 북쪽이 잘못된 방향이지만, 테른은 추위를 싫어하지 않고, 브라운 드래곤은 추운 곳을 선호하기도 하니까 그레디가 잘 생각했을 수도 있어." 앤다나도 눈을 썩 좋아하진 않지만, 전형적인 이리드가 아닐 수도 있으니까.

"우리 모두를 위해서 그레디가 옳았으면 좋겠다." 슬론이 말했다.

"나도 그래." 그럼에도 여전히 내 직감을 무시할 수가 없다.

방으로 돌아가자마자, 아빠의 연구 자료를 받아들고 느낀 희망은 순수한 좌절로 바뀌고 말았다. 포장지를 풀어보니 두꺼운 가죽 장정본에 자물쇠가 달려 있었다. 여섯 글자 암호를 풀어야 하는 자물쇠였고, 답을 잘못 넣으면 내용을 파괴할 태세로 여섯 병의 잉크가 책을 빙 둘러 배치되어 있었다. 심지어 책 한가운데는 자물쇠에 마법을 썼다간 더 안 좋은 결과가 기다릴 거라는 의심이 드는 룬 문자가 새겨져 있었다.

역시 룬 공부에 시간을 더 투자해야겠어.

나는 아빠가 자물쇠 아래 말아넣어둔 종잇조각을 빼내, 아빠의 격식 있는 필체를 다시 한번 읽었다.

첫사랑은 그 무엇과도 바꿀 수 없다.

망할. 아빠가 쓴 글 중에 이렇게 단순한 건 없었는데. 대체 이게 무슨 의미지?

"지나치게 생각해서 시간을 낭비하는 거 아냐? 당연히 릴리스겠지." 며칠 후, 구덩이로 내려가는 사이에 리독이 말했다.

"우리 아빠라면 내가 지나치게 생각하길 바랐을 거야. 그리고 틀렸다간 안에 든 내용을 망치게 돼." 나는 재킷을 옆구리에 끼고 제이든을 찾으며 경기장 바닥을 살폈다.

"아니면 우리가 아버지의 마음으로 생각하지 않는 건지도 몰라." 리가 중얼거렸다.

"좋은 생각이야. 그렇다면 브레넌일 수도…." 리독이 중얼대며 손가락을 꼽아보았다. "아니다. 글자 수가 너무 많네. 미라는 너무 짧고. 그러면 바이올렛은?"

"솔직히 말하면, 그렇게 개인적인 암호를 넣는 건 우리 아빠답지 않아. 릴리스도 바이올렛도 너무 뻔하잖아." 우리는 계단 관람석 한가운데에 앉아 있는 보병들을 지나치다가, RSC 수업을 함께했던 캘빈을 보았다. 내가 눈짓으로 인사하자 캘빈도 마주 인사했다.

"좋아. 그러면 브레넌의 첫사랑은 누구였어?" 계단 아래로 내려가면서 리독이 물었다.

"우린 아홉 살이나 차이가 나거든. 오빠가 자기 연애사를 나에게 알려줄 일도 없고…." 나는 리독이 메런 옆자리에 들어가는 동안 말을 잠시 끊었다. "미라 언니한테 오빠가 한 살인가 두 살 위의 라이더와 사귀었다는 말을 들은 기억은 나."

"가족 내력인가 보다." 리독이 재킷을 벗었다.

"아직도 그놈의 책 암호를 고민하는 거야?" 캣이 몸을 내밀고 묻는 바람에 우리 앞에 앉은 1학년들이 뒤돌아보았다.

"그러니까 그 이야기를 하고 있겠지." 트레이거가 우리 뒷줄 계단에 팔꿈치를 올리고 기대면서 말했다.

"자리 좀 적당히 차지하지?" 네브가 부츠로 트레이거의 팔을 밀어 치웠다. "무슨 책?"

"바이올렛의 아버지가 남긴 책. 다들 그 책에 앤다나의 종족이 어디로 갔는지 알려주는 내용이 있다고 생각하는 것 같아." 캣이 대답하더니, 내가 쏘아보자 어깨를 으쓱였다. "왜? 우리 대대원 누구도 널 밀고하지 않을 테고, 넌 마음먹고 실제로 암호를 맞춰보기 전에 더 많은 의견을 들을 필요가 있는 게 분명하잖아."

일리 있는 지적이지만, 그래도.

"좋아. 미라의 첫사랑은 누구야?" 리가 서로 최대한 멀리 떨어져 앉은 애벌린, 카일러, 베일러를 보면서 물었다.

나는 고개를 기울여 생각해보면서 피부가 쓰라리게 벗겨진 손목에 도관 팔찌를 조였다. 하루 한 시간씩 연습하면서 좀 더 정확하게 번개를 때리게 되었지만, 몸은 힘들었다. "언니가 정말로 사랑에 빠진 적이 있었나 모르겠어. 그랬다 해도 나한테는 말해준 적이 없어."

"너희 아빠가 말렉을 만나셨을 때 너는 제이든을 만나기도 전이었고…." 리독이 나를 빤히 보더니 과장된 한숨을 내쉬었다. "이봐, 네 첫사랑은 누구야?"

오, 어림도 없는 소리.

나는 두 손을 무릎에 올려놓고 보병들이 더 내려오는 소리에 주의를 기울였다. 청중 앞에서의 굴욕만 한 게 또 있을까. "아버지는 내가 데이트한 첫 번째 남자를 참지 못했고, 두 번째에 대해서는 몰라."

아릭이 상반신을 돌리고 나를 보았다. "몇 글자야?"

나는 눈매를 좁혔다. "여섯 글자."

그는 연한 갈색의 눈썹을 올렸다. "그러면… 글자 수는 맞네."

"절대 아니야." 뺨이 달아올랐다.

"잠깐만." 리독이 우리 둘을 번갈아 쳐다보았다. "저 1학년이 우리가 모르는 정보를 알 자격이…."

"잘 왔다." 목소리가 구덩이 안을 채우더니, 대련복을 입고 오른쪽 터널에서 큰 걸음으로 걸어 나오는 제이든의 모습이 내 모든 관심을 사로잡았다. 놀랍게도 개릭이 옆에 있었다.

"오우, 이모젠이 오늘 수업을 정말 좋아하겠는데…. 아야!" 리독이 뒤통수에 손을 뻗었다.

"라이더들, 지난번 수업과 같은 위치에 서기 바란다." 제이든이 매트 바깥쪽에 둥글게 깔린 자갈 바닥을 가리켰다. "무대 공포증이 있는 사람은 없었으면 좋겠군. 보다시피…." 그는 우리 뒤쪽 관람석을 가리켰다. "오늘은 관객이 가득 찼거든."

"잘 못 잤어?" 나는 제이든의 눈 그늘을 보고 물었다. 우리 대대는 재킷을 벗고 매트 가장자리로 향했고, 맞은편의 제1비행단도 똑같이 했다.

"헤이즐색 눈의 라이더 하나가 어젯밤에 계속 말을 시켜서 잘 수가 없었어." 제이든은 몸을 돌려 개릭에게 뭔가를 말했고, 개릭은 고개를 끄덕였다. *"사실 상관없었어. 네가 없으니 침대가 너무 차가웠고, 내 이름을 부르짖는 네 목소리가 없으니 너무 조용했거든."*

오, 놀아보자 이거야? 나는 한쪽 입꼬리를 올렸다.

게임 시작이다. *"난 아레티아가 그립고, 당신 옆에서 자던 시간이 그리워. 날 방에 몰래 들여놓을 방법만 찾으면 내가 당신이… 휴식을 취하기 딱 좋은 온도로 침대를 데워줄게."*

나는 대대원들과 같이 어깨를 돌리고 팔 스트레칭을 했다.

"내 침대에서 널 발견한다면 휴식은 어림도 없지." 제이든은 매트 앞쪽에 다리를 벌려 서더니 아름답게 근육이 잡힌 팔을 들어 팔짱을 꼈다. "여기 태비스 소위는 대단히 강력한 바람 능력자로…."

"내가 밤새 당신을 녹초로 만들 방법을 아주 잘 안다는 거 잊지 마…." 나는 팔을 내렸고, 제이든은 경고하는 눈으로 나를 보면서도 입꼬리는 살짝 올라가 있었다.

"너희들이 최선을 다해서 자신을 쓰러뜨려 봐도 좋다고…." 그는 말하면서 능글맞게 웃었다. *"날 녹초로 만든다고? 늘 연속으로 오르가슴을 느끼면서 못 견디겠다고 애걸하는 건 너잖아."*

"애걸하는 게 보고 싶어? 내가 당신 거기에 혀를 돌리기만 하면…."

제이든이 갑자기 존재하지도 않는 벌레를 삼킨 사람처럼 헛기침하자 개릭이 곁눈질했다. "…동의했다." 제이든은 겨우 하던 말을 마저 했다. "태비스 소위는 기꺼이 너희의 대련 상대가 되어줄 것이다." 그는 목을 돌려 내 쪽을 슬쩍 보았다.

나는 그냥 미소만 지었다. *"당신이 시작한 거야."*

"내가 시작한 걸 끝낼 수만 있다면 뭐든 줄 텐데." 제이든이 손가락을 구부렸다. *"넌 날 죽이고 말 거야."*

"당신은 계속 그렇게 말하지." 그 말의 다른 해석에 대해서는 생각하지 않으려고 했다.

화염 능력자가 제일 처음으로 나섰고, 개릭은 그 여자의 불길을 본인에게 역류시켰다.

"저건… 불안한데." 리독이 중얼거렸고, 이모젠은 웃지 않는 척했다.

"팀으로 가자." 리애넌이 옆에서 조용히 말했다. "1대 1로 붙어야 한다는 말은 없었어."

나는 고개를 끄덕였다. "좋은 생각이야."

리애넌은 지시사항을 조용히 전달했다.

금속 능력자인 로런은 지난번 대련에서 배운 바가 있었지만, 개릭은 순식간에 자기 가슴에 채워진 벨트를 풀어 등에서 칼집을 떨군 다음에 바람으로 로런을 날려버렸다.

"나올 준비됐나, 2대대?" 개릭은 손가락을 구부려 정확히 이모젠을 가리키면서 물었다.

"이 손과는 엮이고 싶지 않을걸." 이모젠이 두 손을 들어 올렸다.

"어디 그 손을 나에게 대고 나서 알아보면 어떨까?" 개릭이 입꼬리를 비딱하게 올리자 뺨에 보조개가 팼다.

"맙소사, 그만 좀 시시덕거리고 그냥 뒹굴지." 리독이 말했다.

우리 모두가 천천히 고개를 돌려 리독을 보았다.

"내가 큰 소리로 말했나?" 리독이 소리 죽여 나에게 물었다.

"아, 그랬지." 나는 그의 등을 토닥이며 대답했다. "개릭이 널 매트에서 날려버릴 거야."

"그건 내가 즐길 수 있을지도 몰라. 어떤 방법을 쓰느냐에 따라서…." 리독이 얼굴을 찡그렸다. "난 이제 그만 말할게."

"매트에 올라가 있는 동안 마음은 속에만 두는 게 좋을 거야." 그의 말에 동의한 나는 리애넌, 캣, 퀸을 따라 매트에 올라갔고, 리독이 머뭇거리기에 내 뒤로 잡아끌었다.

"이게 어떻게 공평하지?" 개릭이 물었다.

"우린 전장에서 혼자 싸우는 일이 없잖아요?" 나는 고개를 옆으로 기울이며 대꾸했다.

내 말뜻을 이해한 개릭의 얼굴이 굳었다.

"우린 대대 단위로 싸우거든요." 리애넌이 한가운데서 말했고, 리독은 내 왼쪽으로 이동했다.

"타당한 지적이다." 제이든이 매트 뒤쪽으로 물러섰다. "시작."

리애넌이 두 손을 들어 올리자, 그 손에 개릭의 단검이 나타났다.

"멋진데." 개릭이 웃으면서 인정하더니, 두 손을 위쪽으로 털었다.

그와 동시에 리독이 앞으로 나서면서 얼음벽을 쳤는데, 그 즉시 거센 돌풍에 맞닥뜨렸다. 바람의 공격으로 얼음 가장자리가 깨지고, 얼음덩어리가 날아왔다. 나는 우리 대대 쪽으로 몸을 돌려 리를 바닥에 쓰러뜨렸다. 얼음이 휘파람 소리를 내면서 머리 바로 위로 날아갔다.

"너무 가까워!" 제이든이 외치는 소리에 눈을 들어보니, 그가 격분해서 얼굴이 굳은 채로 개릭을 향해 한 걸음을 내딛고 있었다.

"하지 마! 난 멀쩡해!" 내가 비틀거리며 일어나는 사이에 퀸이 눈을 꽉 감더니 태양을 향해 손바닥을 뒤집었다.

"저놈이 네 머리를 날려버릴 뻔했어." 제이든은 내가 한 번도 보지 못한 눈빛으로 개릭을 보았다. 제일 친한 친구를 사냥감으로 대하는 차갑고 날카로운 눈빛을 보자 목덜미 털이 쭈뼛 일어섰다.

그 반응으로 마력이 솟구쳤고, 나는 두 팔 벌려 빠르게 몰려드는 열기와 혈관을 울리는 진동을 만끽했다.

"내 머리는 아직 단단히 붙어 있어." 투명한 얼음벽 너머로 개릭 옆에 두 명의 퀸이 나타나는 모습이 보였다. "칼 줘." 나는 발꿈치를 대고 몸을 빙글 돌려 리에게 오른손을 내밀었고, 리는 즉시 개릭의 단검을 내게 쥐여 줬다.

놀랍게도 개릭은 두 명의 퀸을 차례로 보더니, 빠르고 반복적으로 둘에게 번갈아 고개를 돌렸다.

캣이다.

"빠르게 움직여야 해." 리가 경고했다.

"그 점은 걱정 마." 나는 바람이 잦아들자마자 리독의 얼음벽 옆으로 나가서, 개릭에게 겁은 주되 실제 피해는 입히지 않을 만큼만 아슬아슬하게 단검을 던졌다. 피부가 달아오르면서 내부에 쌓인 마력이 풀려나가고 싶어 했다.

개릭이 손을 위로 휘젓자 돌풍이 날아가던 단검을 쳐내더니, 개릭의 오른쪽으로 6미터쯤 떨어진 곳에 떨어뜨렸다.

좋아, 됐어.

개릭이 방향을 돌려 손을 다시 몸 앞으로 가져왔지만, 내 손은 이미 하늘을 향하고 있었다. 도관이 충분한 양의 마력을 흡수해간 덕분에 필요한 통제력을 발휘할 수 있었고, 나는 손목을 털어 남은 마력을 풀면서 그 힘을 아래로 잡아당겼다.

번개가 공기를 태우고, 섬광이 허공을 제대로 찢었다. 눈부시게 밝은 빛줄기가 하늘에서 창처럼 내리꽂혔다가 나타났을 때처럼 순식간에 사라졌다. 천둥소리가 내 오른쪽 좌석에서 터져나온 비명과 경악하는 소리들을 집어삼켰지만, 나는 개릭에게서 시선을 떼지 않고 손을 계속 하늘로 뻗고 있었다.

그는 나를 보고 눈을 크게 떴다. "정말로 번개를 때렸군."

"그랬죠." 왼손에 쥔 도관이 웅웅거렸다.

"이런 말 하긴 싫지만, 소른게일. 넌 스스로를 노출시켰을 뿐만 아니라 공격도 빗맞혔어." 개릭이 씩 웃었다.

"내가 그랬나요?" 나는 보란 듯이 개릭의 등 뒤에서 녹아내린 칼과 연기가 피어오르는 손잡이를 쳐다보았고, 나를 따라 시선을 돌린 그는 망가진 단검을 보고 몸을 굳혔다. "내가 죽이려고 했다면 죽은 목숨이었어요."

"말렉에게 맹세코, 널 미친 듯이 사랑해." 제이든이 말했다.

"그리고 내가 노출되었다 해도 괜찮아요. 나머지 대대원이 살아 있으니까." 나는 어깨를 으쓱였다.

제이든의 시선이 마치 나를 벨 것 같았다.

개릭이 살짝 입을 벌린 채로 다시 나를 돌아보는데, 계단 위에서 누군가가 천천히 박수를 치기 시작했다.

소리를 따라 위를 올려다본 나는 균형을 잃을 뻔했다.

아냐, 안 돼.

계단을 내려오는 그의 왼쪽 눈 위로 연갈색 머리카락이 아무렇게나 흘러내리는데, 논리적이진 않지만 이렇게 한참 밑에서도 그 초록빛 눈동자가 보일 것만 같았다.

"아릭이 숨게 도와줘." 나는 제이든에게 말했다. *"당장."*

"알았어."

왕실 전령관이 뒷줄 가장자리에서 가슴을 부풀리고 외쳤다. "홀든 왕자 전하십니다."

모든 생도가 일어섰다.

"앉게." 그는 경기장 전체에 전해질 정도로 크게 말하더니 아래쪽으로 손짓했다. 그 표정을 나는 너무나 잘 알고 있다. 홀든은 팡파르에 짜증내는 표정을 다들 공감할 만큼 완벽하게 지었지만, 사실은 이런 짓거리를 즐기기 위해 살았다. "대단하군." 그는 경기장과 관중석을 가르는 벽을 지나쳐 자갈 바닥에 내려서면서 나에게 말했다.

숨 쉬어. 그냥 숨 쉬어.

"전하, 좌석에 앉으시는 쪽이 안전…." 개릭이 말하려고 했다.

"그렇지만 여기에서 훨씬 잘 보이는군." 홀든은 전문가의 솜씨로 재단한 파란색 보병 제복 주머니에 두 손을 찔러 넣고 미소 지었다. "부디 신경 쓰지 말고 계속해."

개릭이 제이든을 의식해 뒤를 돌아본 것 같은데, 나는 우연이라도 아릭에게 주의를 끌까 봐 홀든에게만 시선을 붙박아두느라 제대로 확인할 정신이 없었다. 개릭은 고개를 끄덕이더니 줄지어 선 라이더들을 보았다. "다음."

우리 대대가 매트에서 내려왔고, 나는 2학년들과 같이 들어가는 대신 홀든 옆의 빈자리를 차지했다. 홀든 뒤에 바짝 붙어선 두 명의 호위 중 하나는 애나 윈샤이어 대위였다.

그녀는 역시나 보병 부대와의 연락책이 아니라 홀든의 사람이었다. 홀든이 특수부대에서 물러났다고 생각한 내가 순진했다. 홀든이 혹시라도 쌍둥이 형제가 숨을 쉬지 않게 된 이유가 제이든이라는 사실을 안다면… 홀든은 아릭만큼 이해심이 많지 않을 것이다. 좋지 않다.

"여기서 뭐 하는 거야?" 나는 홀든을 보면서 물었다.

그는 내 기억만큼 키가 크지 않았고, 아릭보다 확실히 몇 센티미터는 작았다. 하지만 마지막으로 봤을 때와 똑같이 빼어난 미모였다. 높은 광대뼈와 언제나 냉소 짓고 있는 입매, 완벽한 이목구비만으로도 사람들이 돌아볼 만했지만, 진짜 눈길을 끄는 건 눈이었다. 그의 눈동자는 여름 잎사귀 같은 초록빛이었다. 하지만 한눈을 잘 팔지.

"물론 배우고 있지. 이 경기장에 들어온 모두와 마찬가지로." 그는 미소를 비쳤고, 눈가에 실제 주름마저 잡혔다. "네가 검은 옷을 입을 거라곤 생각도 안 했지만, 마력이 잘 어울리는군."

"그러지 마." 나는 고개를 내젓고 다음 시합을 보았다.

개릭은 돌풍으로 리독이 남겨둔 얼음벽을 모두 부쉈고, 캐롤라인 애쉬튼이 화염 능력자를 데리고 매트에 올라섰다.

제이든이 홀든과 나를 번갈아 보면서 눈매를 좁히더니, 대련 시합으로 주의를 돌렸다.

"경기장 안 말고." 나는 도관을 허리에 걸었다. "바스지아스에서 뭘 하냐고. 졸업생의 방문 주말은 아닐 텐데."

제발 우리와 같이 북쪽으로 간다는 말은 하지 마.

"곧장 본론이야?" 내 옆얼굴을 살피는 그의 시선의 무게가 느껴졌다.

"그동안 어떻게 지냈는지는 묻지 않고? 알겠지만 내 동생이 실종됐어."
그러나 홀든은 전혀 걱정하는 것 같지 않았다.

"그래?" 나는 팔짱을 꼈다. "혹시 캠이 그냥 형의 자아도취에서 거리를 두려고 했던 건 아닐까?"

캐롤라인과 화염 능력자 둘 다 뒤로 날아서 엉덩방아를 찧었다가 매트 가장자리까지 미끄러졌다.

"2대대의 공격이 효과적이었던 건 정신 마법을 썼기 때문이다." 개릭이 1비행단 쪽을 보며 일깨웠다. "퀸과 캣이 연합해서 내 머리를 헤집었고, 그 덕분에 소른게일이 공격할 시간을 벌었지."

"그 시간이 필요했던 건 아니지만요." 트레이거가 외쳤고, 그 말대로였다. 난 언제든 번개를 칠 수 있었다. 그저 정확하게 칠 자신이 생길 때까지 기다렸을 뿐이다.

제이든의 입가에 살짝 미소가 스쳤다.

"그런데 정말로 인사도 없어?" 홀든이 혀를 찼다. "내 제복이 멋있다는 칭찬도 안 하고? 새로 한 머리에 대해서도? 마음이 부서지는 것 같구나, 바이."

"그러려면 부서질 마음이 있어야지." 나는 바로 받아쳤다. "그리고 내가 기억하는 머리모양이라곤 내가 방에 들어갔을 때 당신 위에게 올라타 있던 교수의 머리카락뿐인데. 당신 얼굴을 뒤덮고 있던 그 머리, 빨간색이었나?"

다음 무리가 매트로 향했는데, 이번에는 플라이어들을 대동했다. 제이든은 위치를 바꿔 살짝 왼쪽으로 이동했다.

"아야. 상처받았어." 홀든이 가슴을 문질렀다. "그래, 내가 바람피우긴 했지. 하지만 너도 기억해야 해. 당시에 난 쌍둥이 형제를 잃은 일로 괴로워하고 있었어. 난…."

"멍청했다? 생각 없었다? 잔인했다?" 내가 말끝을 잡아챘다. "슬픔은 그중 어떤 짓에도 변명거리가 안 돼. 그럴 리가 없지."

홀든이 한숨을 내쉬었다. "그런데 난 내가 개입해서 다가오는 임무에 관해 네 편을 들어줬다고 고마워할 줄 알았지."

"어떻게?" 이마가 구겨졌다.

그는 제복 주머니에 손을 넣어 테카루스 자작의 깨진 밀랍 인장이 붙은 편지를 꺼냈다. "여기. 그레디가 시간을 너무 끄는 데다가 우리 아버지를 만족시킬 만한 경로를 제출하지 못해서 말이야. 난 이쪽이 좋아."

편지를 받아든 나는 눈을 휘둥그레 떴다. "나한테 온 편지잖아."

"소소한 부분에는 얽매이지 마." 그는 미안한 기색도 없이 어깨를 으쓱였다.

나는 입을 꾹 다물고 접힌 종이를 펼쳤다.

> 소른게일 생도에게
>
> 합의한 대로, 자네가 요청한 책들을 보내네. 개인 서고에서 자네가 유익하다고 여길 만한 책도 몇 권 손수 뽑았어. 자네의 수색에 대해서라면, 드베렐리의 코틀린 왕께서 아멜리아 황수정이라는 합당한 대가를 받고 딱 한 번, 귀족에 한해서 만나주시기로 했네. 마라야 왕께서 그 보석을 선물하는 데 동의하긴 했는데, 앵카에 전시되어 있는 문제의 보석을 회수하는 단계까지 책임지지는 않으실 거야. 내가 우리의 방문 일정을 잡을 수 있도록 황수정을 손에 넣으면 알려주기 바라네.
>
> – 테카루스 자작

"포로미엘의 1순위 왕위 계승자와 책을 주고받다니 서기 일을 완전히 잊은 건 아닌가 봐." 내가 편지를 읽는 동안 홀든이 중얼거렸다.

“내 편지를 읽으면 안 되지.” 나는 종이를 접어서 옆구리의 빈 칼집에 밀어 넣었다.

“내가 봐서 운 좋은 줄 알아.”

“운이 좋아? 농담이겠지.” 나는 개릭이 또 한 명을 날려 보내는 모습을 보며 코웃음을 쳤다.

“네 임무를 두고는 농담하지 않아. 너에 대해서도.” 그는 내 쪽을 보았다. “내가 조사를 좀 해봤는데….”

“누군가에게 조사를 시켰다는 뜻이겠지.” 나는 반박했다.

“그거나 그거나지.” 그는 능글맞게 웃었다. “아멜리아 황수정은 최초의 그리폰 부대원 중 한 명이 차고 있던 단순 마법 증폭기야. 네가 그걸 회수할 의지만 있다면, 내가 그레디에게 경로를 바꾸라고 명령할 의향이 있어.”

“그렇게 간단하지 않아. 앵카는 적이 점령한 영역이라고.” 아직 점령 상태인지, 아니면 놈들이 고갈시키고 떠났는지는 알 수 없지만 말이다. 어느 쪽이든 간에 앵카는 보호막 너머에 있고, 거길 가는 것만으로도 제이든에게는 위험부담이 컸다.

“말했듯이, 네가 가고 싶다면 널 위해 개입할게. 내가 너에게 그 정도 빚은 졌지. 작위가 계급을 누르는 것도 늘 일어나는 일이고.” 홀든은 헛기침했다. “그런데, 다들 하는 말이 사실이야? 너와… 라이오슨?” 그는 제이든의 이름을 말할 때 민망할 정도로 역겨워했다.

“내가 라이오슨에게 푹 빠진 건지 묻는다면, 답은 완벽하게 긍정이야.” 제이든 쪽을 흘긋 보았더니, 그도 내 쪽을 보고 있었다. “아직 우리가 사귀고 있는지 찔러보려는 거라면, 장담하는데 우리는 당신이 꿈도 꾸지 않을 수준으로 바스지아스 행동수칙을 철저히 지키고 있어. 아버님께 그렇게 보고해도 돼.”

"나는 아버지 때문에 물어본 게 아니야, 바이. 내가 궁금해서 물어본 거지."

"뭐?" 시합을 지켜보는 척하던 것도 잊고 홀든에게 집중했다.

"너에게 미안하다고 말한 적이 없지." 홀든의 얼굴이 부드러워지더니, 마치 그 몇 년 사이에 바뀐 모든 세세한 부분을 눈에 담는 것처럼 내 얼굴을 훑어보았다. "사과했어야 하는데. 만약 네가 라이오슨과 사귀는 중이 아니라면…."

"난 제이든을 사랑해." 나는 발끈했다. "당신에 대해서는 몇 년 동안 생각도 안 했거든. 갖기 힘든 걸 좋아한다는 취향만으로 쫓아다니지 마. 당신이 질 테니까."

홀든이 조소했다. "라이더와 데이트 해본 사람이라면 누구나 라이더의 최우선 순위를 알아. 라이더의 첫사랑은 자기 드래곤이지. 그 사실을 받아들이고 나면, 다른 남자 정도는 도전 거리도 못 돼."

입이 저절로 벌어졌다. 그 말이 맞았다. 우리의 최우선 순위는 드래곤이다. 드래곤은 그 무엇과도 바꿀 수 없다.

"게다가 이번 임무에서 많은 시간을 함께할 텐데, 너에게도 한 번쯤은 나와 저녁식사를 할 의향이 있지 않을까?" 홀든의 얼굴에서 재수 없는 웃음이 사라졌다. "네 애인 아닌 애인에게 허락받아야 한다는 소리는 하지 마. 내게 3년 전에 해야 했던 사과를 할 기회를 줘."

그는 느슨하게 풀어진 내 머리카락 쪽으로 한 손을 올렸지만, 제대로 손을 대지는 못했다.

보호막을 뚫고 날아온 그림자가 공성 망치처럼 홀든의 가슴을 쳤고, 나바르의 왕세자는 그대로 날아가서 벽에 처박혔다.

미치겠네.

18

나는 에메랄드 해 너머에서 지속 가능한 삶을 상상할 수가 없다. 어떤 배도 그곳의 폭풍우가 일으키는 얼음장 같은 파도에서 살아남지 못했고, 살아남은 선원들은 완전히 좌절해서 돌아온다.

__ 레비안 크로슬라이트 제독, 《마지막 제독의 회고록》

"홀든!" 내가 달려가서 홀든 옆에 무릎을 꿇자 그림자는 흔적도 없이 사라졌다. "괜찮아?"

"왕자님!" 애나가 당황해서 정신을 못 차리는 눈으로 자갈 바닥에 뛰어내렸고, 두 번째 호위도 따라왔다. "오, 홀든, 당신…."

그냥 호위가 아닌가? 나는 애나의 머리카락을 곁눈질하며 눈썹을 올렸다. 그래, 홀든이 빨간 머리를 좋아하긴 하지.

홀든은 눈에 띄게 호흡을 힘들어하면서도 손을 내저었고, 호위들은 바로 물러섰다.

말렉에게 고맙게도 제이든은 그를 죽이지 않았다. 홀든의 머리 위 돌벽에 금이 가지도 않았다. "잠시만 있으면 숨을 쉴 수 있을 거야." 나는 홀든의 갈비뼈가 부러지지 않았기를 빌며 장담했다.

뒤에서 발소리가 다가오더니, 반짝이는 오닉스 물결이 애무하듯 내 마음을 휘감았다.

"미안하게 됐습니다." 제이든이 전혀 미안하지 않은 투로 말했다. "1학년 생도에게 치명적일 수 있는 타격을 막는다는 게 그만, 전하를 때려눕힌 것 같네요."

나는 한쪽 눈썹을 들면서 어깨 너머를 보았다. *"진짜 이러기야?"*

"저놈이 널 만지려고 했어." 나는 제이든의 눈동자에 담긴 얼음장 같은 분노를 보고 눈을 크게 떴다.

"그래, 참 성숙하기도 한 반응이다."

홀든이 숨을 들이켜고, 다시 들이켰다. "아주, 멀, 쩡해."

"그건 반응이 아니었어. 그냥…." 제이든은 홀든이 일어나 앉는 모습을 보며 내 뒤에 쪼그려 앉았다. "세 가지는 분명하게 해둡시다, 전하. 첫째, 난 그 발치의 그림자 덕분에 귀가 아주 밝아. 둘째, 난 바이올렛을 통제하지 않아요. 그런 적도 없고, 앞으로도 그러지 않을 거야. 셋째로 이게 제일 중요한데…." 제이든이 목소리를 낮췄다. "바이올렛은 정말로 네놈을 생각한 적이 없어. 적어도 나를 본 이후로는 한 번도 없지."

저 자식을 죽여버리고 말겠어.

에임시르, A-I-M-S-I-R. 한 시간 후, 나는 여전히 속이 끓는 상태로 리와 함께 침대에 앉아서 책의 잠금장치에 달린 손톱만 한 청동 다이얼을 돌렸다. 글자 여섯 개를 맞추고, 내 손가락은 작은 레버 위를 맴돌았다. 이걸 당기면 책이 열릴 수도 있고… 망가질 수도 있다.

"못 하겠어."

"그러면 네 애인 아닌 애인이 네 전 애인을 벽에 던져버린 일에 대해 이야기할 수도 있지." 리가 말했다. "아니면 네가 왕자와 사귀었다는 얘기를 왜 안 했는지 수다를 떨 수도 있고."

"중요하다고 생각하지 않았어." 나는 어깨를 으쓱였다. "아릭이 나에게 그냥 아릭인 것처럼, 홀든도 그냥 홀든이었거든. 그리고 홀든이 모두가 경고한 대로 개새끼였다는 사실이 밝혀지고는, 그놈에게 내 뇌를 조금도 낭비하지 않겠다고 다짐했지."

"왕자에 공작이라니, 네 취향도 일관성 있는데." 리가 놀렸다. "제이든은 알고 있었어?"

나는 고개를 저었다. 홀든이 다행히도 제이든을 체포하진 않았지만, 호위를 거느리고 계단을 올라갈 때 보니 눈에 확실히 복수를 약속하는 광채가 번득였다.

그 후에는 수업이 금방 끝났다.

"그래서 벽에 던진 거였네." 리가 중얼거렸다.

홀든을 벽에 던진 건 제이든이 베닌이 되면서 성질을 전혀 통제하지 못하게 된 탓이었지만, 리에게 그런 설명을 할 순 없었기에 나는 화제를 바꿨다. "에임시르가 정답일 거야." 나는 혼잣말처럼 말했다. "아버지의 세상은 어머니를 축으로 돌았고, 두 사람은 3학년이 되어서야 만났어. 어머니의 진정한 첫사랑은 에임시르였을 테고, 에임시르는 대체 불가능한 존재였지. 우리 가족 모두의 행복이 에임시르의 건강과 생존에 달려 있었어."

"날 설득할 필요는 없어." 리는 한쪽 다리를 접고 앉아서 책 쪽으로 두 손을 뻗었다.

나는 작은 레버에 손가락 끝을 올렸다. "만약 내가 틀렸다면, 네가 수습할 수 있을 것 같아?"

"여섯 병에 든 액체를 회수해본 적은 없지만… 사실은 액체 자체를 회수해본 적이 없지만, 그래도 네 아버지의 연구가 모조리 망가지지 않을 만큼은 잡을 수 있을 거야." 리가 손가락을 쫙 펴고는 한숨을 내쉬었다.

"그리고 룬이 활성화되면… 음, 그 안에 엄청난 마력을 저장할 순 없어. 딱 책을 파괴할 만큼만 있을 거야."

"아마도." 나는 고개를 끄덕였다. "이 암호를 틀리는 것보단 차라리 건틀릿을 한 번 더 오르는 게 낫겠어."

"그럼 틀리지 마."

틀릴 리 없다. 릴리스는 뻔한 답이므로 틀린 답이다. 내가 아닌 다른 사람이라면 생각도 하지 않고 릴리스를 넣었다가 책을 망가뜨리겠지. 그래, 아버지는 나에게 이걸 남겼어.

나는 레버를 눌렀다.

레버는 장치 안으로 들어갔고, 잠금장치가 풀리는 철컥철컥 소리에 내 심장도 덜컹거렸다. 책이 열리고, 여섯 개의 병은 회전하더니 안에 든 잉크를 하나도 흘리지 않고 옆으로 누웠다. "고맙습니다, 지날이시여."

"난 헤데온에게 감사하는 게 더 나을 것 같지만, 어떤 신이든 같이 계시면 좋지." 리가 말하며 몸을 가까이 숙였다. 나는 같이 볼 수 있게 책을 돌렸다.

"두 번째 크로블라 반란의 역사. 초고, 애셔 소른게일 중령 지음." 나는 친숙한 아버지의 필적을 보고 미소 지으며 제목을 읽었다.

"그 모든 게 역사책을 위해서였다니." 리는 고개를 내저었다. "소른게일 집안도 참 굉장하다니까."

책장을 넘긴 나는 첫마디를 보고 숨을 훅 들이켰다.

바이올렛에게

글로 적혀 있어도 나는 아버지의 목소리를 들을 수 있었기에, 보자마자 눈시울이 뜨거워졌다.

"그냥 역사책은 아니네." 리가 내 어깨를 감싸안았다. "아빠랑 둘만 있을 시간을 줄까? 비행 기동훈련에 가야 할 때 문을 두드릴게."

나는 고마운 마음으로 말없이 고개를 끄덕였고, 리는 문을 닫았다.

곧장 원고를 읽고 싶지만, 동시에 내일도 모레도 읽을 수 있게 하루에 한 줄만 보고 싶기도 했다. 어머니의 일기장을 그렇게 읽고 있기도 했다. 그러면 아버지와 함께하는 시간을 최대한 늘릴 수 있다.

하지만 그 안의 지식은 당장 필요했기에, 나는 책을 무릎에 올리고 읽기 시작했다.

바이올렛에게

네가 내 옆에서 이 원고를 읽으면서 엉망진창 초고라고 깔깔거리고 있다면 참 좋겠지만, 그럴 것 같지가 않구나. 혹시 지금 내가 네 오빠와 함께 말렉 옆을 걷고 있다면, 이 원고를 조심스럽게 지켜라. 하지만 최악의 사태가 일어나서 네 어머니도 우리와 함께라면, 네 목숨을 걸고 이 원고를 지켜야 한다.

여기에는 두 번째 크로블라 반란에 대한 내 연구가 담겼다만, 내 딸아, 내가 역사에 대해 가르친 바를 기억하렴. 역사란 단순히 이야기의 모음이며, 각각의 이야기는 이전에 일어난 일의 영향을 받고 다음에 올 일에 영향을 준다. 다른 사람들이 읽을 수 있도록 쓰기는 했으나, 이 연구를 이해할 사람은 너뿐이야. 좋은 시절이라면 느긋하게 읽어도 좋겠지. 크로블라 반란과 페더테일 추적 사이의 관련성이 놀라우면서도 큰 깨우침을 줄 거야.

하지만 시간이 다하여 네가 전설 속 존재를 물리칠 무기를 찾고 있다면, 서기직을 버리고 코딘으로 가거라. 너는 언제나 크로블라어를 어려워했지만, 혹시 필요할 때를 대비하여 내가 데인에게 크로블라어를 잘 가르쳐두었다…. 데인이 이번 여름에 난간다리를 건너지 말아야 할 텐데. 혹시 데인이 자기 아버지를 따르게 된다면, 마음 단단히 먹고 데인에 대한 애정을 포기해야 한다.

코단에 가면 드베렐리로 가는 배편을 잡고 (거기라면 마법이 닿지 않아 안전할 거다) 조용히 나렐 안셀름이라는 상인을 찾거라. 그 사람에게 네가 가진 가장 희귀한 물건을 가져가거라. 너에게 필요한 것을 받으려면 정말로 독특한 물건이어야 한다. 너 대신 다른 사람을 보내지는 말거라. 혹시 나바르의 깃발 아래 여행한다면, 드베렐리 국왕을 조심하거라. 그자는 앙심을 품는 성격이고 오직 이익만 따른다. 이 일이 나의 가장 찬란한 빛인 너에게 떨어져서 정말 미안하구나.

미라 말고는 아무도 믿지 말아라.

–사랑하는 아빠가

나는 그 페이지를 읽고 또 읽어 기억에 새기면서 미친 듯이 생각했다. 어떻게 아버지가 드베렐리의 상인을 알았지? 무기를 찾는다니…. 앤다나에 대해 알았던 걸까? 앤다나의 종족에 대해서도?

평생 처음으로, 어쩌면 내가 생각만큼 아버지를 잘 알지 못했을지도 모른다는 생각이 들었다.

나렐 안셀름. 나는 그 정보를 테른과 앤다나에게 전달했다.

"마법이 닿지 않아 안전하다는 건 뭐죠?" 나는 둘에게 묻고는 그 종이를 접어서 다시 책 속에 끼웠다.

"대륙을 벗어나면 마법이 없다. 그래서 우리 드래곤들이 이곳에 남은 거야." 테른이 말했다. *"그래서 이리드가 우리 해안을 떠났다는 게 놀라운 것이고."*

"난 우리가 뭘 가져가야 할지 알아." 앤다나가 덧붙였다.

"나도 같은 결론에 도달했다." 테른이 그르렁거렸다. *"하지만 하찮은 이야기에 시간을 쓰고 싶진 않구나."*

"정말로 너희 종족을 찾을 가능성이 제일 높은 게 섬 왕국들이라고 생각해?" 내가 물었다.

"죽을 때까지 북쪽으로 날아가는 것보다는 나은 계획이라고 생각해." 앤다나가 대답했다.

"동의한다." 테른이 끼어들었다. *"그레디 놈의 생각이 그렇게 확고하다면, 부대를 둘로 쪼개고 우리는 드베렐리로 가자."*

누군가가 문을 두드렸다.

화들짝 놀란 나는 재빨리 책을 잠그고 베개 밑에 밀어 넣은 다음에 문을 열었다. 제이든이 서 있는데, 두 손은 문틀 양쪽을 잡고 비행 재킷은 풀어헤친 채로 고개를 숙이고 있었다.

그를 보자마자 들떴던 기분이 이성에 썰려 나갔다.

"뭐하는 거야?" 나는 복도에 제이든을 보고할 사람이 없는지 살피려고 하면서 속삭였다.

"그놈을 사랑했어?" 낮게 그르렁거리는 소리로 질문이 날아왔다.

"누가 보겠어!"

"그놈을, 사랑했어?" 제이든이 고개를 들어 야수같은 눈빛으로 나를 쏘아보았다. "알아야겠어. 감당할 순 있지만, 알아야겠다고."

"오, 아마리시여." 내가 그의 비행 재킷을 잡고 방 안으로 당기자 그는 손목을 털어서 문을 닫았다. 커다란 철컥 소리가 문이 잠기기도 했음을 알렸다. "홀든과 사귄 건 벌써 몇 년 전이야."

"그래, 그건 알아." 제이든은 이마를 찌푸리고 고개를 끄덕였다. "그놈이 생각하는 많은 것을 읽었지."

나는 눈을 깜박였다. "당신 고유 능력은 그게 아니…."

"그놈을 사랑했어?" 제이든이 다시 물었다.

"맙소사." 나는 그의 재킷에서 손을 뗐다. "진짜로 질투하는구나."

"그래, 내 사랑. 질투해." 그는 내 등에 손바닥을 얹고 끌어당겼다. "나는 안을 수 없는 너를 품고 있는 갑옷도 질투하고, 매일 밤 네 피부를 어루만지는 이불도 질투하고, 네 손길을 느끼는 단검도 질투해. 그러니 우리 왕국의 왕자가 내 수업에 들어와서 내 여자에게 친근하게 말을 걸고, 그다음엔 아예 내 앞에서 뻔뻔하게 데이트 신청까지 했을 때도 당연히 질투심에 사로잡혔지." 제이든이 몸을 붙여왔다.

"그래서 벽에 집어 던졌고?" 그의 차가운 목을 스치듯 만지고 서늘한 두 뺨을 감쌌다. 제이든은 한동안 밖에 있었던 모양이다.

"그런다고 했잖아." 제이든과 시선이 마주치자 맥박이 빨라졌다. "아레티아에서, 기억해? 내가 널 옥좌에 올려놓고, 그 아름다운 허벅지 사이에 자리 잡은 후에…."

나는 엄지손가락으로 그의 완벽한 입술을 훑었다. "기억해." 내 몸도 기억했는지 곧바로 열이 올랐다.

나는 그가 내 엄지손가락을 깨물자 손을 떨궜다. "그때 내가 질투가 나면 그놈 엉덩이를 걷어찰 거라고 했지. 내가 변했을지는 몰라도, 너에 관한 문제라면 여전히 약속을 지키는 남자거든."

"당신은 제이든 라이오슨이야." 나는 까치발을 들고 그의 턱 끝에 입을 맞췄다. "그림자의 지배자." 이번에는 그의 턱선에. "티렌더 공작." 이번에는 입술이 그의 귓불 바로 아래를 스쳤다. "내 사랑. 당신이 질투할 건 아무것도 없어."

내 등에 얹은 그의 손에 힘이 들어갔지만, 다음 순간 그는 몇 걸음을 물러섰다. "그놈을 사랑했어? 바이올렛, 말해줘." 그의 목소리에 날카롭게 실린 절박함 때문에 속이 아팠다.

"당신을 사랑하는 것처럼은 아니었어." 나는 조용히 인정했다.

그는 내 책상에 엉덩이가 닿을 때까지 물러서더니 바닥을 응시했다. "그놈을 사랑했구나."

"난 그때 열여덟이었어." 기억 속을 뒤지며 내가 홀든에게 느낀 감정을 묘사할 더 나은 표현을 찾으려 했지만, 아무것도 떠오르지 않았다. "우린 일곱 달밖에 사귀지 않았어. 홀든의 징병일 조금 전부터 12월까지. 그 사람에게 이성을 잃었고, 그 나이가 그렇듯이 당시에는 그런 끌림이 사랑인 줄 알았어. 그러니까 맞아, 홀든을 사랑했어."

책상 가장자리를 움켜쥔 제이든의 손마디에 하얗게 힘이 들어갔다. "젠장. 그런데 그놈이 우리와 같이 간단 말이지. 그것도 읽었어."

"맞아. 나도 이해해." 나는 그에게 다가갔다. "나도 당신이 캣과 가까운 곳에 있는 걸 보면 정말 힘들었고…."

"난 캣을 사랑한 적이 없어." 제이든이 고개를 치켜들었다. "홀든이 네게 손을 댄다는 생각만 해도…." 그는 토할 것 같다는 듯이 침을 삼켰다. "그놈을 벽에 다시 던져버리고 싶어. 특히나 그놈은 널 만질 수 있어도 나는 안 된다는 사실 때문에 더, 그놈이 여기 있다는 것만으로…." 제이든은 내 쇄골 바로 아래에 손을 댔다. "죽여버리고 싶어. 그놈이 잘난 왕실 궁둥짝을 들이밀 가능성도 없도록."

"홀든은 날 만질 수 없어." 나는 굳은살이 박인 그의 손바닥을 들어 입맞춘 후, 다시 내 심장 위에 눌렀다. "이 심장은 당신 거야. 당신이 날 떠날 수도 있고, 심지어 말렉을 만날 수도 있지만, 그래도 마찬가지일 거야. 난 당신을 도저히 떨쳐낼 수 없다는 걸 받아들였어."

제이든은 내가 지금까지 본 적 없는 속도로 내 엉덩이를 움켜잡고 들어 올려 안았다. 고작 내가 눈을 한 번 깜박일 정도의 순간이었다. "내가 선을 넘으면 멈춰."

그 경고만 남기고 그의 입술이 내 입술을 덮쳤다.

그는 마치 처음처럼 내 입안 구석구석을 점령했고, 그 능숙한 기술을 동원하여 좋은 의미로 나를 유린했다.

제이든이 몸을 밀자, 왜 이 사람이 내일이 없는 것처럼 키스하는지 신경 쓸 겨를이 없어졌다. 세상이 기울고, 등에 침대가 닿고, 나는 오직 제이든이 멈추지 않기만을 바랐다. 제이든이 입술을 붙이고 있는 한, 우린 한 걸음도 더 나가지 않고 이대로 영원히 살 수 있다.

제이든이 내 허벅지 사이에 자리를 잡자 엉덩이가 들썩였고, 그의 무게가 너무 좋아서 신음이 나왔다. 키스만으로 제한한 덕분에 그 경험이 훨씬 더 강렬해졌다. 우리 둘 다 단순하지만 무한히 복잡한 행위에서 가능한 모든 감각을 끌어올리려고 필사적이었다.

우리 사이의 이 욕망은 언제나 달콤하기 그지없는 광기야. 그는 내가 영영 채우지 못할 갈망이고, 아무리 가져도 부족한 황홀감이야. 오직 제이든만이.

나는 그의 허리에 발목을 걸고 지난 몇 주 동안 내 안에 쌓인 갈망을 모조리 퍼부으며 키스했다. 그는 내 혀를 빨아들였고, 나는 피부가 후끈 달아올라 머리가 혼몽해지는 가운데 흐느꼈다.

"사랑해." 그는 내 입에 대고 말하면서 엉덩이를 들썩였다.

"사랑해." 고백은 숨을 들이켜는 소리로 끝났다. 그가 얼마나 단단해졌는지 느껴서였다. 비행 재킷 너머로 느껴지는 그의 근육질의 등을 쓸어내렸다. "당신이 그리워."

"바이올렛." 제이든이 신음하더니, 두 손으로 내 손을 붙잡아 머리 위로 고정시켰다….

아니, 손이 아니야. 그림자다.

호흡이 덜컹거렸다. 그는 나를 기꺼워하는 포로로 붙잡아놓고 거듭 키스했다. 절박한 요구가 단호한 통제와 결합하니 더 자극적이었다.

제이든이 손등으로 내 목을 쓸어내리자 충격적인 욕망이 온몸을 내달리면서 소름이 돋았다. "망할, 네 피부는 너무 부드러워."

내가 할 수 있는 대답은 흐느끼는 소리뿐이었다가, 입술의 애무가 이어지자 신음으로 변했다.

"응…." 나는 묶인 두 손을 잡아당기며 더 해달라고 목을 내밀었다.

"아직 키스일 뿐이야." 그는 내 목을 내려가면서 엉덩이를 쥐었다.

제이든이 어찌나 빨리 몸을 돌리는지 나도 같이 움직일 뻔했지만, 나는 천장을 보고 누운 채로 그저 숨을 몰아쉬었다. 그래도 이제는 제이든도 같은 상태였다.

"망할." 그는 팔뚝으로 눈을 가렸다. "부디 자비를 베풀어 무슨 말이든 해봐. 뭐든, 내 품에 널 안은 느낌이 얼마나 좋은지 그만 생각할 만한 이야기를 해줘."

나는 머리를 굴리려고 애쓰면서 눈을 깜박였고, 부드러운 그림자 끈은 내 손목을 풀고 물러났다. 심박수가 느려지면서 겨우 이성이 돌아왔고, 나는 손을 제이든에게 뻗지 않으려 베개 밑에 밀어 넣었다.

책이 만져졌다. "아빠가 나한테 편지를 남겼어. 내가 드베렐리로 가야 한다고 했고."

제이든이 내 쪽으로 고개를 홱 돌렸고, 나도 천천히 고개를 돌려서 눈을 마주쳤다. "그렇다면 가야지."

내 몸은 이 남자에 대한 사랑을 담아내기엔 너무 작다. "우린 앤다나의 종족만 찾는 척해야 할 거고, 아빠도 그걸 암시하는 것 같긴 한데 내가 잘못 봤을 수도 있어. 연구 내용을 더 읽어봐야 해."

제이든이 이마를 찌푸렸다. "여전히 우리가 섬 왕국을 수색해야 한다고 생각하는 거지?"

나는 고개를 끄덕였다.

"그럼 한 번의 여행으로 두 가지를 성취할 수 있을 것 같은데."

나는 부어오른 아랫입술을 핥았다. "섬 왕국을 수색하려면 왕을 알현해야 하고. 그러려면 드베렐리의 왕에게 줄 물건을 손에 넣기 위해 보호막에서 나가야 하는데다가, 홀든에게 도움을 받아야 하니까 그리 쉬운 선택지는 아니야…."

"쉬워. 아버지가 나에게 편지를 남겼다면…." 제이든은 팔꿈치를 대고 몸을 일으켰다. "네가 일이 망가질 온갖 경우를 다 말한다 해도 난 가자고 할 거야."

"그 물건이 적진에 있어."

제이든의 얼굴이 굳었다. "너는 뒤에 남아 있으라고, 내가 가져올 테니 안전하고 편하게 있으라고 한다면?"

나는 고개를 저었다.

"그래, 그럴 줄 알았어." 그는 한숨을 내쉬었다. "적어도 그레디가 모은 이 부대가 어떻게 기능할지 평가해볼 기회긴 하겠군. 언제 떠나고 싶어?"

"최대한 빨리."

19

클리프스베인을 졸업할 때 받는 보석은 언제나 심장 가까이에 걸고 있어야 한다. 그러나 통제를 완전히 익히지 못했다면, 그 보석은 몰락을 가속할 뿐이다.

__《플라이어 규범》(제3장)

나흘 밤이 지나고, 홀든이 왕자의 영향력을 발휘한 덕분에 미라를 포함한 우리 여덟 명의 부대가 사마라에 도착했다. 그리고 국경을 건너자마자 보호막이라는 우리에서 마법이 풀려났다. 사방으로 팽창하는 마력이 전류처럼 나를 휘감으며 놀자고 유혹했다. 아니면 파괴하라는 유혹일지도…. 에스벤을 통과하여 계곡으로 미끄러져 내려가자 피부가 따끔거렸고, 나는 하늘 자체에서 마력 가닥을 뽑아서 룬을 엮고 싶은 괴상한 충동에 휩싸였다.

"*바깥이 평소보다 마력이 더 많은 느낌인데요.*" 나는 능선을 따라 하강하면서 테른에게 말했다.

"*사실은 평소보다 적다. 베닌이 그렇게 만들었지.*" 테른이 대꾸했다. "*하지만 네가 갈수록 강해지고 있으니 한때는 보이지 않던 마력을 알아볼 수 있게 된 거다.*"

"난 알아볼 수 있었을 거야." 앤다나가 끼어들었다. *"날 한 번이라도 데리고 갔다면."*

"티오파니가 널 추적하고 있으니 사마라에 있는 게 훨씬 안전해." 테른이 밤하늘의 구름 그림자에서 빠져나가지 않은 채로 강둑을 따라 수평으로 비행하자 나는 폼멜을 붙잡았다. 안장에서 자보려다가 흉골 바로 아래에 영원히 없어지지 않을 듯한 멍이 남은 상태였다. 드베렐리로 가기 전에 이 안장을 좀 고쳐야겠다.

"하지만 네가 안전하지 않잖아." 비행을 계속하는데, 앤다나가 반박하는 목소리가 희미해졌다. *"난 베닌을 불태울 수 있어."*

"열 번도 넘게 말했다만, 그건 처음 토하는 불이 제일 뜨겁다는 사실로 설명할 수 있다." 테른이 대꾸했다. *"이번 임무는 숨어 있는 베닌들이 탐내는 목표물까지 더하지 않아도 충분히 위험해."*

"그놈들은 전부 바쁘게 남쪽으로…." 연결이 끊기면서 앤다나의 목소리가 서서히 작아졌다.

"네가 앤다나에게서 멀어진 아픔을 느낄 때까지 12시간 정도 시간이 있다." 테른이 밤을 가르고 날면서 내게 일깨우고는 스게일, 제이든과의 통로를 열었다.

라이더와 드래곤이 떨어져 지낼 수 있는 한계가 3일인지 4일인지 시험해보고 싶은 마음은 없었다. 치명적인 상황까지 갈 마음은 더욱 없고. 앵카까지 3시간. 황수정을 찾는 데 1시간. 돌아가는 데 3시간. 사마라에 주둔한 드래곤 부대 3분의 1은 한 시간 전에 기지 북쪽에 있는 요새 공세에 나섰고, 덕분에 우리는 적에게 들키지 않고 전투 브리핑 지도에 표시된 빨간 선을 넘을 수 있었다. 모든 것이 계획대로다.

3시간 후, 한때 앵카였던 도시의 황폐한 광장에 착륙할 때까지는 지나치게 쉽다고 느낄 정도였다. 확실히 점령 상태는 아니었다. 낮은 고도에서 발견한 와이번 순찰대 둘을 제외하면 적은 보지 못했다. 듬성듬성한 마을들, 그리고 베닌이 사마라를 향해 진격하면서 고갈시켜버린 땅 사이에 자리 잡은 민간인 야영지의 흐릿한 불빛뿐이었다. 테른은 대형을 유지하라는 그레디의 지시에도 평소처럼 제일 먼저 발톱을 땅에 박았고, 나머지는 색이 바랜 시계탑의 잔해를 돌아서 따라왔다.

"내가 임무 조건을 받아들였다고 해서 그게 마음에 든다는 뜻은 아니다." 테른은 내가 안장 가장자리에 매어둔 가방과 비행 재킷을 챙겨 내리는 동안 가슴 깊이 그르렁거렸다.

"알아요." 발이 땅바닥에 닿는데, 마법이 존재하지 않으니 모든 것이 잘못된 느낌이었다. 최신 정보에 따르면, 고갈된 영역에서 마법을 쓰는 것은 힘든 일일 뿐만 아니라 베닌을 꼬이기도 하는 것 같았다. 그래서 나는 모든 일이 엉망이 될 때를 대비해 도관을 손목에 늘어뜨렸다. *"계획대로 해요. 유물을 손에 넣으면 알려줄게요."*

테른은 몸을 구부렸다가 무너져가는 2층 건물 높이 날아올랐고, 나머지 드래곤들도 재빨리 그 뒤를 따랐다. 그중 둘은 그레디가 상공에서 정찰하라고 고른 퓨와 폴리를 태우고 있었다.

제이든이 큰 걸음으로 시계탑을 지나서 내 쪽으로 다가왔다. 불편한 마음을 잘 숨기고는 있지만, 나는 그의 눈빛과 곱은 손가락을 보고 얼마나 힘든지 알 수 있었다.

"당신은 정찰 임무를 맡았어야지." 나는 제이든에게 말했다. 그레디는 내 왼쪽에서 나머지 사람들을 모으고 있었다.

"너를 땅에 놓아두고 갈 순 없어." 몸을 돌려 목적지로 걸어가려니 손이 스칠 뻔했지만, 우리는 접촉하지 않도록 주의했다. 특히 아우라 바인헤븐이 우리 쪽을 주시하고 있는데 그럴 수야 없지. *"그리고 이 안에서 차분하고, 냉정하고, 침착하게 있기만 하면 위험할 것도 없어. 여긴 오래*

전에 마법이 고갈됐어.”

드래곤들이 상공에 머무는 것도 그래서였다. 그들은 베닌이 사마라로 서둘러 가느라 건드리지 않고 남겨둔 땅 위를 날고 있었다.

“이게 그러니까….” 그레디가 손으로 그린 지도를 뒤집었다. “도무지 알아볼 수가 없는 글씨로군.”

“저쪽 같은데.” 헨슨 대위가 몸을 기울이고 지도를 보더니 광장 너머를 가리켰다.

“그러니 바이올렛의 요청대로 캣을 데려왔어야죠.” 미라가 그레디의 손에서 지도를 뽑아서 골똘히 들여다보았다.

“그리폰은 우리 속도를 따라잡을 수 없어.” 그레디가 일깨웠다. “그리고 이번 임무는 따라오는 모두에 대한 시범 운영이기도 해. 한 명을 더하면 역학이 달라져.”

“대체 무슨 역학?” 나는 제이든에게 물었다. *“난 아우라를 혐오하고, 그레디는 RSC 실습 때 우리에게 약을 먹인 후부터 믿지 않는 데다가 나머지는 알지도 못하는데.”*

“차분. 냉정. 침착.” 제이든이 두 손을 주머니에 넣었다.

“진심? 여기엔 포로미엘을 대표하는 사람도 없고, 왕자나 호위도 안 보이는데요. 그리고 놈들이 들을까 속삭이는 짓도 그만하시죠.” 미라는 지도를 돌려서 캣이 그려준 지형지물을 맞춰보았다. “여긴 버림받은 곳이니 정찰병들이 혹시라도 지나가는 순찰병을 막고, 우리가 마법을 쓰지 않으면 별일 없을 겁니다.” 미라는 내 오른쪽 어깨 너머를 가리켰다. “이쪽입니다.”

“지도는 내가 들지, 중위.” 그레디가 지도를 빼앗았다.

“제가 잘 몰랐다면 대위님이 임무 실패를 계획한다고 생각했겠어요.” 미라가 날카로운 미소를 지었다.

“가자.” 그레디는 미라 쪽을 노려보더니 천천히 내 옆을 지나쳐서 미라가 가리킨 방향으로 걷기 시작했다.

“이런다고 달라지는 게 있을지 모르겠지만….” 헨슨 대위가 지나가는 미라를 흘긋 보면서 말했다. “난 자네 생각에 동의해.”

“난 아닙니다.” 아우라가 제복 소매를 걷어 올리며 뛰어갔다. “플라이어를 믿을 순 없어요.”

“그렇지만 캣의 도움을 받아서 우리가 찾고 있는 건 포로미엘의 물건이거든.” 나는 중얼거리면서 뒤따랐다.

“냉정. 차분. 침착.” 제이든은 지나치는 모든 건물을 살폈다.

“공작이 되고부터 외우는 새로운 주문이야?” 미라가 오른쪽으로 시장이었던 듯한 공간의 폐허를 살피며 물었다.

“그레디에게 폭발해서 우리의 작은 시범 운영을 망치지 않으려고 애쓰는 것뿐입니다.” 제이든이 대꾸했다.

말라버린 사람들의 잔해를 블록마다 지나치며 걷는 동안, 버려진 길거리는 조용하기만 했다. 모래성이 생각났다. 골조는 남아 있지만, 어찌나 약한지 바람만 세게 불어도 무채색의 건물이 부서져 내릴 것 같은 상태였다.

다음 교차로에서 방향을 꺾자, 마차 두 대가 간신히 스쳐 지나갈 공간만 남기고 연립주택들이 늘어선 거리가 나왔다. 지붕 다리로 건너편과 연결된 건물들도 있어서 6미터쯤에 한 번씩 터널이 나오는 셈이었다.

“여기 사람들이 이렇게 건물을 빽빽하게 지은 건 드래곤이 들어오지 못하게 하려던 건데, 정작 우리를 구하는 건 드래곤일지도 모른다니 얄궂은 일이야.” 나는 건물들을 관찰하며 말했다.

“그리폰은 날개만 접으면 문제없이 들어오겠네.” 미라가 말했다.

“여기다.” 그레디가 비싸 보이는 집 앞에 멈춰 섰다.

"최초의 그리폰 부대, 아멜리아의 집이라고 적힌 명판 덕분에 알아본 건가요?" 제이든이 문 오른쪽을 고갯짓하며 물었다.

그레디가 입매를 긴장시켰다. "각자 할 일은 알겠지. 가자." 그레디가 현관문을 밀어젖히자 죽은 사람이라도 깨울 만큼 커다란 삐걱 소리가 났고, 잠시 모두가 얼어붙었다.

위장이 튀어 올라서 폐를 밀어낼 듯한 기분이었다. 나는 두려움에 반응하여 핏속에 마력이 솟구치자 주먹을 꽉 쥐었다.

"놈들은 우리 말을 들을 수 없어." 미라가 다시 말하더니, 내 어깨를 꽉 잡았다가 그레디와 헨슨이 있는 곳으로 걸어갔다.

"바로 돌아올게." 제이든이 말했지만, 평소처럼 손을 스치거나 그림자로 내 허리를 어루만지지는 않았다. 아우라가 금방이라도 우리 둘이 뒤엉킬지 모른다는 눈으로 감시하고 있기 때문이었다.

장교 넷이 삐걱거리는 집 안으로 사라지고, 아우라와 나는 길거리 한복판에 남았다.

"내가 남쪽을 맡을게." 나는 그렇게 말하고 문으로 이동해서 남쪽을 보고 섰다.

"좋아." 아우라는 등을 돌렸고, 우리는 그렇게 망을 보기 시작했다.

집 안에서 덜컹거리는 소리가 나고, 달빛이 도로를 비췄다.

바람이 불면서 구름이 갈라지는 모습이 보였다.

젠장. *"눈에 띄지 않게 있어요."* 나는 테른에게 말했다.

"난 밤과 같은 색깔이다." 테른은 상당히 기분이 상한 목소리였다. *"네가 걱정해야 할 녀석은 다골이다."*

아우라의 레드 클럽테일.

"잘 되어가?" 제이든에게 물었다.

"이 집 전체가 박물관인데, 캣은 그게 보호용 케이스에 든 채 위층에

진열되었다는 것밖에 기억을 못해. 눈치 챘는지 모르겠지만 여기 위층이 여럿이거든." 제이든이 대답했다.

난 언제라도 무너질 것 같은 5층짜리 건물을 올려다보았다. "여기 꽤 오래 있어야 할 것 같네." 이래서 캣을 데려왔어야 했다. 실제로 보면 그 황수정이 어디에 있는지 기억할지 모른다.

"끝내주는군." 아우라가 뒤에서 불안하게 움직이는 바람에 내 발치에 그녀의 그림자가 흔들렸다.

"겁나?" 나는 최대한 상냥하게 물었다.

"우린 보호막에서 수백 킬로미터 떨어진 망할 놈의 공동묘지에 서 있어." 아우라가 되받아쳤다. "어떨 것 같아?"

"보호막 바깥에서 시간을 보내본 사람으로서 말하자면, 불안해하는 건 자연스러운 거야." 앞쪽에서 뭔가가 덜그럭거리기에 그쪽을 보았다. 유리병 하나가 완만하게 경사진 길을 따라 굴러 내려왔는데, 돌풍에 밀리다가 건물 네 채 옆의 현관에 박혔다. "봤지? 저건…." 나는 어깨 너머를 보았다가 몸을 돌려 아우라를 마주했다. "뭐 하는 짓이야?"

"그냥 준비해두는 거야." 아우라는 공포에 질린 얼굴로 부싯돌 같은 장치를 잡은 채 두 손을 들어 올리고 있었다.

"그건…." 나는 그 손을 가리켰다. "건전하지 않고, 두려움은 임무를 위험에 빠뜨려. 그러니 손 내리고 장갑을 껴. 여기에서 마법을 쓰는 건 최악의 선택이야."

"아니." 아우라는 턱을 들어 올렸다. "고갈되는 게 훨씬 나쁘지. 난 무방비하게 당할 생각 없어. 너도 준비 태세를 해."

"절대 안 돼." 나는 고개를 젓고 등을 돌렸다. "내가 받은 명령은 목전에 죽음이 닥치지 않은 한은 마법을 쓰지 말라는 거였고, 저 유리병이 그런 위협인 것 같진 않은데."

"선임 비행단장으로서 명령하는데, 준비 태세를 갖춰." 아우라가 화를 냈다. "곧바로 힘을 쓸 수 없다면 네가 우리의 가장 강력한 무기인 게 무슨 소용이야?"

"바깥에서 의미 있는 계급은 우리가 생도라는 것뿐이고, 외람된 말이지만 꺼지라 그래." 나는 으쓱해 보인 다음, 아카이브 문으로 밀려오는 에너지를 떨쳐버리려고 어깨를 돌렸다. 테른이 고갈되지 않은 땅을 찾아냈다는 뜻이었다.

"찾았어!" 미라가 창문 밖으로 외쳤다.

나는 안도의 한숨을 내쉬었다.

길 건너편에서 귀를 찢는 소리와 함께 문이 열렸다. 고개를 홱 돌려서 쳐다보는데 그림자에서 누군가가 걸어 나오자 두려움에 심장이 목까지 뛰어오르려고….

"바이, 조심해! 아우라가…." 제이든이 경고했다.

"그러지 마!" 나는 몸을 빙글 돌려 아우라를 덮쳤지만, 일은 이미 터진 후였다.

아우라의 손에서 불꽃이 일어나더니 드래곤의 화염처럼 불길이 날아가서 문을 뒤덮었다.

우리는 뒤엉킨 채로 넘어졌고, 간신히 돌계단에 머리를 찧는 사태를 피하는데 옆으로 열기가 밀려가면서 밤하늘을 밝혔다. 두려움에 심장이 멈출 듯했지만, 공포에 얼어붙기 전에 그 감정을 잘라냈다.

"이거 봐!" 아우라가 고함을 지르며 나를 밀어내는데, 그 순간 한 사람이 달빛 속으로 걸어 나오며 비명을 질렀다.

나는 숨을 들이켰고, 아주 잠깐이지만 두려움에 졌다.

그레디 대위가 불타고 있었다.

"안 돼!" 아우라가 돌 위를 기어가는데, 그레디가 길 한가운데에 무릎을 꿇었다. 그레디를 보호해야 할 가죽옷 전체에 불길이 뒤덮였다. 그리고 여기에는 물이나 얼음 능력자가 없었다.

"제이든!" 나는 일어서서 대위 쪽으로 달려가며 외쳤다. "아우라! 비행 재킷 벗어!" 옷으로 두들겨서 불을 끌 수 있어. 그래야 해.

그레디가 내 기억에 새겨질 새된 비명과 함께 쓰러졌고, 나는 아우라의 손에서 비행 재킷을 빼앗아서 그에게 던지며 불이 꺼지기를 빌었다. 살이 타는 냄새에 속이 뒤집혔지만, 그 뒤 건물에서 새어나오는 질리도록 짙은 연기가 그 냄새를 압도했다.

제이든이 도착해서 대위 앞에 있는 나를 뒤로 잡아당겼고, 발치에서 그림자가 흘러가서 불길을 끄자 비명도 멈췄다. 그러나 우리 눈앞의 마른 장작 같던 건물에서 요란한 화염이 치솟았다. "망할."

돌풍이 불자 우리 셋은 위를 올려다보았다.

집에서 집으로, 길거리 전체에 화염이 순식간에 번지자 심장이 바닥으로 떨어지는 기분이었다. 땅도, 건물도, 건물의 재료인 목재도 마력은 고갈됐을지 모르지만 불쏘시개로는 손색이 없었다.

"라이오슨!" 미라가 우리 뒤에 있던 건물에서 쏜살같이 달려 나오면서 외쳤다. 헨슨이 바로 따라붙었다. "그냥 해! 안 그러면 우리 다 죽은 목숨이야!"

나는 제이든의 팔을 뿌리치고 비틀거리면서 그레디에게 다가갔다. 그림자가 빠른 속도로 건물 양옆을 타고 올라갔지만, 화염은 이미 지붕 다리를 훑으며 번지고 있었다. 우린 부싯깃 상자에 갇힌 꼴이었다.

"대위님!" 그레디 앞에 무릎을 꿇었지만, 그는 움직이지 않았다.

"죽었어." 제이든이 날씨 예보라도 하듯이 덤덤하게 선언했다. "이건 도저히…."

어깨 너머로 돌아보자 제이든이 고개를 내젓고 있었다. 그는 손을 거듭 올려서 그림자를 이 건물, 저 건물로 보냈지만 바람이 번지는 속도를 따라잡을 수 없었다. 재가 날릴 때마다, 바람이 불 때마다 다른 건물에 불이 붙었다.

헨슨 대위가 안간힘을 썼지만, 최고의 바람 능력자라 해도 재와 불똥의 흐름까지 통제할 순 없었다.

하늘이 갈라지는 소리에 위를 올려다보니 건물 사이를 잇는 지붕 다리가 화염에 휩싸여서 무너져 내리기 시작했다. 나는 제이든을 밀어내려고 움직였지만, 그보다 먼저 미라가 우리 사이에서 손가락을 쫙 펴고 두 팔을 들고 있었다. 마법 불빛 같은 푸른 진동이 일어나더니 다리는 그대로 우리 머리 위에서 둘로 쪼개져서 옆으로 떨어졌다.

"여길 빠져나가야 해." 미라가 나를 일으켜 세우고, 충격에 굳은 아우라의 옷깃을 잡아당겼다. 아우라는 그저 크게 뜬 눈으로 번져가는 파괴의 현장을 보고만 있었다.

"내가 할 수 있어!" 제이든이 그림자를 연달아 일으키면서 외쳤다.

"그쯤 해둬." 헨슨이 지시했다. "철수하기 위해 광장까지 길을 뚫기만 해도 다행이야."

제이든의 미세하게 떨리는 팔을 보자, 공포가 내 가슴을 깊숙이 찌르며 뼛속까지 얼리는 느낌이었다. 지금 제이든이 딛고 선 땅이 고갈된 상태가 아니었다면….

나는 모두가 볼 수 있다는 사실에 개의치 않고 제이든 앞에 서서 뺨을 감싸 쥐었다. "그만해." 나는 간청했다. "제이든, 포기해야 해. 그리고 여길 빠져나가야 해."

고통이 담긴 눈동자가 나를 보았다. 그 오닉스 빛깔의 심연에 화마가 비치고 있었다.

"부탁이야." 나는 계속 그와 눈을 맞췄다. "이건 막을 수 없어. 살아남는 게 전부야."

그는 고개를 끄덕이고 손을 내렸다.

안도감이 밀려왔지만, 그걸 누릴 수 있는 시간도 한 호흡뿐이었다.

"뛰어!" 미라가 우리 둘을 밀었고, 우리는 좁은 길을 질주하기 시작했다. 발목에서부터 무릎으로 통증이 올라왔지만, 우리보다 살짝 느린 속도로 길 양옆에 불이 붙고 있는 상황에서는 신경 쓸 가치가 없는 문제였다.

"집중해서 광장까지만 오거라." 테른이 명령했고, 나는 그 말대로 했다. 집중했다.

드래곤은 이 좁은 길에 내려올 수 없다. 광장까지 가지 못하면 우린 죽은 목숨이다. 발목을 접질리지 않게 발을 내딛고, 호흡하며, 보조를 맞추는 제이든과 거리를 유지하는 데 모든 에너지를 쏟았다.

앞장선 미라는 이 미로 같은 마을에서 나는 엄두도 나지 않는 확신을 가지고 모퉁이를 돌고 또 돌았다. 우리는 목숨을 걸고 그 뒤를 따라 전속력으로 달렸다.

"저기다!" 미라가 길 끝에 나타난 시계탑을 가리키면서 외쳤고, 머리 위에 날갯짓 소리가 들렸다. "안 돼! 테른이 먼저야!"

나는 더 빨리 달렸다. "가! 테인이 왔다면 가야지!"

"난 널 두고…." 미라가 반박하려고 했다.

"우리가 갈 수 있게 어서 가!" 헨슨이 외쳤다.

제이든이 팔을 뻗어서 미끄러지는 나를 잡아채는 순간, 미라는 그대로 달려가서 테인을 맞이했다. 시간을 딱 맞춘 그들의 기승 기술은 흠잡을 데가 없었고, 테인이 도시 위로 날아오를 때 미라는 이미 앞다리를 달려 올라가고 있었다.

헨슨이 자기 드래곤과 대화하는 것처럼 고개를 끄덕이더니 아우라를 돌아보았다. "네가 다음이다. 1분 후."

화마가 우리 뒤쪽의 집들을 덮치기 시작했다.

"이건 제 잘못입니다." 오른쪽에서 아우라가 주먹을 움켜쥐더니, 겁에 질린 큰 눈으로 광장을 보았다. "그레디가… 죽었어요. 놈들이 우리가 여기 있다는 걸 알 거예요. 이걸 숨기긴 불가능해요."

"중요한 건 우리가 여기에서 빠져나가는 거야." 내가 말했다. "다른 건 생각하지 마."

"머리 위!" 날개가 달을 가리자 제이든이 외쳤다.

"하늘에 있는 날개가 우리만은 아니다." 테른의 경고에 얼음이 목덜미를 찌르는 것 같았다.

"가라!" 헨슨이 마당을 가리키면서 아우라에게 명령했다. "다골이 접근 중이다."

"잠깐만요!" 내가 외쳤지만, 아우라는 이미 시계탑을 향해 질주하고 있었다. "테른이 우리만이 아니라고 했어요."

"아우라는 해낼 거다." 헨슨의 목소리에 믿음이 가진 않았다.

맹렬한 열기가 등으로 날아왔지만, 나는 광장 마당으로 질주해 들어가는 아우라만 보고 있었다. 발톱 하나가 아우라를 향해 뻗어왔고, 나는 그 둘이 접촉하는 순간에 그대로 숨을 멈췄다. 그 발톱은 테른이 나를 집어 올리기 직전처럼 구부러지다가….

발톱 끝이 아우라의 척추 한중간으로 튀어나왔다.

사방으로 피가 터져나왔지만, 아우라의 비명은 와이번이 그녀의 생명 잃은 몸뚱이를 하늘로 들어 올리면서 사라졌다. 그리 멀지 않은 허공에서 드래곤이 울부짖었다.

제이든이 나를 꽉 끌어안으며 무릎이 풀린 내 몸을 지탱했다.

"테른…."

"60초." 그는 다급한 목소리로 말했다.

"젠장. 놈들이 빨리도 왔군." 헨슨이 발꿈치에 힘을 주고 발끝을 들면서 중얼거렸다. "좋아, 라이오슨, 네가…."

놈들이 빨리도 왔다고? 할 말이 그게 전부야?

"우린 당신 지시를 받지 않아." 제이든은 마당에서 시선을 떼지 않은 채로 말했다.

달빛에 짙푸른 날개가 번득였지만, 스게일은 내려앉는 대신 머리 위를 빠르게 지나쳐서 방금 올라간 와이번을 덮쳤다.

"대체 무슨…."

"그리고 스게일은 확실히 당신 명령을 안 듣지." 제이든이 말했다.

달려든 스게일이 양쪽 발톱을 와이번에게 박아 넣더니 등을 타고 오르는 것처럼 보였다. 그리고 스게일이 머리를 좌우로 움직이자 와이번의 날개가 뚝 부러졌다.

"나한테 스게일을 절대 열받게 하지 말라고 꼭 좀 말해줘." 나는 와이번이 마을 가장자리로 떨어지는 모습을 보며 중얼거렸다.

제이든의 한쪽 입꼬리가 올라갔다.

"*접근한다.*" 테른이 말했다.

"*우리 둘 다 데려가요.*" 나는 제이든의 손을 잡았다. "나랑 같이 뛰어."

제이든이 잠시 이마를 찌푸렸다가 고개를 끄덕였다.

"*내가 말인 줄 아느냐.*" 테른이 쏘아붙였지만, 제이든과 나는 견디기 힘든 열기가 등을 달구는 가운데 마당으로 뛰었다.

"놈들은 *둘씩 순찰한다고요.*" 나는 우리 넷을 연결하는 통로로 외쳤다. "*우리 둘 다 데려가요!*" 내 부츠가 돌바닥을 두드리고, 앞쪽에서 스게일이 다시 가파른 각도로 몸을 기울이는 모습이 보였다.

나는 와이번이 먼저 발견할 수도 있다는 생각을 차단한 채, 테른이 우리를 잡을 수 있도록 제일 넓은 공간을 향해 더 세게 뛰었다.

"왔다." 테른이 머릿속으로 말했다.

"날 믿어." 제이든의 말에 나는 바로 고개를 끄덕였다. 그는 빠르게 몸을 회전하며 나를 그의 눈높이까지 들어 올렸다. *"꽉 잡아."*

나는 두 팔로 그의 목을 꽉 끌어안았다. 도관이 그의 등에 튕기는가 싶더니 그가 두 팔을 양옆으로 들어 올리자 새까만 그림자 띠가 우리를 휘감으며 나를 제이든에게 묶었다.

심장이 몇 번 뛰었을까, 불길 위로 익숙한 날개 소리가 들리더니 곧바로 우리는 허공으로 떠올랐다. 테른의 발톱이 제이든의 어깨를 잡고 우리 둘을 들어 올리고 있었다.

눈이 따갑도록 바람을 맞으면서 스게일에게 날아가는데, 오른쪽에서 날개 한 쌍이 접근했다. 다리가 넷이 아니라 둘이었다.

"오른쪽이에요." 나는 테른에게 경고하고, 제이든을 돌아보았다. *"이 그림자를 아주 잘 다루는 게 좋을 거야."*

"날 믿어." 제이든이 장담했고, 그림자 띠가 단단히 조였다.

아카이브 문을 열어젖히자 마력이 몸에 넘쳐흘렀고, 열기에 피부가 따끔거렸다. 신들이시여. 내가 제이든에게 붙은 채로 채널링을 너무 많이 했다가….

"그 녀석은 네가 능력을 쓸 때 훨씬 더 가까이 붙어 있던 적도 있다." 테른이 나를 일깨웠고….

아니야. 테른이 그걸 어떻게 아는지는 생각하지 말자.

나는 잠시 더듬거리다가 도관을 잡아서 제이든의 등에 닿지 않게 쥐고, 에너지가 한계점까지 치솟게 놓아두며 오른손에 집중했다.

마력이 번쩍하면서 순식간에 내 몸속을 훑고 빠져나갔다. 번개가 치는 순간 나는 손가락으로 그 번개를 하늘에서 잡아끌어 목표를 겨냥했다. 열기가 손끝을 태웠지만, 나는 참을 수 있는 한계까지 번갯불을 잡고 있다가 놓았다.

와이번의 등에 정통으로.

와이번이 곤두박질쳤고, 스게일이 포효하더니 옆으로 떨어지는 시체에 불을 뿜었다. 테른은 왼쪽으로 몸을 기울여서 강을 따라 이어지는 경로를 벗어나 서쪽으로 향했고, 스게일이 뒤따랐다.

우리는 몇 분을 더 날아서 안전하다는 것을 확인한 후에 착륙했고, 다시 각자의 드래곤에 앉은 다음 이륙했다.

앞장선 테른은 낮게 날았다. 산맥 그림자를 통과하며 능선 위에 바싹 붙어서 비행했다. 2시간 반이 지난 후, 우리는 사마라 남쪽 160킬로미터 지점에서 보호막 안으로 들어갔다.

우리는 12시간 제한을 3시간 남기고 요새로 돌아왔다.

"대위가 죽게 놓아두다니 믿을 수가 없군." 퓨 중위가 사마라의 창살문 아래를 걸으면서 말했다.

제이든은 그에게 달려들더니 팔뚝에 힘을 실어 벽에 밀어붙였다. "바인헤븐은 그레디가 베닌이라고 생각한 겁먹은 생도이기나 했지. 당신 변명은 뭔데? 와이번이 바인헤븐을 꿰뚫을 때 어디 있던 거야?"

"우린 북쪽을 순찰하고 있었어." 그는 토마토처럼 붉어진 얼굴로 간신히 말했지만, 미라도 나도 끼어들지 않았다.

"당신들은 마을 위에 있어야 했어." 제이든이 팔을 치우자 중위는 벽을 따라 미끄러져 내려갔다.

헨슨과 폴리가 퓨를 일으켜 세우더니 우리와 멀찍이 떨어져서 안마당으로 들어갔고, 미라는 한 손을 들어 우리를 멈춰 세웠다.

"내가 먼저 거기에 도착했어." 미라는 우리를 마주하더니 비행 재킷 안주머니에서 긴 사슬을 끌어당겼다.

한때 황수정 빛깔이었을 엄지손가락만 한 돌은 이제 금이 가고 흐릿한 연기 빛깔이었다.

"젠장." 나는 어깨를 늘어뜨렸다. "코틀린 왕이 그걸 받아들이지 않는다면 이 모든 일이 헛수고가 될 텐데."

"내가 먼저 가서 다행인 이유는 그게 아니야." 미라는 그 목걸이를 건네주더니, 다시 주머니에 손을 넣어서 쪽지를 꺼냈다. "이것 때문이지."

나는 한 손에 목걸이를 쥐고 반대쪽 손으로 쪽지를 받았다. 받는 사람 이름이 '번개 능력자'였다.

"목걸이 옆에 있었어." 미라의 말을 들으며 쪽지를 펴는데, 옆에 있던 제이든이 긴장했다.

바이올렛,

네가 자의로 나에게 오기를 바라긴 하지만, 내가 원하면 언제든 널 데려올 수 있다는 사실을 일깨우려고 쓴다. 그렇게 간절히 찾는 답은 그냥 나한테 물어보지 그래?

−T

"티오파니." 속이 철렁했다.

그 여자가 내가 앤다나의 동족을 찾고 있다는 걸 알거나….

아니면 제이든의 치료법을 찾고 있다는 걸 안다.

제이든의 얼굴은 굳다 못해 조각상이 된 것 같았다. "우리가 거기 갈 줄 알았군."

젠장, 그러고 보니 그것도 문제네.

20

어쩌면 이 글이 말하고자 하는 바는 반란을 부정하는 것이 아니라, 전쟁에 나서려면 절대적으로 믿는 이들하고만 함께하라는 것인지도 모르겠다.

__ 애셔 소른게일 중령, 《예속당한 이들: 크로블라 민중의 두 번째 봉기》

귀환 후 며칠 동안은 드베렐리에 대해 제시니아가 찾을 수 있는 책이란 책은 다 읽으면서 세나리움에 보고할 준비를 했다. 여기에 수업, 마라야 여왕이 내 요청에 따라 보내준 책들, 안장 조정, 그리고 바스지아스의 눈 덮인 산봉우리에서 하는 고유 능력 연습까지 더하니 매일 밤 녹초가 되어 침대에 쓰러질 수밖에 없었다.

금요일쯤에는《마법의 어두운 면》,《피투성이 예복》,《우리 시대의 재앙》, 그리고 악몽을 유발하는《적의 해부학 연구》까지 읽었지만 그중에 제이든을 위해 찾는 해답은 없었다.

잭도 마찬가지였다. 잭은 아심의 발전 단계에 대해서나 땅에서 채널링이 얼마나 숨 쉬듯 쉽게 이뤄지는지에 대해서는 지나칠 정도로 기꺼이 설명했지만, 자기 스승의 이름을 대거나 베닌에 대한 중요 정보를 내놓으려 하지 않았다. 그리고 티오파니가 어떻게 우리가 황수정을 찾으러 간다는 사실을 알았는지, 내가 찾는 답이 무엇인지 말하지 않을 것도 확실했다.

하지만 아빠가 남긴 원고를 세 번째로 완독한 뒤 그 방대한 내용 이해에 필요한 연구를 샅샅이 뒤지고 나자, 아버지의 가설이 어디로 향하고 있는지 어렴풋이 짐작이 갔다. 이에 관해서는 누구에게도 말하지 않았는데, 내가 틀렸을 가능성 때문이기도 하지만, 내 짐작이 맞을 경우가 더 무서워서였다. 작년에 내 아버지의 연구가 페더테일을 다룰 거라고 바리쉬가 추측했을 때만 해도 그게 이런 방향으로 이어질 줄은 상상도 못했다.

"나도 가고 싶어." 행정동의 푹신한 붉은 카펫을 밟으며 대연회장으로 향하는데 리독이 말했다.

나는 적절한 말을 찾으면서 엄습하는 욕지기를 가라앉히려 애썼다. 홀든에게 발표한다는 것만으로도 끔찍했는데, 세나리움 전체가 기다린다는 생각을 하니 아침식사도 건너뛰어야 했다. 세나리움은 아마도 새로운 지휘관을 임명하기 위해 모였을 것이다. 그리고 난 하나도 받아들이지 않을 작정이다.

"그건 무리야." 반대쪽에서 리가 한숨을 내쉬며 말했다. "바이는 안 그래도 힘든 싸움을 앞두고 있고, 어차피 위에선 네가 수업을 빠지게 두지도 않을 거야. 우리는 그 방에 들어갈 수 없어."

"난 널 지킬 수 있어." 리독은 두 손에 오렌지를 들고 나를 돌아보며 고집했다.

"라이오슨이 안전하게 지키겠지." 목발과 금속 의족의 도움을 받아 리의 오른쪽을 걷던 소여가 말했다. 소여는 이번 주부터 수업에 합류했는데, 아직 비행장에는 가지 못했다.

"미라 언니도 있고." 나는 아빠의 편지를 마음 깊이 받아들였다.

보병 생도 네 명이 우리 앞에서 비켜섰고, 대연회장의 거대한 문이 시야에 들어왔다. 문지방 근처에 선 캣이 처음 보는 키 큰 플라이어를 올려다보며 웃고 있었다.

그 남자는 제이든보다 조금 작은 키에 군살 없는 몸이었고 미소가 경쾌했다. 푸른 마법 불빛이 캣과 똑같은 검은 머리카락을 비추면서 옆구리에 찬 칼자루와 가슴에 V자로 꽂아놓은 단검 자루에도 번득였다.

나는 눈썹을 들어 올렸다. 캣에게 믿을 만한 사람을 대동해서 이번 회의에 참석하라고 했을 때는 메런을 고를 줄 알았는데, 끊임없이 제이든만 바라보길 그만둔다면야 얼마든지 환영이었다. 트레이거가 캣을 잡으면 좋겠다는 희망도 있었지만.

"어이, 그래도 시도만 해볼래?" 리독의 목소리는 힘이 들어갔을 뿐만 아니라 크기도 해서 복도에 있던 십여 명이 우리를 쳐다보았다.

"왜 이러는지 진짜로 말해봐." 나는 리독의 팔을 잡았고, 우리 넷은 문에서 3미터쯤 앞에 멈춰 섰다.

"난 그저… 가야겠어." 리독은 시선을 돌리며 두 손으로 오렌지를 움켜쥐었다. "우리 중 한 명은 널 따라가야 해. 그때…. 애더빈 이후로 우리 중 한 명은 늘 네 옆에 있었어." 다시 나를 쳐다보는 리독의 짙은 갈색 눈에 아픔이 스쳤다.

리독은 강조하듯이 손가락 하나를 들어 올리며 말을 이었다. "네가 형제만 데리고 코딘에 갔을 때 빼고는 늘 그랬지. 학교가 갈라졌을 때도 우린 너와 같이 갔어. 바스지아스가 공격당할 때도 우린 거기 있었어. 메런의 동생들을 구하러 포로미엘에 들어간 것도 우리였지. 우리가 헤어질 때면 넌 심문실에 끌려가서 며칠씩 고문을 당하거나 아니면 아우라의 불에 구워질 뻔하잖아. 나만 이런 생각을 할 리가 없어. 리암이 여기서 널 지켜보고 있었다면 그런 일은 일어나지 않았을 거란 생각." 리독은 리애넌과 소여를 가리켰다. "너희 둘 다 같은 생각을 했을걸."

목이 메었다. "생각해줘서 고마워. 정말이야. 하지만 날 계속 지킬 사람이 필요하진 않아."

"그런 뜻이 아니었어." 리독은 두 손으로 오렌지를 덮었다. "그저 우리가 함께하지 않으면 나쁜 일이 일어난다고 생각할 뿐이야. 리는 대대 전체를 이끌어야 하니 갈 수 없고, 소여는 회복 중이니까 나만 남지. 그리고 라이오슨이 나쁜 일을 전부 막을 수 있다는 자신감이 있었다면 애초에 리암을 우리 대대에 넣지도 않았을 거 아냐. 라이오슨이 강력하긴 하지만 빈틈이 없는 건 아니야."

리독이 진실을 안다면…. 이 문 안에서 우리가 잃은 사람들을 누구로 대체할지는 신들만 알겠지만, 나는 그중에 믿을 수 있는 사람은 둘뿐이라는 확신이 있었다. 미라와 제이든.

"그럼 너는?" 소여가 목발에 기대서 물었다.

리독은 눈살을 찌푸렸다. "난 너희 못지않게 잘 싸우고, 네가 재활에 집중하고 리애넌이 1학년들을 쫓아다니면서 단속하는 동안에 제시니아가 떠안긴 빌어먹을 책을 모조리 읽고 훈련도 많이 했거든." 리독의 손바닥 위에 있던 오렌지 껍질이 갈라졌다. "내 유머 감각이 좀 뛰어나다고 해서 우리 대대를 대표할 능력이 딸리는 건 아니잖아."

"리독." 나는 오렌지를 보면서 속삭였다. "뭘 한 거야?"

"그걸 말하려고 했어." 리독이 건넨 오렌지를 받자 손이 차가웠다. "고유 능력을 몇 시간씩 연마한 게 너 혼자는 아니라고."

나는 살살 오렌지 껍질을 벗겼다. 그러자 껍질만 빼고 오렌지 과육이 단단하게 얼어 있었다. "어떻게 한 거야?"

"난 언제나 공기에서 물을 끌어낼 수 있었어. 게다가 소여 옆에서 깰 때까지 기다리느라 지루했거든. 소여, 기분 나빠하진 마. 그런데 힐러들이 사방에 과일을 두더라고. 덕분에 내가 과일 안의 액체를 얼릴 수 있다는 걸 알게 됐지."

그게 뭘 함축하는지 생각하느라 머리가 핑핑 돌고 입이 딱 벌어졌다.

"소른게일. 들어갈 거야, 말 거야?" 캣이 복도 저편에서 외쳤다.

나는 리독을 쳐다보고 속삭였다. "그럼 사람 몸속의 물도 얼릴 수 있다는 거야?"

리독은 목덜미를 문질렀다. "그야 아무한테도 시도해보진 않았고, 동물에게도 안 해봤지만…. 그래, 그런 것 같아."

그건 심란한 얘기였다. 굉장하기도 했다. 그리고 무시무시했다. 아니, 전부 다였다.

"맙소사." 소여가 우리 사이에 더 가까이 붙었다. "다른 얼음 능력자들도 그럴 수 있어?"

"그렇진 않을걸?" 리독이 고개를 저었다. "공기에서 물을 끌어낼 수 있는 사람도 몇 없더라고."

"소른게일!" 캣이 날카롭게 외쳤다.

"그래, 넌 나랑 같이 가." 나는 오렌지를 리독의 손에 밀어 넣고 문 쪽을 손짓했다. "하지만 얼음과는 관계없어. 우리가 향할 곳엔 마법이 없거든. 그보다는 네가 처음에 했던 지적과 관계가 있지."

"우리가 함께하지 않으면 나쁜 일이 일어난다고." 리독이 자기 말을 복기했다.

'전쟁에 나서려면 절대적으로 믿는 이들하고만 함께하라.'

나는 고개를 끄덕였고, 우리는 다시 복도를 걸었다.

"겨우 왔네." 캣은 눈을 희번덕거렸지만, 그 옆의 친구는 조용히 오른쪽 문을 열었다. 나는 걸어 들어가면서 그의 이름표를 재빨리 확인했다. 코델라였다. 캣의 사촌?

대연회장 안에 들어서자 테이블과 벤치 절반을 옆으로 밀어서 긴 중앙 테이블 앞에 빈공간을 만들고, 세나리움이 우리를 마주하고 앉아 있었다. 그런데 그들만이 아니었다. 정중앙의 홀든 양옆으로 에이토스와 마컴이 앉았고, 홀든은 마컴이 속삭이는 뭔지 모를 말에 귀를 기울이고 있었다.

제이든은 테이블 왼쪽 끝을 차지하고 의자를 내 쪽으로 돌린 채, 대륙의 미래가 아닌 비행 일정을 정하는 회의에 참석한 사람처럼 심드렁하게 다리를 뻗은 자세로 나를 보고 있었다.

"당신 괜찮아?" 나는 홀든 쪽을 흘긋 보면서 물었다.

"저놈이 아직 숨 쉬고 있으니 승리로 간주하겠어." 제이든은 지루한 표정으로 대꾸했지만, 그의 곁에 내려앉은 그림자는 윤곽이 날카로워서 테이블 아래의 흐릿한 그림자와 대조를 이뤘다. 광원이 여러 개라서 당연한 결과이긴 했다. *"저 작자들은 자기들 경로를 정했으니, 네가 우리 경로를 정하는 게 좋겠어."*

"아, 소른게일 생도." 홀든은 눈을 반짝이며 미소 짓더니 마컴에게서 멀어졌다. "딱 맞춰 왔군."

"사실 한 명이 빠졌는데요." 나는 방 안을 둘러보고 평생 처음으로 미라가 늦었다는 사실을 알아차렸다. 테이블 반대쪽에 앉은 폴리, 헨슨, 퓨를 못 볼 수야 없었다. 우리 특수부대에 남은 전부였으니까. 그 옆에는 한 명이 더해졌는데, 재럿 대위였다.

"내가 보기에는 방 안에 두 명이 더 있는데." 모레인 공작이 경멸 어린 시선으로 내 어깨 너머를 보았다.

"이들은 제 요청으로 온 겁니다." 나는 턱을 들어 올렸다. "갬린 생도도 마찬가지고요."

리독은 내 옆에 조용히 있었다.

"설마 진심은 아…." 모레인 공작이 말하는데, 홀든이 손을 들었다.

"내가 허락하지요. 최근의 손실은 유감스럽지만, 한 달이나 지났고 이젠 행동할 때가 됐습니다. 자네는 황수정을 갖고 있고, 코틀린 왕과의 만남도 정해졌어. 지휘권은 헨슨 대위에게 넘어가네." 홀든은 앞에 놓인 양피지 두루마리를 가리켰다.

"저거 진심이야?" 나는 제이든을 흘긋 보았다.

"전적으로." 제이든이 입꼬리를 올렸다. *"즐겁게 작살내봐."*

나는 새로 닦은 바닥을 걸어가서 두루마리를 집은 다음, 다시 리독 옆까지 물러서서 명령서를 빠르게 읽었다. 우리는 내일모레 드베렐리로 떠나서 코틀린 왕을 만나 동맹 협상을 시도하고, 그곳에서 앤다나의 종족을 찾지 못한다면 수색을 확대할 교두보를 마련한 뒤 돌아와서 보고해야 했다. 헨슨 대위를 지휘관으로, 퓨 중위를 부지휘관으로 두고서 말이다.

그동안 마컴과 멜그렌은 우리가 놓친 단서를 찾아 아레티아를 수색한다? *"이거 읽었어?"* 명령서를 우그러뜨리지 않으려 온 힘을 다해야 했다. *"저놈들이 아레티아를 뒤지고 싶다네."*

"마음대로 해보라지."

"싫습니다." 나는 홀든에게 말했다.

"뭐라고?" 홀든이 몸을 앞으로 내밀었다.

"싫다고 했습니다." 나는 명령서를 반으로 찢었다. "여기에서 고른 지휘관도 싫고, 여기에서 고른 대원들도 싫고, 아레티아 수색도 싫습니다. 거절합니다."

"내가 경고했죠." 제이든이 말했다.

홀든이 몸을 굳혔고, 칼디르 공작은 의자에서 안절부절못하다가 나를 보고 눈매를 좁혔다. "재럿 대위는 뛰어난 인선이고 라이더 중에서 제일 가는 검사야."

"참으로 관대하시네요. 겨우 몇 달 전에 사마라에서 라이오슨 소위가 어렵지 않게 저분의 엉덩이를 걷어차는 모습을 보긴 했지만요." 혈관에 마력이 물결쳤지만, 나는 분노가 끓어 넘치지 않게 억제했다. "우린 여러분의 방식을 시도해봤고…."

"그리고 명백히 성공했지." 홀든이 맞받아쳤다. "필요한 유물을 챙겨 오지 않았나?"

"여러분이 제게 알지도 못하고 믿지도 못하는 사람들로 가득한 부대를 안겨주신 덕분에 라이더 둘을 잃었습니다. 네, 그 유물을 찾고, 그걸 드베렐리로 가져가긴 하겠지만, 오직 제가 고른 부대원하고만 갑니다." 어깨를 펴는데 시야 가장자리로 리독이 고개를 끄덕이는 모습이 보였다.

우리 등 뒤에서 문이 열리더니, 빠르고 효율적인 익숙한 발소리가 내 용기를 만용 수준으로 부풀렸다.

"늦어서 죄송합니다." 미라가 캣과 그 사촌 옆을 돌아서 내 오른쪽에 섰다. "북쪽에서 맞바람이 심하게 불어서요. 제가 뭘 놓쳤죠?"

"바이올렛이 폭발하기 직전 같아요." 리독이 속삭였다.

"이건…." 나는 반쪽이 난 두루마리를 홀든에게 집어던졌고, 그는 반사신경을 발휘하여 잡아챘다. "계획도 아니고, 저들은…." 나는 앉아 있는 라이더들을 가리켰다. "제 부대가 아닙니다."

제이든이 한층 더 재수 없게 웃더니 완전히 쇼를 관람할 태세로 의자 깊숙이 앉았다.

"아레티아 수색은 가장 논리적인 행동 경로다. 우리에게 아무 정보도 없는 유일한 지역이라는 점을 생각하면…." 마컴이 시뻘겋게 뺨을 붉히면서 말하려고 했다.

"당신은 말도 꺼내지 마요." 나는 몇 달 만에 처음으로 마컴과 시선을 마주치며 날카롭게 말을 끊었다. "나한테는 안 돼. 당신의 신뢰도는 술주정뱅이급이고, 진실성은 쥐새끼에 버금가. 우리 대륙의 몇백 년 치 역사를 숨겨온 주제에 감히 아레티아에 대한 6년 치 정보가 빠졌다고 불평을 해?"

홀든의 눈썹이 하늘로 치솟았고, 미라는 장검 칼자루에 손을 옮겼다.

"분과 지휘관이 아니라 해도 상관에게 그런 불경한 소리를!" 마컴이 의자에서 일어서면서 소리를 질렀다.

"내가 난간다리를 건널 때 못 봤나 본데, 난 당신 휘하가 아니거든." 나도 마주 고함쳤다.

"하지만 내 지휘 하에 있지." 에이토스가 경고했다. "그리고 난 멜그렌의 권한을 대변한다."

나는 완전히 격분했다. "그리고 난 테른, 앤다나, 그리고 엠피리언의 권한을 대변하죠. 아니면 혹시 드래곤 둘이 라이더를 잃었다는 사실도 잊었나요?"

"내가 이미 너에게 푹 빠져 있지 않았다면 지금 사랑에 빠졌을 거야." 제이든이 발목을 꼬며 말했다.

"앉아요, 마컴." 홀든이 약간 놀란 투로 지시했다. "당신은 시도했고, 실패했어요."

마컴이 의자에 주저앉았다.

"딱 한 번만 기회를 주지. 드베렐리 임무에 데려갈 부대원들 이름을 대도록, 소른게일 생도." 홀든이 말했다. "하지만 혹시라도 실패한다면 우린 다른 지휘관을 배정할 것이고, 그 후에 계속하기를 거부한다면 제1차 아레티아 합의 조건이 무효가 된다는 점은 알아둬."

제이든에게 작위를 돌려준 합의 말이지.

나는 목에 걸린 응어리를 삼켰다. 참 압박감 없네.

"받아들이겠습니다." 나는 어깨를 폈다. "드베렐리 임무를 위한 부대원은 라이오슨 소위, 소른게일 중위, 갬린 생도, 코델라 생도…." 나는 어깨 너머로 계급을 확인하고 말을 이었다. "코델라 대위, 에이토스 생도, 홀든 왕자, 그리고 왕자님이 발가락을 찧을 때에 대비해서 제일 좋아하시는 호위가 따라오는 걸로 하죠." 홀든을 보고 한 말이었다. "저희가 성공한다면, 첫 원정 이후 구성원을 교체할 권리도 제가 갖겠습니다."

"절대 안 돼." 에이토스가 고개를 저었다. "넌 임관한 장교만 데려가야 하고, 플라이어는 안 돼. 라이오슨도 어림없다."

홀든이 손을 들자 에이토스가 조용해졌다.

제이든은 숨은 쉬고 있는지 흘끔거려야 할 정도로 고요했다.

"전 누구든 데려가고 싶은 사람을 데려갈 겁니다." 나는 반박했다. "캐트리오나는 왕위계승 3순위로서 포로미엘을 대변할 수 있고…."

"그러면 저 대위는?" 모레인 공작이 고약한 냄새라도 맡은 사람처럼 얼굴을 일그러뜨리며 물었다. "플라이어가 둘이나 필요한가?"

"코델라 생도도 신뢰하는 사람을 데려갈 권리가 있습니다." 나는 홀든을 보고 고개를 기울였다. "드래곤은 난간다리를 건너거나 건틀릿을 오르지 않은 인간을 태우지 않으니, 그리폰들이 더 친절하다는 점이 왕자님에겐 행운입니다. 그렇지 않다면 절대 따라오실 수 없을 테니까요. 소른게일 중위는 직접 보호막을 칠 수 있는 유일한 라이더입니다. 에이토스 생도는 크로블라어가 유창한 라이더 중에 제가 신뢰하는 유일한 사람입니다. 드베렐리에서 두 번째로 많이 쓰이는 언어죠. 갬린 생도는 제 개인적인 안전에 헌신할 것이고, 라이오슨 소위는 저희 병력을 통틀어 최고의 라이더인 데다가…."

나는 에이토스를 흘긋 보고 다시 홀든을 보았다. "그게 아니라도 테른과 스게일은 떨어져 지낼 수 없으며, 저희가 얼마나 오래 여행해야 할지도 알 수 없습니다. 이 점을 두고 계속 싸우는 데 신물이 나는군요."

"라이오슨은 이 군사학교의 교수야." 에이토스가 식식거렸다.

"제 선택은 라이오슨입니다."

홀든이 의자에 등을 기대더니, 나를 처음 보는 사람처럼 보았다.

"제대로 본 적이 없지." 테른이 나를 일깨웠다. *"그놈은 이제 너를 모른다."*

나는 홀든을 똑바로 보았다. "그리고 티렌더는 지난 세기까지 드베렐리와 접촉을 유지했습니다. 소통의 끈을 다시 잇는 데 티렌더 공작 본인보다 나은 인물이 있을까요?"

정신 통로로 제이든의 놀라움이 전해졌지만, 그는 여전히 부자연스럽도록 고요했다.

"원하면 언제든 우리 아버지가 쓴 책을 읽어도 돼." 나는 제이든에게 말했다.

"라이오슨은 세나리움에 자리가 있어." 모레인 공작이 반박했다. "그냥 떠날 수는 없네. 혹시… 비극이 일어날 경우에 이어받을 후계자도 없지 않나. 내 딸의 청혼을 생각해본다면 자리를 비우는 데 동의할 수도 있겠네만."

"청혼?" 얼굴에서 핏기가 빠졌다.

"작위를 되찾은 후에 들어온 청혼만 열 개가 넘어. 스트레스 받을 것 없어." 반짝이는 오닉스 가닥이 부드럽게 내 마음을 스쳤다.

심장이 떨렸다. 스트레스에 대한 생각이 참 다르다니까.

"속마음을 말하지 그래요, 아일린." 홀든이 모레인 공작을 곁눈질했다. "공작은 라이오슨을 믿지 않고, 모레인만이 아니라 티렌더에서도 자손을 보고 싶은 것 아닙니까."

"라이오슨은 반란을 이끌었어요!" 모레인 공작이 두 손으로 강하게 테이블을 내리쳤다.

"제 아버지가 반란을 이끌었죠." 제이든은 나에게서 시선을 돌리지도 않고 말했다. "저는 혁명에 일조했고요. 제가 듣기로는 두 표현에 차이가 있습니다만."

나는 웃음을 겨우 참았다.

"언쟁해봐야 달라지는 건 없습니다." 제이든이 허리를 세웠다. "전 갑니다. 제가 없는 동안에는 제 유일한 혈육인 보디 듀란 생도의 자문을 받아 르웰른이 제 자리를 대신할 겁니다. 수업은 태비스 소위가 함께 이끌고 있었으니, 우리가 없는 동안에 이어받아 가르칠 겁니다. 다음 교수 차례가 올 때까지는요."

"내가 허락한다면 말이지." 홀든이 응수했다.

수를 잘못 뒀어, 홀든.

"내가 허락을 구할 사람은 온 대륙에 한 명뿐인데, 그게 왕자가 아닌 건 확실하죠." 제이든이 천천히 고개를 돌려 홀든을 보는 모습에 짜증 날 정도로 호흡이 힘들어졌다.

"내가 아버지를 대신한다." 홀든은 이를 갈면서 씹어뱉듯이 말했다.

"그래요. 아무려면 내가 따라야 한다는 게 그분이겠네요." 제이든의 시선이 나에게 돌아왔다. "언제 떠나고 싶어?"

"왕자님이 준비되시는 대로 드베렐리를 향해 날아가죠." 나는 홀든의 눈을 똑바로 들여다보았다. 그는 내 표정을 절대로 못 읽을 테고, 왕자의 권력으로 제이든에게 보복할까 봐 내가 두려워한다는 사실도 감지하지 못할 것이다.

홀든이 일어섰고, 제이든을 뺀 나머지 모두가 따라 일어섰다. "명령서에서 그 부분만은 지키도록 하지. 우린 모레 출발한다." 그는 북쪽 문을 통해서 나갔고, 일어선 사람들은 그 뒤를 따라갔다.

"신랄한 논평 하나 남기지 않다니." 나는 리독을 보고 슬쩍 웃었다. "네가 자랑스러워."

"속마음은 속에 담아뒀지." 리독이 씩 웃으며 대꾸하는데, 제이든이 다가왔다.

"꼭 그렇게 홀든의 성질을 돋워야 했어?" 제이든에게 물었다.

"아니." 제이든의 시선이 내 입에 잠시 머물렀다. "그냥 재미지."

"드레이크 코델라?" 미라의 말에 우리 셋은 몸을 돌렸다. 미라 언니는 방을 가로질러 드레이크에게 달려갔다. "나이트윙 부대의?"

그는 언니를 보고 매력적이지만 건방진 미소를 지었다. "내 이름을 들어봤나?"

"넌 작년의 몬세라트 공격에서 보호막을 내리는 데 주된 역할을 했지." 미라가 눈을 가늘게 떴다.

"그랬지." 그는 활짝 웃었다.

미라는 그의 사타구니에 무릎을 찍었다.

신들이시여.

"어우." 리독이 얼굴을 찡그렸다. "저런…."

드레이크는 털썩 무릎을 꿇었고, 캣이 숨을 들이켰다.

"…쓰러졌네." 리독이 하려던 말을 늦게 마무리했다.

"넌 분명히 미라 소른게일이겠군." 드레이크는 고통에 일그러진 얼굴로 간신히 말했다.

"너도 내 이름을 들어봤나 보네." 미라는 그 앞에 쪼그려 앉았다. "한 번만 더 내 동생을 위험에 몰아넣으면, 무릎이 아니라 칼을 맞게 될 거다. 이해했나?"

고개를 들고 잇새로 숨을 쉬는 모습은 인정해줄 만했다. "들었다."

"훌륭해." 미라는 그의 어깨를 토닥이고 일어서더니, 캣을 한 번 노려보고는 내 쪽으로 몸을 돌렸다. "부대를 직접 꾸릴 기회가 딱 한 번 왔는데 전 남친에 현 남친, 분과 전속 우쭐이에 작년에 널 죽이려고 했던 두 명, 그것도 그중 하나는 현 남친을 두고 싸운 전 애인에다가, 데인까지? 라이더 평생 가장 중요할 수도 있는 임무에 고른 구성원들이 진짜 이거야?"

"누군가가 그 말을 해줘서 기쁘구나." 테른이 끼어들었다.

"그리고… 언니도 있지." 썩 뛰어난 응수는 아니었다.

"홀든의 호위도 잊지 마세요." 리독이 덧붙였다. "끝내주게 쓸모 있을걸요."

미라는 대놓고 리독에게 눈을 희번덕거리더니 문으로 향했다. "보급 준비는 내가 해야겠지만, 네가 좋아하는 그 시리즈 다음 권을 읽을 시간은 있겠네." 미라는 나가면서 어깨 너머로 말했다.

엄마의 일기장을 말하는 것이었다. 나는 고개를 끄덕이며 달콤한 1초 동안 승리를 만끽했다.

며칠만 있으면 필요한 모든 것을 손에 넣을 수도 있다. 앤다나의 가족, 제이든의 치료법, 그리고 아버지가 드베렐리의 상인에게서 되찾아오길 바랐던 뭔지 모를 물건까지.

내일모레가 이렇게 기다려질 수가.

21

티렌더는 맨 마지막으로 섬 왕국들과의 교류를 끊은 지역이다. 본래도 노련한 지도자로 명성을 떨쳤지만, 이 경우에는 빈틈없다는 말을 덧붙여야겠다.

_ 애셔 소른게일 중령, 《예속당한 이들: 크로블라 민중의 두 번째 봉기》

우리는 그리폰들의 속력과 지구력의 한계를 시험하며 첫날밤에 애더빈에 멈췄다. 그다음에는 한도까지 몰아붙여서, 그리폰과 드래곤들이 물을 마시고 식사를 할 때만 멈추면서 24시간을 내리 이동해 동틀 무렵에 코딘에 도착했다.

다들 이렇게 고통스러운 행군은 바다 건너 비행에 그리폰들을 준비시키기 위해서라고 생각했다. 하지만 진짜 이유는 제이든만 알았다. 지난번에 무탈하게 밤을 보냈다고 해도 제이든이 보호막 바깥의 땅을 조금이라도 더 밟게 하기가 무서워서였다.

우리는 드레이크가 가져온 정보로 베닌을 피하면서 불타고 고갈된 땅덩이 위를 날았다. 우리가 싸움을 끝낼 방법을 찾고 있는 줄 알면서도 마음 한구석에서는 싸움을 피하고 있다는 기분이 들었다.

"*그리폰들은 계속 속도를 맞출 수 없다.*" 테카루스의 궁전으로 내려가면서 테른이 경고했다. *"인간 둘이라는 짐을 지고는 더욱 무리야."*

홀든과 호위병을 태워서 그리폰의 발톱에 매달고 가는 바구니를 가리키기에는 나름 에두른 표현이었다.

"혹시 테른이 하나 들겠다는 뜻이에요?" 나는 세 시간째 눈꺼풀에 내려앉은 잠을 떨치려고 애쓰며 물었다. 급격히 따뜻해진 기후도 잠을 깨는 데 도움이 되지 않았다.

"여기서부터는 라이더와 플라이어만 가자는 뜻이다." 그리폰들과 앤다나에게 맞추느라 테른의 날갯짓은 느리다 못해 태만한 수준이었다. 앤다나는 우리가 눈에 띄어서 궁전까지 호위를 받을 경우에 대비한다면서 한 시간 전에 고정장비를 풀고 직접 날고 있었다.

"그러고 싶은 마음이 굴뚝같지만, 홀든은 나바르를 대표해요." 나는 물통을 잡았다가 두 시간 전에 다 마셔버렸다는 사실을 기억했다.

"우리가 이리드를 찾아내면 저놈은 중요하지 않을 거다. 앤다나만 중요하겠지."

"흠, 테른이 이리드 드래곤들과 접촉하면 저도 기꺼이 왕자를 버릴게요. 그때까지는 단서를 찾기 위해 인간들과 붙어 다녀야 해요." 오른쪽을 보자 테른의 날갯짓 사이로 앤다나가 언뜻 보였다. *"피곤해?"*

"배고파." 앤다나가 대꾸했다. *"키라 말로는 여기 염소가 잔뜩 있대. 주변 환경이 양 떼를 키우기엔 적합하지 않다나. 날씨가 우수하니 먹을 것도 우수할지 몰라."*

"네가 눈을 썩 좋아하지 않는다는 건 알아." 나는 따뜻한 바람을 맞으며 웃었다. 테른은 지난번에 내려섰던 풀밭 테라스 대신에 널찍한 테카루스의 경기장으로 접근했다.

"넌 스게일의 종족과 비슷한지도 모르겠다." 테른이 말했다. *"블루는 따뜻한 기후를 좋아하지."*

맞다. 대전이 터지기 전에 블루 드래곤의 부화지는 여기와 가까웠다.

위병들이 우리의 도착을 알아차리고 경기장 최상층 테라스로 급히 달려가는 사이, 테른은 경기장 한가운데 착륙해서 날개를 접었다. 앤다나는 조금 덜 우아하게 테른 오른쪽에 내려섰다.

몇 분 뒤, 드래곤 다섯과 그리폰 둘이 가용 공간을 모두 뒤덮었다.

나는 가방 하나를 떼어냈지만, 안장 뒤에 묶은 두 번째 가방을 두고 가기가 망설여졌다.

"내가 가지고 있는 게 더 안전하다." 테른이 어깨를 내렸다.

"그러면 테른이 안장을 뗄 수가 없잖아요." 테른이 불편하게 지내는 건 싫었다.

"너는 아무려면 내가 적이 왔을 때 무방비하게 있다가 집안 망신시킬까 봐…."

"알았어요." 나는 굳은 몸을 추슬러 안장에서 내렸다. 근육이고 힘줄이고 인대고 전부 삐걱대는 느낌이었고, 바닥에 내려설 때는 무릎이 살짝 꺾일 뻔했다.

24시간 내내 하늘에 있던 사람답지 않게 통통 튀는 걸음으로 플라이어 위병이 기다리는 곳까지 올라가는 캣을 흘겨볼 수밖에 없었다.

"난 고정장비를 벗어도 될까?" 앤다나가 고개를 빙 돌려서 어깨에 멘 금속 끈을 씹으며 물었다.

"안 돼!" 테른과 내가 동시에 외쳤다.

"안 돼!" 앤다나는 우리를 흉내 냈다. *"알았어. 먹을 거나 찾을게."*

"우리를 환영하는지 확인할 때까지 기다려라." 테른이 명령했고, 앤다나는 테른 쪽으로 수증기를 뿜더니 땅바닥에 엉덩이를 깔고 앉아서 째려보았다. *"당장 꼬리 들어라. 여기가 어디라고 생각하는 거냐? 베일인 줄 아느냐?"*

나는 여름용 비행 재킷 위로 가방끈을 조절하다가, 앤다나가 일어서면서 테른의 뒷다리에 짧게 화염을 뿜어내자 웃음을 눌렀다.

"괜히 반응해서 기 세워줄 생각 없다." 테른이 그르렁거렸다.

앞에서 스게일이 땅을 박차고 날아올랐고, 제이든이 애용하는 주의 깊게 통제된 표정으로 그 모습을 지켜보는 상황에 내 이마가 찌푸려졌다.

에오트롬, 테인, 캐스는 모두 가만히 있었고, 키라레는 드레이크의 그리폰인 소바던과 함께 날아올랐다.

"기분은 어때?" 나는 제이든에게 다가가 물었다. 미라는 이미 칼을 뽑아 들고 경기장 계단을 반쯤 올라간 후였다.

"그 질문은 내가 해야지." 그는 스게일에게서 내게로 시선을 돌리더니, 얼마나 아픈지 알 수 있다는 듯이 내 엉덩이와 무릎을 보았다. "네 몸이 안장에 그렇게 오래 앉는 걸 달가워할 리가 없는데."

"내가…." 나는, 아니 우리 둘은 키라레가 우리 앞에 내려놓은 1.2미터 높이의 바구니에서 홀든이 어색하게 기어 나오는 모습을 보고 발을 멈췄다. "내가 그래도 저기보다는 낫지."

왕자는 빠져나오다가 가방이 굵은 바구니 매듭에 걸려서 옴짝달싹 못하게 되자 욕을 했다. 그리고 가방을 들어 올리는 대신 잡아당겨서 빼느라 끈이 찢어지고 말았다.

"네가 저 후계자에게 끌린 건 분명 상식적인 일이었겠구나." 테른의 말투에서 비아냥이 뚝뚝 떨어졌다.

"그땐 열여덟 살이었고, 홀든이 얼굴은 잘생겼거든요. 좀 봐줘요." 나는 홀든이 다른 바구니에서 나오는 윈샤이어 대위를 도와주지 않는 모습을 눈여겨보며 얼굴을 찌푸렸다.

"왕국이 저놈 손에 있다니 참 안심이군." 제이든은 위에서 기다리는 사람들을 향해 걸으며 마력이 고갈된 경기장 돌바닥을 흘긋 보았다. "떠날 준비가 될 때까지 내가 이 돌바닥에서 자면 누가 알아차릴까?"

"응." 나는 데인과 리독이 가까워지자 목소리를 낮췄다. 두 사람은 윈샤이어 대위가 도움을 거절하고 힘겹게 178센티미터의 몸을 바구니에서 빼내 홀든 왼쪽에 섰다가 곧바로 짜증스럽게 뒤따라 계단을 오르는 모습을 어색하게 지켜보고 있었다. "하지만 당신이 그러고 싶다면 나도 여기에서 잘게. 그래야 한다면." 제이든의 부담을 줄이기 위해서라면 뭐든 하겠다.

"그 걱정스러운 표정은 다른 사람을 위해 아껴둬. 마력을 쓸 일만 없다면 괜찮아. 어젯밤에도 멀쩡했잖아." 제이든은 내 손을 잠시 잡았다가 홀든이 보기 전에 놓았다.

데인과 리독은 계단을 오르는 내내 눈을 크게 뜨고 두리번거렸다. 지난번에 왔을 때보다 약간 서늘했지만, 습도 때문에 가죽으로 된 비행 재킷이 피부에 불쾌하게 달라붙었다.

"바스지아스의 구덩이는 여기에서 힌트를 얻은 건가?" 겨우 다 올라가자 데인이 어깨 너머로 물었다.

제이든은 주위를 살피며 고개를 끄덕였다.

내가 파티오에 서 있는 테카루스를 보자마자, 정확히는 딱 봐도 잠옷 차림으로 캣을 끌어안는 모습을 보자마자 테른과 앤다나가 날아올랐고 다른 드래곤들도 뒤따랐다. 미라는 옆으로 비켜서서 장검을 칼집에 넣으며 플라이어 위병 둘에게 경고의 눈길을 보냈고, 드레이크는 오른쪽에 서 있던 키 큰 위병을 덥석 끌어안고 등을 두드렸다.

"테카루스가 시험 삼아 상자에 베닌을 가둬놓았다면 알려다오." 테른이 스게일이 날아간 방향으로 가면서 말했다.

홀든과 애나가 파티오에 도착했고, 우리는 마지막으로 불모지 인접 지역에서 마력 없는 돌을 수입해서 만든 건축물에 다가갔다.

"그럴게요. 앤다나가 먹지 말아야 할 건 못 먹게 하세요. 사람도 안 돼요." 등에 땀이 한 줄기 흘러내렸고, 나는 욱신거리는 어깨에 진 가방을 바로잡다가 오른쪽 관절이 살짝 빠지는 느낌에 움찔했다. 짜증스러운 현기증이 밀려오며 머리가 핑 돌았다. 피로와 수분 부족, 더위는 내 몸에 좋은 조합이 아니었다.

"정말이지 노인같이 군다니까. 우리 종족은 그렇게 흥을 깨지 않을지도 몰라. 우리 종족은 마음대로 잔치를 벌일지도 모르지. 어쩌면… 우와! 저건 뭐지?"

"초대형 빨간뿔거북이고, 절대 안 된다! 껍질이 네 잇새에 낄 텐데, 난 썩어가는 거북 껍질을 같이 나르고 싶지…. 당장 돌아오지 못해!" 둘이 멀리 날아가면서 테른의 목소리가 희미해졌다.

제이든은 궁정 식당으로 이어지는 대리석 파티오과 경기장을 가르는 풀밭에 발을 딛자마자 긴장했다. *"난 괜찮아."* 그는 나를 안심시키며 파티오에 서 있는 사람들에게 다가갔다.

사람들로 이뤄진 작은 원의 빈자리를 채우려니 어쩔 수 없이 홀든 옆에 서게 됐는데, 그는 구겨진 보병 제복을 입고도 용케 위풍당당하고… 오만해 보였다.

떠오르는 태양이 홀든의 이름표 아래 금빛 왕실 휘장을 비추자 번쩍이는 광채에 눈이 부셨고, 나는 눈살을 찌푸리면서 꾸밈없는 내 검은색 비행 재킷을 내려다보았다. 이전에는 훈련용만 입었지, 진짜 전투복을 입기는 처음이었다. 이 옷에는 2학년 생도임을 알리는 사각별 두 개만 달렸을 뿐, 이름표도 패치도 없었다. 적진에 떨어질 경우 내 정체를 드러낼 단서는 머리카락밖에 없었다.

"너도 왔구나!" 테카루스가 드레이크를 보고 웃고는, 나머지 일행을 죽 훑어보다가 홀든을 발견했다. "왕자 전하." 그는 고개를 숙였다. "이런 귀빈을 맞이할 줄은 몰랐군요."

"환대해줘서 고맙군요, 자작." 홀든은 목례 비슷하게 고개를 까딱였다. 그 거들먹거리는 인사법은 언제나 내 신경에 거슬렸고, 지금도 그랬다. 홀든의 손이 갑작스레 내 허리로 올라오는 바람에 몸이 뻣뻣해졌다. "여기에서 하루, 그리폰들의 상태에 따라서는 이틀까지 쉬고 드베렐리로 가려고 합니다."

허벅지 뒤쪽에서 그림자가 솟아오르더니 내 허리를 휘감았고, 나는 제이든 쪽으로 옆걸음을 옮기면서 홀든의 손을 효과적으로 피했다. *"여전히 괜찮은 거지?"*

"네 망할 놈의 전 남친이 손을 가만히 둔다면." 제이든이 화난 어조로 말하더니 그림자가 내 허리를 단단히 붙잡았다.

"드베렐리요?" 테카루스는 눈썹이 하늘에 솟아서 되묻더니 내 쪽으로 시선을 돌렸다. "그 유물을 가져왔군요."

내가 입을 떼려고 하는데….

"그렇습니다." 홀든이 대신 대답했다.

정말이지, 저런 점이 언제나 싫었지.

데인이 나를 보고 비죽거리는 모습을 보니, 그가 홀든을 좋아한 적이 없었다는 기억이 떠올랐다.

"물론이지요." 테카루스는 내 허리 부근에 머문 그림자에 관심을 돌리며 천천히 말했다. "그러면 편히 쉬시게 해드려야죠." 테카루스가 두꺼운 비단 자락을 휘날리며 궁정 쪽으로 몸을 돌렸고, 나는 피로감에 어깨를 늘어뜨린 채 식당으로 따라 들어갔다. "경비가 삼엄해진 데 대해서는 양해를 빕니다. 남쪽에 멀쩡하게 남은 큰 도시가 얼마 없어서요." 그는 거대한 테이블 끝을 돌아서 바람이 잘 통하는 궁정으로 들어가며 말했다.

숨 막히게 아름다운 곳이라는 걸 잊고 있었다.

바람만이 아니라 빛도 잘 드는, 예술적인 궁전이었다. 하얀 대리석 바닥마저도 새벽빛을 받아 반짝였고, 내부를 구불구불 관통하다가 드넓은 중앙 계단 너머까지 흐르는 수영장도 마찬가지였다. 베닌이 이렇게 남쪽까지 올 경우, 이 궁전이 버틸 가능성은 전혀 없다.

이 궁전을 지은 사람도 알았을 것이다.

새하얀 계단 밑에 멈춰 선 미라가 탁 트인 계단을 통해 살짝 보이는 아래층의 검은 기둥을 내려다보았다. 지난번과 마찬가지로 기둥 주위에 꽤 많은 사람이 서성이고 있었다.

"물론, 플라이어들이 상당수 머물다 보니 방이 부족하긴 합니다." 테카루스는 묵직한 비단 로브의 허리띠를 조이면서 계단을 올랐다. "두 분이 방을 하나씩 써도 괜찮으실까요? 꼭대기 방을 몇 개 쓸 수 있습니다." 그는 어깨 너머로 층계참을 보았다. "왕자 전하는 예외지요. 당연히 전하께는 개인 거처를 마련해드릴 수 있습니다."

젠장. 이 계단 한 층만으로도 죽겠는데 두 층을 더 올라가는 건 무리다. 계단을 오를 때마다 무릎이 항의했고, 습도는 저주스러웠고, 부츠 아래 바닥이 흔들거리는 느낌인데도 나는 계속 올라갔다.

"물론이지요." 홀든의 말투가 퉁명스러워지기 직전이었다. 그동안 변한 게 아니라면 피곤할 때 홀든은 더욱 성급해졌다.

"자네 방도 비어 있어, 라이오슨. 아니면 이젠 공작 전하라고 해야 하나?" 테카루스는 우리가 예전에 묵었던 층에 도착해서 덧붙였다. "그러고 보니 지위를 나타내는 휘장을 달지 않았군." 테카루스가 넓은 복도 한가운데 멈춰 서니 우리도 멈출 수밖에 없었다.

지난번에 미라와 내가 머물렀던 방 앞에 서 있다는 사실을 깨닫고, 그 앞으로 제이든의 방문이 보이자 울 것 같았다. 어떻게 꼭대기 층까지 올라가지? *"내가 계단을 기어오르더라도 날 라이더로 볼 거예요?"* 나는 테른에게 물었다.

"넌 기고 있지 않아." 제이든이 대답했다.

맙소사, 엉뚱한 경로로 말했네. 큰일 났다.

"반짝이는 물건은 좋은 과녁이 되지요." 제이든이 왼쪽에서 테카루스에게 말하는 사이, 홀든이 내 오른쪽으로 다가왔다. "그리고 전 지위와 실제 힘을 혼동한 적이 없습니다."

아, 제발 좀. 정말로 지금 홀든을 저격하는 거야? 나는 눈을 희번덕거리려다 말고 껌벅였다. 제이든도 지난가을에 캣이 나타났을 때의 나와 같은 상태인가?

리독이 뒤에서 콧방귀를 뀌었고, 가죽 재킷을 때리는 소리가 선명하게 들렸다. 분명히 데인이 리독의 어깨를 쳤겠지. 미라의 얼굴은 보이지 않아서 다행이다. 저 뒤에서 격분해 있을 게 뻔하다.

"그러면 자네가 어떤 신분으로 방문했는지 내가 어떻게 알겠나?" 우리 쪽을 돌아본 테카루스가 말도 안 되게 새하얀 이를 번득이며 호들갑스러우면서도 정중하게 웃었다. "소위? 라이더? 교수? 티렌더 공작?" 그는 양손의 손가락을 마주쳤다. "아니면 내가 우리 편에 합류하라고 설득하는 데 실패한 드문 인재의 애인?" 테카루스의 시선이 나에게 떨어졌다. 아무렴, 섬 왕국에 있는 그의 영지에서 내 드래곤들과 제이든과 함께 평화롭게 늙어가는 특권을 대가로 경비견이 되라는 제안을 잊었을까 봐. "그 제안은 아직 유효하다네."

"제 대답도 그래요." 나는 살짝 휘청거리면서 시야가 어두워져가는 것을 막으려고 심호흡했다. 휴식이 필요했다. 그것도 지금 당장. 이번에는 허리를 감은 그림자가 영역을 주장하는 게 아니라 나를 완전히 떠받쳤고, 슬쩍 내려다보니 가죽옷에 뒤섞일 만큼 옅은 색으로 변해서 거의 보이지도 않았다. *"고마워."*

"제가 여기에서 어떤 신분이냐고요? 그건 왕자님에게 물어보죠. 어떻게 생각하십니까, 전하?" 제이든은 나무를 말려 죽일 수 있을 법한 눈빛으로 홀든을 보았다. 불안감에 목덜미가 따끔거렸다.

"질문의 뜻을 잘 모르겠군." 홀든은 턱에 힘을 주고 주먹을 쥐었다.

"홀든이 성질을 부리면 당신 능력이 발동할 수도 있어." 내가 제이든에게 경고하는 동안에도 테카루스는 자기가 만든 소동에 신이 나서 웃고 있었다.

"바로 그 성질머리를 기대하는 거야." 제이든은 왕실 휘장에 시선을 떨궜다. "잘 아실 텐데요. 제가 여기에 교수 자격으로 온 겁니까? 아니면 공작? 아니면…."

"당연히 망할 놈의 공작이지." 홀든이 날카롭게 대꾸했다. "르웰른이 그 점을 못 박아두지 않았나? 저주받을 왕국에서 두 번째로 강력한 지위가 하필이면 다른 가문도 아니고 라이오슨에게 갔지."

"그렇게 막…." 나는 그림자가 부드럽게 잡아당겨서 조용히 하라는 뜻을 전하자 바로 입을 다물었다.

"그러니까 지금 전 교수 권한으로 여기 있는 게 아니군요." 제이든은 홀든의 노골적인 모욕을 능숙하게 무시하며 말했다.

"너에겐 아무 권한도 없어." 노여움에 찬 홀든이 뺨을 붉히면서 제이든에게 다가섰다. 그 과정에서 그의 부츠가 내 신발에 닿을 뻔했다. "여기에서 상관은 나야."

"제이든, 홀든이 폭발할 거야. 주먹을 휘두를걸." 벽. 거울. 테이블. 부서질 만한 건 뭐든. 정확히는 가까이 있는 건 뭐든 때린다. 위병들이 절대로 홀든 옆자리에 자원하지 않는 이유가 있었다. 알릭이 그렇게나 깡패였던 이유도, 그리고 캠이… 아니, 아릭이 최대한 두 형을 피해 다닌 이유도 같았다.

"그러니까, 교수는 아니란 말이죠." 제이든이 눈을 가늘게 떴고, 휘청거리는 내 몸은 여전히 그림자가 지탱하고 있었다.

"그래!" 홀든의 고함이 복도에 울려 퍼졌다. "아니야! 망할 놈의 교수는 무슨…."

"확실히 해두고 싶었습니다." 제이든이 말을 끊더니 나를 안아 들어 올렸다. "쉬고 나서 뵙죠." 그는 테카루스 옆을 지나쳐서 복도를 성큼성큼 걸었다.

"뭐 하는 거야?" 나는 잇새로 말했다.

"지시받은 대로 둘이 한 방에 묵으려고." 제이든은 방문을 열어젖히더니, 안으로 들어간 후 발로 걷어차서 닫았다.

"방금 당신이 한 짓을 믿을 수가 없어!" 나는 그의 몸에서 미끄러져 내려가다가 그가 내 허리를 잡고 빙글 돌려서 문에 밀어붙이는 통에 본능적으로 몸에 불이 붙는 기분을 무시하려 애썼다. 그나마 등 뒤가 단단해서 다행이었다.

"정말로?" 그가 나에게 고개를 숙였다. "내가 한 온갖 일을 제치고, 믿을 수 없는 짓이 고작 이거야?" 목소리가 부드러워지더니 제이든이 손가락을 내 목 옆에 댔다. "그럴 줄 알았어. 맥박이 미친 듯이 뛰고 있군. 바깥에서 네가 쓰러질 뻔하는 걸 두 번은 봤어. 정말로 계단을 기어 올라가고 싶었어?"

"아니." 나는 인정했다.

"이젠 그럴 필요 없어." 그는 내 이마에 입을 맞췄다. "넌 이틀을 나는 동안 고작 열두 시간밖에 못 쉬었어. 네가 누워야 한다는 걸 아는데, 물론 내 방을 줄 수도 있지만 이기적인 마음에…."

나는 그를 올려다보았다.

"네가 없는 침대에서 자는 건 질렸거든." 그는 엄지손가락으로 내 목의 혈관을 어루만졌다.

가슴속에 희망이 피어났다. 제이든이 다시 나와 같은 침대에 있고 싶다면… 결국에는 내 몸에 손을 댈 만큼 스스로를 믿게 될지도 모른다. 홀든의 존재를 질투해서가 아니라. "좋아."

나는 제이든의 희미한 미소라는 보상을 얻고, 그의 가슴에 기대어 완벽한 심장 소리를 들었다. 내 상태는 끔찍하고, 제이든은 한 조각씩 서서히 스스로를 잃어가고, 우리는 안전한 바스지아스에서 멀리 떨어진 곳에 있지만, 그래도 그의 안정적인 심장 소리를 듣자 모든 것이 견딜 만해졌다.

그의 품에 안기자 이제야 제대로 된 기분이 들었다.

"실제로 그렇기 때문이지." 그는 나를 더 꽉 끌어안으며 말했다.

나는 눈을 깜박이며 몸을 뗐다. "소리 내어 말하지 않았는데."

제이든이 이마를 찌푸렸다. "그렇다면 네가 우리의 연결을 통해서 생각했나 보지. 난 네 의도를 캐려고 하지 않았거든."

다른 이유 때문에 심장이 질주했다. 아니야, 하지만… 어쩌면. "아니면 당신의 고유 능력이 강해지고 있는지도."

제이든의 눈이 커졌다.

그때 누군가가 문을 두드렸다.

"젠장." 제이든이 중얼거렸고, 나는 그의 가슴팍을 강하게 밀었다. "고집 좀…."

"내려줘." 문 너머에 누가 있든 간에 내 발로 서 있고 싶었다.

"…부리지 마." 제이든은 나를 내려놓고, 내가 문 쪽을 보자 허리를 안아서 지탱했다. "준비됐어?"

내가 고개를 끄덕이자 제이든의 손이 왼쪽으로 돌아갔다. 금빛 문고리가 돌아가고 문이 열리자 테카루스가 서 있었다. 그의 호위 두 명은 멀찍이 뒤에 있었다. 자작은 다 안다는 눈으로 제이든과 나를 보았지만, 굳이 함축적인 말을 던지지는 않았다.

"빨리 말해요." 제이든이 설명 없이 말했다.

"왕자가 바구니에 담겨서 도착할 순 없어." 테카루스는 두 손을 앞에 포개고 혐오스럽다는 듯이 콧잔등을 찌푸렸다. "왕족답지 않을뿐더러, 희귀한 물건과 빈틈없는 거래, 사치품을 귀하게 여기는 문화에서 배달하는 물건처럼 보여서는 절대로 알현을 허락받지 못할 거야."

"그래서 제안하는 바가?" 나는 가슴이 내려앉는 기분과 어지러움을 무시하고 물었다.

"내 가장 빠른 배를 타면 이틀이 걸리네." 테카루스는 이마를 찌푸리고 나를 관찰하면서 말했다. "그러면 계산이 어떻게 되지? 남쪽으로 12시간 비행인가?"

"그리폰들, 그리고 자작님 자료에서 나온 바람 패턴을 고려하면 16시간 추정합니다." 나는 시야가 어두워지는 것을 막으려고 눈을 깜박이며 대답했다. 내가 이렇게 심하게 자신을 몰아붙인 것도 오랜만이었으니 대가를 치를 수밖에 없었다.

"그러면 내가 왕자와 함께 한 시간 후에 떠나지." 테카루스의 제안이었다. "자네는 휴식이 필요할 것 같으니…."

"바이올렛은 멀쩡합니다." 제이든이 말을 잘랐다. "들러붙고 싶은 건 제 쪽이에요."

나는 웃음을 눌렀다.

"그래." 테카루스는 손깍지를 꼈다. "자네들은 우리가 도착하고 12시간쯤 후에 북쪽 해안에 있는 내 영지에 착륙하면 어떨까. 수도에서 16킬로미터쯤 동쪽인데, 드베렐리의 기본 단위로는…."

"리그였죠." 내가 말을 끊었다. "보내주신 자료는 다 읽었어요." 우리 아버지가 쓴 내용도 전부 읽었지.

"훌륭해. 나머지 해안선은 조금… 뭐라고 할까… 방어 체계가 잡혀 있으니, 내가 미리 국왕에게 드래곤들의 도착을 준비시키지 않으면 드래곤이 줄어든 채로 집에 돌아가게 될 거야."

가슴이 철렁했다.

"우리 부대는 온전히 돌아갈 겁니다." 제이든의 말투가 날카로운 경고조를 띠었고, 팔뚝에 힘이 들어갔다.

"안 그래도 성급한 귀족 하나를 걱정하고 있는데, 두 번째 귀족도 걱정해야 하나?" 테카루스가 잔소리를 했다.

"우리의 드래곤을 노린다면 귀족이 아니라 라이더를 상대해야죠." 제이든의 목소리가 차분해졌는데, 고함보다 훨씬 무시무시했다.

"부디 이 친구를 통제하도록 도와주겠나." 테카루스의 시선이 나에게 떨어졌다.

나는 턱을 들어 올렸다. "어째서 제이든 쪽을 걱정하시죠?"

테카루스는 한숨을 내쉬었다. "지도는 내가 챙기겠네." 그는 깍지 낀 두 손을 턱에 갖다 댔다. "바다를 건너면 능력을 잃는데, 그건 대비하고 있나?"

"네." 제이든이 대답했다. *"그러면 확실히 안심되겠지."*

"착륙하면 마력이 다시 나타날지 지켜보는 것도 흥미진진하겠군. 그리고 알현에 대비해 유물은 가지고 왔나?" 테카루스가 물었다.

"홀든이 가지고 있어요. 알현도 홀든이 할 거고." 나는 대답했다. 이번만은 홀든의 비대한 자아가 우리에게 유리하게 작용했다. 홀든이 코틀린 왕을 만나는 유일한 나바르인이기를 고집한 덕분에 제이든은 자유로울 수 있고, 우리에겐 아버지가 언급했던 상인을 찾을 시간이 주어질 것이다.

"멋지군." 테카루스는 고개를 끄덕였다. "현명한 조언을 하나 하자면…." 그는 우리를 번갈아 보았다. "내가 희귀한 것들을 수집하는 반면, 코틀린 국왕은 희귀한 것들을 훔쳐서 달아난다네. 서로 떨어지지 말고, 자네가 얼마나 희귀한 보석인지 광고하지 말고, 무슨 일이 있어도 자네가 지킬 수 없는 거래는 하지 말게."

거의 24시간이 지난 후, 해안 가장자리에 이르자 내게 흘러드는 마력은 가느다란 물줄기처럼 줄어들었다. 새벽빛에 의지해서 날아가는 길이 마치 마력과 햇빛을 맞바꾸는 것 같았다. 헤아릴 수도 없는 상실감의 충격에 순간 잭 발로우에게 연민이 들 정도였다.

마력을 빼앗기니 테른과 앤다나가 채널링해준 밤 이후 처음으로… 작아진 기분, 심지어는 벌거벗은 기분이었다. 그 힘은 지난 1년 동안 나를 대담하게 만들어줬을 뿐만 아니라 나를 정의했다.

다음 돌풍이 불어오자 한기에 몸서리가 났고, 앤다나가 높은 곳에서 새된 소리를 질렀다. 그쪽으로 고개를 홱 드는데 주변에서 비슷한 소리가 연이어 울려 퍼졌다.

테른이 예기치 않게 급강하하면서 날갯짓이 불안정해졌고, 나는 앞으로 고꾸라지면서 안장 폼멜을 더듬었다. 두 손으로 폼멜을 잡은 순간 손목이 아프긴 했지만, 배를 부딪치는 것만은 아슬아슬하게 피했다. 테른은 바다 위를 수평으로 날기 시작했다. *"괜찮아?"* 나는 앤다나를 찾아 하늘을 보았다.

"놀라서 그런 거다. 우린 마력에서 육체의 힘을 끌어내지." 테른이 설명했다. *"우리가 이렇게나 마력에 의존하는지 미처 몰랐다…."*

앤다나가 오른쪽으로 빠르게 떨어졌는데, 맹렬히 날개를 쳐도 소용이 없었다.

"나에게 고정장비를 걸어라." 테른이 명령했다.

"나, 할 수, 있다니까." 앤다나는 시시각각 고도를 잃으면서 파도치는 바다를 향해 떨어져 내렸다.

"난 소금에 찌든 비늘 냄새를 맡고 싶지 않아. 바닷물에 젖으면 알아서 해라." 테른이 경고하더니 고개를 들어 올리고 파충류답게 목을 이리저리 돌렸다.

"왜 그래요?" 내가 물었다.

테른은 예고 없이 앤다나를 향해 급강하했고, 앤다나가 으르렁거리면서 할 수 없다는 듯이 한숨을 내쉬자 테른의 어깨가 긴장했다. 딸깍하고 장비가 연결되는 금속성이 울렸다. 앤다나의 무게가 더해지면서 테른이 잠시 처졌다가 날개를 더 세게 쳐서 부대를 향해 올라갔다.

앤다나가 수상하게 조용했다.

"테른?" 나는 불안한 마음에 가슴을 졸였다.

"스게일과 대화할 수가 없다." 그는 씹어뱉듯이 말했다. *"다른 드래곤과도 할 수가 없어. 소통이 끊겼다."*

반짝이는 오닉스 빛깔의 연결 통로에 마음을 뻗어보았지만, 테른은 아직 그 자리에 있어도 제이든은 없었다.

이미 끊겨 있었다.

22

학계에서는 코딘이 두 번째 크로블라 반란에 군대와 무기를 조달했다고 수군거렸지만, 조사해보니 아크타일 대양을 넘어 드베렐리로 단서가 이어졌다. 우리 왕국에는 신뢰할 수 없는 상인들의 섬으로 알려진 곳인데, 놀랍게도 무기의 출처는 아닐지 모르지만 중개인 역할은 한 것 같다.

_ 애셔 소른게일 중령, 《예속당한 이들: 크로블라 민중의 두 번째 봉기》

여긴 욕 나오게 덥다. 계산상 지금은 오전 9시쯤일 텐데 말이다. 우리는 터키옥빛과 아쿠아빛 바닷물 너머로 끝없이 이어지는 하얀 백사장으로 접근했다.

백사장 바로 뒤의 완만한 초록색 언덕에 점점이 석조 구조물이 보였다. 직공의 염색약 효과가 다 떨어진 후에 마지막 남은 모직물 같은 당혹스러운 색채였다. 색이 빠졌다고 해야 하나, 빛이 바랜 느낌이었고 선명한 물 색깔 때문에 그 점이 두드러졌다. 나는 가까이 날아갈수록 풍경에 푹 빠져서 더 몸을 내밀었다. 언덕에 점점이 건물이 있는 게 아니었다.

"저건 도시 아니에요? 나무 속에 숨은?" 흥분한 나머지 안장 폼멜을 잡은 손가락이 말렸다. 그곳은 번화한 항구였다. 중앙 부두에 네 개의 잔교가 있고, 그보다 작은 돌출 부두가 몇 개나 있었다.

"그래 보이는구나." 테른은 사람들을 알아볼 만큼 가까이 다가가기 전에 왼쪽으로 방향을 틀어 동쪽으로 향했다.

"누가 보기 전에 나 좀 풀어줘." 앤다나가 요구했다.

"저 크로스볼트 사정거리에서 벗어나기 전까진 안 된다." 테른은 첫 번째 언덕을 4분의 1쯤 올라간 곳에 있는 긴 벽을 쳐다보았다. 내가 지금까지 본 적 없는 커다란 크로스볼트가 열 개 넘게 서 있었는데, 하나같이 번쩍이는 금속 촉이 매겨져 있었다.

드래곤 전용 살상 무기였다.

이번만은 앤다나도 맞서지 않았다.

"평화국 치고는 확실히 전쟁에 대비하고 있네요." 정신이 번쩍 들었다. 나바르인이 이 섬에 발을 들인 지 수백 년이 지났건만, 자작이 국왕에게 미치는 영향력을 과신했다면 저 크로스볼트들이 우리 쪽을 향할 가능성은 얼마든지 있었다.

우리는 해안선과 모래섬 사이를 날았는데, 그곳의 바다색은 본 적도 없는 아름다운 물빛이었다. 나는 지상에서 30미터, 다시 15미터로 천천히 내려가는 동안 그 물빛을 뚫어져라 보며 기억에 새기려고 했다. 이 섬에 대해 읽었다고 해서 실제 풍경을 아는 건 아니었다.

녹초가 되었는데도 하나라도 놓칠까 봐 눈도 깜박이고 싶지 않았다. 밤샘 비행을 하고 나니 바스지아스에 돌아가면 안장 위에서도 잘 수 있도록 개조하고 싶을 정도였는데도 말이다.

"네가 받은 지도에 따르면 앞에 보이는 땅이 테카루스의 영지다." 테른은 본섬에 있는 일군의 우아한 저택들을 지나치면서 말했다. 저택마다 잔교와 배가 있어서 소유주의 지위와 부를 알 수 있었다. 테른이 어깨를 들썩이자 고정장비가 풀렸고, 오른쪽 날개 너머에 나타난 앤다나가 속도를 따라잡느라 두 배로 퍼덕거렸다.

아래 바다에서 짐승 한 무리가 쏜살같이 움직이더니 연이어 우아하게 허공에 뛰어올랐다. 날아가는 우리를 보고 비명을 지르며 집으로 뛰어가는 사람들의 소동에 맞먹을 정도였다.

"저건 무슨 맛인지 궁금한데…." 앤다나가 말을 꺼냈다.

"안 돼." 나도 놀랄 만큼 빨리 항의가 튀어나왔다. *"저건 돌피넘이라고 하는데, 네 간식거리가 되기엔 너무 예쁘잖아."* 책에서 보았던 그림보다도 더 예뻤다.

"마음 약하긴." 앤다나가 코웃음을 쳤다.

우리는 테카루스의 궁전을 축소해놓은 듯한 2층짜리 저택 앞 모래밭에 내려앉았다. 높은 흰색 기둥 사이로 바닷바람에 열린 문도 있었지만, 나머지 구역을 에워싼 두꺼운 벽을 보니 여기에도 태풍이 분다는 사실을 알 수 있었다. 크고 호리호리한 야자나무들이 저택으로 가는 길 양쪽에 줄지어 섰다. 나는 잔교에 정박한 배에 코딘의 군기가 휘날리는 것을 확인하고 나서야 지금까지 계속 테른에게 얹어놓았던 두 번째 가방을 챙겨 들고 내렸다.

모래가 어찌나 고운지, 무릎을 꿇고 손가락 사이로 흘려보며 웃을 수밖에 없었다. 바스지아스 강가의 돌가루나 코딘의 거친 모래알과는 전혀 달랐다. 부츠를 벗고 맨발로 걸어보고 싶어졌다.

주위에 다른 사람들이 착륙하면서 소란이 이는 가운데, 앤다나가 내 옆에서 발톱을 들어 흔들자 모래가 구름처럼 흩날렸다. *"비늘 사이에 끼겠어."*

"이제 너도 내가 왜 그 거북을 못 먹게 했는지 이해하겠지." 테른이 끊임없이 목을 돌려 주위를 살피면서 중얼거렸다. *"다시 날기 전에 사냥을 해야겠다. 그리고 누가 나왔구나."*

한 중년 남자가 테카루스의 저택 문간에 있는데, 벨트가 달린 짧은 소매의 흰색 튜닉과 바지가 갈색 피부와 대조를 이뤘다. 그는 테른과 앤다나를 보고는 입을 떡 벌린 채 떨고 있었다.

"전쟁을 일으키지 않으면서 사냥해도 될 곳이 어디인지 알아볼게요." 리독이 달려오기에 일어섰다가, 에오트롬이 포효하는 바람에 화들짝 놀랐다.

드베렐리 남자가 비명을 지르며 집 안으로 뛰어 들어갔다.

"멋진 첫인상을 남겼네." 나는 손바닥에 묻은 모래를 털었다.

앤다나는 코웃음을 치더니 날개를 단단히 붙이고 바다 쪽으로 껑충껑충 걸어갔다.

"발톱보다 깊은 데는 들어가지 말아라!" 테른이 잔소리하면서 앤다나를 향해 돌다가 꼬리로 나무 한 그루를 쓰러뜨릴 뻔했다. *"머리까지 들어갔다간 맹세코 네가 물에 빠져 죽게 내버려둘 거다."*

에오트롬이 다시 포효하며 테른을 포함한 모두의 주의를 끌었다.

"무슨 말인지 모르겠다고요!" 리독이 에오트롬에게 몸을 돌렸다.

에오트롬은 입을 쩍 벌리고 더 크게 포효하며 리독의 갈색 머리카락을 날리고는 내 친구의 몸을 끈적거리는 침으로 뒤덮었다.

웩.

리독은 천천히 두 손을 들어 얼굴에 묻은 침을 닦아냈다. "나한테 소리 질러봐야 도움이 안 돼요. 내가 모르는 언어로 고함치는 거랑 비슷하다고요."

불길한 예감이 가슴을 조였고, 나는 테른을 보다가 그 너머로 가만히 있지 못하고 주위를 둘러보는 스게일과 테인을 지켜봤다. 미라는 목덜미를 문지르면서 우리 쪽으로 걸어왔고, 제이든은 물가에 서서 영지 반대편을 보고 있었다.

"우리만인가 봐요." 나는 천천히 몸을 돌려 모두를 보면서 테른에게

말했다.

"뭐가 우리만이냐?" 테른이 물었다.

키라레가 모래밭을 긁어댔고, 캣은 그 옆에 무릎을 꿇고 두 손으로 키라레의 얼굴을 감싸고 있었으며, 드레이크도 소바던 옆에 무릎을 꿇고 있었다. 소바던은 정신을 차리려는 것처럼 은빛 머리통을 앞뒤로 흔들었다. 캐스는 영지 서쪽 끝을 지키고 서서 불안하게 꼬리를 휘저었고, 데인은 고개를 숙인 채 우리 쪽으로 걸어왔다.

뭔가가 이상했다.

"서로 대화할 수 있는 게 우리밖에 없는 것 같아요." 나는 모래밭에 푹푹 빠지는 발로 미라에게 가면서 재킷 단추를 풀었다. 열기 때문에 가죽옷 속에서 삶아지는 느낌이었다. "테인과 대화할 수 있어?"

미라가 고개를 저었다. "대륙을 떠나자마자 소통 능력을 잃었어."

"난…." 나는 침을 꿀꺽 삼키고 목소리를 낮췄다. "난 아직 테른과 앤다나에게 말할 수 있어."

미라는 눈을 깜박이다니 얼른 사람들 쪽을 보았다. "모두의 상태를 보니까 너만 그런 것 같은데." 미라는 이마를 찌푸렸다. "네가 드래곤 둘과 계약해서일까? 아니면 앤다나 때문일까?"

나는 고개를 저으면서 제이든의 등을 보았다. "모르겠어."

"어느 쪽이든 간에 아직 연결되어 있다니 다행이다." 언니는 부드럽게 내 어깨를 잡았다. "마법이 차단되는 건…."

"길을 잃은 기분이야." 나는 얼굴을 구겼다.

"맞아." 미라는 고개를 끄덕였다. "하지만 결속이 끊어지는 건?" 언니는 잠시 입술을 오므렸다가 감정을 숨겼다. "흠, 너도 알겠지. 놈들이 그 혈청을 네 목에 들이부었으니까."

"모두가 날이 서는 건 물론이고, 단절되어 있으니 뭐든 협력하기가 끝내주게 힘들 거야." 나는 테른을 슬쩍 올려다보며 말했다. 테른은 스게일, 앤다나, 나에게 똑같은 거리를 두고 서 있었다.

"이걸 시도해볼 기회는 잔뜩 있겠는걸." 미라는 어깨에서 가방을 내리더니, 가죽 주머니 몇 개를 꺼낸 다음에 내가 잘 모르는 원형의 보호 룬이 새겨진 주머니를 집어 들고 나머지는 다시 넣었다. "룬이 여기에서도 작동할지 시험해보려고 트리사가 보낸 것들이야." 미라는 주머니를 열어 나에게 손바닥만 한 얇은 연보라색 수정 조각을 건넸다. 가죽 주머니와 같은 룬이 담금질 되어 있었다. "그 룬은 햇빛을 차단해주는 건데, 여기 있는 동안 가지고 다녀. 알겠지?" 언니는 그러면서 눈썹을 올렸다. "물론 눈에 띄지 않게."

나는 고개를 끄덕인 뒤 수정 조각을 주머니에 넣었다. 여기에서 어떤 형태로든 마력을 누리면 좀 더 편하긴 하겠지만, 동시에 누구도 생각하고 싶지 않은 거래를 요구받을 수도 있다.

"왔군!" 테카루스가 문 앞에서 기쁘게 외치더니, 두 팔을 벌려 환영하는 자세로 우리를 향해 걸어왔다. 무거운 금장식을 수놓은 밝은 자홍색의 튜닉 차림이었다. "홀든 왕자님은 아직 깨지 않으셨지만, 내가 어젯밤에 재상과 만나 국왕과의 만남을 확보할 수 있었지. 자네의 드래곤들이 여기에서 3리그 떨어진 계곡에서 사냥해도 좋다는 기쁜 소식도 있다네. 야생 사냥감이 풍부한 곳이야. 인간은 메뉴에 없네만."

"이해합니다." 나는 대답하고 바로 테른에게 몸을 돌렸다. *"지금 가는 게 좋겠어요. 혹시 뭔가 잘못될 때 대비해서 힘을 완전히 회복해야죠."*

"동의한다." 테른은 목을 구부리더니 짧게 짖는 듯한 소리를 냈다. 나는 눈썹을 치켜올렸지만, 모두의 주의를 끈 것은 확실했다. *"내가 없는 사이에 죽지 말아라."*

"최선을 다할게요."

테른은 모래밭을 고려하여 평소보다 깊이 몸을 숙였다가 튕겨지듯이 하늘로 날아올랐고, 그의 날개짓 때문에 엄청난 모래돌풍이 일었다. 다른 드래곤들이 테른을 따라 날아올랐기에 나는 팔을 들어 얼굴을 가리고 몇 초 동안 그대로 있었다.

다시 눈을 떴을 때는 바닷가에 인간들만 남아 있었다. 검은 옷의 라이더들, 갈색 가죽옷의 플라이어들, 테카루스 땅 경계선 양쪽에 늘어서서 눈을 휘둥그레 뜬 드베렐리인들, 그리고 화려한 자작 한 명.

"왕자님은 오늘 오후에 국왕 폐하를 알현하니, 자네들 모두는 일단 쉬고 나서…." 테카루스는 고개를 한쪽으로 기울였다. "그 후에도 딱히 할 일은 없네. 코틀린 왕은 귀족하고만 대화하실 테니 말이야." 그는 리독을 보고 코를 찡그렸다. "자넨 목욕을 해야겠군."

"저희에겐 말이 필요한데요." 리독은 귀에서 눅진한 드래곤의 침을 파낸 뒤 손가락을 털었다.

"뭐라고?" 테카루스는 점액질이 날아가는 경로에서 비켜섰다.

"바이올렛이 시장에 가서 책을 사고 싶다고 합니다." 우리를 따라잡은 데인이 리독 오른쪽에 자리 잡고 대답했다.

테카루스는 고개를 끄덕였다. "물론이야. 눈에 띄지 않게 다닐 수 있겠지?"

"최대한 그럴 겁니다."

그는 우리에게 배정된 방을 알려주었고, 나는 감사 인사를 한 후에 바닷가로 향했다. 걸을 때마다 부츠가 모래밭에 푹푹 빠지다가 해안선 바로 위에 가서야 단단한 땅을 만났다.

제이든은 등에 장검을 지고 팔짱을 낀 채 서 있었는데, 내 어깨가 그의 팔꿈치를 스치고 나서 올려다보니 완전히 긴장이 풀린 얼굴이었다. 헛것을 보나 싶어서 눈을 꽉 감았다가 다시 떴다.

여전히 제이든은 마력에서 완전히 단절되어 적진에 있는 게 아니라, 라이오슨 저택 위 계곡에 서 있는 듯한 얼굴로 바다를 지긋이 보고 있었다. 나는 조용히 말했다. "저기."

"응." 그는 내 쪽으로 고개를 기울이고 부드러운, 그렇지만 진실한 미소를 보였다.

스게일과도 대화할 수 없고 우리 사이의 연결 통로도 막혀서 기분이 어떠냐고 물어볼 뻔했지만, 그런 부드러운 미소를 보고 나니 너무 형편없는 질문 같았다. "다들 그 상인을 찾으러 나가기 전에 낮잠을 자러 올라가고 있어. 홀든은 3시에 왕을 만난다니까, 원한다면 네 시간쯤 푹 잘 수 있을 거야."

"난 잠시만 여기에 더 있을게. 먼저 가." 그는 몸을 돌리고 내 목덜미를 감싸 쥐었다. "너에겐 휴식이 필요하고, 햇빛도 피해야 해. 코가 분홍색이 됐어."

"테카루스가 우리에게 같은 방을 배정했어…."

"그자야 제 목숨을 소중히 생각하니까." 그는 흘러내린 내 머리카락을 귀 뒤로 넘겼다. "조금 자둬. 넌 자야 해. 나도 금방 올라갈게."

"나도 같이 앉아 있을까?"

그가 활짝 웃었다. "네가 확실히 쉬어야 하는 때에? 제안은 고맙지만 아니야, 내 사랑. 설명하기 어려운데… 난 그냥 혼자 잠시 이 풍경에 빠져보려고 해." 그는 내 손을 잡아서 자기 가슴팍에 갖다 댔다. 심장이 뛰는 안정적인 리듬이 코딘에서보다 약간은 느긋하게 느껴졌다. 아니, 사실은 지난 몇 주보다 더 그랬다. "느껴져?"

"박동이 느려졌네." 나는 속삭였다.

"여기엔 마법이 없어." 그는 나를 끌어당겼다. "마력도 없어. 유혹이 없는 거야. 내가 마음을 뺀어서 힘을 취하기만 하면 모두를 구할 수 있다고 조롱하는 신호가 하나도 없어. 그저… 평화로워."

나는 루미너리를 가지러 갔을 때 이후 처음으로, 테카루스의 제안을 진지하게 고려했다.

23

반란은 AU 433년 12월 13일 밤사이에 갑자기 실패했고, 이 사건을 자정의 학살이라고 부른다. 외국군은 사라졌고, 반란군은 침대에 누운 채로 포로미엘군의 손에 죽었다. 학자인 내 눈에 특히 잔인하게 느껴진 부분은 그들이 사라졌다는 사실이 아니라, 그들이 배신한 게 분명하다는 사실이다. 드베렐리에는 이런 말이 있다. '약속은 피와 같다.' 드베렐리가 거래를 할 때나 거래를 중개할 때는 그것이 곧 법으로 여겨진다. 그러니 대체 크로블라 반란군이 거래의 어떤 부분을 지키지 않은 건지 궁금할 수밖에 없다.

__ 애셔 소른게일 중령, 《예속당한 이들: 크로블라 민중의 두 번째 봉기》

"웃기는 이동 수단이야." 리독은 벌써 열두 번째 같은 말을 하며 안장 위로 몸을 끌어올렸다가 다시 미끄러졌다. 우리가 탄 말들은 드베렐리의 수도인 마티아스의 울퉁불퉁한 돌길을 걷고 있었다.

나는 웃음을 꾹 참았지만, 뒤에서 미라와 함께 오던 캣은 나와 같은 배려를 발휘하지 않고 웃어댔다. 우리는 나무로 덮인 통로를 지나고 있었다. 주로 두 줄로 나란히 움직였는데, 드레이크만 예외로 나와 제이든의 앞에서 혼자 달렸다.

하늘에서 보고 상상했던 것보다 더 놀라운 도시였다. 거대한 나무들이 차양처럼 하늘을 가리고 있어서, 비행 중에는 제일 높은 건물들만 볼 수 있었다. 도시의 나머지는 감춰진 보물처럼 느껴졌는데, 아직 궁전이 (그리고 홀든이) 있는 언덕은 올라가보지도 못했다. 지금까지 지나온 길은 주로 주거지로 건물들이 규칙적으로 드문드문 서 있었고, 항구와 도심에 가까워질수록 건물 사이가 점점 가까워지더니 마지막에 가서는 모든 건물이 돌을 파서 지은 모양새였다.

"미안하지만, 드래곤에 타면서 말은 잘 못 탄다니 믿을 수가 없네." 캣은 찻집처럼 보이는 간판이 걸린 곳을 지나며 다시 깔깔거렸다.

"이봐, 말은 깨문단 말이야." 리독이 어깨 너머로 말하자 우리를 본 드베렐리 여자 하나가 펄쩍 뛰어 비켜서면서 자수가 들어간 하얀 튜닉 목선에 손바닥을 댔다.

"그러면 드래곤은 뭘 하는데?" 드레이크가 마주 외쳤다.

"넌 영영 모르겠지. 네가 드래곤을 타도록 허락받을 일은 절대 없으니까." 미라가 지겹다는 투로 쏘아붙이더니, 다시 주변을 샅샅이 훑어보기 시작했다. 미라 언니는 저택을 떠난 후 내내 경계 태세였다. 내가 테른이 멀지 않은 곳에 있고, 부르기만 하면 몇 분 만에 이 도시 전체를 불태울 수 있다고 안심시켰는데도 그랬다.

지금 우리에게 필요한 건 다른 이들을 위한 통신 룬이다. 그런 게 존재한다면 말이다.

드레이크는 눈매를 좁히고 미라를 보았다가, 입매를 올려 재수 없게 웃고 있던 제이든을 보았다. "네가 선봉을 두고 나와 다투지 않는다니 놀랐다, 라이오슨."

제이든은 코웃음을 쳤는데, 기분 나쁜 웃음이 어룽거리는 햇빛 아래를 지나면서 진심 어린 미소로 변했다. 나는 그를 처음 만났던 때처럼 빤히 쳐다보았다. 그는 다른 사람들처럼 짧은 소매로 된 제복을 입고 멋지게 근육이 잡힌 두 팔을 드러내고 있었지만, 놀랍게도 편안한 자세로 느슨한 미소를 짓고 있었다. 인정하는데 그건… 혼란스럽기까지 했다. 제이든 라이오슨에겐 많은 특징이 있지만, 행복한 표정은 거기에 포함되어 있지 않았다. "네가 먼저 죽겠다면야 안 될 것 없지, 코델라. 난 정확히 내가 있고 싶은 곳에 있어." 그러더니 제이든은 나에게 무려 윙크를 했고, 나는 말에서 떨어질 뻔했다.

본능적으로 안장에서 떨어지지 않으려고 허벅지를 조였는데, 긴장을 풀어야 한다는 사실을 기억해내기도 전에 새까만 암말이 속력을 올렸다. 더운 곳에서는 언제나 현기증이 심해졌고, 오늘도 그 조합은 나에게 결코 좋지 않았다.

"봤지? 바이올렛도 드래곤을 더 좋아하잖아." 리독이 말했다.

"난 괜찮아." 나는 가방과 그 안에 든 귀중한 물건을 떨어뜨리지 않으려 어깨를 추슬렀다.

"바이는 언제나 말타기에 능숙했어." 데인이 나 대신 반박했다.

"둘이 어렸을 때 말을 많이 탔나?" 제이든이 술집을 지나치면서 물었고, 야외 테이블에서는 우리를 보고 하얀 튜닉에 에일을 쏟은 사람이 한둘이 아니었다.

나는 제이든의 질문에 입을 쩍 벌리고 그쪽을 보았다.

가죽 마찰음이 나서 돌아보았더니 미라도 안장에서 몸을 내밀고 있었다.

"왜?" 제이든이 나를 보더니, 눈썹을 올리고 다른 사람들을 돌아보았다. 캣은 제이든에게 머리가 하나 더 돋아나기라도 했다는 듯이 얼 빠진 얼굴로 보고 있었다. 데인은 질문이 함정인지 고민하며 미간에 주름을 두 개 잡았고, 리독은 연극 1열 직관 표를 구했다는 듯이 신나게 히죽거렸다.

제이든의 시선이 잠시 나에게 날아왔다가 도로로 돌아갔다. 우리는 세 갈래 길에서 오른쪽으로 향했다. 자갈길과 커다란 나무 사이에 낀 조금 범상치 않은 표지판에 따르면 시장과 항구로 이어진다고 했다. 제이든이 다시 물었다. "나는 네 어린 시절에 대해 묻지도 못해?"

"아냐." 나는 불쑥 말했다. "당연히 그래도 되지."

"평소에 넌 내가 바이와 함께 자란 일이 없는 척하잖아." 데인이 가볍게 대답했다. "우리가 절친한 친구 사이였던 것도 모른 척하고."

"이 말에 탄 게 이렇게 기쁠 수가!" 리독이 고삐를 더 단단히 잡으면서 말했다.

나는 리독을 째려보며 이 부대에 넣은 결정을 다시 고려하고 있다는 눈빛을 보냈다.

"하지만 질문에 대답하자면…." 데인은 제이든만큼이나 편하게 말을 몰면서 말을 이었다. "맞아. 우린 부모님들의 근무지에서 가능할 때마다 말을 탔어. 루세라스에서 지낼 때만 빼고."

"거긴 죽도록 추웠지." 미라가 말했다.

"그랬지." 기억만으로도 몸이 움츠러들었다. "연습이 부족했을 때는 말타기가 힘들었고, 떨어지는 건 언제나 안 좋았지만, 덕분에 내 몸에 대해 잘 알게 된 경험이었어. 당신은 어때?" 나는 커브를 돌아 북적이는 거리로 접어들면서 제이든에게 물었다.

"난 걷기 전에 말부터 탔을 거야." 그는 나에게 미소를 비쳤다. "어쩌면 난간다리를 건넌 후부터 가장 그리웠던 게 승마일지도 몰라. 말은 가달라는 곳으로 가잖아. 스게일은…." 제이든은 하늘 위에 있는 스게일을 볼 수 있다는 듯이 나무 사이를 올려다보았다. 갈망이 어린 표정이었다. "스게일은 내가 어디로 가고 싶어 하는지 전혀 신경 쓰지 않아. 난 그저 얻어 탈 뿐이지."

"그건 나도 느끼는 바야." 데인의 말에 나는 웃음을 터뜨렸다.

"활기차 보인다." 드레이크가 뒤쪽에 대고 외쳤고, 부대 분위기가 바로 바뀌었다. 길거리에 말과 마차, 그리고 바구니를 안거나 등에 진 보행자들이 점점 많아지고 있었다. 눈에 보이는 무기라곤 우리가 찬 칼밖에 없었다.

붐비는 2차선 거리 양쪽에 석조 건물로 된 상점들이 늘어섰다. 바람이 잘 통하게 문을 열고 상품과 제품들은 수레에 담아서 가게 앞에 전시했는데, 그 위에 선명한 색깔의 천으로 된 차양이 길을 따라 1.5킬로미터쯤 이어지는 것 같았다. 내가 읽은 바에 따르면 이 구역은 남쪽으로 쭉 뻗어 귀금속과 향신료 시장으로 이어졌고, 금융 구역이 권력자처럼 자리 잡고 있는 언덕 위까지도 연결될 터였다.

바닷가까지는 800미터쯤 떨어져 있는데도 생선 냄새가 진하게 났고, 사람들이 왜 차양 아래에서 일하는지 이해할 수 있었다. 이 날씨에 햇빛 아래에 있다간 물건들이 얼마나 빨리 상할지 상상도 가지 않았다.

어디를 보아도 흥정이 이루어지고 있고, 한 번도 맛 본 적 없는 과일과 맡아본 적 없는 향기의 꽃들, 들어본 적도 없는 소리로 지저귀는 새들이 있었다. 감각의 향연이었고, 나는 그저 굶주린 사람처럼 그 감각들에 탐닉했다.

"우리 고향이 완전 지루한 똥통이었다고 느끼는 사람?" 리독이 물었을 때 우리는 인파 때문에 옷감 가게 바깥에 멈춰 서야 했는데, 나는 투명한 나머지 은빛처럼 반짝이는 검은색 실크 옷감을 멍하니 쳐다볼 수밖에 없었다. 지금 내 상반신을 감싼 드래곤 비늘 갑옷 위에 저걸 걸쳤다간 하루도 버티지 못하고 넝마가 될 것이다.

"그건 너나 그렇고." 제이든은 다리를 빙 돌려 내 옆에 내려서면서 말했다. "아레티아는 내 평생 본 두 번째로 아름다운 곳이야." 그가 나에게 고삐를 넘기며 올려다보는데, 금빛 반점이 들어간 그 아름다운 오닉스 눈동자가 마치 내 속옷을 녹여버릴 수 있는 무기로 바뀐 느낌이었다. "그리고 내 집이 첫 번째지."

으아. 그래, 난 말 그대로 녹아내렸다.

"과장이 심해, 라이오슨." 하지만 나는 미소를 지우지 않고 고삐를 넘겨받았다.

"난 그 상인에 대해 물어보러 갈 거야. 나 빼고 떠나지 마." 그는 데인을 돌아보았다. "가자, 크로블라인." 그는 다시 한번 나에게 귀중한 웃음을 던지고는 가게 안으로 사라졌고, 데인이 뒤따랐다.

"같은 사람 맞아?" 드레이크가 안장에서 몸을 돌리고 캣에게 물었다. "도저히 저게 같은 남자일 순 없는데."

돌아보지 않으려고 했지만 실패했다. 어깨 너머로 보니 캣이 어깨를 으쓱이는 모습이 보여서 얼른 시선을 돌렸다.

"아버지가 반란을 이끌었다가 처형당하는 대형 사고를 치는 바람에 분과에 던져져서 낙인자 전원을 책임지게 되지만 않았어도 원래 이런 사람이 됐을지 모르지. 그게 몇 살 때였지? 열일곱?" 리독이 중얼거렸다.

"맞아." 나는 가게 문을 보면서 맞장구쳤다. 그렇지만… 그 모든 일이 일어나지 않았다면, 우리는 여전히 우리일까? 아니면 이 기적적인 관계는 우리를 완전히 박살낸 비극이 정확하게 맞아 들어가며 낳은 결과이고, 그래서 우리가 부딪쳤을 때 완전히 새로운 존재가 된 것은 아닐까?

"아니면 그냥 제이든이 바이올렛을 사랑하다 보니 예외적으로 재수 없게 굴지 않는 걸지도 모르지." 미라는 우리를 보자마자 이맛살을 찌푸리다가 같이 있던 여자를 잡아끌어 양장점에 되돌아가는 드베렐리 남자를 보면서 말했다. "아무래도 우리가 생각보다 눈에 띄나 봐."

"검은 옷이라곤 우리밖에 없잖아." 내가 중얼거렸다.

"불지르기 놈들!" 그 남자는 공용어로 비난하더니 유리가 덜그럭거릴 정도로 요란하게 문을 닫았다.

"무례한데." 리독이 안장에서 자세를 바로잡았다.

"그리고 틀렸어." 캣이 중얼거렸다. "여기엔 집을 불태워버리는 게 아니라 댁들의 감정만 갖고 놀고 싶은 사람도 있거든."

나는 피식 웃고 말았지만, 리독은 컹컹거리며 웃었다.

제이든이 데인과 함께 옷감 가게에서 나오더니, 제복 왼쪽 앞주머니에 검은색 벨벳 주머니를 넣으며 돌계단을 내려왔다. "그 여자는 희귀서적 거래상이고, 언덕 위쪽으로 두 거리 너머에 있다는군."

놀란 내가 고삐를 돌려주자 그는 말에 훌쩍 올랐다. "그렇게 쉬울 리가."

"가능해." 그는 주머니를 두드렸다. "같은 화폐를 쓰진 않더라도 보석은 어디서나 통하거든." 그는 어깨 너머를 보며 말했다. "잘했다, 에이토스."

"그거 칭찬이야? 대체 이게 무슨 일이지?" 데인은 나를 쳐다보면서 물었다. "네가 뭔가 먹인 거야?"

나는 고개를 저었고, 드레이크가 앞장서서 출발했다.

제이든과 데인이 들은 설명대로 줄줄이 이어지는 가게를 지나쳐 거리 두 개를 올라가는 동안, 욕이 분명한 '불지르기 놈들' 소리가 몇 번이나 날아왔다. 두 번째 거리에 도착했을 무렵에는 생활용품을 파는 상업 구역의 부산스러움이 줄어들고, 좀 더 다양한 틈새시장 상점가로 변했다. '책과 이야기들'이라는 간판 앞에 멈췄을 때는 거대한 나무줄기 옆에 말을 세워놓을 공간도 넉넉하게 있었다.

다양한 색조의 회색 돌로 지어진 2층 건물의 가게는 아래 거리와 달리 어느 쪽으로도 옆 건물과 닿아 있지 않았다. 밖에서 볼 때는 아빠와 자주 가던 칼디르 서점과 비슷한 크기고, 라이더 분과 도서관보다는 조금 컸지만, 아카이브의 8분의 1에도 미치지 못했다.

"네 차례야." 바닥에 선 제이든이 나에게 손을 뻗으며 말했다.

암말에서 내리려니, 나를 받아 안은 제이든이 얼마나 느긋하게 즐기면서 나를 내려놓는지 느낄 수밖에 없었다.

그는 내내 나와 시선을 맞추고 있었는데, 그 눈에서 느껴지는 열기에, 내 손이 그의 가슴을 타고 내려갈 때 피어오르는 그의 욕망에 숨이 가빠졌다. 얼마나 그를 다시 침대에 들이고 싶은지 말하려고 무심코 정신을 뻗었던 나는 연결이 막혔다는 사실을 기억해내고 저도 모르게 그의 제복을 구겨 쥐었다.

"우리 연결이 그리워." 나는 생각도 하지 않고 속삭였다.

"마찬가지야. 하지만 굳이 네 생각을 말하지 않아도 알 수 있어." 그는 내 허리에서 엉덩이로 손을 내리면서 속삭였다. "네 몸짓에서, 네 눈에서 읽을 수 있어." 내 손 아래에서 그의 심장박동이 빨라졌다. "언제나 그랬어. 네가 날 보고 있는 걸 알고 매트 위에서 저질러버릴 뻔한 적이 얼마나 많았는지 몰라."

그 말을 지금 한다고? 내가 지금 당장 어디든 가까운 방으로 끌고 가서 문을 잠글 수 있을 때 하지 않고? 갑자기 지난 6주의 시간이 영원처럼 느껴졌다.

"아마리에게 맹세코, 너희 둘이 여기서 조금만 더 달라붙으면 내가 물을 퍼부을 거다." 주문을 외우듯 미라가 경고했다.

나는 몸을 앞으로 기울이고 제이든의 가슴팍에 두 주먹과 이마를 대며 기댔다. 제이든이 나를 끌어안으면서 웃는 진동이 느껴졌다.

"라이더들은 날개를 얻은 후에 별명을 얻지 않나?" 드레이크가 미라에게 물었다. "분명 네 별명은 '분위기 깨기'일 거야."

"일할 거야, 말 거야?" 미라는 드레이크를 싹 무시하고 물었다.

나는 고개를 끄덕이고 체념의 한숨을 내쉬며 제이든의 품에서 벗어났다. "리독, 드레이크, 캣은 말과 함께 남아서 일이 잘못될 때에 대비해줘. 미라, 데인, 제이든은 같이 들어가. 우리가 빨리 나오길 빌어줘."

리독이 여름용 제복을 털고 고삐를 모았다. "근처에 있을게."

"응." 반사적으로 대꾸한 나는 리독의 말에 문득 이마를 찌푸렸다.

"왜?" 미라가 내 얼굴을 보고 물었다.

"그냥, 홀든이 혼자 왕을 만나러 가게 한 게 잘한 짓일까 생각했어." 일이 틀어질 수 있는 온갖 가능성을 생각하자 속이 내려앉았다.

"딱히 우리에게 선택지도 없었어." 리독이 말했다. "코틀린은 귀족만 궁전에 들인다고."

"왕이 허락했다고 해도 우리가 동시에 두 곳에 있을 순 없어." 미라가 서점을 고갯짓으로 가리켰다.

그렇지.

칼을 뽑은 사람은 없지만, 우리는 두 손을 늘어뜨린 준비 태세로 짧은 포장길을 걸어서 가게 중간에 있는 현관 계단을 올라갔다. 미라가 먼저 들어갔는데, 그 자리를 두고 언니와 다툴 사람이 없다는 이유가 컸다. 제이든은 내 뒤를 따라 마지막으로 들어왔는데, 낙인이 찍힌 사람 외에는 진심으로 믿고 뒤를 맡기는 일이 없어서인 것 같았다.

단단한 나무 바닥을 딛자마자 먼지와 양피지 냄새가 가득한 답답한 공기가 밀려왔고, 나는 곧바로 왜 옆에 다른 가게가 없는지 이해했다. 바닥부터 천장까지 차지한 유리창이 오른쪽 벽을 따라 쭉 늘어서서 내 손이 절대 닿지 않을 만큼 높은 책장들 위로 햇빛을 퍼부었다. 왼쪽에도 1미터짜리 책장이 쭉 늘어섰고, 양쪽 책장 사이로 긴 통로가 하나뿐인 카운터로 이어졌다. 책이 마구잡이로 쌓이긴 했지만 책꽂이 안쪽에는 닿지 않게 해서 공기가 통했다. 그곳은 아름답지만… 끔찍하게 더웠다.

가게 바깥의 더위가 답답하다고 생각했는데, 바람도 불지 않는 가게 안의 온도는 정말로 괴로웠다. 곧바로 갑옷 안에 땀이 맺히고 목에도 흘렀다.

몇몇 손님은 안쪽의 좁은 계단 근처를 돌아보고 있었고, 카운터에서는 앙증맞은 코에 희끗희끗한 머리를 깔끔하게 틀어 올린 60대쯤 된 여성이 몇 초에 한 번씩 갈색 손가락에 침을 묻혀가며 장부를 넘기고 있었다. 오른쪽 책더미 사이에는 아무도 보이지 않았기에, 나는 미라를 돌아보며 카운터 쪽으로 고갯짓했다.

우리는 통로를 걸어 작은 좌석 공간까지 갔고, 데인은 안쪽에 있는 손님을 주시했다. 남자 둘이었는데, 우리를 의식하는 눈치였다. 카운터에 다가가면서 어깨 너머를 돌아보니 제이든은 왼쪽 마지막 책장 뒤로 빠져서 평소처럼 무관심한 표정으로 벽에 기대어 서 있었다.

말도 안 돼, 나는 아버지가 맡긴 중요한 물건을 찾아야 하는데, 저 사람은 여기에 얼마 되지도 않는 그림자 조각을 찾아내서 기다릴 태세라니.

데인이 카운터 모서리로 이동해서 가게 주인의 주의를 끌더니 미라와 손님들 사이에 자리를 잡았고, 미라는 앉아 있는 무리 반대쪽까지 물러나면서 전투를 준비하듯 경계선을 쳤다.

서점 안에서 말이다. 나는 간신히 비죽거리지 않고 참았다.

가게 주인은 데인에게서 미라에게로, 다시 나에게로 시선을 옮기더니 장부를 덮어 카운터 아래에 넣었다.

"데인, 저분한테 물어봐줄 수…." 나는 균형을 잡으려고 카운터에 한 손을 올렸다.

"난 공용어를 할 줄 압니다." 여자가 말했다. "여기 드베렐리에서는 교육을 받거든요."

나는 눈을 깜박였다. "그래요. 음, 혹시 나렐이라는 사람을 아시는지 궁금해서요."

여자가 눈을 크게 떴다가 내 오른쪽 어깨 너머를 보는 모습에 속이 철렁 내려앉았다.

미라 언니.

"불지르기 놈들이다!" 누군가가 외쳤다.

나는 한 호흡에 단검 두 개를 뽑아서 언니 쪽으로 몸을 돌렸다.

어리석게도 내가 비어 있다고 안심한 안쪽 서가에서 두 명이 돌격했고, 미라는 그중에서 내 또래로 보이는 여자가 톱니 단검을 겨누자 한숨을 내쉬었다.

"정 그렇다면야." 미라가 단검을 뽑는 사이에 삐죽삐죽한 검은 머리의 남자가 통로를 달려왔다. 일상복으로 보이는 흰색과 금색 튜닉을 입은 그 남자는 브레넌과 나이나 체격이 비슷해보였다. 그는 격분한 눈으로 두 개의 긴 톱니 칼을 내 쪽으로 겨누며 달려들었다.

나는 가게 주인을 시야에서 놓치지 않게 비스듬히 움직이는 동시에 단검 하나를 튕겨서 끄트머리를 잡고 던질 준비를 했다.

그 남자는 길게 잡아도 4초 뒤면 도착할 터였다.

3초.

2초.

제이든이 한 걸음을 내딛더니 커다란 안락의자를 그 남자 앞으로 걷어찼다. 의자는 남자의 배를 정통으로 때렸고, 그는 컥 소리를 내면서도 재빨리 칼을 들어 올리며 제이든 쪽을 노려보았다.

"그러지 않는 게 좋을걸." 제이든이 고개를 저었다.

남자는 돌격 구호를 외치며 오른팔을 뒤로 당겼고, 나는 손목을 털었다. 단검이 그의 어깨에 박혔고, 남자가 울부짖는 가운데 선혈이 하얀 튜닉을 적시고 들고 있던 칼은 바닥에 떨어졌다.

"경고했잖아." 제이든은 남자가 무릎을 꿇자 말했다. "목표를 나로 바꾸면서 저 사람에게서 눈을 뗀 게 실수였어." 제이든이 느긋하게 그 남자 쪽으로 걸어가는 사이, 미라는 습격한 여자의 얼굴을 때려서 기절시켰다. 제이든은 남자에게서 장난감을 가져가듯 칼을 빼앗았다. "누군가는 칼을 갖고 있을 줄 알았지. 이 세상에 베는 도구가 없는 곳은 없고, 결국엔… 음, 우리 모두 베이기 마련이잖아?"

데인이 혀를 차길래 돌아보았더니 단검과 장검을 뽑아 든 상태였는데, 단검은 가게 주인을 겨누고 장검은 손님들을 겨누고 있었다. "나라면 가만히 있겠어." 데인은 톱니 단검을 든 남자에게 조언했다. "여기엔 뒷문도 있거든. 나라면 그 문을 찾을 거야."

그들은 허둥지둥 그 말에 따랐다.

부상을 입은 남자는 앞으로 쓰러지다가 멀쩡한 팔로 몸을 지탱했고, 제이든이 그 위로 몸을 굽혔다.

"아플 거야." 제이든은 경고한 뒤 그의 어깨에 박힌 내 단검을 뽑았다. 제이든이 하얀 튜닉에 칼날을 닦는 동안 그 남자는 고함도, 불평도 하지 않았다. "칼에 찔릴 각오가 없다면 칼을 들지 말아야지."

미라가 단검을 칼집에 넣으며 기절한 여자를 타 넘었다. "성가시네. 뭔가를 지키고 있어서 그런가? 아니면 그냥 라이더를 미워하나?" 미라는 있는 힘껏 구석에 물러서 있던 가게 주인에게 물었다.

"이 가게에 와서 나렐을 찾는 자들만이다." 가게 주인이 대답했다.

뭔가를 지키고 있는 거군. 알았어.

계단이 삐걱거리는 소리에 우리는 한 방향으로 고개를 돌렸다. 시야 가장자리에서 데인이 장검의 각도를 바꾸고, 쓰러진 남자가 앓는 소리를 내며 일어나려고 버둥거리는 모습이 보였다.

"안 되지, 안 돼. 관련자 모두를 위해서 얌전히 누워 있는 게 안전해."

제이든이 경고했다. "저 사람은 네게 부상만 입혔지만, 난 네가 저 사람에게 한 발자국이라도 디뎠다간 죽여버릴 거야. 그리고 그건 국제 관계에 좋지 않거든." 누군가가 계단을 내려오는 가운데, 제이든은 흉터 진 눈썹을 들어 올리며 나에게 말했다. "외교를 시도해보는 중이야. 하지만 나에게 맞는 것 같진 않군."

남자가 축 늘어졌다.

데인은 등을 구부린 인물이 계단 끝을 돌자 머뭇거렸다.

가게 주인이 크로블라어로 뭐라고 소리를 쳤고, 나는 눈을 깜박였다. "저 사람이 방금…."

"엄마라고 불렀어." 데인이 고개를 끄덕이며 내 말을 확인했다. "'안 돼요, 엄마. 피해야 해요'라고 했어."

"우린 누굴 죽이려고 온 게 아니에요." 내가 가게 주인에게 설명하는 동안에도 어머니라는 사람은 지팡이에 힘겹게 몸을 기대고 빛 속으로 걸어 들어왔다. 은빛 머리에 얼굴에는 세월의 주름이 깊게 패였지만, 딸과 똑같이 앙증맞은 코에 짙은 갈색 눈동자, 둥근 얼굴을 하고 있었다. "당신이 나렐 안셀름이군요."

데인은 노인이 다가오자 장검을 내렸다가, 그녀가 아마도 자기 것일 가게를 둘러보며 옆을 지나가자 아예 칼집에 넣었다.

노인은 두꺼운 안경 너머로 제이든을 살펴보더니 데인, 미라, 그리고 마지막으로 나에게 눈을 옮겨 내 머리카락을 유심히 보다가 고개를 끄덕였다. "그리고 네가 애서 소른게일의 딸이겠구나. 그 사람이 널 위해 쓴 책들을 가지러 왔겠지."

심장이 멎는 것 같았다.

24

그 애는 당신이 왜 비밀로 했는지 이해하지 못할 거야. 당신은 너무 빨리 떠났고, 너무 많은 계획들이 미완으로 남았어. 이젠 우리 두 딸의 결속이 자신들이 선택한 길을 견뎌낼 만큼 단단하기를 비는 수밖에 없어. 살아남으려면 서로가 필요할 거야.

_ 릴리스 소른게일 장군의 부치지 않은 편지

"책들이요?" 나는 속삭이면서 본능적으로 손을 움켜쥐었는데, 왼손에 아직 단검을 들고 있었다.

나렐은 고개를 비딱하게 기울였다. "내가 더듬거렸던가?" 그리고 비난하는 눈빛으로 안락의자를 보았다. "제자리에 갖다 놓거라."

제이든은 한쪽 눈썹을 치켜올리면서도 노인이 시키는 대로 한 다음, 내게 다가와서 회수한 단검을 내 엉덩이 칼집에 넣었다.

"고마워." 나는 속삭였다.

그는 내 관자놀이에 스치듯 키스하고는 오른쪽에 섰다.

"바닥에서 일어나거라, 어슨. 온 사방에 피를 흘리고 있구나. 네 동생을 안쪽으로 데려가서 깨우거라. 내가 분명 너희는 무기를 가지고 다니기엔 준비가 덜 됐다고 하지 않던?" 나렐은 바닥의 핏물을 피하면서 잔소리를 했다. "내 손주들을 용서하거라. 이 녀석들은 라이더에게서 그 책들을 지켜야 한다는 우리의 과업을… 지나치게 심각하게 받아들였어." 나렐이 의자에 털썩 주저앉았다. "고맙네, 젊은이." 나렐은 제이든에게 인사한 뒤 그를 쳐다보다가 데인에게로 시선을 옮겼다. "아이고, 대륙에도 참 잘생긴 남자들이 있구나."

제이든의 입꼬리가 살짝 올라갔는데, 말없이 동의할 수밖에 없었다.

"엄마." 가게 주인이 달려오는 모습을 보니 여전히 우리가 어머니를 공격할까 봐 걱정하는 게 분명했다. 어슨은 할머니가 시킨 대로 미라의 주먹질에서 간신히 깨어난 누이를 부축해 안쪽으로 사라졌다. 나는 그 두 사람에게 안타까운 마음마저 느끼다가 뒤늦게 그들이 우리를 공격했다는 사실을 기억했다.

"레오나, 이 어미는 93세일 뿐이지 아직 죽은 건 아니다." 나렐은 딸에게 손을 내저었다. "아니면 너희들, 아마랄리스가 하는 말이 뭐였지? 난 아직 말렉을 만나지 않았다. 말렉이 너희가 믿는 죽음의 신이었지?"

나는 '아마랄리스'라는 생소한 말에 이마를 찌푸렸다.

"말렉은 모두에게 죽음의 신이 아닌가요?" 미라가 제일 가까운 책장에 등을 기댔다.

나는 고개를 저었다. "드베렐리는 신을 숭배하지 않아."

"그래서 우리가 섬 왕국에서 제일 중립이라고 여겨지는 거다. 무역에는 딱이지." 나렐이 어깨를 으쓱였다. "너희가 신이라고 부르는 것들을 우리는 과학이라고 부른다. 너희가 운명이라고 부르는 것은 우연이라고 부르고. 너희가 사랑의 신성한 개입이라고 부르는 것은…." 나렐은 두 손을 쫙 폈다. "연금술이라고 하지. 두 가지 물질이 결합해서 완전히 새로운 뭔가를 만드는 것. 너희 둘 사이와 다르지 않아." 그녀는 제이든과 나를 번갈아 보고는 가슴에 손을 올렸다.

심장이 비틀리는 기분이었다. 아까 내가 했던 생각과 얼마나 비슷한 말인지….

나렐은 제이든을 향해 손가락을 흔들었다. "내 손자더러 네 애인에게 한 발자국만 더 다가가면 죽여버린다고 하는 소리 들었다, 젊은이. 참으로 비논리적이고 해롭게도 낭만적이구나. 애셔에게 너에 대해 들었을 때는 그렇게 자신만만하게 폭력을 휘두를 거라고 생각 못했다만, 갈색 머리에 그…. 갈색 눈이겠지? 애셔는 너희 둘이 결국엔 함께하게 될 거라고 열렬하게 예언했더랬지. 애셔는 널 거의 완벽한 사람처럼 말했단다, 데인 에이토스."

하, 차라리 지금 여기서 날 죽이시죠.

나는 입을 빼끔거렸다.

제이든이 양쪽 눈썹을 치켜올리더니 입술을 꾹 다물었다.

데인은 목덜미를 문질렀다.

미라가 콧방귀를 뀌더니 손으로 입을 가린 채 허리를 접으면서 웃어댔다. "미안." 미라는 바로 몸을 세우고 표정을 가다듬으며 헛기침을 했지만, 참지 못하고 다시 어깨를 떨었다. "못하겠네. 안 되겠어. 잠시만." 언니는 마음을 가다듬으려고 서가 뒤쪽으로 걸어갔다.

드래곤 화염에 얼굴을 맞은 기분이었다.

"어떻게 하면 좋겠어?" 데인이 나에게 묻는데, 나렐이 은빛 눈썹을 찌그러뜨리며 우리 셋을 번갈아 쳐다보았다.

"지난 18개월과 마찬가지지…." 제이든이 한 시간 전에 데인에게 보여줬던 부드러운 태도는 흔적도 없이 싸늘하게 대답했다. "다들 바이올렛이 너와 사귈 거라고 생각했지만, 결국 바이가 점호에 입고 나간 비행 재킷에는 내 이름이 새겨져 있던 것처럼."

"진짜 이러기야?" 제이든이 그 일을 꺼내다니, 할 말을 잃었다. 딱 한 번이었잖아. 아니, 우리가 화해한 후에 사마라에서 돌아온 여행까지 하면 두 번이구나.

"다시 원래대로 돌아온 걸 보니 반갑긴 한데." 데인은 카운터에 몸을 기댔다. "우리 비행 재킷에는 이름이 없거든."

"그래도 요점은 잘 알아들었겠지." 제이든의 턱에 힘이 들어갔다.

나렐이 두꺼운 안경 너머로 제이든을 보고 눈매를 좁혔다. "넌 데인이 아니구나."

제이든이 고개를 저었다.

"제가 데인입니다." 데인이 손을 들어 올렸다.

"그러면 저 녀석은?" 나렐이 나에게 물었다.

"제이든 라이오슨이에요." 나는 아버지에게 내 선택을 이야기하는 기분으로 턱을 들었다. "소유욕 가득한 개자식이긴 해도 제 남자죠."

"펜 라이오슨의 아들이구나." 나렐이 마디가 불거진 손가락으로 의자 팔걸이를 두드렸다. "그건 확실히 애셔가 예측하지 못한 일이군."

"아버지도 이 사람을 만나봤다면 예측했을 거예요." 나는 제이든의 손에 깍지를 꼈다.

"우리 어머니는 알았지." 미라가 책장 끝으로 나와서 말했다. "그 문제에 대해 열광하진 않았지만, 사랑에 빠진 건 바로 알아봤어. 그런데 어머니는 아버지가 여기 왔다고 하신 적이 없는데요."

"그랬겠지." 나렐이 의자에서 몸을 들썩였다. "애셔는 언제 죽었지?"

"3년이 좀 안 됐어요." 나는 온화하게 대답했다. "심장 문제였죠."

나렐은 몇 초 동안 슬프게 얼굴을 구기더니, 혼자만의 대화라도 하는 사람처럼 고개를 끄덕이다가 다시 고개를 들었다. "네 아버지가 너희 모두의 목숨을 걸고서 평생의 연구를 숨긴 이유는 오직 바이올렛 네가 찾아내게 하기 위해서였어. 거의 4년 전에 마지막 책을 나에게 남기면서 오직 너에게만 넘겨주되, 네가 그 내용을 이해하는 데 필요한 지성과 이

해력을 갖췄을 때만 주라고 분명히 지시했다."

나는 뻣뻣하게 굳었다.

"그건…." 데인이 고개를 내저었다.

"아빠답네." 미라가 천천히 말했다.

"넌 잘할 수 있어." 제이든이 내 손을 힘주어 잡았다.

나는 갑자기 목에 맺힌 응어리를 침도 없이 삼키려고 애썼다. "아버지는 제가 가진 가장 희귀한 물건을 가져가라고 했어요." 그 역설에 웃음이 터지려고 했다. "그리고 제가 생각한 건…." 나는 그 가방을 가지고 이 먼 길을 오느라 헛고생했다는 생각에 고개를 절레절레 흔들었다.

"여긴 드베렐리니까, 당연히 상품과 보물을 거래하리라 생각했구나." 나렐은 무릎에 두 손을 포갰다.

"아버지가 의미한 건 내 머리였군요." 미라를 흘긋 보았지만, 언니는 바닥만 보고 있었다. "그래서 다른 사람을 대신 보내면 안 된다고 한 거였어요."

"그 책들은 오직 너를 위한 거다." 나렐이 확실히 못 박았고, 레오나는 자기 어머니가 앉은 의자 팔걸이에 걸터앉았다. "단순한 질문 세 개를 던질 테니, 네가 그 질문에 답을 한다면 책을 내어주마."

"우리 아버지가 바이올렛을 위해 쓴 글인데, 당신 판단에 따라 지킬 권리가 있다고 생각하다니 오만하네요." 미라의 말투는 돌도 갈아버릴 것처럼 날카로웠다.

"괜찮아." 나는 이 더위 속에서도 흔들리지 않기로 마음먹고 장담했다. "물어보세요."

나렐은 싸늘한 눈으로 미라를 쏘아보다가 나에게 관심을 돌렸다. "애셔가 너에게 원고 하나를 남겼지. 제목이 무엇이더냐?"

"《예속당한 이들: 크로블라 민중의 두 번째 봉기》, 애셔 소른게일 중령

지음." 나는 대답했다. "제가 원고 제목을 안다는 건 이미 아실 텐데요. 그걸 몰랐다면 어떻게 여기에 왔겠어요?"

나렐은 짜증스레 둘째손가락으로 팔걸이를 두드렸다. "14장에서 네 아버지는 크로블라 반란이 무너진 것은 드베렐리 때문이라고 암시하지만, 구체적으로 파헤치지는 않았다. 지혜를 갖춘 서기라면…." 나렐이 말하다가 내 검은 제복을 쳐다봤다. "그 추측에 만족했을 리가 없지. 그러니 네 가설을 말해보거라."

그 책에 담긴 온갖 내용 중에서 하필 그걸 물어본다고?

"쉽죠. 크로블라는 드베렐리와의 거래에서 맡은 역할을 하지 못했어요. 드베렐리는 명성을 잃는 대신 중개를 철회했고, 따라서 다른 섬 왕국들의 군대도 철수시킨 다음, 포로미엘의 섭정에게 반란군의 위치를 알려줬어요. 반란은 끝났죠." 나는 어깨를 으쓱였다.

"충분치 않아." 나렐이 고개를 젓자 속이 내려앉는 기분이었다. "왜 거래가 엉망이 됐지? 중개한 게 뭐였지?"

"그건 불공평…."

데인이 입을 여는데 나렐이 한 손을 들어서 조용히 시켰다. "저 아이는 답을 안다."

나는 한숨을 쉬었다. "한 가지… 생각이 있긴 해요. 다만 틀리는 게 싫어서 그래요." 아니, 사실 이 경우에는 맞을까 봐 싫은 거지.

"여긴 네 친구들뿐이다." 나렐의 미소가 내 생각을 뒷받침했다.

좋아. 목덜미에 땀이 흘렀지만, 나는 바보처럼 보일 용기를 끌어모았다. "전 반란군이 드래곤을 약속했다가 전달하지 못했다고 생각해요."

"뭐가 어째?" 미라의 목소리가 뒤집혔다.

제이든이 긴장했고, 데인은 눈이 대문짝만해져서는 완전히 몸을 돌려 나를 마주 보았지만, 나렐의 얼굴에 천천히 번지는 미소를 보니 내가 끔찍하게 틀렸거나, 비극적이게도 맞은 모양이었다.

"증거를 대거라." 나렐의 말투가 으스스한 게 마컴과 비슷했다. 그녀는 데인을 가리키며 말했다. "저 녀석을 설득해봐."

나는 제이든의 손을 꽉 잡았고, 그의 엄지손가락이 내 엄지 위를 쓸었다.

"공시 433.323는 AU 433년 12월 11일 애더빈 기지 근처에서 크로블라 군대가 국경을 뚫고 들어오려다가 실패했다고 알리고 있어요. 자정의 학살 이틀 전이죠. 해당 사건에 대해 다룬 기록이라고는 당시 기지 사령관으로 심문을 감독했던 해시비 대령의 일기뿐이에요." 나는 데인을 쳐다보았다. "아빠는 그 원고 작업을 하는 동안 그 일을 내 머리에 박아넣었는데, 그때는 왜 그런지 이해가 가지 않았지만 이젠 알겠어. 아마 그해에 넌 에메랄드 해의 해적이나 그 비슷한 걸 물리칠 전술에 몰두해 있었을 거야."

데인이 몸을 굳혔다. "그게 5세기에는 진짜 큰 문제였거든."

나는 눈을 흘기고 싶은 것을 참았다. "잘 들어봐. 우린 소파에 앉아 있고, 아빠는 불 앞을 서성이고 있었어. 그때 넌 병사들이 꼬리 깃털이나 손에 넣겠다고 나바르로 들어오는 건 정말 터무니없다고 생각했지. 기억나?"

데인이 얼굴을 찡그렸다. "맞아. 그랬지. 그리고 너희 아버지는 나보고 혹시라도 서기 분과 입학시험을 볼 생각이라면 가망이 없다고 하셨지. 뛰어난 언어능력을 갖고도 온갖 분야의 중요한 역사 자료 분석에 적용할 줄 모른다면 틀렸다고 말이야. 서기가 되고 싶었던 적은 없지만, 하여간 그랬어. 좋은 시절이었지. 기억을 돌이켜줘서 고맙다."

"이게 어디로 이어지긴 해? 아니면 그냥 추억을 즐기는 것뿐인가?" 제이든이 물었다.

"네 뛰어난 언어능력을 적용해봐, 데인." 나는 데인을 유도했다. "그 심문은 공용어로 기록되어 있었어…."

데인이 눈을 크게 떴다. "하지만 습격자들은 크로블라어를 했고, 그러니 기록한 사람은 명사를 크로블라어로 썼겠지. 꼬리 깃털… 이 아니라 깃털 꼬리, 페더테일을 사냥하려고 했던 거구나. 드래곤을."

나는 고개를 끄덕였다. "내 생각에 드베렐리는 크로블라와 이름 모를 섬 왕국 사이의 거래를 중개했을 거야. 그 섬은 군대를 제공하고, 크로블라는 드래곤을 제공한다는 거지. 그런데 그럴 수가 없었으니 거래는 깨지고, 자정의 학살이 일어나고, 결국 크로블라는 포로미엘의 한 지방으로 남게 되었지."

데인이 팔짱을 꼈다. "드래곤을 거래하고 있었던 거구나." 그는 나렐을 쳐다보았다. "바이올렛의 말을 믿어요. 단지 소화하는 데 잠시 시간이 걸릴 뿐입니다. 일반적으로 사람이 그냥… 드래곤을 거래하진 않잖아요. 심지어 마력도 없는 아기들을 섬에 데려간다니, 엠피리언의 분노를 각오해야 할 텐데요."

"아, 우리 아빠의 책이 페더테일과 연관되어 있다는 걸 너희 아빠도 알고 있었잖아. 우리 아빠가 어느 시점엔가 너희 아빠를 믿을 수 없다는 걸 깨달았다는 뜻이야." 나는 덧붙여서 말했다.

데인이 내 쪽으로 얼굴을 돌렸는데, 그 충격받은 표정을 보니 뱉은 말을 주워 담고 싶었다.

"세 번째 질문이다." 나렐이 선언했다. 방금 질문으로 내가 겪은 바를 생각하면 유난히 잔인한 느낌이었다.

"물어보세요." 내 말투에 아쉬움이 남았다.

"왜 왕자를 떠났지?" 나렐은 고개를 옆으로 기울이더니, 차를 마시며 수다를 떨러 모인 사람처럼 눈을 반짝였다.

"뭐라고요?" 나는 잘못 들었나 싶어서 몸을 앞으로 내밀었다.

"왕자 말이다." 나렐이 손뼉을 쳤다. "네 아버지도 그 관계가 오래가지 못할 줄은 알았다만, 난 결정타가 뭐였는지 알고 싶구나."

"혹시 내려와서 이 가게를 불태우고 싶은 마음 없어요?" 나는 테른에게 물었다.

"어둠 녀석이 말했다시피, 그런 건 국제 관계에 좋지 않다." 테른이 대꾸했다.

"난 그럴 마음 있어." 앤다나가 제안했다. *"하지만 그러면 네 책들을 못 받게 되잖아."*

"전…." 방 안의 모두가 쳐다보는 시선에 얼굴이 화끈거렸다. 마법을 쓰지도 않았는데 소진되기 직전인 기분이었다. "왕자가 어떤 교수와 민감한 상황으로 얽혀 있는 걸 보고 떠났어요."

나렐이 곧장 몸을 내밀고 눈썹을 치켜올렸다. "그놈이 교수와 섹스를 했다고?"

"엄마!" 레오나가 책망하는 소리를 냈다.

"끝내주는 개새끼군." 데인이 중얼거렸다. "왜 말하지 않았어?"

"네가 알았으면 뭐? 나바르의 왕세자를 때리게?" 내가 맞받아쳤다.

데인의 이마에 주름이 파였다.

"때려야지." 제이든이 대답했다. "아직 할 수 있어."

"그러니까 나바르의 왕세자가 네 손 안에 있는데도 질투와 분노에 차서 떠났단 말이지?" 나렐이 찔러댔다. "그놈이 용서를 구하러 왔느냐? 넌 받아줬고?"

왜 그 노인이 서점 주인인지 확실히 알 것 같았다. 어떤 장르를 제일 좋아하는지까지도. "전 왕관을 탐낸 적이 없고, 홀든은 성격상 누구에게 용서를 빌지 못해요. 전 바로 마음의 문을 닫았고, 그 후부터 얼마 전까지 대화조차 나누지 않았어요. 홀든은 절 사랑하지 않았어요. 마땅히 제가 사랑받아야 할 방식으로 사랑하진 않았죠. 그리고 권력이 아무리 넘쳐나도 절 사랑하지 않는 사람 옆에 남을 이유는 없어요."

"네 가치를 아는구나." 나렐이 고개를 끄덕이며 부드럽게 말했다. "네 아버지가 자랑스러워했을 거야. 책을 가져다주거라."

레오나가 일어나더니, 좌석 구역에서 있는 우리를 두고 안쪽으로 사라졌다. 나는 안도감에 한숨을 내쉬며 제이든에게 기댔다.

미라가 빈 가방을 어깨에서 내리더니, 나렐 옆의 빈 의자에 놓았다. "바이올렛 대신 제가 들고 가죠. 물론 우리 아버지가 반대했을 거라고 생각하지 않는다면요. 읽거나 하진 않겠다고 약속합니다." 언니의 신랄한 말투를 들으니 죄책감이 등골을 타고 올랐다. 아빠는 왜 그렇게 완고하게 나만 그 책들을 가질 수 있다고 한 걸까?

나렐은 웃으면서 발목을 꼬았다. "바로 그래서 애셔가 너에게 그 책을 남기지 않은 거란다, 아가. 우리 모두에겐 다가오는 일에서 맡은 역할이 있고, 이 일은 단순히 저 아이 몫일 뿐이야. 애셔가 이 임무를 위해 바이올렛을 키우는 동안 네 어머니는 너를 키웠지. 네가 어떤 유산을 물려받았을지 궁금하구나."

미라가 눈매를 좁혔다.

우리는 10분 후에 아버지가 쓴 여섯 권의 책을 들고 서점을 나섰다. 그리고 여섯 권 모두 암호로 잠겨 있었다.

그날 오후 늦게, 나는 배정받은 침실에 딸린 욕실에서 나무 욕조에 몸을 담그고 조각 장식이 새겨진 가장자리에 머리를 기댔다. 그리고 발치에 있는 창문 밖에서 지저귀는 새소리에 귀를 기울였다. 키가 작은 탓에 멋진 바다 풍경을 볼 순 없었지만, 황혼이 다가오면서 부드러운 색으로 물들어가는 하늘도 나쁘지 않았다.

몇 시지? 홀든이 돌아왔는지 궁금했다. 우리가 드베렐리를 다른 섬 왕국에 방문하기 위한 기지로 삼아도 된다는 허락을 얻어냈을지, 아니면 일곱 번째 드래곤을 화제로 꺼냈을지 모르겠다. 제이든에게 물어보려고 정신을 뻗었다가, 여기에서는 그런 방식이 통하지 않는다는 사실만 돌이키고 좌절감에 한숨을 내쉬었다.

바람이 불어와서 하얀 커튼이 내 쪽으로 너울거렸고, 금세 물이 차가워졌다. 바스지아스였다면 뜨거운 물을 더했겠지만, 여기 드베렐리에서는 차가운 물이 반갑기만 했다.

하지만 발가락이 쪼글쪼글해지고 있으니 나가야 할 때였다.

"바이?" 제이든이 문을 두드렸다.

"들어와도 돼." 얼굴에 천천히 미소가 번졌다.

그러나 맨몸에 수건을 두른 제이든이 몸을 들이밀자 웃음이 싹 달아났다. 세상에, 이렇게 완벽한 미인이라니. 젖은 머리카락은 약간 흩어져 있고, 두드러진 근육에 물방울이 맺혀 있었다. 그리고 몇 날 며칠을 보아도 질리지 않을 복근까지.

"그냥 내가 돌아온 걸 알리려고…." 내 어깨를 보고 제이든이 말끝을 흐렸다. 이 욕조의 높이를 고려하면 보이는 건 어깨뿐이겠지. 음, 어깨와 풀어헤친 채로 젖은 머리카락. "아… 젠장."

"여기 공간 많아. 리독의 욕실을 빌려 쓸 필요는 없었다고." 나는 발가락으로 욕조 발치의 구리 파이프를 두드렸다. "여긴 정말 멋진 배관을 갖췄어."

"그래." 제이든의 눈동자가 어두워지더니 문고리를 잡은 손에 힘이 들어갔다. "말을 그렇게 탔으니 네 회복을 위해 물속에서 휴식할 시간을 충분히 주는 게 예의라고 생각했지."

“예의? 친절하기도 해라.” 나는 제이든과 그가 고집스럽게 드러내고 다니는 굉장한 몸 말고 다른 것에 집중하려 애쓰면서 머리카락을 왼쪽 어깨 앞으로 쓸어 한데 그러모았다. 그러고는 발로 레버를 눌러서 욕조 물을 빼기 시작했다.

“그래서 회복은 한 것 같아?” 제이든의 목소리가 낮아졌다.

“내 지성과 연애사에 대한 심문을 받고 나니 약점을 노출한 기분이긴 하지만, 그거 말고는 멀쩡해.” 꿀꿀거리는 소리와 함께 욕조 바닥으로 물이 빠지는 동안, 나는 오른쪽으로 손을 뻗어서 작은 벤치에 놓아두었던 부드러운 하얀 수건을 잡고 제이든에게 등을 돌린 채 일어나서 몸에 감았다.

“멀쩡하단 말이지.” 제이든이 그 말을 되풀이했다. “현기증도 없고, 아픈 데도 없고, 피곤하지도 않고? 어젯밤 내내 날았잖아.”

“건틀릿에 오르거나 그러고 싶진 않지만….” 나는 몸을 왼쪽으로 기울여 욕조 위로 머리카락의 물기를 짰다. “그렇지만 맞아. 상태는 아주 좋아.” 깨끗해졌고, 잘 먹기도 했고, 내가 사랑하는 남자와 침대에 누울 준비도 끝났다.

“잘됐군.” 제이든이 내 귓가에 대고 말하면서 허리를 잡고 돌려세우자 나는 놀라서 숨을 들이켰다. “예의는 차릴 만큼 차렸거든.”

그의 입술이 덮쳐왔다.

25

귀족에게 가장 쓸모없는 말은 이전에나 이후에나 늘 '사랑'일 것이다. 결혼은 어디까지나 혈통을 보전하기 위한 필요악일 뿐이다. 사랑은 자식들을 위해서나 아껴두어라.

_ 펜 라이오소스이 불명의 수취인에게 쓴 압수 서한에서

나는 수건과 함께 분별력도 버리고, 그의 목을 끌어안으며 온 마음을 다해 키스했다. 하인이 가득하고 믿음이 안 가는 자작의 집이면 어때? 제이든이 지난 6주 동안 우리 사이의 친밀한 접촉에 선을 그었으면 또 어떻고? 그는 오직 나라는 공기만 숨 쉴 수 있다는 듯이 키스를 퍼부었고, 중요한 건 그것뿐이었다. 중요하다고 허용할 수 있는 건 그것뿐.

내 젖은 발이 타일 위를 미끄러지더니 허공에 들렸다. 제이든이 나를 가슴에 대고 들어 올렸기 때문이다. 가슴이 그의 젖은 피부에 닿는 감각에 그와 혀를 얽은 채로도 숨을 들이켜고 말았다.

한 손으로 내 엉덩이를 받친 제이든은 내가 그의 허리에 다리를 감자 신음했다. 나는 그의 수건을 바닥으로 끌어내리고 몸을 더 밀착하면서 발목을 교차했다. 그 역시 분별이라곤 하나도 없이 키스하면서, 이성을 모조리 걷어낸 자리에 순수한 욕망을 채웠다.

우리는 입술을 부딪치고 또 부딪쳤다. 장난을 치거나 유혹할 시간이 없었다. 오직 노골적이고 적나라한 요구와 갈망뿐이었다. 완벽하고, 거리낌 없으며, 절대적인 탐욕뿐이었다.

방이 움직였다. 아니 우리가 움직였는지도 모르겠다. 어쨌든 조명이 달라졌고, 나는 침실 창문에서 조금 떨어진 작은 테이블 가장자리에 걸터앉아 있었다. 그제야 입술을 떼어내고 주위를 둘러보는데, 제이든이 내 턱을 감싸 쥐고 다시 끌어당겼다.

"이 각도에선 아무도 못 봐. 내가 확인했어." 그는 장담하더니 곧장 방종한 혀 놀림으로 내 머릿속에서 모든 항의의 말을 지워버렸다.

잠깐, 확인했다니. 이걸 계획했다는 거잖아.

신들이시여. 이번엔 정말로 할지도 몰라.

열기와 욕망이 내 안을 질주하면서 신경이 올올이 살아났다. 내 위에, 내 밑에, 내 안에 제이든을 가득 채운 지 6주밖에 지나지 않았다는 게 믿기지 않았다. 몇 년은 지난 일 같았다.

그는 내 젖은 머리채를 감아 부드럽게 뒤로 잡아당기며 입술을 떼더니 내 목에 입 맞췄다. 그의 입술이 닿을 때마다 전율이 등골을 타고 내려가는 감각에 다리 사이가 욱신거렸다.

나는 손톱을 그의 머리카락에 박아넣고, 몸을 더 휘면서 부드럽게 흐느꼈다. 그는 도톰한 입술과 부드러운 혀, 까칠한 수염 자국을 모조리 이용해서 나를 자극했다. 목에 키스하는 것만으로 나를 절정으로 몰 수 있을 지경이었다.

"네 살결이 정말 좋아." 그는 쇄골로 내려가면서 말했다. "미치도록 부드러워."

맥박이 빨라졌다. 나는 손을 내려 그의 든든한 어깨선부터 손이 닿는 곳을 남김없이 건드렸다. 제이든을 침대에 눕히고 지난 6주 동안 나에게 감췄던 몸 구석구석을 핥고 싶었지만, 지금 그의 애무를 멈추게 하고 자세를 바꿀 수는 없었다.

그는 두 손으로 내 가슴을 감싸 쥐었다가 집요하게 한쪽 가슴을 입으로 숭배하기 시작했고, 나는 가쁜 숨을 들이마셨다. 내 몸은 그와의 접촉에 굶주려 있었고, 그가 반대쪽 가슴으로 입술을 옮기자 신음을 참을 수가 없었다.

"쉬이." 그는 장난스럽게 웃으며 속삭였다. "누가 들으면 곤란하잖아."

내 속을 뒤집은 건 그 미소였다. 두려움이 제이든이 쌓아 올린 쾌락의 안개를 뚫을 뻔했다. "놀리지 마."

그는 내 엉덩이로 두 손을 옮기다가 몸을 곧게 세우고는 혼란이 가득한 아름다운 눈동자로 나를 내려다보았다.

"아니, 놀려도 되는데…." 나는 바로 테이블에 두 손을 짚으며 고백해 버렸다. "단지 난 당신을 원하고, 당신이 필요하고, 우리가 만든 규칙을 존중하려고 정말 애쓰고 있는데, 당신이 날 놀리면…."

제이든이 재수 없게 웃는 순간, 나는 그의 머리에 단검을 날리던 때로 돌아갈까 고민했다. "여기엔 마법이 없어."

"그래, 나도 알아." 나는 가슴 위로 팔짱을 끼고 허벅지를 오므리려고 했지만, 제이든이 내 다리 사이에 서 있었다.

"여기엔 마법이 없다고." 그는 고개를 숙이고 내 입술에 닿을락 말락 한 거리에서 다시 말했다. "우리가 원하는 만큼, 네가 감당하는 한도껏 섹스해도 내가 통제를 잃을 일이 없어."

"오." 온몸이 활시위보다 팽팽하게 긴장했고, 숨이 멎을 듯했다.

"그래." 그는 엄지손가락으로 내 허벅지 안쪽을 쓸면서 시선을 맞췄다. "이제 내가 말한 행위에 관심 있어?"

내가 아랫입술을 핥자 그의 손에 힘이 들어갔다. "당신도 관심이 있을 경우에 한해서. 난….” 나는 침을 꿀꺽 삼켰다. “당신에게 불편한 일을 강요하고 싶지 않았을 뿐이야.”

그는 내 손을 잡고 그의 아래로 이끌었다. “내가 불편해보여?”

반사적으로 손에 힘을 주자, 순간 제이든이 눈을 질끈 감으며 목구멍 안쪽으로 신음했다. 그가 얼마나 뜨겁고 완벽한지 깨닫자 몸속 깊은 곳이 조여든다.

“빌어먹을, 바이올렛. 또 그랬다간 몇 분 만에 끝나버리겠어.” 제이든의 눈동자에는 절박함 같은 것이 감돌았고, 그는 잇새로 말하며 내 손을 떼어냈다. “내가 그동안 참은 건 순전히 널 위해서였어. 진심이야. 난 깨어나서 잠들 때까지 계속 널 원해. 네 꿈도 꾸지.”

입술이 벌어지고 가슴에 온기가 번져나갔다. “사랑해.”

“사랑해.” 그는 내 무릎을 감쌌다. “그리고 여기엔 마력도 없어. 오해는 하지 마. 내겐 그래야 좋은 부분이 있어서….”

속이 철렁했다. 베닌.

“하지만 그림자도 없지.” 그가 말을 이었다. “의도를 읽을 수도 없고, 단순 마법도 못 해. 네 소리를 아무도 듣지 못하게 방음막조차 칠 수 없고, 그건….” 그의 턱에 힘이 들어갔다.

“알아.” 나는 손등으로 그의 수염 자국을 어루만지며 속삭였다. 피부 아래에서 웅웅거리는 끊임없는 마력의 흐름이 없다는 건… 내가 온전하지 않은 느낌이었다.

“그리고 스게일과 대화할 수가 없어.” 그는 덧붙여서 말했다. “심지어 널 감지할 수도 없어서 죽을 것 같아. 하지만 그 모든 것의 대가로?” 그는 흉터 진 눈썹을 들어 올렸다. “내가 세상에서 제일 좋아하는 일을 할 수 있지. 바로 널 갖는 것. 자, 우린 6주 치를 벌충해야 하는데 지금 시간을 허비하고 있어, 내 사랑.”

제이든이 내 몸을 보며 눈동자를 어둡게 물들이자 미소가 나왔다. "정 그러겠다면야."

그는 천천히 입술을 휘더니 내 무릎 사이를 벌렸다. "그래야겠어."

내 웃음소리는 제이든이 무릎을 꿇고 내 은밀한 곳에 입을 대자 바로 신음으로 변했다.

아아, 죽겠네.

그는 나를 놀리지도, 가지고 놀지도 않고 바로 혀를 놀리면서 손을 움직이기 시작했다. "젠장, 네가 정말 그리웠어."

"제이든!" 쾌감이 마력처럼 내 안을 내달리며 혈관을 진동시키고 아랫배에 내려앉았다. 제이든이 재능 있는 손가락을 움직이면서 리드미컬하게 혀를 놀려 자기만을 위해 만들어진 악기처럼 내 몸을 연주하기 시작하자, 나는 새어나오는 신음을 손으로 틀어막았다.

팽팽한 긴장감이 똬리를 틀고 쌓이는데, 내가 할 수 있는 일이라곤 한 손으로 몸을 지탱하고 한 손으로는 신음을 막으면서 똑바로 앉아 있는 게 전부였다. 내 몸이 흔들리자 제이든이 내 입으로 손을 뻗었다.

나는 그의 손을 입술에 갖다 대고 손바닥에 거세게 입을 맞추면서 엉덩이를 들썩였다. 그가 손가락과 혀를 움직일 때마다 다가오는 절정을 뒤쫓을 수밖에 없었다.

하지만 더 갖고 싶었다. 그를 내 안에 품고, 그에게 안겨서 머릿속으로 그의 목소리를 듣고 싶었다…. 마지막 것만 빼면 우린 전부 다 할 수 있었고, 그 정도면 충분하고도 남았다.

좋아. 욕 나오게 좋아. 숨이 가빠지며 허벅지에 힘이 들어갔다. 절정이 빠르고 거세게 몰아닥쳤고, 나는 그의 손바닥에 대고 소리를 질렀다. 하얗게 달아오른 쾌락이 나를 눈부신 파도 속으로 끌어당겼고, 그 파도는 치고 또 치면서 숨도 못 쉬도록 내 안을 질주했다.

그는 가차 없이 나에게서 여진을 끌어내고, 마지막 쾌감의 파도에 몸서리를 칠 때까지 내 몸을 연주했다.

"그 입이 얼마나 큰 재난을 일으킬 수 있는지 표현할 길이 없네. 이리 올라와." 내가 손목에 키스하자 제이든이 엄지손가락으로 아랫입술을 훔치면서 일어섰다. 시선으로 그를 훑으려니 체온이 1도는 올라가는 느낌이었고, 또다시 숨이 가빠졌다.

내 거야. 그의 모습에 탐닉하면서 할 수 있는 생각이라곤 오직 그것뿐이었다.

"계속 그렇게 날 보면…." 제이든이 천천히 다가오면서 경고했다. 그는 두 손을 내 허벅지 아래에 넣어 테이블 안쪽으로 들어 옮겼다.

"그러면 어쩔 건데?" 제이든이 손바닥으로 몸을 지탱하면서 내 위로 다가오자, 나는 발꿈치를 테이블에 대고 누웠다.

"좋은 지적이야." 그는 나에게 입술을 내리면서 팔을 살짝 떨었다. "네가 필요해."

"난 바로 여기에 있어." 나는 무릎을 세워 그의 엉덩이를 감싸면서 우리 둘 사이로 손을 뻗어 더 가까이 인도했다. 우리 둘 다 숨을 들이마셨고, 그의 눈동자가 확 커졌다.

"정말 괜찮겠어? 내 마음은 알 테고." 천천히 말하는 제이든의 얼굴에 두려움 비슷한 감정이 스쳤다.

"난 당신이 누구인지 알아." 두 손으로 그의 뺨을 감쌌다. "지금이야, 제이든. 6주를 벌충해야지. 기억해?"

그는 나와 시선을 맞춘 채로 고개를 끄덕이더니, 내 엉덩이를 움켜쥐고 한 번에 길게 움직여서 내 안에 들어왔다. 내가 느낄 수 있는 것이 오직 그밖에 없을 때까지 조금씩 조금씩 밀고 들어왔다. 제이든의 느낌이 너무나 완벽해서 바보같이 눈이 따끔거렸다. 이런 연결이 너무너무 그리웠기 때문에.

"괜찮아?" 그는 눈을 크게 뜨고는 몸을 뒤로 물렸다.

"멀쩡해!" 나는 멀어지려는 그의 몸을 다리로 감았다. "그냥 이 느낌이 그리웠을 뿐이야."

"나도 그래." 그는 이마를 맞대고 내 안으로 더 깊숙이 몸을 묻었다. 우리 둘 다 신음이 터져나왔다.

"네 머릿속에 들어가는 것도 그리워." 제이든이 물러났다가 다시 부딪쳐오자 별이 보였다. 그러다 깊고 느린 리듬으로 움직이면서 쾌감이 뼛속까지 치고 들어왔다. "우리가 이렇게 있을 때면 네 모든 부분을 갖는 게 정말 좋았는데."

"마찬가지야." 순식간에 몸에 땀이 번들거리고, 나는 그의 목을 끌어안고 버티면서 허리를 휘어 다디단 움직임을 맞이했다. "당신 입이 다른 일로 바빠서 머릿속으로 나한테 말할 때가 정말 좋은데…." 내 손가락이 그의 입가로 올라갔다.

제이든이 씩 웃었지만, 내가 엉덩이를 돌리자 곧장 웃음을 지우고 신음했다. "망할, 너무 좋아. 난 절대로 널 포기 못해. 너도 알지? 너에겐 도망칠 기회가 있었어. 도망쳤어야 해, 바이." 그가 한마디 할 때마다 더 세게, 더 깊이 들어오는 바람에 나는 숨을 내쉬려 애써야 했다. '더'와 '그거야' 말고 다른 합리적인 말을 생각해내려고도 애써야 했다. 우리 몸 아래에서 테이블이 삐걱거렸다.

나는 그를 끌어당겨 입 맞추고는 다시금 내 안에 쌓이는 날카로운 쾌감 사이로 숨을 몰아쉬었다. 쾌감이 이전보다 더 깊고 뜨거웠다. "난 절대로 도망치지 않아. 무슨 일이 있어도 당신과 나는 함께야."

"너와 나." 그는 이마에 땀이 맺힐 때까지 나를 테이블에 박아넣을 듯이 몰아붙이며 내 말을 되풀이했다. 테이블이 우리와 같이 흔들리며 삐걱댔다.

"멈추지만 마." 멈췄다간 내가 죽을지도 몰랐다. 나는 온 힘으로 그에게 매달렸고, 그는 팔뚝에 자기 무게를 싣고 손으로 내 뒤통수를 감싼 채 나를 더 높이, 더 높이 밀어붙였다.

나무가 쪼개지더니 몸이 아래로 떨어졌다.

그 충격에도 내 몸에 닿는 건 그의 몸뿐이었다.

그는 한 팔로 내 몸을 꽉 끌어안은 채 반대쪽 팔과 무릎으로 사고의 충격을 받아냈다.

"괜찮아?" 나는 그의 목에 얼굴을 묻고 물었다.

"멀쩡해. 10미터도 아니고 1미터 떨어졌을 뿐이야." 그는 웃음을 터뜨리더니, 내 발목을 뭉개지 않도록 조심하면서 망가진 테이블에서 단단한 마룻바닥으로 몸을 굴렸다. 그러고는 멈췄던 일을 재개했다. 이번에는 침대 난간이 손 닿는 곳에 있어서 그걸 잡고 내 몸을 지탱할 수 있었다.

"잠깐만." 그는 내 머리 위로 손을 뻗어 베개를 하나 집더니 내 엉덩이 아래에 밀어 넣었다. 그러고는 단맛마저 느껴질 정도로 정통으로 나에게 들어왔다.

그는 입으로 내 비명을 덮었고, 나는 취할 듯한 키스마다 몰아쉬는 숨을 음미하면서 몇 번이고 몸을 휘었다. 그리고 정말이지 나는 인간에게 가능한 한계까지 견뎌냈다. 끝내고 싶지 않았다. 끝없는 갈망의 시간으로 돌아가고 싶지 않았다. 제이든이 엉덩이를 움직일 때마다 피할 수 없는 줄 알면서도 다가오는 쾌락과 맞서 싸우느라 흐느낌이 흘러나왔다.

"날 위해서라도 놓아." 제이든이 내 아랫입술을 깨물었다. "내 사랑."

"난…." 나는 그의 몸 아래에서 몸을 비틀며 헐떡였다.

"그래도 돼." 그의 손이 내 배로 내려갔다. "네 머릿속에 들어가지 않아도 네가 왜 맞서 싸우는지 알 수 있어. 바이, 밤은 길어."

밤은 길다는 말이 내가 아는 어떤 낙원보다 달콤하게 느껴졌다.

나는 그의 머리카락에 손가락을 묻었고, 그는 정확히 내가 좋아하는 압력을 실어서 극도로 민감해진 부분을 쓸었다. 절정이 밀려오는 동안 나는 산산이 흩어졌다. 그는 파도가 연달아 부서지는 동안 내 신음을 키스로 집어삼키더니, 부드러운 애무로 절정에서 돌아온 나를 다시 짜 맞췄다.

"넌 정말 아름다워." 그는 내 입에 대고 속삭이더니, 내가 행복한 만신창이가 되어 덜덜 떨면서 바닥에 내려앉은 다음에야 스스로의 영혼을 찾는 사람처럼 키스하고는 낮게 신음하며 절정에 이르렀다.

나는 제이든이 파괴 현장에 등을 돌리고 우리 몸을 옆으로 굴리는 동안 꼭 끌어안고 있었다. 곧이어 그가 나에게 팔베개를 해줬다.

나는 심장박동이 차분해지는 동안 그의 이마에 남은 흉터를 덧그리고 얼굴 윤곽을 다시 기억에 새겼다. 그동안 그는 멍하니 부드러워진 얼굴로 나를 보고 있었다. 여기엔 진정한 우리가 되기에 빠진 게 너무 많았지만, 그래도 나는 이 상태를 고수하고 싶었다. 제이든이 변할 것을 걱정하지 않고, 자기를 죽일 방법을 익혀야 한다고 말하지 않는 곳에서. "우린 여기에 남을 수도 있어." 내가 속삭였다.

그는 눈썹을 씰룩이더니 내 얼굴에 흘러내린 머리카락을 걷어냈다. "여기라면, 이 방?"

"여기, 드베렐리." 나는 손가락으로 그의 턱선을 덧그렸다. "내가 테카루스의 제안을 받아들일 수도 있어…. 테른과 앤다나가 동의한다면 말이야. 그래야 내가 치료법을 찾아낼 때까지 당신의 진행도 멈출 거라고 하면 둘 다 찬성할 거야. 내가 조사하러 간 사이에 당신과 스게일은 이곳에 머물 수 있고…."

그는 엄지손가락으로 내 입술을 쓸었다. "스게일은 고통받고 있어."

나는 눈을 깜박였다.

내가 어떻게 그걸 놓쳤지? 죄책감에 어깨가 무거워졌다.

"모든 드래곤이 그럴 거야. 자기들은 인정하지 않겠지만, 난 드래곤이 마법과 떨어져서 살아남을 수 있다고 생각하지 않아. 적어도 집에 있을 때처럼 잘 살 수는 없어. 난 스게일에게 고통을 줄 수 없어." 그는 굳은살이 박인 손으로 내 목선을 쓸어내리고 갈비뼈 위를 훑다가 허리 곡선에 멈췄다. "그리고 절대로 네가 사랑하는 모두를 버리게 할 수도 없어."

목이 콱 막히는 느낌이 드는데… 누군가가 문을 두드렸다.

"저기… 어…." 문 너머에서 리독이 말했다.

나는 얼굴이 빨개져서 손으로 입을 막았다.

"우린 아주 좋아." 제이든이 짓궂은 미소와 함께 내 엉덩이를 쓰다듬으면서 외쳤다.

"그래. 그건…. 잘됐네." 리독이 말했다. "아니, 그게 아니라…." 리독의 목소리가 작아졌다.

"저기, 문제가 생겼거든." 캣이 날카롭게 말했다.

"문 너머로 소리치는 건 도움이 되지 않을걸." 데인이 말했다.

"거기서 당장 나와!" 미라의 호통에 제이든도 나도 허둥지둥 일어났다. "바이올렛, 문 열어."

대체 저 복도에 사람이 얼마나 많이 모인 거야?

제이든이 재빨리 욕실에 가서 문밖으로 수건을 던졌고, 내가 그 수건을 잡는 것을 확인하고서야 자기 수건을 허리에 감고 나왔다.

"그런 꼴로 문을 열 순 없어." 나는 옷을 챙겨 입으려면 얼마나 걸릴지 한탄하면서 낮은 소리로 비난했다.

"그건 너도 마찬가지고, 네 아버지가 사실상 에이토스와 네 결혼을 주

선했다는 말을 들은 뒤에 그 개자식에게 수건만 두른 네 모습을 보여줄 생각은 조금도 없어." 제이든이 똑같이 낮은 소리로 대꾸하면서 문고리를 잡았다.

나는 패배를 인정하고, 제이든이 문을 여는 동안 내 모습이 보이지 않게 벽에 붙었다.

"우리가 어쩌다가 여러분 모두가 방문하는 영광을 누리게 된 거지?" 제이든이 물었다. "두 사람은 이리드를 수색하기 위해 남쪽 경로로 날고 있는 줄 알았는데?"

그러나 대답 대신 침묵만 돌아왔다.

몸을 왼쪽으로 기울이자 제이든이 어깨 너머로 돌아보는 모습이 보였다. "그래, 테이블이 망가지긴 했어. 그래서 뭐가 필요한데?"

"둘이 완전히 부숴놓은 거야?" 리독이 웃음이 터질 듯한 목소리로 물었다. "1학년 때 바이올렛의 방에서 아무도 모르게 들고나오려고 했던 그 옷장처럼?"

"뭐?" 미라의 목소리가 커졌고, 나는 수치심에 머리를 뒤로 젖혔다.

"대체 뭐가 그렇게 급해서 내 소중한 저녁 시간을 망치려는 거지?" 제이든이 쏘아붙였다.

"전령이 왔어." 데인이 말했다. "코틀린 왕이 홀든을 잡아 두기로 결정했다고."

가슴이 철렁 내려앉았다.

"홀든에겐 참 안 된 일이군." 제이든이 어깨를 으쓱였다.

"제이든!" 내가 제이든을 보고 눈썹을 치켜올리자 그의 입매에 힘이 들어갔다.

"우린 계획대로 비행할 거지만, 테카루스에게 네가 필요해." 데인이 말을 이었다. "궁정에 들어갈 수 있는 귀족은 너밖에 없어."

"당신이 가야 해." 내가 속삭였다.

제이든이 나를 돌아보는데, 그 아름다운 얼굴에 헤아릴 수도 없이 많은 감정이 스쳐 지나갔다. 욕망. 절박함. 애원. 좌절. 분노. 체념. "망할. 알았어." 그는 친구들의 얼굴에 대고 문을 쾅 닫았다. "내가 아니라 우리가 가야지."

26

원천 마법에서 단절된 처음 24시간 동안 피험자 아심은 침착한 상태였다. 그러나 금단 증상으로 인해 빠르게 피험자의 본성이 드러났고, 즉각 연구 2단계로 넘어가야 했다. 피험자에 대한 실험 결과는 '불에 의한 죽음' 분류 아래 그룹 33B, 그 후에는 '독에 의한 죽음' 분류 아래 그룹 46C에서 찾아볼 수 있다.

__ 도미닉 프리셜 대위, 《베닌 해부학 연구》

해 질 무렵의 드베렐리는 아름다웠다. 아니, 내가 제대로 섬 풍경을 감상하는 데 집중할 수 있었다면 아름다웠을 것이다.

그 대신에 스게일 앞에서 언덕 비탈을 쏜살같이 날아가는 테른이 숲 우듬지에 부딪치지 않았는지 조마조마해야 했다. 테른은 반발하는 앤다나에게 안전을 위해 뒤에 남으라고 지시했다.

"크로스볼트 사정거리에 들지 않는 건 확실해요?" 나는 가방을 메고 안장 폼멜 위로 몸을 웅크린 채 물었다. 내 작은 키가 테른의 공기 역학에 영향을 줄 리도 없는데 말이다.

"그 크로스볼트는 해안선을 지키려고 만든 거라 이쪽으로는 돌지 않는다. 한심하게도 우리의 지적 능력을 과소평가하는 셈이지."

그렇다 해도 크로스볼트가 있다는 건 이 섬이 우리에게 해를 끼치고 싫어 한다는 뜻이다. 어쩌면 이미 해를 끼쳤을 수도 있고.

"혹시 고통을 겪고 있어요? 앤다나는요?" 나는 앞쪽에 나타난 네 개의 거대한 회색 기둥을 보고 물었다. 언덕 비탈 주위로 곡선을 그리면서 궁전으로 가는 길을 표시하는 송수로 유적을 떠받친 기둥이었다.

"왜 그런 질문을 하느냐?" 퉁명스러운 말투가 대답이나 다름없었다. 테른은 내가 읽은 내용대로라면 예술 지구의 공터 위를 가로질렀고, 아래에서 합창처럼 솟아오른 고함 소리는 우리가 지나가자 잦아들었다.

미안하지만, 당신들이 우리 왕족을 납치한다면 드래곤으로 겁을 주는 수밖에요. 내가 보기엔 꽤 공평한 일이었다.

"왜 말하지 않았어요?" 그 사실을 깨닫지 못하고 제이든에게 여기에 남자고 제안했다는 것 자체만으로 죄책감이 들었다.

"넌 통증 속에 살지. 네 무릎이 쑤시거나 관절이 어긋날 때마다 나에게 알려야 한다고 생각하느냐?" 테른의 날갯짓마저도 좀 더 짧고 날카로워졌다. *"여기에 와서도 몇 번이나 네 심장박동이 빨라지고 의식을 잃을 뻔한 적이 있지만, 너는 특별히 신경 쓰지 않았지."*

테른이 몇백 년 묵은 송수로를 따라 왼쪽으로 몸을 기울이자 나도 같이 몸을 기울였다. *"나한테는 그게 일상이지만, 테른에게는 보통이 아니잖아요."*

"앤다나는 문제없어 보인다. 나는 불편하고, 짜증 나는 데다가 내 힘과 근력의 원천은 물론이고 반려의 생각으로부터도 단절됐지만, 그래도 여전히 머트키디엄과 피아클랜퓨일의 아들인 테르니나크이며…."

"알았어요, 알았어. 알아들었어요. 테른은 모든 면에서 우월하죠." 나는 달달 외우고도 남을 만큼 들었던 그 화려한 혈통을 테른이 다시 늘어놓기 전에 말을 잘랐다.

우리는 지형을 따라 수평비행으로 전환했고, 나는 높이 오르기 전에 최대한 지면을 살폈다. 테른의 몸집은 전투에서 확실히 유리하게 작용하지만, 아래를 보려고 할 때는 성가시기 짝이 없었다.

그 궁전은 지금까지 본 어떤 건물과도 달랐다. 산비탈을 깎아 들어간 4층짜리 건물도 그렇지만, 그 앞에 펼쳐진 100미터 남짓한 목초지도 그랬다. 실로 장관이었고, 천 년 전에 완성되었을 때는 공학 기술의 위업이었으며, 그곳이 지난 세월 대륙의 수많은 고성처럼 폐허가 되지 않고 여전히 권좌로 남아 있다는 사실 자체가 이 사람들의 전통을 증언했다.

산 너머로 해가 떨어지고, 우리가 조용한 풀밭으로 접근하자 공터 중앙 산책로에 켜진 은은한 푸른 구체들이 길을 밝혔다. 풀밭은 날개를 활짝 편 드래곤 둘이 나란히 서도 될 만한 넓이였다. 날개를 접는다면 드래곤 넷 정도는 들어갈 수 있을 것이다.

"어디로 갈지는 아느냐?" 테른은 지면이 가까워오자 날개를 펼쳐서 하강 속도를 늦췄다.

"읽은 내용대로라면 이 사람들의 활동 장소는 대부분 야외에 있고, 국왕의 공무집행 공간도 마찬가지로 나무 맨 앞줄을 넘으면 바로니까, 이론상으로는… 알아요."

테른이 은빛 창을 들고 우왕좌왕하는 위병 소대 위를 날아서 눈부시게 빛나는 파란 구체들 왼쪽에 내려앉자, 나도 내릴 준비를 했다. *"날 들여보내 줄 것 같진 않지만요."*

스게일과 제이든은 오른쪽에 내려앉았고, 내가 벨트를 풀고 테른의 어깨로 이동하는 동안에도 고함이 잇따라 들렸다.

"계획 변경은 없어요?" 나는 논쟁적일 수밖에 없을 대치에 대비하여 마음을 굳게 다지며 물었다.

망할 놈의 마력을 되찾고 싶었다. 지금 당장.

"없다. 난 내내 너와 함께 있을 거다, 은빛 아이야."

나는 테른의 약속에 안심하며 내렸다. 땅을 딛자 가방 무게에 척추가 찌르르 울렸다. 아픔을 털어낸 후에 이미 파란 등불 사이 산책로 중간에 서서 기다리는 제이든을 향해 걸어갔다. 그는 장검을 등에 찼지만 단검은 모두 손닿는 곳에 두었고, '만약에 대비해서'라며 나바르에서부터 짐을 가지고 온 나와 똑같이 커다란 배낭을 지고 있었다.

섬 왕국에서 왕자를 납치하는 건 '만약'에 해당하겠지.

산책로에 들어서면서 파란 구체를 유심히 다시 볼 수밖에 없었다. 그 푸른 불빛은 하나의 광원에서 나오는 게 아니라 반투명한 날개를 단 커다란 곤충 수십 마리가 내는 빛이었는데, 다들 뭘 먹고 있었냐 하면…. 내 얼굴에 미소가 스쳤다. "팔로리니아 나방이네."

"뭐?" 제이든은 저벅저벅 돌길을 밟으며 내 쪽으로 걸어왔다.

"팔로리니아 나방." 나는 서늘한 유리 구체를 건드렸다. "대륙에는 없고, 친척 종만 있어. 벌집을 빨면서 빛을 발하지. 《짐리 경의 드베렐리 동물 도감》에서 읽긴 했지만, 붙잡아서 등불로 쓰는 줄은 몰랐어. 멋지다. 독이 있긴 하지만 굉장해."

"물론 너라면 읽었겠지." 제이든이 대응했다. "하지만 열받아서 우리한테 오고 있는 십여 명의 위병에게 집중하는 게 좋지 않을까."

"일리 있는 지적이야." 나는 평소처럼 머리를 틀어 올릴 시간이 없었다는 점을 투덜거리면서 땋은 머리를 어깨 너머로 넘기고 몸을 돌려 다가오는 하얀 옷의 성난 드베렐리인들과 마주했다. 그들이 들이닥칠 때까지는 10초도 남지 않았는데, 들고 있는 창이 굉장히 적대적으로 보였다. 나는 옆구리의 칼집으로 손을 늘어뜨렸지만, 제이든은 걱정도 안 된다는 듯이 팔짱을 꼈다.

하지만 그의 눈은 체계적으로 위병들을 훑어보았다. 보나 마나 그들 전원을 위협 범주에 넣었으리라. 나는 오른쪽에서 코를 벌름거리며 내가 알아차리지 못할 거라는 듯이 오솔길 밖으로 발을 딛는 여우같이 생긴 여자와, 왼쪽에서 그림자 속에 숨으려고 애쓰는 남자에게 주의를 집중했다. 여기에 그 방면의 전문가가 따로 있는 줄도 모르고 말이야.

"이것 봐라, 무기가 더 나왔군." 제이든이 말했다. "난 여기가 비무장 사회인 줄 알았는데."

한가운데서 파란 장식 띠를 맨 위병이 고함을 지르기 시작했다. 몇 마디밖에 알아들을 수 없었는데, 그중 두 마디는 '멈춰'와 '죽인다'였다.

"지금 데인이 간절한걸." 내가 속삭였다.

"난 평생 다시는 네 입에서 그 말을 듣지 않고 싶은 마음이 간절해." 제이든이 대꾸했다.

그리고 우리 둘 다 정신 연결이 간절했다.

"혹시 공용어를 할 줄 아는 사람이 있나요?" 나는 위병들이 들어 올린 창끝의 은빛 톱니날이 우리 가슴팍에서 1.5미터 거리까지 가까이 다가오자 물었다.

그들은 멈춰 섰고, 나는 오른쪽에서 코를 벌름거리는 여자에게 경고의 눈빛을 쏘았다. 파란 장식 띠 위병이 창을 우리 쪽으로 겨누며 외쳤다. "너희는 드베렐리의 통치자이며, 무역의 주인이고, 진실의 수호자이며, 법원의 정의이자, 고대 유물의 계승자이신 코틀린 4세의 궁전에 들어오는 것이 금지되어 있다."

그 긴 칭호가 나왔을 때는 눈썹을 가만히 두기가 힘들었다.

"참으로 겸손하시군." 제이든이 말했다. "어서 만나고 싶은걸."

"넌 만나 뵙지 못한다." 파란 장식 띠가 앞으로 나섰다.

오른쪽에 있던 여자가 느리지만 꾸준히 다가오는 테른과 나에게 번갈아 창을 겨누는 모습에 나는 두 손을 칼집 가까이 뻗었다. 테른은 머리를 땅바닥에 가깝게 늘어뜨리고, 보호를 위해 날개를 접고 있었다. 내가 테른의 라이더가 아니었다면 바지에 똥을 지렸을지도 모른다.

"만날 거야." 제이든이 지루하다는 듯이 한숨을 쉬며 맞받아쳤다. "그리고 나에게 주어진 역할 때문에 지금 외교적으로 굴려고 굉장히 애쓰고 있긴 한데, 너희가 이해할 만한 말로 설명해주지. 너희 왕이 우리의 재수 없는 왕자를 납치했는데, 솔직히 그놈이 여기 남아서 비참한 여생 동안 너희를 짜증 나게 만들어도 괜찮겠다는 마음이 있지만, 그렇게 되면 고향에서 내가 좀 복잡한… 의리 같은 걸 갖게 된 사람이 힘들어질 거라서 말이야. 그 짜증 나는 놈을 돌려받아야겠어."

아릭 이야기다.

파란 장식 띠가 이마를 찌푸렸지만, 창끝을 내리지는 않았다.

"당장." 제이든이 명령조로 말했다. "난 오늘 밤에 훨씬 중요한 볼일이 있거든."

내 오른쪽에 있던 여자가 창을 완전히 테른 쪽으로 겨누더니, 팔을 뒤로 당기고 큰 소리로 돌격 구호를 외치면서 찌를 태세를 갖췄다. 그러나 내가 단검을 뽑는 사이에 테른이 포효하면서 우리 주변 3미터 반경에 있던 모든 유리 구체가 박살이 났다. 귀가 먹먹했다.

"꼭 그래야 했어요?" 앞으로 내 오른쪽 귀는 한 달 동안 제대로 들리지 않게 생겼다.

"아니. 하지만 재미있잖느냐."

문제의 위병은 창을 떨구더니 바들바들 떨면서 그 자리에 얼어 있다가 간신히 몸을 돌려 우리를 마주 보았다. 갈색 눈이 물리적으로 불가능한 수준까지 커져 있었고, 청동빛 피부는 창백해졌다.

나는 고개를 옆으로 기울였다. "드래곤들은 그러면 싫어하거든."

그녀는 떨면서 나를 보다가 바닥에 주저앉았다.

파란 장식 띠도 팔을 떨었지만, 나는 아직 창을 들고 있다는 것만으로도 그 남자를 높게 샀다. "너희는, 들어갈 수, 없다."

"난 티렌더 공작인 제이든 라이오슨이다." 제이든이 고개를 기울였다. "너희 왕이 아마 날 기다리고 있을 텐데."

파란 장식 띠는 눈을 깜박이더니 내 쪽을 보았다. "그러면 그쪽은?"

음, 젠장. 내가 입을 여는데….

"내 배우자인 바이올렛 소른게일이지." 제이든이 가볍게 대답했다.

뭐가 어쩌고 어째? 나는 딱 소리가 나게 입을 닫았다. 우리 사이의 정신 연결을, 그것도 지금 당장 되찾고 싶었다. 저런 말을 의논도 없이 선언하면 안 되지.

"축하해줄까, 아니면 위로해줄까?" 테른이 고개를 들어 올렸다.

"닥쳐주세요." 나는 사랑하는 남자에게 던지지 않으려고 단검을 칼집에 넣었다.

"그런 경우라면." 파란 장식 띠가 창을 내려 세워 들었고, 다른 위병들도 뒤따랐다. "무기를 맡기시면 만찬 석상까지 모셔다드리겠습니다."

"어림도 없어요." 나는 고개를 저었다. 이 섬은 내 번개와 결속을 빼앗았다. 말렉이 직접 뽑아가지 않는 한 내 단검을 내놓을 수 없다.

"저 말대로야." 제이든이 동의했다.

파란 장식 띠가 발끈했다. "우리는 무기를 신뢰하지 않고…."

"당신들만 아니면 그렇다는 얘기겠지." 나는 천천히 말했다. "저 이빨 크기 봤어요?" 나는 테른과 스게일을 가리켰다. "거기다가 불도 뿜거든요. 우리의 칼은 걱정거리도 못 될 텐데요."

테른이 유황 냄새가 풍기는 수증기를 뿜었고, 파란 장식 띠는 턱을 들어 올려 위병들에게 그 자리에 있으라고 지시하고는 제이든과 나를 데리고 산책로를 걸어갔다.

스게일과 테른은 첫 번째 방어벽에 도착할 때까지 우리를 따라왔다.

두 줄로 빽빽하게 선 야자나무들이 야외 궁정으로 들어가는 공식 입구를 표시하고 있었다.

"짐승들은 여기 남아야 합니다." 파란 장식 띠가 요구했다.

"요청은 전달하지." 제이든이 대꾸했다.

"우린 여기에서도 볼 수 있다." 테른이 말했다.

"명심해요. 우선은 외교적으로 하는 거예요." 나는 제이든의 손을 잡으며 푸른 구체가 밝히는 길을 걸었다. 왼쪽에는 다양한 좌석이 놓인 야외 접수실 같은 곳이, 오른쪽에는 연주자를 기다리는 악기들이 놓인 음악실이 있었다.

"벽이 없어." 제이든이 주목했다. "천장도 없고. 비가 오면 어떻게 하지?"

"차양이 있어." 나는 방 가장자리에 있는 긴 나무 난간을 가리켰다. 난간에 달린 천을 펼치면 안에 있는 사람들을 가릴 수 있을 것이다. "그런데 배우자라고?" 나는 속삭였다. "우린 결혼하지 않았어."

제이든은 열받게도 느물거리며 웃었다. "그거야 나도 알지. 하지만 애인이라고 하면 영원한 관계 같지 않잖아. 혹시 이러면 마음이 더 편할까? 배우자라는 말은 나바르 귀족 사회에서 꽤 느슨하게 쓰여. 칼디르 공작은 배우자 넷을 뒀을걸. 그저 널 이 궁전에 들이고, 더해서 내 작위에 따르는 보호와 특권을 얹어주기 위한 칭호일 뿐이야."

"난 보호와 특권 같은 거 필요 없…." 나는 야자수 한 줄을 또 지나면서 고개를 저었다.

"아파라." 제이든이 가슴에 손을 올렸다. "날 거절할 거라곤 생각도 못 했는데."

나는 눈알을 굴렸다. "이럴 때가 아니야." 농담은 나중에 해도 된다.

"언제는 그런 때겠어?" 그렇게 말하는 제이든의 눈빛은 백 퍼센트 진지했다.

심장이 덜컹거렸고 발도 헛디딜 뻔했다. 정말로 영원히 그와 함께할 수 있을까? 전장일 수도 있는 곳과 어울리지 않는 갈망에 가슴이 욱신거렸다. "죽음을 무릅쓸 때는…."

"우린 언제나 죽음을 무릅쓰지." 그는 내 엄지손가락을 쓸었다.

"그건 그래." 나는 사실을 인정하면서 궁전 식당에 들어섰다.

그 안에는 여덟 개의 원형 식탁이 두 줄로 놓여 있었는데, 테이블마다 등받이 없는 의자에 다채로운 파스텔 빛깔의 튜닉과 드레스를 차려입은 드베렐리인이 열 명씩 앉아 있었다. 식탁보에는 자수를 놓았고, 금색 잔과 크리스털 술잔을 갖춘 식기들은 호화찬란했다. 파란 구체들이 테이블 중앙과 방 가장자리를 따라 배치되어, 은은한 푸른 빛을 받은 보석들이 반짝이고, 늘어선 위병들의 무기도 반짝였다.

야외 식당 끝의 연단에는 5인용의 U자형 테이블이 놓였다. 드베렐리 국왕으로 보이는 남자가 한가운데 앉아서 두 손에 쥔 보석 박힌 단검을 빙그르르 돌리며 오른쪽 끝에 앉은 홀든을 노려보고 있었다. 그 단검을 홀든에게 쓸지 말지 결정을 못한 눈치였다.

윈샤이어 대위는 보이지 않고, 테카루스는 코틀린과 홀든 사이에서 벗어나고 싶은 얼굴이었다.

"망할." 제이든이 중얼거렸다.

"내 생각보다…. 젊네." 왕은 내 생각보다 40살쯤은 젊었다. 코틀린은 제이든과 몇 살 차이나지 않을 것 같았다. 잘생겼고, 높은 광대뼈에 각진 턱, 짙은 금갈색 피부, 영리해 보이는 갈색 눈, 어깨까지 오는 검은 머리였는데, 제이든과 나를 발견하고 빠르게 평가하는 모습을 보니 약간 불안했다.

제이든이 내 손을 꽉 쥐더니 몸을 기울여 내 귓가에 입술을 스쳤다. "여기 그림자는 내 것이 아니야. 네 단검 솜씨와 스스로를 지킬 능력도 있다는 걸 알지만, 내가 미치지 않도록 부디 내 곁에 있어 주겠어? 내가 홀든이 저지른 난장판을 정리하는 동안에 말이야."

나는 고개를 끄덕였다. 어떻게 안 그럴 수 있겠어. 나보고 자기 뒤에 숨으라고 하는 것도 아니고, 테른의 보호를 받으라고 나를 남겨두고 오지도 않았는데. 제이든은 그저 딱 붙어 있으라고만 부탁했다.

그리고 솔직히 달리 있고 싶은 곳도 없었다.

그는 싸워야 할 때에 대비해서 내 손을 한 번 힘주어 잡았다가 놓은 다음, 파란 장식 띠가 손짓하는 대로 앞으로 나아갔다. 파란 장식 띠는 우리가 꾸물거려서 화가 난 것 같았다.

우리가 다가가자 코틀린 왕은 테카루스가 귓가에 속삭이는 말을 들으며 왼쪽에 앉은 두 사람을 손짓으로 물렸고, 그 한 쌍이 자리를 떠나자 하인들이 얼른 접시와 컵을 바꾸러 달려갔다.

"여기 사람들은 악수하지 않아." 나는 걸으면서 조용히 제이든에게 말했다. "말을 돌려서 하지도 않고 괜한 말을 하지도 않아. 드베렐리인이 이중적인 의미로 말할 때는 그게 편할 때뿐이야. 이 사람들은 지위, 재산, 지식, 그리고 비밀을 가치 있게 여겨. 뭐든 교환할 수 있는 것을. 그리고 한 번 약속을 어기면 다시는 신뢰하지 않아."

"진심만 말해라. 거짓말하지 말아라. 부유하고 작위 있는 개자식처럼 굴어라. 이해했어." 그는 고개를 끄덕였다.

우리가 마지막 테이블까지 걸어가자 홀든이 격분한 눈빛으로 나를 보면서 금빛 포크를 쥔 손에 힘을 줬다. 내가 제발 가만히 있으라고 호소하는 신호를 보내자 그는 포크를 놓고 이를 악물었다.

"티렌더 공작님." 파란 장식 띠가 왼쪽 연단으로 올라가는 네 개의 계단을 가리키며 큰 소리로 외쳤다. "그리고 그 배우자이신 바이올렛 소른세일입니다."

대충 비슷하기는 했다.

제이든이 먼저 계단을 오르며 바닥과 의자, 테이블, 심지어는 식기까지 훑어보더니 뒤쪽으로 손을 내밀었다. 필요한 건 아니지만 다정한 몸짓이었기에 나는 그 손을 잡고 따라 올라갔다. "소른게일이야." 제이든이 파란 장식 띠의 말을 바로잡았다.

나는 끄트머리 의자에 앉았고, 제이든은 코틀린 오른쪽에 앉았다.

"무슨 짓을 한 거예요?" 나는 테이블 너머로 홀든에게 물었다.

"곧장 본론인가." 코틀린이 보석 단검을 돌리면서 말했다. "좋군."

"왜 내가 무슨 짓을 했을 거라고 생각해?" 홀든이 접시 위로 몸을 내밀면서 도전적으로 말했다.

"전적이 있으니까."

하인들이 올라와서 그들의 접시를 치웠다.

"저녁 식사를 놓쳐서 안타깝네만." 코틀린이 말했다. "곧 후식이 도착할 거야."

"무슨 짓을 했습니까, 홀든?" 제이든이 내 말을 따라했다.

"정확히 내가 여기 온 목적대로 행동했다." 홀든은 뺨을 붉히며 테이블에 두 손을 내리쳤다. "여기 폐하께 요구하신 유물을 드리는 대가로 드베렐리와의 외교 관계를 재건하고, 테카루스 저택을 거점 삼아서 드래곤 부대와 함께 수색 임무를 수행하겠다고 허락을 구했지. 그런데 그걸로는 부족하다기에 내가…."

"그대의 것이 아닌 걸 내놓겠다고 제안했지!" 코틀린이 테카루스를 제치고 달려들어 홀든의 손에 단검을 박았다.

이런 망할. 속이 뒤틀렸다.

"폐하!" 테카루스가 핏기 없는 얼굴로 멈칫거렸다.

나는 충격에 빠진 홀든처럼 비명을 지를까 봐 손을 내려 제이든의 무릎을 꽉 잡았다.

제이든은 몸을 굳히면서도 능숙하게 무관심한 가면을 뒤집어썼다.

"어린애처럼 울지 말고." 코틀린이 의자에 등을 기대더니 크리스털 술잔에 담긴 레드와인을 마셨다.

홀든은 자기 손만 보면서 숨을 몰아쉬었지만, 비명은 멈췄다.

"칼 뽑고 상처를 싸. 힐러가 꿰매주면 2주 안에 멀쩡해질 거야." 코틀린이 꾸짖었다. "뼈 사이 살만 찔렀거든. 힘줄도 안 건드렸어. 내 조준은 정확해." 그는 홀든을 향해 술잔을 들어 올렸다. "그대가 한 짓은 용서할 수 없으나, 내가 테카루스를 존경해서 운이 따른 줄 알라고."

"이 단검은 내가 드린 겁니다." 홀든이 보석 단검을 노려보며 씹어뱉듯이 말했다. 골동품 같았는데, 손잡이는 은이었고 자루에 손톱만 한 에메랄드가 여러 개 박혀 있었다.

"아니, 그대의 것이 아니었어." 코틀린이 고개를 저었다.

"내 것입니다." 제이든이 말했고, 나는 표정을 유지하기 위해 온 힘을 다해야 했다. "아니, 내 것이어야 했다고 말하는 게 정확하겠군요. 그건 아레티아의 칼인데, 통합 당시에 레지날드가 나바르 왕실 금고에 넣었지요."

"맞아!" 코틀린의 잔이 제이든 쪽으로 돌아갔고, 우리 근처로 하인 셋이 계단을 밟고 올라왔다. "그대의 감정을 건드릴 걸 뻔히 알면서 하필 이 선물을 고르다니 참으로 흥미롭지. 보통 이런 가보는 소유자의 권리를 고려하지만, 이 경우에는 왕자 전하가 약속을 어겼으므로 거래를 성사시킬 수가 없어. 왕자의 몸값이 얼마나 나가는지 알아보는 것도 재미있겠군. 아니면 고전적인 협박을 즐길 수도 있겠고. 아들을 남겨둔다면 타우리 왕께서 몇 가지 조건은 받아들이겠지."

"왕자를 잡아두실 순 없습니다." 테카루스가 반대했다.

"왜 안 되지? 자작은 저 사람을 잡아두고 싶다고 하지 않았나?" 코틀린이 나를 가리켰다.

"난 내 말을 어기지 않았어!" 홀든이 으르렁거리면서 칼자루를 잡는데, 하인들이 테이블 양쪽 중앙에 둥근 덮개를 얹은 접시를 내려놓았다. 후식을 먹을 차례인 듯했다.

"그대는 잠시 기다려줬으면 좋겠군." 코틀린이 말하자 하인들은 구리 덮개 가까이에 손을 두고 대기했다. "내 새끼들이 도착했구나."

코틀린이 통로 저편을 손짓하자 나는 숨을 훅 들이켰다.

테른이 으르렁거렸고, 정신 연결을 통해 상황을 알아차린 앤다나도 집중하는지 금빛 에너지가 강해졌다. 눈처럼 새하얀 표범 세 마리가 어슬렁어슬렁 우리 쪽으로 걸어오고 있었다. 표범이라면 책에 그려진 삽화로밖에 보지 못했고, 그나마도 하얀 표범은 본 적이 없었다. 우아하고 굉장히 아름다웠지만, 가까이 오면 올수록… 책 속에 있는 편이 좋다는 생각이 들었다.

발톱이 아주 컸다.

바람이 내 등 뒤의 나무를 흔들자 오한이 등골을 타고 올랐다. 이 궁전 전체가 야외였고, 표범들은 자유롭게 돌아다녔다. 그들의 저녁거리가 되고 싶진 않았다.

"참으로 훌륭하지 않나?" 코틀린이 자랑스러워하는 아버지처럼 물었다. "시라, 셰나, 쇼라야. 내가 어릴 때부터 직접 키웠지. 모두 훌륭한 사냥꾼이고, 사납고, 도둑의 냄새를 맡는 데 능하다네." 그는 여봐란듯이 홀든 쪽으로 몸을 돌렸다.

속이 철렁하며 심장이 마구 뛰기 시작했다.

"당장 칼 뽑고 상처를 감싸." 나는 홀든에게 말했다.

제이든이 의자를 밀고 일어나려고 하는데…. 코틀린이 손을 들어 올렸다. "대신 해줬다간 우리가 거래할 가능성은 완전히 없어질 거야." 그러면서 술잔을 내려놓았다. "그대가 내키지 않더라도 거래에서 맡은 몫을 지킬 수 있는지 알아야겠네. 그대의 아버지가 그랬듯이."

제이든은 표정을 읽을 수 없는 얼굴로 한 번 고개를 끄덕였지만, 내 손에 닿은 다리는 긴장했다.

비밀을 가진 사람이 우리 아버지만은 아니었나 보다.

"당장, 홀든!" 나는 왕세자에게 얼마든지 소리를 칠 수 있었다. 어느새 표범들이 반쯤 다가왔다.

홀든은 잇새로 공기를 들이마시며 단검을 뽑아 자기 것처럼 칼집에 넣더니, 냅킨으로 상처를 감아서 응급치료를 했다.

"이제 그쪽은 됐고." 코틀린이 제이든을 돌아보았다. "그대도 왕자가 청한 것과 같은 거래를 원할 것 같은데?"

나는 제이든의 무릎을 꽉 쥐었다.

"홀든이 뭘 요청했는지 모르니 그 말씀에는 동의할 수가 없군요." 제이든이 말했다. "하지만 저희는 외교 통로를 다시 열고, 여덟 마리 이하의 드래곤과 같은 수의 그리폰 부대가 수색을 목적으로 체류할 수 있게 테카루스 자작의 저택을 이용해도 좋다는 허락을 받고 싶습니다. 그러자면 드래곤과 그리폰들이 야생 짐승을 사냥할 권한과 해당 인원 모두의 안전도 약속받아야겠지요."

코틀린은 엄지와 검지 사이에 술잔 자루를 잡고 돌렸다. "그대는 누구에게 충성을 빚지고 있나, 공작 전하? 그대의 아버지는 반란군이었지. 내가 들은 바로는 그대도 아버지를 꼭 닮았다던데, 그런데도 작위를 다시 찾았지. 그러면 누구에게 충성을 맹세했지?"

연단에 다가온 표범들이 흩어져서 주위를 둘러싸자 나는 습관대로 도관을 찾아 가방 오른쪽 주머니에 손을 넣었다. 손에 잡힌 익숙한 도관의 무게가 위로가 됐고, 기분 탓인지 진동과 빠르게 체온이 올라가는 느낌이 마음을 달래주는 것 같았다.

코틀린은 계속해서 말했다. "나바르, 아니면 티렌더? 거짓말을 하면 이 논의는 끝이야. 우린 대륙 없이도 꽤 잘 살아왔거든."

제이든은 고개를 살짝 기울이고 왕을 살폈다. "바이올렛입니다."

심장이 정말로 2초는 멈춘 것 같다.

"제 충성심은 다른 무엇보다도, 다른 누구보다도 바이올렛에게 있습니다." 제이든이 말했다. "그 다음이 티렌더고, 나바르에는 그럴 가치가 있을 때 충성하죠. 보통은 바이올렛이 나바르에 있을 때군요."

그의 대답에 무엇이 걸려 있는지 생각하면 무모한 대답이고, 지금은 전혀 적절한 때가 아니었지만, 그 말을 듣고 제이든을 더 사랑하게 되는 건 어쩔 수 없었다.

"재미있군." 왕이 잔을 내려놓았다.

"이 거래가 성사되면 무역도 다시 시작될 겁니다." 제이든이 말했다. "이는 상호 이익이 될 테고요. 우리가 베닌과 전쟁 중이라는 소식은 들으셨겠죠. 폐하께서 동맹이 되기로 결정하신다면…."

"아, 우린 베닌과 얽힌 적이 없어." 코틀린이 고개를 저었다. "전쟁은 섬을 파괴하고 경제를 방해하지. 우린 모든 일에서 중립을 유지하고, 언제나 그래왔어. 나바르가 어떤 신을 숭배하든, 어떤 마법에 접촉하든 상관없이 우리가 세상을 위해 계속 무역과 상업, 성장과 지식을 유지한 것도 그 덕분이고."

"하지만 베닌이 여기에도 오지 않았나요?" 나는 바로 뒤에 표범 한 마리가 걸터앉았다는 사실을 의식하면서 눈을 살짝 가늘게 떴다. 그리고 여전히 접시 덮개 앞에서 대기하고 있는 하인을 피해서 왕을 보려고 몸을 내밀었다. "베닌을 물리치신 건가요?" 아니면 치료했을까?

코틀린이 나를 노려보았다. "우리 섬이 정복당할 만큼 약하다고 암시하는 건 선을 넘는 짓이지. 그런 추측은 안전하고 안정적인 무역에 기반한 경제에 재난이야. 사람들은 불안정한 섬에 투자하지 않거든." 그는 손가락을 딱 울렸다.

표범들이 연단 위로 가뿐하게 뛰어올랐다. 밤마다 하던 동작 같았다.

"네가 집고양이에게 잡아먹히는 꼴을 두고 보진 않겠다." 테른이 으르렁거렸다.

"그대로 있어요. 스게일도 잡아두고." 나는 머릿속으로 외쳤고, 표범이 제이든과 나 사이로 비집고 들어오면서 부드러운 털이 내 팔을 스치고 지나가자 손마디가 하얗게 되도록 도관을 움켜쥐었다.

"쇼라가 참 사랑스럽지 않나?" 코틀린이 사람 좋은 웃음을 지으며 제이든에게 말하더니, 답을 기다리지도 않고 홀든을 향해 말을 이었다. "이 녀석들이 나와 같이 식사하는 데 익숙해져서 그런데, 언짢아하지 않았으면 좋겠군. 왕자 전하께선 시라가 오늘의 특별 저녁식사를 제 힘으로 얻어냈다는 사실을 명심하시게." 코틀린이 양쪽 손바닥을 위로 해서 들어 올리더니 안쪽으로 까닥였다.

하인들이 구리 덮개를 열고 연단에서 물러났다.

맙소사. 그 안에는 이 섬에서 제일 큰 암소에서 잘라낸 게 분명한 커다란 붉은 고기가 있었다. 시라라고 불린 표범이 목 안쪽으로 골골거리면서 꼬리를 흔드는 모습을 보니, RSC 실습에서 베이드가 우리를 찾아냈던 그날 보병 생도들이 이런 기분이었을까.

제이든이 내 손을 잡고 힘을 줬는데, 돌처럼 굳은 얼굴로 테이블 너머를 쳐다보고 있길래 그 시선을 따라갔더니….

홀든과 테카루스 사이에 놓인 접시에 애나 윈샤이어 대위의 머리통이 놓여 있었다. 짧고 곱슬곱슬한 붉은빛 금발을 잘못 볼 순 없었다.

입이 쩍 벌어졌다. 오, 말렉이시여. 코틀린이 홀든의 개인 호위를 죽여서…. 자기 애완 고양이에게 주다니.

토할 것 같았다.

나는 치솟는 담즙을 재빨리 삼키고, 코로 숨을 들이쉬고 입으로 내쉬려고 애썼다. 그러나 피 냄새만 가득 들어왔다.

"보지 마." 제이든이 속삭였고, 나는 억지로 시선을 돌렸다.

"먹어라." 코틀린이 말하자 표범들이 달려들었다.

표범은 우리 사이 테이블에 앞발을 걸치고 커다란 입을 벌려 접시에 담긴 고기를 낚아채더니, 하얀 식탁보에 핏자국을 남기면서 연단으로 끌고 내려갔다가 다시 바닥으로 내려갔다.

다른 표범들도 뒤따랐다.

홀든은 완전히 넋이 나가서 빈 접시만 보고 있었다.

"아름다운 생물이지 않나?" 코틀린이 물었다.

나는 눈을 깜박여 충격을 몰아낸 뒤 도관을 테이블에 놓았다. 죽음과 나는 오랜 친구 사이였고, 윈샤이어 대위를 잘 알았던 것도 아니다. 하지만 코틀린은 정말 비할 데 없는 뻔뻔함 그 자체였다.

"내 호위를 살해하다니." 홀든이 천천히 말했다.

"그대의 도둑은 내 보물고에서 발견됐어." 코틀린이 맞받아쳤다. "훔친 보물 여섯 개를 가지고 있었고, 더 찾아야 할 다섯 개의 목록이 적힌 쪽지도 있었지. 그대의 필적으로 쓴."

속이 뒤집히며 홀든에게 저절로 눈길이 갔다. "설마."

"그건 전부 우리 물건이야!" 홀든이 가슴을 두드리면서 의자를 쓰러뜨리고 일어섰다. "정당한 우리 물건을 되찾는 건 도둑질이 아니지!" 목에 힘줄이 돋아 있었다.

위병들이 연단 가장자리까지 다가오면서 표범들 주위로 경계선을 형성했고, 나는 제이든에게 잡힌 손을 빼내 식탁보 아래로 허벅지에 있는 칼집에 손을 뻗었다.

"개판 직전이에요." 나는 테른에게 경고했다. *"스게일에게 어떻게든 전달해요."*

테른은 응답 대신 즉각 우르릉하는 소리를 냈고, 그쪽 방향에 있는 야자수들이 세차게 흔들렸다.

"정당한 너희 것이라고?" 코틀린이 불길한 음조로 목소리를 높였다.

"여기에서 도둑질에 대한 형벌은 뭐야?" 제이든이 속삭였다.

"왕실에서 도둑질?" 나는 머릿속을 뒤졌다. "법령 22조…." 나는 얼굴을 찡그렸다. "아니, 23조. 사형이야." 공부를 하긴 했지만 법률 전문가라고는 할 수 없었다.

"여기 법에서 홀든도 공범인가?"

"여기 체계는 우리와 달라. 여기 법령은 상충할 수 있고, 코틀린이 최고 재판관이니까…." 말이 나오지 않았다. "모르겠어. 그럴지도."

내가 직접 홀든을 목 졸라 죽이고 싶다고 해도, 여기에서 도둑질로 처형당하게 둘 순 없었다.

"그 물건들은 내 거야. 지난 한 세기 동안 제공한 편익의 대가로 받은 물건이지. 그대도 잘 알다시피!" 코틀린의 큰 소리에 식사하던 사람들 모두가 입을 다물자 들리는 소리라고는 저녁식사를 뜯어먹는 표범들의 소리뿐이었다.

잠깐만. 지난 한 세기라고? 작년에 아카이브 금고에서 우리 국경 바깥에서 벌어지는 일에 대해 홀든이 어떻게 할지 묻자 아릭이 했던 말이 떠오르면서 머리가 어지러워졌다. '나는 여기 있잖아.' 이미 아릭은 홀든이 아무것도 하지 않을 거라고 암시했는데.

이건 훨씬 더 나빴다.

홀든은 알고 있었을 뿐만 아니라, 은폐의 주역이기까지 했다.

"당신은 우리의 절박함을 이용해 먹었어." 홀든이 왕을 비난했다. "불공평한 조건으로 가치를 헤아릴 수 없는 마법 유물들을 가져갔고, 진정한 합의로 당신의 노골적인 도둑질을 바로잡으려고 했더니 내 호위를 처형해? 꺼져! 우린 네놈도, 네놈의 속임수도, 신이 저버린 이 섬도 필요 없어!" 그러면서 홀든이 달려들더니 테이블을 밀어서 비어 있던 연단 가운데에 넘어뜨렸다.

아. 망할.

코틀린의 시선이 얼음장으로 변했다. 우리가 그동안 애써온 모든 것이 단번에 산산조각 나는 모습을 보려니 갈비뼈가 안으로 비틀려 들어오는 것만 같았다. 테카루스가 펄쩍 뛰어 물러나더니 얼른 계단을 내려갔는데, 조금도 그를 탓할 수가 없었다.

홀든이 완전히 망쳤다. 쓰디쓴 배신의 맛이 입안을 채웠다가, 다음 순간 제이든의 분노에 휩쓸려 사라졌다.

"적당히 해, 홀든!" 제이든이 일어섰고 나도 천천히 일어서면서 주위를 둘러싼 위병과 우리 뒤에 있는 표범들, 그리고 무기를 숨겼을 수도 있는 식탁보 아래로 손을 뻗는 사람들을 살폈다.

"저놈은 도둑이고, 내 궁정에서 내 명예를 의심했다!" 코틀린은 제이든을 향해 외치면서도 손가락은 홀든을 가리키고 있었다.

"저놈은 이제 우리를 대변하지 않습니다." 제이든이 어깨에 지고 있던 가방을 테이블에 내려놓자 금속성이 울렸다. "나바르와 거래를 받아들이지 않으신다면, 티렌더와 거래하시죠. 폐하의 해안에는 오직 아레티아 라이더들과 플라이어들만 나타날 것이고, 드베렐리의 법에 따르고 드베릴리의 관습을 존중할 것이라 보장합니다. 그 대가로, 폐하의 신뢰에 무한히 감사하는 뜻에서…." 제이든이 천천히 가방을 열어젖히자 드러난 에메랄드가 박힌 칼자루를 보고 숨이 멎을 것 같았다. 우연이라기에는 조금 전에 본 보석 단검과 너무 비슷했다.

심장이 덜컹거렸다. 그럴 순 없어. 제이든이 그럴 수는 없어. 그렇게 두지 않을 거야.

"안 돼." 나는 제이든의 손을 잡고 나머지를 보여주지 못하게 막았다. "그게 내가 생각하는 물건이라면, 절대로 안 돼."

"바이…." 제이든은 고개를 저으며 내 눈을 들여다보았고, 나는 제이든도 우리 사이의 정신 연결을 갈망하고 있다는 사실을 알았다. "동맹을 맺고 저 개새끼를 구할 유일한 방법일 수도 있어."

"당신은 충분히 희생했어. 이건 내가 해결할 수 있어." 나는 메고 있던 무거운 가방을 내려서 제이든의 가방 옆에 놓았다.

"절대 안 돼!" 홀든이 외쳤다.

제이든은 개소리를 더 참아주지 못하겠다는 뜻이 분명히 담긴 눈빛으로 홀든을 노려보았다.

"나바르를 대변할 권한이 있는 건 나 혼자다!" 홀든이 격분해서 국왕 쪽으로 위협적인 두 걸음을 내디뎠다. "나바르의 일개 지방과 거래할 수 없는 건 물론이고, 협박으로 작위를 얻어낸 반역자의 아들과는 절대 안 돼. 우리 왕국의 목소리는 나뿐이야!" 홀든이 주먹을 쥐자 오른손에 감긴 붕대가 새빨갛게 물들었다.

코틀린이 한숨을 쉬더니 술잔에 손을 뻗어 한 모금을 마셨다. "들을 만큼 들었고, 이젠 싫증이 나는군. 테카루스는 살려도 좋아. 나머지는 죽여라."

27

때로 외교는 칼끝 앞에서 가장 효과적이다.

_ 릴리스 소른게일 대위의 일기

모든 것이 순식간에, 완벽하게 개판이 났다.

위병들이 접근해오고 있는데, 놀랍게도 제이든은 장검 두 자루를 뽑더니 하나를 홀든에게 던졌다. 홀든이 왼손으로 장검을 낚아채는 순간에 나도 단검 두 자루를 손에 들었다.

우린 오늘 밤에 죽지 않아.

"아무도 죽이지 않도록 해봐." 첫 번째 위병이 표범 사이로 계단을 달려 올라오는 와중에도 제이든은 말했다. "국제 관계라는 게 있잖아."

"재한테도 그 말을 해줘." 나는 아직 고기를 뜯고 있다는 사실에 감사하며 표범을 흘긋 보았다. 그리고 마지막 요청이기를 빌면서 테른에게 경고했다. *"과잉 반응하지 말아요. 우리에겐 여전히 이 거래가 필요해요."*

"내가 과하게 굴 거라고 암시하다니 불쾌하구나." 테른은 그렇게 대꾸했지만, 내 왼쪽에서 접시가 달그락거릴 정도로 엄청난 포효가 울리면

서 손님 몇 명이 비명을 질렀다. 제이든은 올라온 위병과 검을 부딪쳤다가 부츠로 가슴을 걷어차서 계단 아래로 치웠다.

나는 위병 하나가 계단이 없는 연단 끝으로 올라오자 왼쪽으로 몸을 돌리고, 코틀린의 선례를 따라 그 여자의 손에 단검을 찔렀다가 뽑았다. 그 여자는 소리를 지르며 뒤로 넘어졌고, 위병 두 명이 다시 똑같은 움직임으로 우리 뒤쪽에 다가와서 제이든과 나 사이를 메웠다.

뼈가 부서지는 소리가 나고 위병 몸뚱이가 날아갔지만, 표범들 너머에 족히 여섯 명은 더 대기하고 있었다. 제일 가까이 있던 위병은 나보다 30센티미터 넘게 크고, 팔뚝에 난 흉터들로 미뤄보아 싸움에도 익숙할 듯했다. 그렇다고 제이든에 비할 바는 아니었다.

나는 근육의 기억에 의지하며 그 남자가 자세를 취하기 전에 달려들어서 허벅지를 깊게 찌른 다음, 몸을 바싹 숙여서 그가 휘두르는 장창을 피했다. 그들은 근접 전투에 적합하지 않고, 나는 적합하다.

그의 창은 빗나가서 테이블을 찌르며 유리잔을 박살 냈고, 그 덕분에 그의 무릎 뒤쪽의 힘줄을 벨 시간이 주어졌다. 전사에게는 부상이 오래 갈 위치지만, 그래도 죽지는 않을 테니 그게 어디인가. 그는 울부짖으며 연단 밑으로 떨어졌고, 일어나려던 나는 뒤통수에 통증을 느끼고 위로 끌려 올라갔다. 내 머리채를 어떤 망할 놈이 잡고 있었다.

단단한 팔뚝이 내 가슴을 두 개의 가방 사이에 놓인 피투성이 접시에 처박았고, 얼굴은 아슬아슬하게 유리 조각을 피했다. 위병이 창으로 내 도관을 박살 냈다. "너희 드래곤들은 죽기 전에 비명을 지르나?" 그녀가 내 등 위로 몸을 굽히고 귓가에서 식식거렸다. "네가 죽으면 그놈들이 죽는 데 얼마나 걸리나? 아니면 순식간인가?"

분노가 혈관을 질주하며 끓는 격분에 머리끝부터 달아올랐다. "놀랍도록 무식하군."

나는 유연한 몸에 감사하면서 왼팔을 등 뒤로 돌려서 단검으로 그 여자의 팔을 깊이 찔렀다. 그 여자는 소리를 지르며 몸을 세웠고, 나는 손바닥으로 테이블을 밀면서 온 힘을 실어서 그녀의 얼굴에 뒤통수를 처박았다. 코뼈가 부러지는 소리가 나고, 나를 누르던 무게가 사라졌다.

몸을 돌린 순간 아찔한 팔꿈치 공격이 내 광대뼈를 때렸다. 피부가 찢어지고, 귀가 먹먹해졌다. 눈앞의 별 때문에 비틀거리며 테이블에 무너지는데, 누군가가 내 목을 잡고 졸랐다.

"바이올렛!" 제이든의 외침을 듣고 나는 재빨리 공격자의 팔을 단검으로 그으면서 미라도 자랑스러워할 만한 동작으로 무릎을 올려쳤다. 남자가 쓰러지며 연단이 흔들리고, 나는 기침하면서 숨을 들이쉬었다.

오른쪽에 다가오는 거한을 향해 단검을 들어 올렸지만, 장검 손잡이 하나가 먼저 그자의 관자놀이를 쳤다. 무너지는 남자를 제이든이 발로 차서 연단에서 밀어냈다.

"그만하면 충분하다." 테른이 선언했다.

"바이는 스스로를 지키고 있어." 앤다나가 반발했다. *"아, 이젠 상대가 너무 많을지도."*

"그만 끝내! 저 드래곤들을 죽일 방법은 이것뿐이다!" 우리 뒤에서 코틀린이 외쳤다.

제이든은 코틀린 뒤에서 위병 십여 명이 더 쏟아져 나오는 와중에도 손을 내 얼굴에 뻗어 턱을 감싸고 푸른 불빛 쪽으로 뺨을 돌려보았다. 나는 귀중한 1초를 써서 홀든이 아직 살아 있는지 확인했다. 홀든은 땅에 쓰러져서 눈을 감고 가슴을 들썩이고 있었다. 의식을 잃었을지도 모르지만, 피는 보이지 않았다.

"제이든, 우리 뒤." 욱신거리기 시작하는 내 상처를 살피는 제이든에게 경고했다. 그리고 대답이 없는 제이든에게 시선을 돌린 나는 숨을 제대로 쉴 수가 없었다.

전투 중의 제이든은 전에도 보았다. 얼음장 같은 격분 상태도 보았고, 무시무시하게 차분한 모습도 보았다. 사람이 무기로 변하는 모습도 보았고, 전술이 연민을 압도하는 모습도 보았다. 그건 우리가 훈련받은 대로였다.

하지만 지금 이건… 그의 오닉스 눈동자 안에 휘몰아치는 이건 한 번도 본 적 없는 폭풍이었다. 분노를 한 발짝 넘어선 무엇이었고, 마치 전쟁의 신 던이 직접 그 눈에 깃들어 나를 바라보는 것 같았다. 그는 제이든이면서… 제이든이 아니었다.

"제이든?" 나는 속삭였다. "이건 아무것도 아니야, 정말로. 매트 위에서는 이보다 더 다친 적도 있는걸."

"다 죽었어." 제이든의 다짐에 목덜미 털이 일어서는데, 위병들이 조금 전의 실패한 습격에서 교훈을 얻은 듯 한꺼번에 무기를 빼 들고 달려들었다. 두 명 대… 열둘이라니. 젠장.

나는 화들짝 놀라서 싸우려고 몸을 뺐지만, 제이든이 내 허리를 감싸며 오히려 가슴에 당겨 안았다. 제이든은 테이블에 장검을 떨구더니 경악스럽게도 적의 도끼가 다가오는 와중에 내 이마에 부드럽게 입을 맞췄고….

금속들이 바닥을 때리는 소리가 났다.

주위에서 비명이 울렸고, 고개를 왼쪽으로 틀자 제이든이 쭉 뻗은 한 손을 비틀고 있었다. 뼈가 부러지는 소리가 잇따르면서, 우리 주위의 모든 위병이 부자연스러운 각도로 목이 비틀린 채 바닥에 쓰러졌다.

보일락 말락 한 그림자 줄기가 사라지고, 내 허리를 감싼 그림자 띠가 익숙한 애무와 함께 떨어졌다.

안 돼, 안 돼. 안 돼.

습하고 불쾌한 공기보다 더 답답한 침묵이 내려앉았고, 내 심장은 비명을 지르며 두뇌가 이미 도출한 대답 말고 다른 답을 요구했다. 방금 일어난 일에 대한 논리적인 설명은 하나뿐이었지만, 그건 불가능했기 때문이다. 여기엔 마법이 없지 않은가.

나와 연결된 테른이 곤두섰고, 앤다나는 몸서리를 쳤다. 평소보다 더 가깝게 둘을 느낄 수 있었지만, 여전히 제이든에게는 연결되지 않았다.

"너, 너, 너…." 코틀린이 말을 더듬었다. "무슨 짓을 한 거냐?"

나는 바스락거리는 야자수를 따라 왼쪽으로 시선을 옮겨 죽은 드베렐리의 위병들과 그 시체들을 행복하게 탐색하는 표범들을 본 후, 제이든의 가슴팍 너머 테이블 반대쪽도 같은 풍경이라는 사실을 확인했다.

제이든이 수십 명의 위병을 죽여버렸다.

내가 단검을 칼집에 넣은 건 오직 근육의 기억 덕분이었다.

제이든의 손에서 떨어진 뭔가가 철그렁 소리를 내며 버려져 있던 장검을 때렸다. 나는 충동적으로 그 작은 물건을 잡았는데, 그건 내 도관이 깨지면서 떨어진 자갈만 한 합금 조각이었다. 영혼이 갈라지도록 괴로웠다. 그러면 제이든이 방금 잃어버린 것을 돌려줄 수 있을 것만 같았다. 나는 에너지가 완전히 빨려 나간 합금이 차갑다는 사실을 의식하면서 앞주머니에 밀어 넣었다.

"놈들이 널 다치게 했어." 제이든은 사과도 하지 않고 속삭였다. "놈들이 널 죽이려고 했어."

이유는 중요하지 않다. 지금은 그렇다. 적이라고 할 수 있는 섬 왕국에 포위되어 있고, 제이든의 변화를 모르는 라이더들이 함께하고 있으며, 제이든이 죽는 꼴을 기뻐할 나바르 왕족이 엎드려 있는 상황에서는 더더욱 아니다.

이유는 나중 문제다.

"바이올렛." 제이든의 속삭임에 담긴 애원은 다른 어떤 것보다도 빠르게 내 마음을 가라앉혔고, 나는 고개를 들었다. 그는 눈을 꽉 감고 콧잔등을 문질렀다.

"이리 와." 나는 조용히 말하면서 발꿈치를 들고 그의 얼굴을 감싼 다음, 두 손을 관자놀이까지 올려서 다른 사람들에게 그의 얼굴이 보이지 않게 가렸다. 연단 위에서 코틀린의 의자가 삐걱거렸다. "날 봐."

제이든이 눈을 떴다. 홍채에 붉은 테가 생겼고 내가 너무나 사랑하는 금빛 반점마저 붉은빛에 물들었지만, 그래도 그 눈을 빼면 여전히 제이든이었다. 나는 애써 본능적인 반응을 억누르고 그와 이마를 맞댔다. "난 당신을 사랑하고, 여기에서 당신을 빼내야 하니까 날 믿어야 해. 내가 움직이라고 하기 전까지는 꼼짝도 하지 마."

그는 고개를 끄덕였다.

"앉아. 두 손에 머리를 파묻고 그대로 있어." 내가 놓아주자 제이든은 정확히 내가 시킨 대로, 방금 한 짓이 부끄럽다는 듯이 고개를 숙였다.

"도움이 필요해요." 테른과 앤다나에게 요청했다.

"준비하고 있다." 테른이 대꾸했다. 둘이 언제나 내 머릿속에 있어서 얼마나 다행인지.

"앤다나, 때가 오면 부드럽게 부탁할게." 이번만은 순순히 뒤에 남지 않은 앤다나에게 잔소리할 수가 없었지만, 그래도 이 사태가 계획대로 돌아가지 않는다면 고정장비를 끼고 오는 편이 좋았을 걸 그랬다.

"넌 번개를 부드럽게 때릴 수 있어? 그리고 내가 언제 네 능력을 평가한 적 있어?" 앤다나가 씩씩거렸다.

코틀린은 어느 모로 보나 공황에 빠진 얼굴로 여전히 테이블 뒤에, 표범 한 마리를 곁에 두고 서 있었다. 궁정 사람들은 우리 뒤에서 흥분하며 술렁거렸다.

"스게일을 최대한 가까이 데려다 놓아야 해요." 나는 테른에게 말하고 나서 코틀린 쪽으로 뉘우침 가득한 미소를 지었다. 어쨌든 나는 그런 표정을 지으려고 했다.

"깊이 사죄드립니다만, 나바르의 라이더들은 공격을 받으면 상대를 죽이도록 훈련을 받는 데다가, 이쯤이면 자제력도 한계라서요. 보시다시피 공작은 가책을 느끼고 있습니다만, 폐하께선 우리 왕국의 귀족 둘을 살해하려고 했습니다." 나는 살짝 민망해하며 말했다. "협상에 좋아 보이진 않네요. 협상 2차전을 시작할까요? 이번엔 제가 주도하죠."

"우리에겐 마법이 없어." 코틀린은 눈을 크게 뜨고 식당 안을 훑어보았다. 위병을 더 부를지 말지 고민하는 것 같았다.

"조심해서 말하거라." 테른이 경고했다. *"스게일은 여기 있다. 이 나무들 뒤가 비좁아지는구나."*

"그렇지만 저희가 여기 있죠. 제가 번개 능력자라는 사실은 알고 계셨나요?" 나는 고개를 옆으로 기울였다.

코틀린이 침을 삼켰다. "테카루스가 그런 말을 하긴 했지."

"어떻게 된 거야?" 홀든이 때마침 일어나 앉으며 뒤통수에 난 혹을 문질렀다.

코틀린의 가슴팍이 부풀었다가 꺼지는 속도가 점점 빨라졌고, 나는 무너지기 직전의 댐처럼 공포에 질린 그 모습을 지켜보며 오른손을 칼집 가까이 내리고 폭발에 대비했다. "시라!" 그는 내 생각보다 빨리 무너져서 소리를 질렀다.

"바이올렛!" 홀든이 외쳤고, 내 손이 닿은 제이든의 등도 돌처럼 딱딱해졌지만, 그는 내가 시킨 대로 꿈쩍도 하지 않았다.

나도 마찬가지였다.

"안 돼!" 코틀린이 내 뒤에 시선을 붙박은 채로 날카로운 소리를 질렀다. 코틀린은 입을 딱 벌렸고, 드베렐리인들은 다양한 음조로 고통스러운 비명을 터뜨렸다.

“가만히 계시면 시라는 살 겁니다.” 내가 경고하는 사이에 사람들은 목숨을 구하려고 식당 밖으로 뛰쳐나갔다.

“이런 젠장.” 홀든이 비틀비틀 일어나면서 눈썹을 치켜올렸다.

어깨 너머를 보자 뿌듯한 미소가 얼굴에 천천히 번졌다. 날개를 바싹 접은 앤다나가 위병들의 시체에 앞발을 얹고 서서 검은 꼬리를 앞뒤로 흔들고 있었다. 네 개의 앞니 사이에는 시라가 껴 있었는데, 으르렁거리는 표범의 발톱은 아무런 해도 끼치지 못하도록 바깥쪽으로 접힌 상태였다. 심지어 그 작은 고양이가 드래곤 침에 흠뻑 젖지 않게 입술까지 오므리고 있다니, 얼마나 사려가 깊은지.

“시라….” 코틀린이 울부짖었다.

“아시겠지만, 이쪽은 제 작은 드래곤이에요.” 나는 콧잔등에 주름을 잡고 씩 웃으면서 코틀린 쪽으로 빙글 몸을 돌렸다. “아이 때부터 키웠죠. 음, 실제로 키운 건 테른과 스게일이지만 요점은 이해하시겠죠. 자, 앤다나는 우리 동맹을 잡아먹지 않아요. 어른들이 그렇게 가르치려고 노력했거든요. 하지만 청소년들이 어떤지 아시죠? 어떤 날에 어른들 말을 들을 기분인지 알 수가 없죠.”

나는 어깨를 으쓱이며 말을 이었다. “그러니까 우리가 협상을 하고, 제가 폐하께 이 세상 어디에서도 찾기 힘든 귀한 보물을 드리고 나서, 시라가 목욕하러 갈 수도 있고, 아니면 제가 테른과 스게일을 불러서 이 작은 표범들을 간식으로 먹인 다음에 대륙으로 날아갈 수도 있어요. 폐하의 선택입니다. 하지만 어느 쪽이든 간에 드래곤은 라이더보다 아주아주 오래 산다는 건 아셔야 할 것 같네요. 폐하께서 저희를 죽이는 데 성공했다면, 그 덕분에 저희 드래곤들이 열받아서 앞에 보이는 모든 걸 태워버리고 집으로 돌아가서는 엠피리언에게 폐하가 한 짓을 말할 거예요. 자, 폐하께서 협상을 시작할 준비가 된다면 저도 기꺼이 폐하가 저희를 다시 공격하려 하지 않을 거라고 믿고 티렌더 공작은 내보내겠습니다."

코틀린의 얼굴에서 힘이 빠지더니, 우리가 온 이후 처음으로 실제 나이처럼 보였다. 그는 제이든을 흘긋 보고 말했다. "동의한다."

"폐하!" 우리 뒤에서 누군가가 외쳤다.

"괜찮다, 버셋!" 코틀린이 마주 외쳤다. "무역장관은 협상을 위해 남는다. 재무장관과… 외교장관도." 그의 시선이 그들 쪽으로 향했다.

"그래야죠." 나는 고개를 끄덕이고 홀든에게 손을 내밀었다. "이 사람 무기를 다 가져와."

홀든이 기분 나쁜 듯 고개를 젓혔다.

"당장." 혹시나 내가 농담한다고 생각할까 봐 다시 명령했다.

"협상을 아주 제대로 망치는구나, 라이오슨." 홀든은 노려보면서 장검과 단검을 던졌다.

철컹 소리를 내면서 강철 검이 테이블 위에 떨어졌고, 나는 잽싸게 제이든의 장검 두 자루를 그의 등에 있는 칼집에 넣고 단검은 티렌더의 검과 함께 가방에 집어넣었다.

"다 준비됐어." 내가 제이든의 등을 두드리자 그는 코틀린과 홀든을 외면한 채 일어서서 어깨에 배낭을 짊어졌다.

그는 고개를 계속 숙인 채로 눈만 들어 올려 나를 쳐다보았다. "미안하지 않지만 미안해."

"사랑해." 나는 그의 얼굴을 감싸며 조심스럽게 말을 골랐다. "스게일은 나무 뒤에 있어. 가보를 아레티아로 가져가서 뭐든 거기에서 처리할 일을 해." 그의 붉은빛을 마주하고 있으려니, 싸우거나 달아나고 싶은 본능을 누르느라 목이 메었다. 나는 그의 입에 재빨리, 힘 있게 입술을 눌렸다. "일주일 후에 바스지아스에서 봐."

"일주일." 그는 그렇게 다짐하고 자리를 떠났다. 고개를 숙인 채 연단을 내려갔다가 앤다나를 지나친 다음에야 고개를 들고 오만한 개자식다운 큰 걸음으로 나무 벽을 통과했다.

나는 지목받은 장관 세 명이 우리 쪽으로 다가오는 것을 의식하며 코틀린 쪽으로 몸을 돌렸다.

국왕은 미움과 감탄이 반씩 담긴 눈길로 나를 노려보았다. "무모한 배우자가 떠나고 나니 이제 불안한가?"

내가 헛기침을 하자 땅이 흔들리더니 테른이 나무 위로 고개를 낮추며 넘어왔다. 그 콧김에 식탁보가 펄럭였다. "아뇨, 별로 그렇진 않아요. 드래곤들은 성질이 급하기로 유명하고, 앤다나가 피곤할지도 모르니 속도를 내서 협상하는 게 좋지 않을까요?"

코틀린이 고개를 끄덕였다.

"오늘 저녁, 제가 옆에 앉아 있을 때 공작이 꺼낸 것과 같은 조건에다, 폐하께서 오늘 밤에 일어난 일을 두고 제이든 라이오슨에게 제기할 범죄 혐의를 사면하는 조건을 덧붙이죠. 폐하의 위병들이 공격하고 도발하는 바람에 일어난 일이고, 제이든은 저희 탐색대 소속으로 언제든 드베렐리에 다시 올 수 있어야 하니까요." 나는 미소를 지었다.

코틀린이 발끈했고, 그의 장관들이 연단으로 다가오면서 항의하느라 아우성을 쳤다.

"아니면 일단 저희는 집으로 돌아가서 타우리 국왕 폐하께 오늘 밤에 일어난 일에 대해 어떻게 생각하시는지 물어본 다음, 거기서부터 다시 출발할 수도 있죠." 나는 어깨를 으쓱였다.

"수락한다." 코틀린이 씹어뱉듯이 말했다.

"아주 좋아요. 자, 저는 동맹의 대가로 황수정을 받아들이시길 기대합니다만, 왕자가 벌인 범죄의 보상을 받으셔야 한다는 데도 동의합니다."

나는 가방을 열고 대륙에서부터 여기까지 지고 온 단단한 금속 껍질 조각들을 꺼냈다. 제일 작은 조각도 내 손바닥보다 컸고, 제일 큰 조각은 중형견의 몸을 덮을 정도였다. 테이블에 조각을 켜켜이 쌓아놓으니 새까만 오닉스 같은 아래쪽부터 눈부신 은빛의 윗부분까지 빛깔이 경이롭게 반짝였다. 단단한 비늘이 분리되지 않게 층층이 겹쳐서 매끈한 바깥면은 드래곤이 알을 깨고 나올 때 갈라진 선 말고는 이랑 하나 없었다.

"드래곤 알껍데기군." 코틀린은 그다지 감흥이 없다는 듯이 말을 길게 끌었다. "자네의 짐승들이 놀랍긴 하지만, 껍질이야 하나를 보면 다 본 셈이지."

"이건 아닙니다." 나는 입꼬리를 당겨 올리고, 껍질 안쪽을 손가락으로 쓸면서 그 안에서 수백 년 동안 귀를 기울이고 기다렸을 앤다나의 모습을 그렸다. 에너지가 내 팔을 타고 올라오는 감각에 눈썹이 저절로 올라갔다. "이건 유일한 껍질이에요. 대륙에 존재하는 단 하나뿐인 이리드 드래곤의 껍질이죠. 알려지지 않은 일곱 번째 드래곤 종. 저희가 찾고 있는 앤다나의 종족."

"나보고 그런 말을 믿으라고…." 코틀린은 말하다 말고 앤다나를 보더니 화들짝 놀라서 일어섰다.

뒤를 돌아보니 앤다나가 식물 사이에 섞여들기로 했는지, 마치 시라가 뾰족한 집게에 잡혀서 허공에 매달린 것처럼 보였다. "네."

"그리고 이게 저 이리드 드래곤의 알껍데기라고." 코틀린이 몸을 가까이 기울였다.

"그렇습니다. 폐하에게 선물해도 좋다고 허락해주더군요." 나는 무거운 껍질들을 코틀린 쪽으로 밀었다.

"침이 흐르려고 해." 앤다나가 경고했다.

"조금만 더 버텨줘. 정말 잘하고 있어."

코틀린은 껍질을 살펴보며 고개를 끄덕였다. "그렇군, 그래." 그는 고개를 번쩍 들었다. "한 가지 조건이 있네. 저놈은…." 그의 손가락이 홀든을 가리켰다. "절대 내 섬에 발을 디뎌선 안 돼. 다시는. 그랬다간 목숨을 빼앗겠네."

"좋습니다."

"바이올렛!" 홀든이 항의하려고 했다.

"좋습니다." 나는 다시 한 번 코틀린에게 말했다.

"그렇다면 거래 성립이야." 코틀린이 고개를 숙였다.

"거래 성립입니다." 나도 고개를 숙였고, 앤다나는 시라를 뱉었다. 표범은 자매들을 데리고 쏜살같이 우리 옆을 지나쳐 달려갔다.

"언브리얼에서 시작하겠지? 여기에서 제일 가까운 큰 섬이니 말이야." 코틀린은 내가 고개를 끄덕이기를 기다리더니, 앤다나의 껍데기를 보고 나서 테이블 옆을 돌아 나에게 다가왔다. "받아들일 마음이 있다면, 내가 중개할 수 있는 또 한 가지 거래가 있을 것 같은데."

"듣고 있습니다."

28

가끔 난간다리와 탈곡 현장을 보면서 드래곤들이 언브리얼에 간 적 없다는 사실에 놀랄 때가 있다. 우리가 위험천만하다고 여기는 행위들을 그곳에서는 기본으로 여긴다.

__ 애셔 댁스턴 소위, 《언브리얼: 던의 섬》

"진심이야?" 3일 후의 전투 브리핑 시간, 드베라 교수가 1학년들에게 발리아 함락에 대해 묻고 있는데 옆에 앉은 리가 속삭였다. 발리아는 말렉 만 서쪽으로 300킬로미터쯤 떨어진 중소 도시다.

베닌이 다시 크로블라에 진입했을 뿐만 아니라, 우리가 떠나 있던 8일 사이에 시그니슨 플라이어들이 도착했다. 전투 브리핑 수업은 입석 허용 인원을 초과했고, 모든 계단이 좌석을 대신할 정도였다.

"걘 완전 진심이야." 리 건너편에서 리독이 크게 하품하면서 대꾸했고. 그 모습을 보자 나도 하품이 나왔다. 참아보려 했지만 손으로 막아도 소용이 없었다.

죽도록 피곤하긴 했다. 온몸의 근육이 쑤셨고, 위장은 뭐든 먹고 싶은 건지 아니면 토하고 싶은 건지 모를 상태였다. 그러자 지도가 이중으로 겹쳐 보였다. 우리는 오늘 아침에야 애더빈에서 날아왔는데, 그 보상으로 에이토스 장군은 곧장 전투 브리핑 수업을 들으라며 사람을 한계치 이상으로 몰아세웠다. 그나마 아빠의 책들은 방에 잘 보관해놓았고, 이모젠에게 우리 죄수를 살려뒀다는 말을 들을 수는 있어서 다행이었다.

"그자가 너와 제이든의… 도움을 무기와 맞바꾸고 싶어 했다고?" 리독 오른쪽에서 몸을 내민 소여가 의족 윗부분을 조정하며 물었다. "드베렐리는 중립인 줄 알았는데. 군대도 없잖아."

제이든. 공책에 2월 중순의 날짜를 휘갈겨 쓰다가 펜을 쥔 손에 힘이 들어갔다. 몇 번을 더 실수하면 그의 홍채 주변에 생긴 붉은 원이 영구히 자리를 잡고 관자놀이 핏줄이 붉게 드러날까? 드베렐리의 침실에서는 일시적이라도 그의 진행을 늦출 방법을 찾아냈다고 생각했지만, 마법이 없는 섬에서조차도 그는 안전하지 않았다.

"아니면 그 섬이 그놈으로부터 안전하지 않았다고 해야 할지도." 테른이 끼어들었지만, 나는 그 공격을 무시했다.

"좀 조용히 해주겠어?" 시그니슨 어깨 패치와 3학년 휘장을 단 갈색 머리 플라이어가 몸을 돌려 소여를 노려보았는데, 그 험상궂은 표정은 별로였지만 안경이 아주 잘 어울리긴 했다.

"그 몸 다시 돌리고…." 리독이 말하다가 플라이어를 제대로 보고 멈췄다. "흠, 안녕 시그니슨인. 바스지아스에서 환영은 제대로 받았어?" 리독이 내일 아침에 다른 사람의 침실에서 기어 나올 거라는 사실을 알려주는 미소였다.

플라이어는 코웃음을 쳤다. "난 2학년하고 안 해."

"내가 3학년처럼 잘하니 다행이네." 리독이 씩 웃었다. "더해서 난 탐험대 소속이니까, 추가적인 매력이 있지."

그 말에 플라이어는 리독에게 잠시 흥미를 보였다가 몸을 돌렸다.

"그 자신감은 대체 어디서 나오는 거야, 리독 갬린?" 내 왼쪽에서 메린이 물었다.

리독은 코웃음을 쳤다. "건틀릿을 오르고 살아남아 봐. 그러고 나면 한 번 거절당한다고 죽지 않는다는 사실을 알게 되거든." 그는 문제의 플라이어 쪽으로 몸을 기울였다. "그나저나 3학년은 보통 위쪽에 앉거든. 하지만 나와 가까운 곳에 있고 싶다면 그것도 괜찮아."

그 플라이어는 고개를 살짝 기울이고 펜으로 책상을 두드렸다.

나는 터지는 웃음을 눌렀고, 소여는 고개를 내저었다.

"소여에게 드베렐리 군대 얘기를 해줘." 리독은 의자에 등을 기대면서 나를 일깨웠다. 수업에서는 1학년생이 고지 점령 전술에 대한 단순한 질문에 더듬거리고 있었다.

"아, 그렇지." 나는 하품한 뒤, 어쩌면 잠에 빠지지 않게 도와줄지 모른다는 희망을 품고 아카이브 문을 열어 마력을 받았다. 다시 완전한 내가 된 기분이 좋다는 건 인정해야겠다. "군대가 있긴 해. 그걸 호위대라고 부를 뿐이야. 그러니까 드베렐리에는 거래할 무기가 있는데, 그걸 광고하지 않을 뿐이지."

"너희를 무기로 원한다니 이상하네. 드베렐리엔 마법이 없잖아." 메런 왼쪽에 앉은 캣이 말했다. "번개를 칠 때의 너는 무섭지만, 그게 없으면…." 우리 모두가 캣을 쳐다보았지만, 그녀는 어깨만 으쓱였다. "왜? 다들 하는 생각이잖아. 나만 입 밖에 냈을 뿐이야."

"거기는 적의 군대 이동보다 중요한 일이 있나, 강철대대 2학년들?" 드베라가 묻자 강의실이 조용해졌다.

나는 목이 달아올라서 의자에 몸을 깊숙이 묻었다.

"그게…." 리독이 머리를 긁었다. "소른게일은 지금 대륙 전체를 구할 책임을 짊어진 셈이니까 어쩌면…."

리가 리독의 입을 힘껏 막았다. "아닙니다. 죄송합니다, 소령님."

드베라가 냉소적으로 한쪽 눈썹을 올리더니 강의대에 몸을 기댔다. "그래서 드베렐리는 어땠지, 생도? 우리 모두를 구했나?"

사방에서 고개를 돌리는 바람에 가죽 재킷이 스치는 소리가 났다.

나는 헛기침을 했다. "왕자님이 사령부에 보고하고 있을 테지만, 저희는 외교적 접근으로 드베렐리를 향후 수색을 위한 교두보로 써도 좋다는 거래를 성사시켰습니다." 그리고 나도 입을 다물 테니 코틀린도 제이든이 한 짓에 대해 입을 다물라는 개인적인 약속도 확보했다. 우리의 새로운 동맹이 약해 보이는 상황은 원치 않는다고 부드럽게 일깨우면서 말이다. 사실 내가 입을 다무는 건 희생이 아니지만.

"우리가 같이 이야기할 부분은 그게 다인가?" 드베라가 묻는데, 그 표정이 불편할 정도로 우리 어머니와 비슷했다. 나는 고개를 끄덕였다.

"상인의 섬엔 온갖 가게가 있는데 재 때문에 서점밖에 못 가봤어요." 캣이 펜으로 공책을 두드리며 과장된 한숨과 함께 말했다. 나는 관심이 이동한 덕분에 조금 편하게 숨을 쉴 수 있었다.

"그건 바이올렛답구나." 드베라가 미소를 비쳤다. "오늘 수다스러운 김에 발리아 공격이 왜 그렇게 걱정스러운 일인지 말해보는 게 어떨까, 소른게일 생도." 그녀는 뒤에 있는 지도를 가리켰다.

젠장. 제대로 들었어야 했는데. 나는 2초 정도 지도를 훑어보며 빨간색이었던 깃발 몇 개가 지금은 회색이 되었다는 사실, 그리고 빨간색이 브레이빅 북쪽에서 물러났으며 전체적으로 남서쪽으로 이동하고 있다는 사실을 알아차렸다.

나는 대답했다. "그 공격은 남쪽으로의 이동을 보여줍니다. 저희가 아레티아에 보호막을 세우자 베닌은 경로를 바꿔 페이비스 같은 정복 지역을 버리고 포로미엘과 나바르 국경에 집중했습니다. 이제 우리는 그것이 바스지아스 부화지를 공격하려는 움직임이었음을 알죠. 남서쪽으로의 이동은 전술의 변화를 보여줍니다." 와이번을 타면 코딘까지 날아가는 데 하루도 걸리지 않겠지만, 마력 보급이 목표라면 중간에 아직 고갈되지 않은 땅이 많이 있었다. 하지만 그런 경우라면 지도가 이렇게 계획적으로 보이지 않았을 것이다.

"어떤 전술일지 최선을 다해 추측해본다면?"

속이 울렁거렸다. "방법은 모르지만 놈들이 아레티아 보호막에 대해 알고, 결국 무너질 때를 대비한 위치로 이동하고 있다고 생각합니다."

방 안이 웅성거림으로 가득 찼다.

드베라가 고개를 끄덕였다. "내 생각도 그렇다."

피가 차갑게 식었다. 하지만 어떻게 그걸 알았을까?

한 주가 눈 깜짝할 사이에 지나갔다. 그렇게 열심히 공부한 적이 없었고… 제이든에 대해서도 그렇게 걱정해보기는 처음이었다.

지금쯤이면 제이든이 돌아와야 했다. 세나리움은 우리가 일주일 후에 언브리얼로 떠나기를 기대했고, 나는 점점 불안해졌다. 8일이면 홍채 주위의 붉은 원이 사라졌어야 하는데. 아닌가?

아심으로 진행되었다면…. 나는 그 생각을 최대한 멀리 밀어냈다.

나는 수업을 듣지 않을 때면 탈진할 때까지 스스로를 몰아붙이면서 엉덩이가 얼어붙도록 비행 기동 훈련을 하고, 메런이 선물한 소형 쇠뇌를 연습하고, 이모젠과 함께 모든 근육을 한계까지 단련하고, 앤다나가 테른이 왜 최악의 멘토인지 구구절절 늘어놓는 소리를 들어주고, 그래도 남는 시간에는 시간을 낼 수 있는 대대원들과 함께 우리 아빠의 책을 읽었다. 데인과 함께 이틀 동안 머리를 맞대고 아빠가 남겨둔 단서들을 풀며 책을 열었는데, 미라 언니에게는 말하지도 못했다. 언니는 평생 처음으로 휴가를 쓰고 떠났기 때문이다.

그 모든 것을 하지 않을 때는? 나는 대대원들과 함께 '구덩이'에 가 있었다. 우리의 수업을 위해서일 때도 있고, 분과의 개자식들이 호기롭게 매트 위에 올라갔다가 하나씩 나가떨어지는 모습을 구경하기 위해서일 때도 있었다. 이 구경은 곧 우리가 제일 좋아하는 활동이 되었다.

오늘 오후에는 우리 대대의 2학년과 3학년이 제시니아가 준 책을 무릎에 올려놓고 경기장 왼쪽 맨 아랫줄에 앉아 있었다. 제2비행단과 제4비행단 소속의 다른 대대들이 오늘 가르칠 순서가 된 카 교수의 지도 아래 대련하고 있었다. 개릭과 보디는 우리 바로 밑에서 벽에 기댄 채 책을 보다가 한 번씩 눈을 떼고 앞을 보며 절레절레 고개를 저었다.

2학년 한 명이 폭발하는 화염에 맞아서 날아갔고, 우리 모두 그 녀석의 머리카락에서 불길이 오르며 엉덩방아를 찧는 모습을 보았다.

"선배 차례야." 보디가 쿡 찌르자 개릭이 매트 위로 달려갔다. 개릭이 손목을 털자 산소를 빼앗긴 불길이 잦아들었다.

"생도들을 너무 가까이 접근시키는 것 아닙니까?" 개릭이 카 교수에게 물었다.

"야, 이거 재밌겠는데." 리독이 언브리얼의 전쟁 같은 관습들에 대한 내용을 그나마 많이 다룬 책을 내려놓았고, 그 옆에 앉아 있던 소여도 책을 내렸다. 비행 기동 훈련에는 참여하지 않더라도, 소여가 수업에 앉을 기분이 들었다는 점만으로도 기뻤다. 소여의 귀환에 좋은 징조였다. 물론 돌아올 준비가 된다면, 아니면 그 문제에 대해 이야기할 준비라도 된다면 말이다.

"배짱 좋네." 반대쪽에 앉은 리가 섬 왕국 전체의 기후 패턴에 관한 책을 읽다가 엄지손가락을 끼우면서 말했다.

카가 개릭을 노려보면서 팔짱을 꼈다. "흉터라도 남으면 다음번엔 조금이라도 더 빨리 능력을 쓰겠지. 죽은 것도 아니잖나."

"불길이 생도에게 닿지는 말았어야죠." 개릭이 반박했다.

"자네는 최선의 방법론을 알 만큼 많이 가르친 경험이 없어." 카는 개릭을 비난했다. "힘 있는 친구들을 뒀다고 해서 자네가 좋은 선생이 되는 건 아니야."

개릭은 이를 갈면서 연기가 피어오르는 2학년을 데리고 매트에서 물러났고, 그 2학년은 자기 대대로 돌아갔다.

"재수 없는 놈." 보디가 말하더니 다시 배정받은 책을 읽었다. 브레이빅의 초기 민담집이었는데, 보디는 그 안에서 사랑이나 선행으로 치유된 베닌에 관한 이야기를 찾고 있었다. 아니면 월식이 일어났을 때 제일 먼 섬에서만 발견되는 희귀한 뱀독을 마신 뒤 벌거벗고 춤을 춰야 치유가 된다거나… 뭐든.

뭐라도.

나는 아빠의 책을 감추기 위해 씌운 가죽 표지를 바로잡고 언브리얼의 궁정에 들어가기 위한 단계별 결투 재판 대목을 다시 읽은 후, 찌푸린 얼굴로 왼쪽 어깨를 돌렸다. 뻣뻣하게 굳은 승모근을 풀지 못한 채로 계속 강행군이라 관절도 욱신거렸다.

"어젯밤에 네가 바이를 너무 심하게 다그쳤어." 개릭이 보디에게 책을 받아들면서 이모젠에게 투덜거렸다.

우리가 읽고 있는 온갖 책들을 보면, 제시니아의 책상에 뭐가 더 있을지 상상도 하기 힘들었다.

"꺼져." 내 바로 뒤에 앉아 있던 이모젠이 공격적으로 책장을 넘기면서 중얼거렸다.

"난 괜찮아." 두 사람을 한 번씩 보고 나서 다시 책을 펼쳤다. 언브리얼이라는 전투적인 섬에 대한 내 아버지의 관찰은 날카롭고 냉담하기까지 했는데, 평소 같은 통찰은 없었다. 스물세 살에 서기 분과를 졸업하자마자 쓴 이 책은 거처에 남겨놓았던 원고와 뚜렷한 차이가 났다.

그런데 아버지는 언제 섬 왕국들에 가본 걸까? 그리고 언제 데인의 골칫거리가 된 기초 사전들을 번역할 시간이 있었을까?

"바이는 한 시간 동안 모든 관절을 세 번 이상 돌렸어." 개릭의 말투가 날카로웠다. "네 훈련을 좀 더 가볍게 해야…."

"안 돼." 이모젠이 책장을 또 넘겼다. "네 좌절감을 카나 나한테 풀지 마. 지나치다 싶으면 바이올렛이 직접 말할 거야."

어깨 너머를 보았더니 이모젠이 집게손가락을 빙 돌리면서 개릭에게 돌아보라고 지시했고, 마라야 왕이 보낸 베닌의 의학적 쓸모를 다룬 책을 읽던 퀸이 이모젠의 어깨로 몸을 기울이고 있었다.

우리가 이 책들을 받느라 얼마나 힘들었는지를 생각하면, 개릭이라면 단 몇 걸음 만에 여기에서 포로미엘 왕실 도서관까지 바로 갈 수 있다는 게 터무니없다.

나는 눈을 깜박이다가 몸을 내밀고 보디의 머리 바로 위 벽에 팔꿈치를 댔다. "저기, 보디?" 나는 우리 둘만 들을 수 있게 속삭였다.

"응, 바이올렛?" 보디가 위를 보고 대답했다.

"선배의 두 번째 능력은 뭐야?" 목소리를 아주 더 작게 했다.

보디는 눈썹을 치켜들더니 개릭 쪽을 보았다. "그런 거 없어."

"내가 그 능력을 쓰는 걸 볼 수 없다는 없음이야, 아니면 정말로 없다는 없음이야?"

보디는 한쪽 입꼬리를 올려 제이든을 닮은 쓴웃음을 지었다. "제이든처럼 없어. 그건 왜?"

"궁금했어." 나는 솔직히 마음을 인정했다. "그리고 이기적이지만 홀든을 입 닥치게 만들 멋진 일을 할 수 있었으면 좋겠다고 꿈꿨지." 드베렐리에서 한 짓을 생각하면 그놈이 다른 섬에서는 또 어떤 미친 짓을 할지 알 수 없었다.

"내가 그런 걸 할 수 있다면 다음 원정에 낄 수 있다는 뜻인가?" 보디의 눈이 반짝였다.

"앞을 봐." 개릭의 말에 시선을 돌려보니, 반역의 낙인이 있는 1학년 하나가 아우라 후임으로 제2비행단장이 된 티민 카기소와 함께 매트 위로 올라가고 있었다. "또 누가 불타는 사태는 막아보자."

아우라 밑에 있던 제2비행단의 부단장도 화염 능력자였다니 기묘한 우연이다.

"알았어." 보디는 책을 벽 위에 올려놓고 매트로 다가섰다.

"라이엘 스털링을 선임 비행단장으로 삼다니 아직도 믿을 수가 없어." 소여가 중얼거리면서 다른 사령부와 함께 대련을 지켜보고 있는 팬첵 쪽을 흘긋 보았다.

"아이리스 드루보단 낫잖아." 캣이 트레이거의 어깨에 뭉친 근육을 풀어주면서 말했다. "그 여자는 할 수만 있다면 모든 플라이어를 자고 있을 때 죽이려고 할걸."

"사실이야." 소여가 맞장구치다가 계단 위쪽을 보았다. "너희는 지금 물리학 수업인 줄 알았는데."

리애넌과 내가 소여의 시선을 따라가니 링크스, 베일러, 애벌린, 슬론, 아릭, 카이가 오른쪽에서 계단을 내려오고 있었다. 1학년들이 오다니.

"10분 전에 나왔어." 슬론이 우리에게, 아니 정확히는 우리가 든 책에 시선을 던지면서 대답했다. "도우러 왔지."

"잘됐네." 리가 엄지손가락으로 어깨 너머를 가리켰다. "3학년들 뒤 빈 줄에 앉아서 지켜봐."

"내가 돕겠다던 건 그게 아니야." 슬론이 팔짱을 끼고 턱을 들어 올리는 모습을 보니 똑 닮은 그 애의 오빠가 생각났다. "이젠 선배가 임무 책임자 맞지?"

"맞아." 속이 철렁했다.

"우리도 돕고 싶어." 슬론은 책들을 가리켰다.

리독이 나서서 고개를 저었다. "1학년은 이 모든 걸 더하지 않아도 충분히 힘들다."

나도 같은 생각이었다.

"둘씩 짝을 지으려고 해도 드래곤이 하나 부족하잖아." 애벌린이 리독을 무시하고 말했다. "혹시 인원을 둘로 쪼갤 일이 있으면 말이야."

리애넌이 고개를 옆으로 기울였다.

"홀수는 문제가 아니야…." 내가 말하려고 했다.

"소른게일이 너무 상냥해서 말하지 못하는 속뜻은, 1학년은 가지 않는다는 거다." 이모젠이 대신 말을 맺었다.

"도울 것도 없고." 개릭이 어깨 너머로 말을 더했다.

"선배한텐 안 물었거든요." 베일러가 개릭을 노려보면서 맞섰다. "우리는 강철대대 소속이고, 선배는 대체 교수였을 텐데요."

"나라면 그런 싸움은 걸지 않겠어." 나는 베일러를 지긋이 바라보며 눈썹을 치켜올렸다.

"엉덩이를 걷어차이고 싶다면 또 모르지." 개릭이 미소를 지었다.

"앉든가, 움직이든가 해." 데인이 계단을 내려오면서 명령했다. 데인의 눈 아래 그늘을 보니 눈썹이 찌푸려졌다. 우리 아빠가 남긴 단서를 풀고, 수업도 듣고, 비행단장 직무도 수행하려니 데인이 짊어진 짐이 너무 많았고, 주된 이유는 바로 나였다.

"우린 도우려는 거야." 슬론이 가늘게 뜬 눈으로 데인을 노려보다가 뺨을 붉히면서 시선을 돌렸다.

"너희가 살아남는 게 돕는 거야." 맞받아친 데인은 리 옆의 가장자리에 자리를 잡고 가방에서 우리 아빠가 따로 엮은 언브리얼 사전을 꺼냈다. "카 교수에게 들었는데, 네가 고유 능력 훈련을 거부한다면서."

"뭐라고?" 나는 책을 덮었다.

"정말로 메이리를 한 명 더 잃고 애도하려고?" 슬론이 데인에게 반격했다.

"네 오빠의 죽음은 언제까지나 내 책임일 거야. 그러나 네 죽음은 그렇지 않아." 데인의 말투가 날카로워졌다. "난 1학년들의 응석을 받아주지 않아. 그러니 고유 능력 훈련을 받아."

"재수 없어." 슬론이 속삭이더니 뺨이 더 붉어졌다.

나는 슬론이 데인에게 던지는 눈빛을 보고 눈썹을 들어 올렸다. 과연 그 자리에서 찌르고 싶은 건지, 아니면 다른….

"젠장." 개릭의 말에 모두가 구덩이로 고개를 홱 돌렸다. 카기소에게서 치솟은 화염이 1학년을 향해 날아가고 있었다.

보디가 매트 위로 잽싸게 세 걸음을 디디고 손을 돌리자 바로 불이 꺼졌다. 곧바로 카 교수와 언쟁이 벌어졌지만, 나는 그쪽을 무시하고 다시 슬론에게 주의를 돌렸다.

"왜 훈련을 안 하는데?" 내가 물었다.

"선배 같으면 하겠어? 그 능력으로 할 수 있는 거라곤 파괴하고 죽이는 것뿐인데?" 슬론은 구덩이에서 시선을 돌렸다.

마력이 뜨겁고 고집스럽게 뼛속을 울렸다. 나는 조용히 말했다. "모르겠다. 나라면 할까?"

슬론은 리를 쳐다보았다.

"나 쳐다보지 마. 난 바이와 같은 생각이야." 리는 고개를 내젓고 읽던 책의 지도 부분으로 넘어갔다.

슬론이 어깨를 축 늘어뜨렸다. "난 그저 뭔가에서 마법을 흡수하지 않고 다른 방법으로 돕고 싶을 뿐이야. 그리고 입장 바꿔서 선배들도 작년에 위 학년들만 빠져나가서 대륙을 구한다고 했으면 가만히 앉아 있진 않았을걸."

할 말이 없었다. 아릭은 내 말문이 막힌 것을 알아차리고 슬론 뒤에서 한쪽 눈썹을 치켜올렸다.

"일리는 있는데." 소여가 천천히 말하는 사이에도 아래에서는 또 다른 1학년이 카기소에 맞서 구덩이에 들어섰다.

"리암은…." 나는 입을 열었다.

"오빠는 오빠의 선택을 했어. 우린 우리 선택을 하는 거고." 슬론이 나를 일깨우며 팔짱을 꼈다. "그리고 오빠라면 내가 선배들의 준비를 최대한 돕길 바랐을 거야. 우리가 따라가지 못한다 해도 그래."

리와 나는 눈짓을 주고받았고, 리가 고개를 끄덕였다.

"좋아." 나는 몸을 돌리고 이모젠의 발치에 놓인 무거운 배낭에서 가장 무해해보이는 책들을 찾았다. "여기." 책더미를 슬론에게 건넸다. "이 책들을 읽고 한 권당 한 장씩 보고서를 쓰고…."

"이런 망할…." 두 계단 아래에서 카이가 신음했다.

"징징대지 마. 돕고 싶다고 했잖아." 리가 말을 끊는데, 보디가 벽 앞으로 돌아왔다.

"책은 최대한 빨리 나한테 반납해." 나는 하던 말을 마무리했다.

"고마워." 슬론은 친구들에게 책을 나눠줬고, 나와 리, 그리고 데인을 흘끔거리고 나서 대대원들을 따라 계단을 올라갔다.

아릭은 신화 책 한 권을 쥔 채 나에게 물었다. "서기들이 선배의 임무 보고서를 아직 발표하지 않았어. 얼마나 나빴던 거야?"

리독이 코웃음을 쳤다. "네 오만한 형님이…."

"잠깐만." 나는 얼른 리독의 말을 자르고, 의자에 책을 내려놓은 다음 서둘러 리와 데인을 지나쳐서 아릭에게 다가갔다.

"홀든은 홀든이었어." 나는 목소리를 낮춰 말했다. "홀든다운 짓을 해서 홀든 식의 파문을 일으켰지. 그 무엇도 네 잘못이 아니야."

아릭의 턱에 근육이 불거지고, 책을 쥔 손에 힘이 들어갔다. "형 때문에 누가 죽었어?"

나는 고개를 끄덕였다. "호위로 갔던 윈샤이어 대위."

아릭은 구덩이 쪽을 보았다. "네 임무를 위험에 빠뜨렸고?"

"아니야. 홀든은 드베렐리에 다시는 발을 들이지 못하게 됐지만, 난 필요한 걸 얻어냈어." 단지 제이든이 대가를… 신들이시여. 이번에는 제이든이 얼마나 대가를 치렀는지 나는 알지도 못한다.

아릭은 고개를 끄덕이더니, 형과 똑같은 눈동자에 완전히 다른 눈빛으로 나를 마주 보았다. "감당할 수 없는 상황이야, 바이올렛?" 그는 조용히 물었다.

"아니야." 나는 침을 삼켰다.

아릭은 눈을 가늘게 뜨더니, 고개를 끄덕이고 나서 동급생들을 따라 계단을 올라갔다.

몸을 돌려보니 2학년과 3학년들이 열띤 토론을 벌이고 있었다. 모두가 리 주위로 바싹 몰려들어서, 내 눈에는 가운데에 있는 리가 보이지도 않을 지경이었다.

"드베렐리에서 언브리얼로 간 다음에…." 트레이거가 입을 열었다.

"드베렐리로 돌아갔다가 애더빈으로 갔다가 여기로 오지?" 캣이 말을 가로챘다. "비행거리가 말도 못 하게 길어. 그런 다음에 또 헤도티스, 제힐나, 로이사, 그 외에 작은 섬들로 또 똑같이 그렇게 날아간다고? 안 돼." 캣은 고개를 저었다. "안 돼. 드베렐리를 기지로 삼는다고 해도 너무 큰 시간 낭비야."

나는 데인의 어깨 너머로 몸을 기울였다.

"네 말이 맞을 때가 정말 싫다." 데인이 중얼거렸다.

리는 지도 위로 손가락을 움직였다. "이 위도에 이를 때까지는 주로 서풍이 불 거야." 리는 드베렐리 북쪽 해안을 가리켰다. "어느 시점엔가 바람 방향이 바뀔 테니, 보고하러 돌아올 때마다 맞바람을 받게 돼."

"드래곤들은 감당할 수 있어." 메런이 조용히 짚었다.

"그리폰들은 못하지." 보디가 개릭과 함께 벽 너머로 들여다보면서 말을 맺었다.

"그러니까 간단히 말해서 우린 망한 거네." 리독이 말했다. "이 섬들을 다 수색하려면 5개월보다 훨씬 더 오래 걸릴 거야."

머릿속으로 숫자가 마구 날아다녔다. 큰 섬들은 문제가 아니다. 까다로운 문제는 셀리안 해에 접한 십여 개의 작은 섬이다. 지난번 여정에 8일이 걸렸는데, 그것도 드베렐리만 왕복한 기간이었다.

"재미있는 책인가?"

그 목소리에 몸을 홱 돌렸다. 제일 낮은 계단에 선 제이든을 보자 심장이 펄쩍 뛰었다가 가라앉고, 나는 일주일도 더 전에 제이든이 떠난 후 처음으로 깊이 숨을 들이마셨다. "안녕." 나는 그의 얼굴을 구석구석 뜯어보고 나서 시선을 맞추며 인사했다. 다행히 흰자위는 깨끗했는데, 뭔가 색깔이….

"안녕." 제이든은 방금 내가 했던 그대로 나를 훑어보면서 대답했다. "좋아 보이네."

마음을 뺀은 나는 제이든이 차단벽을 내리는 것을 느끼고 안도감에 녹아내릴 뻔했다. 반짝이는 오닉스 빛깔이 익숙한 파도가 되어 내 마음을 감쌌고, 나도 차단벽을 내렸다. *"당신도 좋아 보여."*

"푹 잤어." 그는 대답했다. *"그리고 이상하게… 괜찮은 기분이야."* 그

는 헛기침을 했다. *"그 침실에 재미있는 점이 있어."*

"아레티아에?" 나는 그의 비행 재킷을 잡아 끌어당기고 싶은 것을 참으려고 거친 벽면 가장자리에 손을 두고 버텼다.

제이든의 시선이 내 입에 닿더니 열기를 띠었다. *"예전엔 그 방을 좋아했는데, 이제는 네가 없으면 견딜 수가 없어."*

"이런 대화가 그리웠어." 나는 우리의 연결에 기댔다. 열심히 노력하면 그곳을 파고 들어가서 몸을 묻을 수 있을 것만 같은 기분이었다. 친밀하다는 면에서 이 연결은….

"섹스보다 낫지." 제이든이 내 말을 대신 맺었고, 나는 내 의도를 읽지 말라고 잔소리하는 대신 고개만 끄덕였다. 하지만 그건…. 눈이 커졌다. 제이든도 리독처럼 고유 능력을 갈고닦은 건가?

"집에 대한 소식은?" 보디가 우리 바로 뒤에서 묻는 바람에 나는 화들짝 놀랐다.

"라이오슨 저택의 지붕을 수리해야 한다거나, 소른게일 만이가 다음 원정에 가져가라고 내 평생 본 것 중 가장 큰 의료 가방을 보냈다거나 하는 소식을 듣고 싶은 게 아니라면, 없어." 제이든은 사촌 동생 너머로 개릭을 보았다. "난 태비스 교수와 이야기 좀 해야겠는데." 내가 앞으로 나섰지만, 그는 고개를 저으며 내 손이 닿지 않는 곳으로 물러났다. "여긴 바스지아스야."

그렇지. 다시 규칙을 지켜야 한다.

"나중에?" 개릭이 지나갈 수 있게 비켜서는데, 고개를 끄덕이고 멀어지는 제이든의 눈동자 속 호박색 반점에 햇빛이 비쳤다.

호박색이라니.

바로 제이든을 쫓아 내려가지 않은 건 순수한 의지력 덕분이었다. 나는 리를 둘러싸고 계속 이어지는 논쟁 쪽으로 몸을 돌렸다.

"그러면 드베렐리를 건너뛰고 거기로 바로 날아가!" 보디가 언브리얼 섬을 가리켰다.

"그리폰들은 못한다니까!" 캣이 외쳤다.

나는 이 섬, 저 섬으로 휙휙 시선을 돌렸다. 여기에서 10일. 저기에서 12일. 로이사와 작은 섬들 바깥쪽으로 향하면 한 달의 왕복 여정이다. 뱃속이 쓰라리다 못해 천천히 뒤틀리려고 했다. 가장 큰 문제는 한 군데 갈 때마다 돌아와서 세나리움에 보고하는 부분이다. 제이든에겐 시간이 충분치 않고, 아레티아 보호막도 그렇다.

"네가 어떤 결정을 내리든 엠피리언은 네 편일 거야." 앤다나가 장담했지만, 테른은 조용했다. 오랜만에 스게일과 대화하게 됐으니, 그쪽에 열중했겠지.

우린 가야 하고, 그것도 지금 가야 한다.

"그럼 규칙은 꺼지라고 해야겠네." 내가 목소리를 높이자 다들 조용해졌고, 캣은 연습용 원반을 지도 위에 던졌다. 방음막 룬을 담금질해놓은 원반이었다.

나는 고마움을 담아서 캣을 슬쩍 본 다음, 다른 사람들을 보았다. "보급하고 출발한다. 계획대로 언브리얼로 떠나긴 하지만, 그 후에는… 직접 명령에 불복한다. 섬 하나를 방문할 때마다 돌아오지 않을 거야. 앤다나의 종족을 찾을 때까지는 보고하지도 않고, 돌아오지도 않아."

리가 하늘까지 눈썹을 치켜올렸다. "한 달은 걸릴 수도 있어."

"날씨에 따라서는 더 걸릴 수도 있고." 메런이 추측했다.

"군법회의에 회부될 거야." 소여가 우리를 일깨웠다. "그게 올바른 계획이긴 할 테지만, 직접 명령을 어기면…." 그는 고개를 옆으로 기울였다. "하지만 일곱 번째 드래곤을 데리고 돌아온 대대를 군법회의에 부치기는 힘들겠지."

"좋은 지적이야." 리독이 고개를 끄덕였다. "잘난 왕자는 그래도 데려가야 하나?"

"응." 데인이 몸을 앞으로 내밀고 무릎에 팔뚝을 댔다. "어떤 섬들은 왕족 없이 우리와 대화하지 않을 거다. 헤도티스부터 떠오르는군."

"이건…." 보디가 나를 보고 눈매를 좁혔다. "이리 내려와봐." 방음막을 빠져나가서 구덩이 바깥쪽의 자갈 바닥으로 내려가자 마법이 출렁였다. "무슨 일이야, 소른게일? 나도 규칙은 꺼지라고 하고 명령을 무시하고 맞서는 데는 찬성이지만, 이렇게 급하게…."

"눈동자." 나는 주먹을 꽉 쥐고 보디에게도 겨우 들릴 만큼 목소리를 줄였다. "드베렐리에서 합금 때문에… 반점이 금색으로 돌아가지 않았어. 여전히 호박색이야." 사람들이 알아차리거나 제이든이 악화되기 전에 치료법을 찾아야 한다.

보디는 힘이 빠진 얼굴로 조용히 말했다. "젠장." 희망이 스러진 표정이었지만, 나까지 영향을 받을 순 없었다. "일단 네가 부탁한 건 가져왔어." 보디는 주머니에 손을 넣더니 S와 A 표시가 된 약병 두 개를 건넸다. "원하다면 더 손에 넣을 수 있어."

S는 혈청, A는 해독제다.

"고마워." 나는 누가 보기 전에 재빨리 약병을 주머니에 넣었다. "꼭 쓰겠다는 계획이 있는 건 아니고…."

"난 그저 네가 그 약을 써야 할지도 모른다는 사실을 인정해서 기쁠 뿐이야." 보디가 내 말을 끊었다.

"우린 치료법을 찾아낼 거야." 나는 더 확신을 실어 다짐했다.

보디의 입매가 굳었다. "나도 가고 싶어 죽겠지만, 개릭은 꼭 데려가야 해."

우리 둘 다 그게 무슨 뜻인지 말하지는 않았다.

'치료법을 찾지 못할 때에 대비해서 개릭을 데려가.'

누군가의 비명 소리에 우리 둘은 매트 쪽을 홱 돌아보았다.

카기소가 다시 화염을 쏘자 발톱전대 2학년 여자 생도가 비명을 지르며 허둥지둥 뒤로 물러나고 있었다. 그녀의 갈색 머리에 불꽃이 점점 가까워지는데도 카는 끼어들지 않았다.

"저 사람을 도와줘." 내가 속삭였다.

"난 물러나 있으라는 명령을 받았어." 보디는 그 생도의 비명이 격해지면서 손과 무릎을 바닥에 짚고 쓰러지자 긴장했다.

다음 화염은 그 생도 코앞까지 들이닥쳤다.

"능력을 써라!" 카가 외쳤다. "방어해!"

2학년 생도는 매트 위에 손을 활짝 펴더니 비명을 질렀다. 그 손을 중심으로 원형을 그리며 색깔이 빠져나가는데… 매트가 회색으로 변했다.

이런 젠장. 속이 꽉 조여드는 와중에 나는 망연히 그쪽만 보았다.

그 여자는 우리 눈앞에서 변하고 있었다. 아니면 원래 베닌이었던 걸까? 그랬다면 제이든이 감지했을 텐데, 아닌가? 방금 여기 있었는데. 아니면 저 여자는 제이든을 감지했을까? 나는 머릿속 혼란을 정리하지 못한 채 단검을 뽑았다.

뒤쪽 관람석에서 숨을 들이켜는 소리와 날카로운 비명이 올랐다.

"카!" 팬첵이 명령했다.

교수는 지금까지 본 적 없는 빠른 움직임으로 합금 단검을 휘둘러 그 생도의 등 뒤에서 심장을 찔렀다.

그렇게 쉽게, 죽어버렸다. 처형당했다. 심문도 없고, 치료할 기회도 없었다. 아무것도.

보디가 몸서리를 쳤다. "반드시 개릭을 데려가."

29

전쟁의 여신을 숭배하는 문화에서는 피가 가장 좋은 제물이고, 비겁함은 가장 큰 죄악이다.

_ 애셔 댁스턴 소위, 《언브리얼: 던의 섬》

계획을 궤도에 올리고 모든 것을 정리하는 데 열흘이 걸렸고, 시간은 심문실에서 규칙적으로 떨어지며 내 신경을 갉아 먹던 물방울처럼 천천히 흘러갔다. 지시대로 모든 수업에 들어가고 팔이 지쳐 떨어질 때까지 고유 능력을 연습했지만, 고유 능력 대련에서 제이든을 볼 때마다 눈동자의 반점이 금빛으로 돌아오진 않았을까 끊임없이 살필 수밖에 없었다.

금빛은 돌아오지 않았다.

3월의 첫 번째 토요일, 동트기 전의 안개 속에서 우리 대부분이 비행장에 모였을 때쯤엔 피부에 벌레가 돌아다니는 느낌이 들 정도로 불안감이 심해졌다. 홀든에게 이번엔 언브리얼만 오간다고 거짓말하는 것도 싫었지만, 한편으로는 아무려면 어떠냐는 마음이 점점 커졌다.

홀든은 짜증 나는 골칫거리였다.

캣과 놀라울 만큼 수월한 의논을 나눈 후, 우리는 트레이거와 메런을 포함시켜 인원을 늘렸다. 트레이거가 치료를 할 수 있다는 것도 이유였지만, 사실 이러면 필요할 경우에 두 조로 나눌 수 있기 때문이었다. 기다리고 있는 그리폰들과 드래곤들에게 부대원이 다가갈 때 미라의 표정을 보니, 이 전개가 썩 마음에 들지 않는 눈치였다. 내가 편지를 쓸 때 깜박하고 알리지 않았었나 보다.

"어디 갔었어?" 나는 조금이라도 사생활을 누리려고 무리에서 떨어져 나오며 물었다. 다른 대원들은 곧 짙은 안개 속으로 사라졌다.

"휴가였어." 미라 언니가 대답했다. "네가 여기 돌아와서 세나리움의 직접 명령을 어길 계획을 짜는 동안에 말이지. 물론 그거야 임무 지휘관으로서 너의 특권이고." 언니는 내 척추를 작살내고 있는 거대한 배낭을 흘긋 보더니, 자기 발치에 놓인 가방을 보았다. "그 편지들은 영리했어. 교묘하기까지 했지. 그런데 배낭은? 그렇지도 않네."

"언니에게 편지 보낼 방법을 물었더니 팬첵이 휴가 중이라는 말밖에 안 해줬어. 언니는 사라졌고." 나는 눈을 가늘게 뜨고 싸늘한 공기 속에 입김을 내뿜었다. "그리고 가방은 어쩔 수 없어. 가져갈 게…."

"드베렐리에서 보급품을 충분히 받지 못할까 봐 걱정인가?" 홀든이 뒤에 나타나며 물었다.

미라가 한쪽 눈썹을 올리더니 입은 움직이지도 않고서 '내가 말했지'라는 뜻을 전달했다.

"그보다는 왕자님이 다시 일을 망칠까 봐 걱정이지." 제이든이 대꾸했고, 몸을 빙글 돌리자 제이든이 개릭과 함께 안개를 뚫고 걸어오는 모습이 보였다.

홀든의 등이 뻣뻣해졌다. "나한테 말 걸지 말아라, 라이오슨."

"아, 잘됐네. 둘이 언제 싸우기 시작하나 궁금했어." 미라가 가슴 앞에 팔짱을 꼈다.

"안 그러면 어쩌려고? 또 다른 섬에서 추방당하게? 테카루스의 배를 타고 앞바다에만 앉아 있게? 전하는 이미 거추장스러운 짐인데, 이제는 해까지 끼치려고?" 제이든은 내 옆에서 걸음을 멈췄지만, 돌아온 후 쭉 그랬듯이 내게 손을 대지는 않았다. *"다 온 건가?"*

"데인이 오는 중이야."

"내가 드베렐리에서 나바르 일을 수행한 건 사과하지 않겠어…." 홀든이 말하려고 했다.

"정작 임무를 맡은 우리에게 그 망할 임무에 필수적인 정보를 감춘 걸 사과하는 게 어떨까?" 제이든이 홀든에게 다가서며 맞받아치자, 그의 발치에서 그림자가 부풀었다. "넌 우리 아니었으면 죽었어."

젠장.

개릭을 쳐다봤지만, 그는 어떻게든 해보라는 듯이 나를 마주 봤다.

"왕자를 죽이게 놔둬." 앤다나의 제안이었고, 6미터쯤 뒤에서 앤다나의 고삐가 잘그랑거리는 소리가 들렸다. *"그놈은 우리를 잘 대변하지 못하잖아."*

"그놈은 문제가 되지 않을 거다." 테른이 단언했다.

나에게 그 반만이라도 확신이 있었다면.

"흠, 시작 한번 좋네." 드레이크가 어슬렁어슬렁 그리폰 쪽으로 걸어가면서 말했다. 짙은 안개 속에서 다른 플라이어들이 기다리고 있었는데, 내 위치에서는 겨우 윤곽만 보였다.

"내 앞에서 비켜라." 홀든이 명령조로 말했다.

"날 치울 수가 없어서 죽을 맛이겠군." 제이든의 입꼬리가 올라갔다. "그 쪼끄만 바구니에나 얼른 들어가지 그래?"

"꺼져." 홀든은 얼굴이 붉어진 채 한 걸음 물러섰다.

"난 정말로 당신이 홀든을 죽여도 상관없어." 머릿속으로 제이든에게

말했다. *"하지만 당신은 신경 쓸걸. 내가 아레티아에서 캣의 머리를 뜯어 낼 뻔했을 때 당신이 이렇게 말했던 것 같은데?"*

"저놈은 널 죽음으로 몰아넣을 거야." 제이든이 쏘아붙였다. *"이래가지곤 성공 못 해."*

"내가 홀든 때문에 죽지는 않을 거야."

왼쪽 안개 속에서 리독이 걸어 나오더니, 홀든과 제이든을 슥 보고 나서 얼른 내 옆에 붙었다. "탈곡 때와 비슷한 기분이 들지 않아? 신이 나면서 무섭기도 하고. 가야 한다는 건 알지만, 참패할 가능성도 있다는 걸 아는 거 말이야."

"애더빈까지 바로 날아가는 경험은 즐겁지 않았다." 홀든이 안개에 대고 선언했다. "오늘 우리는 절반만 날고…."

그 순간 또 다른 날개 한 쌍의 움직임에 안개가 소용돌이치고, 왼쪽에서 땅이 울리면서 드래곤 하나가 리독 바로 뒤에 내려섰다.

홀든이 얼빠진 얼굴로 뒷걸음질을 쳤다.

처음에는 안개 때문에 발톱 윤곽만 보이다가, 드래곤이 파란 주둥이를 땅바닥 가까이 내리고 홀든 쪽으로 깊은숨을 내뱉었다.

몰빅이 대체 왜….

속이 뒤틀렸다.

"내가 저 장남은 문제가 되지 않을 거라고 했잖느냐." 테른이 나를 일깨웠다.

"몰빅?" 리독이 몸을 살짝 내밀었다. 그 블루 클럽테일의 주둥이에 있는 흉터를 잘못 볼 리도 없는데 말이다.

"안 돼!" 나는 어깨를 돌려서 배낭을 떨구고 제이든과 홀든을 지나쳐 안개 속으로 달려들었다. "그러지 마!" 10미터도 달리기 전에 데인과 나란히 걸어오는 아릭의 모습이 보였다.

"난 옆에 비켜서서 홀든 때문에 모두가 죽어 나가는 꼴을 지켜만 보진 않을 거야." 아릭은 배낭끈을 당겨 조이면서 말했다. 던이시여. 맙소사, 아릭에겐 심지어 전투용 비행 재킷도 없었다.

"이러고 싶지 않잖아." 나는 아릭에게 다시 한번 말했다. "네 형의 행동에 휘둘리지 마." 나는 방향을 돌려서 데인을 손가락질했다. "너도 이렇게 놔두면 안 되지!"

데인은 양쪽 손바닥을 가슴 앞에 들어 올렸다. "대체 어떻게 하면 이게 내 탓이 되는 거야?"

나는 더듬거리며 답을 찾았다. "잰 1학년이고, 넌 비행단장이잖아!"

데인은 콧잔등을 문지르더니 무겁고 시커먼 눈그늘 위로 손가락을 펼쳤다. "바이, 이 영역에서는 재가 나보다 지위가 높아."

"정말 이러고 싶나?" 제이든이 묻는데, 등에 갑자기 온기가 느껴질 정도로 가까웠다.

"이러고 싶냐고? 아니." 아릭은 고개를 저었다. "하지만 해야겠어. 그리고 홀든이 네 삶을 비참하게 만드는 거야 상관없지만, 홀든 때문에 온 대륙이 베닌에게 죽는 꼴은 못 보겠거든. 형은 화가 나면 심호흡을 하고 셋까지 세는 것조차 못하니까."

"난 좋은 것 같은데." 제이든의 손이 내 등허리를 살짝 쓸었다. "넌 괜찮아?" 그가 내 쪽을 흘긋 보았다.

나는 아릭의 굳은 턱과 결의에 찬 초록색 눈동자를 찬찬히 보고 어쩔 수 없이 고개를 끄덕였다. "모두에게 선택권이 있지. 이게 네 선택이라면 지지할게."

아릭이 고개를 끄덕였고, 제이든과 나는 두 사람과 함께 드래곤 쪽으로 걸어갔다…. 가는 길에 홀든이 있었고.

"네가 바구니를 탈 필요는 없게 됐군." 제이든은 미라와 리독, 개릭, 홀든이 기다리고 선 곳까지 가면서 말했다. "우린 다른 왕자를 찾았으니 말이야."

홀든은 턱뼈가 빠진 사람처럼 입을 벌린 채 크게 뜬 눈으로 동생을 보고 있었다.

"그렇게 놀란 표정 짓지 마." 아릭이 이를 갈면서 말했다.

"표정이 뭐?" 홀든은 천천히 고개를 내저었다. "널 찾느라 온 왕국의 매춘굴과 도박장을 뒤지게 해놓고선, 내내 여기 있었다고?"

"날 찾겠다면서 형이 좋아하는 곳부터 간 것만 봐도 시작이 잘못됐네." 아릭이 매섭게 대꾸했다.

"네가 라이더라고?" 홀든이 소리를 질렀다.

"드래곤을 보면 알 수 있지 않나요?" 리독이 몰빅을 가리켰다.

"자기가 죽었다고 생각하게 만들 수도 있었어." 미라가 중얼거렸다.

"아버지가 이 소식을 들으면 진짜 죽을 거다!" 홀든이 외쳤다.

"가서 말하든지 말든지." 아릭이 어깨를 으쓱였다. "난 아무래도 좋아. 내가 난간다리를 건넌 건 형하고 아버지가 베닌에 대해 아무것도 하지 않는다는 걸 알고 앉아만 있기 지겨워서였고, 지금은 가만히 앉아서 형이 우리의 유일한 희망을 땅바닥에 처박는 걸 지켜보기만 하지 않겠어. 내가 왕실 대표로 갈 거야."

홀든이 뻣뻣하게 굳었다. "절대 안 된다, 캠."

"여기선 아릭으로 통해. 그리고 아릭이 갈 거야." 내 반박을 들은 전 남친이 위협적으로 노려보았지만, 나는 눈 하나 깜짝하지 않았다. "홀든, 당신은 드베렐리에서 추방당했고 그나마 멀쩡한 날에도 성질이 두 살짜리 같아. 아릭은 라이더야. 공중에서나 땅에서나 뒤처지지 않을 것이고, 지난 8개월간 대대 생활을 했으니 일이 틀어졌을 때 냉정을 잃지 않을 줄도 알아."

홀든이 아릭을 노려보았다. "왕실 금고에 침입한 게 너구나."

"응." 아릭이 고개를 끄덕였다.

"아버지는 날 탓했어." 홀든이 한 걸음 내딛자 죄책감에 목덜미가 살짝 따끔거렸다. 홀든이 질책을 받은 게 우리 탓이긴 하니까 말이다. "바스지아스에 있었던 거냐? 아니면 반란군과 같이 날아갔나?"

"답은 이미 알 텐데." 아릭이 대꾸했다.

홀든이 슬리시그 못지않게 시뻘게졌다. "분과로 돌아가라. 왕실 대표는 내가…."

"어디 그리폰한테 다시 형이 든 바구니를 나르게 시켜보든지." 아릭은 그렇게만 말하고 몰빅에게 걸어갔다.

"흠, 좀 어색하긴 했지만…." 리독이 눈썹을 치켜들었다.

"비행장에서 나가는 법은 알겠지." 제이든의 비아냥에도 홀든은 블루 드래곤의 발톱만 빤히 보고 있었다.

"바이올렛." 홀든이 목소리를 낮추더니 천천히 내 쪽을 보았다. 그의 눈에 담긴 애원이 내 가슴을 정통으로 때렸다.

"아릭은 무사할 거야." 나는 약속했다.

홀든이 고개를 한 번 끄덕였다. "그 약속 지켜야 할 거다." 홀든은 차례차례 우리를 보았고, 다짐은 위협으로 변했다. "너희 모두."

우리는 여정 중간에 그리폰들을 쉬게 하느라 애더빈에서 하루, 코딘에서 하루를 보냈다. 바구니를 나르지 않으니 훨씬 덜 힘들어하긴 했지만, 그래도 드베렐리에는 힘을 강화할 마법이 없다 보니 우리는 여기서 이틀을 쉬어야 했다.

그 둘째 날에 미라는 첫 탐색에서 이미 짐작한 내용을 확인했다. 룬은 대륙 바깥에서도 일부분 작동했다. 이제 어떤 룬이 작동하는지 범위를 좁히고, 그 이유를 알아내야 했다. 우리는 모두 실험을 위해 색색의 수정 원반을 한 줌씩 받아둔 상태였다. 햇빛에 화상을 입지 않는 건 고마웠으나(그것도 자수정 원반 덕인지, 아니면 제이든이 작년에 준 단검에 그려진 것과 같은 룬 덕분인지는 모르겠지만…) 미라 언니가 룬 이야기 말고는 안 하려고 하는 건 정말 짜증이 났다.

여정 8일째 아침, 드베렐리 남서쪽 해안선에서 멀어져 공해 위를 날다 보니 물빛이 청록색에서 짙은 푸른색으로 변했다. 그리고 수평선에 보이는 것이라곤 물밖에 없었다. 선박들마저 없었다면, 아무것도 없는 곳으로 날아가는 게 많이 불안했을 것이다.

"아홉 시간 뒤 언브리얼에 도착할 때까지는 긴장 풀거라." 테른이 말했다. *"너도 바람이 바뀔 때마다 신경 쓰지 말고."* 몸 아래에 고정시킨 앤다나에게도 말했다.

제발 아버지가 책에 넣은 지도가 정확해야 할 텐데. 드래곤들은 선박이 아니다. 지치더라도 물 위에 그냥 떠 있을 수가 없다. 그리고 지금부터 아홉 시간이 더해지면 우리의 총 비행시간은 12시간이 된다.

그리폰들은 8시간 이상의 비행을 싫어했다.

정오쯤에 바람의 흐름이 바뀌고, 구름이 걷히면서 우리는 순풍을 탔다. 앤다나는 고정장비를 풀고 자유를 즐기며 테른 옆을 날았다. 날갯짓은 강했지만, 마법이 받쳐주지 않으니 왼쪽 날개가 다르다는 점이 훨씬 잘 보였다. 날개를 칠 때마다 힘줄에 부담이 가면서 완전히 펴기가 힘들어졌고, 오래지 않아서 앤다나는 살짝 아래로 처졌다.

앤다나가 돌풍에 곤두박질치자 불안으로 목이 죄는 느낌이었지만, 나는 앤다나가 다시 대형으로 올라오는 동안 입을 다물었다.

"아래로 내려가지 말아라." 테른이 경고했다. *"저 아래 상선들이 어떤 무기로 무장했을지 모른다."*

"계속 떠드는 거 질리지 않아?" 앤다나는 스게일에게 조금 더 가까이 붙으면서 물었다.

"전혀." 테른은 단언했다.

여덟 시간 동안에는 달리 할 일이 없었기에 최초의 조상부터 시작해서 자기네 종족의 전승을 읊는 테른의 목소리에 귀를 기울였는데, 대전 중에 처음으로 계약을 성공시킨 블랙 드래곤인 타로우에 이르자 이야기가 멈췄다.

아무래도 인간이 얽히면 말할 가치가 없어지는 모양이다.

테른이 육지를 보았을 때쯤엔 태양이 오후 각도로 기울어 있었다.

"30분 남았다." 테른은 앤다나와 나에게 말하더니, 다른 이들에게 알리려고 내 이가 덜그럭거릴 만큼 크게 포효했다.

나는 안장에서 몸을 돌려 대형을 확인했다. 모두가 있어야 할 자리에 있었는데, 키라레만 중앙에서 보호받던 위치에서 멀어져서 에오트롬의 코앞에서 날고 있었다. *"딱 맞췄네요. 키라레가 약해지고 있어요."*

"그리폰은 왜 데려와서는." 테른이 중얼거리는 소리를 들으며 몸을 다시 돌리자 언덕이 많은 해안선이 보였다.

검푸른 바다가 하얀 포말로 변하면서 몇 킬로미터 앞에 펼쳐진 항구 도시의 크림빛 바닷가에 철썩였다.

"저게 소너람일 거예요." 우린 확실히 전쟁 신의 섬을 찾아냈다. 여기에서도 크로스볼트를 포함한 몇 겹의 방어벽을 알아볼 수 있었고, 아버지가 자세히 그려놓은 그림과 많이 달라지지도 않았다. *"꼬챙이에 꿰이는 사태는 피해야겠죠?"* 나는 테른에게 물었다.

테른은 씩씩거리더니 앞으로 튀어 나가서 오른쪽으로 몸을 기울이고, 북동쪽 해안선을 따라 항구 도시를 멀찍이 도는 방향으로 대형을 인도했다. 나는 손차양으로 오후 햇살을 가리고 해안을 살펴보다가 도시 벽

끝에 주목했다. *"3, 4킬로미터쯤 떨어진 곳에 마을이 하나 더 있고, 그다음에는 최소 65킬로미터는 가야 뭐가 나와요."*

아버지가 책을 쓴 뒤 30년이 넘도록 팽창을 안 했다면 말이다.

크고 튼튼한 방어시설을 갖춘 그 마을을 지나쳐서 주거지라고는 보이지 않는 비행을 10분 정도 한 후, 대형에서 벗어난 테른이 다른 드래곤들을 앞서 날면서 내륙으로 방향을 틀었다.

"스게일 옆에 있거라." 테른이 앤다나에게 명령했다.

앤다나는 짜증스럽게 씩씩거렸다.

"계획대로 해야지." 내가 일깨웠다.

"난 계획 싫어." 앤다나가 불퉁스럽게 대꾸했다.

여기 바닷가는 돌투성이였고, 바윗돌이 드문드문 흩어진 좁은 모래밭에서부터 이어지는 수풀이 울창한 구릉지대가 눈 닿는 곳 멀리까지 뻗어나갔다. 전부 드베렐리와 똑같이 흐린 초록색이었다.

"저기." 해안에서 섬 안쪽으로 몇 킬로미터를 들어간 테른은 언덕 비탈을 반쯤 올라간 위치에 있는 꽤 큰 공터를 발견했고, 우리는 그 주위를 한 바퀴 돌아본 후에 드디어 초지 한가운데에 내려앉았다.

색색의 새들이 급히 달아나며 숲 위로 날아올랐다.

낮게 그르렁거리는 소리가 테른의 몸을 울렸다. 으르렁거린다고 할 정도로 강한 소리는 아니지만, 우리를 저녁거리로 고려할지 모르는 상대에게 경고할 만큼은 컸다. 테른은 천천히 몸을 돌려 숲 가장자리를 살피고, 사람 허리까지 오는 풀밭을 꼬리로 휘저었다.

"여기면 되겠구나." 테른은 한 바퀴를 다 돌고 나서 말했다.

몇 분 후, 나머지 일행이 머리 위에 나타났다. 스게일이 대형을 이끌고 있었다. 하강 속도를 늦추기 위해 다들 날개를 확 펼치면서 잠시 공터 위에 그림자가 드리우더니, 모두가 우리 주위로 내려왔다.

땅이 흔들리고 앤다나가 우리 오른쪽, 스게일이 왼쪽에 내려섰다. 테인, 에오트롬, 캐스, 크라드, 몰빅은 우리 뒤에 내려섰고, 그리폰들은 우리가 그리는 커다란 원 사이사이를 메웠다.

모든 이빨과 발톱이 숲 쪽을 향했다.

"저거 들리느냐?" 테른이 고개를 숙이고 앞으로 걸어갔다.

우리 주위의 정글은 부자연스럽게 고요했다. *"여기 짐승들이 여러분이 포식자라는 걸 알아본 건 분명하네요."*

"잘됐군." 테른이 어깨를 낮췄고, 나는 짐을 안장 뒤에 묶어놓고 필수품만 챙겨서 땅으로 내려갔다.

드베렐리에 맞먹게 숨 막히는 더위와 습도 때문에 모두가 셔츠 차림, 내 경우에는 갑옷 차림이 됐다. 그 후에 우리는 재빨리 주위 안전을 확보하고 가까운 개울을 찾아서 물을 떴다. 캣과 트레이거는 사냥하러 숲속으로 들어갔고, 드래곤 절반도 사냥을 위해 날아올랐다.

"일단은 우리뿐이지만, 이 상태가 오래가진 않을 거야." 미라는 테인이 테른과 에오트롬을 따라 날아오르는 모습을 보며 말했다. "누군가가 드래곤들을 발견할 거야."

"잘됐지 뭐. 아릭이 여기 왕을 만나고 나면 우리도 계속 움직일 수 있잖아." 나는 흐린 초록색의 풀밭을 손으로 쓸어본 뒤 불 피울 자리에 놓을 큼직한 돌멩이를 주웠다. "여기에서 동맹을 맺을 가능성은 희박해. 드래곤들이 마법에서 단절된 상태를 얼마나 괴로워하는지 생각하면 앤다나의 종족이 여기에 정착했을 것 같지 않아."

"만약 마법 없이 사는 방법을 배웠다면?" 미라는 손목에 낀, 검은색 토르말린처럼 보이는 구슬 팔찌를 돌리면서 물었다. 시선은 리독과 개릭이 불을 피우고, 데인이 메런, 아릭과 함께 요리용 꼬챙이를 만드는 쪽에 가 있었다.

"나도 그게 가능한지 어떤지는 몰라." 나는 조용히 인정하면서 그 팔찌를 보았다. 금속 구슬을 꿰어놓은 매듭 장식을 보니 뭔가 생각날 듯 말 듯 아리송했고, 아주 잠깐이지만 양피지 냄새가 나는 것 같았다. 나는 시선을 돌리고 말했다. "테른은 마법 단절이 수명에 어떤 영향을 미치는지 자세히 알려주지 않아."

"혹시 테른과 스게일이 싸웠어?" 미라도 돌멩이를 줍기 시작했다.

"모르겠는데. 왜?"

"여행 내내 같이 사냥을 안 하더라." 미라는 돌멩이를 옆구리에 끼고 또 하나를 주웠다.

공터 저편을 보니 스게일과 앤다나 근처에서 제이든이 드레이크와 함께 순찰을 돌고 있었다. "둘 중 하나는 무리와 함께 있어야 한다고 생각하나 봐." 언니에게 알려줄 수 있는 진실은 이게 다였다.

언니는 절반의 진실을 꿰뚫어보는 듯한 시선으로 나를 보았다.

화제를 바꿔야지.

"휴가엔 어딜 갔었어?"

미라 언니는 힘든 결정을 내리는 것처럼 입술을 오므렸다. "할머니를 보러 갔어."

"디콘셔까지 날아갔다고?" 뭐, 그것도 언니 선택이지.

"내가 무덤을 보러 휴가까지 냈겠어?" 언니가 나를 곁눈질했다.

나는 눈썹이 하늘로 날아오르는 줄 알았다. "니아라 할머니를 보러 갔다고?" 목소리가 저절로 작아졌다.

미라 언니는 눈알을 굴렸다. "속삭일 필요 없어. 우리 부모님이 들을 수 있는 것도 아니고."

그래도 확실히 하기 위해 주위를 확인하고 싶어졌다. "니아라 할머니가 엄마, 아빠와 절연한 게…." 나는 고개를 저었다. "기억도 안 나는 걸 보니까 내가 태어나기도 전이었을 거야. 아빠가 엄마와 결혼한 게 문제였던가, 그렇지?"

미라는 고개를 저었다. "네가 걸음마를 배울 나이였어. 네 머리숱이 늘어서 작은 꼬리처럼 묶어줬을 때쯤이지." 추억을 얘기하며 떠오른 미소는 곧 사라졌다. "그리고 절연한 건 할머니가 아니었어. 알고 보니 그 반대였더라고."

"언니는 어떻게 된 일인지 아는구나?" 질투심이 빠르고 깊게 일어났다. 엄마와 아빠는 가족에 대해 거의 말하지 않았다. 저 팔찌도 거기서 가져온 걸까?

"너도 루세라스에 가봐야 해." 언니는 걱정과 두려움이 이상하게 뒤섞인 표정으로 입매를 긴장시키며 나를 지긋이 쳐다보았다. "할머니와 직접 얘기해봐."

"내가 졸업 전에 받을 수 있는 휴가를 몽땅 모아서?"

"좋은 지적이구나." 언니는 돌멩이를 찾으려고 풀밭을 뒤졌다.

언니가 말해줄 만큼 훌륭한 지적은 아니고 말이지. 좋아. 작년에 배운 교훈이 하나 있다면, 우리 모두가 비밀을 가질 권리가 있다는 거다.

하지만 언니는 내 가족이잖아.

"혹시 언니가 읽고 싶어 할까 봐 아빠의 책들을 가져왔어." 나는 다시 화제를 바꾸면서 돌멩이를 찾아다녔다. 발아래 땅은 단단했다. 그래도 진흙탕에서 잘 일은 없다는 뜻이었다.

미라 언니는 눈썹을 찡그렸다.

"주로 관습을 다루긴 해." 저절로 말이 튀어나왔다. "하지만 아빠는 책마다 모든 섬의 고유한 동식물에 대해 한 챕터를 할애했어. 아주 자세하게." 나도 이마가 찌그러졌다. 횡설수설하고 있는 것은 알았다. 하지만 점점 멀어지는 우리 사이에 어떻게든 다리를 놓으려고 애쓸 수밖에 없었다.

“니아라 할머니가 아빠가 어떻게 제비갈매기와 에리스버드의 이주 패턴 같은 문제를 시간 내서 연구했는지 말해줬어? 팔로리아나 나방 연구도 그렇고 말이야. 아빠는 브리슨 뿌리와 켈렌위드를 같이 심는 문제에 지면을 세 쪽이나 할애하다가 자키아 열매로 빠지더니, 새들이 헤도티스에 너무 늦게 날아가면 그동안 자키아 열매가 너무 익어버린 결과로 작은 노란색 부리에 파란 물이 든 새떼가 떨어져 죽는다고 기록했어.”

“제안은 고맙지만 사양할게. 끔찍하다.” 언니는 뻣뻣하게 자세를 바꾸고 돌멩이 두 개를 품에 안았다.

나는 돌멩이를 꽉 움켜쥐었다. “니아라 할머니는 아빠가 섬 왕국들을 연구한 걸 알았어?”

미라 언니는 입술을 뗐다가 시선을 돌렸다. “알았어. 그리고 아빠는 그 책들을 너에게만 남겼잖아. 기억해? 내가 철새 이주나 나방에 대해서 알 필요가 없는 건 확실하고.”

“언니….” 망할.

미라는 나를 뒤에 남긴 채 걸음을 빨리했고, 나는 천천히 한숨을 내뿜고 말았다.

“듣고 있기 민망하더라. 그보다 더 어색하기도 어렵겠어.” 앤다나가 잔소리했다.

“가서 사냥이나 해.”

우리는 내내 숲을 감시하면서 야영지를 만들고, 트레이거와 캣이 가져온 토끼들을 요리하고, 불가에 침낭을 깔고, 불침번을 배정한 다음에 잠자리에 들었다. 드래곤 둘과 그리폰 둘씩 짝을 이뤄 우리 주위를 에워싸고 있었고, 나머지는 불침번을 서는 라이더나 플라이어와 함께했다.

내가 메런, 드레이크와 함께 첫 불침번을 섰는데, 드레이크의 냉소적인 유머 감각은 리독에 맞먹었다.

두 번째 불침번은 제이든, 미라, 개릭이었다.

나와 마찬가지로 부츠까지 갖춰 신은 제이든이 겨우 담요 안으로 들어왔을 때는 별이 밝게 빛나고 있었다. 그는 내 허리에 한 팔을 감고 내 등을 당겨 안았다. 나는 반쯤 잠든 채로 미소 지으며 더 몸을 붙였다. 나무 쪼개지는 소리에 눈을 떠보니 데인이 죽어가는 불에 나뭇조각을 던져넣으며 되살리고 있었다.

"뭔가 있어?" 나는 소곤거렸다.

"아직은 없어." 제이든이 나에게 몸을 바싹 붙이며 귓가에 말했고, 순찰하면서 묻어온 한기는 순식간에 따뜻한 온기로 변했다. "드래곤이 자리를 비워야 오겠지."

나는 고개를 끄덕이며 뱃속에 뿌리내리는 두려움에 맞섰다. 미끼가 된다는 건 상한 우유를 마시는 기분과 비슷하다.

제이든이 내 귀 뒤에 입을 맞추더니 숨소리가 고르게 변했다.

"해가 뜰 때까지 기다렸다가 사라져요." 나는 잠에 빠져들면서 테른에게 말했다. *"제이든에게 최대한 휴식 시간을 줘야 해요."* 언브리얼은 모든 걸 결투 재판으로 결정했고, 제이든은 우리의 가장 좋은 패였다.

테른이 그르렁거리는 소리로 동의를 표했다.

"일어나라!" 그러고 1초도 지나지 않은 것 같은데 테른의 고함이 울렸고, 눈을 번쩍 뜨자 수평선에 분홍색과 오렌지색 선이 보였다.

놀란 숨을 들이켜는데, 제이든이 내 허리에 손바닥을 대고 나를 지탱했다. 뒤쪽에서 리드미컬하게 풀이 바스락거리는 소리가 났고, 나는 심장이 쿵쾅거렸다. 지금이야말로 머릿속으로 대화하기 가장 좋은 순간인데. 나는 오른손으로 담요를 움켜쥐었고, 제이든의 손은 내 허벅지 칼집으로 움직였다.

"여기 온 건 실수였다." 어떤 남자가 공용어로 작게 말하더니 우리를 굽어보았다. "너희들의 마법은 여기에서 소용없어."

나는 담요를 젖혔고, 제이든은 내 단검을 뽑아서 한 동작으로 그 남자의 목에 갖다 댔다.

군인이 갈색 눈을 크게 뜨는 사이, 나는 단검을 뽑아서 빠르게 그의 가죽 갑옷을 훑어본 뒤 팔꿈치와 팔 아래의 약한 연결 부위를 찾아냈다. 갑옷은 여기 나뭇잎과 같은 흐린 녹색으로 물을 들였고, 가슴판에는 말굽 위에 장검 두 자루를 교차한 특유의 상징이 찍혀 있었다.

"괜찮아." 제이든이 물러서는 군인의 목 아래에 단검을 댄 채로 천천히 일어났다. "칼을 가져왔거든."

30

어떤 신을 다른 신보다 우위에 두는 건 어리석은 짓이다. 질투심 많고 거대한 신들 사이에서 편애를 보이느니 차라리 모든 신을 피하는 게 낫다.

_ 로릴리 소령, 《신들을 달래는 방법》(제2판)

내가 단검 두 자루를 쥐고 제이든 옆에 서는 사이, 문제의 군인은 뒷걸음질을 쳐서 말 위에 앉은 수십 명의 동료 사이에 합류했다. 모두가 왼쪽 옆구리에는 장검을 차고, 오른쪽 팔에는 단검을 차고 있었다.

같은 방식으로 다섯 명이 우리 부대원의 침낭에서 물러섰고, 불침번 차례가 아니었던 대원들이 다 무기를 들고 일어섰다. 보아하니 우리를 맞이하기 위해 1개 소대를 보낸 모양인데, 정도는 조금씩 다르지만 그들은 똑같이 피에 굶주린 미소를 띠고 있었다.

"산속에 기병 2개 중대가 숨어 있다." 테른의 말을 듣고 공터 주위를 재빨리 돌아보니 키 큰 나무들 사이에 낮게 깔린 금빛 눈동자 몇 쌍이 보였다.

"언브리얼의 말고기 맛을 보고 싶어." 앤다나가 말했다.

"안 돼." 테른과 내가 동시에 대답했다.

앤다나가 머릿속에서 한숨을 쉬었다. *"언젠가는 착하게 물어보는 거 그만둘 거야."*

"너희 불괴물을 데리고 우리 섬을 떠나라." 병사들이 말 위의 기병들 앞으로 물러서는 가운데, 우리 앞의 군인이 경고했다.

"산속에 기병 2개 중대가 있대." 나는 입을 최대한 작게 움직여서 제이든에게 속삭였다.

"곧 그럴 거다." 제이든은 그 군인에게 말하고는 태연하게 손등으로 내 손을 쓸었다.

그들은 너무나… 비슷했다. 그 군인들은 성별에 상관없이 모두가 180센티미터 안팎의 키였고, 근육질의 몸에 머리는 짧게 잘랐다. 그리고 똑같은 상징이 새겨진 가죽 갑옷을 입었는데, 목 아래쪽에 보이는 서로 다른 휘장이 계급을 나타내는 듯했다.

"공용어를 할 줄 아나?" 데인이 미라와 함께 내 오른쪽에 섰고, 우리 부대는 예의 바르게 3미터 정도의 거리를 유지한 채 언브리얼의 소대와 마주했다.

"너희 언어를 알기 때문에 내가 이 임무 지휘를 맡았지." 상대방은 제이든에게서 눈을 떼지 않고 대꾸했다.

"시간 낭비 잘했군." 데인이 중얼거리더니 작은 책자를 비행 재킷 앞주머니에 밀어 넣었다. 언브리얼 언어 사전이었다.

내 맞은편 바로 앞에 선 금발의 뾰족한 턱 군인이 나를 다시 보더니, 양손과 허벅지에 있는 단검들에 주목했다.

"당신네 폐하에게 공식적으로 알현을 요청한다." 제이든이 내 단검을 쥔 채로 앞에 나섰다.

"거부한다." 그 소대장이 대답했다. "폐하께선 자격 없는 자들을 만나주시지 않고, 우리가 너희 야영지에 얼마나 쉽게 다가왔는지 생각하면,

너희에게 자격이 있을 가능성은….” 그는 우리를 훑어보더니 내 자세를 빠르게 평가하고 나서 코웃음을 쳤다. “…최저로군.”

저 새끼가.

나뭇가지가 흔들리더니 드래곤들과 그리폰들이 숲에서 걸어 나와 소대를 느슨하게 에워쌌다.

“우리가 쉽게 만들어준 거야.” 내가 고개를 옆으로 기울이고 단검을 튕겨 칼끝을 잡는 사이, 테른은 내 뒤에서 낮고 심술궂게 그르렁거렸다. 딱 내가 좋아하는 그대로였다. “어렵게 만들어줄 수도 있다는 건 믿어도 좋아.”

소대가 비명을 지르며 달아나지 않았다는 점은 높이 사지만, 휘둥그레 눈을 뜬 금발 군인의 녹색 가죽 바지 아래쪽은 점점 어두운색으로 물들었다. 난간다리에서 살아남진 못했겠군.

“걱정 마.” 나는 슬쩍 웃으며 말했다. “드문 반응도 아니야.” 하지만 가슴이 살짝 내려앉기도 했다. *“드래곤을 본 적이 없는 반응이네요.”*

“내 가족은 이 섬에 없어.” 앤다나가 말하는데, 우리의 연결을 통해 천 개의 바늘처럼 좌절감이 쏟아져 들어왔다.

나는 어깨를 돌리면서 그 감정을 털어내려 했다. 굳이 군인을 죽여서 동맹의 기회를 날려버릴 필요는 없었다. *“부디 감정 좀 조심해줘. 여기에선 차단할 수가 없다고.”*

군인이 나에게 다시 시선을 돌리더니 눈을 가늘게 뜨면서 중얼거렸는데, 완전히 이해할 순 없지만 ‘약하다’와 ‘제일 작다’라는 말은 확실히 알아들었다. 나는 단검을 다시 튕겨서 칼자루 쪽을 잡았다.

“저놈은 네가….” 데인이 고개를 저었다. “뭐, 저놈이 뭐라든 신경 쓰지 마.” 그러면서 그 군인에게 가운뎃손가락을 들어 보였다.

“우리를 불태운다고 해도 우리의 왕을 알현할 순 없다.” 소대장이 턱을 치켜올렸다.

"그렇지만 격투로 너희 중에 제일 뛰어난 놈을 이기면, 쓰러뜨린 상대방의 계급으로 너희 궁정에 들어갈 자격이 생기지." 제이든은 재수 없는 미소가 어른거리는 표정으로 고개를 기울이며 말했다.

소대장의 얼굴에서 미소가 사라졌다. "우리 법을 아는군."

"이 사람이 알아." 제이든이 내 쪽을 가리켰다. "그리고 난 이 여자와 함께하지. 내가 이미 네놈 목에 칼을 댔으니, 우린 기술이 더 뛰어난 네 상관과 대결해야겠지?"

소대장이 천천히 몸을 돌리면서 우리 머리 위쪽을 훑어보자 테른이 우르릉거렸다. "불괴물들은 여기 남는다."

스게일이 왼쪽에서 돌진하며 여자 군인 하나의 머리카락이 옆으로 날릴 만큼 가까운 곳에서 이를 딱 부딪쳤다. 그 여자는 숨을 들이켰다.

"헛소리하지 말라는군." 제이든이 말했다.

소대장은 눈을 마주치지 않고 스게일을 곁눈질했다. "절반만 갈 수 있다. 현명하게 골라라. 이게 마지막 제안이다."

제이든은 고개를 끄덕이더니 우리 쪽으로 몸을 돌려 개릭에게 장검을 건네받았다. "누굴 데려가고 싶어?"

"내가 골라?" 나는 눈을 껌벅였다.

"네 임무잖아." 제이든이 대답했다.

젠장. 나는 숨을 깊이 들이마시고 데인을 지나쳐 미라를 보았다. "제이든은 도전자고, 아릭은 나바르를 대변하고, 캣은 포로미엘을 대변하고…." 이제 둘밖에 남지 않았다는 사실에 목이 막혔다.

미라가 고개를 끄덕였다. "견실한 선택이야. 질질 끌지 마."

"데인과 나." 그러면 언니만이 아니라 두 번째로 강한 전사도 뒤에 남기게 된다.

"에이토스를?" 개릭이 물었다.

"명령에 토 달지 마." 제이든은 개릭이 등을 뻣뻣하게 세울 만한 투로 경고했다.

"저 소대장이 임무를 맡게 된 건 공용어를 할 줄 알아서라고 했으니까, 그런 사람이 흔치 않다고 봐야겠지." 나는 이유를 설명했다. "몇 마디는 알아들을 수 있지만, 나는 헤도티스어를 주로 공부했고 나머지 언어는 데인이 맡았어."

개릭이 턱을 악물더니 고개를 한 번 끄덕였다.

"맞혀볼까. 나보고는 남으라고 할 거지." 앤다나가 비난조로 말했다.

"배우고는 있구나." 테른이 대꾸했다.

미라 언니를 쳐다보았지만, 나를 비난하는 눈빛은 아니었다. "우리가 밤이 되도록 돌아오지 않으면 여길 싹 태워버려."

언브리얼의 수도인 아이스톨은 섬 안쪽으로 날아서 20분도 안 걸리는 곳이었지만, 기병대가 가파른 산속을 구불구불 누비고 능선을 넘어서 그 강력한 요새 도시까지 가는 데는 두 시간이 걸렸다.

도시 모습을 자세히 보게 되자 테른을 데려온 선택을 조금 후회했다. 아이스톨은 전원 지역에 우뚝 솟았는데, 몇 킬로미터에 걸쳐 제일 높은 언덕을 다 차지하고 있었다. 다양한 색조의 돌을 써서 층층이 원형 계단식으로 지은 도시였지만, 건물 지붕은 모두 똑같은 하늘색이었다. 도시 층마다 테른의 무게도 버틸 만큼 두꺼운 성벽을 둘렀고, 맨 아래층 벽에는 유인 크로스볼트 열두 개가 있었다. 그 위로 이어지는 여덟 층에도 수는 줄어들지만 크기가 비슷한 크로스볼트들이 있고, 드베렐리와 달리 이 무기들은 여러 각도로 회전했다.

이 도시는 드래곤과 싸울 용도로 지어졌다. 실제로 드래곤들이 여기에 왔든 아니든 간에 말이다.

"테른을 저 크로스볼트 가까이 두기 싫어요." 나는 각각의 원형 벽 안으로 올라가는 쇠창살문을 한 줄로 통과해 달리는 기병대에 주목하면서 마음의 목소리를 크게 했다. 명령 한 번이면 저 도시는 걸어서는 절대로 돌파하지 못하고… 탈출하지도 못하게 될 것이다.

"난 네가 선택한 동료들이 싫다만, 그래도 이렇게 왔지." 테른은 몇백 미터 상공에서 비행 대형을 이끌고 도시에 접근하면서 대꾸했다. 우리 왼쪽에서 폭풍이 다가오고 있었다.

"세 번째 원이요." 나는 15미터 위를 날면서 테른을 일깨웠다.

"나도 들을 때 거기 있었다. 잊지 않았어." 테른은 대꾸하더니 날개를 접고 도시에서 세 번째로 높은 원을 향해 강하했다. 급하강하느라 안장 끈이 허벅지를 조였고, 익숙한 날갯짓을 기다렸지만…. 날개가 움직이지 않았다.

"테른?" 사람들이 길거리를 뛰어다니며 벽을 따라 줄지어 선 건물 안으로 숨었다. 벽이 가까이 다가오는 것이, 테른이 속도를 늦추지 않으면 부술 터였다. *"테른!"*

그는 한숨을 내쉬더니 날개를 확 펼치고 한 번 크게 움직였다. 덕분에 세 번째 성벽에 착륙하기 직전의 반동으로 나는 뼈가 덜그럭거릴 지경이었다. 테른의 발톱 아래에서 돌이 부서졌고, 그는 3미터도 떨어지지 않은 크로스볼트를 향해 고개를 내렸다.

배치되어 있던 군인 두 명은 뒷걸음질을 쳤지만, 세 번째 군인은 발사 장치의 나무 토대 안에 반쯤 몸을 숨기고 용감하게 버티면서 한 손을 레버에 얹고, 반대쪽 손으로 천천히 나무 바퀴를 돌려서 크로스볼트를 우리 쪽으로 돌렸다.

나는 안장 끈을 풀고 잽싸게 더 유리한 지점으로 올라가서 손에 단검을 쥐었다. 우리 위로 그림자가 지더니 스게일이 크로스볼트 반대편에 내려앉았고, 군인이 그쪽을 쳐다보고는 콧구멍을 벌름거리면서도 목 안쪽으로 으르렁댔다.

결국 군인이 크로스볼트에서 두 손을 뗐다.

나는 갖고 있는 무기 말고는 모든 것을 안장에 묶어둔 채 테른의 어깨 쪽으로 움직이다가, 잠시 멈춰서 내 뒤에 캐스, 키라레, 몰빅이 내려앉는 것을 확인했다.

"내릴 때 조심하지 않으면 우리 둘 다 망신당할 거다." 테른의 경고에 아래를 흘긋 보자 속이 뒤틀렸다. 오른쪽으로 1미터만 잘못 내려가도 15미터짜리 성벽에서 떨어질 테니.

"알았어요." 나는 안쪽을 겨냥해서 미끄러지다가, 테른의 첫 번째 발톱과 두 번째 발톱 사이 성벽에 착지했다.

제이든과 내가 다가갔을 때는 크로스볼트에 배치된 세 명이 모두 망루 안으로 후퇴한 뒤였다. 그쪽에서 공격하지만 않으면 우리도 해치지 않는다고 말하려고 했는데, 제이든 왼쪽에 있는 나무 문이 열리더니 소대장의 머리가 튀어나왔다.

그 남자가 군인들을 꾸짖는데, 내가 알아들을 수 있는 말은 '알현'뿐이었다. 그는 이어서 손짓하며 어둠 속으로 우리를 불렀다. "따라와."

제이든이 먼저 들어가고, 나도 그 뒤를 따라 돌계단을 내려갔다. 석벽에 가늘게 뚫린 구멍 사이로 자연광이 비추고, 우리는 문을 두 번 지나쳐서 지상층까지 구불구불 내려갔다.

"벽 안에도 사람들이 있네요." 나는 테른에게 말했다. 아빠가 그 부분을 빠뜨렸거나, 아니면 방어시설 내부는 보지 못한 모양이었다. 두 번째가 더 가능성이 높았다.

"영리하구나." 테른이 인정했다.

소대장이 계단 맨 아래에 있는 문을 열었고, 제이든과 나는 석조 건물들 사이에 있는 어두운 골목길로 걸어 나갔다. 길폭이 제이든의 어깨너비보다 30센티미터쯤이나 넓을까. 등에 진 장검 폼멜이 돌을 긁기 직전이었다. *"이 건물 구조에서 우리도 몇 가지 배울 수 있겠어요. 병사 한 명으로 수십 명을 막을 수 있겠네요."*

골목 끝까지 걸어가자 탁 트인 포장도로가 나왔다. 폭이 10미터쯤 되어 보였고, 아빠의 기록이 정확하다면 거주 구역에 속할 테지만, 길거리 양쪽에 늘어선 가죽옷 차림의 군인들에게선 거주지 같은 느낌이 전혀 나지 않았다. 그중에 흐린 녹색 가죽을 입은 사람은 몇 명 없었고, 흐린 파란색 복장의 군인들은 다리에 금속 정강이받이를 찼다. 하지만 다음에 나온 문 앞에는 은색 복장의 군인들이 장검을 뽑아 들고 서 있었고, 갑옷 가슴판이 아침 햇살을 받아 반짝였다.

그래도 쇠창살문은 올라간 채였다.

"여기서 기다려." 소대장이 우리를 가운데로 이끈 뒤, 왼쪽에 선 파란 제복 한 명이 뭐라고 외치자 자리를 떴다.

제이든과 나는 서로 등을 맞댔다.

"상대는 스물네 명이고, 우린 둘 뿐이야." 나는 군인들을 쭉 훑어보며 속삭였다. 모든 문 앞에 두 명씩 배치되어 있었다.

위에서 스게일이 으르렁거렸다.

"넷이야." 제이든이 새끼손가락을 스치며 조용히 일깨웠다. "지금은 정말 정신 연결이 그립네."

"나도야." 나는 위병들이 공격할 빌미를 주지 않는 한에서 단검 근처에 두 손을 두고, 판단력을 흐트러뜨리는 두려움과 싸웠다. 먹구름이 몰려오며 하늘이 어두워졌다.

내 오른쪽에 있던 위병들이 갈라지더니, 소대장이 그 사이로 걸어 나오고 그 뒤를 아릭, 데인, 캣이 따라왔다.

"따뜻한 환영이네." 캣이 다가와서 말했다.

"이쪽이다." 소대장이 지시하더니, 다음 문을 막고 있는 은색 제복의 군인들 쪽으로 성큼성큼 걸어갔다.

"바싹 붙고, 죽지 않도록 해." 제이든은 소대장을 따라가면서 아릭에게 말했다. 양옆에서 걷는 병사들이 계속해서 위쪽을 보는 모습을 보니, 테른과 스게일이 성벽에 앉아 있기 질린 듯했다.

문으로 다가가면서 군인들이 언쟁하기 시작했는데, 나는 '위험'과 '성스러운'밖에 알아들을 수 없었다.

"저들은 이… 위치에서 도전장을 열고 싶어 해." 스게일과 테른은 거리를 유지하면서 위쪽 벽을 걸었고, 뒤에서 데인이 해석해줬다. "우리를 자기네 최고 신전에 접근시키고 싶지 않다는 거지."

"우리가 관심 있는 건 저 사람들 신전이 아닌데." 캣이 그 옆에서 중얼거렸다.

소대장이 언쟁에서 이겼는지, 위병들이 갈라지며 우리를 통과시켰다. 슬쩍 보았더니 흉갑에 X자로 교차한 두 자루 장검의 한가운데를 움켜쥔 발톱이 새겨져 있었다. 그건 전쟁 신, 즉 던의 상징이었다.

"우리와 비슷하네요." 나는 두꺼운 문을 통과하면서 테른에게 말했다. *"여신 던의 상징에 발톱을 넣은 걸 보니 기원이 같은가 봐요."*

"지금에 집중하고, 분석은 나중에 해라." 테른이 요구했고, 우리는 다음 구역에 들어섰다.

여기에는 주거지가 없고, 양쪽 벽에 층층이 앉는 자리를 만들어놓았으며 열린 광장 앞에는 내가 지금까지 본 가장 큰 신전이 있었다. 신전 높이가 테른의 키에 맞먹었다. 긴 박공지붕에는 도시와 똑같은 연푸른 기와를 얹었고, 앞면을 떠받치는 여섯 개의 넓은 기둥들은 모두 화강암이었다. 반질반질한 돌이 햇빛을 받아 은처럼 반짝였는데, 기둥마다 다른 상징이 새겨져 있었다. 장검, 방패, 불, 물, 발톱. 나는 오른쪽 마지막 기둥을 보고 눈썹을 치켜올렸다. 마지막 상징은 책이었다.

모두 전쟁의 도구다.

그 기둥 옆에는 여신 던에게 바치는 조각상이 있었는데, 던을 닮은 반짝이는 회색 신상이 지붕 맨 아랫단에 닿을 정도였다. 그녀는 왼손에 든 장검을 우리 쪽으로 겨누고, 오른손에 든 방패는 관자놀이 옆에 대고 있었다. 긴 머리는 땋아서 상반신 한쪽에 늘어뜨렸고, 긴 로브에 허리띠를 매고 그 위에 흉갑을 걸쳤다.

"와." 캣이 감탄하며 소곤거렸고, 위병들은 우리 뒤쪽으로 빠져서 광장 양옆에 자리를 잡았다. 우리는 계속해서 계단식 좌석 사이에 보이는 더 어두운색의 돌들을 향해 걸어갔다.

파란색 로브를 입은 수행원들이 신전 계단에 나타나자 나는 멈칫하고 말았다.

안내인 전원이 은발이었다.

회색도 아니고, 백발도 아니었다.

은발이었다.

31

수호자들이 가장 경배하는 신에게 아이들을 봉헌하는 일은 이제 허용되지 않는다. 평생 신을 섬기겠다는 결정은 성년이 된 후 본인의 자유 의지로 내려야 한다.

_ 라셀 라이트스톤, 〈공고문 200.417〉

"어지러워?" 제이든이 작게 속삭였다.

"아니야." 나는 걸어가면서 수행원들을 하나하나 훑어보았다. 키도, 체형도, 성별도, 피부색도 다 달랐지만 파란 로브와 은발만은 똑같았다.

계단 맨 위에 서 있던 여성 수행원 하나가 손뼉을 치자 던 신상 뒤편에서 하늘색 튜닉을 입은 아이들 한 무리가 뛰어나오더니 그리로 곧장 달려 올라갔다. 나는 마지막으로 뛰어가는 아이에게서 시선을 뗄 수가 없었다. 열 살이 채 될까 말까 한 여자아이였는데, 끄트머리가 은빛인 갈색 머리채를 흔들면서 더 어린아이를 안아 들고 재촉을 받으며 신전 안으로 들어갔다.

그 아이가 사라지는 모습을 보면서 숨을 쉴 수가 없었다.

"바이올렛." 제이든이 속삭였다. "저 애 머리카락이…."

"알아." 내 몸이 기우뚱거리자 제이든이 허리를 지탱해줬다.

21년을 살면서 나 같은 머리카락은 한 번도 본 적이 없었다. 저 아이도 나처럼 머리를 아무리 짧게 잘라도 끝이 은빛일까? 관절이 잘 빠질까? 뼈가 잘 부러지고? 난 알아야 했다. 알아야만 했다.

테른이 위쪽을 어슬렁거리자 기병 소대장이 벽 위를 보고 고함을 질렀고, 수행원들 모두 허리띠에 찬 칼을 뽑았다. 덕분에 나도 휘몰아치던 생각에서 벗어났다.

"자기가 데려왔다고 했어." 데인이 제이든 왼쪽에서 통역했다. 우리는 경기장 바닥 같기도 하고, 전투 브리핑 교실 같기도 한 공간 끝에 일직선으로 서 있었다.

"귀여운 칼을 들고들 있구나." 테른이 말했다.

"머리요." 나는 대꾸했다. *"그 아이 머리카락이 저랑 똑같았어요."*

"호기심은 나중에 부리고 살아남기부터 해라. 집중해."

금속성이 울리고, 우리 왼쪽 제일 높은 줄에 문이 올라갔다. 잠시 후에 터널에서 두 명이 걸어 나왔다.

"제이든의 상대인가요?" 테른에게 물었다.

"나이 든 장군과 고위 사제하고 싸우지야 않겠지."

왼쪽에 선 중년 남자는 희끗희끗한 머리에 진한 갈색 피부였는데 은빛 갑옷의 위병들과 똑같은 제복을 입었고, 그 옆에 선 더 나이 많고 피부색이 옅은 여성 사제는 신전 수행원들이 입는 긴 연푸른 로브를 입었을 뿐만 아니라 옆구리에 장검을 찼다.

그녀가 눈을 가늘게 뜨고 우리를 훑어보다가 나에게 시선을 고정하는데, 왼쪽에 선 남자가 뭐라고 외쳤다.

"자기가 근위대장이라면서, 정말로 폐하를 알현하고 싶으냐고 묻네." 데인이 통역했다.

"그렇다고 대답하고, 그러기 위해 우리가 저들의 관습에 따를 거라고 해줘.” 나는 던에게 제이든이 준비되어 있기를 기도하면서 말했다.

데인이 천천히 말을 옮기자, 그 두 사람이 계단을 내려오고 기병 소대장은 계단을 올라가서 결국 한자리에서 만났다. 소대장이 보고하자 장군이 입을 꾹 다물더니 단검을 뽑아서 소대장의 가죽 갑옷 어깨에 달린 끈을 잘랐다.

초록색 가죽이 계단에 떨어지고, 소대장은 고개를 숙였다.

“강등 같은데.” 아릭의 오른쪽에서 캣이 소곤거렸다.

“언어를 몰라도 그건 알지.” 아릭이 맞장구쳤다.

광장에 쩌렁쩌렁 울린 근위대장의 목소리가 바위에 부딪치며 메아리쳤다. 그가 계단을 내려오는 사이, 데인이 빠르게 통역했다.

“우리가 성취할 수 있는 것은 죽음뿐이지만….” 데인이 멈칫했다. “젠장, 그러니까 우리가 제일 강한 전사를 내놓으면, 자기들의 왕과 대화할 자격이 있는지 시험하겠다는 것 같아.”

제이든이 고개를 끄덕였다. “난 준비됐다고 전해.”

데인이 말을 전하자 근위대장이 손뼉을 두 번 쳤다. 팔을 드러낸 군인 세 명이 터널에서 나오는 모습을 보자 가슴이 조였다. 가운데 선 여자는 데인까진 아니라도 소여와 비슷하게 컸는데, 양옆에 선 덩치 큰 남자들과는 나와 제이든만큼 키 차이가 났다. 그 둘은 쌍둥이 같았다.

내 등골을 타고 올라온 한기는 불어오는 바람이나 몰려드는 뇌운에 태양이 가려진 것과는 무관했다.

“이 작전을 다시 생각해봐야 하는 거 아닐까.” 캣이 소곤거렸다.

그래. 이번만은 나도 같은 생각이었다.

“넌 작전이라고 하지만, 여기선 그게 법이야.” 제이든이 대꾸했다.

근위대장과 고위 사제 뒤로 내려오는 세 명의 전사가 계단을 밟을 때마다 심장이 더 빨리 뛰는 것 같았다. 그들이 광장에 도착했을 때는 벌써의 날갯짓보다도 빠를 지경이었다.

"코스타!" 벽을 따라 둘러선 위병들이 외치자 오른쪽에 선 전사가 근육질의 두 팔을 들어 올렸다.

"말리스!" 나머지 위병들이 외치자 여자가 턱을 들어 올렸다.

"팔타!" 또 다른 병사들이 합창하자 왼쪽 쌍둥이가 목을 꺾었다.

근위대장이 손을 들더니, 병사들이 조용해지자 말했다.

"제이든이 우리의 대전사인지, 지도자인지 묻는데." 데인이 말했다.

"비슷하지만 틀렸어. 제이든이 우리의 대전사인지, 왕자인지 물었어. 민망해하지 마, 에이토스. 비슷하게 들리긴 해." 아릭이 나서더니 유창한 언브리얼어로 근위대장에게 대답했다.

나는 입을 딱 벌렸지만, 아릭이 하도 빨리 말해서 '나바르' 말고는 알아들을 수가 없었다.

뭐라고 했는지는 몰라도 근위대장과 고위 사제가 멈칫하더니, 사제가 내 쪽을 다시 보면서 대답했다.

"장난해?" 데인이 날카롭게 말했다. "왜 언브리얼어에 유창하다고 말하지 않았어?"

"물어본 적 없잖아." 아릭이 장검 폼멜에 손을 뻗더니 등을 돌리고 우리를 보았다. "내 정체를 말하고, 내가 싸울 거라고 했어."

"뭐라고?" 당황해서 목소리가 커졌다.

"알현이 필요한 사람은 나야." 아릭이 대답했다. "난 형이나 아버지와 다르고, 다른 사람이 싸우는데 숨어 있진 않을 거야…." 그는 날카로운 검날을 스르륵 뽑으려 했다.

"안 돼!" 내가 움직였지만, 제이든이 먼저 아릭의 손을 막았다.

"왕자든 뭐든 간에 넌 망할 놈의 1학년이고, 우리 둘 다 내가 널 바닥에 처박을 수 있다는 걸 알아. 네 스승들은 실전 경험과는 상대가 안 돼."

그는 힘으로 아릭의 장검을 칼집에 다시 밀어 넣었다. "그리고 맞아. 넌 네 아버지와도, 형과도 다르지. 바로 그래서 네가 싸워선 안 돼. 넌 살아 있어야 하니까. 네 왕국엔 살아 있는 네가 필요해."

그 말을 끝으로 제이든은 아릭의 제복 옷깃을 잡고 빙글 돌려서 내 옆에 세웠다. "내가 준비됐다고 전해."

젠장. 난 두 사람 다 시합에 내보내기 싫었다.

"생각할 수 있는 길은 다 가보기로 했잖아." 앤다나가 나를 일깨웠다. *"우리 종족은 여기에 없지만, 저들이 뭔가 알지도 몰라."*

"어둠 녀석은 걱정하지 말아라." 테른은 잔소리를 했다. *"나바르가 국경을 방어하고, 라이더들이 공세에 나서게 하려면 이 동맹으로 병사들을 얻어야 해."*

어느 쪽이든 간에, 누군가는 싸워야 했다.

"그건 너도 마찬가지일 텐데." 아릭은 목이 벌게져서 제이든을 보고 고개를 저었다.

"내가 쓰러져도 보디가 있으니 티렌더는 안심이야." 제이든이 목소리를 낮췄고, 나는 생각만 해도 속이 쓰렸다. "이건 명예의 문제가 아니야. 네 복수라고 생각해라. 내가 네 형에게 한 짓을 기억하고, 내가 시킨 대로 전해."

얼굴에서 핏기가 빠져나갔다. 제이든이 말하는 건 홀든이 아니다.

아릭은 제이든을 내내 노려보면서 언브리얼어로 말했다.

제이든은 손을 놓고 데인에게 확인을 받았다.

"네가 제일 강하다고 말했어." 데인은 확인해주더니, 근위대장의 말을 다시 통역했다. "저들은 네 상대로 코스타를 선택했어."

남자 쌍둥이 중 하나였다. 나는 제이든 뒤쪽으로, 이미 광장 한가운데서 사제 옆에 서 있는 전사를 보았다. 가까이에서 보니 계단을 내려올 때

보다 더 무시무시했다. 굵은 목에 거대한 팔, 즐거워 보이는 위협적인 미소까지. 그 모습은 걸어 다니는 무기고나 다름없었고, 햇볕에 탄 팔에 빼곡한 흉터를 보니 아픔에도 익숙할 터였다. 사제가 단검으로 팔뚝을 긋는데 꿈쩍도 하지 않는 걸 보니 예상대로였다.

때마침 빗방울이 내 얼굴을 때리기 시작했고, 전사의 상처에서 떨어진 핏방울이 검은 돌 위에 떨어지자 병사들이 환호했다.

"저건 우리 아버지 책에 없었는데." 바닥 돌이 어떻게 지금 같은 거무스름한 색이 되었는지 짐작이 가고, 제이든이 맞수를 만났을지 모른다는 두려움이 점점 커지면서 마음이 무거웠다.

"온다." 데인이 알렸고, 사제가 말리스와 팔타 옆을 지나쳐 다가오자 제이든이 몸을 돌려 그녀를 마주했다.

사제가 제이든을 보고 은빛 눈썹을 치켜올리며 손을 내밀었는데, 팔뚝에 문신한 던의 상징에 잔주름이 생겼다. "네가 자격을 증명하기 전에 전쟁 신께서 대가를 요구하신다." 그녀는 공용어로 말했다.

못해도 75세쯤은 되어 보였다. 문신이 알아보기 힘들 정도로 바래려면 얼마나 오래 걸릴까? 속이 울렁거렸다. 도저히….

"집중해라." 테른이 불만 가득한 교수님처럼 다그쳤다.

제이든이 검집을 떨쳐내고, 제복 상의를 벗어서 짧은 소매 셔츠만 남긴 차림으로 왼쪽 팔뚝을 내밀었다. 고위 사제가 마찬가지로 칼을 그었고, 그의 피가 제이든의 부츠 옆에 떨어지자 나는 입술을 지그시 깨물었다.

이건 옳지 않았다. 제이든이 혼자 나간다고 생각하니 온몸의 세포가 반항했다. 제이든은 코스타의 의도를 읽을 수 없다. 두 번째 고유 능력의 이점을 누릴 수 없다. 그 생각이 머릿속을 가득 채우자 제복 옷깃이 답답했다. 습도가 심해져서 가죽옷이 몸에 들러붙었는데, 덥기까지 하니 진심으로 숨이 막혔다. 윗단추를 풀고 소매를 걷어 올리는데 멀리서 치는 천둥소리가 내 무능력을 비웃었다.

망할 놈의 마법을 당장 되찾고 싶었다. 그 힘만 있다면 이 광장에서 제일 치명적인 존재는 나였을 것이다. 제이든이 저기 있는 건 오로지 나 때문이고, 이 싸움은 내가 떠맡아야 마땅했다.

제이든이 나를 보더니 제복 상의를 내밀었다.

"저놈은 거대해." 나는 눈을 마주치며 속삭이고는, 그의 손에 들린 따뜻한 천을 받아서 끌어안았다.

"알아." 그는 검집을 다시 메고 가슴팍에 채웠다. "개릭이 이걸 놓쳐서 열받겠는걸." 그는 재수 없게 웃더니 내 목 뒤를 감싸 쥐고 입술에 부드럽게 키스했다. "바로 돌아올게."

하지만 못 돌아온다면?

아무리 뛰어난 전사라도 전투 중에 죽는다.

제이든이 오만한 건 최고의 전사이기 때문이다. 적어도 나는 그가 코스타에게 걸어가는 모습을 보면서 뛰는 심장을 가라앉히려고 그렇게 되뇌었다. 사제가 내 옆으로 오자 두려움이 바로 뜨거운 분노로 변했다. 나도 이들의 관습을 이해하고, 서기 분과 시험을 치려고 평생 준비했던 사람이지만, 이 시합은 징병일의 난간다리 시험만큼이나 무정하게 느껴졌다.

"너는 전쟁 신의 방식에 동의하지 않는구나." 사제가 동공이 커진 눈으로 나를 내려다보며, 쉰 목소리로 짐작했다. 아, 끝내주는군. 저 신전 안에서 무엇을 먹는지 아는 건 여신뿐이겠지.

"인성 시험으로는 형편없다고 생각합니다." 나는 대답했다.

"하지만 인성이란 언제나 유혈 사태에서 드러나는 법이 아니더냐?" 사제는 내 쪽을 본 후에 아릭 앞으로 가서 그를 살펴보고, 다시 캣을 들여다본 다음에 데인에게 관심을 돌렸다. "저들은 이제 무기를 의논할 것이다."

"저 사람은 가장 강력한 무기 없이 싸우고 있어요." 나는 코스타와 근위대장에게 다가가는 제이든의 등을 보았다.

"그 말은 맞겠지." 사제는 벽 위에서 지켜보는 스게일을 흘긋 보았다. "그래서 내가 홀로 싸우지 말라고 결정했다." 무슨 뜻인지 묻기도 전에 사제가 칼을 뽑더니, 제복 위로 데인의 팔을 그었다.

이런 젠장.

데인이 놀라서 헉 소리를 냈다가 상처를 붙들었다. 손가락 사이로 흘러나온 피가 돌바닥에 뚝뚝 떨어졌다.

"안 돼!" 나는 데인에게 달려가며 외쳤다.

"신들이시여." 캣이 속삭였다.

"괜찮아." 데인이 말했다.

미간을 찌푸린 제이든이 우리를 돌아보았고, 나는 습관적으로 마음을 뻗었지만 슬프게도 연결은 여전히 끊어져 있었다.

"내가 막을게." 아릭이 내 옆으로 붙으며 장검을 뽑았다. "데인 대신 내가 싸울게."

"그럴 순 없어." 나는 고개를 저었다. 다들 죽고 싶어서 안달 났나?

사제가 부드럽게 웃자 눈가에 주름이 잡혔다. "봤지? 피를 흘리니 인성이 보이는구나." 그녀는 캣을 보았다. "넌 옷을 다르게 입었으니 외부자겠지만, 네가 여기 있다는 건 이들에게 가치 있는 존재라는 뜻이지." 그녀는 다시 아릭에게 시선을 돌리고 고개를 기울였다. "너는 왕자고 명예를 알지만, 우리의 가장 뛰어난 전사와 싸워 살아남으리라 생각하는 건 어리석구나. 네가 이 전장에 발을 들이면 그 예쁜 초록색 눈이 어떻게 될지 모르는 것이냐? 네가 죽음을 받아들인다고 할지라도, 던께서는 오늘 너를 증명하라 선택하지 않으셨다."

아릭의 턱에 힘이 들어갔다.

"너는 몸집이 제일 작다." 사제는 나를 무시하듯 말하고 나서 데인을 돌아보았다. "그러니 대전사 옆에서 싸울 사람은 너뿐이구나."

"데인…." 차마 말이 나오지 않았다. 내 결정 때문에 데인에게 무슨 일이라도 생기면….

"이거 재밌어졌구나." 테른이 말했다.

"재미있지 않아요. 끔찍하죠." 나는 날카롭게 대꾸했다.

"내가 할 수 있어." 데인은 제복 상의를 벗어서 나에게 건넸다. "같이 오겠다고 했을 때부터 각오했어."

갈비뼈가 조여드는 기분이었지만, 나는 고개를 끄덕였다. "조심해." 나는 데인의 상의를 겹쳐 안았고, 데인은 제이든을 향해 걸어갔다. 제이든도 이미 데인 쪽으로 걷고 있었다.

"팔타!" 사제가 외친 이름이 돌벽에 메아리쳤다. 두 번째 쌍둥이가 손끝에서 피를 떨구며 나서자 위병들이 떠들썩했다.

남아 있는 전사, 말리스에게 저절로 시선이 날아갔지만, 다행히도 팔짱을 낀 그녀의 팔에는 베인 자국이 없었다.

"말해 보아라. 이 길을 네가 직접 선택했느냐?" 사제가 오랜 경험이 녹아든 시선으로 나를 보았다.

"어머니가…." 나는 입을 뗐다가 데인이 분과에서 나를 빼내려고 했던 온갖 시도들을 떠올렸고, 얼굴을 돌려 무기를 의논하러 상대 전사에게 다가가는 데인과 제이든을 보았다. "제 인생은 제가 선택했죠."

"아, 그렇다면 우리가 네 봉헌식을 완료하지 않아 다행이로구나."

"제… 뭐요?" 여기 신전에선 대체 무슨 약을 먹이는 거지?

"하지만 신전이 그립지 않으냐? 보통 그 흔적이 남으면 갈망 때문에 돌아올 수밖에 없는데 말이다. 아니면 이제는 다른 신을 더 좋아하는지도 모르겠구나." 그녀는 폭발하는 내 감정을 무시하고 테른을 올려다보더니, 제이든에게 시선을 돌렸다. "네가 갈 수 있는 길 중에 아직 우리가 보이는구나. 네가 그 길을 택하기만 한다면, 던께서도 받아주실 거다. 아직 그분을 선택하기 늦지 않았어."

나는 사제를 보고 눈썹을 치켜올렸다. "난 이미 선택했어요." 제이든에 대한 말이든, 테른에 대한 말이든 간에 내 답은 같았다.

"아." 그녀가 떨어지는 빗방울 속에서 마디가 불거진 손에 쥔 단검을 돌렸다. "그렇다면 좋다. 우리의 여신께서 가르치시길 가장 강력한 전사들 덕분에 전투에 이길 수도 있지만, 가장 약한 전사들 때문에 질 수도 있지. 오늘 양쪽 다 시험해야 한다."

팔뚝이 따끔하더니, 다음 순간에 사제가 단검을 들어 올리자 칼날을 따라 새로운 피가 흘러내렸다.

내 피였다.

결국 나도 싸우게 된 모양이었다.

32

식물들의 색깔이 그렇게 희미하니, 가장 단순한 옷을 염색하기 위해서도 인디고 염료가 우리의 네 배는 필요하다는 사실이 놀랍지는 않다. 대륙의 색상이 예외인지, 섬 왕국들이 예외인지 궁금할 수밖에 없다.

_ 애셔 댁스턴 소위, 《언브리얼: 던의 섬》

왼쪽 팔뚝 위에서부터 흘러내린 피가 손끝에서 뚝뚝 떨어졌다. 탈곡 때 타이넌이 남긴 흉터와 어울리는 흉터가 되겠군. 나는 아픔에 이를 악물고 시선을 들었다.

"이 아이의 상대는 말리스다!" 사제가 외치자 우리 뒤에 선 병사들이 환호했다.

제이든이 불편하리만큼 공포와 닮은 감정으로 눈을 크게 뜨고 내 쪽을 휙 돌아보았다가, 의논하던 무기 문제로 돌아갔다.

말리스가 근육질의 팔을 풀면서 광장에 들어서자 손에서 흐른 피가 돌바닥에 뚝뚝 떨어졌다. 그녀는 무거운 갑옷에 익숙한 사람처럼 움직였고, 짧은 담황색 머리카락을 귀 뒤로 넘기며 얼굴에 피를 묻혔다.

세 명의 전사. 이럴 계획이었구나.

"*불공평해!*" 금빛 분노가 정신 연결을 타고 내 혈관으로 흘러들어 피부를 달궜다.

“네 분노는 도움이 되지 않아. 자제해라.” 테른이 명령했다.

“안 돼!” 아릭이 손을 뻗었고, 나는 손이 닿기도 전에 그의 품에 데인과 제이든의 제복 상의를 떠안겼다.

“돼.” 잽싸게 내 제복 상의도 벗어서 아릭의 품에 안기고, 갑옷과 셔츠 차림으로 팔을 드러냈다. 넌더리 나는 더위 속이다 보니 마음이 놓이기까지 했다. “아릭이 움직이게 두지 마.” 내 말을 들은 캣은 얼굴을 찌푸리면서도 고개를 끄덕였다. 광장 중앙으로, 뭐가 됐든 나의 길로 걸어가자 드문드문 떨어지는 빗방울이 피부를 식혀줬다.

하지만 앤다나의 분노는 사라지지 않았다. 그 분노는 나의 분노와 섞여서 걸음을 디딜 때마다 강해졌다. 난 약하지 않다.

말리스는 다가가는 나를 위아래로 훑어보더니 웃음을 터뜨리며 어깨를 돌렸다.

“너보다 큰 상대도 쓰러뜨려 봤어.” 나는 데인과 제이든 사이로 들어가면서 말했다.

말리스는 한쪽 눈썹을 올렸다. 공용어를 할 줄 아는 걸까.

데인은 입을 씰룩거리면서도 통역하진 않았다.

“셋 다 같은 무기여야 한다.” 은색 갑옷 차림의 장군이 안 됐다는 눈으로 나를 보더니 제이든에게 말했다.

“그렇다면 단검이군.” 제이든이 말했다.

나는 그를 홱 돌아보았다. “당신은 장검이 제일….”

“단검으로 하지.” 제이든이 근위대장에게 말하자 상대방 세 명이 미소 지었다.

“찬성이야.” 데인이 맞장구쳤다.

나는 둘의 결정을 뒤집을 수 있었다. 내 임무니까. 하지만 난 단검만 단

련했고, 제이든과 데인은 단검도 치명적으로 사용할 수 있다. “찬성.”

“그렇다면 좋다.” 근위대장이 고개를 끄덕이자 상대방 세 명이 무기를 풀어서 달려온 신전 수행원들에게 넘겨줬다. “3판 2승이다.”

제이든과 데인은 장검을 신전 수행원에게 건넸다.

파란 로브의 수행원들을 얼른 훑어보았지만, 머리카락이 나와 같던 여자애는 보이지 않았다. 오른쪽에 움직임을 감지하고 던 조각상 쪽을 보았더니 여신이 금빛 눈을 빛내면서 잠시 내 쪽을 본 것 같았다.

이번만은 앤다나가 내가 있으라는 곳에 남아 있으면 좋겠는데.

“네 속도를 활용해.” 제이든은 옆구리에 꽂아 놓은 단검 네 자루만 빼고 모든 무기를 넘기면서 나에게 지시했다. “겨냥을….”

“그만해.” 제이든의 가슴에 손을 얹은 나는 무섭게 뛰는 심장박동을 느끼고 이마를 찌푸렸다. 빗방울이 내 팔뚝을 적셨다. “이건 매트 없는 대련일 뿐이야. 데인이 자기 상대를 이기고. 당신은 당신 상대를 이기고. 나는 내 상대를 이기는 거지.”

제이든의 턱에 힘이 들어갔다.

“뭘 하든 간에 날 보고 있지는 마. 정신을 다른 데 팔 여유는 없어.” 나는 그의 가슴을 두드렸다. “그리고 죽지 마.” 그의 손이 닿지 않게 세 걸음을 물러선 나는 단검 두 자루를 뽑았다.

그리고 말리스를 마주했다. 내 짐작이 대충 맞았다. 그녀는 나보다 30센티미터는 컸고, 근육도 20킬로그램은 더 나갈 것이다. 팔길이와 근력도 우위에 있으니, 나는 속도에 기대야 할 것이다.

데인과 제이든도 상대를 돌아보고는, 넉넉한 기동 공간을 확보하기 위해 내 양옆으로 거리를 벌렸다.

“시작.” 모든 사람이 광장에서 물러난 뒤, 근위대장이 명령했다.

나는 단검 하나를 뽑아 들고 내 주위에 원을 그리기 시작하는 말리스와 큰 입을 비뚜름하게 기울인 거만한 표정에 집중했다.

이건 격투 시합에 불과해. 제이든과 데인은 다른 매트에 있는 거야.

가자.

내가 왼쪽 단검을 튕겨서 끄트머리를 잡고, 오른쪽 단검은 팔뚝과 날이 수평이 되도록 돌리는 사이에 말리스는 두 번이나 돌격하는 척하면서 내 균형을 무너뜨리려 했다. 내가 좀 더 겁을 먹고, 조금 덜 화가 났다면 먹혔을지도 모른다. 나는 속임수에 넘어가서 젖은 돌바닥에 미끄러지는 대신 왼쪽 손목을 털어서 말리스의 어깨에 단검을 날렸다.

예상대로 말리스는 피했고, 단검은 옆으로 날아갔다. 하지만 나는 말리스의 자세가 흐트러진 틈을 노렸고, 오른손을 휘둘러 그녀의 가슴을 그었다. 찌를 생각은 없었다.

죽이고 싶은 게 아니라, 항복만 받고 싶었다.

옆에서 누군가가 소리를 질렀지만, 나는 말리스에게서 눈을 떼지 않았다. 데인은 알아서 할 수 있다. 그래야만 한다.

말리스는 재미있다는 듯 웃으면서 내 공격을 차례차례 피하고 뒤로 물러섰다. 더 빨리. 나는 에너지를 쏟아 빠르게 돌격하며 마침내 그녀의 옆구리를 그었다. 가슴판의 보호가 없는 부위였다. 나는 그녀의 은빛 제복이 피로 물드는 것을 보며 물러섰지만, 충분히 빨리 후퇴하지 못했다. 그녀는 잇새로 소리를 내면서 내 옆구리를 찔렀다. 힘이 어찌나 실렸던지, 갈비뼈가 부러지는 소리가 들릴 정도였다.

그 칼날은 내 드래곤 비늘 갑옷을 긁었고, 나는 비틀거리며 옆으로 비켜서서 억제된 심호흡으로 왼쪽 팔 아래에 피어나는 메스꺼운 통증을 차단하려 했다. 어떤 정신적 속임수를 쓰더라도 눈앞에 별이 번쩍이는 통증이 밀려오는 것을 막을 순 없지만, 목구멍으로 터져 나오려는 비명은 참아냈다. 등 뒤에서 강철 부딪치는 소리가 들렸다. 제이든을 방해할 순 없다. 아드레날린이 솟구쳐 마력처럼 몸속에 흘렀다.

말리스가 당혹스러운 눈으로 단검을 보더니, 섬뜩한 흥미와 아마도 감탄 같은 작은 번득임이 실린 눈빛으로 나를 마주 보았다. "네가 갑옷을 벗는다면 나도 벗겠다." 그녀는 공용어로 제안하며, 나에게 최악의 통증을 다스릴 귀중하고 꼭 필요한 몇 초를 선물했다.

"난 됐어." 말리스는 다리를 잡아 쓰러뜨리기엔 너무 컸고, 필요 이상으로 내 몸을 노출하기에는 너무 힘이 셌다. 나에게 남은 무기는 지렛대 효과뿐인데, 그걸로 균형을 무너뜨리려면 더 가까이 접근해야 한다. 나는 거세지는 빗발 속에서 두 손가락을 구부려 오라고 손짓했다.

말리스의 동공이 커지더니, 손목을 뒤로 젖혔다.

그러나 그녀가 단검을 던질 때 나는 이미 바닥에 있었다.

단검은 휘파람 소리가 들릴 정도로 아슬아슬하게 내 머리 위를 지나갔고, 뒤이어 젖은 돌을 밟는 규칙적인 부츠 소리가 울렸다. 나는 단검을 놓치지 않도록 주의하면서 두 팔의 힘을 남김없이 끌어다가 몸을 위로 밀어 올리며 일어났다. 때에 맞춰 말리스가 도착했다.

그녀는 내 목을 겨냥했고, 나는 뒤로 뛰어 물러나면서 제이든이 잇새로 내는 신음 소리를 들었다. 반사적으로 그를 확인하고 싶은 마음을 꾹 누르고 오른팔을 던져 말리스의 공격을 막았다. 그녀는 뼈를 뒤흔드는 힘으로 내 팔을 베었다.

지금이야.

나는 단검을 떨구고, 통증이 밀려오기 직전의 짧은 시간을 모조리 써서 아래로 내리긋는 말리스의 공격을 따라가며 피투성이가 된 팔로 그녀의 손목을 잡았다. 빗물 때문에 미끄러웠지만, 그녀의 손목을 단단히 잡고 어깨로 내 무게를 실어 아래쪽으로 끌어당기면서 상대의 힘을 역이용해 나머지 몸 전체를 당겼다.

말리스는 균형이 무너지며 비틀거렸고, 나는 그 기회를 놓치지 않고 상반신을 비틀어 그녀의 무릎을 잡았다. 재빨리 그 무릎을 내 가슴팍에 끌어안으며 그녀의 허벅지와 엉덩이 사이에 어깨를 들이받았다.

"더 빨리! 에이토스는 이미 의식을 잃었어!" 앤다나의 경고가 들린 순간에 말리스가 내 얼굴을 향해 단검을 휘둘렀다.

망할. 나는 꽉 붙잡은 말리스의 다리에 무게를 실어 완전히 균형을 잃은 그녀를 뒤쪽으로 밀었다.

말리스의 단검이 쇳소리를 내며 먼저 바닥에 떨어지고, 그녀는 넘어지는 조각상처럼 쓰러져서 돌바닥에 등을 부딪쳤다. 나는 그녀가 소리를 질러도 계속 다리를 붙들고 있다가, 내 밑에서 몸을 뒤집으려고 할 때 비로소 다리를 풀고 그녀의 두 손에 달려들었다.

말리스의 가슴판이 돌을 긁는 와중에 나는 그녀의 손목을 붙잡아 등 뒤로 비틀어 잡고, 허벅지로 두 팔을 고정하며 그 위에 앉았다. 하늘에서 빛이 번득이더니 비가 제대로 쏟아졌다.

"안 돼!" 말리스는 나를 떨구려고 몸을 위로 휘면서 비명을 질렀다.

"되거든." 단검을 뽑아서 그녀의 목 옆에 칼끝을 대는 순간, 천둥소리가 울렸다. "항복해." 왼쪽을 흘긋 보았더니 앤다나의 판단대로였다. 데인은 바닥에 의식을 잃고 쓰러져 있었고, 어깨 주위에 피 웅덩이가 보였으며, 팔타의 부츠가 데인의 목에 닿아 있었다.

"어림없어." 내 밑에 깔린 말리스가 몸을 굳혔다.

"넌 나한테 졌어!" 빗물과 함께 내 팔에서 흘러내린 피가 말리스의 튜닉을 얼룩덜룩 분홍색으로 물들였다.

"그럴지도." 말리스는 인정하면서 고개를 오른쪽으로 돌려 돌바닥에 뺨을 댔다. "하지만 코스타가 저놈을 잡았는데."

그녀의 목에 칼을 댄 채 오른쪽에 시선을 던진 나는 내 눈을 믿을 수가 없었다.

코스타가 제이든을 눕혀놓고 얼굴에 단검을 꽂으려 하고 있었다. 제이든은 피투성이가 된 두 손으로 코스타의 팔목을 잡고 내리꽂히는 칼을 막으려고 분투했지만, 코스타의 무게 때문에 서서히 손이 내려가고 있었다.

안 돼!

"날 계속 붙들고 있을래? 아니면 저놈을 도울래?" 말리스가 물었다. "선택이야, 선택."

제이든은 상대의 칼날이 얼굴에 거의 닿기 직전이었고, 상대의 부츠에 짓밟힌 데인은 숨을 쉬고 있는지조차 알 수 없었다.

머리끝부터 나를 삼킨 격분이 혈관을 따라 밀려들면서 열기가 솟구치고, 피부에 닿는 빗물이 지글거렸다. 나는 매끄러운 동작으로 말리스의 목에서 떼어낸 단검을 휙 뒤집어서 던졌다.

내 칼이 코스타의 어깨에 박히자 그가 울부짖으며 찰나지만 상반신의 힘이 빠졌고, 그 시간이면 제이든이 코스타의 단검을 쳐내기엔 충분했다. 나는 코스타의 단검이 돌바닥 위로 떨어지자마자 시선을 돌리고 허벅지에서 뽑아낸 단검 끝을 말리스의 목에 댔다. 단언하건대 1초도 걸리지 않았다.

"항복해!" 분노가 너무 깊어서 뼛속까지 타들어가는 느낌이었다. 시야 가장자리로 제이든이 코스타의 얼굴을 때리더니, 어깨에 박힌 내 단검을 뽑아서 목에 대는 모습이 보였다.

"싫어!" 말리스가 소리를 지르는데, 공기에 너무나 익숙한 전류가 흘렀다.

이 바깥에 있으면 위험하다.

"항복하라고!" 내 안의 열기가 터져나가면서 목소리가 갈라졌다.

하늘을 찢고 내리꽂힌 번개가 왼쪽, 오른쪽을 차례차례 강타하며 바위가 쩍 벌어지는 소리가 났다. 곧바로 천둥소리가 뒤따르며 바닥을 흔들자 빗소리와 정적만 남았다.

나는 화들짝 놀랐지만 용케 말리스의 목을 긋지는 않았다.

"항복한다." 밑에서 말리스가 눈을 크게 뜨고 속삭이더니, 다시 소리쳤다. "항복한다고!"

코스타가 우리 쪽을 홱 돌아본 사이에 제이든이 주먹으로 턱을 강타했다. 코스타는 의식을 잃고 옆으로 쓰러졌다.

"말리스가…. 항복했다!" 근위대장이 외치자 위병들이 몰려들었다.

나는 멀리서 번개가 치는 가운데 칼을 치우고 말리스의 몸 위에서 기어 내려간 다음 힘겹게 일어섰다. 팔타가 물러섰고, 다행히도 캣과 아릭이 달려갔을 때 데인은 숨을 쉬고 있는 것 같았다.

위를 올려다보자 빗물이 얼굴을 따라 흘렀다. 성벽 위에는 스게일과 테른 사이에 어느새 앤다나가 앉아 있었는데, 비늘이 다양한 검은 색조로 무섭도록 빠르게 물결치고 있었다. *"너 괜찮아?"*

"난… 화났어." 앤다나는 앞발 두 개로 돌벽 가장자리를 깨뜨리면서 뱀처럼 고개를 회전시켰다. *"저놈들의 법에서는 시합 한 번이랬어. 세 번이 아니라."*

"너였어?" 제이든이 내 옆에 다가왔고, 나는 그의 부상을 확인하느라 바빠졌다. 그의 팔에 베인 자국이 둘 있었는데, 하나는 확실히 꿰매야 했다. 그리고 턱에 멍이 들었다. "번개 말이야. 너였어?" 그는 엄지와 검지로 내 턱을 들어 올리며 눈을 살폈다.

"아니야." 나는 고개를 저었다. "그건…." 그 열기. 그 분노. 딱 끊어지는 느낌. 이상했다. "그냥 우연이야." 아니면 던의 조화겠지. "여기엔 마법이 없잖아."

"그렇지." 그는 미간에 두 개의 주름을 잡고 내 눈을 들여다보다가 팔로 시선을 옮겼다. "젠장, 베였잖아."

"당신보다 심하진 않아." 나는 약해지는 빗속에서 말했다. "하지만 갈비뼈가 하나 부러진 것 같아."

제이든이 눈을 감더니 내 뒤통수를 감싸고 이마에 힘주어 키스했다. "고마워. 네가 던진 단검 덕분에 목숨을 구했어."

"내 겨냥이 빗나가지 않아서 다행이지. 그랬으면 같은 말을 하지 못했을걸."

내가 떨리는 팔로 단검을 칼집에 넣자 제이든이 손을 뗐다.

"네 칼은 절대 빗나가지 않지." 그는 내 머리 너머를 보았다. "에이토스는 어깨를 좀 꿰매야 할 것 같지만, 아릭 덕분에 깨어나고 있어."

"난 멀쩡하다니까!" 말리스가 내 뒤에서 외쳤다.

"네, 폐하." 누군가가 대답했다.

어어… 이건 아니지. 속이 뒤틀렸다. 제발 내가 방금 언브리얼 왕의 목에 칼을 대고 있었던 건 아니라고 해줘.

천천히 몸을 돌린 나는 곧 왕실 처형집행부대로 변모할 게 분명한 이들을 마주했다. 한 줄로 선 위병들이 말리스 뒤에 정중하게 대기했고, 말리스는 갑옷 위로 팔짱을 끼고 1미터쯤 떨어진 곳에 서 있었다.

"그래서?" 그녀는 짜증 난다는 듯이 입을 삐죽이며 말했다. "3판 2승. 너희는 알현 자격을 얻었다."

심장이 두 배로 빨리 뛰려고 했다. "폐하이신 줄 몰랐습니다."

"알면 곤란하지." 그녀는 고개를 옆으로 기울였다. "용건을 말할 거냐, 아니면 이 모든 짓거리를 괜히 한 거냐?"

"아릭이…." 나는 친구들 쪽을 보았다.

"나는 날 이긴 상대와만 말한다." 말리스가 내 말을 끊었다. "그리고 넌 내 시간을 낭비하고 있다, 아마랄리." 그녀는 '아마랄리'라는 말을 욕처럼 했다.

나는 숨을 깊이 들이마시고 기운을 끌어올려 턱을 치켜들었다. "저희는 두 가지 이유로 왔습니다. 첫째, 저희는 일곱 번째 드래곤 종을 찾고 있습니다."

말리스가 눈을 가늘게 떴다. "이 섬은 몇 세기 동안 불괴물을 보지 못했다. 헛되이 찾아온 것 같구나. 두 번째 목적은?"

이미 그렇게 의심하고 있었으니 큰 타격은 아니었지만, 앤다나는 나와 같은 감정이 아닐 것이다.

"동맹입니다." 나는 말리스 여왕에게 말했다. "저희는 대륙의 모든 생명을 앗아갈지도 모르는 전쟁 중이고, 동맹이 필요합니다."

"그런데 우리가 너희를 위해 싸워줄 것 같나?" 말리스는 별 희한한 소리를 다 듣겠다는 듯이 나를 보았다.

"저희와 함께 싸우기를 희망했습니다만."

"흐음." 그녀는 제이든을 보더니, 벽 위를 보았다. "너희는 우리를 고용할 능력이 없다."

"시도해보시죠." 내가 금고에서 뭘 꺼내주겠다고 하더라도 아릭이 용서하길 바랄 뿐이었다.

"어떻게 한 거냐?" 말리스가 물었다.

"폐하를 넘어뜨린 거요?" 내가 대답하는 동안 폭풍이 지나가면서 빗발이 약해지고 있었다. "지렛대 원리였습니다. 폐하의 힘을 역이용해서 균형을 무너뜨리고…."

"나도 지렛대 원리는 알아." 말리스가 날카롭게 말했다. "네가 날 쓰러뜨린 건 단순히 내가 네 능력을 과소평가했고, 내 균형을 무너뜨릴 수 있을 만큼 접근하게 놔두었기 때문이지. 저걸 어떻게 한 거냐는 말이다."

그녀는 내 뒤를 가리켰다.

그 손길을 따라 몸을 돌렸다가 말문이 막혔다. 벽을 파내어 만든 계단식 좌석 한가운데에 금이 갔고, 번개가 내리 찍힌 곳은 돌이 새까매져 있었다.

"제가 한 게 아닙니다." 나는 몸을 다시 돌리고 대답했다. "여기엔 제가 휘두를 마력이 없습니다."

제이든이 내 옆으로 섰고, 아릭은 데인의 옆머리를 받치며 부축해서 일으켰다.

"그런데도 너는 네가 오기 전까지 700년을 버티고 서 있던 곳을 파괴했지." 말리스가 눈매를 살짝 좁혔다. "정말로 지날께서 너를 축복하시는지도 모르겠군. 지날의 섬을 찾을 때는 행운을 빈다. 그놈들에겐 심술궂은 구석이 있거든."

"그러면 저희와 함께 싸우진 않으시는 건가요?" 나는 바뀐 화제를 따라가지 않으려고 하면서 간절히 희망을 붙들고 물었다.

"지금으로서는 드베렐리의 동맹 방식이 더 좋아 보이는구나." 말리스가 대답했다. "너희는 우리 정글에 몸을 둘 수 있고, 우리 섬에서 쉬어야 할 때는 너희와 너희 탈 것들에게 사냥할 권리도 주겠다. 하지만 너희와 함께 싸우는 문제에 대해서라면, 그에 따르는 대가를 지불하고 싶지 않을 거다." 그녀는 몸을 돌려 돌아가려고 했다.

"뭘 원하십니까?" 나는 아릭, 캣, 데인이 우리 쪽으로 오는 사이에 소리쳤다. "적어도 원하는 대가는 알려주시죠."

"섬에 사는 모두가 갈망하는 대가지." 말리스는 걸음을 멈추고 어깨 너머를 돌아보았다. "드래곤."

33

드래곤의 계약을 충성 서약으로 착각하지 말아라. 혹시 드래곤이 자기네 종족의 안녕보다 라이더를 선택하기를 기대한다면, 두 가지를 각오해야 한다. 실망과 죽음.

_ 케이오리 대령, 《드래곤 도감》

광장이 고요해졌다.

다행히 뒤쪽에 있는 세 드래곤은 불을 뿜지 않았다. 그중에 둘은 열받은 게 확실한데도 말이다. 제이든이 긴장했고, 우리 대대원들은 재빨리 내 반대편에 한 줄로 섰다.

"진담은 아니시겠죠." 나는 언브리얼 왕의 터무니없는 제안에 고개를 저었다.

"우린 드래곤을 원한다." 그녀는 정말 짜증 나는 고갯짓과 함께 말했다. "물론 성체는 안 되겠지. 너희들이 너무 고집스럽고 오만하게 키웠으니 말이야."

"오만함이 뭔지 내가 보여주지." 테른이 위협했고, 나는 테른이 돌벽에 발톱을 끌면서 내는 끔찍한 소리에 얼굴을 찡그렸다.

"그럴 필요 없어요." 내가 약속하는 사이에 몰빅과 캐스가 다른 드래

곤들 옆에 거세게 착륙하면서 돌벽의 한계를 시험했다.

여왕은 몸을 돌리더니, 방금의 지적을 테른이 입증했다는 듯이 한쪽 눈썹을 들어 올렸다. "우리에게, 어디 보자…. 종족별로 둘씩, 열두 개의 알을 가져다준다면 내 군대를 대륙으로 데려가마."

알이라고? 가슴이 철렁했다. 테른이 경고조로 으르렁거리자 나는 한 걸음 물러섰다. 두 번째 크로블라 반란의 역사. 아빠 생각대로였다. 하지만 페더테일만이 갖고 있는 특별한 선물 때문이 아니라 단순히 페더테일이… 유순하다고 생각해서 찾은 거였다고?

스게일이 벽에서 뛰어내리더니 제이든에게 1미터 거리를 두고 왼쪽에 섰다. 스게일이 고개를 낮추고 침이 뚝뚝 떨어지는 이빨을 드러내자 공기에 유황 냄새가 가득해졌다.

위병 몇 명은 계단 위에 있는 문을 향해 달아났지만, 대부분은 제자리에 서 있었다. 대단하군.

말리스는 매료된 얼굴로 스게일을 올려다보았다. "어찌 생각하느냐?"

"라이더를 원하신다면, 7월 15일에 바스지아스 난간다리를 건너는 사람들을 분과로 받아들이겠습니다." 아드레날린이 사라지면서 갈비뼈가 욱신거리기 시작했다. "그리고 드래곤이 라이더를 선택합니다. 그 반대가 아니에요."

"한 나라의 왕이라면 분명 자격이 있겠지." 그녀는 정말로 스게일을 만져보려는 것처럼 손을 들었다.

으르렁거리는 소리가 높아지더니 스게일이 입을 벌렸다….

"장담하는데, 작위는 드래곤에게 의미가 없습니다." 제이든은 스게일 쪽을 보았다. "정 그러고 싶다면 이해는 하겠지만, 이 사람이 죽으면 굉장히 불편해질 거예요. 위병이나 뭐 그런 사람을 고를 순 없겠어요?"

아무 감정도 느껴지지 않는 그의 목소리를 듣자 목덜미 털이 쭈뼛 일어섰다. 스게일은 금빛 눈동자를 가늘게 뜨고 제이든을 보다가 천천히 입을 다물었다.

"그 제안을 저희가 받아들일 수 있다고 생각하는 것만으로도 자격이 없는 겁니다." 나는 여왕에게 말했다. "저희는 드래곤을 거래하지 않습니다."

"그럴 거라고 생각했다." 말리스가 손을 내렸다. "지금은 그렇게 분개하겠지. 하지만 좀 더 절박해졌을 때 다시 오거라. 드래곤들은 동족을 보호하는 데 헌신한다고 알고 있는데, 나머지를 구하기 위해 알 열두 개 정도면 그렇게 나쁜 대가도 아닐 수 있어." 그녀는 그대로 몸을 돌려 위병들을 대동한 채 계단식 좌석 위에 있는 문으로 올라갔다.

헌신이라는 말 덕분에 생각났다. 봉헌식.

신전 쪽을 보았지만, 파란 로브는 하나도 보이지 않았고, 은빛 제복의 위병소대가 계단 앞을 지키고 서서 우리가 더 가서는 안 된다는 경고를 전달하고 있었다.

맡겨두었던 무기를 찾고 목초지로 돌아가는 데 걸린 시간까지 포함해서 한 시간 후, 우리는 공터에 도착했다. 테른과 앤다나가 착륙한 위치에서 트레이거가 캣에게 달려갔다가, 캣의 말에 따라 데인에게 가는 모습이 보였다. 욱신거리는 팔과 갈비뼈로 드래곤 등에서 내리려니 어찌나 오래 걸리는지, 그냥 내가 해둔 응급처치 상태로 이 망할 안장에서 자고 싶은 유혹이 들 정도였다. 그래도 결국 나는 땅에 내려섰다.

내려가지 않으면 테른이 두고두고 잔소리를 할 테니까.

"마법을 썼어?" 내가 몇 걸음을 옮기기도 전에 달려온 미라가 얼굴을 들이댔다.

"뭐?" 나는 복귀하는 언브리얼 병사들을 보며 옆구리를 붙들었다.

"고유 능력을 썼냐고." 미라는 물러서서 내 어깨를 붙잡고 얼굴을 살쳤다. "무슨 일이 생겼는지 아릭과 캣에게 들었어."

"긴장 풀어." 나는 걱정 많은 언니를 보고 눈썹을 올렸다. "우연히 폭풍이 지나갔어. 번개가 몇 번 쳤고, 운 좋게도 아주 가까이 떨어진 번개 때문에 여왕이 제대로 겁먹었지. 그리고 알다시피 여기엔 마법이 없잖아. 대체 왜 내가 계속 사람들에게 그걸 일깨워줘야 하지? 언니는 마법을 쓸 수 있어?"

"아니, 당연히 못 쓰지. 하지만 넌 아직 네 드래곤들과 대화할 수 있잖아." 미라는 제이든이 다가오자 한숨을 내쉬고 손을 내렸다. "언브리얼이 우리와 동맹을 맺지 않아 유감이다. 던에게 충성하는 섬이라면 우리에게 최적의 기회일 줄 알았는데."

"나도 그래." 나는 사제를 떠올리며 이마를 찌푸렸다. "언니, 내 머리끝이 은색으로 변한 게 언제였어?"

"변해?" 미라는 나와 똑같은 표정을 지었다. "원래 그렇게 자랐는데. 너 괜찮아? 의식을 잃은 건 데인 아니었어?"

"난 멀쩡해." 내가 장담하는 사이에 제이든이 도착했다. 설마 우리 부모님이 날 봉헌하진 않았겠지. 그런 관습은 불법이 된 지 200년이 넘었고, 포로미엘에선 그보다 더 빨리 금지됐다. "고위 사제가 내 마음을 흐트러뜨리려고 이상한 소리를 해서 그래." 그리고 난 어리석게도 그 뜻대로 휘둘렸지. 그보다는 똑똑했어야 하는데.

"그게 네 머리카락과 무슨 관계가 있어?" 미라가 물었다.

"나랑 머리카락이 똑같은 여자애를 봤어."

"정말로?" 미라가 이마를 찌푸렸다. "그거 희한하네. 우리에게 섬에서 온 친척이 있는 것도 아닌데."

"그렇지? 이게 집안에 내려오는 특징일 수도 있다는 생각은 한 번도…." 숨을 깊이 들이마셨다가 갈비뼈가 항의하는 바람에 움찔했다.

"어서 붕대를 감아야 해." 제이든이 입을 굳게 다물었다. "복원 능력자는 없지만, 그래도 낫기 좋게 뼈를 맞출 순 있을 거고, 상처를 꿰매야 할지 트레이거가 봐야 해."

"상처를 꿰매야 하는 건 당신이지." 나는 반박했다. "하지만 붕대를 감아야 하는 건 맞아. 모두에게 최대한 빨리 떠날 준비를 시키자. 여기에 조금이라도 더 있고 싶지 않아."

"같은 의견이야."

드레이크의 제안에 따라 그리폰들을 하루 꼬박 쉬게 하고 나서 13시간을 비행한 후, 크림색 돌로 형성된 헤도티스의 수도 비디리스의 가장자리에 있는 바위 해안에 내려앉을 때는 아침이었다.

인정하겠다. 여기는 내가 가장 가보고 싶은 섬이었다. 사회 전체가 지식과 평화에 기반했다나? 제발 그러자고요.

이만큼 남쪽으로 내려오자 날씨가 살짝 서늘해졌고, 나는 장갑을 벗고 땅으로 내려갔다. 착지할 때 붕대를 감아놓은 갈비뼈가 비명을 질렀기에, 잠시 호흡하고 나서 움직여야 했다. *"여기 식물은 색깔이 더 흐릿하네요."* 나는 희끄무레한 초록색 해초를 밟으면서 말했다.

듬성듬성 보이는 덤불마저도… 잠깐만.

나는 철사 같은 덤불 옆에 웅크리고 앉아서 아홉 갈래로 갈라진 잎으로 몸을 더 가까이 기울였다. *"타르실라처럼 보이는데, 나무껍질이 거의 하얘요."*

"대륙에서 멀어질수록 마법이 더 약해지는 건가?" 테른이 말했다. *"하지만 마법이 없는데 어떻게 더 줄어들 수 있는지는 잘 모르겠구나."*

"난 여기 마음에 안 들어." 앤다나가 발톱으로 풀을 긁자 축축한 모래가 드러났다. *"우리 종족은 여기 정착하진 않았을 거야. 떠나자."*

"그거 덮어. 그래도 물어는 봐야지. 게다가 제이든의 치료법을 찾으려면 지혜의 섬보다 나은 곳이 있겠어?" 내가 도시를 올려다보고 있는데 제이든이 옆으로 다가섰다. "아름답긴 한데 너무… 획일적이네." 15미터쯤 떨어진 곳에 한 줄로 상선들이 서 있고, 그 너머에 3층 건물들이 보였다. 똑같은 색깔에 똑같은 간격으로 만들어진 창문마다 흐릿한 색깔의 꽃들이 바구니째 매달려 있었다. "150년 전쯤에 원래 구조를 밀어버리고 지었다는데, 아빠는 그걸 '계획 개발'이라고 표현했어."

"그건 좀 거슬리는군." 제이든은 내 생각에 동의하며 어깨 너머를 돌아보았다. 그의 뺨과 이마에 생긴 작은 생채기들엔 딱지가 앉았지만, 턱에 남은 멍은 오늘 더 심해 보였다. "그리고 항구가 없어. 해안 도시인데 항구가 없다니."

상선들은 모두 앞바다에 닻을 내렸고, 우리는 여기까지 날아들면서 몇 개의 소형 돛배를 지나쳤다. 소형선들이 해변을 따라 이어졌는데, 마치 좌초하기라도 한 것처럼 모래밭에 올라가 있었다. 지혜의 섬치고 논리적인 접근과는 거리가 멀었다.

"그러니까 여기 사람들은 전부 너 같다는 거지?" 왼쪽에서 캣과 메런과 함께 다가온 리독이 물었다. "들어가려면 시험을 치거나 그래야 하는 거야?"

"삼두정의 지도자들과 만나려면 우리 중 한 명이 지혜를 증명해야 해." 내가 대답했다.

"최고 지도자를 투표로 뽑는다니 믿을 수가 없네." 캣은 도시를 징그러운 괴물을 보듯 노려보며 중얼거렸다. "마을 의회야 가능하지. 하지만 태어나면서부터 훈련받지 않았다면 누가 지도자가 될 능력을 갖췄는지 어떻게 확신하지?"

"태어나면서부터 훈련받았다고 해서 더 자격이 생기는 건 아니야." 트레이거와 함께 오른쪽에 있던 아릭이 쏘아붙였다. "누구든 홀든이 지도자가 된다고 생각했을 때 신나는 사람 있어?"

캣이 콧잔등에 주름을 잡았다.

"타당한 반박이야." 트레이거가 말했다.

잠깐만. 내 기분 탓인가? 아니면 캣이 정말로 트레이거를 보고 미소 지은 건가?

"너만 본 게 아니야." 앤다나가 말했다.

"팔 좀 보여줘." 트레이거가 제이든과 내 앞에 섰는데, 정말이었다. 캣이 그 움직임을 내내 눈으로 좇고 있었다.

내가 비행 재킷에서 왼팔을 꺼내는 사이 제이든도 팔을 꺼냈다. 피에 젖은 붕대가 상처에 들러붙어서 얼굴이 찌푸려졌다. 부드럽게 붕대를 당겨 떼자 상처 중간에서 핏방울이 스며 나왔다. 어제 트레이거가 꿰매어 준 여섯 개의 바늘자국 사이였다.

"괜찮아 보이네." 트레이거는 고개를 숙여 내 팔을 살폈고, 나는 그의 목 옆에 남은 이빨 자국 멍을 보고 웃음을 참았다. "감염도 안 됐고, 붓지도 않았어." 그는 내 마지막 바늘땀을 보고 얼굴을 찌푸렸다. "하지만 이 부분은 떨어질 것 같은데."

"그럴 수도 있지." 나는 팔을 돌렸다. "봉합을 잘했어."

"고마워." 그는 부드럽게 미소 짓더니 제이든을 보았다. "이제 네 차례… 젠장."

"괜찮아." 열네 바늘을 꿰맨 제이든의 상처가 벌겋게 부어 있었다.

"괜찮지 않아." 나는 다가서서 상처를 살폈다. "내가 브레넌 오빠의 응급 가방에서 로린 연고를 찾았어. 염증에 도움이 되고, 가벼운 감염도 막아줄 테지만, 몇 시간 안에 발라야 해." 갑작스러운 바람이 우리의 다리에 모래를 뿌렸고, 나는 바람에 등을 돌려 제이든의 팔을 최대한 감쌌다.

"모래밭에서 나갈 때까지는 기다려야겠다."

그는 고개를 끄덕이고 잽싸게 붕대를 감았다.

"그건 안 통할 테니까 그렇지." 미라가 드레이크에게 쏘아붙였다. 그들은 개릭, 데인과 함께 걸어오고 있었는데, 데인이 죽은 새 한 마리를 피하는 모습이 보였다.

"정말 된다니까." 드레이크는 웃으면서 대꾸했는데, 다른 사람이라면 그 미소에 반했을지 모르지만 우리 언니에겐 화만 돋운 것 같았다. "끝이 두 갈래인 펠슨 비행 대형을 취하면…."

"그러면 와이번이 두 배는 더 빨리 널 찍어내겠지. 그런 환경에서 병력을 나눴으니까." 미라가 고개를 절레절레 흔들었다.

제이든과 나는 재킷을 다시 걸쳤다.

"넌 확실히 펠슨을 이해하지 못하고 있어." 드레이크가 사촌을 보고 손을 들었다. "말해줘, 캣. 제한된 공간에서 펠슨 기동은…."

"난 미라에게 아무 말도 안 할 거야." 캣이 고개를 내저었다. "시레나 언니와 언쟁을 벌이는 꼴이라고."

"그러지 말고. 메런? 누군가는 내 편이 되어줘야지." 드레이크가 반은 진지하게 애원했다.

메런은 얼굴을 찡그렸다. "미라의 오른손 훅을 본 적 있어?"

"봤지." 드레이크가 인정했다.

"나도 펠슨은 알아." 미라는 내 왼쪽으로 오면서 반박했다. "펠슨을 오래 연구했지. 너희 기동을 능가하는 게 몇 년 동안 내가 맡은 일이었거든. 그리고 너에겐 그 이론을 증명할 실제 사례가 없어. 그러니 입 다물어." 언니는 걱정스러운 눈으로 나를 살폈다.

"난 멀쩡해." 나는 언니에게 말했다.

"드레이크, 너 때문에 짜증이 나려고 한다." 제이든이 곁눈질하며 경고했다. "그만해." 말투가 얼음장 같았다.

개릭이 내 쪽을 보더니 입을 꾹 다물었다.

설마 저렇게 악의 없는 상대에게도….

"*누군가 왔다.*" 테른이 알렸다.

해변과 시장을 연결하는 두꺼운 나무 통로로 여섯 명이 천천히 걸어오고 있었다. "제이든."

그는 고개를 들고 내게 가까이 붙었다.

그 사람들은 다채로운 파스텔색 튜닉과 드레스 차림이었는데, 더 정확히 말하면 역사책 아니면 연극 무대에서나 보았던 한쪽 어깨만 가린 스타일이었다. 바람에 옷을 펄럭이며 다가온 사람들은 모두가 경외에 차서 드래곤들을 올려다보았다.

"정말 놀랍군요." 맨 앞에 선 중년의 남자가 이를 드러내고 웃으며 공용어로 말했다. 붉은 곱슬머리 사이에 두 가닥의 은발이 보였다. "여러분을 맞이하러 해변까지 걸어올 가치가 있었습니다." 튜닉에 들어간 복잡한 금속 재질의 자수는 돈 자랑이나 다름없었고, 지팡이 끝에 박힌 번쩍이는 붉은 보석도 그랬다.

이 섬에서 본 것 중에 가장 선명한 색이었다.

"말씀하시는 분은?" 제이든이 물었다.

"내가 예의를 잊었군요." 남자는 한 손을 가슴에 얹었다. "나는 파리스라고 합니다. 삼두의 두 번째 집정관이죠. 다른 두 사람은 절차를 좋아하지만, 나는 여러분과의 만남을 고대하며 먼저 나왔어요." 그는 살짝 고개를 숙이더니 몸을 펴면서 시선을 올렸다.

나는 눈을 깜박이면서 빤히 쳐다보고 싶은 충동을 눌렀다. 그의 눈동자는 파랗다 못해… 진짜 보라색이었다. 아빠가 과장한 줄 알았는데.

"헤도티스에 오신 것을 환영합니다." 그는 미소 띤 얼굴로 나를 보았다. "아주 독특한 눈동자로군요. 파란색도 초록색도 금색도 아니면서 그 모두를 합친 빛깔이라니, 매혹적이에요."

"저도 집정관님을 보면서 같은 생각을 하고 있었는데요."

"보라색 눈동자는 우리 섬에서 아주 흔하답니다." 파리스가 말했다. "여러분에게 정식으로 인사드리고, 우리의 아름다운 도시를 안내하고자 집안 사람들을 데려왔습니다. 괜찮으시다면 북동쪽 해안에 있는 우리 집으로 여러분을 초대하지요." 그는 해변 위쪽을 가리킨 후, 어깨 너머를 돌아보았다. "여보, 와서 인사하지 않겠어요? 제 아내 대신 사과드립니다. 탈리아가 여러분의 거대한 드래곤들에게 압도당한 모양입니다."

"나 여기 있어요, 여보." 탈리아가 통로를 걸어오며 말하는데, 옅은 녹색 옷과 긴 검은 머리가 바람에 흔들렸다. 그녀는 파리스에게 다가가더니 손을 꼭 잡고 나서야 시선을 들었다. 그런데 그녀의 짙은 갈색 눈동자가 제이든을 보고 커지더니 충격을 고스란히 드러냈다.

"무슨 문제라도 있나요?" 파리스가 물었다.

탈리아는 우리 모두가 어색해질 만큼 맹렬하게 제이든을 보았고, 제이든은 내 옆에서 그야말로 돌이 되어버렸다.

"이런 젠장." 개릭의 얼굴이 창백해졌다.

"제이든?" 탈리아가 손을 들어 올리며 속삭이다가 재빨리 손을 내렸다. "정말 너니?"

내 눈썹은 하늘로 날아오를 듯했다.

제이든이 내게 손을 뻗더니 허리를 감싸 안았다. 마치 보호가 필요한 사람이 나라는 듯이. "엄마."

감사의 말

나의 중력이 되어준 남편 제이슨에게, 의사와의 약속마다 데려다주고, 결합조직 질환이 있는 아들 넷과 아내를 두는 바람에 쏟아지는 모든 일정을 관리해줘서 고마워. 혼란스러운 지난 몇 년간 포옹과 정기적인 간식 공급으로 날 붙들어준 것도 고마워.

내 전부인 여섯 아이들아, 고맙다. 너희의 품위와 끈기와 웃음에 끊임없이 놀라곤 해. 이번에도 또 런던 호텔방에 틀어박혀서 관광이 아니라 편집만 했을 때도 불평하지 않아준 케이트 언니, 사랑해. 진심이야. 나에게 필요할 때마다 언제나 그 자리에 있어 주는 부모님께도 고마워요. 내 절친한 친구 에밀리 바이어, 내 인생에서 제일 편한 일부이자 비밀의 수호자가 되어줘서 고마워.

레드타워의 우리 팀에도 고마워요. 이 책에 시간과 마음을 쏟아주고 내가 어디에 있든 몇 시든 줌 회의에 응해준 앨리스 저먼에게도 고마워요. 내가 가장 좋아하는 장르를 쓸 기회를 준 편집자 리즈 펠레티어에게도 고맙고요. 끝없는 지혜를 지닌 스테이시 에이브럼, 언제나 전화를 받고 사진을 찍어주고 내 불안을 달래준 리즈 메이슨에게도 고마워요. 애슐리, 해나, 헤더, 커티스, 브리타니 M, 브리타니 Z, 몰리, 제시카, 케이티,

에린, 매디슨, 레이, 그 밖에도 끝없이 쏟아지는 이메일에 답해주고, 이 책을 시장에 내놓아준 인탱글드와 맥밀란의 모든 분에게 고맙습니다. 독수리 같은 눈으로 봐주신 베타 독자들과 감수자분들께도 감사드립니다.

언제나 특별히 애써주는 줄리아 크닙, 한결같이 격려해주는 맥도날드, 코카콜라, 그리고 테일러 스위트프와의 통화에도 함께해준 베키 웨스트에게도 고맙습니다. 이런 굉장한 표지를 만들어준 브리 아처에게도, 너무나 아름다운 그림을 그려준 엘리자메스와 에이미에게도 감사 인사를 전합니다. 언제나 최고였던 메레디스 존슨에게도요. 든든하게 내 등 뒤에 있어 주는 경탄스러운 에이전트, 루이즈 퓨리와 필름 에이전트 시바니 도라이스와미에게도 고마워요! 아웃라이어와 아마존 스튜디오 팀들에게 감사의 마음을 보냅니다. 여러분은 그야말로 꿈같은 동료들이에요!

내 제정신을 꼭 붙잡아준 업무 관리자 KP, 고마워요. 우리 불경한 삼위일체의 자기들, 지나 맥스웰과 신디 매드슨··· 두 사람이 없었으면 난 길을 잃었을 거예요. 이 책을 가능하게 만들어준 카일라에게도 고마워. 내 오리들을 지켜주고 언제나 내게 가장 기운을 북돋아준 셸비와 캐시에게도 고마움을 전해요. 내가 아는 가장 똑똑하고 친절한 여자인 레이철과 애슐리에게도 고마워요. 지난 몇 년 동안 나를 발견해준 독자들에게는 아무리 감사해도 부족할 거예요. 나의 팬그룹인 플라이걸스, 온라인에서 가장 행복한 장소가 되어줘서 고맙습니다. 여러분의 기쁨이 저를 계속 키보드 앞에 있을 수 있게 잡아둡니다.

마지막으로, 나의 시작이자 끝이니까··· 다시 한번 제이슨에게 고마운 마음을 전합니다. 당신과 나 둘이서 세상에 맞서는 거야, 여보.

레베카 야로스

오닉스 스톰 1

초판 1쇄 인쇄 2025년 5월 9일 | 초판 1쇄 발행 2025년 6월 2일

지은이 레베카 야로스 | 옮긴이 이수현

펴낸이 신광수
출판사업본부장 강윤구 | 출판개발실장 위귀영
단행본팀 김혜연, 조기준, 조문채, 정혜리
출판디자인팀 최진아, 당승근 | 출판기획팀 정승재, 김마이, 이아람, 전지현
출판사업팀 이용복, 민현기, 우광일, 김선영, 신지애, 이강원, 정유, 정슬기, 허성배, 정재욱, 박세화, 김종민, 정영묵
출판지원파트 이형배, 이주연, 전효정, 이우성, 장현우

펴낸곳 (주)미래엔 | 등록 1950년 11월 1일(제16-67호)
주소 06532 서울시 서초구 신반포로 321
미래엔 고객센터 1800-8890
팩스 (02)541-8249 | 이메일 bookfolio@mirae-n.com
홈페이지 www.mirae-n.com

ISBN 979-11-7347-613-6 (04840)
ISBN 979-11-7347-612-9 (set)

* 북폴리오는 ㈜미래엔의 성인단행본 브랜드입니다.
* 책값은 뒤표지에 있습니다.
* 파본은 구입처에서 교환해 드리며, 관련 법령에 따라 환불해 드립니다.
  다만, 제품 훼손 시 환불이 불가능합니다.

북폴리오는 참신한 시각, 독창적인 아이디어를 환영합니다.
기획 취지와 개요, 연락처를 bookfolio@mirae-n.com으로 보내주십시오.
북폴리오와 함께 새로운 문화를 창조할 여러분의 많은 투고를 기다립니다.

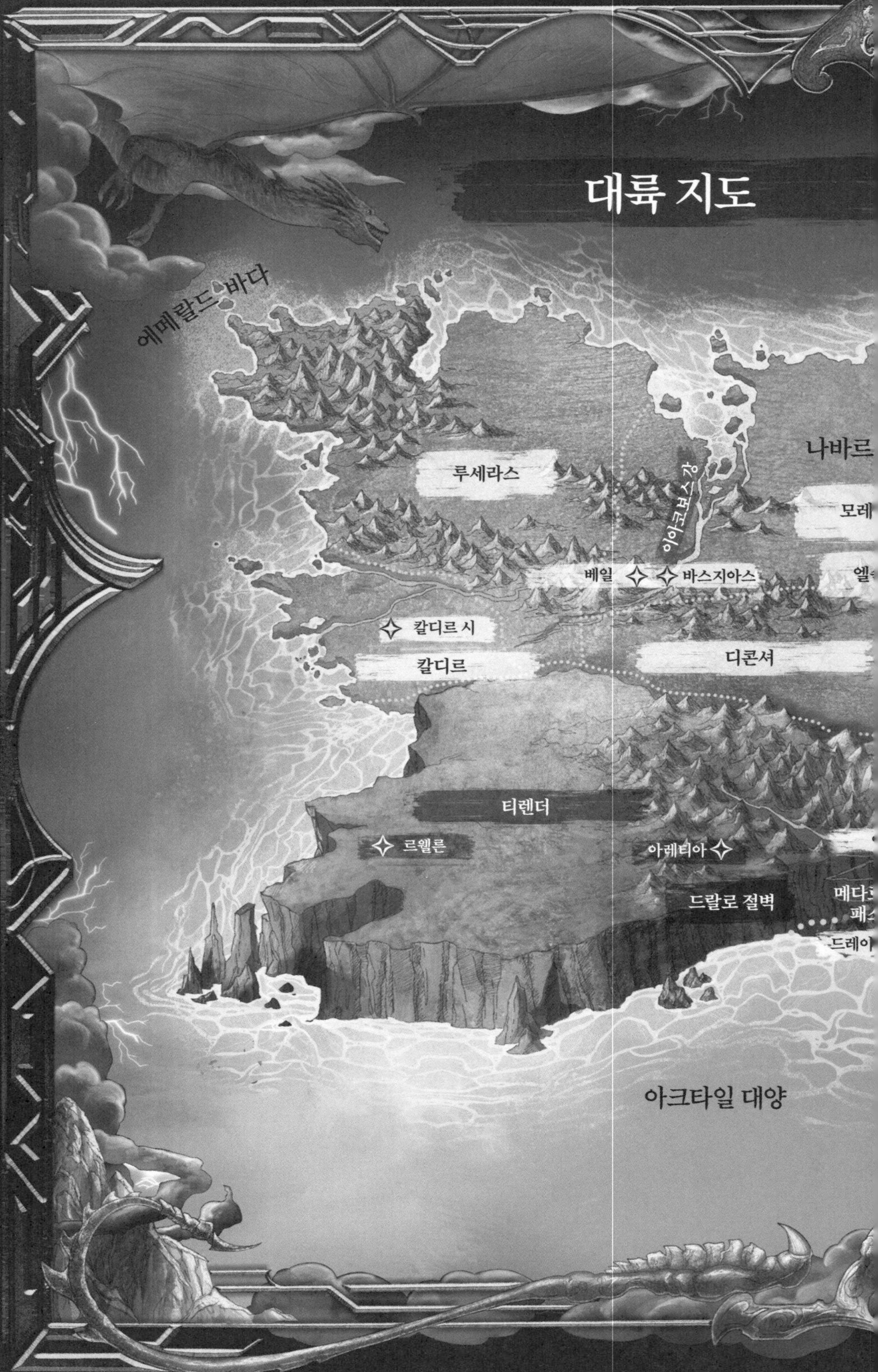

대륙 지도

에메랄드 바다
루세라스
이아코보스 강
나바르
베일
바스지아스
칼디르 시
칼디르
디콘셔
티렌더
르웰른
아레티아
드랄로 절벽
아크타일 대양

용감하고 능력 있는 바이올렛,

아름답지만 위험한 제이든을 창조한

레베카 야로스의 깜짝 선물!

바이올렛 입덕 부정기를 겪는 제이든의 속마음을 담은

보너스 챕터로,《포스 윙》과 비교해서 읽으면

더욱 흥미진진한 시간이 될 겁니다.

09

'망할. 이건 위험하다. 이 여자는 위험해.'

"칼이 필요할 거라는 생각은 안 해?" 소른게일이 단검 두 자루를 쥐고 매트 위에서 나를 마주하며 묻는다. 떨지 않는다는 점이 인상적이군. 아무리 내가 이모젠에게 무기를 넘겨줬다고 해도 그렇지, 나한테 죽을까 봐 겁내기보다는 열받은 모습인데.

"무모한 짓이다." 스게일이 잔소리를 했다.

"아니. 네가 우리 두 사람이 써도 넉넉할 만큼 가져왔으니 필요 없지." 나는 입매를 비틀면서 어디 덤벼보라고 손짓하고는 차단벽을 세웠다. 에이토스가 근처를 맴돌고 있어서였다. 저 2학년은 너무 보수적이라 이 학교에서 최고가 되진 못하겠지만, 그래도 매트 위에서의 실력은 괜찮았다.

"어디 해볼까."

소른게일이 격투 자세를 취했고, 나는 매트를 둘러싼 2대대원들과 이번 주말에 수행해야 할 임무도 잊은 채 그녀에게 오롯이 집중했다. 바이올렛 소른게일. 내 아버지를 처형한 장군의 150센티미터짜리 딸. 코덱스에 따

르면 나에겐 얼마든지 저 여자를 죽여버릴 권리가 있다. 내 지휘하에 있지만 나와 같은 비행대대는 아니니까.

내가 저 목을 부러뜨린다 해도 이 방에 있는 아무도 끼어들지 않을 것이다. 하지만 내가 책임진 107명이 그 대가를 치르겠지. 대체 난 이 매트에서 뭘 하는 거지?

그녀의 자세가 미묘하게 바뀌고, 손목을 턴다 싶더니 내 가슴으로 단검이 날아왔다.

나는 바로 그 단검을 잡아채고는 혀를 찼다. "그 동작은 이미 봤는데."

지금 내가 하는 짓이 바로 그거다. 보는 것. 그녀가 대련 상대를 알아내 중독시키고 있었다는 사실을 알아채는 데 꼬박 2주가 걸렸다. 저 교활한 영리함이 매력적이긴 하지만, 거기에만 의존해 카니발 놀이처럼 단검을 던져대다간 그녀도 죽고 말 것이다. 놀랍게도 그런 생각을 하면 마음이 편하지 않다. 아니, 그녀에 대해서는 어떤 생각도 마음이 편하지 않다.

그녀의 공격은 전형적인 1학년의 기술이라 막기도 쉽고 예측하기도 쉽다. 나는 그녀의 손에서 어설프게 잡힌 단검을 빼내고, 허벅지를 잡은 다음에 본인의 운동량과 가벼운 몸무게를 이용해서 바닥에 쓰러뜨렸다.

그녀는 연한 헤이즐색 눈동자를 크게 뜨고 나를 올려다보며 숨을 쉬려 애썼고, 나는 빼앗은 단검을 그 옆에 떨구고 멀찍이 걷어찼다. 그녀를 더 잘 가르쳤어야 마땅한 대대장을 향해서.

다른 상대였다면 이쯤에서 목에 칼을 대는 방식으로 내가 하려는 말을 전하며 시합을 끝냈을 테지만, 짜증스럽게도 그녀가 우리의 모임을 비밀로 해준 것 때문에 빚을 진 기분이었다. 내 감사의 표현은 내 발치에 누워서 씨근대고 있는 그녀를 죽이지 않는 것이었다.

마침내 소른게일이 갈비뼈를 부풀리더니, 몸을 밀어 올려 앉는 자세를

취하고는 내 허벅지에 칼을 찍으려고 했다.

아, 제발 좀.

나는 오른쪽 팔뚝으로 그 공격을 막은 다음, 왼손으로 그녀의 손목을 잡아서 단검을 빼냈다. "오늘은 피를 보려고, 바이올런스?" 나는 몸을 기울여 얼굴을 바싹 갖다대며 속삭였다.

이번 단검도 매트에 떨궈서 손이 닿지 않는 곳으로 차버리자 그 매혹적인 눈동자가 격분으로 번쩍였다. 너무나 쉽게 칼을 빼앗기는 주제에 틀려먹은 자신감까지 갖고 있다니. 죽음을 자초하는군. 게다가 왜 자기 체형과 격투 방식에 어울리는 무기를 쓰지 않는 거지? 아직까진 격투 방식이라고 할 것도 제대로 없지만 말이다.

"내 이름은 바이올렛이야." 쏘아붙이는 모습이 고양이가 하악질 하는 것 같다. 날렵한 몸 선과 드러낸 발톱이 딱 고양이다. 손끝에서 느껴지는 펄떡이는 심장 박동으로 그녀가 두려워하고 있음을 알 수 있었다.

바이올렛은 그녀에게 너무 부드럽고 연약한 이름이다. 다들 떠들어대는 그녀의 약하디약한 뼈와 관절에 대해서라면 나도 잘 알지만, 지금까지 내가 본 이 여자는 강철 같은 내면을 가졌다.

"바이올런스가 더 잘 어울리는데." 그녀의 손목을 놓고 바로 선 나는 한 손을 내밀면서, 속으로는 그녀가 그 손을 잡지 않을 만큼 영리하기를 기대했다. "아직 안 끝났다."

하지만 그녀는 내 손을 잡았다.

순진하기도 하지. 그녀를 붙잡아 일으키자마자 몸을 휙 돌려서 등 뒤로 팔을 꺾은 다음 내 가슴팍에 잡아당겼다. 이 학교에 있기엔 너무 순진해.

"망할!" 그녀가 소리쳤다.

그녀의 허벅지 칼집에 꽂힌 보기 흉하게 큰 단검을 하나 뽑아서 부드러

운 목에 칼날을 댔다. 그녀는 끝이 은빛인 머리카락을 땋아 왕관처럼 틀어 올린 머리를 내 가슴에 젖혔다. 정수리가 내 쇄골에도 닿지 않아서 다른 사람들이 듣지 못하게 말하려 고개를 숙이는데, 순간 좋은 냄새가….

저 여자 냄새가 어떤지 생각하지 마, 이 멍청아.

"이 매트에서 마주하는 사람은 단 한 명도 믿지 마라." 나는 입술이 닿지 않도록 주의하면서 그녀의 귓바퀴에 대고 조용히 훈계했다. 내가 대체 언제부터 적에게 닿고 말고를 고려했지?

"내게 빚진 게 있는 사람이라도?" 그녀도 작은 목소리로 받아쳤다.

그 신중함, 이 수업 내용을 모두에게 알릴 게 아니라는 사실을 빠르게 알아차린 관찰력에 가슴 한편이 따뜻해졌다. 나는 또다시 단검을 떨궈 에이토스에게 걷어차면서 그 녀석의 심각한 표정에 담긴 위협을 무시했다.

"그 빚을 언제 갚을지 결정하는 사람은 나야. 네가 아니라." 나는 그녀의 어깨 관절을 뽑지 않으려고 팔을 풀고 뒤로 물러섰다.

즉시 반응한 그녀는 주먹을 들어 올리면서 몸을 홱 돌렸고, 나는 그 주먹을 내 목 앞에서 쳐냈다.

"좋아." 다음 공격도 손쉽게 막으면서, 떠오르는 미소를 참을 수 없었다. "목을 노리는 게 네게는 가장 좋은 선택지지. 노출되어 있기만 하다면."

그녀는 뺨을 붉히고 분노로 눈에 힘을 주면서 이전에 시도했던 것과 같은 조합으로 발차기를 했고, 나는 다시 그녀의 허벅지를 잡고 거기에 꽂혀 있던 마지막 단검을 뽑아서 떨군 다음에 손을 놓았다. 그리고 흉터 진 눈썹을 들어 올려 순수한 실망을 표현했다. 넌 이것보단 영리하잖아. "실수로부터 배우길 기대했는데." 나는 떨어진 단검을 또 에이토스에게 찼다.

그녀는 옆구리에서 다음 단검을 뽑더니 방어 자세로 내 주위를 맴돌았다. 짜증이 나다 못해 한숨이 나올 지경이군. 눈을 돌리지 않아도 뒤에서

머뭇거리며 매트를 밟는 소리가 들렸다.

"뛰어오를 건가, 아니면 칠 건가?" 이러면 움직여야지.

매트에 드리운 그림자 때문에 움직임이 뻔히 보였고, 드디어 그녀가 앞으로 팔을 뻗으며 공격하는 순간 몸을 비틀어 숙였다. 단검은 내가 서 있던 자리의 허공을 갈랐다. 그나마 제대로 찌르긴 했지만, 그 동작 때문에 방어가 풀렸다. 나는 그녀의 팔을 당겨 내 상반신 옆으로 뒤집어 넘겨서 얼굴부터 매트에 처박고, 뒤따라 자세를 낮췄다.

단검을 떨구도록 팔을 꺾어 쥐자 그녀가 숨을 들이켰다. 나는 몸무게 대부분을 오른쪽에 실은 채 왼쪽 무릎을 그녀의 등에 대고 압박을 가했다. 그녀는 압박 속에서 움직이는 방법을, 죽음 앞에서 생각하는 방법을 배워야 한다. 나는 단검을 또 한 자루 뽑아서 에이토스의 발치에 던진 다음, 옆구리 칼집에서 또 한 자루를 뽑아서 그녀의 턱 아래 드러난 피부에 갖다 댔다.

나는 우리 사이의 얼마 안 되는 공간을 침범했다. "싸움을 하기도 전에 적을 제거하다니 그거 하나는 인정해." 귓가에 속삭이자, 내게 깔린 몸이 긴장했다. 그래, 바이올런스. 난 네가 지금까지 무슨 짓을 했는지 알아.

"문제는, 네가 여기에서 스스로를 시험하지 않는다면…." 나는 피가 나지 않도록 주의하면서 칼날로 그녀의 목을 내리 긁었다. "너는 전혀 발전하지 않을 거라는 거야."

"너야 당연히 내가 죽는 쪽이 더 좋겠지." 그녀는 매트에 얼굴 옆을 짓눌린 채로 쏘아붙였다.

"그러면 너와 같이 지내는 즐거움을 못 누리잖아?" 대꾸하는 내 말에서 비아냥이 뚝뚝 떨어졌다.

"재수 없는 새끼."

자연스럽게 한쪽 입꼬리가 올라갔다. 입놀림 하나는 스게일 못지않게 무자비하다니까. "너에게만 특별히 그런 것도 아냐."

일어서서 빼앗은 단검들을 에이토스에게 차버리고, 소른게일에게 싸울 수 있는 단검 두 자루만 남겨둔 채로 다시 손을 내밀었다.

그녀는 험상궂은 얼굴을 했지만, 이번에는 내 도움을 받아들이지 않고 알아서 일어섰다. 다시 한번 미소가 흘러 나왔다. 언제 이렇게 즐거웠는지 기억도 나지 않는다. 소른게일은 모든 표정이 아름다울 정도로 노골적이다. 음흉하지도 않고, 교활하지도 않다. 하지만 통제를 못 한다. "가르칠 만한 학생이군."

"그 학생은 빨리 배우거든." 그녀가 쏘아붙였다.

"그건 두고봐야지." 나는 두 걸음 물러서서 덤비라고 손짓했다.

"빌어먹을 요점은 전달됐어." 그녀의 목소리는 모두에게 들릴 만큼 컸고, 뒤에서 이모젠이 숨을 들이켜는 소리를 들으니 내가 성질이 나서 1학년을 죽여버릴까 봐 걱정하는 눈치였다.

하지만 나에겐 그녀를 죽일 생각이 한 톨도 없다.

"설마, 이제 겨우 시작인데." 나는 팔짱을 끼고 무게중심을 발꿈치 쪽으로 이동시켰다. 그녀가 다음엔 어떻게 할지 궁금했고, 대체 내가 왜 이렇게까지 신경 쓰는지 당혹스러웠다.

그야 물론 소른게일이 아름답긴 하지만, 난 누군가의 이목구비 같은 것에 흔들린 적이 없다. 그녀의 변화무쌍한 눈동자에 담긴 뚜렷한 분노 때문도 아니다. 혐오의 대상이 되는 데는 익숙하다. 하지만 그렇게 날 미워하면서도 낙인자들의 만남에 대해 입을 다무는 모습은 무시하기엔 너무 흥미롭다….

잠시 정신이 산만해진 나머지, 그녀의 움직임에 평소처럼 반응하지 못

했다. 그래서 그녀가 뒤쪽에서 내 오금을 걷어찼을 때 넘어지고 말았다.

이런 젠장.

"내가 무모하다고 했지?" 스게일이 차단벽을 뚫고 말했다. *"저 은발 여자애는 네가 감당할 수 없는 방해…."*

나는 머릿속의 티렌더 산비탈에 두 발을 단단히 딛고 차단벽을 강화해서 스게일을 밀어냈다. 이번 일을 두고 날 평생 놀려먹겠군.

소른게일이 내 등에 올라타더니 헤드록을 시도했다. 잘했어. 견실한 선택이야. 하지만 내 숨통을 틀어막을 만한 힘이 없지. 그녀는 자기 근력에 맞게 싸우지 않고, 실제보다 20센티미터는 크고 20킬로그램은 더 나가는 사람처럼 싸운다.

나는 그녀의 두 팔에 신경 쓰지 않았다. 재빨리 몸을 비틀어서 손아귀를 풀고 한 동작으로 이어서 허벅지 뒤쪽을 잡은 후, 한 바퀴 굴러서 그녀의 등을 매트에 눕혔다. 그리고 그녀가 숨을 들이마시기도 전에 그 섬세한 목선에 팔뚝을 댔다. 누르지는 않았다.

이 자세에서 그녀를 죽일 방법이 열 가지도 넘었고, 주도권은 완전히 나에게 있었다. 하지만 엉덩이로 그녀를 매트에 찍어누르면서도 몸무게 대부분은 왼팔에 실었다.

그녀는 제대로 붙들렸고, 눈동자에 두려움이 비쳤다가 얼른 분노로 가리는 모습을 보니 그녀도 그 사실을 알고 있었다.

젠장. 정말로 이 여자를 으스러뜨리고 싶지 않다.

대체 나한테 무슨 일이 생긴 거지?

그녀는 단검을 뽑더니 내 어깨를 노리는 엄청난 실수를 저질렀다.

나는 그녀의 손목을 잡아 머리 위로 눌렀다. 순식간에 충격받아 눈을 크게 떴다가, 긴장 속에서 두려움을 보였다가, 입을 꾹 다물고 화내는 그녀

의 표정 변화를 넋 놓고 들여다보았다. 이렇게 빠르게 정보를 처리하고 감정을 바꾸는 건 엄청난 강점이건만, 스스로는 알지 못하는 듯했다.

그녀의 목을 타고 올라간 분홍빛이 뺨까지 번졌고, 정신 차리고 보니 나는 완전히 다른 이유로 그녀를 보고 있었다. 홍조, 빨라진 맥박, 1초도 안 되는 찰나지만 그녀의 시선이 내 입술로 움직이는 모습…. 지금 끌리는 사람이 나 혼자는 아니군.

망할. 이건 위험하다. 이 여자는 위험해.

매트 바깥세상이 사라지고 내 주의력은 오직 바이올런스에게 쏠린다. 그녀는 아름답고, 열받았을 땐 특히 더 매력적이다. 우리 사이에 팽팽한 긴장감이 커지고, 평정을 지키려 최선을 다하는데도 심장 박동이 급격히 빨라진다. 하지만 내 아래에 깔린 그녀의 감촉, 내 손에 닿는 그녀의 따뜻한 피부, 내가 천천히 고개를 내릴 때 빨라지는 그녀의 숨결을 날카롭게 의식할 수밖에 없다.

나는 그녀의 손바닥으로 손끝을 미끄러뜨려 빼낸 단검을 매트 저편으로 던져버린 후에야 손목을 풀어줬다.

"단검 잡아." 나는 단호하게 말했다.

"뭐?" 그녀가 눈을 크게 떴다.

"네, 단검, 잡으라고." 나는 말을 되풀이하면서 그녀의 손을 잡고 옆구리 칼집에 꽂힌 마지막 단검 앞으로 끌고 간 후, 그녀와 손을 겹쳐서 칼자루를 잡았다.

손마저 부드럽군. 섬세하고 부서질 것 같은 손이다. 그리고 내가 이 작은 몸집을 유리하게 이용하는 방법을 가르치지 않는다면, 다음 상대가 그 점을 이용해서 그녀를 박살 내겠지. 정확히 어떤 이유인지 인정하고 싶지 않지만… 신경이 쓰인다.

제대로 망했어.

"넌 작아." 뱃속에 분노가 끓는다.

"잘 알거든." 그녀가 눈을 가늘게 떴다.

"그렇다면 큰 동작으로 몸을 노출시키는 짓은 그만하지." 나는 겹쳐 잡은 두 손을 내 옆구리로 가져와서 칼끝으로 가볍게 그었다. "옆구리 공격도 똑같이 잘 먹혔을 거다." 다음엔 내 등으로 손을 옮겨서, 이 감옥 같은 군사학교에 걸어들어온 후 처음으로 나를 취약한 상태에 놓았다. "이 각도에서는 신장 공격도 적합하지."

그녀는 침을 꿀꺽 삼켰고, 나는 그 움직임을 보고 싶은 충동과 싸우며 눈만 보았다. 정말이지, 들여다볼 때마다 달라 보이는 눈동자다. 내가 눈을 뗄 수 없는 것도 당연하다.

나는 그 눈을 들여다보면서 겹쳐 잡은 손을 내 허리로 옮겼다. "네 상대가 갑옷을 입고 있다면 아마도 여기가 약할 거다. 이 세 곳이 상대방에게 널 막을 시간이 주어지기 전에 공격할 수 있는 쉬운 지점들이다."

그녀는 입술을 벌리고 떨리는 숨을 들이쉬었다.

"내 말 듣고 있나?" 이 수업을 반복할 생각은 없다.

그녀는 고개를 끄덕였다.

"잘됐군. 네가 마주치는 모든 적에게 독을 먹일 순 없거든." 속삭이는 내 비난에 핏기가 사라지는 그녀의 얼굴이 보였다. "브레이빅의 그리폰 라이더가 날아올 때는 차를 먹일 시간이 없을 거야."

"어떻게 알았어?" 아래에 깔린 몸이 긴장하는데, 젠장. 그녀의 허벅지가 내 엉덩이를 조였다.

그녀에게 나를 상대로 쓸 수 있는 무기가 하나 더 있다는 사실을 알려주기 전에 얼른 이 몸 위에서 비켜야 한다. "아, 바이올런스. 네 솜씨가 좋

긴 하지만 난 더 뛰어난 독 전문가와 알고 지냈어. 그렇게 뻔하게 만들면 안 되지."

자기 동생이 얼마나 뻔하게 굴었는지 알면 브레넌이 좌절의 한숨을 내쉴 테지. 내가 바이올런스를 어떤 자세로 잡고 있는지 보면 내 엉덩이도 걷어차려고 할 테고.

입안에 쓴맛이 돌았다. 바이올런스는 브레넌이 살아 있음을 꿈에도 모른다.

그녀가 무슨 말을 하려는 것처럼 입을 열었다.

"이 정도면 하루 가르침으로는 충분했다고 생각합니다." 에이토스가 짖어댔다.

우리 둘만 있는 게 아니라는 사실을 깨닫고 놀란 티를 내지 않으려 내가 가진 모든 통제력을 끌어와야 했다. "저 녀석은 언제나 저렇게 과보호인가?" 나는 몸을 살짝 떼어내면서 중얼거렸다.

"날 걱정하는 거야." 바이올런스가 나를 노려보는데, 아무래도 그게 기본 표정인가 싶다.

"널 방해하는 거겠지. 걱정 마. 네가 독을 쓴다는 작은 비밀은 지켜줄 테니까." 흉터 진 눈썹을 구부리며 내 비밀도 지키라는 뜻을 그녀가 알아들었기를 빌었다. 겹쳐 쥔 손을 그녀의 옆구리로 내려서 도무지 어울리지 않는 보석 자루 단검을 칼집에 꽂았다. 그 칼은 그녀에게 너무 크다. 쳐내기는 너무 쉽고.

"날 무장해제 하지 않는 거야?" 내가 손을 풀고 일어서려는데 그녀가 물었다.

그녀에게 내 엉덩이를 허벅지 사이에서 풀어줄 분별력이 있어서 다행이다. 내 분별력은 어딘가로 달아나버렸다. 내 엉덩이를 그 자리에 그대로

둔 채 그녀를 제일 가까운 빈방으로 데려가서 우리가 서로에게 얼마나 끌리는지 알아보고 싶은 충동만 남아 있었으니 말이다.

하지만 그 길에는 확실한 재앙뿐이다.

"안 한다. 무방비한 여자는 내 취향이 아니거든. 오늘 수업은 여기까지." 나는 벌떡 일어나서 매트 가장자리로 걸어가 이모젠에게 무기를 돌려받았다.

"대체 그건 뭐였어?" 이모젠이 마지막 단검을 건네주면서 소곤거렸다.

"에이토스." 나는 그 질문을 무시하고, 늘 그랬듯 바이올런스를 어르고 달래느라 바쁜 대대장에게 돌아섰다.

에이토스가 홱 돌아보는데, 그 얼굴에 생생한 분노를 보자 웃음이 나올 지경이었다.

"갠 보호 대상이 아니라 가르칠 대상이다." 나는 비난하는 눈빛으로 쳐다보다가, 에이토스가 마지못해 고개를 끄덕이고 나서야 몸을 돌려 걸어갔다.

"네가 1학년과 대련을 할 기분이 들었다고?" 내가 2대대에서 몇 걸음 물러서자마자 개릭이 따라붙으며 묻는데, 입가에 웃음기가 감돌고 있었다. "아니면 저 특정 1학년만이야?"

"가끔은 네 관찰력이 정말 싫다."

"네가 걜 쳐다보는 눈빛은 누가 봐도 티가 나." 개릭이 목소리를 낮췄다.

"내가 걜 죽이고 싶어 한다는 거?" 나는 발톱전대에서 벌어지는 흥미로운 시합을 보며 대꾸했다.

"죽이고 싶은 건지 아니면…."

"그 문장 끝맺지 마라. 누굴 때리고 싶은 기분이니까." 우리는 제대로 싸우면 서로 다칠 수밖에 없다는 점에서 완벽한 대련 상대지만, 지금 나는

절친한 친구에게 크게 한 방 먹이고도 남을 만큼 짜증이 난 상태였다. 개릭의 몸집이 더 크다는 건 문제가 아니다.

"오, 제발 그래 줄래?" 개릭은 가슴께에 손을 올리고 히죽거렸다. "너의 그 크고 힘센 손을 이용해서 제발 나한테…."

개릭이 비틀거리며 옆으로 물러설 정도로 세게 어깨를 민 다음, 개릭의 전대를 벗어나서 발톱전대로 넘어갔다. 소른게일은 멀리 둘수록 좋다.

16

'에이토스 저 개새끼가 내 바이올런스에게 입 맞추다니.'

"어떻게 된 일인지 모르겠어? 제이든이 뭘 한 건지?" 에이토스가 소른게일에게 묻는다. 보병이나 돼야 했을 놈답게 전전긍긍하면서 내가 탈곡의 결과를 바꿨다는 듯이 암시를 흘린다.

누가 내 이름을 끌어다가 헛소리를 늘어놓을 때마다 일일이 반응했다면 난 아무것도 못 했을 것이다. 대체로 나는 모욕을 기억에 저장해놓고, 일단 치워둔 다음에 다른 일을 한다. 스게일이 자주 일깨워주다시피, 드래곤은 양들의 생각에 개의치 않는 법이다. 인간들이 하는 생각에도.

하지만 에이토스의 손가락이 소른게일의 제복 어깨를 파고들자, 그것도 테른이 불태운 찌질이의 칼에 맞은 상처 바로 위를 누르는 모습을 보자 설명할 수 없는 분노가 치밀어오면서 날카로운 칼날처럼 앞길에 있는 모든 것을 잘라낸다. 나는 정신 차단벽을 쾅 닫았다. 누가 근처에 있을 땐 늘 그랬거니와, 기억을 읽는 놈 앞에서는 당연한 일이었다.

"부탁인데 내가 무슨 짓을 했다고 생각하는지 말해주지 그래." 나는 비

행장 대부분을 비추는 달빛 속으로 걸어 들어가면서 스게일로부터 흘러드는 마력을 끊고, 이 개새끼가 나를 선명하게 볼 수 있도록 밤의 그림자들을 자연스러운 상태로 돌려보냈다.

"당신이 탈곡을 조작한 거지." 에이토스는 소른게일의 어깨에서 손을 뗐고, 나는 놈의 손을 자르지 않기로 결정했다. 일단은.

정말이지. 내가 이 학교에서 어긴 법이 몇 개인데, 하필 그런 고발을?

웃음을 터뜨릴 뻔했지만, 그때 그 개새끼가 소른게일 앞에 나섰다. 바이올런스에게 자기 보호가 필요하다는 듯이. 그놈은 오늘 탈곡에서 내가 본 그녀를 보지 못했다. 그 모습을 봤다면 보모처럼 곁을 맴돌지도 않을 것이다.

"데인, 그건…." 소른게일이 그 뒤에서 걸어 나왔다.

"그건 공식적인 고발인가?" 신들이시여, 제발 저 젠체하고 코덱스만 사랑하는 놈을 두들겨 팰 이유를 주십시오. 딱 한 번만.

"기껏해야 짜증 나는 놈일 뿐이다. 자제해라." 스게일이 잔소리를 했다. 애초에 스게일이 그 금빛 드래곤에게 품은 애정 때문에 이런 개 같은 상황에 놓인 건데 말이다.

나는 에이토스에게 시선을 고정시키고, 소른게일의 크게 뜬 헤이즐색 눈동자와 그 피부에 남은 상처들을 보지 않으려고 했다. 특히 그 몸의 곡선에 시선을 두는 건 절대 안 될 일이지….

젠장. 그녀가 내 주의를 흐트러뜨린다. 그럴 여유가 없는데도, 난 방금 저주받은 여생 동안 저 여자와 한배를 타고 말았다. 그리고 지금 달빛을 받는 그녀의 눈동자는 내가 도무지 눈길을 떼어낼 수가 없는 분노의 푸른 불길 대신 두려움이 깃들어 호박색으로 빛난다.

두려움은… 에이토스에 대한 걱정인가? 왠지 뱃속이 꼬인다.

"당신이 개입했어?" 에이토스가 징징대며 묻는다.

"내가 뭘 했냐고?" 나는 그 응석쟁이 녀석에 대한 혐오감을 대놓고 드러내면서 눈썹을 치켜올렸다. 저 작고 매혹적인 독덩이가 죽을 뻔한 직후인데, 이 녀석은 규정이나 걱정한다고? "내가 저 녀석이 수적으로도 밀리는 데다 이미 부상당한 걸 봤냐고? 내가 저 녀석의 용기가 존나 무모하긴 하지만 존경스럽다고 생각했냐고?" 그녀를 쳐다보는 기념비적인 실수를 저지르는 바람에 꾹 참았던 성질이 터지고 말았다. 그녀는 그 자리에서 죽을 수도 있었다. 거의 죽을 뻔했다. 내 눈앞에서.

"난 또 그렇게 할 거야." 그녀는 나를 보고 고집스럽게 턱을 들었다.

"아주 잘 알고 있네!" 젠장. 통제력이 삐끗한 정도가 아니라 방금 증발해 버렸다. "내가 저 녀석이 몸집이 더 큰 생도 세 명과 싸우는 걸 봤느냐고?" 나는 에이토스를 노려보았다. "그런 질문이라면 대답은 다 그렇다야. 하지만 넌 나에게 엉뚱한 질문을 던지고 있어, 에이토스. 내가 아니라 스게일도 그 꼴을 봤냐고 물어야지."

"방금 이 헛짓거리에 날 끌어들인 거냐."

"스게일이 날 끌고 들어간 거 맞잖아요. 언제부터 작은 드래곤에게 무르게 군 거예요?" 그 금빛 드래곤이 귀엽지 않다는 건 아니다. 하지만 여기에서 귀여운 상대에게 마음이 약해졌다간 죽기 십상이고, 바로 그래서 소른게일이 나에게 위험한 거다.

에이토스가 초조한 얼굴로 시선을 피했다. 그래야 마땅했다.

"테른의 반려가 말한 거구나." 소른게일이 속삭였다. 테른과 스게일이 반려 관계라는 걸 누군가 말해준 모양이다.

"넌 언제부터 인간 여자를 두고 감정적으로 굴었는데?" 스게일이 대꾸했다.

"*감정적인 게 아니라 화가 난 거예요.*" 나는 그 말을 바로잡았다. "스게일은 깡패들을 좋아하지 않거든. 하지만 그게 너에 대한 친절이었다는 오해는 하지 마. 스게일이 그 작은 드래곤을 좋아해서 그래. 불행히도 테른은 자기 뜻으로 널 선택했어."

"망할." 드디어 상황을 이해한 에이토스가 중얼거렸다.

"내 생각도 그래." 나는 에이토스를 보고 고개를 절레절레 저었다. "소른게일이라니, 이 대륙을 통틀어서 가장 엮이기 싫은 사람이지. 내가 한 짓이 아니야." 그 숲속에서 바이올런스에 대한 내 태도는 1초 만에 '내가 죽일지도, 아니 안 죽일지도'에서 '무슨 일이 있어도 지킨다'로 바뀌었다.

그녀가 영리해서도, 아름다워서도, 열받게 내가 주의 깊게 쌓아 올린 통제력을 갈가리 찢을 수 있어서도 아니다. 심지어 그 셋 다여서도 아니다. 내겐 이 문제에 선택권이 없었다. 내가 아니라 테른이 그렇게 결정해 버렸다.

"그리고 설령 내가 개입했다 하더라도…." 나는 에이토스에게 바싹 다가섰고, 그 녀석은 내 위압에도 뒷걸음질은 치지 않았다. "그 행동이 네가 가장 친한 친구라고 부르는 사람을 구했다는 걸 알면서도 정말 그런 비난을 할 건가?" 언젠가는 소른게일도 분과에서 보낸 1년이 어린 시절의 친구를 모르는 사람으로 바꿔놓았다는 사실을 받아들여야 할 것이다.

녀석의 침묵이 아주 달콤하군. 내가 무슨 말을 해도 이만큼 유죄로 보이게 하진 못할 텐데.

"세상엔… 규칙이 있어." 에이토스는 키가 더 큰 나를 내려다보려고 갖은 애를 쓰면서 더듬더듬 말했다. 등뼈를 늘리기엔 어색한 순간이지만, 잘 해보라지.

"그러면 호기심에서 묻는데, 너라면 그 공터에서, 그 소중한 바이올렛을

구하기 위해, 그 규칙을 어겼을까?" 바이올렛이라는 이름을 혀끝에 올리는 느낌이 이상하다. 내가 부르던 별명보다 부드러운 이름.

"아무리 너라도 이건 잔인하구나." 스게일이 재미있다는 듯이 말했다.

"소른게일에게 상처가 될 건 안타깝지만, 저 여자가 우리의 동반자 관계에서 살아남으려면 강해져야 하고, 에이토스는 우리 주위에 둘 수 없어요."

"아, 그러니까 테른이 도착했을 때 네가 이미 움직이고 있었다는 이야기는 쏙 빼기로 한 거냐?" 스게일이 비아냥거리는 투로 대꾸했다. *"테른이 오지 않았다면 네가 에이토스 대령의 아들이 비난하는 바로 그런 짓을 해버렸을 거라는 사실도?"*

"제가 움직인 건 본능적으로…."

"그 문장을 끝맺어서 우리 둘 다 민망해지는 사태는 피하자꾸나."

스게일이 저럴 때가 정말 싫다. 이 대륙에서 나보다 심한 독설가는 스게일뿐이다. 음, 바이올런스라면 맞상대가 될지도.

젠장. 에이토스 놈은 아직도 대답을 안 했다.

"데인에게 묻는 건 불공평해." 소른게일이 나에게 곧바로 걸어와서 에이토스 옆에 서는데, 드래곤의 리드미컬한 날갯짓 소리가 울려 퍼졌다. 엠피리언이 결정을 내린 모양이다.

"명령이다. 대답해, 대대장." 나는 에이토스와 시선을 마주쳤다.

어서 네 진짜 모습을 보여줘.

에이토스는 내 귀에도 들릴 만큼 큰 소리로 침을 삼키더니 눈을 꽉 감았다. "아니요. 안 그랬을 겁니다."

나는 코웃음을 쳤다. 규칙성애자 같은 겁쟁이 새끼. 저놈에겐 바이올런스와 같은 공기를 마실 자격도 없다. 바이올런스는 몸집이 절반인데도 저놈의 천 배는 용감하다. 정말 안 어울리는 관계지. 이 저주받을 학교에 내

가 보디, 개릭, 리암의… 이제는 저 여자의 목숨까지 구하는 걸 막을 규칙 따윈 없다.

에이토스가 소른게일에게 얼굴을 돌렸지만, 나조차도 이미 그 대답이 끼친 여파를 못 알아볼 수가 없었다. 소른게일은 제일 아끼는 책이 갈기갈기 찢어진 꼴을 본 듯한 얼굴이었다.

젠장. 폐가 무겁게 내려앉는 이 불편한 기분은 뭐지? 설마… 아니야, 죄책감일 리가. 내가 죄책감이라는 걸 느낀 게 언제인지 기억도 안 난다. 낙인자에 얽힌 문제도 아닌데.

"바이, 너에게 무슨 일이 생기는 모습을 지켜보는 건 죽기보다 싫지만, 규칙은…." 에이토스가 또다시 징징거린다.

"괜찮아." 소른게일은 말을 끊으며 그의 어깨에 손을 올렸다.

그것만으로도 죄책감이 욕지기로 바뀌었는데, 이상하게 그게 고마웠다.

"드래곤들이 돌아오는군." 나는 뻔히 보이는 사실을 말했다. 드래곤들이 착륙하면서 생도들이 우왕좌왕 비키고 있었다. "대열로 돌아가라, 대대장."

에이토스는 쥐새끼답게 쪼르르 도망쳤다.

"왜 그런 짓을 한 거야?" 소른게일이 나에게 고함치듯 말하더니 고개를 저었다. "관두자." 그녀는 내 존재를 무시하고 말없이 걸어가버렸다.

나는 눈을 껌벅였다. 아마리에게 맹세코, 감히 나를 무시할 배짱이 있는 인간은 저 150센티미터짜리 골칫덩이가 유일하다. 그녀의 말대로 내버려두자고 판단하기도 전에 내 몸이 움직였다.

"네가 저 녀석을 지나치게 신뢰하니까." 나는 몇 걸음 만에 그녀를 따라잡았다. "그리고 누굴 믿어야 할지 알아야만 네가, 아니 우리가 계속 살아남을 테니까. 분과 안에서만이 아니라 졸업 후에도."

"우리 따윈 없는데." 그녀가 쏘아붙이다가 다른 라이더와 부딪칠 뻔하는 모습에 심장이 덜컹 내려앉았다. 어제까지만 해도 신경 쓰지 않았을지 모르지만, 이제는 그녀가 피를 흘리면 내가 피를 흘리는 것 같았다.

"아, 너도 곧 달라졌다는 걸 알게 될 거야." 나는 그녀의 팔꿈치를 잡아서 다른 라이더와의 충돌 경로에서 빼냈다. 이 여자를 살려두려고 애쓰는 게 계속 이런 식일까? 이 여자는 작디작은 드래곤을 지키려고 무장한 깡패 셋과도 맞서면서 왜 걸을 때는 주위를 보지 않는 거지? "테른의 유대는 아주 강해. 반려와도 강하고 라이더와도 강하지. 테른이 워낙 강력하기 때문이야. 지난번에 테른이 라이더를 잃었을 때는 거의 죽을 뻔했고, 따라서 스게일도 죽을 뻔했어. 반려를 맺은 한 쌍의 목숨은…."

"상호의존적인 건 나도 알아." 그녀가 날카롭게 대꾸하더니 시선을 돌려 착륙하는 드래곤들의 움직임을 보았다. 지금의 눈동자는 분노 때문에 푸른색이 돋보이는군.

이따위 것들에 신경 쓰고 있다니, 대체 난 뭐가 잘못된 걸까.

"이젠 무르게 구는 게 누구지?" 스게일이 물었다.

"끌리는 것과 무르게 구는 건 다르거든요." 그리고 나는 이미 첫 번째 부분만으로도 스스로에게 화가 나 있었다. 두 번째까지 저지르는 건 절대 안 될 일이다. "드래곤이 라이더를 선택할 때마다 그 유대는 전보다 더 강해져. 그렇다는 건, 바이올런스 네가 죽으면 연쇄반응이 일어나서 나까지 죽을 수도 있다는 얘기지. 그러니까 맞아, 관계자 모두에게는 불행한 일이지만 엠피리언이 테른의 선택을 승인했다면 이젠 너와 내가 우리가 된 거야."

그녀가 눈을 크게 뜨고 입을 벌렸다.

난 절대로 그 입술에 대해 생각하고 있지 않다. 저 여자를 어떻게 살려

두느냐 같은 중요한 문제를 앞에 두고 내가 그럴 리가.

"그리고 이젠 테른이 나타났고, 다른 생도들도 테른이 계약할 뜻이 있다는 걸 알았으니…." 빌어먹을. 놈들이 이 여자를 노릴 거다. 매트 위에서, 복도에서, 내가 제대로 감시할 수 없는 망할 놈의 욕실에서도. 나는 억지로 시선을 떼어내고 한숨이라고 해도 무방할 큰 숨을 내쉬었다.

"그래서 테른이 당신과 같이 있으라고 한 거구나." 그녀는 이제야 상황이 얼마나 심각한지 이해한 듯 속삭였다. "미계약자들 때문이었어."

"미계약자들은 혹시나 테른과 계약할 수 있을지 모른다는 희망을 품고 널 죽이려고 할 거다."

개릭이 내 쪽으로 오려고 하자, 고개를 저었다. 어젯밤 임무에서 무슨 소식을 가져왔든, 그 이야기는 미뤄야 했다. *"분과에 이렇게 많은 사람이 있는데 테른은 하필 소른게일과 계약해야 했대요?"* 인생이 어마어마하게 복잡해지기 직전이다.

"무슨 의도에서 그랬는지 직접 물어보렴." 스게일이 대답했다.

"됐거든요. 머리통은 붙인 채 살고 싶네요." 테른은 성질 더럽기로 둘째가라면 서럽다고.

"테른은 이 대륙에서 가장 강력한 드래곤 중 하나고, 테른이 쏟아내는 막대한 마력은 곧 네 것이 될 테지. 미계약자들은 앞으로 몇 달 동안 새로운 라이더들을 죽이려고 할 거다. 그동안은 아직 유대관계가 약하고, 드래곤이 마음을 바꿔서 자기들을 선택할 가망이 있으니까. 그러면 1년을 꼬박 되풀이하지 않아도 되니까. 그런데 심지어 테른이라고? 무슨 짓이든 하고도 남지." 이번에는 정말로 한숨을 내쉴 수밖에 없었다. "현재 미계약 라이더는 41명이고, 네가 그들의 최우선 목표물이야." 나는 집게손가락을 들어 보였다.

"그리고 테른은 당신이 경호원 역할을 할 거라고 생각하고." 그녀는 콧방귀를 뀌었다. "당신이 날 얼마나 싫어하는지 모르나 봐."

"테른은 네가 저 아이를 얼마나 싫어하는지, 얼마나 자주 쳐다보는지 정확히 알…."

"그만하지 않으면 추운 날씨에 나가는 임무란 임무는 전부 다 자원할 거예요."

"무례하긴. 네가 호르몬 조절을 못한다고 왜 내가 불편해야 하는 거냐." 스게일은 정신적으로 몸서리를 쳤다. 내 여신은 무자비하고 악랄한 주제에 추위는 싫어한단 말이지. 아레티아로 날아갈 때만 예외고.

"테른은 내가 내 목숨을 얼마나 아끼는지 알아." 맞받아치면서도 내 시선은 소른게일의 몸 위를 떠돌았다. 눈에 보이는 몸에는 싫은 면이라고는 하나도 없었다. 아마리 여신이 직접 나를 파멸시킬 여자를 설계한다면 딱 이런…. 망할. 바이올런스는 정말로 내 파멸일지도 모르겠다. 부드러운 피부에 영리한 머리, 격렬한 성격. 단검을 쥐면 치명적이고, 지나칠 정도로 용감하다. 그리고 지극히 이성적이다. "이제 곧 사냥당할 거라는 말을 들은 사람치고는 소름 끼치게 침착하군." 어떻게 하면 저 여자가 완전히 통제력을 잃을까? 어떤 남자 앞에서 흐트러질까?

"저 아이는 너보다 2년 어린 데다 네 지휘하에 있다." 스게일이 충격받은 척했다.

"그리고 스게일은 테른보다 50년 연하죠. 하고 싶은 말이?"

"나한테야 새로운 일도 아니라서." 소른게일이 어깨를 으쓱였고, 내 시선은 그 뺨의 홍조에 붙박였다. 그 은은한 붉은 기운을 보니 아닌 척해도 나에게 영향을 꽤 받는다는 사실을 알 수 있다. "솔직히 말하면, 41명에게 사냥당하는 정도는 당신 때문에 끊임없이 어두운 구석을 살피는 일에 비

하면 큰 위협도 아니야."

일리 있는 지적이군.

금빛 드래곤이 우리 뒤에 착륙하고, 뒤이어 스게일이 반려라고 부르는 괴물이 내려섰다. 소른게일은 이제 안전하니, 나는 최대한 빨리 비행장을 가로질러 다른 비행단장들의 드래곤들과 함께 줄 끝에서 기다리는 스게일에게로 향했다.

개릭은 자기 브라운 스콜피언테일인 크라드 옆에 서 있었는데, 내가 다가가자 눈썹을 치켜올렸다. "그러니까 너하고 장군의 딸이…."

"안 웃겨." 나는 고개를 젓고 스게일이 웃는 소리를 무시했다. 멜그렌 장군이 연단 앞에 섰다. 그자가 가까이 있으면 늘 그랬듯 소름이 끼쳤다. 살인자 새끼. 그놈이 하는 말을 흘려듣기는 어렵지 않다. 몇 년이나 놈을 무시하는 연습을 했다. 게다가 무슨 말을 할지는 듣지 않아도 알았다.

테른은 뜻대로 할 것이고, 소른게일은 두 드래곤과 계약할 것이다. 엠피리언이라 해도 대륙에서 두 번째로 큰 드래곤이 계약을 하겠다는데 안 된다고 할 리는 없다. 그들은 테른을 전장에 다시 데려가고 싶어 하니까.

"이게 문제가 될까?" 멜그렌이 지껄여대는 소리를 배경으로 개릭이 물었다.

"아니."

"그러시겠지." 비꼬는 기색이 역력했다.

"난 괜찮아." 탈곡에서 살아남은 1학년들을 훑어보며 대답했다.

"너보다 괜찮은 시체들도 본 기억이 있는데." 내 절친이라는 놈이 중얼거렸다.

"시체들이야 당연히 괜찮겠지. 걱정할 게 없잖아." 그리고 난 방금 살고 싶으면 바이올렛 소른게일을 지키라는 임무를 맡았다. 그렇게 하긴 할 거

다. 아니, 그래야 한다. 방금 멜그렌이 소른게일이 드래곤 둘과 계약했다는 사실을 선언했으니 더 그렇지.

나는 차단벽을 살짝 내리고 연결된 감각을 느꼈다. 스게일과의 단단한 사파이어빛 연결은 언제나처럼 잘 붙어 있지만, 연결선이 두 개가 더 늘었다. 오닉스 빛깔은 테른일 테고, 다른 하나는 반짝이는… 은빛이다. 그녀의 머리카락 끝과 같은 색깔. 젠장. 테른이 정말로 그녀와 계약했군.

오직 스게일과 테른 같은 반려 관계만이 내 의사와 상관없이 다른 라이더에게 연결해놓을 수 있다.

소른게일이 비행장 너머에서 나를 보았고, 나는 차단벽을 쾅 닫고 둘째 손가락을 들어 올렸다. 그녀는 이제 여기에서 첫째가는 목표물이고, 내 제일 큰 골칫거리다.

"우리가 잴 살려둬야겠군." 개릭이 중얼거리는데, 소른게일 장군이 가족 같은 생도들에게 연례 연설을 하러 나섰다. 진짜 가족은 드래곤들에게 던진 주제에.

"그래." 나는 늘 그녀 옆에 있을 수도 없는데 그 1학년들의 개짓거리에서 어떻게 그녀를 지키지? 비행장 저편을 보는데 의형제인 리암이 눈에 띄었다. 드래곤들이 라이더에게 마력을 채널링 할 인장을 새기고 있었고, 리암도 선택받은 레드 대거테일 앞에 서 있었다. "리암을 바이올렛의 대대로 이동시켜야겠어."

"리암을?" 개릭이 의아해했다.

"리암은 1학년 중에서 최고야." 나는 1학년들이 축하하러 흩어지는 모습을 보며 고개를 끄덕였다. "내가 격투 훈련을 시켰으니, 리암이라면 걜 지킬 능력이 있어." 더해서, 내가 리암에게 의리를 지키는 만큼이나 리암도 나에게 충실하다.

“아니면 우선 혼자 살아남을 기회를 줘볼 수도 있겠지.” 개릭이 팔짱을 끼고 곁눈질로 나를 보았다.

그 말이 맞을 만한 이유는 산더미처럼 많다.

“하지만 그 길을 택하겠다면야. 누구나 리암을 좋아하니 걔도 리암을 좋아하길 빌어보자. 그러면 지키기는 게 좀 수월해지겠지.”

“걘 리암을 좋아할 거야.” 다시 불편한 느낌이 퍼지면서 속이 뒤틀렸다.

개릭이 히죽 웃었다. “걱정 마. 리암이 걔랑 자진 않을 거야.”

나는 개릭을 노려보았다. “내가 그딴 걸 왜 신경….” 에이토스가 소른게일 뒤쪽으로 빠르게 다가가서 등에 손을 뻗는 모습을 보자 말이 끊겼다. 저 개자식이 그녀의 갑옷 끈을 풀고 있잖아. 그녀의 몸에 손을 대다니. 나는 빠르게 솟구치는 구역질을 가라앉히려 코로 숨을 들이마시고 입으로 내뱉었다.

“진정해. 다시 묶어주고 있잖아.” 개릭 이 자식이 아직도 실실거리고 있다는 건 보지 않아도 알 수 있었다. “보여? 벌써 몸을 돌렸네.”

소른게일이 에이토스의 품에서 몸을 돌려 마주봤고, 이번엔 에이토스가 그녀의 얼굴에 두 손을 올렸다. 보나 마나 내가 정말로 개입하지 않았는지 확인하려고 기억을 도둑질하고 있겠지.

“걱정할 게 없…. 이런.” 개릭의 목소리가 작아지는데, 에이토스가 고개를 숙여 소른게일에게 키스를 했다.

혈관에 불길이 내달리고 주위 그림자들이 발작을 일으키면서 잠시 시야가 뒤틀렸다. 에이토스 저 개새끼가 내 바이올런스에게 입을 맞추다니.

아니, 내 여자는 아니지. 하지만 뱃속에 꼬인 매듭이 풀리면서 온몸에 산을 들이부은 것처럼 가슴이 타고 숨쉬기가 힘들어지는 건 어쩔 수가 없었다. 그놈의 코흘리개 얼간이가 고개를 들 때까지 그랬다.

"젠장. 너 괜찮냐?" 개릭이 웃음기 가득한 목소리로 물었다.

"난…." 당장이라도 에이토스에게 달려들어 주먹질할까 봐 그림자로 내 발을 들판에 고정시켰다. 저 새끼가 감히 그 입술에 키스를 해? 규칙에 연연해서 그 여자도 지키지 못하는 놈이? 나는….

"그래. 넌 어떻게 할 건데?" 스게일이 물었다.

망할. 내가 뭔들 못 할까.

"너 지금 얼굴이 녹색이야." 개릭은 대놓고 웃음을 터뜨렸고, 나는 소른게일이 에이토스에게서 물러설 때까지 억지로 숨을 들이쉬고 뱉었다.

에이토스가 소른게일을 보면서 히죽거리는데…. 잠깐만. 그녀는 같은 감정이 아니다. 아니야. 소른게일은 실수로 사촌에게 키스했다가 재빨리 물러서지 못한 사람 같은 얼굴이야. 저렇게 어색할 수가.

"난 20년 동안 한 번도 네가 질투하는 모습을 본 적이 없는데. 이거 정말 놀랍다." 개릭이 내 어깨를 두드렸다.

질투. 마음을 갉아먹는 이 뜨거운 감정이 바로 그거군. 질투. 그런데 난 남은 평생 이 여자와 연결됐단 말이지.

저 여자에게서 최대한 거리를 둬야 해.

"하지만 그러지 않겠지." 스게일이 미래를 예측했고, 나는 가운뎃손가락을 들어 보이고 싶은 충동을 느꼈다. 그랬다간 스게일에게 내 손가락을 물어뜯기겠지만…. 진심이었다.